... tant historique que Didactique ...
... illaume de Croy Seigneur de Cheure ...
... plus dans la conduite et les ...
... que Varillas ... la ...

... Edition de cet Ouvrage qui ...

... noter sur les autres Ouvrages ...

... hist. de tous les evenemens principaux de l'Europe
... de l'Espagne depuis 1506 jusqu'en 1...

LA
PRATIQUE
DE
L'EDUCATION
DES PRINCES.

Par Monsieur VARILLAS.

A PARIS,

Chez CLAUDE BARBIN, au Palais, fur le second
Perron de la Sainte Chapelle.

M. DC. LXXXIV.
AVEC PRIVILEGE DV ROY.

AU ROY.

IRE,

Ie dediay il y a dix mois à VOTRE
MAIESTE' une Histoire Françoise,
singuliere par la multitude & par

EPITRE.

l'éclat des grands évenemens : En voicy une Espagnole qui pour n'être pas si surprenante, & pour s'être passée presque toute dans le Cabinet, n'en est pas moins curieuse. Il y a long-temps que je l'avois écrite : mais ce n'est pas d'aujourd'huy que les Livres ont leur fatalité, & il n'a pas tenu à moy que celuy-cy n'ait paru plûtôt. C'est l'Education, SIRE, du Heros de la Maison d'Autriche l'Empereur Charles-Quint vôtre Trisayeul maternel. Les Espagnols la loüent à proportion du fruit qu'ils en tirerent : Mais ils n'oseroient nier qu'ils n'en soient redevables au Roy Loüis Douze, qui donna à Charles pour Gouverneur en la Personne de Chievres, l'homme de l'Europe le

EPITRE.

*plus capable de le bien élever. Il
semble pourtant qu'ils ayent honte
d'avoir receu de la France un si rare
Bienfait, puisqu'ils aiment mieux
le passer sous silence, que de l'avoüer.*

*Cette Education, SIRE, quoy-
que la plus heureuse des derniers
Siecles, fut pourtant sujete à deux
defauts trop grands pour être dégui-
sez. Charles eut besoin que Chievres
luy apprit l'Art de regner, & Vôtre
Majesté s'est formée d'elle-même.
Charles ne trouva aucun de ses Ancestres qui luy pût servir de modele
pour la conduite de sa Vie, & ce fut
par une pure necessité qu'il en chercha hors de sa Maison. L'Archiduc
Philippe d'Autriche son Pere vécut si
peu que l'on n'eut pas le loisir de le*

EPITRE.

connoître ; & ce qu'on en sçait de plus
remarquable est qu'il trompa le Roy
Loüis Douze dans le Traité de Blois*,
apres avoir esté trompé luy-même par
les Rois Ferdinand & Isabelle son
Beaupere & sa Bellemere. La prodigalité de l'Empereur Maximilien Premier son Ayeul, l'empêcha de reüssir
dans ses entreprises ; & il manqua
d'épouser en personne l'heritiere de
Bretagne, faute d'argent pour faire
le voyage. L'Empereur Frederic
Troisiesme son Bisayeul fut au contraire le plus épargnant des Princes.
Il aima mieux perdre les Couronnes
de Hongrie & de Boheme qu'on luy
offroit, que de se mettre en équipage
pour en aller prendre possession ; &
au lieu que ses Predecesseurs s'estoient

*D'autres disent
que ce Traité se fit
à Lyon.

EPITRE.

ruïnez en allant à *Rome* recevoir la Couronne Imperiale, il y gaigna beaucoup en obligeant les Princes d'Italie qu'il visita tous l'un apres l'autre, à le défrayer pendant qu'il demeuroit sur leurs Terres, & à luy faire encore des presens.

Des quatre derniers Ducs de Bourgogne dont *Charles* descendoit par son Ayeule paternele, *Philippe le Hardy* qui n'estoit que le quatriéme fils du Roy *Iean* emporta la preseance sur le Duc d'*Anjou* qui estoit le second; & mit ainsi dans la Maison Royale une division qui coûta plus de sang à la *France*, qu'elle n'en avoit perdu dans toutes ses guerres contre les Etrangers. Bien loin de reconnoître les obligations

EPITRE.

qu'il avoit au Roy Charles-Cinq son frere qui luy avoit donné la Bourgogne en appennage & fait épouser l'heritiere de Flandres, il luy enleva par une extreme ingratitude les Villes de l'Isle, de Doüay, & d'Orchies, que les Rois Tres-Chrétiens avoient retenuës pour gages de la fidelité des Comtes de Flandres leurs Feudataires. On egorgea vingt-deux mille personnes dans Paris par les intrigues de Iean-sans-peur; & il verifia de cette sorte la prediction de l'Astrologue Turc qui avoit disposé le Sultan Bajazet Premier à luy sauver la vie, en l'asseurant qu'il feroit mourir plus de Chrétiens en un jour, que sa Hautesse en tout son Regne. Philippe le Bon poursuivit les des-

seins

EPITRE.

seins de Iean sans-peur contre la
France, & la reduisit à des extremitez qu'elle n'évita que par une espece de miracle.   Il eut la dureté de
luy refuser durant plus de vingt ans
la paix qu'elle demandoit ; & il ne
l'accorda par le Traité d'Arras qu'à
des conditions, qui noirciront éterne-
lement sa memoire. Charles le Terrible
fut toute sa vie ennemy du Roy Loüis
Onze par la seule raison que sa Majesté avoit retiré de luy les Villes sur la
riviere de Somme engagées pour de
l'argent, & mena sans aucun fruit
devant Paris une armée de cent mille
hommes.   Il declara la guerre aux
Suisses pour un Chariot chargé de
peaux de mouton, & fut tué à la troisiéme Bataille qu'il perdit contre eux.

EPITRE.

Enfin Ferdinand le Catholique Ayeul maternel de Charles fut le Prince des derniers Siecles qui signa plus de Traitez, & qui pourtant n'en executa pas un. Il se servit également du pretexte de Religion pour tromper les Mores & les Chrètiens, & ne scandalisa pas moins les uns que les autres. Il employa quarante ans à usurper les Royaumes de Grenade, de Naples, & de Navarre dans la veüe d'agrandir son fils unique, & Dieu permit que ce fils mourut avant luy sans enfans. La Reine Isabelle sa femme eut si peu de naturel, qu'elle établit pour maxime que les Rois n'avoient point de Parens. Elle enleva la Couronne de Castille à la Fille du Roy Henry Quatre son Frere

EPITRE.

en faisant accroire qu'elle n'téoit pas
legitime ; & pour rendre son party
plus fort, elle épousa à trente-deux
ans Ferdinand qui n'en avoit que
seize. Iean d'Arragon Pere de Ferdinand fut aussi mauvais Pere qu'il
avoit esté mauvais fils. Il servit de
Chef prés de trente ans aux Rebelles
d'Espagne : Il causa la disgrace du
fameux Alvare de Lune : Il retint
par force la Navarre qui appartenoit au fils de son premier lit : Il le
mit en prison ; & l'abandonna à la
discretion de sa seconde femme, qui
l'empoisonna pour faire regner le sien.
Alphonse frere aîné de Iean assiegea
sa Mere adoptive dans un Château
du Royaume de Naples où elle mourut de faim, & il n'en recüeillit pas

é ij

moins *sa succession. Il laissa à un fils
bâtard la Couronne qu'il avoit acquise par une si grande injustice; &
n'eut pas plus d'égard en mourant
au bien de sa Patrie, qu'il en avoit eu
durant sa vie.*

*Vôtre Posterité, SIRE, sera plus
heureuse que Charles ne le fut, puisque non seulement elle n'aura pas besoin de chercher ailleurs un Modele;
mais encore elle trouvera dans la seule Personne de Vôtre Majesté, les vertus singulieres qu'il se proposa d'imiter dans les Heros de tous les Siecles
qui l'avoient precedé.*

*Si elle aime la guerre, Vôtre Ma-
jesté l'a faite d'une maniere inconnuë
aux Capitaines anciens & nouveaux.
J'en pourrois rapporter plusieurs*

EPITRE.

exemples, mais un seul suffit parce
que j'écris une Epitre dédicatoire, &
non pas un Panegirique. Lorsque
les Provinces-Vnies des Païs-bas se
mirent en liberté, les plus grands
Politiques jugerent qu'elles commettoient une faute irreparable en donnant à l'Espagne l'occasion qu'elle
cherchoit d'ôter leurs Privileges. Elle
envoya contre elles des Troupes choi-
sies dans tous ses Etats sous le commandement du Duc d'Alve : mais ce
Duc gâta plus les affaires du Roy
Catholique par sa severité, qu'il ne
les avança par sa valeur. Requesens
qui luy succeda voulut éprouver la
douceur, mais elle n'étoit plus de sai-
son. Iean d'Autriche gaigna la Bataille de Gemblours, & surprit Na-

EPITRE.

mur: *Mais il eut le malheur de don-*
ner des soupçons qui le firent, dit-on
mourir, avant qu'il eût pu profiter
de sa victoire. Le Duc de Parme
eut l'adresse de détacher les Provinces
Valonnes de l'union d'Utrec : Mais
les deux Campagnes qu'on le con-
traignit de faire en France, prive-
rent l'Espagne des avantages qu'il
avoit remportez dans les Païs-bas.
Fuentes se contenta d'enlever Cam-
bray à Balagny. Albert & Isabelle
employerent près de quatre ans au
Siege d'Ostende, qui n'avoit été tren-
te ans auparavant qu'une retraite
de Pescheurs. Spinola épuisa de Sol-
dats l'Espagne, l'Italie, & l'Alema-
gne, pour attaquer en mil six cens
cinq & mil six cens six la Holande par

le Rhin, & ne put neanmoins traverser a point nommé cette grande Riviere. Aytone fut sur le point de perdre
les provinces obeïssantes par la défection de la haute Noblesse. Le Cardinal Infant se trouva trop foible pour
resister aux François d'un costé & au
Prince d'Orange de l'autre. Caracene
eut tant d'obstacles à surmonter dans
le Gouvernement de Flandres, qu'il
demanda pour grace d'en estre déchargé. L'Archiduc Leopold manqua
d'experience ; & Fuensaldagne eut
plus de fidelité que de bonheur. Ainsi
les Provinces-Vnies se défendirent
avec tant de succès, que Philippe
Quatre fut reduit à les reconnoître
pour Souveraines par la paix de
Munster.

EPITRE.

Vous avez fait, SIRE, en un mois ce que les Espagnols n'avoient pu faire en quatre-vingts deux ans; & il semble que tant de Gouverneurs & de Generaux d'Armée que l'on vient de nommer n'avoient agi dans les Païs-bas, que pour ajoûter par leurs mauvais succés plus de gloire à vôtre incomparable valeur. C'est ce Mois prodigieux qui commença le douzième de Iuillet mil six cens soixante-douze : Ce Mois où Vôtre Majesté remporta plus de Victoires qu'il n'eut de jours : Où elle attaqua les sept Provinces-Vnies par l'endroit le moins accessible, en conquit quatre, & prit quarante places si bien fortifiées, qu'on s'imaginoit que la moindre l'arresteroit toute la Campagne :

EPITRE.

gne : où enfin la Religion Catholique fut rétablie dans Vtrec &
dans les autres Villes , d'où toutes les forces de la Maiſon d'Autriche n'avoient pu empêcher qu'elle ne fût bannie durant près de cent
ans.

Si vôtre Poſterité, SIRE, a de
l'inclination pour la Paix, elle trouvera encore dans vôtre Majeſté un
modele auſſi rare que celuy que je
viens de rapporter pour la guerre.
Toute l'Europe croyoit que les François qui avoient une fois porté les
Armes, étoient incapables de changer de profeſſion ; & ſe fondoit ſur
des experiences , qui pour avoir
été funeſtes n'en paroiſſoient pas

moins évidentes. *Quand on fit la Paix avec l'Angleterre les Troupes Françoises se souleverent par la seule crainte d'être licentiées, ravagerent long-tems leur patrie ; & l'eussent peut-être changée en un Etat purement militaire, si le Connétable du Guesclin ne se fût avisé de les mener en Espagne, où elles éleverent sur le Thrône de Castille Henry de Transtamare. Nos guerres civiles du Siecle passé qui durerent quarante ans, furent excitées par les Soldats François & par la plus grande partie de leurs Officiers, qui ne pouvant se resoudre de retourner dans leurs Maisons, formerent deux Partis contraires; & se bat-*

EXTRAIT DV PRIVILEGE DV ROY.

PAR grace & Privilege du Roy, Donné à Chaville le trentiéme Juillet 1683. Signé DALENCE : Il eſt permis au Sieur VARILLAS de faire imprimer par tel Libraire ou Imprimeur qu'il voudra choiſir, LA PRATIQUE DE L'EDUCATION DES PRINCES par luy compoſée, pendant le temps & eſpace de dix années, à commencer du jour qu'elle ſera achevée d'imprimer pour la premiere fois: Avec deffenſes à tous autres Libraires ou Imprimeurs d'en faire imprimer, vendre ni debiter de contrefaits, ſans l'exprés conſentement dudit Varillas, ou de ceux qui auront droit de lui, ſur peine de mille livres d'amende, de confiſcation des Exemplaires contrefaits, & de tous dépens, dommages, & intereſts, comme il eſt plus amplement porté par leſdites Lettres.

Et ledit Sieur Varillas a cedé ſon droit de Privilege à Claude Barbin, Marchand Libraire à Paris.

Regiſtré ſur le Livre de la Communauté des Libraires & Imprimeurs de Paris.

Signé, C. ANGOT, Sindic.

Achevé d'imprimer la premiere fois le 8. Avril 1684.

ARGUMENT
DU PREMIER LIVRE.

L'ARCHIDVC PHILIPPE reſolu d'aller en Eſpagne prendre poſſeſſion des Royaumes échus à ſa femme, choiſit pour gouverner les Païs-bas Chievres qui répond parfaitement à la bonne opinion qu'on avoit de luy. La diſpoſition de Charles d'Autriche Fils aîné de l'Archiduc eſt laiſſé par Teſtament à Louis Douze Roy de France pour des raiſons qui ne peuvent être plus juſtes ni plus preſſantes, & Louis donne en ce point une marque de moderation qui n'a qu'un ſeul exemple dans l'Antiquité en la perſonne d'Ildegerge Roy de Perſe. Il nomme Chievres pour Gouverneur du jeune Prince, ſans avoir aucun égard qu'il préjudicioit aux interêts de la Monarchie Françoiſe. Chievres s'acquite de ſa commiſſion en inſtruiſant ſon Pupile de ſes veritables interêts, & en l'obligeant à exercer par luy même les principales fonĉtions de la Souveraineté. Il travaille de concert avec Gouffier Gouverneur du Comte d'Angoulême pour effacer du cœur de leurs deux Pupilles les ſemences d'averſion que le mariage du Comte avec l'heritiere de Bretagne promiſe à Charles, y avoit execitées; Et dans l'extréme difficulté qui ſe preſente de demeurer uny avec l'Empereur ou le Roy Catholique, Chievres préfere ſagement l'Alemand à l'Eſpagnol.

HISTOIRE

AVERTISSEMENT.

on l'auroit environné de Gardes : Mais les
Politiques font plus delicats que les autres
hommes dans les offenfes qu'ils pretendent
avoir receuës. Manuel qui raifonnoit fi finement fur les affaires d'Etat, n'entra point en
connoiffance des motifs qu'avoit eu Chievres
de luy faire un petit mal pour le preferver d'un
plus grand. Il eut autant d'averfion pour luy
qu'il avoit eu de bonne volonté; & il ne fut
point touché de la peine que prit Chievres
d'aller en perfonne le délivrer, auffi-tôt que le
courrier qui portoit la nouvelle de la mort
du Roy Catholique fut arrivé à Bruxelles.
Chievres n'eut pas depuis un plus grand ennemy que Manuel, & les bons offices qu'il luy
rendit l'effaroucherent au lieu de l'adoucir.
L'Archiduc qui ne pouvoit fe paffer ni de l'un
ni de l'autre, retint Chievres à fa Cour; &
envoya Manuel en Italie, où il reüffit en deux
intrigues des plus difficiles. Il ne s'agiffoit pas
feulement de perfuader le Pape & les Veni-
tiens d'ôter au Roy Tres-Chrêtien * le Duché   * François Pre-
de Milan qu'il avoit recouvré, & de renvoyer   mier.
les François de là les Alpes ; mais encore de
leur faire confentir que les Efpagnols qui
poffedoient déja le Royaume de Naples,
conquiffent encore ce Duché : Qu'ils euffent
ainfi les deux tiers de l'Italie ; & que la tenant enfermée par les deux extrémitées , ils

✳✳✳✳

attendiffent l'occafion d'affujetir le refte. Il n'y avoit aucune apparence que le Confiftoire & le Pregady enduraffent qu'on leur fît une propofition fi defavantageufe, mais l'induftrie de Manuel supléa à l'impoffibilité prefque certaine du fuccez. Il prit un afcendant merveilleux fur l'efprit de Leon Dix, & conclut avec luy en mil cinq cens vingt-un le fameux Traité qui valut aux Efpagnols les Etats qu'ils tiennent encore dans la Lombardie. Son éloquence n'eut pas moins d'effet à l'égard des Venitiens, & il acheva fa vie par deux fi belles négociations.

EPITRE.

tirent avec autant ou plus d'animofité, que s'ils euffent été ennemis.

Quand vous conclûtes, *SIRE*,
les Traités de Paix des Pyrennez,
d'Aix la Chapelle, & de Nimegue,
vôtre Majefté avoit fous fes Enfei-
gnes beaucoup plus de Troupes,
que Charles Cinq & Henry Second
n'en avoient eu : Cependant auffi-
toft qu'on les licentia elles difparu-
rent fi univerfelement, que dès le
lendemain il n'étoit pas poffible de
diftinguer les gens de guerre d'avec
les autres François. J'ay donc raifon de prevoir & même d'affurer
par avance, que vos Hiftoriens é-
criront fans en avoir le deffein une
Pratique de l'Education des Prin-

EPITRE.

ces, plus belle & plus utile sans comparaison que celle que vous presente,

SIRE,

Vôtre tres-humble, tres-obeïssant & tres-fidel sujet & serviteur,

ANTOINE VARILLAS
Historiographe de France.

AVERTISSEMENT.

Uisque le Public n'a défagréé ni la hardieffe que j'avois prife d'écrire l'Hiftoire de Charles Neuf aprés la Popeliniere, Maffon, de Thou, d'Aubigné, Mathieu, Tortora, d'Avila, Dupleix, & Mezeray, ni la Preface de nouvelle maniere que j'avois mife au commencement, il ne trouvera peut-être pas mauvais que je me fois exercé fur un fujet qui n'avoit point encore été traité : Que je luy donne maintenant *la Pratique de l'Education des Princes*, & que j'y ajoûte des éclairciffemens fur les principaux manufcrits dont elle eft tirée. Je n'ay qu'à l'avertir avant que de paffer outre, que ce ne font point icy des éloges reguliers mais de fimples remarques, que je ne fais pas tant comme curieufes que comme neceffaires à l'inteligence de ce qui fuit.

On met icy ces Hiftoriens felon l'ordre du tems qu'ils ont écrit.

L'Empereur Maximilien Premier a efté le

*

Prince le plus singulier de ceux qui ont porté la Couronne dans les derniers Siecles. Il demeura muet jusqu'à l'âge de dix ans; & comme les Medecins les plus habiles ne purent découvrir la cause de son mal, ils n'y purent apporter aucun remede. La parole luy revint precisément au bout de ce temps; & la nature recompensa par la volubilité de sa langue, la lenteur dont elle avoit usé à luy en permettre l'usage. Il étoit Fils de Frederic Trois Empereur & de Leonor Infante de Portugal, & il fut presque également sujet à l'inclination dominante de son pere & de sa mere. Frederic aimoit l'argent au delà de ce que l'on peut imaginer, & Leonor n'aimoit pas moins à le dépenser. Maximilien eut l'un & l'autre de ces defauts; & comme jamais homme ne chercha avec plus d'empressement que luy les moyens de remplir ses coffres quand ils étoient vuides, jamais homme n'eut plus d'impatience de les vuider quand ils étoient remplis. Il ne recevoit que pour donner à pleines mains & sans distinction; & il ressembloit à ces canaux qui ne gardent pas un moment l'eau, comme s'ils ne l'avoient reçuë que pour la répandre aussi-tôt. Il n'avoit pas cent écus quand il alla épouser l'heritiere de Bourgogne; & il fut assez heureux pour n'avoir point d'autres rivaux que l'abo-

AVERTISSEMENT.

minable Adolphe de Gueldres, qui étoit devenu l'horreur de tous les hommes par l'inhumanité qu'il avoit exercée à l'égard de son propre pere. Maximilien fut bien-tôt veuf, & la fortune luy avoit procuré l'heritiere de Bretagne pour seconde Femme : mais son pere luy refusa de quoy faire le voyage, & personne ne luy voulut rien prester. Il ne tint qu'à cela que la Bretagne n'échappât à la Monarchie Françoise, & qu'elle ne fut jointe aux Païs-bas. Ces prosperitez furent entremelées de quelques malheurs. Maximilien demeura long-tems prisonnier des Flamans : Ils luy refuserent aprés l'avoir mis en liberté les Tutelles des Archiducs Philippe son Fils & de Charles son petit Fils ; & le contraignirent d'écrire là-dessus des Lettres, qui sont bien éloignées du stile de sa propre vie qu'il écrivit depuis. Il se dépoüille de sa Majesté pour demander aux Gouverneurs des Archiducs des gratifications en argent comptant; & il a tellement oublié ce qu'il est, qu'il seroit fâché que l'on s'en souvint. Il ne luy importe pas que ces gratifications se fassent par devoir ou par present; & pour les obtenir plûtôt, il consent à des choses messeantes à sa dignité.

On ne voit rien de plus honnête que les Lettres de *Loüis Douze* à *Chievres*. Toute l'Europe étoit informée que sa Majesté Tres-

Chrêtienne l'avoit fait Gouverneur de l'Archiduc Charles ; & le bienfait étoit si grand, qu'on ne pouvoit le reconnoître dignement. Cependant Loüis semble apprehender que Chievres ne le soupçonne de ne l'avoir pas obligé gratuitement. Sa Majesté en écrivant ne se souvient plus de celle de ses graces qui avoit été la plus approuvée, & elle veut encore que Chievres l'oublie aussi-bien que luy : Elle ne le prie jamais de rien qu'avec des précautions qui luy laissent une entiere indifference : Elle ne s'adresse pas-mêmes directement à luy pour les differends survenus entre les Provinces de Picardie & de Champagne, & les Valonnes : Elle luy fait acroire qu'elle le reserve pour de meilleures occasions ; & elle aime mieux écrire au Conseil de Bruxelles, quoy qu'elle n'ignore pas que Chievres en est le Chef, & qu'il ne s'y passera que ce qu'il aura approuvé : Elle pretend convaincre les moins credules qu'elle n'exige de luy que ce que les Flamans auront trouvé raisonnable ; & elle se prepare par là un moyen infaillible d'obtenir ce qu'elle demande, sans qu'on soupçonne Chievres de l'avoir obligée en l'accordant. Loüis n'en use pas tout-à-fait de mêmes à l'égard de l'Archiduc, & se souvient toûjours qu'il est son feudataire. Ce n'est pas qu'il ne le traite d'égal

en de certaines rencontres à caufe que la
Monarchie de Caftille luy appartenoit déja,
& qu'il étoit heritier prefomptif de celle d'Arragon : mais en d'autres fa Majefté travaille
indirectement à rappeller dans fon idée qu'il
n'eft confiderable que par les biens qu'il tient
de la Couronne de France, & qu'il en peut
être fruftré en cas de felonnie.

Le Roy Catholique Ferdinand d'Arragon
avoit ménagé d'abord Chievres par toutes les
voyes que la politique a inventées, & que la
prudence permet, tant qu'il avoit efperé de fe
le rendre favorable : Mais aprés que les Païsbas fe furent déclarez contre fa Majefté
pour l'Empereur Maximilien, la diffimulation n'eut plus de lieu, ou parut tellement inutile qu'on la negligea. Ferdinand fe propofa
d'éloigner Chievres d'auprés de fon petit-fils;
& il y a des relations affez malicieufes pour a-
joûter, qu'il ne tint pas à luy de porter la vengeance plus loin. Chievres en fut averty affez-tôt pour y remedier ; mais il renferma
toûjours fon reffentiment dans des bornes fi
étroittes, que fa Majefté eut fujet de s'imaginer qu'elle l'avoit offenfé impunement. Il crut
mêmes ne devoir pas s'émanciper aprés que
le Docteur Adrien eut été foulevé contre luy;
& il ne difcontinua pas de refpecter le Bifayeul
maternel de l'Archiduc, quoy qu'il le recon-

nût pour le plus grand & le plus redoutable
de ſes ennemis.

Henry Huit Roy d'Angleterre negligea la
politique de ſes Predeceſſeurs, pour en ſuivre
une nouvelle qui ne luy reüſſit pas. Les cinq
derniers Rois dont il tenoit la Couronne a-
voient preſuppoſé qu'il leur ſuffiſoit d'être alliez à la Maiſon de Bourgogne, pour vaincre
toutes les fois qu'ils attaqueroient la France; &
ils s'en étoient ſi bien trouvez, que depuis la bataille d'Azincour juſques à la journée des Ha-
rens, leurs Troupes avoient toûjours paſſé ſur
le ventre à celles de France qui avoient oſé
leur reſiſter. Henry entreprit quelque choſe
de plus, & voulut donner la loy aux Païs-bas
pendant qu'ils étoient en minorité. Chievres
ne luy plaiſoit pas par la ſeule raiſon que
Louis Douze l'avoit étably Gouverneur de
l'Archiduc Charles. Il forma donc ſes intrigues
pour le faire depoſer, & mettre en ſa place un
Seigneur Flamand de ſa confidence; & comme il prevoyoit bien qu'il ne ſeroit pas aſſez
puiſſant pour en venir à bout par ſa ſeule authorité, il ſe joignit au Roy Catholique. Les
Offices de l'un & de l'autre furent ſi preſſans,
qu'il eſt étonnant qu'un Prince de neuf ans y
pût reſiſter. Chievres fut pourtant maintenu, &
l'ambition de Henry ne diminua pas pour ſe
voir eu du deſſous dans une ſi fameuſe querel-

le. Il ne gouverna pas à la verité les Païs-bas
à fa mode, mais il prit la qualité d'Arbitre
entre la France & l'Efpagne; & il fe fit peindre
tenant à la main droite une balance, dans les
deux baffins de laquelle étoient les Monarchies que l'on vient de nommer avec un fi jufte équilibre, qu'il dependoit abfolument de
luy de faire pencher celle où il laifferoit tomber le poids qu'il avoit à la main gauche. Sa
prefomption étoit d'autant plus ridicule, que
la France & l'Efpagne n'étoient plus ce qu'elles avoient été durant le quatorze & quinzié-
me Siecles. La France s'étoit accruë des Provinces de Provence, de Bourgogne, & de
Bretagne; & l'Efpagne s'étoit toute reünie,
à la referve du Portugal. Certes l'experience
fit connoître à Henry que les Anglois n'é-
toient plus en état de donner la loy aux François; & s'il fe joignit à l'Empereur, au Roy
Catholique, aux Suiffes, & au Pape, pour re-
nouveler fes anciennes pretenfions fur la Picardie, il prit bien des villes; mais il efpera
fi peu de les conferver, qu'il les brula ou les
abandonna aprés les avoir pillées. Il conferve
pourtant toûjours dans fes négociations quelque afcendant fur l'Archiduc; & s'il ne le traite
d'inferieur, il s'émancipe d'ordinaire jufqu'à
luy donner des leçons. On ne lit rien de plus
froid que ce qu'il écrit à Chievres; & il eft

aifé de juger par la maniere dont il le prie , que les Grands ne gardent que bien peu de mefures à l'égard de ceux qu'il ont voulu perdre.

Ceux qui ont foûtenu que *Charles d'Autriche* changea de ftile aprés la bataille de Pavie ; & qu'au lieu que fes Lettres avoient été jufques là tres-civiles, elles fcandaliferent depuis toute l'Europe par leur extraordinaire fierté , n'ont pas leu celle qui commence par ces mots *Mon Vice-Roy de Naples.* Elle eft Françoife à la verité , mais jamais Roy d'Efpagne n'en écrivit de fi imperieufe. Il y en a encore d'autres qui en approchent fort , fi elles ne l'égalent ; & l'on dira peut-être vray fi on prefuppofe icy que Charles pratiquoit admirablement ce qu'il avoit appris de fon Gouverneur , qu'il faloit traiter avec les Nations aufquelles il auroit affaire à proportion de leur genie , & du befoin qu'il en auroit. Ainfi l'on trouve dans fes dépêches aux Flamands & aux Francois une condefcendance qui femble dégenerer en baffeffe ; Mais à l'égard des Efpagnols & des Italiens il fe fouvient fi parfaitement de fa grandeur , qu'il a peur de la ravaler par le moindre terme de complaifance qui luy pourroit échaper. S'il prie les Italiens ce n'eft que rarement , encore y ajoûte-t-il
quelque

quelque ordre. Il ne s'abaisse jamais jusques-là à l'égard des Espagnols ; & quoy qu'il ne les estime pas toûjours obligez à executer ce qu'il desire d'eux, il se contente de proposer nüement sa volonté ; comme s'il ne se soucioit pas tant d'estre refusé, que de hazarder à contre-temps sa gravité.

Julien della Rouere Pape sous le nom de *Jules Second* traite Charles & Chievres avec presque autant de hauteur que si l'Archiduc étoit feudataire, & son Gouverneur sujet du Saint Siege. Comme il avoit passé de l'amitié qu'il avoit pour Louis Douze à l'extrême aversion, sans que sa Majesté luy en eût donné ni cause ni pretexte, il ne se met point en peine d'excuser son inconstance. Il veut que tous les Souverains de l'Europe changent à son exemple ; & il ne peut souffrir que l'Archiduc & Chievres luy representent avec tout le respect imaginable que sa Sainteté non seulement avoit autrefois approuvé que les Flamands vecussent en bonne intelligence avec les François, mais que deplus elle avoit travaillé durant prés de quinze ans pour reconcilier ces deux Nations dans toutes les rencontres où elles avoient esté sur le point de se commettre l'une contre l'autre. Jules répond que ce qu'il a fait en qualité de Cardinal de Saint Pierre-aux-Liens ne doit pas estre tiré à consequence de ce qu'il doit faire

**

comme Pape ; & l'on eſt contraint de luy repliquer que les Peuples des Païs-bas ſont également incapables de joüir d'une entiere liberté,
& de ſe ſoûmettre à un entier eſclavage : Qu'ils
n'ont point (à proprement parler) d'autres voiſins à craindre que les François ; & que pourveu qu'ils entretiennent la paix avec eux , le
plus profond repos leur eſt aſſuré : Qu'ils ont
à la verité une extrême deference pour le Saint
Siege, mais que cette deference ne va pas juſqu'à
ſe mettre mal à ſa conſideration avec le Roy
Tres-Chrêtien : Que ſi on les y force, ils ſe re-
volteront infailliblement ; & que Iules qui les
aura portez à cette étrange extremité, ne pour-
ra aſſiſter l'Archiduc ni de troupes ni d'argent
pour les dompter. Iules n'ayant rien à repartir
ſe met en colere, & menace l'Archiduc & ſon
Gouverneur, mais il meurt avant que d'avoir
trouvé l'occaſion de leur faire du mal.

Jean Ange de Medicis ſi celebre ſous le
nom *de Leon Dix* prend le contre - pied de
Jules à l'égard de l'Archiduc. Il le traite de
Fils le plus affectionné au Saint Siege : Il le
conſidere à proportion de ce qu'il prévoit
qu'il ſera un jour ; & le reſpecte autant que les
principaux Monarques de l'Europe. Il ſe pro-
poſe d'abord d'ôter aux François le Duché de
Milan, & il n'a pas aſſez bonne opinion de ſoy
pour eſperer d'en venir à bout par ſes propres

forces. L'Empereur luy eft fufpect à caufe de fon inconftance, & le Roy Catholique par fon infidelité. Il fcait que Chievres s'eft appliqué fur tout à détourner l'Archiduc des deux vices que l'on vient de nommer, & il pretend que la Cour de Rome en tire avantage : mais les foins de fa Sainteté ne font pas tout-à-fait defintereffés. Elle veut bien que l'Archiduc aide les Italiens à recouvrer le Duché de Milan, mais elle ne defire pas qu'il tire d'autre récompenfe de cette action que la gloire de l'avoir faite : Elle ne diffimule pas que Maximilien Sforce doit eftre rétably gratuitement dans l'Etat que fon Pere & fon Ayeul ont poffedé ; & elle ne fouffre pas qu'on luy remontre que ce feroit en vain que l'on travailleroit pour luy, puifqu'il ne pourroit fe maintenir, & que les Italiens feroient reduits à demeurer éternellement fous les Armes dans la feule veüe de s'opofer aux Rois de France toutes les fois qu'il leur plairoit de recouvrer ce qu'ils auroient perdu.

De tant de Gens qui depuis deux cens ans ont écrit l'Hiftoire du *Cardinal George d'Amboife*, aucun ne femble avoir affez reprefenté fon veritable caractere. Il en avoit pourtant un fi particulier que l'on aura de la peine à le trouver dans les autres Miniftres d'Etat des derniers fiecles. Il confiftoit en ce qu'il avoit

** ij

étably fa propre grandeur pour le fondement
de celle de fon Maître. Le deffein qu'il avoit
formé n'étoit ni moins grand ni moins beau,
que celuy que le Duc de Sully defcrit avec
tant de pompe à la fin de fes Memoires. S'il
n'étoit pas tout-à-fait neceffaire au fens du
Cardinal d'Amboife que la Chrêtienté fût reünie fous un feul Monarque afin qu'elle pût
refifter plus facilement aux Infideles, il pretendoit au moins qu'elle eût un Roy fi puiffant
qu'il arrétât feul les Armées des Turcs lors
qu'elles paroîtroient pour ravager les contrées
les plus voifines de leur Empire, jufques à ce
que les autres Princes Chrêtiens euffent le
temps d'armer & de marcher à fon fecours.
Il faloit pour cela que Louis Douze aprés avoir
recouvré le Duché de Milan fe rendît encore le
plus fort dans l'Italie, & qu'il y tint une flotte
en état de croifer fur les côtes de Barbarie, &
fa Majefté ne le pouvoit fans avoir la Cour de
Rome à fa devotion. Il fe trouvoit alors dans
le facré College fi peu de Cardinaux François,
qu'il étoit bien malaifé que l'on y prît des refolutions avantageufes à Louis Douze. Il étoit
neceffaire pour en augmenter le nombre d'é-
lever un François fur le faint Siege; Et quoy
que perfonne n'accufe le Cardinal d'Amboife
d'avoir eu trop bonne opinion de luy mefme,
il s'imaginoit pourtant qu'il étoit le plus pro-

pre de ceux de fa Nation à remplir la premiere
des Dignitez Ecclefiaftiques. Il crut que la confideration, la puiffance, & le merite du Roy
fon Maître, l'obtiendroient infailliblement; &
s'il prit d'autres mefures, ce ne fut que par bien-
féance. Le Cardinal de Saint Pierre aux Liens
luy étoit redevable de fa vie & de fa liberté: Il
en avoit témoigné depuis douze ans une reconnoiffance que les plus éclairez euffent prife
pour fincere: Il s'offrit au Cardinal d'Amboife
pour luy procurer les fuffrages qui luy manquoient, & il fut pris au mot. Cependant au
lieu de s'acquitter de fa parole, il empêcha que
fon Bien-faiteur ne fût élû dans le Conclave
de Pie Trois, & fe fit élire luy-mefme à fon
exclufion dans le Conclave fuivant. Le Cardinal d'Amboife ne fut pas plus heureux dans
les troifiémes mefures qu'il avoit prifes pour
arriver à la Papauté. Le Roy Catholique avoit
eu l'adreffe de luy faire voir d'un côté que fans
luy il n'obtiendroit jamais ce qu'il defiroit, &
de luy perfuader d'un autre côté qu'il le vouloit fervir tout de bon. Le Cardinal l'avoit
crû, quoy qu'il euft reconnu en diverfes rencontres que fa Majefté ne tenoit ce qu'elle
avoit promis, que quand elle y trouvoit fon
compte. Il fut dans l'erreur en ce point jufqu'à la fin de fa vie; & les Ambaffadeurs
d'Efpagne qui réuffirent à le tromper durant

prés de dix ans, l'empêcherent encore de s'a-
percevoir qu'on le trompoit. Il ne fut point
Pape; & fon Maître bien loin de recouvrer le
Royaume de Naples ne conferva pas un pied
de terre dans l'Italie. Il n'eft pourtant pas
hors de propos de remarquer en paffant que
l'Auteur des éclairciffemens fur la conduite
du Cardinal d'Amboife n'eft point affez indifferent pour un Hiftorien. Il affoiblit autant
qu'il peut les belles actions qu'il examine, &
l'on a crû que c'étoit dans la vüe d'élever la
reputation du Miniftre de Loüis Treize fur
les ruines de celle du Miniftre de Loüis Douze. Si cela eft fa malignité n'eft point excufa-
ble; & il y avoit affez dequoy loüer le Cardinal de Richelieu, fans que ce fuft aux dépens
du Cardinal d'Amboife. Les égards de l'Archiduc & de Chievres pour luy font tels, qu'ils
ne cedent prefque point à ceux qu'ils ont pour
les Papes. Chievres étoit convaincu qu'il avoit
infpiré à Louis Douze de le faire Gouverneur
de l'Archiduc, & l'Archiduc pour la mefme
raifon ne garde point de moderation dans les
loüanges qu'il donne à ce Cardinal.

 Le Gentilhomme Efpagnol qui renonça à
l'amitié de *François de Cifneros Cardinal Xi-*
menez, lorfqu'il le vit Miniftre d'Etat, n'avoit
pas fi mauvaife raifon que l'on a crû. Il le connoiffoit parfaitement, & il ne fe trompa pas

dans le jugement qu'il fit que fa nouvelle dignité cauſeroit en luy un étrange changement.
Certes on ne lit point dans l'Hiſtoire des derniers ſiecles une metamorphoſe ſemblable à
celle-là ; & Ximenez de qui toutes les penſées
avoient été juſques - là bornées au Convent
des Cordeliers de Talavera où il avoit fait
profeſſion , ne fut plus remply que des idées
qui tendoient à l'agrandiſſement de la Monarchie d'Eſpagne. Il ne ſe ſouvint plus ni de la
mediocrité de ſa naiſſance, ni des humiliations
frequentes qu'il avoit pratiquées dans ſon
Cloître. Il ne s'occupa du moins à l'exterieur
que des affaires politiques ; & il travailla davantage à ranger au devoir les Grands de Caſtille, qu'à dompter ſes paſſions. Ce n'eſt pas
qu'il negligeaſt tout - à - fait les auſteritez re-
gulieres , & il le fit aſſez paroître dans cette
rencontre. Il aſſiſta à la Predication d'un Religieux de ſon Ordre qui fit une longue invecti-
ve contre luy ; & l'ayant mandé au ſortir de la
Chaire, il apperceut qu'il portoit une chemiſe
contre ſa Regle , & ne l'en réprit qu'en luy
montrant la haire dont il étoit luy même revêtu. Mais il ne conſervoit plus que cela de ſon
ancienne profeſſion , & en tout le reſte il ne
paroiſſoit plus dans ſa conduite rien de ce qu'il
avoit été. Il traitoit d'égaux les perſonnes les
plus conſiderables de la haute Nobleſſe, ſans

excepter les Ducs d'Alve, & de l'Infantado. Il
promit pourtant de s'allier avec le Duc d'Alve
en donnant sa niéce en mariage à son frere: mais
il s'en repentit bien-tôt; & repara sa faute d'une
maniere qui fit plus admirer son adresse, qu'on
n'avoit blâmé son ambition. Il avoit présuppo-
sé que la puissance des Rois Catholiques devoit être fondée sur l'abaissement de celle des
Nobles, & il y travailla toute sa vie sans en
perdre aucune occasion. Il les obligeoit en de
petites choses, & leur étoit contraire dans les
grandes: Mais il prenoit toûjours le soin de
mettre les apparences de son côté; & ce fut
par-là que les Bourgeois des Villes & les Païsans
de la Campagne se declarerent hautement pour
luy dans les conjonctures où l'on conspira pour
le deposer, ou pour l'assassiner. Il s'accorde
volontiers avec Chievres par tout où il s'agit
d'aggrandir la Monarchie d'Espagne ou les
Païs-bas; Mais il luy est toûjours contraire,
lorsque les Païs-bas ont quelque chose à dé-
meler avec la Monarchie d'Espagne. Chievres
comme Flamand veut que sa Patrie serve de
base à la grandeur où l'Archiduc Charles as-
pire; & que les autres Etats dont il doit heriter par la maladie d'esprit de sa mere, & par
la mort de ses deux Ayeux, n'en soient que l'accessoire. Ximenez au contraire pretend que
l'Espagne demeure toûjours le centre de la
grandeur

AVERTISSEMENT.

grandeur de l'Archiduc, & que les Païs-bas soient reduits en de simples Provinces. Chievres luy represente en vain qu'ils n'appartiennent pas à l'Archiduc par droit de conquête; & que si Philippe son Pere ne les avoit pas possedez, on ne luy auroit pas donné en mariage l'heritiere d'Espagne. Ximenez ne replique rien de satisfaisant: mais il s'obstine dans son projet; & ne fait point assez de reflexion qu'il irrite en cela le Gouverneur d'un jeune Prince, qui sera bien-tôt son Maître.

Il est malaisé de dire si la fortune fit du bien ou du mal au Docteur *Adrien Florent* en le tirant du College de Louvain où il étoit Principal, pour l'élever à toutes les Dignités de l'Eglise, sans en excepter la Papauté. Il avoit du genie pour les fonctions qui rendent les hommes celebres dans les Universités: Mais il n'en avoit point au delà; & dans la multitude des emplois qu'il eut depuis, aucun ne luy fut propre. Il avoit acquis de la reputation dans l'Ecole & dans la Chaire: on admiroit son Commentaire sur le Maître des Sentences; & certes si ce Livre n'étoit pas le plus subtil des trois cens de même nature qui se trouvoient alors dans les Biblioteques, il étoit au moins le plus clair & le plus methodique. Ses harangues pour la conservation des Pri-

***

vileges des Ecoliers avoient eu plus de fuccez qu'il ne s'en étoit promis; & non feulement l'Archiduc Philippe les avoit confir-
mez, mais de plus il avoit honoré l'Univerſité
de Louvain en voulant bien être de ſon Corps.
On s'étoit imaginé là-deſſus qu'il y auroit de
l'infamie pour les Flamans à laiſſer plus long-
tems Adrien dans Louvain; & ce ne fut pas
tant pour luy rendre juſtice que pour ſatisfaire le deſir du Public, que Chievres le prit
pour Precepteur de l'Archiduc Charles. Il ne
s'aquita pas mal de ſa Commiſſion tant qu'il
ne fut queſtion que d'inſtruire ſon Diſciple:
Mais quand on l'envoya en Eſpagne pour né-
gocier avec le Roy Catholique, il ne répondit
ni à l'eſperance de Chievres, ni à celle des Eſpagnols qui le prenoient pour le plus habile
homme de ſa Nation dans la ſcience du cabinet. Il découvrit d'abord que ſa Majeſté étoit
ennemie irreconciliable de Chievres; & il
conclut de ce principe que ce ſeroit préjudi-
cier d'une maniere irreparable aux intereſts
de l'Archiduc, que de s'obſtiner à défendre
ſon Gouverneur quelque innocent qu'il fût. Il
ſe déclara contreChievres pour cela ſeulement;
& s'il ne fut pas aſſez puiſſant pour le ſuplanter,
il ne tint pas à luy qu'on ne le relegu t dans
ſa Maiſon, & que les Eſpagnols n'euſſent la
direction ſouveraine du Conſeil des Païs-bas.

AVERTISSEMENT.

Il ne montra pas plus d'habileté après la mort du Roy Catholique, lors qu'il eut occasion de se prévaloir du Brevet qu'il avoit apporté de Flandres pour être Regent de la Castille & de l'Arragon en cas de cette mort. Il se laissa prevenir à contre-tems par le Cardinal Ximenez, qui la gaigna en luy promettant une seconde place dans les Conseils d'Espagne. Il eut à la verité cette place, mais l'authorité qui devoit y être attachée luy manqua. Il se plaignit quelquefois de ce que le Cardinal n'examinoit avec luy que les affaires de peu d'importance, & qu'il decidoit les autres sans sa participation : Mais il en demeura là, & ne crut pas devoir rompre avec luy pour cela. Il en eut l'Evêché de Tortoze, & on laisse à juger si c'étoit là un dédomagement proportionné au pouvoir dont on le privoit. La mort le délivra bien-tôt de Ximenez, comme elle l'avoit garanty du Roy Catholique; & il fut depuis si heureux, qu'il avoüoit de bonne foy ne pouvoir comprendre son propre bonheur. Leon Dix le créa Cardinal dans la seule veüe de faire plaisir à Charles-Quint; & le Conclave ayant passé plusieurs mois sans pouvoir convenir de celuy qui succederoit à Leon, l'élut Pape par dépit; d'où il arriva que le peuple Romain chargea d'injures les Cardinaux à mesure qu'ils en sortoient, &

*** ij

leur jetta des pierres. La qualité de Pere commun avoit été jusques-là si respectée, que les Souverains Pontifes qui avoient vécu le moins exemplairement ne s'en étoient pas dispensez tout-à-fait, & avoient sauvé du moins les apparences. Adrien la negligea d'abord; & pour aller d'Espagne prendre possession de la Chaire de Saint Pierre, il mena dans la Lombardie les six mille soldats qui prirent deux ans aprés François Premier devant Pavie. Au lieu de tenir la balance droite, il se mit d'un côté pour la faire plutôt pancher; & si son Pontificat qui ne fut que de vingt-deux mois eût été de plus longue durée, il auroit produit dans l'Eglise un schisme plus dangereux que n'avoit été celuy d'Vrbain Six & de Clement Sept.

Jean Manuel fut à la verité le Politique de son siecle le plus traversé de la fortune, mais il la contraignit enfin par son addresse & par sa patience de le favoriser. La naissance luy manquoit; & si on le choisit fort jeune pour estre Sous-secretaire du Conseil d'Estat de Castille, on n'eut égard qu'à sa maniere d'écrire admirablement, & neanmoins fort vîte. Il n'avoit pas encore dix-huit ans lorsqu'il s'ennuya de son employ, quoy qu'il se fût d'abord estimé trop heureux de l'avoir trouvé. Il consideroit que les trois principaux Ministres d'Espagne

Zapata, Carvaial, & Vargas, ne s'étoient pas
beaucoup élevez ; & que le plus riche d'entre
eux ne joüiſſoit pas de mille écus de rente, nonobſtant qu'ils euſſent ſervy long-temps les Rois
Catholiques Ferdinand & Iſabelle avec tout
le zele imaginable, & qu'ils leur euſſent facilité la Conqueſte des Royaumes de Grenade & de Naples. Ce n'étoit pas là une recompenſe proportionnée à la grandeur de leurs
ſervices ; & de fait on ne ſçauroit nier que
les Rois Catholiques n'euſſent été trop mé-
nagers en ce point, ſi ce n'eſt que l'on pre-
tende pour les excuſer, que les revenus de la
Caſtille & de l'Arragon ne ſuffiſoient pas
pour donner à la dixiéme partie de leurs plus
fideles Serviteurs. Manuel qui ne voyoit que
les Couronnes au deſſus de ſon ambition, ſe
contenta d'eſtre Sous-ſecretaire d'Etat durant la vie de la Reyne Iſabelle ſa Souveraine ; mais il porta ſes deſirs plus haut dans
la rencontre que l'Archiduc Philippe d'Au-
ſtriche & Jeanne d'Arragon ſa femme, allerent en Eſpagne pour ſe faire reconnoître
heritiers preſomptifs de la Caſtille. Manuel
étoit perſuadé que ce jeune Prince aymoit
trop la vie molle pour ſe charger du poids
des affaires ; & que s'il s'inſinuoit avant tous
les autres Eſpagnols dans ſes bonnes graces,
il le gouverneroit à ſa fantaiſie, & en tireroit

*** iij

toutes les graces qu'il demanderoit. Il fut se premier des Espagnols à luy faire sa cour, & le prévint si bien, qu'aucun ne pût depuis l'égaler dans la faveur. L'Archiduc en s'en retournant dans les Païs-bas ne le mena pas avec luy ; & n'eut pas sujet de s'en repentir, puis qu'il le servit mieux sans comparaison dans la Castille qu'il n'auroit fait en Flandres. Il fut son Espion durant la maladie d'Isabelle, & il découvrit ou crût avoir découvert, que le Testament attribué à cette Reyne étoit faux. Il en avertit en secret l'Archiduc : Il luy fournit les moyens de le contester : Il l'encouragea de revenir promptement en Espagne ; & promit de luy gaigner une bonne partie des Grands. Ce qu'il écrivoit n'étoit pas vray-semblable ; & il y avoit du bon sens à presumer que le Roy Catholique auroit pris les devants sur son Gendre, & qu'il se seroit assuré de la Noblesse de Castille avant que l'Archiduc fût en état de la soliciter de le reconnoître. Cependant on eut plus de deference pour Manuel qu'il ne meritoit. L'Archiduc à sa seule sollicitation se remit en chemin ; & un bon-heur extraordinaire couvrit si parfaitement la faute qu'il commettoit, qu'à peine s'en apperceut-on. Il trouva que Manuel luy avoit aquis l'amitié de tous les Grands excepté les Ducs d'Alve & de Medina-Sidonia, qui plus par honte que

par affection n'avoient pas voulu abandonner
le Roy Catholique. La partie étoit trop inéga-
le, & l'Archiduc malgré l'opposition de ces
deux Ducs fut reconnu pour Roy. Les efforts
du Roy Catholique pour maintenir le pretendu Testament, furent impuissans; & il admira
luy mesme l'inconstance des choses humaines, lorsqu'il vit toute sa Cour reduite à cinquante personnes. Il sembla pour lors que la
teste eut tourné à Manuel, tant il prit plaisir
d'insulter à un Prince qui avoit été si long-
temps son Maître. Il ne se contenta pas de
dresser les Articles que sa Majesté fut contrainte de signer; & l'on ajoûte qu'il la regar-
da avec joye, quand elle alla trouver son Gendre montée sur une mule sans autre équipage. Le regne de l'Archiduc fut si court qu'il
ne vaqua que le Gouvernement de Burgos,
que Manuel jugeast digne de luy. Il l'obtint;
& ce fut dans le festin qu'il fit à son Maître
pour l'en remercier, que ce Prince avala, dit-on,
le poison dont il mourut. Il y eut des specu-
latifs qui penserent qu'on l'avoit donné, plus
pour arrester la prosperité de Manuel, que
pour se défaire du nouveau Roy Philippe.
Certes la revolution fut entiere, & Manuel
tomba tout d'un coup du comble de la faveur
au dernier abandonnement. Il presuppofa que
le Roy Catholique se vangeroit de luy par la

mefme raifon qu'il auroit continué de per-
fecuter le Roy Catholique, fi la vie de Philippe eût été plus longue , & il s'embarqua
pour Flandres avant qu'on fe fût faifi de fa
perfonne. L'Archiduc Charles & Chievres l'y receurent bien, & il ne tint pas à luy
que l'Empereur Maximilien n'otât au Roy
Catholique l'ufufruit de la Caftille : Mais
l'Empereur ne put équipper une flotte qui le
portât en Efpagne ; & le Roy Catholique
ayant affermy fon autorité, écrivit à l'Archiduc fon petit-fils & à Chievres, qu'il desheri-
teroit le premier & perdroit le fecond , s'ils
ne puniffoient Manuel. La menace étoit terrible; & celuy qui en ufoit , n'avoit pas accoûtumé de s'appaifer, ni de fouffrir patiemment
un refus. Mais d'ailleurs Manuel avoit obligé
Philippe qui étant Pere de l'Archiduc & bien-
faiteur de Chievres , exigeoit que l'on eût plus
de confideration pour un Miniftre qu'il avoit
chery, que pour le Roy Catholique qui le haïffoit. L'expedient que trouva Chievres pour
éviter ces deux écueils , fut de mettre Manuel
en prifon durant la vie du Roy Catholique,
avec ce temperament qu'il auroit toutes les
fatisfactions qu'il defireroit à la referve de la
liberté. Il fe propofoit encore en cela de mettre
en feureté la perfonne de Manuel , qui eût
couru rifque d'eftre poignardé quand mefme

AVERTISSEMENT.

on l'auroit environné de Gardes : Mais les
Politiques font plus delicats que les autres
hommes dans les offenfes qu'ils pretendent
avoir receuës. Manuel qui raifonnoit fi finement fur les affaires d'Etat, n'entra point en
connoiffance des motifs qu'avoit eu Chievres
de luy faire un petit mal pour le preferver d'un
plus grand. Il eut autant d'averfion pour luy
qu'il avoit eu de bonne volonté ; & il ne fut
point touché de la peine que prit Chievres
d'aller en perfonne le délivrer, auffi-tôt que le
courrier qui portoit la nouvelle de la mort
du Roy Catholique fut arrivé à Bruxelles.
Chievres n'eut pas depuis un plus grand ennemy que Manuel, & les bons offices qu'il luy
rendit l'effaroucherent au lieu de l'adoucir.
L'Archiduc qui ne pouvoit fe paffer ni de l'un
ni de l'autre, retint Chievres à fa Cour ; &
envoya Manuel en Italie, où il reüffit en deux
intrigues des plus difficiles. Il ne s'agiffoit pas
feulement de perfuader le Pape & les Veni-
tiens d'ôter au Roy Tres-Chrêtien * le Duché   * *François Pre-*
de Milan qu'il avoit recouvré, & de renvoyer   *mier.*
les François de là les Alpes ; mais encore de
leur faire confentir que les Efpagnols qui
poffedoient déja le Royaume de Naples,
conquiffent encore ce Duché : Qu'ils euffent
ainfi les deux tiers de l'Italie ; & que la tenant enfermée par les deux extrémitées, ils

****

attendiſſent l'occaſion d'aſſujetir le reſte. Il n'y avoit aucune apparence que le Conſiſtoire & le Pregady enduraſſent qu'on leur fît une propoſition ſi deſavantageuſe, mais l'induſtrie de Manuel ſupléa à l'impoſſibilité preſque certaine du ſuccez. Il prit un aſcendant merveilleux ſur l'eſprit de Leon Dix, & conclut avec luy en mil cinq cens vingt-un le fameux Traité qui valut aux Eſpagnols les Etats qu'ils tiennent encore dans la Lombardie. Son éloquence n'eut pas moins d'effet à l'égard des Venitiens, & il acheva ſa vie par deux ſi belles négociations.

EPITRE.

tirent avec autant ou plus d'animofité, que s'ils euffent été ennemis.

Quand vous conclûtes, *SIRE*,
les Traités de Paix des Pyrennez,
d'Aix la Chapelle, & de Nimegue,
vôtre Majefté avoit fous fes Enfei-
gnes beaucoup plus de Troupes,
que Charles Cinq & Henry Second
n'en avoient eu : Cependant auffi-
toft qu'on les licentia elles difparu-
rent fi univerfelement, que dès le
lendemain il n'étoit pas poffible de
diftinguer les gens de guerre d'avec
les autres François. J'ay donc raifon de prevoir & même d'affurer
par avance, que vos Hiftoriens é-
criront fans en avoir le deffein une
Pratique de l'Education des Prin-

EPITRE.

ces, plus belle & plus utile sans comparaison que celle que vous presente,

SIRE,

Vôtre tres-humble, tres-obeïssant & tres-fidel sujet & serviteur,
ANTOINE VARILLAS
Historiographe de France.

gne : où enfin la Religion Catholique fut rétablie dans Vtrec & dans les autres Villes, d'où toutes les forces de la Maison d'Autriche n'avoient pu empêcher qu'elle ne fût bannie durant près de cent ans.

Si vôtre Posterité, SIRE, a de l'inclination pour la Paix, elle trouvera encore dans vôtre Majesté un modele aussi rare que celuy que je viens de rapporter pour la guerre. Toute l'Europe croyoit que les François qui avoient une fois porté les Armes, étoient incapables de changer de profession ; & se fondoit sur des experiences, qui pour avoir été funestes n'en paroissoient pas

i

EPITRE.

moins évidentes. *Quand on fit la Paix avec l'Angleterre les Troupes Françoises se souleverent par la seule crainte d'être licentiées, ravagerent long-tems leur patrie ; & l'eussent peut-être changée en un Etat purement militaire, si le Connétable du Guesclin ne se fût avisé de les mener en Espagne, où elles éleverent sur le Thrône de Castille Henry de Transtamare. Nos guerres civiles du Siecle passé qui durerent quarante ans, furent excitées par les Soldats François & par la plus grande partie de leurs Officiers, qui ne pouvant se resoudre de retourner dans leurs Maisons, formerent deux Partis contraires; & se bat-*

EXTRAIT DV PRIVILEGE DV ROY.

PAR grace & Privilege du Roy, Donné à Chaville le trentiéme Juillet 1683. Signé DALENCE': Il eſt permis au Sieur VARILLAS de faire imprimer par tel Libraire ou Imprimeur qu'il voudra choiſir , LA PRATIQUE DE L'EDUCATION DES PRINCES par luy compoſée, pendant le temps & eſpace de dix années , à commencer du jour qu'elle ſera achevée d'imprimer pour la premiere fois: Avec deffenſes à tous autres Libraires ou Imprimeurs d'en faire imprimer, vendre ni debiter de contrefaits, ſans l'exprés conſentement dudit Varillas, ou de ceux qui auront droit de lui, ſur peine de mille livres d'amende, de confiſcation des Exemplaires contrefaits, & de tous dépens, dommages, & intereſts , comme il eſt plus amplement porté par leſdites Lettres.

Et ledit Sieur Varillas a cedé ſon droit de Privilege à Claude Barbin, Marchand Libraire à Paris.

Regiſtré ſur le Livre de la Communauté des Libraires & Imprimeurs de Paris.

Signé, C. ANGOT, Sindic.

Achevé d'imprimer la premiere fois le 8. Avril 1684.

ARGUMENT
DU PREMIER LIVRE.

L'ARCHIDVC PHILIPPE resolu d'aller en Espagne prendre possession des Royaumes échus à sa femme, choisit pour gouverner les Païs-bas Chievres qui répond parfaitement à la bonne opinion qu'on avoit de luy. La disposition de Charles d'Autriche Fils aîné de l'Archiduc est laissé par Testament à Louis Douze Roy de France pour des raisons qui ne peuvent être plus justes ni plus pressantes, & Louis donne en ce point une marque de moderation qui n'a qu'un seul exemple dans l'Antiquité en la personne d'Ildegerge Roy de Perse. Il nomme Chievres pour Gouverneur du jeune Prince, sans avoir aucun égard qu'il préjudicioit aux interêts de la Monarchie Françoise. Chievres s'acquite de sa commission en instruisant son Pupile de ses veritables interêts, & en l'obligeant à exercer par luy même les principales fonctions de la Souveraineté. Il travaille de concert avec Gouffier Gouverneur du Comte d'Angoulême pour effacer du cœur de leurs deux Pupilles les semences d'aversion que le mariage du Comte avec l'heritiere de Bretagne promise à Charles, y avoit execitées; Et dans l'extrême difficulté qui se presente de demeurer uny avec l'Empereur ou le Roy Catholique, Chievres préfere sagement l'Alemand à l'Espagnol.

HISTOIRE

LA PRATIQUE
DE
L'ÉDUCATION DES PRINCES.
PREMIERE PARTIE.

HISTOIRE DE GUILLAUME DE CROY,
Surnommé LE SAGE, Seigneur de Chiévres,
Gouverneur de CHARLES D'AUSTRICHE qui
fut Empereur Cinquiéme du Nom.

LIVRE PREMIER.

*Où l'on voit ce qui s'est passé de plus mémorable dans l'Europe
depuis le commencement de l'année mil cinq cent six jusqu'au
milieu de l'année mil cinq cent quatorze.*

A Maison de Croüy, selon l'ancienne
ortographe, ou de Croy, selon la nouvelle, se vante de descendre en droite
ligne masculine des anciens Rois de
Hongrie par un Estienne, que d'autres
appellent André troisiéme fils du Roy Bela, & frere de

*Dans Pontus
Heuterus.*

A

Sainte Elifabeth Comteffe de Thuringe, lequel ayant
été chaffé de Hongrie, fe réfugia en France l'an mil cent
foixante & treize fous le Régne de Loüis le Jeune; mais
fon Fils s'établit dans la Gaule Belgique en époufant
Catherine heritiere de Croy, dont il prit le nom & le
laiffa à fes defcendans. Cette maifon s'allia depuis fucceffivement par Guillaume Premier de Croy à la maifon
de Guines; par Jacques Premier de Croy à la maifon de
Soiffons; par Jacques Second de Croy à la maifon de
Pecquigny; par Guillaume Second de Croy à la maifon
de Renti; par Jean de Croy à la maifon de Curton;
par Antoine de Croy à la maifon de Lorraine; & par
Philippe de Croy à celle de Luxembourg.

Jean de Croy la tira de la Picardie pour la rendre
Flamande, lorfqu'il devint Favori de Philippe le Hardi premier Duc de Bourgogne de la feconde branche de la Maifon Royale de France.

Les Hiftoriens du tems ne fe font point affez attachez à repréfenter le caractere de ce Seigneur : Cependant il falloit que ce fût un homme extraordinairement habile, puifqu'il gouverna toute fa vie les deux
Princes les plus contraires de tempérament & d'humeur, & les plus difficiles à perfuader qui furent jamais, Philippe le Hardi, & Jean fans peur fon Fils,
Ducs de Bourgogne. Il fut leur premier Chambellan;
& par une addreffe de Politique tout extraordinaire,
quoi-que Philippe le Hardy & Jean fans Peur fuffent
prefque toûjours trés-mal avec les Rois de France,
Jean de Croy ne laiffa pas d'être Favori des Ducs
de Bourgogne, & ne leur donna jamais ni jaloufie ni foupçon de fa fidélité, nonobftant qu'il fût

fi bien toute fa vie à la Cour des Roys Tres-Chrêtiens, qu'ils le firent Grand-Maître de leur Maifon, & luy laif-ferent exercer les fonctions de cette grande Charge fans fe plaindre jamais qu'il eût porté les interêts des Ducs de Bourgogne contre leurs Majeftez. La particularité mérite d'autant mieux d'être remarquée, qu'elle eft fin-guliére, & peut-être unique en fes principales circon-ftances dans les Hommes Illuftres des derniers fiécles ; & que d'ailleurs elle eft tellement avantageufe à Jean de Croy, qu'il femble que l'on ne puiffe rien dire de plus grand en fa faveur.

Il n'oublia pas dans un état fi heureux, qu'il en pouvoit plus aifément déchoir, qu'il n'y êtoit monté ; & comme il prévoyoit que les Rois de France & les Ducs de Bour-gogne deviendroient enfin ennemis irreconciliables, & qu'ainfi la maifon de Croy feroit contrainte de fe dé-clarer, il régla de forte fes biens héréditaires & les ac-quifitions qu'il faifoit, qu'il en eût autant dans les Etats des Rois de France, que dans ceux des Ducs de Bour-gogne, afin que de quelque côté qu'il vint à pancher, il luy reftât toûjours la moitié de ce qu'il poffedoit, & qu'il eût les moyens de paroître en grand Sei-gneur dans celle des deux Cours qu'il auroit preferée à l'autre.

Antoine de Croy fon Fils fut affez heureux pour luy fucceder en la faveur, & pour difpofer fi univerfelle-ment de Philippe le Bon troifiéme Duc de Bourgo-gne, qu'il n'y avoit que les confeils & les deffeins qu'il avoit propofez ou approuvez, qui fuffent au goût de ce Prince.

Mais Philippe de Croy Fils d'Antoine tomba dans

la difgrace que Jean de Croy fon Ayeul, avoit ap-
prehendée par un accident qu'il importe de déve-
lopper icy, parce qu'il fert à l'intelligence des chofes
fuivantes.

Comme Philippe le Bon avoit reçû de la main de Jean
fans peur, fon Pere, Antoine de Croy pour être fon principal Miniftre & fon Favori tout enfemble fans témoigner la moindre répugnance, foit qu'il crût être obligé
d'avoir en cela une defferance aveugle, ou que fon
inclination s'accordât avec le choix de la perfonne qu'on
luy prefentoit; il s'êtoit imaginé que Charles le Terrible fon Fils, n'auroit pas moins de complaifance pour
luy, & qu'il accepteroit avec joye Philippe de Croy
pour être auprés de foy, ce qu'avoient été Jean & Antoine de Croy auprés de fon Pere, de fon Ayeul, &
de fon Bifayeul: mais les difpofitions n'êtoient pas tout
à fait femblables de part & d'autre, comme il auroit
falu qu'elles le fuffent pour un renouvellement de confiance & de faveur. Il ne manquoit rien à Philippe de
Croy pour remplir dignement auprés de Charles le
Terrible les deux places dont il s'agiffoit : Mais
Charles êtoit prévenu de la penfée que fon Pere exigeoit trop de luy, & qu'il portoit les droits de la nature plus loin qu'ils ne devoient aller. Qu'à le bien
prendre, un Miniftre & un Favori n'êtoient à l'égard
d'un Souverain que ce qu'êtoient un Intendant à l'é-
gard des Grands, & un intime Ami à l'égard de tous
les Particuliers de quelque condition qu'ils fuffent; &
que par la même raifon qu'on laiffoit aux Grands & aux
Particuliers l'entiére liberté de choifir leurs Intendans
& leurs Amis, un jeune Souverain ne devoit être dé-

terminé au choix d'un Miniftre & d'un Favori par rien
qui fût hors de luy-même. Ainfi Philippe de Croy fut
défagreable par l'empreffement que l'on avoit de l'a-
vancer; & Charles le Terrible qui eût apparemment jetté les yeux fur luy, fi on ne fe fut pas ingeré de luy en
parler, n'en voulut point du tout à caufe qu'on luy en
avoit parlé. Il s'expliqua fi nettement là-deffus que fon
Pere ne jugea pas à propos de l'en preffer davantage;
mais le bon Prince qui ne s'étoit trop avancé que par
un excés d'affection pour les Croys, reconnut qu'il
venoit de faire à leur égard, une des démarches politiques qui nuifent irreparablement toutes les fois qu'elles
ne réüffiffent pas. Il craignit d'avoir à contretems donné à fon Fils le motif de changer en averfion l'indif-
férence qu'il avoit montrée pour les Croys, & ne négligea rien dans cette vûë de ce qu'il eftimoit capable
de les infinuer dans fes bonnes graces. Il préfuppofa
de plus que la mortification que ce jeune Prince avoit
donnée aux Croys par fon refus étoit trop grande; &
pour l'adoucir autant qu'il luy feroit poffible, il fe mit
à les combler de bien-faits.

Une Dame de la branche ainée de la maifon de
Bethune mourut en Flandre fans heritiers habiles à
fucceder, & fans avoir difpofé des biens immenfes
qu'elle laiffoit. Ils appartenoient par droit d'aubeine à
Philippe le Bon, & il en fit prefent aux Croys. La
liberalité étoit grande, mais non pas extraordinaire;
puifque ce Prince en avoit quelquefois exercé de femblables & mêmes de plus grandes à l'égard des perfonnes qui ne l'avoient pas fi fidélement fervi que
les Croys; elle paffa néanmoins pour une prodigalité,

*Dans les caufes
de la difgrace des
Croys.*

A iij

& même pour une injuſtice, dans l'idée de Charles le Terrible. Il avoit déja vingt-cinq ans : il êtoit marié & pere de la Fille unique .* qu'il eut pour tous enfans: Cependant ſon Pere qui n'avoit auſſi que luy, ne luy avoit encore rien donné en avancement de la ſuc-ceſſion des Païs-bas qui le regardoit: il l'obligeoit à demeurer dans ſon Palais, à manger avec luy, à régler ſes divertiſſemens ſur les ſiens, & à ſe conten-ter d'une legere penſion pour ſurvenir au reſte de ſa dépenſe. Charles ne pouvoit être plus à l'étroit pour un homme qui devoit être un des plus riches Princes de la Chrêtienté, & cherchoit à ſe mettre au large. Il n'en per-doit aucune occaſion; & comme quelques mois avant la mort de la Dame de Bethune il avoit appris que la crain-te d'être empoiſonnée par ceux à qui elle laiſſeroit ſes grands biens l'empêcheroit infailliblement de teſter, il en avoit demandé par avance l'Aubeine à ſon Pere, qui l'a-voit accordée de bonne grace: Mais le bon Prince l'avoit ſi univerſellement oublié, qu'il ne s'en ſouvint pas même lors que ſon Fils luy en vouloit rafraîchir la memoire. Il luy repartit d'un ton déciſif qu'il ne luy êtoit jamais arrivé de promettre une même choſe à deux differentes perſonnes ; & que puiſqu'il avoit accordé aux Croys les biens de la Dame de Bethune, il faloit qu'il ne les eût pas promis au Prince de Bourgogne. Il demeura ſi fer-me là-deſſus, que les Croys eurent l'Aubeine : mais leurs envieux n'eurent pas plûtôt apperçû juſqu'à quel point le Prince de Bourgogne en êtoit chagrin, qu'ils aug-menterent ſon reſſentiment par le bruit qu'ils répan-dirent à la Cour de ſon Pere, que le Duc n'en demeu-reroit pas là ; & qu'il n'avoit enrichi les Croys de la ſuc-

cession de la Dame de Bethune, qu'afin que l'on trouvât moins étrange dans le monde le dessein qu'il avoit
de se dépoüiller luy-même pour les revêtir, & de frustrer
son Fils unique de la plus importante Province des Païs-
bas, qui étoit celle de Namur, pour la leur donner de
la maniére qu'il la possedoit, c'est-à-dire, en toute Souveraineté. Ainsi les affaires n'alloient déja que trop mal
pour les Croys à la Cour de Bourgogne, lorsqu'elles
empirérent par un accident imprévû, que l'on avoit
d'abord estimé les devoir rétablir.

Le Daufin de France qui fut depuis Loüis Onze s'é-
toit mis si mal avec le Roy Charles Sept son Pere, que
Sa Majesté l'avoit chassé de la Province du Daufiné
où elle ne pouvoit souffrir que pendant sa vie il tranchât
du Souverain. Comme il n'y avoit point ailleurs de seureté pour luy en l'Europe que dans les Païs bas, tous les
autres Etats Chrêtiens n'étant pas d'humeur de le refuser au Roy son pere, en cas qu'il le demandât; & que
d'ailleurs Philippe le Bon s'étoit assez donné à connoître pour appuyer l'opinion que le Daufin avoit
de luy, que s'il le prioit de le recevoir chez luy il n'y
consentiroit pas, de crainte de se commettre avec la
France: Mais s'il entroit dans les Païs-bas sans en avoir
pemandé la permission, Philippe qui se piquoit de l'hos-
pitalité & qui l'avoit accordée à toutes sortes de personnes, sans en excepter les Rois, n'auroit pas la dureté
de le renvoyer. Ainsi le Daufin entra jusques dans le
Brabant, avant que l'on sçûst à la Cour de Bourgogne
qu'il estoit en marche.

Sa conjecture se trouva vraye; & Philippe quoy-que
trés fâché d'avoir un tel Hôte, n'osa pourtant le prier

de fortir des Païs-Bas: Il ne penfa qu'à le renvoyer honnêtement, & pour y parvenir il choifit la voye de le reconcilier avec le Roy fon Pere. Il y employa les offices
de fes Agens ; & parce qu'une negociation fi épineufe
n'étoit pas l'ouvrage d'un jour, il commanda aux Croys
de défennuyer cependant le Daufin, & de former avec
luy une étroite liaifon.

On n'obéit jamais avec moins de repugnance,
que lors que les ordres des Souverains s'accordent a-
vec l'interêt prefent de ceux qui les reçoivent. Les
Croys étoient perfuadez qu'ils n'avoient plus rien à
ménager avec le Prince de Bourgogne : ils avoient du
bien en France : ils prévoyoient que le Daufin y feroit bien-tôt Roy, & que fa protection leur étoit abfolument neceffaire pour les garantir de l'ennemi formidable qu'ils ne pouvoient éviter d'avoir un jour fur
les bras. Ils n'oublierent rien dans ces vuës pour gagner
le Daufin; & ils y réüffirent avec d'autant plus de facilité, que ce Prince le plus empreffé de fon temps à
s'affûrer des gens dont il prétendoit tirer du fervice, fit de
fon côté plus de la moitié du chemin. Il venoit d'éprouver dans les converfations qu'il avoit euës avec le Prince
de Bourgogne, l'étrange antipathie de leurs deux genies.
Il ne doutoit pas qu'elle ne caufât un jour entre eux une
guerre qui dureroit autant que leur vie : il trouvoit bon
de s'y preparer de bon heure : il prévoyoit combien
les Croys luy feroient alors utiles; & il ne luy en falut
pas davantage pour fe les acquerir en un point qui ne
manqua pas de produire fon effet naturel, que les
Croys n'avoient pas affés apprehendé, puifqu'il augmenta pour eux la haine du Prince de Bourgogne, en
ajoûtant

ajoûtant au chagrin, au dépit, à la colere, & au reffentiment qu'il avoit déja, la jaloufie d'appercevoir
que l'on cherchoit de l'appuy contre luy. Il en fut touché fi vivement qu'il ne garda plus de mefures avec des
gens dont il faifoit beaucoup moins d'état depuis que
le Duc fon Pere avoit ceffé de le preffer de les prendre pour domeftiques.

Il avoit fçû que le Roy Charles Sept apprenant
que le Daufin s'étoit retiré en Flandre, avoit dit
que le Duc de Bourgogne avoit reçu chez luy un
Renard qui mangeroit fes poules ; & il en prit occafion de publier par la bouche de fes Emiffaires que la prediction de fa Majefté étoit accomplie, & que les Croys avoient conjuré avec le
Daufin la ruine de la Maifon de Bourgogne. Il s'expliqua depuis fur la vengeance qu'il en tireroit aprés
la mort de fon Pere ; & comme il ne s'étoit point encore adoucy lorfque le Daufin devenu Roy de France
partit du Brabant, les Croys pour fe preparer un azile
exciterent fa Majefté Tres-Chrêtienne à retirer des
mains du Duc de Bourgogne les Villes de Picardie fci-
tuées fur la riviere de Somme, puifque le Traité d'Arras
* le permettoit pour quatre cens mil écus. La fomme
quoy que tres-grande dans la conjoncture d'alors
fut bien-tôt prête ; & Philippe le Bon quelque chagrin
qu'il eût de la recevoir, ne l'ofa refufer. Les Villes furent
reftituées de bonne foy ; & fi Philippe n'en eut pas moins
de bonne volonté pour les Croys, fon Fils en fit contre
eux de tres-grandes plaintes. Ils demeurerent auprés du
Pere & le fervirent fidellement tant qu'il vêcut ; & lorfqu'ils l'aperçurent tellement affoibly qu'il ne luy reftoit

*Conclud en mil
quatre cens tren-
te-cinq entre
Charles Sept &
Philippe le Bon.

B.

plus de vie que pour quelques heures, ils luy demanderent la permiffion de fe retirer fur les terres de France,
& l'obtinrent. La perfecution fut longue, & dans toute
l'étenduë de la puiffance du nouveau Duc, cependant
les Croys la fupporterent avec une moderation qui
n'avoit point encore eu d'exemple en de femblables
rencontres dans les Païs-Bas. Il ne fortit aucune plainte de leur bouche ni aucun manifefte en leur faveur
de la plume de leurs amis. Ils jugerent fagement que
ces deux voyes de foulager les grandes douleurs
étoient dangereufes; & que le plus fouvent fi l'on
étoit affez moderé pour n'y mêler ni invectives ni
fatires, on étoit fi malheureux que d'autres y en mé-
loient, & que le Public étoit affez injufte pour les
imputer à ceux qui n'en étoient pas les Auteurs. On
ne vit pas mêmes d'Apologies de la part des Croys
pour juftifier leur innocence. Ils demeurerent dans un
filence profond & refpectueux; & dans les guerres qui
fuivirent entre le Roy Louïs Onze leur Protecteur, &
le Duc de Bourgogne leur ennemy déclaré, ils n'agirent ni contre le Roy ni contre le Duc que dans les
rencontres où ils ne purent honnêtement fe difpenfer
ni de l'un ni de l'autre. Ils prirent en le faifant ou
avant que de le faire toutes les précautions capables
d'excufer leur procedé; & quoyque Louïs Onze fût fi
difficile à gouverner fur cette matiere que le Connétable de faint Paul n'y avoit pû reüffir, ils furent affez
adroits pour empêcher que leur conduite en un point
fi délicat ne fût pas fufpecte à fa Majefté Tres-Chrétienne. Ils attendirent en paix le retour de leur bonne
fortune, & meriterent par-là que leur perfeverance

l'emportât fur leur malheur. On n'a pas fçû precifément fi le Duc de Bourgogne en fut touché ; ou fi le
befoin qu'il eut des Croys pour fe mettre en poffeffion de la Gueldre qui venoit de luy être donnée par
un Pere mal-traité * au préjudice de fon propre Fils , *
l'obligea de fe reconcilier avec eux ; mais il eft conftant que leur rétabliffement fe fit de bonne grace ;
qu'ils avoient de grandes liaifons avec les Principaux
du Duché de Gueldres ; qu'ils contribuerent beaucoup à les engager doucement fous la domination de
la Maifon de Bourgogne ; & que fi le changement fe
fit prefque fans répandre de fang, Charles le Terrible
en fut redevable aux Croys.

    Ils vêcurent depuis avec luy de maniere que s'ils
n'acquirent fon amitié, ils empêcherent au moins d'é-
clater les reftes d'averfion qui luy auroient pû demeurer contre eux dans le fond du cœur ; & aprés qu'il eut
été tué devant Nancy, ils reprirent le premier rang de
la faveur à la Cour de Marie de Bourgogne fon heritiere. Ils l'avoient difpofée à époufer le Daufin de France, quoy qu'elle eût déja vingt-ans , & que le Daufin
n'en eut que fix , & leur reconnoiffance pour Louïs
Onze alla jufqu'à ne rien negliger de ce qui fervoit à
luy perfuader de mettre par cette alliance les Païs-Bas
dans fa famille. L'aveuglement & l'obftination de ce
Prince à refufer le plus grand avantage qui luy pouvoit jamais arriver, les étonnerent d'autant plus qu'ils
luy en voyoient rechercher de moindres, fans comparaifon, avec une extrême avidité. Ils ne fe rebuterent
pas neanmoins d'obliger la France ; & ménagerent fi
bien le credit qu'ils avoient auprés de leur Souveraine, *

                                B ij

* *Uric Duc de Gueldres.*
* *Adolphe.*

* *Marie de Bour gogne.*

qu'elle confentit d'époufer Charles Comte d'Angoulême, qui fut depuis Pere de François Premier. Ils
fuppofoient que fi la haine irreconciliable de Louïs
Onze pour la Maifon de Bourgogne alloit jufqu'à ne
pas vouloir que la Princeffe qui en heritoit, entrât dans
fa famille, elle n'iroit pas jufqu'à fouffrir que les Païs-
Bas fortiffent de la Maifon Royale : Mais ils furent in-
confolables lorfqu'ils apprirent que fa Majefté Tres-
Chrêtienne regardoit l'alliance d'un Prince de fon
fang avec l'heritiere de Bourgogne comme le plus
grand malheur dont la France fut menacée à caufe des
habitudes que ce Prince y auroit, & des guerres Civiles qu'il y pourroit exciter quand il luy plairoit. Ils
admirerent la Providence divine dans les bornes qu'elle donnoit aux Monarchies & dans les obftacles qu'elle mettoit à leur aggrandiffement, & cefferent de traverfer les Noces de Marie de Bourgogne avec Maximilien d'Autriche. Ils negocierent pour Philippe d'Autriche leur Fils un Traité * avec le Duc de Cleves qui
confirmoit l'union de la Gueldre avec les Païs-Bas ; &
leurs affaires en étoient-là, lorfque Guillaume de Croy
Seigneur de Chiévres troifiéme Fils de Philippe de
Croy commença à fe fignaler dans le monde par fes ex-
cellentes qualitez. Il y étoit entré au Printemps de l'année mil quatre-cens cinquante-huit ; & comme il n'étoit
que cadet d'une famille fi nombreufe que l'on y contoit jufqu'à quatorze enfans, & qu'il fe fentoit pourtant
né pour en être un jour l'ornement, il fe propofa de
bonne heure de ne devoir qu'à foy, aprés Dieu, la grandeur où il afpiroit, & où il avoit un preffentiment fecret, de parvenir ; & les mefures qu'il prit pour s'y élever

** Il eſt dans la
Biblioteque du
Roy.*

furent les mêmes, que s'il n'eut eu ni bien ni naiſſance.

Son corps étoit aſſez robuſte pour ſupporter ſans incommodité les fatigues de la guerre, & neanmoins aſſez bien formé pour diſputer de la beauté & de la bonne mine contre qui que ce fût. Il ſuffiſoit de jetter par hazard les yeux ſur luy pour juger d'abord qu'il étoit du premier rang dans la ſocieté civile ; & s'il ſe fut trouvé dans les tems où les hommes les mieux faits étoient choiſis pour commander aux autres, l'Empire le plus floriſſant eut été pour luy. Mais le dehors ne ſervoit en luy que pour inſpirer à ceux qui le regardoient le deſir d'en connoître le dedans, puiſque l'on ne s'amuſoit plus à loüer l'exterieur de Chiévres aprés que l'on avoit connu par elle quelques traits de la ſublimité & de l'étenduë de ſon eſprit. L'une & l'autre étoient ſi fines qu'elles ſuppléoient parfaitement à ce que l'étude y auroit pû ajoûter : Elles luy fourniſſoient à point nommé ce qu'il n'auroit pas tiré ſans peine des meilleurs Livres ; & jamais on ne vit plus diſtinctement en aucun autre de ſon tems, qu'il y a des genies qui ſe paſſent aiſément de tout ce qui a été inventé pour éclairer la raiſon par la ſcience, ou pour la fortifier par l'experience. Il étoit ſi penetrant qu'on ne pouvoit luy donner le change : ſi ferme qu'il étoit à l'épreuve des évenemens les plus ſurprenans : ſi ſage qu'il ne luy arrivoit rien de fâcheux qu'il n'eût prévû aſſez-tôt pour en corriger l'amertume en tout en ou partie : ſi droit qu'il préferoit inviolablement le merite à toutes les autres conſiderations humaines : ſi genereux qu'en tant de Charges differentes qu'il eut, il ne s'écarta ni de la bien-ſéance ni du devoir : ſi ha-

B iij

bile en l'art de connoître les hommes, que son Prince ne fut pas mieux servy que par ceux qu'il luy presenta : & si désinteressé qu'il ne demanda jamais aucune gratification qui tournât à son profit.

Comme il n'eut point d'enfans de Marie Magdelaine, que d'autres appellent Anne de Hamal, qu'il avoit épousée, il s'attacha plus volontiers à la profession des armes, & servit les Rois de France Charles Huit à la Conquête de Naples, & Loüis Douze au recouvrement du Duché de Milan, aprés en avoir obtenu l'agrément de son Maître l'Archiduc Philippe d'Autriche Fils unique & Successeur de Marie de Bourgogne qui ne trouvoit pas mauvais que ses sujets apprissent la guerre aux dépens d'autruy, quand il les estimoit d'ailleurs assez moderez pour n'en pas abuser au préjudice de leur Patrie. * La premiere rupture survint peu de tems aprés entre la France & l'Espagne ; & la femme de l'Archiduc * étant devenuë heritiere de la derniere de ces Monarchies, Chiévres discontinua de porter les armes pour les François, & vivoit en repos dans la Province du Hainaut lorsque l'Archiduc l'en tira pour luy donner une Commission qui marquoit assez que ce Prince le préferoit aux plus grands Seigneurs des Païs-Bas.

C'étoit une Loy indispensable de la Monarchie Espagnole que pour y regner un jour sans que l'avenement à tant de Couronnes fut traversé, il faloit avoir été reconnu pour Prince des Asturies, c'est à dire en qualité d'heritier & de successeur presomptif & necessaire par les Estats du Païs assemblez pour cette unique fin. L'Archiduc étoit Flamand ; & sa femme en

Marginal notes:

* *Dans le Panegyrique de ce Prince.*

* *Jeanne d'Arragon.*

l'époufant n'avoit pas ftipulé expreffément que fes
droits fur la Monarchie d'Efpagne luy fuffent con-
fervez, parce qu'elle en étoit alors fi éloignée qu'il n'y
avoit aucune apparence qu'elle y fût jamais appellée
par l'ordre de la nature : Cependant toutes les perfonnes qui l'en excluoient étoient mortes, & luy avoient
fait place. Elle avoit une fœur cadette en Efpagne ; &
il eftoit à craindre que les Efpagnols en la mariant
chez eux, ne traitaffent l'Archiducheffe comme ils
avoient autrefois traité la Reyne Blanche de Caftille
Mere de faint Louïs, qui s'étant trouvée en France
lorfque la fucceffion du Roy Alfonfe fon Pere fut ouverte, & ayant negligé de fe faire reconnoître heritiere prefomptive, les Etats de Caftille l'en avoient
fruftrée pour la donner à l'Infante Berenguelle fa fœur
puînée. Il faloit donc que l'Archiduc & l'Archiducheffe
paffaffent au plûtôt en Efpagne ; & quoyqu'il n'y eût
point d'exemple que les Souverains des Païs-Bas en
euffent eté fi fort éloignez, la neceffité l'emporta cette
fois fur la coûtume, & les Sujets de l'Archiduc y con-
fentirent enfin fur la promeffe authentique qu'il leur
fit d'un prompt retour ; & ce fut apparamment pour
ne leur pas donner lieu de foupçonner qu'il voulut
manquer de parole, qu'il ne laiffa point de Gouverneur
pour tenir fa place. Mais aprés la mort d'Ifabelle fa belle-
mere, & lorfqu'il fut queftion d'aller une feconde fois en
Efpagne prendre poffeffion des Couronnes de Caftille,
de Leon, & des autres qui y étoient unies, l'Archiduc
prévoyant que fon fejour y feroit long, comme en effet
il n'en revint pas ; & eftant contraint de choifir un homme capable de fuppléer à fon abfence dans les Païs-Bas,

jetta les yeux fur Chiévres. Le choix fut univerfelement approuvé ; & fi l'Archiduc n'eut pas lieu de s'en
repentir, fes Sujets n'eurent pas plus d'occafion d'y
trouver à redire. La tranquillité des Païs-Bas fut fi profonde que rien ne l'altera ni au dedans ni au dehors;
& l'Archiduc en fut d'autant plus redevable à la conduite judicieufe de Chiévres, que ce fut principalement elle, comme l'on verra dans la fuite de cet Ouvrage, qui luy procura le fuccés qu'il eut dans l'entreprife dont on va parler, qui étoit des plus difficiles des
derniers fiecles.

L'Archiduc pretendoit regner en Caftille immediatement aprés la mort de fa belle-mere, & fe fondoit
fur le droit & fur la coûtume reçûë en ce point par
toute l'Efpagne. Le Roy Catholique Ferdinand fon
beau-pere pretendoit au contraire l'ufufruit de la même Caftille, & montroit un Teftament de fa femme
qui le luy laiffoit en termes exprés. L'Archiduc repli-
quoit en accufant de fauffeté ce Teftament; & fi la verité n'étoit pas conftante de fon côté, l'apparence l'é-
toit au moins toute entiere. La plûpart des Grands de
Caftille en étoient perfuadez, & s'étoient hautement déclarez pour luy. Mais Ferdinand avoit gagné le refte;
& comme il avoit de plus engagé dans fes interêts fes
Royaumes hereditaires d'Arragon fur lefquels fon
Gendre n'avoit aucune pretention, il l'eût empêché de
prendre poffeffion de la Caftille, & fe la fût confervée
malgré l'Archiduc, s'il l'eût vû en guerre avec quelqu'un de fes Voifins : au lieu que fur les avis certains
venus en Efpagne que l'adminiftration de Chiévres
étoit fi agreable aux Flamans & à leurs Voifins, que
les

les uns & les autres non feulement ne penfoient point
à la troubler, mais encore étoient difpofez à donner
à l'Archiduc des fecours confiderables d'hommes &
d'argent à la premiere follicitation qu'il leur en feroit,
Ferdinand quitta la partie & la perdit. Il renonça en
faveur de fon Gendre au Teftament qu'il avoit produit
& fait imprimer en toutes Langues : il figna fa de-
miffion : il fortit prefque feul de la Caftille comme
il y étoit entré prefque feul trente-quatre ans auparavant, & fe retira dans l'Arragon. Mais les grandes
profperitez n'aboutiffent que trop fouvent à des malheurs imprévûs.

L'Archiduc ne fut pas plûtôt Roy paifible de Caftille
qu'il y mourut, & cet accident au lieu de nuire à Chievres,
fut la principale occafion de fa fortune. Le Fils aîné
des deux que l'Archiduc laiffa n'avoit que fix ans, & fe
nommoit Charles. Il étoit deftiné pour former la plus
puiffante Monarchie de la Chrêtienté puifqu'il avoit
déja les Païs-Bas ; & que de plus trois fucceffions non
moins infaillibles à fon egard que grandes en elles-
mêmes, le devoient un jour rendre Maître d'un nombre prodigieux de Provinces & de Royaumes. Il attendoit de fa Mere la Caftille & les Couronnes qui y
étoient annexées : de fon Ayeul maternel les Royaumes d'Arragon, de Valence, de Naples, de Sicile, de
Sardaigne, de Majorque & de Minorque, & la Principauté de Catalogne : & de l'Empereur Maximilien
Premier fon Ayeul paternel les dix Provinces hereditaires de la Maifon d'Autriche en Allemagne ; outre
les pretentions à l'Empire fi bien établies, que toutes
les forces, le credit, l'argent, & les belles qualitez

C

perfonnelles de François Premier, ne les purent depuis empêcher de reüffir.

L'éducation de ce jeune Prince qui jufqu'à la mort de fon Pere avoit été nommé Duc de Luxembourg, & qui prit enfuite le titre d'Archiduc, étoit de telle importance que l'on ne pouvoit choifir une perfonne trop habile pour en prendre le foin ; & fi Chiévres n'y fut appellé par les fuffrages de tous ceux qui pretendoient avoir droit de donner de leur main un Gouverneur au jeune Archiduc, il eut au moins l'avantage qu'ils approuverent le choix qui avoit été fait de luy.

Avant que de déveloper un myftere fi curieux en matiere de Politique, il eft bon de remarquer icy que Sandoval & les autres Hiftoriens Efpagnols qui fe font déchaînez contre la memoire de Chievres par les motifs qui feront expliquez en tems & lieu, n'ont pas pris garde que leur animofité contre luy tournoit à leur propre préjudice ; & que pour flétrir la reputa-

Dans le premier Tome de la vie de Charles Cinq.

tion d'un homme qui malgré leurs gros volumes demeurera fans tache, il leur eft échapé des erreurs fur la verité de l'Hiftoire qui ne leur fçauroient être pardonnées que par une indulgence criminelle, puifqu'ils fe vantent d'avoir travaillé fur les Originaux. Ils forment une longue conteftation entre l'Ayeul paternel & le maternel de l'Archiduc à qui luy donneroit un Gouverneur. Ils fuppofent que le maternel prit tellement l'affaire à cœur, qu'il menaça plus d'une fois de défheriter fon petit-Fils fi on ne luy abandonnoit entierement le foin de fon éducation. Ils ajoûtent que le paternel venoit à la traverfe avec autant de chaleur pour le moins, mais que c'étoit dans la feule vûë de s'accommoder des revenus des Païs-Bas durant la minorité de leur Souverain. Ils pofent en fait que le paternel l'emporta par fa dignité d'Empereur & par le confentement des Flamans accoûtumez à fon adminiftration ; & que fa Majefté Imperiale trop occupée en Allemagne pour vaquer par elle-même à l'inftitution & aux affaires de l'Archiduc , mit Chiévres en fa place pour s'acquiter de l'une & des autres. Enfin ils veulent abfolument que l'on s'en tienne à ce qu'ils écrivent, & pretendent paffer pour des Hiftoriens défintereffez & finceres s'il en fut jamais, à caufe de quelques particularitez défavantageufes à leur Nation qu'ils racontent là-deffus , tirées des foibleffes de Ferdinand le Catholique en ce qui regardoit fon domeftique : cependant les mêmes Auteurs errent en fait, & fe font trompez pour n'avoir pas vû la piece décifive de la queftion qu'ils agitoient. Ils n'ont pas fçû que la mort fubite de leur Roy Philippe Premier n'avoit pas été tout-à-fait imprévûë, & que ce Prince avoit penfé civilement & même chrêtiennement felon Erafme à la mort, quoyqu'il n'eût encore que vingt-fept ans quand elle arriva : qu'il avoit fait un Teftament en bonne forme ; & que le principal article de cet acte authentique confiftoit dans une recommandation tres-expreffe de fon Fils aîné Charles au Roy Tres-Chrêtien Louïs Douze, & dans une inftante priere à fa Majefté de mettre auprés de luy l'homme qu'elle jugeroit capable de l'élever.

Dans le Teftament de Philippe Premier.

Les raifons de cette difpofition furent vrayfemblablement que d'un côté Philippe connoiffoit

C ij

L'humeur inconstante & prodigue de l'Empereur son
Pere, & sçavoit par experience que Maximilien ne
pouvoit avoir d'argent qu'il ne le dépensât à l'heure
même ; & que neanmoins aussi-tôt qu'il n'en avoit
plus il en cherchoit avec tant d'ardeur & d'obstination , que toutes les voyes bonnes & mauvaises
luy étoient indifferentes pourvû qu'il en trouvât.
Qu'il n'avoit point eu d'autre motif que celuy-là
pour épouser aprés la mort de Marie de Bourgogne Blanche Sforce sortie du mariage d'un bâtard & d'une bâtarde, quoyque les Allemans eussent
une aversion effroyable pour cette sorte de més-al-
liances : Qu'il avoit plus d'une fois envoyé & conduit
luy-même des troupes en Italie pour ceux qui les
achetoient de luy plus cherement ; & qu'il y avoit peu
d'esperance qu'il se corrigeât dans la vieillesse d'un défaut, qui avoit jusques-là passé pour être sa passion dominante. Cependant s'il vivoit à son ordinaire lorsqu'il seroit Administrateur des Païs-Bas, il en ban-
niroit le calme avec d'autant plus de facilité que les
Peuples y étoient portez naturellement à la revolte,
& qu'ils vouloient être gouvernez avec une délica-
tesse qui les empêchât de s'appercevoir qu'ils n'é-
toient pas entierement libres : que le moindre impôt
extraordinaire que sa Majesté Imperiale leveroit sur
eux les exciteroit à sedition , & que les ordinaires ne
l'entretiendroient pas un mois de l'année : que les
Flamans n'endureroient pas plus volontiers qu'il allât conduire leurs troupes contre ceux de leurs Voisins , dont la bourse seroit plus mal garnie que
celle de leurs ennemis, & qu'en l'une & l'autre ren-

contre les Païs-Bas courroient rifque prefque égal-
lement de changer de Maître durant une longue minorité.

D'un autre côté le Teftateur étoit tout à fait mal
fatisfait du Roy Catholique Ferdinand fon beau-pere, & à dire le vray ce n'étoit pas fans fondement,
puifque l'injure qu'il en avoit receuë touchoit directement l'honneur : car lorfque le même Ferdinand avoit
refolu de chaffer les François de la moitié du Royaume de Naples qu'il avoit deux ans auparavant partagé
avec eux, il avoit bien préveu que fes forces étant
inégales aux leurs, il ne les furmonteroit qu'en joignant la rufe à la force. Il s'étoit propofé de les amufer & de les tromper ; & afin qu'ils ne fe défiaffent
pas du piege qu'il leur tendoit, il avoit voulu cacher
fa perfidie fous la foy d'un Traité, qui eft le lien le
plus inviolable de la focieté civile ; & il avoit choifi
fon gendre en qualité de Plenipotentiaire pour inftru-
ment de la fupercherie, dans la penfée que fi les François par quelque caufe que ce fût concevoient du foupçon, ils en auroient moins pour un Prince comme
Philippe qui étoit leur Feudataire, que pour aucun
autre que fa Majefté Catholique leur envoyât. Ainfi
Ferdinand avoit prié Philippes d'aller à la Cour de
Loüis Douze faire la Paix entre la France & l'Efpagne, & luy avoit donné à cet égard un pouvoir fans
limite. Philippe trouva Loüis à Blois, & negocia de
bonne foy avec luy. L'accommodement fut figné de
part & d'autre, à condition que le partage du Royaume de Naples fubfifteroit entre les deux Nations, &
que celle qui auroit pris quelque chofe fur l'autre, le

C iij

reſtitueroit inceſſamment. Loüis qui par principe de religion évitoit autant qu'il pouvoit la dépenſe inutile , congedia les Troupes qu'il avoit levées pour garder ſa part, & Ferdinand au contraire ayant renforcé les ſiennes, elles vainquirent les François & les chaſſerent entierement. Loüis s'en plaignit à toute la Terre; mais Ferdinand aprés avoir obtenu ce qu'il demandoit, leva le maſque. Il deſavoüa ſon gendre, & ſe moqua de la credulité de Loüis. Il retenoit encore ce qu'il avoit uſurpé par une ſi injuſte voye, lorſque Philippe mourut; & ſi celuy-cy luy euſt laiſſé la diſpoſition de ſon Fils, il euſt donné occaſion de ſoupçonner qu'il y avoit eu de la colluſion entre ſon beaupere & luy , & qu'il n'étoit pas tout-à-fait innocent d'une tromperie dont luy ou les ſiens profiteroient un jour. Sa memoire en eût été trop flétrie ; & la tache étoit ſi noire, qu'il ne crut la pouvoir éviter qu'en confiant à la probité de Loüis ce qu'il avoit de plus cher, & qu'en luy faiſant par là quelque ſorte de reparation de l'injure qu'il avoit reçuë par ſon miniſtere. Il prévoyoit encore qu'en laiſſant au Roy Catholique l'adminiſtration des Pays-bas, ce Prince en employeroit les forces contre la France avec d'autant plus de danger pour les Flamans , que s'ils avoient du pire il en étoit trop éloigné pour les ſecourir ; au lieu qu'en ſe raportant au Roy Tres-Chrêtien pour le choix du Gouverneur de ſon Fils , ils demeureroient unis avec la France, & ſe maintiendroient par-là dans une profonde tranquilité.

Quoy qu'il en ſoit les Flamans aprouverent le Teſtament de Philippe, & Loüis fut en pleine liberté

de pourvoir à l'éducation du jeune Archiduc Charles.
il se détermina en faveur de Chievres, & ce qui suit
ne montrera que trop évidamment qu'il ne pouvoit
faire ni mieux pour le pupile qui luy étoit recommandé, ni plus mal pour la Monarchie Françoise.
Chievres employa les premieres années de sa fonction
à étudier le genie du jeune Archiduc & à démesler en
luy par une assiduité & une attention inconcevables,
les petites manieres qui marquoient ce que la nature
& le peché y avoient mis pour la vertu & pour le
vice. Le fruit d'un travail si long fut que Chievres
découvrit que Charles ressembloit aux terres nouvel-
lement dessechées aprés avoir été long tems cachées
sous les eaux de la Mer, qui produisent d'abord une
infinité de bonnes & de mauvaises herbes : Qu'à la
verité les principales perfections des plus illustres de
ses Ancestres étoient passées en luy, mais qu'en é-
change il avoit herité des imperfections les plus re-
marquées en eux : car pour le côté paternel s'il avoit
l'activité de Philippe le Hardy, il en avoit aussi l'inclination à n'aller jamais que par détours à la fin qu'il
s'étoit proposée : S'il avoit l'humeur entreprenante de
Jean sans Peur, il avoit aussi son attachement à pousser à bout les entreprises les plus injustes : S'il aimoit
comme Philippe le Bon à se familiariser, il n'aimoit
pas plus que luy que sa familiarité élevât ou enrichît
ceux qu'il en honoroit : S'il étoit infatigable au travail comme Charles le Terrible, il exigeoit avec autant de dureté que luy la recompense de ses travaux :
S'il étoit quelquefois gay jusques à l'excés comme
l'Empereur Maximilien, il n'étoit pas moins insupor-

Dans les Vies
des derniers Ducs
de Bourgogne.

table que luy dans la tristesse chagrine qui le saisissoit aux moindres occasions: Et s'il avoit la complaisance de son Pere pour les gens qui l'instruisoient, il en avoit aussi le mépris secret de leurs personnes nonobstant le bon office qu'ils luy rendoient.

Du côté maternel, s'il avoit comme Henry de Transtamare le secret d'engager dans ses interests les hommes d'un merite extraordinaire, & de les y tenir attachez aussi long tems qu'il en avoit besoin, il en avoit aussi le foible de les oublier aussi universellement que s'il ne les eût jamais connus, au moment qu'ils cessoient de luy être utiles: S'il employoit comme Jean Second de Castille plus volontiers les personnes de basse naissance que celles de qualité, il ne leur pardonnoit pas plus que luy les moindres fautes qu'elles commettoient dans l'execution de ses ordres: S'il prévenoit à l'exemple de Henry Troisiéme de Castille autant qu'il luy étoit possible les troubles dont l'Etat étoit menacé, il y travailloit comme luy en fomentant les divisions qu'il trouvoit allumées entre les Grands, ou en les excitant adroitement par ses Emissaires quand la trop bonne intelligence de ces Grands commençoit à luy devenir suspecte: S'il étoit assez heureux comme Jean Second de Castille pour trouver des gens qui fissent gloire de se ruiner à son service, il ne les en récompensoit non plus que luy que par des caresses & par des loüanges: S'il n'avoit comme Jean d'Aragon qu'autant d'amitié pour les siens que la bien-séance vouloit qu'il en eut sans aller au delà, il ne se soucioit pas plus que luy que le public fut informé de son defaut de tendresse:

Enfin

Enfin s'il exigeoit ponctuellement à l'exemple de
Ferdinand le Catholique qu'on luy tint parole , &
s'il ne pouvoit endurer non plus que luy que ceux à
qui il avoit affaire luy en manquassent , il n'étoit pas
aussi plus que luy esclave de la sienne. Ce n'est pas que
les perfections & les defauts que l'on vient de raporter &
qui furent depuis reprochez à Charles , eussent été déja
remarquez en luy , ou même qu'il en fut sitost suscep-
tible : mais c'est que la penetration de Chievres alloit
jusqu'à distinguer dans l'ame de ce jeune Prince sa
pente naturelle vers les biens qui le charmoient , &
vers les maux qui étoient les suites du peché d'origine ;
& cette lumiere étoit à peu prés semblable à celle qui
éclaire les Philosophes pour leur montrer les effets dans
les causes , & les Astronomes pour leur faire voir
les influences dans les Astres. Chievres avoit observé
que Charles aimoit la gloire ; & qu'il suffisoit souvent
pour le corriger de ses fautes , de le menacer qu'elles
seroient divulguées. Il en tira cette consequence que
l'étude & la lecture de l'Histoire étoient absolument
necessaires pour cultiver les bonnes semences dont on
vient de parler, & pour étouffer les mauvaises.

Dans la premiere de ces deux veuës il alla chercher
au fonds d'un College de Louvain un Precepteur à
l'Archiduc, & choisit le Docteur Adrien qui y étoit dans
une haute reputation ; & qui malgré son deffaut de politesse, ne laissa pas de s'élever depuis à la Papauté, Mais
il fut plus reservé dans la seconde veuë ; & il y auroit
lieu de douter de ce que l'on va dire , si les Ecrivains
Espagnols n'en convenoient avec les Flamans. Chievres estima l'Histoire tellement importante pour for-

D

mer fon jeune Prince, qu'il n'ofa fe fier qu'à foy pour
la luy montrer.

Il luy donna des Maîtres pour tout le refte ; mais
pour elle il fe paffa du fecours étranger, & l'enfeigna
luy même. Il eft vray que ce fut avec cette précaution que pour empêcher que fon Difciple ne s'ennuyât
de la longueur du travail, & ne le prefsât de têms
en têms de l'abreger, il feignit de l'étudier avec luy
pour regler, difoit-il, fa vie aux dépens d'autruy.

L'ordre qu'il tint ne pouvoit être plus métodique
parce qu'il commença par donner à Charles la connoiffance de l'Hiftoire en general, & qu'enfuitte il
l'attacha à celle des peuples de l'Europe avec lefquels
il devoit avoir un jour des affaires à demêler ; mais
comme fes principaux attachemens feroient en Efpagne & en France, fon Gouverneur voulut qu'il aprît
à fonds l'Hiftoire de ces deux Monarchies. On
comprenoit alors fous celle de France l'Hiftoire des
Païs-Bas. Il voulut encore que Charles lût chaque
Auteur en fa langue & dans fon ftile, & qu'il ne fe rebutât ni par la barbarie de la plufpart d'entre eux, ni
par la fuperfluité des trois quarts des chofes qui y font
contenuës. Il le convainquit d'abord de ce principe,
qu'à proprement parler il n'y a rien d'inutile en matiere d'Hiftoire ; & que les faits qui ne fervent de rien
dans la veuë que l'on a en les lifant, ferviroient tôt ou
tard dans les veuës que l'on auroit.

Cependant les Auteurs Efpagnols étoient déja en
tres-grand nombre ; & ceux qui les ont examinez dans
la Biblioteque du Cardinal Mazarin, fçavent que la
lecture n'en eft pas beaucoup agréable, pour ne rien

dire de plus méprifant. La multitude des Hiftoriens François n'étoit pas moindre : Ils n'avoient point d'a-traits pour ce jeune Prince, dont l'efprit n'étoit touché que par les chofes qui brilloient à fes yeux : il les parcourut neanmoins ; & l'on remarque en divers endroits de fa Vie, qu'il les citoit à propos lorfque l'occafion s'en prefentoit, & qu'il en avoit retenu ce qu'ils contenoient de plus important.

Pour l'imprimer plus fortement dans fa memoire, fon Gouverneur n'avoit pas manqué de lui faire obferver que prefque toutes les bonnes actions & les mauvaifes de fes Anceftres avoient reçû même dés cette vie la récompenfe ou la peine qu'elles meritoient ; & que par exemple le Duc de Bourgogne Philippe le Hardy pour avoir diffimulé dans toutes les actions d'éclat & pour avoir feint de fuivre les confeils d'autruy, quoy qu'il n'y euft perfonne autant prévenu que luy de l'infaillibité des fiens, s'étoit broüillé avec le Roy de Sicile fon Frere & le Duc d'Orleans fon Neveu, & avoit laiffé à fa pofterité une querelle à demêler, qui l'avoit long tems exercée, & enfin accablée. L'excés de fa complaifance pour l'heritiere de Flandres fon Epoufe à caufe de la dot qu'elle luy avoit apportée, avoit achevé de rendre infupportable cette Princeffe qui n'étoit déja que trop fiére, & il avoit été luy-même contraint d'en effuyer fouvent les mépris & les rebuts fans ofer s'en plaindre. Il étoit fi vindicatif & vouloit pourtant fi peu le paroître, qu'il employoit toûjours dans ces fortes d'occafions les bras de quelques affaffins inconnus qui ne fçavoient jamais ni qui les employoit, ni quel en étoit le motif, & Dieu permit que fon Fils fut tué avec des

précautions prefque femblables. Que Jean fans Peur é-
toit fi perfuadé que la fortune cefferoit d'être inconftan-
te pour luy, qu'il fe vantoit de l'avoir époufée ; cependant elle l'abandonna jufqu'à le laiffer monter fur
l'échafaut. * Il admiroit la fimplicité de ceux qui fe
fioient à fes promeffes, & il mourut pour s'être fié à
celles d'autruy. Il n'avoit de Religion que ce qu'il
en faloit au dehors pour amufer les bonnes gens, & il
n'euft pas le tems de revenir d'un égarement fi prodigieux. Il recherchoit par des voyes extraordinaires l'affection du menu peuple, & il en perdit celle de
la Nobleffe. Que Philippe le Bon afpiroit à la veritable Grandeur, & jamais Souverain fans être Roy ne
receut tant d'honneur que luy, puifqu'il rétablit des
Papes, des Empereurs d'Allemagne & de Conftanti-
nople, & des Rois d'Angleterre & d'Orient. Il a-
voit eu de plufieurs Maîtreffes neuf Garçons & cinq
Filles ; & il ne put avoir de deux femmes confe-
cutives en plus de cinquante ans de mariage, qu'-
un Fils qui fut le dernier de fa Maifon. Qu'enfin
Charles le Terrible reprenoit quelquefois le Clergé de fes Etats lorfqu'il le voyoit faire le Service
divin avec negligence ; & Dieu par reconnoiffance
du foin qu'il prenoit de fa gloire, le rendit le Prince le
plus celebre, & le plus puiffant de ceux qui ne furent
pas Rois. Il exerça la Juftice fur fes fujets avec
une exactitude qui ne fçauroit être affez loüée ; & fes
fujets en conçurent tant d'eftime pour luy, qu'ils ne
purent croire qu'il fût mort miferablement devant Nancy comme on leur difoit, & l'attendirent
durant fix ans, à peu prés comme les Juifs attendent

le Meſſie : Mais d'ailleurs il fuſt aſſez cruel à la guerre pour paſſer au jugement de la poſterité pour le premier Prince Chrêtien des derniers tems qui limita le droit des gens , alors plus étendu ſur le fait de l'Art militaire qu'il ne l'eſt à preſent , & qui refuſa aux Vaincus la vie qu'ils luy demandoient avec la plus profonde ſoûmiſſion ; & les Suiſſes qui le tuerent s'acharnerent de ſorte ſur ſon corps, qu'il fuſt depuis impoſſible de le reconnoître autrement que par conjecture. Il forma le deſſein de rétablir l'ancien Royaume de Bourgogne ſur les ruïnes de la Monarchie Françoiſe: & il ſe perdit luy-même en y travaillant par des voyes indirectes, aprés n'avoir pu reüſſir par les directes.

Dans le Journal du ſiege de Neſle.

C'étoit-là la maniere de Chievres pour montrer utilement & chrêtiennement tout enſemble l'Hiſtoire à Charles , en faiſant qu'il n'aprît aucun évenement conſiderable qui ne contribuât à le rendre un jour plus homme de bien ; & Charles de ſon côté quoy qu'il étudiât avec ardeur des matieres ainſi préparées, ne laiſſoit pas de ſe faire beaucoup de violence en les étudiant. Il étoit fort diſtrait, & il faloit beaucoup d'attention pour appliquer tant de faits differens chacun à ſa fin particuliere, & pour charger ſa memoire avec la condition onereuſe de les repreſenter à point nommé. Sa diſtraction venoit principalement de ſon activité ſi prodigieuſe , qu'il ne pouvoit demeurer un ſeul moment en repos. Les celebres Freres Meſſieurs Dupuy* montroient à ce propos une Relation qui ne ſert pas moins à connoître la conduite de Chiévres , que le temperament de Charles. L'Empereur Maximilien

* Pierre & Jacques.

D iij

Premier voulut mettre le Portrait de fon Petit-Fils dans la Galerie de fon Palais à Vienne, & écrivit à Chievres de le luy envoyer le plus reffemblant qu'il feroit poffible, afin d'accoûtumer de bonne-heure les Allemans à la veuë d'un Prince deftiné pour être leur Chef. On n'oublia rien de ce qui regardoit l'execution ponctuelle de l'ordre de fa Majefté Imperiale, & le celebre Albert Durer fut confulté fur le choix du Peintre: il en produifit plufieurs, & tous eurent le malheur d'être employez & de travailler l'un aprés l'autre, fans qu'aucun réüfsît. Ils convinrent à en rejetter la faute fur Charles qui remuant toûjours quelque partie de fon corps, & ne le tenant pas un inftant dans la même pofture, empéchoit que l'on en tirât aucun lineament certain. Ainfi le Portrait ne fe fuft point achevé aprés avoir été ébauché par tant de mains, s'il ne fuft venu en penfée à Chievres de faire apporter quatre épées; & de les difpofer autour de Charles avec tant de juftefle, qu'il ne pouvoit s'agiter fans fe bleffer.

Les Hiftoriens d'Efpagne n'ont ofé blâmer directement l'affiduité que le Gouverneur de Charles exigeoit de luy pour l'Hiftoire, parce que le fruit que ce Prince en tira euft fuffi pour convaincre de mauvaife foy ceux qui s'en fuffent pris à la racine; mais ils font allez à leur but indirectement, & par une autre voye. Ils ont fupofé que l'Hiftoire étoit abfolument neceffaire à Charles; & que le tems qu'il paffa à l'étudier n'euft pas été mal employé, fi c'euft été fans prejudice des autres chofes dont il avoit felon eux pour le moins autant de befoin: mais ils ont ajoûté que la connoiffance de la Langue Latine n'étoit pas moins neceſſaire à Charles que celle de l Hiſtoire ; & que neanmoins Chievres qu'ils repreſentent comme le plus adroit Court ſan qui fût jamais, voyant que d'un côté ſon Pupile ſe plaiſoit à l'Hiſtoire, & qu'il avoit de l'autre averſion pour la Langue Latine, il eut plus d'égard à l'inclination de ce Prince qu'à ſon propre devoir. Qu'il le diſpenſa tout-à-fait de l'étude du Latin ; & conſentit qu'il employa les heures qui y avoient été deſtinées, aux exercices de la dance, des armes, & des chevaux. Que cette negligence coûta cher à Charles ; & que lorſqu'il fût Empereur, il eut occaſion de ſe plaindre de l'indulgence flateuſe que ſon Gouverneur avoit euë pour luy. Qu'on luy fiſt un jour en Allemagne une harangue latine qui contenoit des affaires tres importantes, & qui demandoit ſur le champ une réponſe déciſive ; & que cependant ſa Majeſté Imperiale bien loin d'y ſatisfaire, ne l'entendit pas Qu'elle porta fort impatiamment l'affront qu'elle reçut alors ; & que ne pouvant s'en prendre à la Perſonne de Chievres qui ne vivoit plus, elle s'en prit à ſa memoire, & la flétrit d'un opprobre éternel.

Il eſt étrange que l'averſion de ces Auteurs ſoit allée juſqu'à ne ſe pas ſoucier de noircir Charles dans les mêmes endroits où ils ont fait ſon Panegirique, pourveu que le contre-coup du deffaut qu'ils luy imputent réjaliſſe ſur Chievres ; & pour juſtifier l'un & l'autre, il ne faut que diſtinguer ce qu'il y a de vray dans leur recit, d'avec ce qu'il y a de faux. Il eſt vray que Chievres occupa beaucoup plus Charles à l'Hiſtoire qu'à la Langue Latine: mais il

n'eſt pas vray que ces deux choſes fuſſent également
neceſſaires pour former un jeune Prince, au moins
Chievres qui paſſoit ſans difficulté pour un homme
d'eſprit, de jugement, d'experience, & de prévoyance,
n'en étoit pas perſuadé. Il croioit qu'il ſuffiſoit à Charles d'entendre les Langues mortes, comme étoit la
Latine, & qu'il faloit laiſſer aux Gens de College le
ſoin d'en étudier la delicateſſe, & l'opinion de la parler comme on faiſoit à Rome au ſiecle d'Auguſte. Il
n'étoit pas ſeul de ſon opinion ; & la pluſpart des Perſonnes de qualité qui vêcurent de ſon temps, en étoient
prévenus. On tint encore long tems aprés pour maxime à la Cour de France qui a toûjours été la plus
polie de la Chrêtienté, qu'il n'étoit pas à l'avantage
d'un Roy qu'on publiât de luy qu'il rafinoit ſur le Latin,
& Henry Quatre que l'on n'oſeroit accuſer d'ignorance
en ce point, puiſque Caſaubon dit avoir lû & admiré la
Traduction Françoiſe qu'il avoit faite des Commentaires de Ceſar, appelloit quelquefois par ironie dans ſes
diſcours familiers Maître Jacques le Premier Roy de la
Grande Bretagne, à cauſe qu'il ſe piquoit trop de bien
parler & de bien écrire en Latin ; & l'on ajoûte que ſa
Majeſté Tres-Chrêtienne ayant apris que ce Prince
qui n'étoit auparavant que Roy d'Ecoſſe, étoit devenu Roy d'Angleterre, Elle expliqua ce qu'Elle en penſoit en ces propres termes, *C'eſt là un trop bon morceau
pour un Pedant.*

Dans la Preface de ſes Commentaires ſur Polibe.

   Il eſt encore vray que Charles n'avoit pas tant d'inclination pour la Langue Latine que pour les autres ;
mais il ne l'eſt pas qu'il eût averſion pour elle, & que
la condeſcendance de Chievres à ſon égard alla juſqu'à

qu'à le difpenfer de l'apprendre, puifqu'il eft certain
que Charles ne l'étudia pas aprés la mort de Chievres;
& que quand il euft voulu s'y appliquer, les grandes &
les continuelles affaires qu'il eut depuis, luy en euffent
ôté le loifir. Cependant les Allemands fçavent qu'il
prenoit plaifir à lire Scleidan le plus poli des Hiftoriens
Latins de fon temps, & qu'il difoit en le demandant,
Aportez-moy mon menteur; & les Efpagnols n'ignorent pas
non plus que lorfqu'il fe fut retiré dans le Monaftere
de Saint Jufte, il fit fa lecture ordinaire des œuvres de
Saint Bernard qui n'étoient point encore traduites, ce
qui marque qu'il entendoit au moins le Latin; n'étant
pas vray-femblable qu'il euft voulu perdre le tems qu'il
deftinoit tout entier pour travailler à fon falut, &
qu'il avoit acheté au prix de tant de grandeurs humaines quittées volontairement; ni qu'il euft pretendu fe
moquer d'un Pere de l'Eglife au fens de Saint Jerôme, *
en le lifant d'ordinaire fans l'entendre.

 Enfin la conjoncture que les Efpagnols raportent
où Charles demeura court en Allemagne faute de Latin, & ne put ni concevoir ce qu'on luy difoit ni y répondre pofitivement, a plus d'un caractere de fauffeté:
car en premier lieu on vient de voir qu'il entendoit le
Latin: en fecond lieu ceux qui l'introduifent conferant
immediatement avec un Allemand fur des affaires importantes, ne fçavent pas qu'il ne luy arriva jamais d'a-
baiffer jufqu'à ce point la Majefté Imperiale; & que
bien loin qu'il l'ait avilie, comme l'on pretend par des
réponfes décifives faites fur le champ & tête à tête en
m aiere deconfequence, il la porta plus haut fans comparaifon qu'aucun de fes Predeceffeurs n'avoit fait avant

        E

* *S. Jerôme di-
foit de Perfe.* non
vis intelligi ne-
que ego te intel-
ligere.

luy, & qu'aucun de ſes Succeſſeurs n'a fait depuis. Il
écoutoit toutes ſortes de propoſitions d'affaires dans
les Audiences publiques & ſecrettes qu'il donnoit en
Allemagne ſans répondre ſur l'heure autre choſe ſinon qu'il les examineroit ; & de fait il prenoit du tems
pour en parler à ſon Conſeil, ou pour ſe déterminer luy
même ſur ce qu'il devoit faire, n'y ayant aucun exemple qu'il ſe ſoit jamais diſpenſé de cette regle. On portoit enſuite ou l'on envoyoit de ſa part une réponſe
par écrit aux choſes qui pouvoient être expediées par
cette voye ; & pour les autres qui ne pouvoient l'être
que de bouche, l'Empereur mandoit les Perſonnes qui
attendoient ſa réponſe, & la faiſoit toûjours par l'organe de ſon Chancelier, lors mêmes qu'il jugeoit à
propos d'y être preſent. Si le Chancelier étoit abſent
ou incommodé, le Vice Chancelier parloit en ſa place, &
au defaut de l'un & de l'autre, on employoit un Conſeiller
d'Etat. Ainſi l'aventure que les Ecrivains d'Eſpagne racontent, auroit été non ſeulement irreguliere, mais encore
unique en ſon eſpece ; & comme elle n'eſt raportée dans
aucun Auteur des autres Nations, & qu'elle s'eſt paſſée
ſelon eux dans un Païs fort éloigné du leur, ils ne doivent
pas trouver étrange que l'on doute qu'ils ayent été bien
informez. En troiſiéme lieu il n'y a point d'exemple
dans les derniers ſiecles que les Empereurs ſe ſoient
énoncez de vive voix en Latin lorſqu'ils traitoient d'affaires ; & l'on ſçait au contraire que Maximilien Second
qui parloit cette Langue auſſi aiſément que l'Allemande, ne s'en ſervoit pourtant jamais en affaires. Enfin
tous les Panegiriques de Charles & les Satires les plus
piquantes contre ſa memoire, conviennent à luy ren-

dre témoignage que s'il ne fit à Chievres autant de
bien qu'il en meritoit, il le recompensa d'ailleurs à sa
mode par les loüanges qu'il luy donnoit en toutes occafions ; & qu'il ne luy efchapa jamais de rien dire à
fon préjudice, ce qui détruit entierement le fait dont
il s'agit.

Aprés que Chievres eut donné à l'Archiduc par
l'Hiftoire les lumieres generales dont il avoit befoin
pour la conduite de fa vie, il luy fournit les particulieres en l'inftruifant de fes veritables interêts à l'égard
de toutes les Puiffances de l'Europe. Il luy reprefenta
qu'il en avoit de deux fortes ; & que ces deux fortes
étoient non feulement fort differentes entre elles, mais
encore tellement oppofées en quelque maniere, qu'il
couroit rifque de fe perdre en prenant l'une pour l'autre. Qu'il avoit des interêts prefens & des interêts à venir, & que les futurs étoient les mêmes que ceux de
fes Ayeuls Paternels & Maternels dont il devoit un
jour heriter, mais les prefens y étoient directement
contraires en ce que ni l'Empereur Maximilien Premier, ni le Roy Catholique Ferdinand ne vivoient en
bonne intelligence avec Loüis Douze; & que fi Charles
les favorifoit au dehors, il attireroit dans fes Etats les
Armes des François qui le dépoüilleroient infailliblement avant qu'il pût être fecouru, le Roy Catholique
en étant trop éloigné, & l'Empereur n'ayant ni affez
d'argent ni affez de credit pour lever promptement
une Armée confidérable en cas de befoin. Chievres
tira d'un principe fi conftant cette confequence, que
l'amitié des François étoit abfolument neceffaire à
Charles tant qu'il ne feroit que ce qu'il étoit, c'eft à

dire tant qu'il n'auroit que les biens de la succession
de Bourgogne. Qu'il devoit se contenter des demonstrations exterieures d'honneur & de civilité, de respect
& de soûmission à l'égard de ses Ayeuls dans toutes
les affaires qu'ils auroient à démêler avec la France,
mais qu'au fond il demeurât étroitement uny avec sa
Majesté Tres-Chrêtienne. Qu'il menageât l'Empereur
Maximilien parce qu'il ne pouvoit luy succeder à
l'Empire s'il ne conservoit par son moyen les liaisons
établies de longue main, qu'avoit la maison d'Autriche
avec les divers membres dont étoit composé le Corps
Germanique ; & que puisque l'amitié de ce Prince se
vendoit, il valoit mieux que son Petit-fils l'achetât
qu'un autre. Qu'il ne manquât donc pas de luy envoyer le plus qu'il pourroit d'argent ; & que la liberalité ne seroit pas inutile, pourveu qu'elle se fist avec
trois précautions. La premiere qu'elle fust frequente
à cause du besoin continuel de celuy qui la recevroit:
La seconde qu'elle ne consistât qu'en de petites sommes à la fois, puisqu'on mettoit sa Majesté Imperiale
en aussi belle humeur en ne luy donnant que peu,
qu'en luy donnant beaucoup ; Et la derniere qu'elle
fust secrette parce qu'il seroit à craindre que les Peuples des Païs-bas ne se mutinassent, s'ils venoient à sçavoir que ce qui se levoit sur eux ne servît que pour
exercer & pour entretenir la prodigalité de Maximilien,
dont ils connoissoient assez le genie pour prévoir que
leur argent fomenteroit la maladie de ce Prince au
lieu de la guerir. Chievres ajoûta pour le Roy Catholique Ferdinand que comme Charles avoit beaucoup
plus à craindre de luy que de l'Empereur, il devoit aussi

se conduire à son égard avec plus d'adresse. Que le jeune Ferdinand d'Autriche frere puisné de Charles étoit
né en Espagne, & sembloit avoir aporté du ventre de
sa mere toutes les inclinations Espagnoles: Que le Roy
Catholique avoit esté son Parain, & luy avoit donné
son nom; qu'il l'aimoit uniquement, & que l'on sçavoit de bonne part qu'il avoit dessein d'en faire un Roy
d'Arragon, & peut-estre encore de Castille: Que les
Espagnols y consentiroient d'autant plus volontiers,
qu'ils prétendoient avoir un Roy dont le séjour fust
constant en Espagne: cependant si Charles l'estoit, la
multitude d'affaires pressantes qui luy surviendroient
par tous les endroits de l'Europe, l'obligeroit à passer
sa vie comme les Anciens Patriarches dans un peleri-
nage perpetuel, & à distribuer son soin, son temps, ses
voyages, & sa présence de maniere, que les Païs-bas,
l'Allemagne, & l'Italie, en auroient la meilleure part, &
l'Espagne la moindre. Qu'il n'y avoit point d'autre
moyen de parer un coup si dangereux qu'en ramenant
insensiblement le Roy Catholique à l'ordre que la nature & le droit des gens exigeoient de luy, & le convainquant par sa propre experience que l'aîné de ses
petits Fils estoit plus digne de luy succeder que le cadet,
& qu'ainsi Charles n'avoit qu'à se rendre plus vertueux
& plus habile que Ferdinand. Chiévres insinuoit au même Charles à l'égard des deux autres Couronnes d'Espagne qui estoient celles de Navarre & de Portugal,
qu'il seroit bon de continuer le projet du Roy Catholique pour leur réünion avec le reste de la Monarchie
Espagnole par la voye des Alliances; mais qu'il y avoit
peu d'apparence d'en venir si-tost à bout, puisque d'un

côté Catherine de Foix Reine de Navarre & Jean d'Albret fon mary avoient de fi eftroites liaifons avec la France, qu'ils ne difpoferoient jamais de leurs enfans qu'au gré & dans les veuës du Roy Loüis Douze : & d'un autre côté Manüel Roy de Portugal avoit cinq garçons tous bienfaits de la tante de Charles fa feconde femme, & par confequent la fucceffion n'en feroit pas fi-toft ouverte aux filles forties du même mariage, mais que l'engagement du Roy de Navarre avec les François pourroit bien un jour donner prife fur luy ; & que d'ailleurs comme la pofterité de Charles le-Magne n'avoit pas laiffé de s'éteindre dans l'efpace de dix-huit ans, quoy qu'elle fût fi nombreufe qu'il y avoit jufqu'à trente deux Princes tous vigoureux & mariez, celle de Manüel pouvoit ceffer par une avanture auffi malheureufe, ou par une pire.

L'Angleterre étoit plus importante en toute maniere à Charles, & fon Gouverneur l'avertiffoit de la regarder en tout tems comme une Puiffance capable de fervir beaucoup & de nuire à proportion ; car les Païs-Bas dans l'état qu'ils étoient alors, n'avoient à craindre de fuccomber que quand ils auroient la France pour ennemie, & pour lors ils ne pourroient efperer de fecours plus grand, plus prompt, plus conforme à leur befoin, ni plus proche, que celuy des Anglois. Que fi la neceffité de cette affiftance n'augmentoit point en luy aprés qu'il auroit recüeilly les fucceffions qu'il attendoit, elle feroit pour le moins auffi grande, puifque l'Efpagne deviendroit alors une Monarchie qui feroit le contrepoids de celle de France, & qu'il n'y auroit plus que l'Angleterre

en état de faire pancher la balance pour celle des deux
qu'elle voudroit appuïer. Que Charles auroit toûjours
l'avantage sur les François lorsqu'il negocieroit en
concurrence avec eux pour attirer l Angleterre de son
côté ; puisqu'outre l'antipatie invincible entre la Nation Françoise & l'Angloise, & la haine inveterée & ex-
citée par tant de guerres, Henry Huit Roy d'Angleterre
avoit épousé la derniere Infante d'Espagne sœur de la
mere de Charles , & favorisoit constamment son
beau-pere Ferdinand le Catholique contre le Roy
Louis Douze.

Pour ce qui regardoit l'Ecosse il faloit que Charles
raisonnât sur une maxime toute opposée ; & qu'il
n'esperât dans aucune conjoncture qui luy fût offerte,
d'en attirer le Roy dans ses interests. L'Alliance de
cette Nation avec les François duroit depuis sept cent
ans sans interruption de Roy à Roy, & de Couronne
à Couronne ; & quand elle eût été plus nouvelle ou
moins étroite, il suffiroit aux Ecossois que l'Espagne
recherchât l'amitié des Anglois pour se déclarer contr'elle pour la France, quand ils n'auroient pas encore
pris de parti.

L'Italie venoit à son tour dans l'idée de Chiévres
qui n'y faisoit observer à l'Archiduc que quatre Puissances principales dont les subalternes étoient obligées
à recevoir le mouvement , la France , l'Espagne , le
Saint Siege, & la Republique de Venise.

La France y tenoit les Duchez de Genes & de Milan, l'Espagne le Royaume de Naples, le Saint Siege
dix Provinces outre la ville de Rome, & les Venitiens
l'Etat qui s'appelle de Terre-ferme. Les Italiens n'a-

voient pas à craindre que les Papes ou les Venitiens
troublaſſent leur repos, puiſque les uns & les autres
avoient un intereſt à peu prés égal de le conſerver :
mais ſi les François & les Eſpagnols s'ennuïoient de
vivre en paix & qu'ils repriſſent les armes, il en arriveroit infailliblement le même ſuccés qui leur étoit déja
arrivé, c'eſt à dire que celuy des deux Peuples ſeroit
vainqueur qui ſçauroit mettre le Pape de ſon côté ; &
comme le Roy Tres-Chrêtien & le Roy Catholique
n'avoient conquis & partagé le Royaume de Naples
entre eux que du conſentement d'Alexandre Six ; comme les Eſpagnols n'en avoient chaſſé les François
deux ans aprés qu'en conſequence d'un Traité ſecret conclu pour cette fin entre le grand Capitaine &
le même Alexandre ; & comme le Pape Jules Second
avoit le plus contribué à empécher le Roy Tres-Chrêtien de recouvrer ce qu'il avoit perdu en faiſant perir
l'Armée formidable de ce Prince ſur le bord de la riviere du Garillan, auſſi les Eſpagnols ſeroient à leur
tour pouſſez hors du Royaume de Naples lorſqu'ils
ſeroient aſſez malheureux pour mécontenter le même
Jules, ou l'un de ſes Succeſſeurs. Ainſi la principale
application de l'Archiduc au ſens de ſon Gouverneur
devoit être d'entretenir ſa Sainteté dans la bonne diſpoſition où Elle étoit à l'égard de l'Eſpagne ; & ſi la
choſe n'étoit pas difficile à cauſe que Jules haïſſoit d'autant plus Loüis Douze qu'il l'avoit autrefois aimé, Elle ne le ſeroit pas beaucoup davantage à l'égard des
Papes à venir, puiſque d'un côté leur Etat confinoit immediatement au Royaume de Naples, & qu'ils en é-
toient proches voiſins ; au lieu qu'il y avoit les Etats
de

de divers Princes entre le leur & le Duché de Milan,
& qu'ainſi la Cour de Rome n'étoit pas tant expoſée à
l'invaſion ſupernante des François qu'à celle des Eſpagnols; & d'un autre côté il n'étoit pas tant à craindre que
l'Eſpagne n'uſurpât toute l'Italie ſi elle ſe maintenoit
dans la poſſeſſion de Naples, qu'il le feroit que la France ne reduiſit en Province l'Italie ſi elle ajoûtoit au
Duché de Milan le Royaume de Naples, parce qu'elle
iroit alors dans le Milanez de plein pied par terre, &
ſans avoir à traverſer que les Alpes & le Piémont, au
lieu que l'Eſpagne n'y pourroit aller que par mer, &
qu'elle auroit à faire cinq cens lieuës de chemin.

La Republique de Veniſe n'étoit pas moins à conſi-
derer ſelon Chiévres que la Cour de Rome pour la Politique; mais elle ne l'étoit plus tant pour le pouvoir depuis
que le Saint Siege, l'Empereur, la France, & l'Eſpagne
ayant formé la ligue de Cambray pour la ruïner, le
ſeul Louis Douze luy avoit défait toutes ſes Troupes à
la Bataille de la Giaradadda, & luy avoit ôté tout ce
qu'elle poſſedoit en terre - ferme. Il eſt vray qu'elle
avoit recouvré depuis une partie de cet Etat; mais
comme ce n'étoit pas ſi facilement qu'elle l'avoit per
du, & que dans toutes les apparences elle ſeroit long-
tems à reprendre le reſte, elle étoit trop ſage pour
s'engager cependant dans aucune autre affaire; & ſi
elle étoit contrainte de prendre un nouveau parti, ce
ſeroit plutôt contre la France qui l'avoit dépoüillée en
un ſeul jour de tout ce qu'elle avoit acquis en trois
cent ans à force de prudence, d'addreſſe, de dépenſe,
& de patience, que contre l'Eſpagne qui s'étoit contentée de recouvrer ſur elle ſans la rembourcer, les Pla-

F

ces maritimes de la Poüille & de la Calabre engagées pour les fommes immenfes qu'elle avoit prêtées aux derniers Rois de Naples.

Il n'y avoit qu'un Roy pour les trois Royaumes du Septentrion, la Suede, le Dannemarc, & la Norvege, & ce Prince étoit Chrêtien Second de la Maifon d'Oldembourg. Son Pere & fon Ayeul luy avoient amaffé de grands trefors: Il contoit entre fes Alliez la pluf-part des Princes & des Villes libres d'Allemagne: il avoit beaucoup d'autorité dans plufieurs Cercles, & fur tout dans celuy de la baffe Saxe ; & fi Charles n'avoit pas befoin de fa folicitation pour obtenir un jour l'Empire, il luy étoit d'extrême impor-tance qu'il ne le traverfât pas, puifqu'il étoit affuré de n'être jamais êlû tant qu'il l'auroit pour contraire. De là vint que Chievres luy confeilla de deftiner une de fes fœurs pour femme de ce Prince ; & l'Alliance fut dans le temps d'autant plus aifée à conclure que l'hu-meur barbare de Chrêtien qui le priva de fes Etats & le fit mourir en prifon, n'étoit pas encore connuë. Les deux Parties étoient également perfuadées d'y trouver leur avantage, parce que le Roy de Dannemarc qui avoit des Etats dans l'Empire fe propofoit non feule-ment de les conferver, mais encore de les accroître fi l'Aîné de fa maifon mouroit fans enfans mâles, en époufant la petite Fille de l'Empereur ; & la maifon d'Autriche augmentoit auffi de beaucoup l'autorité qu'elle avoit en Allemagne, en difpofant tout le Nort à l'apuyer dans les pretentions qu'elle avoit déja de fe rendre l'Empire hereditaire.

Uladiflas qui étoit Roy de Hongrie l'étoit auffi de

Boheme ; & Charles aprit de son Gouverneur que c'é-
toit là le Prince le plus propre à ménager les Alemands,
pourvû qu'on aportât autant d'art à l'apaiser , qu'il y
avoit eu d'imprudence à le fâcher.

Pour faciliter à l'Archiduc l'intelligence de ce secret
d'Etat , Chievres luy découvrit que les Royaumes de
Hongrie & de Boheme n'êtoient pas moins electifs que
l'Empire, & qu'il y avoit quatre-vingt ans que la Maison
d'Autriche pensoit à s'en saisir par deux motifs, l'un
qu'ils bornoient les dix Provinces hereditaires & qu'ils
les pouvoient mettre à couvert; l'autre que si l'on changeoit les Loix fondamentales de ces deux Couronnes
sans exciter de tumulte & sans répandre de sang , les
Alemans s'accoûtumeroient insensiblement à la forme de gouverner que l'on pretendoit introduire dans
leurs Cercles, & ne trouveroient plus étrange que leur
Aristocratie passât en une Royauté absoluë. On ne
monte gueres que par des brigues sur les trônes des
Monarchies qui se donnent des Maîtres à la pluralité
des voix ; & la Maison d'Autriche avoit formé dans la
Hongrie & dans la Boheme deux factions si puissan-
tes , qu'il n'y avoit pas lieu de craindre qu'aucune de
ces Couronnes luy eschapât lorsqu'elles viendroient à
vaquer. Cependant le succez n'avoit pas répondu
tout à fait à une prévoyance si fine ; & les mesures de
la maison d'Autriche pour avoir esté prises de longue
main & avec toute la précaution possible , ne s'en é-
toient pas trouvées plus justes. Mathias Corvin fils du
fameux Jean Huniade la terreur des Turcs s'étoit
mis sur les rangs pour disputer ces Couronnes , &
n'en avoit pû être détourné ni par les offres les plus

avantageufes, ni par les menaces les plus terribles. Il
n'avoit eu pour luy que la haute reputation & le merite
de fon Pere: mais cette reputation & ce merite étoient
fi bien établis, qu'ils avoient fuffi pour gagner la plus
grande & la plus faine partie des États de Hongrie &
de Boheme. La faction de la Maifon d'Autriche avoit
été contrainte de ceder ; & Mathias avoit été fi heureux, que la Maifon d'Autriche l'avoit enfuite recherché d'accommodement. Elle s'étoit refervée pour une
autre conteftation , & s'en étoit promis une iffuë plus
favorable: cependant elle n'avoit pas moins été trompée dans fa feconde conjecture que dans la premiere.
Elle y avoit eu Uladiflas pour Competiteur ; & fi ce
Prince manquoit de ce qui avoit fait élire Mathias,
il avoit en recompenfe des charmes perfonnels que
la nature avoit refufez à tous ceux de la Maifon
d'Autriche. Il n'avoit l'efprit ni perçant ni rafiné ; & ce
n'étoit pas par là que ceux qui en avoient plus que luy,
l'eftimoient. Ils admiroient en Uladiflas un genie ouvert, aifé, doux, & accommodant, qui s'infinuoit dans les
cœurs par cela même qu'il n'avoit rien d'extraordinaire,
& que chacun y trouvoit quelque chofe de conforme
au fien. Toutes les qualitez que l'on découvroit en
luy pouvoient être avantageufes à ceux qui l'auroient
choifi pour leur Roy, & il n'en paroiffoit aucune qu'ils
euffent lieu d'aprehender. On étoit affuré de luy par
avance qu'il ne toucheroit point de fon propre mouvement aux Loix qu'il trouveroit établies ; & que fi l'on
vouloit qu'il en publiaft de nouvelles , il faudroit l'en
prier. Ainfi les folicitations de la Maifon d'Autriche
n'empêcherent pas qu'il ne fût reconnu pour Roy de

Hongrie & de Boheme, & qu'on ne le mît en possession
de ces deux Royaumes; mais les Partis qui se forment
dans les Etats electifs y causent toûjours des revolutions imprevûës, lorsque l'on ne s'est pas mis en devoir de les étoufer aussi-tost qu'ils ont commencé à
paroître. Celuy de la Maison d'Autriche dans la Hongrie & dans la Boheme s'étoit tellement accru sous le
regne de Mathias, quelque aplication qu'eust eu ce
grand Prince à l'affoiblir; & ceux de la haute Noblesse
des deux Royaumes qui y étoient entrez, s'étoient si
fortement laissez prévenir des maximes de la Maison
d'Autriche contraires au repos public en s'accoûtu-
mant à recevoir d'elle à point nommé des pensions
reglées, qu'elle ne trouva presque point de resistance
lorsqu'elle entreprit de leur mettre les Armes à la
main contre leur Patrie. Ils succomberent à la premiere instance qu'elle leur en fit ; & donnerent en
politique un exemple nouveau, qu'il n'y avoit point
d'hommes que l'on persuade plûtôt de troubler leur
Païs, que ceux qui ont plus d'interêt d'en conserver la
tranquilité. Ils se mirent en Campagne : ils marcherent enseignes déployées au devant des Troupes que
la Maison d'Autriche tenoit prêtes sur les frontieres
pour appuïer leur revolte : Ils se joignirent avec
elles : Ils leur abandonnerent la Hongrie & la Boheme à piller ; & prenant Uladislas au dépourvû le
reduisirent à une telle extremité, qu'il fut contraint
de passer avec l'Empereur Maximilien Premier un
Traité * qui portoit que Uladislas regneroit paisiblement durant sa vie, & qu'aprés sa mort les Etats
de Hongrie & de Boheme choisiroient un Prince de

* Dans les Trai-
tez entre Hongrie
& Autriche.

la Maison d'Autriche pour luy fucceder: mais cet Acte étoit rempli de tant de nullitez, qu'aucun des Jurifconfultes qui l'examinerent ne le jugea valable. Deux Princes étrangers à l'égard de la Hongrie & de la Boheme s'étoient ingerez de leur autorité privée d'en renverfer les Loix fondamentales, d'en abolir l'élection, d'ôter aux Peuples la liberté de fe donner un Souverain, & de les affujettir à la domination d'Autriche fans que l'on eût ni reçû ni demandé leur aprobation. Auffi le Traité ne fubfifta pas plus long-tems que la violence qui l'avoit produit, & les Troupes de Maximilien ne furent pas plûtôt diffipées faute d'argent, que les Etats de Hongrie & de Boheme bien affurez que de long-tems il n'en raffembleroit d'autres, protefterent de nullité contre la Tranfaction faite à leur prejudice fans qu'ils y euffent été apellez. Le Roy Uladiflas y fut relevé du ferment qu'il avoit fait, & les deux Couronnes agirent depuis avec la même indépendance qu'auparavant, à l'égard de la Maifon d'Autriche. Les Peuples n'attendirent pas que Louis fils unique de Uladiflas fût en âge de regner pour l'affurer qu'il fuccederoit à fon Pere. Ils le receurent en furvivance tout enfant qu'il étoit, & violerent en ce point la Coûtume de leurs Anceftres, quoyque ce qu'ils faifoient pût être tiré à confequence contre leur droit d'Election.

Les affaires en étoient là lorfque Chievres inftruifoit l'Archiduc de fes veritables interefts; & il l'avertit que la Prudence vouloit dans une matiere fi dangereufe à remuer, que la Maifon d'Autriche ne pourfuivît plus par la voye des Armes fes pretentions fur la Hongrie

& fur la Boheme, & qu'elle ne le pouvoit fans exciter un fcandale effroyable dans la Chrêtienté, ni fans foulever contre elle toutes les Puiffances voifines ; mais que comme le Roy Uladiflas n'avoit qu'un Fils & une Fille, & que ce Fils étoit fujet à des emportemens de courage qui le perdroient infailliblement avant qu'il euft des enfans, il étoit d'extrême importance de negocier & de conclure en toute maniere une double Alliance entre les Maifons d'Autriche & de Hongrie en mariant le jeune Ferdinand frere de Charles & une de fes fœurs avec le Prince & la Princeffe de Hongrie & de Boheme enfans de Uladiflas, afin que Ferdinand, ou du moins fa Pofterité fût preferée à la fucceffion des deux Couronnes quand elles vacqueroient.

Enfin Chievres n'obligea l'Archiduc à faire aucune reflexion particuliere fur Sigifmond Roy de Pologne. Il luy dit feulement que ce Prince étoit uni fi étroitement avec Uladflas, que comme la maifon d'Autriche étoit affurée d'avoir à combattre le premier des deux fi elle attaquoit le fecond, elle l'étoit auffi de l'attirer dans fes interefts par une conduite oppofée.

La connoiffance des Familles dont Charles étoit déja le Maître, ou dont il devoit l'être un jour, fuivit immediatement les lumiéres qu'on luy avoit données de la difpofition des Puiffances Chrêtiennes à fon égard, & on l'inftruifit dans le détail du merite & des avantages finguliers des Illuftres Familles. On luy fit comprendre que ce feroit dans ce difcernement que confifteroit prefque toute la Juftice qu'il rendroit à la haute Nobleffe de fes Etats ; & qu'il s'in

finuroit plus avant par là dans fon affection, que par aucune autre chofe : qu'elle n'eftimeroit rien fes libera-
litez ni les graces les plus fingulieres dont il la com-
bleroit, au prix du foin qu'il prendroit de conferver à
chaque Seigneur le rang & les prérogatives que fa
Naiffance luy avoit acquifes, & qu'il ne luy arriveroit
prefque jamais de commettre en un point fi delicat
des fautes qui ne fuffent irreparables. Charles convaincu de la force de ces raifons aprit fi bien & retint fi
univerfellement les droits honorifiques des Familles
Flamandes, Efpagnoles, Italiennes & Allemandes,
que l'on ne porta jamais devant luy de procez fur cette
matiere, qu'il ne fût capable de terminer fur le champ
fans l'affiftance d'autruy.

Toutes les fpeculations dont on vient de parler
devoient aboutir à la pratique ; & Chievres n'eut pas
plûtôt achevé de former par elles l'efprit de l'Archiduc, qu'il exigea de ce jeune Prince qu'il mit en ufage
ce qu'il venoit d'aprendre, quoy qu'il fût encore en
un âge où l'on ne parloit à ceux de fon rang que de
fe divertir. Il voulut non feulement qu'il entrât dans
fon Confeil, mais encore qu'il y fût autant & plus
affidu qu'aucun de fes Confeillers d'Etat. Il le chargea
d'examiner & de raporter enfuite luy-même à ce Confeil toutes les Requeftes de confequence qui luy étoient
adreffées des Provinces des Païs-bas ; & de peur qu'il
ne fe difpenfât d'y aporter toute l'attention & l'exactitude neceffaire fur ce qu'il attendroit à dire ce qu'il en
penferoit que les Confeillers d'Etat euffent parlé afin
de profiter du tour qu'ils auroient donné à l'affaire &
des raifons dont ils auroient apuyé leur fentiment, fon

Gouverneur

Gouverneur l'obligea regulierement à dire le premier
son Avis.

Quand il arrivoit une Dépesche importante des
Païs Étrangers, Chievres luy faisoit tout quitter pour
la lire, jusques-là que s'il dormoit, & qu'elle demandât une prompte expedition, il l'éveilloit & l'enga-
geoit à l'examiner devant luy : S'il arrivoit au Prince
de se tromper dans la maniere qu'il la prenoit ou dans
le jugement qu'il en portoit, il en étoit incontinent
repris & corrigé par son Gouverneur ; & s'il étoit assez
heureux pour trouver d'abord le nœud de la difficulté
& l'expedient propre pour l'éviter, il n'en étoit pas encore quite puisqu'il luy faloit de plus apüier ce qu'il
avoit avancé par de bonnes raisons, & répondre perti-
namment aux objections que Chievres ne manquoit
pas à luy faire.

Lorsqu'il survenoit une Negociation de longue haleine, & qu'un Prince étranger envoyoit son Ambassadeur dans les Païs-bas, la fatigue de Charles redou-
bloit parce que son Gouververneur ne donnoit alors
Audience qu'en sa presence, ne travailloit qu'avec luy,
& n'expedioit que par luy. Si l'Ambassadeur presentoit ses propositions par écrit, Charles étoit chargé
d'en informer son Conseil, & de raporter ce qu'il y a-
voit pour & contre, afin que ceux qui opineroient a-
prés luy parlassent avec une entiere connoissance de
cause ; & si l'Ambassadeur se contentoit de s'expliquer
de vive voix, & que l'affaire dont il s'agissoit fust trop
secrette pour être confiée au papier, il faloit que Charles retint precisement & distinctement ce qu'il entendoit & qu'il ne luy échapât pas une sillabe, autre-

G

ment le defaut de fa memoire eût été relevé en plein
Confeil , & l'on euft exageré fa negligence dans le
lieu où il avoit le plus à cœur d'acquerir de l'eftime.
Chievres n'avoit garde d'informer le public des particularitez que l'on vient de reprefenter, parce qu'il fe
fût attiré l'indignation de ceux qui n'avoient pas affez
de penetration pour voir de fi loin le but où il vouloit atteindre : Mais il eft prefque impoffible de
celer long-tems la maniere dont on éleve les grands
Princes, quand elle n'eft pas entierement conforme à
l'ufage étably pour cela dans leur fiecle. Le Roy Tres-
Chrétien Louïs Douze eut à demêler avec l'Archiduc
une affaire qui demandoit d'être maniée par des mains
d'autant plus adroites que l'Empereur & le Roy Catholique y avoient intereft. Hangeft de Genlis l'un
des plus illuftres & des plus éclairez Gentilshommes
de Picardie fut choifi pour la negocier par deux motifs, l'un que fa Perfonne étoit agreable aux Flamans,
l'autre qu'étant parent de Chievres il luy feroit plus aifé de convenir avec luy ; mais la furprife de Genlis fut
extrême lorfqu'il fe vit reduit à negocier tête à tête a-
vec Charles qui n'avoit encore que quatorze ans accomplis. Il s'en réjouït neanmoins d'abord parce qu'il
efpera d'en avoir meilleur marché : mais aprés qu'il eût
reconnu que l'Archiduc à l'âge & dans l'état qu'il le
voyoit étoit déja le plus habile Prince de fon tems
en l'art de regner, il fe douta des malheurs qui en arriveroient à la France ; & comme il n'eût pas été bien-
féant de témoigner ouvertement à Chievres ce qu'il en
penfoit , il luy dit feulement qu'il ne comprenoit pas
affez pourquoy il exigeoit de l'Archiduc une fi grande

aplication aux affaires d'Etat, puisqu'elle ne convenoit ni à sa jeunesse, ni à sa qualité, ni à sa complexion, ni à la tranquillité profonde dont les Païs-Bas joüissoient : que le temperament de ce Prince étoit tout de feu, & qu'il n'en faloit point chercher d'autres marques que sa prodigieuse activité : qu'il n'y avoit rien de si contraire aux genies de cette sorte qu'une trop longue contention ; & comme ils épuisoient incomparablement plus d'esprits que les autres dans l'exercice de leurs fonctions, ils usoient à proportion les organes dont ils se servoient, & procuroient ainsi la mort à leurs Corps, ou passoient de la speculation continuelle à la folie : que le dernier de ces inconveniens étoit d'autant plus à craindre qu'il se trouvoit à l'égard de Charles un mal domestique ; & que si sa Mere en avoit été incommodée sans application, il y avoit lieu de prévoir que l'excez d'application produiroit en luy le plus terrible & le plus honteux de ses effets.

Chievres fit à Genlis une réponse que les Espagnols ont raison d'égaler aux Apophtegmes de l'Antiquité. Il repartit que tout ce qu'il venoit d'entendre luy avoit autrefois passé par l'idée, & qu'il avoit long-tems refléchy dessus ; mais qu'après tout il étoit persuadé que le principal de ses devoirs & celuy qui l'obligeoit le plus étroitement en conscience dans la Commission qui luy avoit été donnée, consistoit à mettre de bonne heure Charles en état de n'avoir pas besoin de Tuteur ; & que cependant il luy en faudroit toute sa vie, s'il ne l'accoûtumoit de jeunesse à prendre une exacte connoissance de ses propres affaires ;

parce que ſi l'on attendoit qu'il fût plus avancé en
âge, il ne s'y appliqueroit jamais autant qu'il ſeroit neceſſaire, ſoit qu'il ſe trouvât d'abord accablé ſous leur
multitude, ou qu'il ſe rebutât par la peine qu'il auroit
à les terminer y étant nouveau, & par les frequents
obſtacles qu'elles mettroient à ſes divertiſſemens.
Chievres lût pourtant dans la penſée de Genlis, quelque ſoin qu'il prit de la cacher qu'il craignoit que l'Archiduc ne devint trop habile, & travailla autant qu'il
pût à détourner le contre-coup qui rejaliroit de l'éducation de ce Prince ſur la Monarchie Françoiſe. Il y
réuſſit même d'abord aſſez heureuſement; & ſi quand
il ne fut plus au monde les affaires qu'il avoit bien
diſpoſées changerent de face, il n'en eſt pas plus coupable que des maux arrivez avant ſa naiſſance; &
ceux qui luy ſurvêcurent luy rendirent témoignage
que ſi ſa vie eût été plus longue, la France & l'Eſpagne
ne ſeroient point entrées en guerre l'une contre l'autre.

Loüis Douze n'avoit point de Fils, & par conſequent
François Comte d'Angouleſme Premier Prince du Sang
Royal étoit apellé par la Loy de l'Etat à luy ſucceder.
On élevoit ce Prince à Coignac ville d'Angoumois,
mais Louiſe de Savoye ſa Mere eſtoit ordinairement à la
Cour. Elle s'étoit broüillée avec la Reyne pour des raiſons qui ne ſerviroient de rien à l'éclairciſſement de cette
Hiſtoire; & la meſintelligence des deux Princeſſes ne
pouvoit être plus grande, lorſque Loüis fut ſi malade
que les Medecins deſeſpererent de ſa gueriſon. Sa Majeſté
Tres-Chrêtienne avoit peu de mois auparavant conclu
deux Traitez, le Premier avec l'Empereur Maximilien;
& le Second avec le Roy Catholique Ferdinand. L'un

& l'autre portoient en termes exprés , *Que l'Archiduc Charlès d'Autriche épouseroit Claude de France Fille aînée du Roy Tres Chrêtien.* Le préjudice que la France en recevroit ne pouvoit être plus grand dans la conjoncture d'alors, puisque le Mariage dont on convenoit , la rendroit un jour plus foible que l'Espagne, & l'exposeroit par consequent au danger inévitable de succomber à la premiere guerre qu'elles auroient l'une contre l'autre. La Bretagne Province des plus vastes pour l'étenduë & des plus importantes pour la situation avoit été détachée de la Monarchie Françoise durant plusieurs siecles, & n'y avoit été reunie qu'avec d'extrêmes difficultez. L'adresse de Philippe Auguste s'y étoit d'abord signalée en obligeant les Ducs de Bretagne Princes de son Sang & de la Branche de Dreux à prêter à la France un hommage regulier ; & lorsque la contestation pour ce Fief avoit été formée entre Jean de Montfort & Charles de Blois, le Roy Charles Cinq en avoit évoqué la cause à son Parlement , & l'y avoit jugée.

Enfin quand il n'y avoit eu plus de mâles dans la Maison de Bretagne, & que ce Duché étoit tombé en quenoüille , la France par la conduite irreguliere des Personnes qui la gouvernoient sous la Minorité du Roy Charles Huit avoit été sur le point de voir entrer ce Duché dans la Maison d'Autriche. On avoit declaré à contre-tems la guerre aux Bretons : On les avoit poussez avec une violence extraordinaire dans un tems où les Loix de la bonne guerre étoient encore observées avec assez d'exactitude : On avoit voulu s'emparer du bien de leur Heritiere sans l'épouser ; & on les avoit contraint par-là de se jetter entre les bras de Maximilien d'Autriche. Ce jeune Prince par un bon-heur surprenant avoit épousé l'Heritiere de Bourgogne, & ravy aux François par ce mariage l'esperance d'ajoûter les Païs-bas à leur Monarchie. Sa femme n'avoit vêcu qu'autant qu'il faloit pour assurer à la Maison d'Autriche la proprieté de ces Païs, puisqu'elle étoit morte peu d'années aprés son mariage en luy laissant un Fils & une Fille. Il étoit donc en état de se marier en secondes nopces avec l'Heritiere de Bretagne, & de borner encore la France par la Normandie, le Maine, l'Anjou, la Touraine, & le Poitou, comme il bornoit par la Picardie, par la Champagne & par la Bourgogne. Ce second Parti le plus considerable de la Chrétienté s'offroit à luy une seconde fois sans qu'il le recherchât, comme le premier s'étoit offert, & les derniers siecles n'avoient point encore produit d'homme si fortuné. Il y auroit eu de la folie à refuser une Princesse de douze ans la plus belle de son tems, qui se donnoit elle même pour sauver sa dot; & Maximilien eut assez d'esprit pour l'accepter, mais il n'eut pas assez d'ardeur pour l'aller épouser en personne. Il se contenta de se marier par Procureur, & les Bretons se formaliserent de cette negligence. Le plus acredité d'entre eux étoit le Maréchal de Rieux qui n'avoit favorisé la Maison d'Autriche que parce que celle de France l'avoit maltraité. Il s'étoit attendu que Maximilien viendroit en Bretagne avec assez de Troupes & d'argent pour arracher aux François ce qu'ils avoient pris de la Province; & voyant qu'il n'étoit arrivé de sa part qu'un Seigneur si mal accompagné qu'il n'oza faire d'entrée solemnelle dans Rennes, & si gueux que l'Heritiere de Bretagne fût obligée de le nourir, il se

repentit de ce qu'il avoit fait, & ne chercha pas long-
tems les moyens de reparer sa faute sans les trouver.
Il fit apercevoir aux François celle qu'ils commettoient en laissant échaper la Bretagne par la même
voye qu'ils avoient perdu la Flandre : Il leur remontra
que les Armes ofensives & défensives étoient inutiles
dans une conjonĉture où il n'en faloit point d'autres
pour vaincre que celles de l'amour : Il apaisa les Personnes les plus animées de part & d'autre ; & disposa
Charles Huit, non seulement à devenir Rival de Maximilien, mais encore à le prévenir. Ainsi pendant
que Maximilien solicitoit les Marchans d'Anvers &
de Bruge de luy prester de l'argent pour son pretendu
voyage en Bretagne, Charles y alla, s'insinua dans le
cœur de l'Heritiere, en bannit Maximilien, & le su-
planta.

Un mariage fait en personne des deux côtez l'emporta sur celuy qui n'avoit été celebré d'un côté que
par Procureur: & Charles posseda paisiblement l'Heritiere de Bretagne avec sa dot. Il en eut trois garçons
qui moururent en bas âge ; & Louïs Douze qui luy
succeda, épousa sa Veuve autant par inclination que par
maxime d'Etat. Il avoit à la verité le plus grand des
interests civils à conserver la Bretagne, mais de plus
il en avoit aimé l'Heritiere ; & sa flâme n'avoit
pas été difficile à ralumer, quoy qu'on eût employé
sept ans de Prison pour l'éteindre. On ajoûte qu'il avoit
été reciproquement aimé, & que la Veuve de Charles
Huit s'étoit consolée en le perdant par l'esperance de
n'en pas moins regner en France. Elle ne s'étoit pas
trompée dans son opinion ; & Louis pour la posseder

plûtôt fçachant que la Difpenfe de l'époufer luy avoit
été accordée, n'avoit pas attendu que le Legat la luy
mit en main. Il s'étoit marié par avance ; & les deux
Filles qui luy étoient promptement nées, l'avoient perfuadé qu'il auroit une pofterité nombreufe, & qu'il luy
viendroit des Garçons aprés les Filles. Il s'étoit fondé
fur cette fuppofition lorfqu'il avoit promis deux fois
Claude de France fon Aînée à Charles Petit-Fils de
Maximilien, mais fa conjecture ne s'étoit trouvée
veritable qu'en partie. Sa femme étoit accouchée de
quelques Enfans mâles qui étoient prefque auffi-tôt
morts que nez, & il ne luy avoit refté que fes deux
Filles. Les raifons d'Etat & de bien-féance vouloient
que le Comte d'Angoulefme époufât l'Aînée, &
les bons François en preffoient le Roy ; mais la
Reyne avoit pris trop d'afcendant fur l'efprit de fon
Mary pour ne le pas empêcher de difpofer de leur
Fille autrement que de concert avec elle. La perfonne du Comte jeune Prince, beau, & de grande efperance, ne luy étoit pas defagréable, & d'ailleurs elle
entroit affez en ce point dans les interefts de la Monarchie Françoife : Mais les contre-coups de la haine
des femmes portent ordinairement plus loin que les
contre-coups de la haine des hommes. L'averfion de
la Reyne pour la Comteffe d'Angoulefme avoit rejaly
fur le Comte fon Fils d'une maniere tout-à-fait étrange dans fa bizarrerie ; & fa Majefté ne regardoit plus
en luy les qualitez fingulieres qui le diftinguoient des
autres Princes de fon âge, & luy attiroient l'admira-
tion des peuples. Elle ne le confideroit que par la liaifon
naturelle qu'il avoit avec la Comteffe ; & comme elle
n'ignoroit

n'ignoroit pas la déference qu'il avoit pour fa Mere,
elle ne penfoit à l'avenir qu'en prefuppofant qu'il luy
donneroit lorfqu'il feroit Roy , beaucoup de pouvoir
dans l'Etat ; & qu'ainfi la Comteffe auroit autant de
credit après la mort de Louis Douze , qu'en avoit la
Reyne durant fa vie. Les Ambitieux ne voyent rien
avec des yeux fi jaloux que les Perfonnes qui doivent
les fupplanter ; & la Reyne fe trouvoit dans cette difpofition inquiete lorfque le Roy fut fi malade, que les
Medecins defefpererent de fa guerifon. On ne fçait fi
la Reyne les obligea à ne luy rien déguifer de ce qu'ils
en croïoient, ou fi elle s'en douta : mais il eft certain
qu'elle prit les mêmes mefures que fi elle en eût été
perfuadée. Elle n'ofa ou ne voulut pas abandonner un
Mary qui l'avoit fi bien traitée , mais elle apprehenda
comme le dernier malheur de tomber entre les mains
de la Comteffe. Sa Majefté ne pouvoit pourtant l'éviter
fi fa Fille aînée reftoit en France jufqu'à la mort du Roy,
puifque fon Succeffeur ne la laifferoit point fortir du
Royaume & l'épouferoit. Ainfi elle pretendit l'en tirer
auparavant, & l'envoyer en Bretagne où elle difpoferoit
d'Elle à fa fantaifie en la donnant à l'Archiduc des Pays-
Bas, & en fufcitant par cette Alliance à la Monarchie
Françoife un ennemy qui la tourmenteroit, de forte que
la Comteffe ne profiteroit pas beaucoup de ce que fon
Fils feroit devenu Roy.

　La Cour étoit à Blois, & il n'y avoit pas loin de-là en
Bretagne : mais la plufpart des Femmes font ménageres,
& perdent fouvent par-là l'occafion d'executer de grands
deffeins. Les quatorze Ducs de Bretagne de la Maifon
de Dreux avoient été prefque tous magnifiques, & les

H

meubles qu'ils avoient laiſſez étoient tres-precieux &
en tres-grand nombre. La Reyne les avoit fait tranſporter en France, & ne pouvoit ſe reſoudre de les y
laiſſer de crainte que la Comteſſe ne s'en accommo-
dât, & vêcût à ſes dépens dans le luxe qu'elle aimoit
tant. Cette conſideration ſauva la Bretagne à la France en empêchant la Reyne d'envoyer ſa Fille par
terre avec une eſcorte que rien n'étoit capable d'arrêter.

Sa Majeſté jugea neceſſaire que la jeune Princeſſe par-
tît avec le bagage afin que le reſpect qu'on auroit pour
elle empêchât de le viſiter; & comme on n'en eût pas
aſſez bien caché ni la quantité ni le prix en le con-
duiſant par chariots, on aima mieux le mettre ſur
des bateaux : mais il arrive rarement qu'une femme
ſurprenne une autre qui ſe défie d'elle ; & la Reyne
avoit beſoin de trop de gens, pour tenir cachée
l'execution de ſon projet auſſi long-tems qu'i l'auroit
falu.

La Comteſſe en fut préciſément informée; & com-
ſon Fils étoit mineur, & qu'elle s'attendoit s'il fût a-
lors devenu Roy d'être Regente, elle crut qu'il luy
étoit permis d'en anticiper la fonction dans une
conjoncture qui ne pouvoit être plus importante. Elle avoit pour Amis tous les Courtiſans qui
avoient été d'humeur à préferer le Soleil levant au
couchant, & le Maréchal de * Gié ſe trouvoit de
ce nombre. Gié étoit un homme adroit, favory de
deux Rois de ſuite * ce qui étoit rare, & ſans avoir é-
facé l'opinion qu'avoit le public de ſa probité durant ſa
double faveur, ce qui étoit encore plus rare. Il aimoit

* *René de Rohan.*

* *Charles Huit*
& Louis Douze.

souverainement sa Patrie ; & s'il avoit autre-fois empêché que les François à la Bataille de Fornouë n'a-
chevassent de tailler en pieces toutes les forces d'Italie
opposées à leur passage, c'etoit qu'il avoit estimé que
les vainqueurs ne gagneroient pas tant à beaucoup
prés s'ils remportoient une entiere Victoire, qu'ils perdroient s'il leur arrivoit du desavantage dans la suite
du combat à cause de la Personne de Charles Huit
trop engagé dans la mêlée. Il sçavoit que la Reyne
destinoit sa Fille Aînée à l'Archiduc, & connoissoit de quelle consequence il seroit pour le Royaume
d'en éluder l'accomplissement. Ainsi la Comtesse ne
l'eût pas plutôt averty que Madame étoit embar-
quée & sollicité de l'arrêter lorsqu'elle passeroit par
son Gouvernment d'Anjou, qu'il y consentit quoyqu'il prévist les fâcheuses suites d'une entreprise si
hardie dans toute leur étenduë.

Il n'oublia rien de ce qui en pouvoit corriger l'a-
mertume : ses respects en détournant Madame de continuer sa route furent tres profonds : il eut pour elle
& pour ceux de sa suite des civilitez extraordinaires :
il contracta pour les défrayer avec plus de magnificence des dettes qui chargerent depuis sa succession ; mais enfin il servit la Comtesse dans ce qu'elle
avoit de plus à cœur. Il irrita la Reyne par l'endroit le plus sensible, & se la rendit irreconciliable. Sa Majesté trouva si mauvais qu'un Breton né
son sujet particulier & sorty d'une Maison tant de
fois alliée à celle de Dreux eût eu l'audace de
s'opposer à ce qu'elle vouloit avec plus d'ardeur,
qu'elle jura sa perte à l'heure même, & tâcha d'en

venir à bout à la premiere occafion qu'elle en eut.

Le Roy guerit contre toute apàrence, & elle contraignit ce bon Prince à force d'importunitez d abandonner fon Favory. Gié fut mis en Juftice, & il paroit dans les Papiers de la Chambre des Comptes de Bretagne que pour l'inftruction de fon procés la Reyne dépenfa trente-cinq mille livres qui étoient alors une fomme exceffive : cependant elle ne fut pourtant qu'à demy vangée, & le Maréchal en fut quitte pour être relegué, & pour achever fa vie dans fa belle maifon du Verger fituée dans la même Province d'Anjou, où il avoit eu le malheur de déplaire à la Reyne.

La Comteffe n'en arriva pas moins à fes fins, puifque les principales Perfonnes du Royaume s'étant affemblées avec la permiffion du Roy, prefenterent à fa Majefté une tres-humble & tres-judicieufe Requefte. Ils la conjuroient d'accorder à fes fideles fujets la grace qu'ils defiroient avec plus d'ardeur & de juftice, qui étoit le mariage de Madame fa fille avec le Comte d'Angoulefme, afin que cette Princeffe devant un jour heriter de tout le Duché de Bretagne, & fa Cadete n'y pouvant pretendre qu'une part bien petite dans les biens allodiaux de fa Mere qui feroit évaluée à une fomme d'argent, la Province entiere demeurât tellement incorporée à la Monarchie Françoife, qu'elle ne pût à l'avenir en être détachée, quand mêmes les Rois Tres-Chrêtiens ne laifferoient que des Filles. La conjoncture étoit favorable, puifque les François ne demandoient rien à Louis Douze qu'il ne pût faire honneftement & en fureté de confcience. L'Empereur & le Roy Catholique avoient les premiers violé

les Traitez qui promettoient Madame à leur Petit-
Fils ; & leur mauvaise foy en ce point étoit si évidente, que toutes les Puissances de l'Europe en étoient
convaincuës. Ainsi sa Majesté tres Chrêtienne étant
quitte de ses serments, écouta la Requeste avec sa
bonté ordinaire, & donna sa parole que Madame é-
pouseroit le Comte d'Angoulesme , & que le mariage s'acheveroit aussi-tôt qu'elle seroit en âge. La
Reyne qui n'avoit pû ni rompre ni differer une resolution qui luy étoit si odieuse, se promettoit d'en éluder l'accomplissement ; & ceux qui sçavoient avec
quelle facilité le Roy luy avoit sacrifié son Favory,
crurent qu'elle ne se proposoit rien en cela qui fût au
dessus de son pouvoir , mais le bonheur de la Comtesse applanit cette difficulté lorsqu'elle paroissoit
insurmontable aux plus éclairez de la Cour. La
Reyne qui dans toutes les aparences & dans toutes
les regles de la Medecine étoit pour survivre le Roy
& devoit aller jusqu'à l'extrême vieillesse , mourut
neanmoins la premiere à l'âge de trente-sept ans. La
Comtesse ne trouva plus à la Cour d'oposition à ses
desseins : les Amis de la Reyne rechercherent d'être
des siens ; & on luy fit present de ce qui l'accommo-
doit entre les meubles & les bijoux de la Maison de
Bretagne. Son Fils épousa Madame ; & cette Princesse
eut pour son Mary une affection qui ne pouvoit être
plus grande, quoy-qu'elle ne panchât pas comme celle
de la pluspart des autres Femmes du côté de la jalousie.

Presque toutes les Particularitez que l'on vient de
raporter étoient arrivées avant que Chievres fût Gou-

verneur de Charles ; & ceux qui avoient été avant
luy auprés de ce jeune Prince n'avoient pas manqué de luy reprefenter à toutes occafions fuivant l'ordre qu'ils en avoient reçû de fes deux Ayeuls, * que
le Comte d'Angoulefme en luy enlevant fa femme
lui avoit fait un tort irreparable. Que certe injure
ne pouvoit être ni foufferte fans infamie , ni vangée
que par le fang de celuy dont elle venoit. Qu'à la verité
le Comte étoit alors indigne de la colere de l'Archiduc
puifqu'il n'étoit encore que Particulier; mais qu'il ne le
feroit pas toûjours, & que la Monarchie Françoife le regardoit en qualité de Succeffeur préfomptif. Que lorfqu'il en feroit Roy il faudroit s'en prendre à luy par la
voye des Armes, qui étoit la feule établie entre les Souverains lorfqu'ils pretendoient ranger à la raifon les
Perfonnes de leur rang , & qu'en attendant il feroit
honteux à l'Archiduc d'avoir aucune communication avec luy. Qu'il ne devoit point avoir d'égard à
l'exemple de Maximilien fon Ayeul qui n'avoit témoigné de reffentiment qu'en parole lorfque le Roy
Charles Huit luy avoit enlevé Anne de Bretagne fa
femme, car ce n'étoit pas faute de courage que Maximilien l'avoit enduré, mais par une impuiffance abfoluë
fe vanger fondée fur ce qu'il étoit encore Fils de famille lorfque l'injure luy avoit été faite. Que l'Empereur Frederic Trois fon Pere Prince des plus ména-
gers qui furent jamais, ne luy avoit voulu donner pour
cela ni troupes ni argent; & que les Flamans fujets
de fon Fils avoient refufé d'entrer dans la querelle
d'un Prince qu'ils regardoient comme Etranger puifque fa Femme ne vivoit plus , & qu'il n'étoit que

* Maximilien &
Ferdinand.

Pere de leur Souverain. Qu'aprés la mort de Frederic lorfque Maximilien luy avoit fuccedé il avoit perdu l'occafion de fe vanger par l'apoplexie qui avoit
ôté la vie à Charles à l'âge de vingt-huit ans , mais
qu'il n'en iroit pas de même ni à l'égard de l'Archiduc, ni à l'égard du Comte d'Angoulefme . Que
l'Archiduc étoit déja Maître des Païs-Bas. Que fes
Sujets l'aimoient affez pour dépenfer une partie de
leurs biens , & pour répandre leur fang dans la querelle dont il s'agiffoit : Qu'il ne manqueroit ni de
l'Or d'Efpagne, ni des Soldats d'Allemagne ; & qu'-
enfin la complexion du Comte étoit trop robufte
pour donner lieu de craindre qu'il ne vint à mourir ,
avant que l'Archiduc eût tiré de luy la fatisfaction
qu'il defiroit.

Vers la fin de Philippe de Co-mines.

Ces difcours conformes au genie vindicatif de Charles & reïterez en fa prefence en un âge où les fortes
impreffions que l'on reçoit durent d'ordinaire autant
que la vie, avoient produit leur effet & tellement ani-
mé l'Archiduc contre le Comte, qu'il s'impatientoit
de n'être pas en état d'entrer en lice contre cet adver-
faire; lorfque Chievres prévit les fâcheufes fuites qu'u-
ne inimitié cultivée avec tant de foin pourroit avoir ,
& jugea neceffaire d'y remedier de bonne heure, quoy
qu'il ne doutât pas que l'Empereur & le Roy Catholique luy en fçauroient mauvais gré & qu'il les auroit
pour ennemis s'il y reüffiffoit.

Il avoit connu autrefois dans les guerres d'Italie
Artus de Gouffier Seigneur de Boiffy Gouverneur du
Comte d'Angoulefme, & le tenoit pour l'Homme du
Royaume le plus digne de la Commiffion qui luy

avoit été donnée. Il étoit perfuadé de fa haute probité , & s'en promettoit d'être fecondé dans le deffein de
former une liaifon entre l'Archiduc & le Comte qui
procurât à l'un & à l'autre un long repos, & confervât
aux Flamans & aux François la paix dont ils joüiffoient. Il l'en follicita par des voyes qui ne font pas
connuës : mais il eft à croire que ce fut fans engager
l'honneur de l'Archiduc , & qu'elles furent fi pruden-
tes que ni le Comte ni fon Gouverneur n'en euffent pû
tirer aucun avantage, en cas que l'accommodement
n'eût pas réuffi. Gouffier y aporta de fon côté tout ce
qui étoit à defirer, & travailla beaucoup à arracher de
l'Ame du Comte les impreffions dangereufes qui y é-
toient de l'Archiduc, comme s'il eut été fon plus redoutable ennemy ; pendant que Chievres agiffoit efficacement de l'autre à l'égard de l'Archiduc en le convainquant par de fortes raifons que les injures des Souverains ne fe mefuroient pas comme celles des particuliers , & qu'il ne pouvoit ni ne devoit trouver mauvais
que le Comte luy eût fait ce qu'il eût fait au Comte,
s'il fe fût trouvé en fa place.

Aprés que le reffentiment eut été étouffé d'une part,
& que la défiance eut ceffé de l'autre, les deux Gouverneurs chercherent une occafion de former entre
leurs Princes un commerce de Lettres qui entretînt &
augmentât leur bonne intelligence , & prirent la premiere qui fe prefenta favorable. Le hazard tout pur fit
que ce fût du côté de l'Archiduc , & qu'il eût befoin
des offices du Comte dans une affaire d'importance.
Henry Comte de Naffau qui poffedoit dans les Provinces de la Flandre, du Brabant, de Hollande , & de
Zelande

Zelande de beaux reftes des biens immenfes que ceux
de fa Maifon y avoient autrefois acquis, s'étoit infinué
fi avant dans les bonnes graces de l'Archiduc, qu'il
eût été fon favory fi ce Prince eût été d'humeur d'en
avoir, & fi pour s'en empêcher il n'eût pris à peu prés les
mêmes précautions dont les hommes chaftes ont accoûtumé d'ufer contre les beaux yeux d'une Dame qu'ils
craignent d'aimer. Il étoit des études & des divertiffe-
mens de fon Maître; & Chievres bien loin de s'y oppofer y avoit contribué, parce que ne penfant qu'à mettre
auprés de l'Archiduc de jeunes Seigneurs qui ne cor-
rompiffent pas les bons fentimens qu'il tâcheroit de luy
infpirer, il avoit jugé de Naffau non feulement qu'il étoit
de ceux qu'il cherchoit, mais encore qu'il pourroit fervir à confirmer l'Archiduc dans les exercices de la vertu, en l'excitant par fon exemple à les pratiquer.

C'étoit alors l'ufage dans les Païs-bas de marier
fort jeunes les Aînez des Maifons Illuftres, & les Parens de Naffau rechercherent pour luy Elifabeth de
Chalon Sœur du Prince d'Orange. L'Alliance étoit
convenable, & ne devoit point caufer d'ombrage; car
outre que les Maifons de la France & des Païs-bas é-
toient dans l'entiere liberté de fe marier enfemble fans
que les Souverains y trouvaffent à redire, fi la Maifon
de Chalon avoit beaucoup de bien dans le Duché
de Bourgogne, elle en avoit davantage dans la
Franche-Comté, & paffoit à cet égard plus pour Flamande que pour Françoife. Toute la difficulté confiftoit à obtenir le confentement du Roy Loüis
Douze, fans lequel le Pere d'Elifabeth avoit deffendu
de la marier; & il y avoit peu d'apparence que fa

I

Majesté l'accordât en faveur de Naffau, puifque la raifon
d'Etats y oppofoit. Le Prince Philibert de Chalon Frere
d'Elifabeth étoit feul mâle de fa Maifon. Il ne promettoit pas une longue vie dans fa jeuneffe quoique depuis
il devint fort robufte, & les Politiques regardoient déja
fa Sœur comme la plus riche heritiere de l'Europe. Si
Naffau l'époufoit c'étoit un homme puiffamment étably dans les Païs-bas, qui ne changeroit pas de maître
aprés que la fucceffion d'Orange feroit ouverte à fa femme, & dépenferoit au fervice de l'Archiduc le revenu
des belles Terres de la Maifon de Chalon en France: au
lieu que fi le Roy donnoit à Elizabeth un Mary François, ces biens ne fortiroient du Royaume ni pour
le revenu, ni pour la proprieté, & le Mary les em-
ploiroit au fervice de fa Majefté. Il faloit donc une
forte recommandation auprés d'elle pour l'obliger
à fe relâcher, & Chievres confeilla Naffau de prier
l'Archiduc qu'il employât dans cette veuë le credit du
Comte d'Angoulefme auprés du Roy fon Beau-pere.
L'Archiduc en écrivit obligeamment au Comte, &
ce Prince difpofé par Gouffier, répondit à l'Archiduc
en même ftile. Comme il fe piquoit déja d'une generofité trop élevée pour le fiecle où il vivoit, il accorda plus qu'on ne luy avoit demandé, & furmonta
un obftacle que Naffau n'avoit pas prévû. Il ne fe
contenta pas d'obtenir le confentement de fa Majefté, mais de plus il rendit favorable à Naffau le
Prince d'Orange qui luy étoit abfolument contraire,
& l'eût toujours été, fi le Comte ne s'en fût mêlé.
Il y avoit une ancienne coûtume entre les quatre principales Maifons de Bourgogne, qui étoient celles

de Neuchatel, de Vienne, de Vergy, & de Chalon, qui revenoient à peu prés à la convention de quelques Maisons Souveraines d'Allemagne pour leur succession reciproque.

La coûtume étoit que lors qu'une des Quatre se voyoit en danger de finir, elle ne contractoit d'Alliance qu'avec celle des autres Trois qu'elle aimoit le mieux afin que ses biens y entrassent. Le Prince d'Orange pretendoit suivre de bonne foy l'exemple de ses Ancestres. Il y avoit dans la Maison de Vienne un jeune Seigneur dont le genie avoit une simpatie presque universelle avec le sien : Il l'aimoit uniquement, & luy destinoit sa Sœur par le même fond d'estime qui l'eût porté à le faire son heritier, si elle fût morte avant luy. Cependant le Comte d'Angoulesme le sçut prier de si bonne grace ; & luy fit si adroitement connoître le plaisir qu'il luy feroit en luy donnant lieu d'obliger l'Archiduc dans une chose qu'il témoignoit avoir tout-à-fait à cœur, que le Prince d'Orange se fit à sa consideration une extrême violence. Il contrevint à la Coûtume dont on a parlé, & negligea le Seigneur de Vienne qu'il traitoit déja de Beau-frere. Il agrea le mariage de sa Sœur avec Nassau, & jetta les fondemens de la grandeur où la Maison de celuy-cy s'est depuis élevée. L'Archiduc en eut pour le Comte d'Angoulesme toute la reconnoissance dont Gouffier & Chievres s'attendoient qu'il fût touché. Il l'en remercia par écrit: Il luy dépêcha de tems en tems des Gentilshommes pour entretenir commerce : Il caressa extraordinairement ceux que le Comte luy envoyoit à son tour ; & cette correspondance n'avoit

point encore été rompuë, lorſque le Comte ſucceda à
Louis Douze : Mais la parfaite intelligence dont on
vient de parler n'étoit pas la principale occupation de
Chievres hors des Païs-bas.

Il en avoit deux autres qui demandoient de luy des
ſoins plus frequens , & luy donnoient plus de chagrin
à la moindre irregularité qui s'y commettoit; C'é-
toit l'amitié des deux Ayeuls de l'Archiduc d'autant plus
difficiles à entretenir , que comme ces Princes étoient
d'humeur tout-à-fait oppoſée, il étoit abſolument neceſſaire d'avoir une conduite contraire , & pourtant l'un &
l'autre tiroient de cette contrarieté de nouveaux ſujets de
ſe plaindre à tous momens du Gouverneur de leur Petit-
Fils ; car encore que leur antipathie ne pût être plus
grande , ils ne laiſſoient pas de vouloir être traittez de
même. L'Empereur Maximilien étoit inſatiable d'argent
& prétendoit qu'on luy en trouvât avec la même facilité
qu'il le dépenſoit. Le Roy Catholique Ferdinand mé-
nageoit le ſien avec une épargne qui le faiſoit paſſer
pour Avare dans l'eſprit de ceux qui ne ſçavoient point
qu'il n'en avoit pas le quart de ce qu'il faloit pour l'e-
xecution de ſes vaſtes deſſeins. Il n'avoit pas plutôt apris
que la neceſſité de l'Empereur avoit été ſoulagée des
deniers des Païs-bas , qu'il repreſentoit la ſienne à Chievres, & l'importunoit de la ſoûlager. Chievres n'en étoit
pas quite pour luy remontrer que les revenus des Païs-
bas ne pouvoient ſuffire pour l'Empereur & pour lui, parce qu'alors il ceſſoit à la verité de parler d'argent ; mais
il demandoit au lieu de cela, que l'Archiduc entrât dans
les querelles qu'il avoit à démêler. Ce fut donc à Chievres de deliberer dans l'impoſſibilité où il ſe voïoit d'ê-

tre bien avec leurs Majeftez Imperiale & Catholique en même temps , laquelle des deux amitiez il feroit plus important à l'Archiduc que fon Gouverneur confervât.

Les raifons pour l'Empereur étoient que fi Chievres ne fe déterminoit pas à vivre avec luy dans une union tres-étroite, ce Prince qui n'aimoit point à s'embaraffer l'efprit des penfées de l'avenir ; & qui n'étendoit jufques là fa prevoyance qu'autant qu'on l'y obligeoit par une utilité prefente , difcontinuroit infenfiblement d'entretenir la brigue formée dans l'Empire pour l'election de fon Petit-Fils en fa place, & donneroit occafion aux Electeurs favorables à la Maifon d'Autriche de changer de party lofqu'ils fe verroient negligez: Outre que s'il prenoit un jour envie aux François d'attaquer les Pays-bas , il feroit impoffible au Roy Catholique de leur en empêcher la conquefte , & le feul Empereur feroit capable de la traverfer. Cependant fi on le negligeoit pour s'attacher ailleurs, il ne le voudroit pas du genie qu'il étoit , facile à fe dépiter , & plus facile encore à porter dans les dernieres extremitez le dépit qu'il avoit une fois conçu ; & quand il le voudroit il ne feroit plus en l'état de le faire , puifque les Allemands qui ne le confideroient pas tant par fes qualitez perfonnelles que par le profit qu'ils étoient affurez de tirer de luy lorfqu'ils étoient affez heureux pour fe trouver à fa Cour dans les conjonctures qu'il recevoit de l'argent, n'en verroient pas plutôt la fource tarie par le retranchement de celuy qui luy venoit regulierement de Flandre , qu'ils commenceroient à le mépri-

I iij

fer, & ne fe mettroient plus en peine ni de s'armer
pour luy, ni de luy mener des Troupes quand il les
en priroit: Au lieu que fi la bourfe de fon Petit-fils luy
étoit ouverte à l'avenir, comme elle avoit été jufques-
là, il en arriveroit cette avanture bizare que le vice
d'un particulier feroit la vertu de la Maifon dont il
fortoit. Que la prodigalité de Maximilien deviendroit magnificence dans le deffein de ceux d'Autriche qu'elle fervît à continuer l'Empire dans leur
Maifon; & que les Allemans s'enrôleroient auſſi
promptement & monteroient auſſi facilement à cheval pour fuivre l'Empereur dans les Païs-bas, qu'ils a-
voient fait lorfqu'il les avoit follicitez de l'accompagner
dans la guerre contre la Republique de Venife.

Les raifons qui faifoient dans l'efprit de Chievres
pour le Roy Catholique, étoient que l'Archiduc avoit
plus à efperer & plus à craindre de luy fans comparaifon que de l'Empereur. L'efperance étoit toute manifefte & fondée fur les Couronnes annexées à celle
d'Arragon tant en Efpagne qu'en Italie, & fur les
côtes d'Afrique. La crainte étoit plus cachée, mais
les fujets n'en étoient ni plus petits, ni moins infaillibles. Ils confiftoient en ce que l'Archiduc n'attendoit point à la verité d'autres biens hereditaires de
fon Ayeul paternel que les Dix Provinces de la Maifon d'Autriche: mais ces biens étoient de telle nature qu'ils ne luy pouvoient échaper en aucune maniere, pourveu qu'il furvêcut fon Grand-Pere, & que
ce Prince n'en difpoferoit jamais à fon préjudice, ni
par donation, ni par vente, ni par alienation, ni par

échange. Les Loix d'Allemagne confirmées par tous
les Empereurs qui avoient regné depuis Charles Quatre, & ratifiées dans toutes les Dietes generales qui
avoient été depuis convoquées, portoient en termes
exprés, *Que les Fiefs Imperiaux apartenoient si certainement*
à tous les Mâles de la Maison qui les tenoit & en avoit une
fois reçû l'investiture, qu'il n'étoit point au pouvoir du Feu-
dataire d'en frustrer sous quelque cause ou pretexte que ce fût
son Fils aîné ou les Enfans mâles de ce Fils Aîné pour les
donner à ses autres Enfans, ni d'en priver des Cousins pa-
ternels pour éloignez qu'ils fussent, pour en gratifier leurs pro-
pres Filles. L'Usage uniforme & sans interruption avoit
parfaitement répondu aux Loix, & il ne s'étoit point
trouvé d'exemple qu'elles eussent été violées à cet é-
gard en tout ou en partie.

Il n'en étoit pas ainsi de la succession que l'Archiduc
attendoit du Roy Catholique, & il y avoit plus d'un sujet de craindre qu'elle ne luy échapât, quoiqu'elle ne parût pas d'abord moins certaine que celle de l'Empereur.
Car en premier lieu Ferdinand avoit assez témoigné son
chagrin de ce que ses biens entreroient un jour dans la
Maison d'Autriche, en n'oubliant rien de ce qui se pouvoit naturellement pour les en empêcher. Il n'avoit pas
agy avec tant de sincerité qu'Elle dans le mariage de son
Fils * & de sa Fille * avec la Fille * & le Fils * de l'Empereur; & au lieu que Maximilien luy avoit donné une Fille
unique, il n'avoit donné à Maximilien pour Philippe
d'Autriche que la seconde des quatre Filles qu'il avoit. Il
avoit marié l'Aînée en Portugal; & témoigné par une
preference si publique aimer mieux que la succession

* Iean d'Arragon
Prine d'Espagne.
* Ieanne d'Arra-
gon surnommée la
Folle.
* Marguerite
d'Autriche.
* L'Archiduc
Philippe.

passât à la posterité d'un Prince dont l'Ayeul paternel étoit bâtard , & la Bisayeule fille d'un Cordonnier Juif, que de ne pas aporter toutes les precautions qui dépendoient de luy pour éloigner davantage son second Gendre * de succeder aux Couronnes de Castille & d'Arragon.

* L'Archiduc Philippe.

Sa prevoyance avoit neanmoins été vaine, & la Femme du Fils de l'Empereur s'étoit trouvée en tres-peu de tems heritiere presomptive de tant de Royaumes. Tout autre que le Roy Catholique eût adoré dans une revolution si prompte l'ordre de la Providence divine, & s'y fût entierement soûmis : cependant ce Prince s'y étoit opposé avec une obstination plus ferme & plus longue que n'avoit été celle de Jonas pour s'exempter d'aller à Ninive. Sa femme n'avoit pas plutôt été morte qu'il en avoit épousé une autre dans la seule veuë d'en avoir un fils ; & parcequ'il approchoit de cinquante ans, & que les desordres de sa jeunesse luy donnoient lieu à cet âge de se défier de sa vigueur, il avoit eu recours à la Medecine , & pris les potions qu'elle jugeoit capables de suppléer à ce défaut. En second lieu le Roy Catholique avoit des Bâtards bien faits ; & s'il les preferoit aux enfans de sa fille legitime pour monter sur le Trône , il ne feroit rien de contraire ni à la Coûtume d'Espagne, ni à l'inclination des Espagnols. Il n'étoit pas nouveau dans cette contrée la derniere de l'Europe du côté d'Afrique d'élever à la Royauté des enfans illegitimes à l'exclusion des legitimes, & Ferdinand luy-même descendoit en droite ligne de Henry Second qui étoit bâtard. Il avoit encore dans sa Maison un autre exemple

ple de cette irregularité, puifque fon Oncle Alphonce
d'Arragon frere aîné de Jean d'Arragon fon Pere, mourant fans enfans, avoit par fon Teftament qui fut
executé en ce point, fruftré Jean d'Arragon du Royaume de Naples pour le laiffer à un bâtard qu'il avoit eu
d'une perfonne de qualité, & noury dans cette veuë.
En troifiéme lieu non feulement le Roy Catholique
pouvoit ôter à l'Achidud l'Arragon & les Couronnes qui en dépendoient ; mais encore il pouvoit l'empêcher par la voye dont on va parler, de regner en
Caftille & dans les Monarchies qui y étoient atta-
chées. La Reyne Ifabelle ayeule maternelle de ce jeune
Prince étoit celle dont il tiroit fes Pretentions fur la
Caftille ; & pourtant cette Princeffe n'en avoit pas
herité fans violence, & fans donner atteinte aux Loix
les plus inviolables de la focieté civile. Henry Quatre fon Frere Roy de Caftille avoit époufé l'Infante
de Portugal, & cette Infante étoit durant fon mariage avec luy accouchée d'une Fille la plus belle,
dit-on, qui nâquit jamais en Efpagne. Cette Fille
excluoit par les Loix fondamentales de l'Etat fa
Tante de fucceder à tant de Royaumes, puifqu'elle étoit plus proche d'un degré, & qu'elle reprefentoit fon Pere : Cependant la Tante avoit pretendu que fon Frere étoit impuiffant ; & que la Fille
qu'on luy attribuoit, étoit de fon Favory Dom Bertrand de la Cueva Duc d'Albuquerque. Elle avoit
formé fous cette caufe ou fous ce pretexte un puiffant Party, & alumé la guerre dans la Caftille :

K

Mais le Party de la Fille s'étant trouvé le plus fort, la Tante avoit eu rcours à Ferdinand, & s'étoit donnée à luy, ne pouvant par une autre voye l'engager à prendre ses interests contre ceux de sa Niece. Ferdinand après avoir épousé la Tante, avoit fait passer en Castille toutes les forces de l'Arragon. Il avoit vaincu ceux qui favorisoient la Niece de sa Femme, & l'avoit dépoüillée. Il étoit encore en état de reparer le tort qu'il luy avoit fait, de la rapeller en Castille où il étoit le Maître, de l'y élever sur le Thrône, & de la marier avec un de ses Bâtards.

Chievres fit sur les raisons que l'on vient de rapporter toutes les reflexons qu'elles meritoient. Il examina long-tems le prejudice qui arriveroit à l'Archiduc de ne pas entretenir une entiere correspondance avec son Ayeul maternel * : cependant après avoir comparé le mal qui viendroit à ce Prince de rompre durant sa minorité avec la France s'il se lioit trop étroitement au Roy Catholique, avec les maux que le Roy Catholique luy pouvoit faire s'il ne s'unissoit pas si étroitement avec luy, il trouva le premier tout seul plus grand, sans comparaison, que tous les derniers ensemble, & jugea par un resultat de prudence le plus hardy qui soit dans l'Histoire d'Espagne, qu'il faloit l'éviter preferablement aux autres. Il tint l'Archiduc uny avec les François & avec les Allemans : Il se contenta de ne donner au Roy Catholique ni sujet ni pretexte

* *Ferdinand.*

de se plaindre de luy en particulier ; & l'on verra
dans les Livres suivans que sa conduite fut aussi
heureuse en ce point, qu'elle avoit été judicieuse.

Fin du Premier Livre.

K ij

ARGUMENT DU SECOND LIVRE.

CHIEVRES prend toutes les mesures necessaires pour gouverner en paix les Païs-Bas en l'absence de l'Archiduc Philippe d'Autriche qui étoit allé en Espagne recueillir la succession des Royaumes de Castille arrivée à sa Femme. Mais l'Archiduc meurt peu de tems après avoir été couronné Roy; & Chievres est établi par la France Tuteur de l'Archiduc Charles Fils aîné de Philippe. Il tâche en vain d'empêcher l'Ayeul maternel de son Pupile d'obtenir l'usufruit de la Castille. Il travaille pour le faire donner à l'Empereur Maximilien Ayeul paternel de ce Prince : Mais le Roy Louïs Douze s'y oppose contre ses propres interests, & augmente parlà la Puissance du plus dangereux de ses Ennemis. Manuel Secretaire de Philippe est persecuté par le Roy Ferdinand le Catholique à cause qu'il avoit trop bien servi son Gendre. Manuel se refugie en Flandre, & Chievres l'y reçoit bien dans l'esperance qu'il empêchera Ferdinand de disposer de la Castille à sa fantaisie. Mais Ferdinand remuë tant de machines qu'enfin Chievres est forcé d'abandonner la protection de Manuel, & mêmes de le mettre dans une prison qui dure autant que la Vie de Ferdinand. Le Cardinal Ximenez n'est pas mieux traitté pour avoir voulu demeurer neutre entre le Beau-pere & le Gendre. Ferdinand luy veut ôter l'Archevêché de Tolede, & le Cardinal a recours à Chievres qui fait intervenir l'Archiduc son Pupile. Il offre à Ximenez une retraite dans les Païs-bas ; & Ferdinand l'apprehende de sorte, qu'il laisse en paix le Cardinal.

HISTOIRE
DE MONSIEUR
DE CHIEVRES

LIVRE SECOND.

Où l'on voit ce qui est arrivé de plus considerable dans la Monarchie d'Espagne durant les années mil cinq cent treize & mil cinq cent quatorze.

OUR comprendre les motifs qu'eut Chievres de preferer l'Ayeul paternel de Charles d'Autriche son Pupile à l'Ayeul maternel, & pour concevoir les avantages que Charles tira de cette preference, il est necessaire de présupposer que le Roy Catholique Ferdinand qui étoit l'Ayeul maternel dont on parle icy, ne borna pas son ambition dans l'Espa‑

K iij

gne aprés qu'il en eût entierement chaffé les Mores par
la Conquefte du Royaume de Grenade. Il luy fâcha
de fe voir confiné à l'une des extremitez de l'Europe
fans aucune apparence de pouvoir s'y aggrandir, puifqu'il avoit pour barriere les Monts Pirenées ; & qu'en
traverfant cette chaîne de rochers que la nature fembloit avoir mife pour empêcher les deux plus puiffans
Rois de la Chrêtienté de fe faire la guerre, il trouvoit
au delà la France fi puiffante par l'endroit qu'elle confinoit avec luy, qu'il y avoit bien plus lieu de craindre
qu'Elle ne luy ôtât fes Etats de Bifcaye, d'Arragon, &
de Catalogne s'il l'attaquoit, qu'il n'y en avoit de conquerir fur elle la Guïenne & le Languedoc.

Il penfa donc à l'affoiblir avant que de l'attaquer ;
& comme elle avoit un pied dans l'Efpagne par l'ac-
quifition que le Roy Tres-Chrêtien Louïs Onze avoit
faite des Comtez de Rouffillon & de Cerdagne, d'où
elle eût pu s'emparer aifement de la Catalogne dont
les Places n'étoient point alors fortifiées, il s'apliqua
entierement à les recouvrer, & y réüffit par une voye
qui n'avoit point encore été pratiquée, les Princes
Chrêtiens n'étant pas encore accoûtumez à tromper
fous pretexte de Religion.

* *Dans le Con-*
tract d'engage-
ment.

Louis Onze avoit acheté de Jean Roy d'Arragon *
Pere de Ferdinand les deux Comtez par un Contract
d'engagement qui portoit que fa Majefté Tres-Chrêtienne prêteroit fur ces Comtez trois cent mille écus :
que l'une & l'autre luy feroient mifes en main pour
nantiffement de la fomme : Qu'il feroit libre au Roy
d'Arragon de les retirer dans neuf ans à compter du
jour du Contract, en rembourfant le principal & les

interefts ; mais que s'il y manquoit pour quelque
caufe ou par quelque occafion que ce fût dans le
terme prefix, il n'y pourroit plus revenir dans la fuite
du tems, & la proprieté de Rouffillon & de Cerdagne
demeurcroit à la France. Le Roy d'Arragon laiffa
paffer le terme par une pure impuiffance de retirer les
Comtez; & Louis Onze voyant la neuviéme année prefque entierement écoulée fans que le Roy d'Arragon
eût fait aucune demonftration de luy rendre fon argent, obferva une formalité, qui n'étoit pas neceffaire, & ne fervoit qu'à luy donner, ce qui s'appelle en
Jurifprudence, *abondance de Droit.*

Il fit fommer par un Heraut le Roy d'Arragon de
retirer les Comtez; & ce Prince ne l'ayant pas fait, fa
Majefté Tres-Chrêtienne les reünit à la Monarchie
Françoife, & les laiffa en mourant au Roy Charles
Huit fon Fils unique. Il y avoit déja neuf années que
Charles en étoit poffeffeur paifible ; & comme par la
Loy de fon Etat ce qui avoit été uni dix ans entiers &
de fuite, n'en pouvoit plus à l'avenir être détaché, le
Rouffillon & la Cerdagne n'étoient pas moins inaliena-
bles que les autres Provinces de France, puifqu'il y avoit
trente ans que deux Rois Tres-Chrêtiens en joüiffoient
fans conteftation. Mais l'ignorance dans laquelle il
avoit plû à Louis Onze que Charles Huit fût élevé
étoit fi groffiere qu'elle alloit jufqu'à n'avoir aucune
connoiffance de fes affaires ; & Ferdinand prenant ce
jeune Prince par fon foible, corrompit, dit-on, à force d'argent Olivier Maillard Religieux de l'Obfervan-
ce fon Confeffeur. Ce Cordelier reprefenta à Charles
que la charité Chrétienne ne permettoit point aux Fi-

deles de quelque rang qu'ils fuſſent de profiter du malheur de leur prochain , & que cependant c'étoit là ce qu'avoit fait le feu Roy , & que ſa Majeſté Tres - Chrêtienne continuoit de faire. Que lorſque Louïs Onze avoit fait ſommer le feu Roy d'Arragon de le rembourſer de l'argent prêté ſur les Comtez de Rouſſillon & de Cerdagne, il l'avoit trouvé dans l'impoſſibilité abſoluë de le ſatisfaire , & que nonobſtant ſa Majeſté n'avoit pas laiſſé d'en tirer tous les avantages permis par le droit des gens : Que le Roy d'Arragon s'êtoit alors trouvé embarraſſé dans une guerre civile & étrangere toute enſemble, puiſque d'un côté le Roy de Caſtille plus fort que luy ſans comparaiſon êtoit entré dans ſes Etats à main armée, & d'un autre côté les Catalans s'êtoient revoltez : Que ſa Majeſté Arragonoiſe êtoit morte avant que ces deux affaires euſſent été terminées, & que Ferdinand ſon Fils n'avoit pas été plus en état de retirer les deux Comtez : qu'il avoit été contraint d'emploïer tout ſon revenu & celuy de la Reine de Caſtille ſa femme pour chaſſer du Roïaume de Grenade les Mores Mahometans ; & que par conſequent la preſcription n'avoit pû courir à ſon égard, puiſqu'il êtoit occupé à une guerre ſainte : Que ſa Majeſté Tres Chrêtienne n'en êtoit donc pas moins obligée en conſcience à luy remettre les Comtez ; & qu'encore qu'elle fût bien fondée devant les hommes à demander l'argent & les intereſts de la ſomme que ſon Prédeceſſeur avoit prêtée , Elle ne l'êtoit pas devant Dieu puiſque la France avoit tiré des mêmes Comtez plus que ne montoit la ſomme prêtée : Qu'il ne faloit pas non plus faire entrer en déduction la dépenſe que le feu

Roy

Roy Tres-Chrêtien avoit été contraint de faire en levant une armée de quarante mille hommes selon la suputation mêmes des Auteurs Espagnols, & en l'envoyant dans le Roussillon pour remettre sous son obeïssance la Ville de Perpignan qui s'étoit revoltée : Que la rebellion de cette importante Place ne devoit être imputée, ni au feu Roy d'Arragon qui n'y avoit point eu de part, ni à Ferdinand son Fils qui ne l'avoit ni directement ni indirectement appuïée, & qu'ainsi le Roussillon & la Cerdagne luy devoient être au plutôt rendus.

Charles qui n'étoit point assez éclairé pour distinguer ce qu'il y avoit de vray dans le discours de son Confesseur d'avec ce qu'il y avoit de faux, obeït à ce Pere, mais non pas si aveuglement que ce Cordelier pretendoit. Sa Majesté rendit à la verité les deux Comtez sans recevoir ni le principal ni les interests de la somme que son Pere avoit déboursée, mais elle exigea de Ferdinand en récompense deux conditions qui ne luy eussent pas été moins à charge que le remboursement, s'il les eût executées d'aussi bonne foy qu'elles furent stipulées dans un Traité * solemnel. L'une fut que Ferdinand n'entreroit en aucune ligue offensive ni defensive contre la France; l'autre qu'il ne mariroit ses quatre Filles ni en Italie, ni en Alemagne, ni en Angleterre, ni en Flandre, & qu'il ne leur donneroit aucun Mary sans le consentement de sa Majesté Tres-Chrêtienne ou de ses Successeurs ; mais il ne se passa pas un an sans que Ferdinand violât actuellement la premiere condition, & il n'eut pas depuis plus de scrupule pour se dispenser d'observer la seconde. Il entra six mois aprés dans la ligue des Princes d'Italie contre Charles son Bien-faiteur, & contribua

* *Dans le dernier Traité de la France pour ces Comtez.*

L.

le plus à luy ravir fes Conqueftes. Il forma peu de tems
aprés le projet de refferrer la France du côté de la Picardie, de la Champagne, & de la Bourgogne, comme il la bornoit deja par la Guïenne & par le Languedoc, & penfa à mettre dans fa Maifon les Païs-bas,
& les Dix Provinces hereditaires de la Maifon d'Autriche. Cette Maifon étoit reduite à Maximilien Premier Empereur, à l'Archiduc Philippe, & à l'Archiducheffe Marguerite, fes Enfans. L'Archiduc étoit fi
delicat, & avoit fait tant de peine à élever durant fon
enfance, qu'il n'y avoit pas d'aparence qu'il vêcut affez
pour laiffer des Enfans. L'Archiducheffe au contraire é-
toit la plus vigoureufe & la plus enjoüée de fon fiecle; &
les Medecins ne fe cachoient pas trop pour dire qu'elle
porteroit les riches fucceffions de Bourgogne & d'Autriche dans la Maifon où elle entreroit, outre une tres-
grande fecondité dont elle avoit toutes les apparences.
Ferdinand fe fonda là-deffus pour l'attirer dans fa Famille, & voicy le plan qu'il en dreffa le plus artificieux & le plus intereffé tout enfemble qui foit dans
les Archives d'Efpagne. Il avoit un Fils & quatre Filles,
le Fils fe nommoit Jean comme fon Ayeul paternel,
l'aînée des Filles s'apelloit Ifabelle, la feconde Jeanne,
la troifiéme Marie, & la derniere Catherine. La Loy fondamentale d'Efpagne donnoit au Fils tous les Royaumes
d'Arragon que fon Pere poffedoit, & tous les Royaumes de Caftille que fa Mere avoit aportez en mariage, fans que fes quatre Sœurs y puffent rien pretendre;
& s'il mouroit fans Enfans, l'aînée de fes Sœurs devoit
entierement recueillir fa fucceffion fans en faire aucune part à fes trois Cadetes. Ferdinand vouloit bien que

les Etats des Maifons de Bourgogne & d'Autriche
entraffent dans la fienne, mais il ne vouloit pas que
fes Royaumes & ceux de fa Femme paffaffent dans
une Maifon étrangere. L'inconvenient luy en paroiffoit terrible, & il crut y remedier en n'offrant à l'Empereur Maximilien que fa feconde Fille pour l'Archiduc, parce qu'autant que la prudence humaine
pouvoit s'étendre le Mariage de l'Infant d'Efpagne a-
vec l'Archiducheffe ne feroit pas fterile ; & quand par
un malheur inconcevable il arriveroit qu'il le fût,
celuy de lA'înée des Infantes d'Efpagne deftinée à é-
poufer Manuël Roy de Portugal ne le feroit pas, &
par confequent fi la fucceffion de Ferdinand & d'Ifabelle fortoit de la Maifon d'Arragon, elle ne for-
tiroit pas de l'Efpagne qui feroit par-là prefque reünie
fous une feule Monarchie. Sa Majefté Catholique
fit donc parler à l'Empereur d'une double Alliance a-
vec cette difproportion, que fon Fils unique époufât la
Fille unique de fa Majefté Imperiale, & que neanmoins
le Fils unique de fa Majefté Imperiale n'époufât que la
feconde de fes Filles. La propofition étoit ridicule d'elle-
même puifqu'elle alloit directement contre la bien-
féance, l'avantage n'étant pas égal des deux côtez, &
rien ne preffant encore Maximilien de marier fes Enfans:
Cependant elle fut acceptée par une difpofition extraordinaire de la Providence divine qui pretendoit agrandir la Maifon d'Autriche par des voyes inconnuës à Maximilien & à Ferdinand. L'Empereur crut avoir dans fa
double Alliance avec le Roy Catholique telle qu'on vient
de la raporter, un intereft prefent qu'il ne trouveroit point
ailleurs, & qui fut affez efficace pour le déterminer.

On a déja parlé de fa paffion pour l'argent, & de
fon incompatibilité avec luy. Il étoit affuré de tirer
trois fommes confiderables des Provinces hereditaires
de la Maifon d'Autriche & de celles des Pays-bas en
concluant les deux Mariages. Les deux premieres fommes luy devoient être données pour le prefent des nopces de l'Archiduc & de l'Archiducheffe, & la derniere pour la dot de cette Archiducheffe. Il profitoit
de toutes fans en rien débourfer, puifque dans l'affaire
dont il s'agiffoit la dot des deux Princeffes iroit l'une
pour l'autre, & que d'ailleurs il n'y avoit prefque point
de dépenfe à faire pour luy, la Cour d'Efpagne étant
alors tres peu magnifique: au lieu que fi l'Empereur é-
tabliffoit fon Fils & fa Fille dans quelque autre Maifon de l'Europe, premierement il n'y trouveroit pas
une double Alliance à faire, & de plus il n'entreroit rien
dans fes coffres de ce que les Flamans & les Auftri-
chiens donneroient à leurs jeunes Princes. En fecond
lieu les frais des nopces ne feroient point épargnez,
& l'Empereur n'auroit point de pretexte pour s'en
garentir.

Les Sujets de fa Majefté Imperiale & de l'Archiduc n'a-
girent pas à la verité dans une veuë fi intereffée, mais une
confideration d'honneur leur infpira les mêmes fentimens. La Princeffe Ifabelle aînée des Infantes d'Efpagne
avoit été mariée fort jeune avec Alphonfe Infant de
Portugal. Elle n'avoit pas encore dix-huit ans lorfqu'elle étoit devenuë veuve; mais cela n'empêchoit pas
les Flamans & ceux d'Autriche de trouver qu'il n'étoit
pas de la bienféance que l'Archiduc Philippe qui devoit être leur Souverain, fe contentât des reftes de l'In-

fant de Portugal : Ils fçavoient de plus que cet Infant
avoit eu pour Ayeul paternel un Baſtard Fils d'une
Concubine Juive , & comme les Peuples de la baſſe
Allemagne conſpiroient avec ceux de la haute à ne
pas ſouffrir que leurs Princes s'alliaſſent dans des Maiſons & avec des Perſonnes où il y auroit eu la moindre tâche , quand Maximilien eût voulu avoir pour
ſon Fils l'Infante aînée d'Eſpagne , ſes propres Sujets ,
& ceux de ſon Fils s'y fuſſent univerſellement oppo-
ſez. Les Princes d'Allemagne n'euſſent pas plus volontiers ſouffert qu'il eût introduit dans l'Empire le
pernicieux exemple de ſe meſallier , & Maximilien ſe
fût attiré des affaires qu'il n'eût pu terminer. Ainſi la
propoſition du Roy Catholique fut acceptée ſans di-
ficulté , & l'on reſolut les deux Mariages. Il n'y eut
rien de particulier dans les Contracts qui en furent
dreſſez, excepté que Chievres en eût le ſoin, & la dot
des deux Epouſes auſſi bien que leur Doüaire fut tres
mediocre. Le Roy de France Charles Huit ſe plaignit
en vain de l'infraction de ſon Traité * avec Ferdi-   * Dans les Con-
nand ; & la réponſe que l'Ambaſſadeur d'Eſpagne   *trats entre Eſpa-*
Ayala luy fit là-deſſus, ſembloit ajouter la raillerie à   *gne & Autriche.*
l'injure. Il ſoûtint que le Roy Catholique ſon Maî-
tre avoit été libre de diſpoſer de ſon Fils & de ſa Fille;
& que le Traité dont on parloit n'avoit pu luy lier les
mains, puiſqu'il étoit contre les bonnes mœurs auſſi
bien que contre le droit des gens; & que comme on
ne trouveroit pas mauvais en Eſpagne que le Roy
Tres-Chrêtien ſe fût diſpenſé d'une telle obligation ſi
elle luy eût été impoſée, ſa Majeſté Tres-Chrétienne
ne devoit pas non plus trouver étrange que le Roy
Catholique en eût uſé de la ſorte.   L iij

Les deux Mariages s'acheverent presque en même
tems, mais ils ne furent également heureux ni dans
leur commencement ni dans leurs suites. On remar-
quera dans la Vie de Louïs Onze que par le dernier
Traité de ce Prince avec Maximilien, on étoit convenu que l'Archiduchesse Marguerite au sortir du ber-
ceau épouseroit le Dauphin de France qui fut Charles
Huit : Qu'elle luy aporteroit pour sa dot les Comtez de Bourgogne & d'Artois ; & qu'afin qu'il ne fût
au pouvoir ni du Pere de la Princesse, ni des Flamans de rompre leur Mariage avant qu'elle fût en âge
de le consommer, elle seroit immediatement aprés la
signature du Traité confiée aux Ambassadeurs de
France qui l'emmeneroient en la Cour du Roy Tres-
Chrêtien, où elle seroit élevée avec le Dauphin en attendant que l'un & l'autre fussent en état de vivre ensemble. Le Traité avoit été presque entierement executé de bonne foy ; & il y a des Memoires qui portent que non seulement l'Archiduchesse avoit été élevée auprés du Dauphin, mais que deplus les ceremonies de leur Mariage avoient été faites, & qu'il n'y
manquoit que la consommation lorsqu'il fut rompu
par cet evenement.

Maximilien Pere de la Princesse épousa en secondes nopces par Procureur l'Heritiere de Bretagne ; &
se rendit par-là d'autant plus formidable aux François,
que ses premieres nopces avec l'Heritiere de Bourgogne avoient aporté les Dix-sept Provinces de Flandre & la Franche-Comté dans sa Maison. Ils n'y trouverent point d'autre remede que d'obliger Charles
Huit à le prevenir en épousant en Personne la même

Heritiere de Bretagne, & l'Archiducheſſe fut renvoyée à ſon Pere qui l'a maria, comme l'on a déja dit, avec l'Infant d'Eſpagne. Les Ceremonies en furent faites à Gand au mois de Février mil quatre cent quatre-vingts dix-ſept & la Princeſſe s'embarqua immediatement apres à Fleſſingues ſur le Vaiſſeau Admiral de la Flotte deſtinée pour la porter, & l'eſcorter en Eſpagne: mais elle ne fut pas plutôt en haute Mer, qu'elle eut lieu de prevoir que ſon ſecond Mariage ne ſeroit pas plus heureux qu'avoit été le premier. Elle fut batuë d'une tempeſte qui s'augmentant toujours ſurmonta l'adreſſe des Matelots, & l'experience des Pilotes. Les uns & les autres furent également perſuadez qu'ils ne pouvoient éviter de perir, & en avertirent les Paſſagers autant par la frayeur mortelle qui paroiſſoit ſur leurs viſages, que par leurs diſcours. La ſeule Archiducheſſe demeura ſans émotion à cette triſte nouvelle, & craignit d'autant moins de perdre la vie, qu'elle avoit plus d'intereſt que les autres à la conſerver. Elle fût même capable dans un ſi triſte moment d'une penſée de gayeté qui ſembloit ne devoir fraper qu'une imagination dégagée de toutes ſortes d'idées ennuïeuſes. Elle fit une reflexion enjoüée ſur la bizarrerie de ſes avantures. Elle ſupoſa qu'il n'en fût jamais arrivé de ſemblables dans le monde, & leur ſingularité luy parut meriter qu'il en fût inſtruit. Elle crut qu'il ne s'étoit point encore veu qu'une Femme deux fois mariée fût morte Pucelle, & ce fût pour en informer la poſterité qu'elle ſe ſervit des precautions ſuivantes. Il luy prit envie de travailler elle-même à ſon Epitaphe, & d'y exprimer en deux Vers ce qu'il y avoit eu de plus rare dans ſa vie. Elle étoit

née avec beaucoup de difpofition à la Poëfie, & elle
compofa un Diftique fur le champ. Les Manufcrits
en rapportent diverfement les paroles, quoy qu'ils conviennent dans le fens, & il eft bon de les tranfcrire icy
dans la forme qu'on les a trouvez. Les Manufcrits
Efpagnols portent :

> *Cy gît Margote, Noble Damoifelle,*
> *Deux fois mariée, morte Pucelle.*

Et les Manufcrits Flamans :

> *Cy gît Margot la gente Damoifelle,*
> *Qu'eut deux Maris, & fi mourut Pucelle.*

Il ne fuffifoit pas à l'Archiducheffe d'avoir dreffé fon
Epitaphe, fi elle n'empêchoit que l'eau où elle s'attendoit d'être fuffoquée, ne gâtât le papier fur lequel elle
l'avoit écrit, & elle prit de la toile cirée pour l'enve-
loper. Il faloit de plus intereffer ceux du rivage où la
Mer pousseroit son Corps & son Epitaphe à donner fepulture à l'un, & à faire graver l'autre ; & l'Archiducheffe tira de la Boëte de fes Pierreries le Diamant du
plus grand prix, & l'envelopa dans le papier. Enfin il
s'agiffoit d'éviter que ce papier ne fût feparé du corps,
& l'Archiducheffe lia fortement à fon bras gauche la
toile cirée où étoient le Diamant & les Vers. Elle attendit en cette pofture fans s'étonner & fans changer
de vifage que le Vaiffeau coulât bas ; mais fa derniere
heure n'étoit pas encore venuë, & le Vaiffeau qui la
portoit aprés avoir été long-tems le joüet des vents,
échoüa

échoüa à la côte de Saint André en Galice. Elle alla de-là par terre à Burgos où les Rois Catholiques faisoient alors leur residence. Ses nôpces avec l'Infant d'Espagne y furent achevées ; & sa grosseffe qui parut quelque tems aprés, renouvela la joye de la Cour : mais ce ne fût que pour cinq ou six mois, car l'Infant eut dans la Ville de Salamanque une maladie dont il mourut le vingt-quatre Octobre de la même année mil quatre cens quatre-vingts dix-sept.

On avoit eu la prévoiance d'en celer le commencement & le progrez à sa Femme, mais on n'eut pas la même precaution pour la fin. Au lieu de la disposer peu à peu à recevoir une si étrange nouvelle , & de ne luy aprendre que par degrez que son jeune Epoux étoit expiré, on luy dit tout d'un coup & nettement qu'elle étoit Veuve. On ne sçait pas precisement qui fut la Personne assez imprudente pour luy donner à contre-tems un tel avis , parce qu'elle ne le voulut jamais découvrir de crainte qu'on ne l'en punit avec trop de severité. Mais il est constant que le malheur de son second Veuvage * rapella dans son idée l'injure qu'elle avoit receuë lorsque Charles Huit l'avoit repudiée, & que la double douleur qu'elle eut, la penetra avec tant de violence , qu'elle accoucha avant terme d'une Fille morte. Le Roy Catholique Ferdinand suporta la perte de son Fils unique arrivée à l'âge de dix-neuf ans trois mois & six jours avec une fermeté d'ame qui donna occasion à ceux qui ne l'aymoient pas de le soupçonner d'insensibilité. Il étoit persuadé par une longue expérience que l'esprit de la Reyne Isabelle sa femme n'étoit pas moins fort que le sien ; cependant il supôsa qu'elle

Dans le Panegirique Latin de cette Princesse.

M

n'aprendroit pas fans mourir, la mort de leur Fils, fi on commettoit en l'en informant la même faute qui venoit de caufer l'accouchement de leur Belle-fille avant terme, il y pourvût par une voye qui luy reüffit. Il n'avoit point d'autre Philofophie que la naturelle, & la douleur violente dont il étoit alors faifi étoit la premiere de cette forte qu'il eût euë: cependant il ne laiffa pas de concevoir qu'encore que l'on n'annonçât à la Reyne Catholique que de fois à autre, & comme par degrez la mort de l'Infant, tous les lenitifs dont on pourroit ufer en ce cas n'empêcheroient point que la tendreffe d'une Mere bleffée autant qu'elle pouvoit l'être par un accident fi furprenant, ne produifît dans le corps où elle fe trouveroit une revolution generale, qui mettant l'ame hors d'état d'y exercer fes principales fonctions, la contraindroit de l'abandonner. Le Roy Catholique confidera au contraire que fi cette ame étoit capable de deux paffions exceffives qui fe fuccedaffent l'une à l'autre en tres-peu de tems, elle ne le feroit pas d'une troifiéme, parce que l'impreffion qu'elles auroient faites fur le corps, & l'extrême violence qu'il auroit falu que ce corps fe fit pour les fuporter, auroient épuifé tant d'efprits qu'il n'en refteroit plus affez pour une application nouvelle d'auffi grande étenduë. Enfin la reflexion de ce Prince alla jufqu'à juger que fi les fonctions de l'Ame s'affoibliffoient dans trois exercices violens qui fuffent de même force, elles s'affoibliroient bien davantage lorfque fes exercices feroient non feulement differens, mais encore contraires, parce que la diftance feroit alors plus grande, & les obftacles deviendroient plus difficiles à furmonter. Ferdinand conclud de ces trois Principes, que pour empêcher la Reyne Ifabelle d'expirer en apprenant la mort de fon Fils, il faloit d'abord luy caufer une extrême douleur fur un faux fujet : Qu'enfuite il faloit la faire paffer de l'extremité de la trifteffe à celle de la joye en expofant à fes yeux ce qu'elle croiroit avoir perdu, & en luy donnant par-là la plus agréable & la plus prompte confolation qu'elle pût recevoir : qu'en dernier lieu la Perfonne qui luy étoit plus chere aprés ce Fils viendroit luy dire que Dieu en avoit difpofé, & corrigeroit l'amertume de cette nouvelle par tant de raifons & d'exemples, qu'il n'arriveroit rien d'extraordinaire dans la douleur qu'elle exciteroit.

Ainfi le Roy Catholique ayant pris de fi juftes mefures que fa femme ne pouvoit être informée que par luy de la mort de l'Infant, il luy fit dire par des Gens dignes de foy que le Roy fon mary venoit d'expirer de mort fubite. Elle le crut d'autant plus aifément qu'il avoit prefque toutes les marques des perfonnes fujettes à cet inconvenient. Elle s'en affligea autant qu'Elle devoit, & on la laiffa environ une heure dans cet état. Ses premiers tranfports de trifteffe étoient à peine paffez lorfque Ferdinand qu'elle ne s'attendoit plus de revoir, parut tout d'un coup à fes yeux. La joye qu'elle en eut fut telle, qu'elle ne lui permit, ni de fe plaindre de la fupercherie qu'on luy avoit faite, ni de s'en prendre à ceux qui l'avoient trompée. Son Mary la laiffa dans la joye auffi long-tems à peu prés qu'elle avoit été dans la trifteffe, & luy apprit enfuite avec des adouciffemens fort étudiez qu'ils n'avoient plus de Fils. Elle en fût émeuë à la verité, mais non pas tant qu'elle l'eût été dans une autre conjonćture, & son esprit se trouva quelques jours après assez dégagé pour vacquer aux affaires d'Etat.

La plus importante étoit d'empêcher que les successions de Castille & d'Arragon ne passassent dans une Maison qui ne fût pas Espagnole, & comme leurs Majestez Catholiques ne le pouvoient après la mort de leur Fils unique qu'en remariant leur Fille aînée en Portugal, Elles avoient témoigné à Manuel qui venoit de monter sur le Trône de ce Royaume, que s'il la recherchoit en mariage, Elle luy seroit accordée. Manuel avoit trop d'ambition pour refuser le Parti qui se presentoit ; & comme il pensoit alors à la Conqueste des Indes, & qu'il prévoyoit la facilité que l'Alliance des Rois Catholiques luy apporteroit dans l'execution de ce dessein, il negligea dans la seule veuë de hâter ses noces, les formalitez accoûtumées dans les Alliances des Rois : il ne prit aucune précaution pour aller en Castille : Il parut à la Cour des Rois Catholiques plûtôt qu'on ne l'y attendoit ; & y épousa l'Infante Isabelle avec une extréme joye des Espagnols passionnez pour la grandeur de leur Patrie, qui voyoient toutes leurs Monarchies réünies en une, excepté celle de Navarre. Les nouveaux mariez furent reconnus pour heritiers necessaires de la Castille & présomptifs de l'Arragon, & Ferdinand eut tant de peur que la Maison d'Autriche ou sa seconde Fille étoit entrée n'y prétendît quelque part, qu'il obligea la Reine sa femme à convoquer au plûtôt les Etats de Castille dans la Ville de Tolede, où la Reine de

* Dans Caramuel.

Portugal receut le ferment de tous les Deputez. Il assembla immédiatement aprés les Etats d'Arragon à Sarragosse, & l'on y fit la même ceremonie. La joye des Peuples y redoubla par la grossesse de la Reine de Portugal, qui parut avant qu'ils fussent congediez. Les Rois Catholiques apprehenderent, qu'il ne luy arrivât quelque inconvenient si elle accompagnoit le Roy son mary qui s'en retournoit en Portugal, & ne voulurent pas permettre, qu'elle sortît de Sarragosse avant ses couches. Ils aimerent mieux y demeurer avec elle pour la divertir en attendant qu'elle leur donnât un heritier, & les Nations Castillannes & Portugaises surmonterent cependant l'antipathie qui duroit entr'elles depuis tant de Siecles, pour ne penser qu'aux Jeux, aux Danses, aux Tournois, & aux Courses de Bague. L'esperance presque certaine d'être un jour unies y contribua beaucoup; mais il ne s'est presque jamais veu de semblables fêtes, où la fin ait répondu au commencement. La Reine de Portugal n'avoit point eu d'Enfans de l'Infant Alphonse son premier mary: Elle avoit déja vingt-huit ans à sa premiere couche: les Medecins assurent que le travail augmente dans cette rencontre à proportion que la femme qui accouche la premiere fois est avancée en âge; & ces trois raisons jointes à une quatriéme que la pudeur oblige à supprimer, firent que sa Majesté Portugaise ne pût être Mere qu'aux dépens de sa propre vie. Elle accoucha à terme, & d'un Fils; mais elle en mourut, & toute l'esperance des Rois Catholiques fût reduite à leur Petit-Fils, qui fût baptisé sous le nom de Michel. Son Ayeul & son Ayeule le firent reconnoître par les Etats de Castille & d'Arragon ; mais il avoit si peu de santé, que les Espagnols commencerent à regarder l'Archiduchesse des Païs bas & Philippe d'Autriche son Mary en qualité d'heritiers présomptifs de leur Monarchie. La Reine Catholique en fût si persuadée que lorsqu'elle apprit que l'Archiduchesse estoit accouchée le vingt-quatriéme Février mil cinq cent d'un Fils, qui fût depuis l'Archiduc Charles dont Chievres étoit Gouverneur, elle appliqua sur le champ & par un esprit de prophetie à la naissance de ce Prince ces paroles des Actes des Apôtres, *le sort est tombé sur Mathias*, faisant allusion au Saint dont l'Eglise celebroit ce jour-là la Fête pour signifier que l'Enfant venoit au monde dans une conjoncture si favorable, qu'il succederoit à ses Couronnes aussi bien qu'à celles de son mary. L'évenement suivit de prés la prédiction ; & Charles n'avoit pas encore cinq mois accomplis, lorsque l'Infant Michel mourut le vingtiéme Juillet de la même année à l'âge de deux ans. Le regret qu'en eurent les Rois Catholiques ne fut pas égal, quoiqu'il fût tres-grand des deux côtez, parceque la Reine Isabelle se voïant reduite à la necessité que sa succession passât dans une Maison Allemande, se soûmit assez promptement aux ordres de la Providence divine, & écrivit de sa propre main aux Archiducs de passer en diligence dans la Castille pour y recevoir le serment des Peuples en qualité d'heritiers necessaires, puisqu'elle n'étoit plus en âge d'avoir des Fils.

Le Roy Ferdinand au contraire qui avoit seize ans moins que sa femme esperoit la survivre, se remarier, & avoir d'un second lit des Enfans mâles qui excluroient l'Archiduchesse de sa succession. Il differa sur ce principe autant qu'il put de la mander de venir en Espagne, & ne le fit qu'à l'extremité lorsque sa femme luy declara qu'elle vouloit absolument voir sa Fille aînée reconnuë par les Etats de Castille. L'union formée entre cette Monarchie & celle d'Arragon exigeoit que la reconnoissance se fit dans la Ville capitale * de l'Arragon, immediatement après qu'elle auroit été faite dans la Ville capitale * de Castille; & le Roy Catholique qui par des raisons que l'on raportera bien-tôt ne vouloit pas la rompre, consentit enfin à ce que sa Femme desiroit.

* *Sarragosse.*
* *Burgos.*

Les Archiducs traverserent la France & arriverent en Espagne à la fin du mois de Février mil cinq cens deux. Ils furent tout à fait bien receus de la Reine Catholique, mais l'accüeil fût moins sincere du côté du Roy. Le pretexte de ce Prince pour couvrir sa froideur fut, que l'Archiduc son Gendre ramenoit à la Cour d'Espagne un homme qui ne luy plaisoit pas. C'étoit le fameux Jean Manuel dont il sera parlé fort au long dans la suite de cet Ouvrage. Sa naissance n'étoit point illustre; & il ne devoit qu'à la vivacité de son esprit & au talent extraordinaire qu'il avoit d'écrire bien & vîte, le choix que Ferdinand avoit autrefois fait de luy pour son Secretaire des dépèches qui demandoient une prompte expedition. Il n'avoit pas servi long-temps en cette qualité sans donner à connoître qu'il étoit capable de quelque chose de plus, & son Maître l'avoit envoïé en Ambassade en Allemagne à la Cour de l'Empereur Maximilien où il avoit conclu la double Alliance des deux Enfans de sa Ma-

jesté Imperiale avec deux des Enfans des Rois Catholiques. Il étoit ensuite passé avec le même caractere
* Dans les causes du ban de Ma-nuel. aux * Païs-bas où il avoit menagé avec tant d'adresse
l'esprit de l'Archiduc, qu'il étoit devenu son Favory.
Ce succez luy avoit inspiré la pensée de se donner à
ce jeune Prince immediatement aprés la mort de l'Infant Michel. Il en avoit demandé la permission à la
Reine Isabelle sa Souveraine qui n'avoit pas cru le devoir refuser, parce qu'il luy étoit avantageux en plus
d'une maniere qu'il y eût un Castillan habile auprés de
celuy qui devoit aprés sa mort regner en Castille. Mais
Ferdinand qui commençoit alors à distinguer ses interests d'avec ceux de sa Femme ne trouva pas bon qu'un
homme qui sçavoit ses secrets, & qui d'ailleurs étoit
né sujet de la Reine Catholique, eût l'entiere confiance
des heritiers de cette Princesse, sur ce qu'il prévit que le
desir de gouverner dans son Païs aussi bien qu'en Flandres le porteroit immediatement aprés la mort d'Isabelle à persuader les Archiducs, de ne pas attendre que
leur Beau-pere fût expiré pour s'aller mettre en possession de la Castille. Il n'oublia rien dans cette veuë
de ce qui pouvoit engager la Reyne à rappeller de
Flandres Manuel; mais la Reine s'obstina à vouloir qu'il
y demeurât, & Manuel de son côté ne negligea rien
de ce qui servoit à rendre son séjour necessaire à la Cour
des Archiducs. Il s'y comporta tout à fait au gré de sa
Souveraine; & Ferdinand en conceut pour luy une aversion qui augmenta jusqu'à ne pouvoir plus dissimuler le
dépit qu'il en recevoit. Il le témoigna en plusieurs rencontres; & Manuel qui regardoit l'inimitié de ce Prince
comme un torrent qui ne seroit pas de longue durée, &
qui

qui ne se déborderoit point si on ne s'ingeroit de l'arrêter, feignit de n'y pas prendre garde. Il s'attacha seulement à faire connoître à l'Archiduc dans les treize mois que ce Prince demeura en Espagne, les Grands de Castille & d'Arragon qu'il pouvoit attacher à sa Personne préférablement à celle de son Beau-pere, & à lui enseigner les moïens de les gagner.

L'Archiduc avoit tout ce qui étoit necessaire pour profiter des avis de Manuel. Il étoit le plus affable Prince de son siecle, & avoit accoûtumé de carresser presque également tous les Flamans qui avoient l'honneur de l'approcher de quelque condition qu'ils fussent : cependant il ne se familiarisa jamais jusqu'à se rendre par là méprisable à la haute Noblesse d'Espagne, & ne s'abaissa assez dans aucune rencontre pour perdre la gravité qui est la vertu dont elle fait plus d'estime. Le temperament qu'il apporta dans ses caresses n'empêcha pas qu'elles n'eussent tout le succez qu'il en attendoit, & que ceux qui en avoient été honorez ne préferassent sa domination à celle de Ferdinand. Et de fait il sortit d'Espagne si generallement aimé, qu'il ne fut plus depuis au pouvoir de son Beau-pere de le décrediter, lorsqu'il en eut la volonté.

Ferdinand ne l'y souffrit que le moins qu'il put ; & quoique l'Archiduchesse eût accouché dans la ville d'Alcala d'un second Fils qui fut depuis Ferdinand Premier Empereur, on n'attendit pas qu'elle fût relevée pour donner à son mary la satisfaction de s'en retourner avec elle. On voulut qu'il s'en allât auparavant ; & le prétexte que l'on prit pour le renvoyer d'une maniere si précipitée, fut la Commission dont on le chargea de

N

negocier à Blois où étoit le Roy Loüis Douze, un accommodement fur la broüillerie furvenuë entre les
François & les Efpagnols pour le partage du Royaume
de Naples. L'Archiduc comme on a dit dans le Livre
précedent negocia en galant homme , & prit tout le
foin qu'il devoit d'une affaire qui le regardoit de bien
prés; puifqu'il étoit déja affeuré d'en profiter.

Dés qu'il eut remis le pied en France fa Majefté
Tres-Chrêtienne & luy difputerent de generofité. Elle
envoïa en Flandre huit des principaux Seigneurs de fa
Cour pour y fervir d'ôtages qu'il ne feroit fait aucun
tort à l'Archiduc durant fon paffage ; & l'Archiduc
pour témoigner une entiere confiance à la parole du
Roy, écrivit en Flandre que l'on renvoyât les Otages.
L'accommodement entre les deux Nations fut conclu
& figné; mais Ferdinand defavoüa fon Gendre, & luy
fit par là un affront qui dans les maximes du monde
étoit trop grand & trop public pour être pardonné. Ferdinand eut beau reprefenter par fes Emiffaires à l'Archiduc que ce feroit luy qui tireroit prefque tout le
fruit de l'infidelité qu'il y avoit dans l'action dont il fe
plaignoit, & qu'il en auroit le Royaume de Naples
tout entier. L'Archiduc ne s'en offenfa pas moins ; &
Manuel le trouvant dans cette difpofition ne contribua pas peu, dit-on, à l'y retenir, affeuré de fe rendre
neceffaire à fon Maître tant qu'elle dureroit.

Il n'y eut plus d'autre commerce entre le Beau-pere
& le Gendre que celuy qui ne s'étoit pû rompre avec
bienféance ; & l'Archiduc pour s'unir plus étroitement
avec le Roy Tres-Chrêtien contre le Roy Catholique,
convint jufqu'à trois fois du mariage de fon Fils aîné

avec Claude de France Fille aînée de fa Majefté: Mais
les Alliances les mieux concertées par écrit ne font pas
celles qui réüffiffent le plus fouvent. La mort de la Reine
Catholique Ifabelle arrivée le dix-fept de Novembre mil
cinq cent quatre fut la caufe ou le prétexte de l'inexé-
cution des trois contracts de Mariage ; & Ferdinand
tout habile qu'il étoit, ne pût parer un coup fi defavantageux pour luy, & fi favorable à fon Gendre. * Il
fe trouva à la verité un Teftament d'Ifabelle qui
ordonnoit que le Roy fon mary auroit durant fa vie
l'ufufruit des Royaumes de Caftille : mais le Teftament
n'eut pas plûtôt été examiné, que les Courtifans & les
Jurifconfultes s'accorderent à le foupçonner de fauffeté.
L'Archiduc qui vouloit regner & s'en voïoit exclus
pour long-temps & peut être pour toute fa vie par
un acte fi peu conforme à la tendreffe maternelle,
n'y eut aucun égard ; & certes il étoit difficile de croire qu'il eût été dicté & figné par la Reine Ifabelle
de l'humeur qu'elle avoit été toute fa vie à l'égard du
Roy fon mary, car il étoit arrivé à cette Princeffe ce
qui n'eft que trop ordinaire aux femmes qui par un
principe de Politique époufent des maris plus jeunes
de la moitié qu'elles. Quand Ferdinand & Ifabelle fe
marierent, Ferdinand n'avoit que feize ans, & Ifabelle
en avoit trente-deux. Sa jaloufie pour Ferdinand avoit
paru peu de temps après fes nopces ; & l'on doit ajouter
ici pour l'excufer, que ce n'avoit pas été fans caufe. Ferdinand n'avoit pas laiffé de la méprifer, ni de cefer
tres-fouvent de luy être fidele quoiqu'elle fût tres-
belle, & que d'ailleurs il n'y eut jamais eu de Perfonne
plus fcrupuleufe qu'elle en ce qui regardoit la chafte-

* *Dans le Tefta-*
ment de la Reine
Ifabelle.

té. Il avoit aimé d'autres Dames dont il eut l'Archevêque de Sarragofse , Dom Alphonfe d'Arragon, & d'autres Bâtards , qui feront plus commodement nommez en un autre lieu de cette Hiftoire. Ifabelle n'en avoit pas fait plus mauvais menage avec luy : mais les injures de cette nature qui fe fupportent avec plus de patience, ne font pas celles qui font le moins d'impreffion dans les efprits, & qui s'en effacent le plutôt. Si Ifabelle avoit eu le pouvoir fur elle de diffimuler durant toute fa vie les égaremens de fon mary, il n'eft pas vray-femblable qu'elle eût voulu l'en recompenfer en mourant , c'eft à dire dans la conjonĉture qu'il n'étoit plus temps de feindre , & qu'elle n'avoit plus de mefures à garder avec luy; ni qu'elle eût ôté à fa Fille aînée la joüifsance du Royaume de Caftille, que la nature, la Loy, la raifon, & la Coutume d'Efpagne luy donnoient, pour la laifser à un mary volage qui ne manqueroit pas de pafser auffi-tôt qu'il feroit veuf à de fecondes noces ; ni d'emploïer toutes fortes de moïens non feulement pour afseurer aux Enfans qui naîtroient de fon fecond lit les Couronnes d'Arragon, mais encore pour leur procurer s'il étoit poffible les Royaumes de Caftille au préjudice de fes Enfans du premier lit.

Ifabelle avoit occafion de le craindre , puifque le Pere & la Mere de Ferdinand en avoient autant fait en fa faveur , & que le malheureux Charles Prince de Vianne Fils de la premiere femme du Roy Jean d'Arragon avoit été empoifonné pour faire place au même Ferdinand qui n'étoit Fils que de la feconde. Quoiqu'il en foit l'Archiduc ne fe laifsa point amufer par les Courriers qu'efon Beau-pere luy dépêcha pour l'arrê-

ter en Flandre , fous prétexte qu'il en pourroit arriver
du mal à l'Archiducheffe fa femme prête d'accoucher
d'une Fille qui fut Marie Reine de Hongrie. Il n'en
partit pas moins avec elle au mois de Janvier mil cinq
cent fept pour l'Efpagne , & il n'en furvint point d'inconvenient à la nouvelle Reine de Caftille.

On laiffa Chievres pour Gouverneur dans les Païs-
bas , & Manuel accompagna l'Archiduc. Ferdinand
fut fi mal informé du chemin que tenoient fa Fille &
fon Gendre, qu'il alla les attendre à l'une des extrémi-
tez de la Caftille pendant qu'ils defcendoient à l'autre. Tous les Grands du Royaume, excepté deux, fe declarerent pour eux: On les couronna folemnellement:
les Peuples leur prêterent ferment fans avoir égard au
Teftament de la feuë Reine ; & Ferdinand ne fe fentant pas le plus fort , fit parler d'accommodement à
fon Gendre. Comme il avoit plus de confiance fans
comparaifon à fa propre adreffe qu'à celle de fes
Agens, il follicita avec tant de perfeverance une entreveuë avec le Roy de Caftille , qu'il l'obtint : mais elle
luy coûta cher ; & il luy falut auparavant effuyer des
mortifications qui luy furent d'autant plus fenfibles,
qu'il y étoit moins accoûtumé

On le contraignit d'aller chercher fon Gendre, de
fe mettre entre fes mains , de fe contenter de fa bonne
foy pour tout faufconduit, & de fe prefenter en pofture de fuppliant. Il parut en effet de la forte accompagné de peu de gens fans armes , & montez fur des
Mules. Il ne put parvenir à entretenir fon Gendre en
particulier ; & Manuel qui étoit l'homme qu'il haïffoit
le plus parce qu'il luy imputoit toute la dureté qu'il

N iij

voïoit pour luy dans le Roy de Caſtille , fit toûjours
le tiers dans la converſation. Ferdinand y perdit d'a-
bord l'eſperance de conſerver l'uſufruit porté par le
Teſtament de ſa femme , & ſe relâcha dans la ſuite
juſqu'à n'en prétendre que la moitié. Mais on s'obſti-
na à ne luy en vouloir accorder aucune portion , &
on le renvoya avec un extréme dépit de s'être en vain
humilié.

Le Cardinal Ximenez , qui pour ne luy avoir pas
obligation de ſon agrandiſſement n'en étoit pas
moins ſon Amy , luy moïenna depuis une ſeconde
entreveuë avec ſon Gendre dans la Sacriſtie de l'E-
gliſe de Remedo à une lieuë de Vailladolid. Les
deux Rois confererent ſeuls & ſans autre témoin
que le Cardinal qui gardoit la porte. Ils convinrent
enfin que Ferdinand renonceroit abſolument à l'adminiſtration de la Caſtille à deux conditions , l'une
qu'il joüiroit toute ſa vie des trois grandes Maîtriſes
des Ordres de Saint Jacques , de Callatrava , & d'Alcantara : l'autre que ſon Gendre luy feroit tenir tous les
ans à Sarragoſſe où il ſe retireroit immédiatement
après l'entreveuë , une penſion mediocre qui ne montoit qu'à trois comptes de Maravedis , ſelon quelques
Hiſtoriens , ou qu'à huit comptes tout au plus ſelon
les autres.

Ferdinand ne fut pas plutôt en Arragon qu'il y
travailla à ſe vanger des indignitez prétenduës de ſon
gendre. Il preſupoſa que les charmes perſonnels de
ce jeune Prince luy conſerveroient à la verité l'affection des Caſtillans durant la Paix , mais il ſoupçon-
na que cette inclination ne continueroit pas pendant

la guerre. Il fonda fa conjecture fur ce que le Roy de Caftille, comme on dira plus bas, étant exceffivement liberal, il n'y avoit pas d'apparence qu'il moderât cette inclination dominante au milieu des Armes, & dans les rencontres où il auroit à tous momens une infinité de nouvelles occafions de donner. Cependant le revenu de la Caftille & des Couronnes qui en dépendoient étoit fi mediocre qu'il ne fuffiroit pas pour entretenir une guerre de longue haleine, & pour furvenir en même temps à la dépenfe fuperfluë de fon Roy. Les Finances de fa Majefté y feroient bientôt épuifées ; & fi l'on pouvoit jetter les femences d'une guerre civile avec le manquement d'argent, il s'y formeroit bientôt une revolution generale ; & le même Philippe qui avoit été jufques là l'idole des Caftillans, deviendroit leur rebut.

Les mefures qu'il y avoit à prendre pour l'exécution de ce Projet ne devoient être ménagées que par une Perfonne extraordinairement adroite, & Ferdinand y employa le celebre Raymond de Cardonne aprés luy avoir donné les inftructions fuivantes. * On a veu dans le Livre precedent que la Reine Catholique Ifabelle n'avoit pas d'abord regné paifiblement en Caftille : qu'il étoit forty du mariage de Henry Quatre fon Frere avec l'Infante de Portugal une Fille la plus belle & la plus malheureufe de fon fiecle: qu'Ifabelle avoit foutenu que Henry étoit impuiffant: que Bertrand de la Cueva Duc d'Albuquerque en étoit le Pere ; & que par confequent elle ne devoit pas fucceder aux Couronnes de Caftille. La vray-femblance de ce difcours étoit fondée fur ce qu'Henry n'ayant

* *Dans fa Vie en Caftillan.*

pu avoir d'Enfans de l'Infante de Navarre fa premiere
Femme l'avoit repudiée ; & ·n'en pouvant pas plus a-
voir de la feconde , le bruit courut qu'il avoit mieux
aymé que fon Favory la Cueva fuppléât à fon defaut,
que de paffer pour impuiffant. Il avoit avoüé conftamment pour fienne la Fille que fa Femme avoit mife
au monde ; & fa Sœur Ifabelle ne fe fentant pas affez
forte pour la faire paffer pour illegitime , avoit eu recours à Ferdinand , & l'avoit époufé quoy qu'elle eût
trente-deux ans , & qu'il n'en eût que feize , à condition qu'il apuyeroit fon Party avec toutes les Troupes
qu'il pourroit tirer d'Arragon. Ferdinand avoit defait en
bataille rangée ceux qui foutenoient le party de la Princeffe de Caftille , l'avoit contrainte de fe refugier en
Portugal , avoit obligé les Etats de Caftille à la declarer bâtarde , & s'étoit maintenu dans la poffeffion de
ces Royaumes durant la vie d'Ifabelle.

Mais aprés fa mort il penfa pour fon propre intereft
à reparer le mal qu'il avoit fait , & fe propofa d'époufer la Princeffe de Caftille, de la ramener à main armée dans les Royaumes qui avoient appartenu à
Henry Quatre, d'y rétablir le Party pour elle qu'il a-
voit autrefois opprimé , & d'y renouveller la guerre
civile dans l'opinion, que comme les forces d'Arragon
avoient alors fuffi dans la conteftation entre la Tante
& la Niece pour donner la Monarchie à celle des
deux pretendantes en faveur de laquelle elles s'étoient
declarées , c'eft à dire pour la Tante au préjudice de
la Niece, elles fuffiroient encore pour faire pancher la
balance du côté de la Niece au préjudice des Enfans
de la Tante lorfqu'elles en renouvelleroient la faction
                                        affoupie,

assoupie sous le même pretexte dont elles s'étoient servies, qui étoit celuy du mariage.

Il ne paroissoit que deux obstacles à surmonter capables de traverser ses noces ; car pour le troisiéme qui étoit l'aversion de la Princesse de Castille pour Ferdinand à cause qu'il l'avoit dépoüillée de ses Etats, il supposoit qu'elle se reconcilieroit avec luy aussi-tôt qu'il offriroit de la rétablir sur le Trône ; & qu'elle aimeroit mieux recouvrer en l'épousant la plus belle Monarchie de l'Espagne, que d'achever en qualité de personne privée ce qui luy restoit de vie dans une continence forcée. Le premier obstacle venoit au sens de Ferdinand de la part du Pape Jules Second, entreprenant, hardy, & jaloux de se signaler, mais formaliste & retenu à accorder les graces dans la seule veüe de les faire plus estimer. Il étoit à craindre que sa Sainteté n'eût de la peine à consentir que Ferdinand Veuf de la Tante épousât la Niece, & qu'elle ne refusât absolument la dispense qui luy étoit demandée, quand ce ne seroit que pour ne pas se commettre avec la Maison d'Autriche, qui se tiendroit par-là irremissiblement offensée. Mais l'inimitié de Jules pour les François, & la resolution qu'il avoit déja formée d'engager en toutes manieres Ferdinand à se joindre avec luy pour les chasser d'Italie, furent plus fortes dans l'idée de ce Pape, que les Loix Canoniques. Il fit dire à Ferdinand qu'il ne tiendroit pas à la dispense que le mariage qu'il avoit en tête ne s'achevât, & Ferdinand ne pensa plus qu'à surmonter le second obstacle.

Il consistoit à tirer la Princesse du Portugal où elle s'étoit refugiée, & par consequent à disposer le Roy,

O

Manuel à la livrer. Ferdinand attendoit beaucoup moins de resistance à ses volontez de la part de ce Prince, qu'il n'en avoit trouvé dans le Pape, parce que Manuel étoit deux fois son Gendre. On a dit cy-devant que Ferdinand luy avoit donné en mariage sa Fille aînée par le seul motif d'empêcher que sa succession ne passât dans la Maison d'Autriche où sa seconde Fille étoit entrée; & l'on doit ajoûter icy que la précaution de Ferdinand étant devenuë inutile, il n'avoit pas laissé de donner sa troisième fille à sa Majesté Portugaise qui par consequent, par une bizarrerie dont il n'y avoit point encore d'exemple dans les derniers siecles, après avoir épousé en premieres noces la veuve de son Neveu, avoit épousé en secondes noces la sœur de sa premiere Femme. *

Il épousa encore en troisiémes noces la fille de la sœur de ses deux premieres femmes.

Mais ce qui paroît aux Rois le plus faisable dans la speculation ne l'est pas toûjours dans la pratique, parceque l'amour propre leur represente quelquefois l'interest qui les fait agir plus pressant qu'il ne le semble aux autres Souverains, qu'ils pretendoient les devoir seconder dans l'execution.

Manuel Roi de Portugal étoit de l'humeur des Princes qui viennent à la Couronne par hazard, & sans y avoir pretendu directement. Il n'étoit parent qu'en ligne collaterale & assez éloignée de Jean Second son Predecesseur, & par consequent il aprehendoit dans les moindres occasions de perdre le bien qui luy étoit arrivé contre son esperance. Il ne trouvoit aucun avantage ni present ni à venir dans la proposition que son Beau-pere luy faisoit de livrer la Princesse de Castille, & il remarquoit au contraire des inconveniens presens, & des guerres inevitables dans la suite. Si la Princesse avoit des enfans de Ferdinand , ceux de Manuel en feroient d'autant plus éloignez de la fucceffion d'Arragon: fi elle n'en avoit point & qu'elle luy furvécut , elle porteroit les Couronnes de Caftille à celuy qu'elle choifiroit pour fecond Mary; & fi elle ne fe remarioit pas, Manuel, & fes Defcendans qui n'étoient pas fes plus proches parens, n'en heriteroient point. Cependant comme Ferdinand ne demandoit la Princeffe de Caftille que pour empefcher la Maifon d'Autriche de s'établir en Efpagne; fi Manuel l'accordoit, il exciteroit dans la Caftille une guerre civile dont il luy étoit impoffible de prévoir le fuccez: Si les Armes de Ferdinand y étoient heureufes , fa Majefté Portugaife n'en profiteroit de rien , puifque fon Beau-pere n'étoit ni liberal ni reconnoiffant: Mais fi Ferdinand fuccomboit, le Portugal auroit immediatement aprés fur les bras outre les forces de Caftille celles de l'Alemagne & des Païs-Bas , qu'il feroit d'autant moins en état de foûtenir qu'il n'y avoit aucune communication entre les Royaumes de Portugal & ceux d'Arragon pour en recevoir du fecours. Ainfi la Princeffe de Caftille fût nettement * refufée à Ferdinand , qui ne pouvant l'enlever defefpera de l'avoir pour Femme. Il perdit en même tems l'efperance d'ôter la Caftille à la Maifon d'Autriche , mais il luy reftoit encore c'elle de l'exclure de fa fucceffion; & pour y parvenir il ayma mieux rechercher la Niéce de fon plus grand ennemy , que de demeurer veuf.

 Jean de Foix Vicomte de Narbonne avoit époufé Marie Magdelaine d'Orleans Sœur du Roy de France Loüis Douze , dont il avoit deux enfans , l'incomparable Gafton de Foix qui fut depuis tué à la ba-

* *Dans le Manuel d'Oforio.*

taille de Ravennes, & Germaine de Foix que le Roy tres-Chrêtien faifoit élever auprés de fes Filles. Ferdinand la choifit pour feconde Femme ; & comme il fe propofoit d'ordinaire plus d'une fin dans fes actions , il en eut deux en celle que l'on va reprefenter. La premiere fut que Germaine luy pourroit un jour fournir un pretexte affez plaufible pour ufurper le Royaume de Navarre, en ce que le Vicomte de Narbonne Pere de cette Princeffe s'étoit trouvé dans le fameux cas de confcience fur lequel la Theologie avoit toûjours été confultée, fans que l'on fe fût jamais tenu à ce qu'elle en avoit déterminé , & qui avoit toûjours êté decidé par les Armes. Ce n'eft point ici le lieu d'en raporter les exemples , & il ne s'agit que d'établir nettement le fait.

Gafton de Foix Prince de Bearn avoit déja un Fils nommé Gafton comme luy de Leonor d'Arragon fa femme lorfqu'elle fucceda à la Couronne de Navarre par la mort fans enfans de Charles Prince de Vianne fon Frere unique , & d'Ifabelle fa Sœur aînée. Leonor aprés être affurée de la fucceffion de Navarre accoucha d'un fecond Fils qui fut Jean Vicomte de Narbonne. Jean pretendit à la Couronne de Navarre à l'exclufion de fon Frere aîné pour être Fils d'une Reine & d'un Roy , au lieu que fon Aîné n'étoit Fils que d'un Comte & d'une Comteffe. Le differend ne fut pas jugé dans le fonds, parce que l'Aîné ayant époufé Magdelaine de France Fille du Roy Charles Sept fut mis en poffeffion de la Navarre, & la laiffa à fes Enfans. Le Vicomte laiffa de même fes pretentions à Gafton de Foix fon

Fils, & à Germaine ſa Fille. L'humeur de Gaſton é-
toit ſi guerriere, qu'il étoit aiſé de prévoir qu'il ſe feroit tuer ; & Ferdinand regardoit Germaine comme
une Heritiere preſomptive qui luy aporteroit un droit
ſur la Couronne de Navarre, dont il ſçauroit admirablement ſe prevaloir en tems & lieu.

La ſeconde fin que ſe propoſoit Ferdinand dans ſon
mariage avec Germaine, étoit de s'accommoder avec
la France dans la conjonĉture que ne devant plus
joüir des Royaumes de Caſtille, il n'étoit plus aſſez
fort pour conſerver ce qu'il avoit uſurpé ſur le Roy
Louis Douze en Italie. Il fit dans les trois veuës, dont
on vient de parler, offrir à ſa Majeſté Tres-Chêtienne
de traiter avec elle à deux conditions, l'une qu'elle luy
donneroit en mariage Germaine ſa Niece, l'autre que
s'il ſortoit de ce mariage des Enfans mâles qui fuſſent
un jour en état de regner, le Royaume de Naples leur
appartiendroit du conſentement de la France qui
leur cederoit en ce cas tous les droits qu'elle y avoit :
mais ſi le mariage étoit ſterile abſolument, ou du
moins en ce qui regardoit les Enfans mâles capables
de regner, le Royaume de Naples retourneroit à la
Monarchie Françoiſe à l'excluſion des Filles du premier lit de Ferdinand & de leur Poſterité. Louis accepta l'offre de Ferdinand, parce qu'il ne la conſidera
que du côté qu'elle luy étoit avantageuſe. Sa Majeſté
Tres-Chrêtienne avoit été malheureuſe dans la guerre
de Naples : Elle y avoit perdu trois grandes Armées:
Ses finances étoient épuiſées par la dépenſe prodigieuſe qu'elle y avoit faite ; & ſon genie le plus humain qui fut jamais, la détournoit de fouler le Peu-

ple , comme il eût été neceſſaire pour la continuer.
L'occaſion qui ſe preſentoit pour recouvrer le Royaume de Naples étoit favorable. Il y avoit d'autant plus
de lieu de l'accepter qu'il n'en devoit pas coûter une
goûte de ſang ; & quoy qu'il ne fût pas tout-à-fait
certain qu'elle reüſſit , il s'en faloit peu qu'elle ne fût
infaillible. Ferdinand à la verité n'étoit pas vieux ,
mais ſon incontinence paſſée l'avoit affoibly de ſorte que ſes Medecins n'oſoient plus eſperer qu'il eût
encore des Enfans. Il avoit eu des commerces longs &
frequents avec la Comteſſe d'Eboly dont étoient ſortis
l'Archevêque de Sarragoce, Alphonſe d'Arragon, &
une Fille mariée à Bernardin de Velaſco Connêtable de Caſtille : avec la Demoiſelle Tole de Bibao
dont il avoit eu une Fille Religieuſe dans le Mona-
ſtere de Madrigal : & avec une Dame Portugaiſe de
la Maiſon de Perreira, dont il étoit né une autre Fille
Religieuſe comme la precedente. *

* *Dans le Livre de Mayerne.*

Il étoit à preſumer que cette inclination amoureu-
ſe ſecondée par l'embonpoint & par la vigueur de
Germaine, envoyroit bien-tôt Ferdinand en l'autre
monde , & que par conſequent la France n'attendroit
pas long-tems à rentrer dans le Royaume de Naples.
Enfin on détachoit pour toujours ou du moins pour
quelque tems les intereſts de l'Arragon d'avec ceux
de la Caſtille ;, & la France trouvoit ſon compte dans
l'une & dans l'autre de ces deux conjonctures, quoyqu'elle l'eût beaucoup mieux trouvé dans la premiere
que dans la ſeconde.

Les noces de Ferdinand & de Germaine ne furent
pas plûtôt achevées , que ce Prince penſa à s'aſſurer

entierement du Royaume de Naples, fous pretexte
d'être plus en état d'executer le Traité qu'il venoit
de conclure avec le Roy Louis Douze. Cette Couronne avoit été en partie conquife, & en partie ufur-
pée par les Caftillans, ce qui leur donnoit occafion
de pretendre qu'elle fût annexée à leur Monarchie,
& non pas à celle d'Arragon. Le grand Capitaine
Confalve de Cordoüe n'en avoit chaffé le Roy Frederic
& les François ; & comme il étoit né fujet de la feuë
Reine Ifabelle, & que c'étoit elle qui luy avoit donné
le Generalat de l'Armée Efpagnole qu'il avoit com-
mandée avec tant de fuccez, il étoit à croire qu'il voudroit conferver à l'Heritiere de cette Princeffe le Royaume de Naples, comme il avoit voulu feize ans auparavant que le Royaume de Grenade qu'il avoit aufli
conquis fût uni à la Caftille, les Infideles y
ayant été principalement domptez par les Troupes
Caftillanes. S'il y avoit un moyen de l'en empêcher ce devoit être celuy de la prefence de Ferdinand,
& ce Prince dans cette unique vëüe ne delibera pas
un moment s'il iroit à Naples. Il partit de Barcelone
avec fa nouvelle Epoufe, & fon voyage fut plus
heureux qu'il ne penfoit. Il ne trouva point en Italie
la refiftance qu'il attendoit ; & le grand Capitaine aû
lieu de fe cantonner dans le Royaume de Naples
contre Ferdinand qui ne menoit pas affez de Troupes pour l'en chaffer, prefera à fes propres interefts
la grandeur de la Monarchie Efpagnole par la feule confideration qu'il l'avoit accreuë de deux Couronnes. Il previt que Ferdinand n'auroit plus d'Enfans ; & que fon Petit-Fils Charles d'Autriche

luy fuccedant, deviendroit le plus puiffant Monarque de l'Europe. Il previt encore que s'il refiftoit à Ferdinand, l'Efpagne perdroit le Royaume de Naples, parce que ce Prince de l'humeur obftinée qu'il étoit, l'abandonneroit plûtôt à la France que de le laiffer au pouvoir d'un fu-jet revolté.

Sur deux principes fi métaphyfiques le grand Capi-taine fe depofa luy même de la Vice-Royauté de Na-ples. Il n'attendit pas à fe reduire à la condition d'un fimple Gentilhomme, que Ferdinand l'y contraignit: Il fortit du Royaume de Naples où il étoit tout-puif-fant, fans autre fuite que celle de fes Domeftiques : il alla jufqu'à la ville de Genes au devant du Roy Ca-tholique : il le receut fur le port de cette ville, & fe mit tout à fait à fa difcretion. Cet évenement impreveu ne fut pas neanmoins celuy du regne de Ferdinand qui le tou-cha le plus; & il y en eut deux autres qui furvinrent telle-ment à propos pour luy, qu'il n'en eût pas tiré plus d'a-vantage quand il fe les eût procurez. L'un fut la mort * Philippe d'Au- du Roy de Caftille fon Gendre, * & l'autre la folie de la * Jeanne d'Arra- Reine de Caftille fa Fille. * Le Roy de Caftille demeuré gon. poffeffeur paifible de cette Monarchie par la retraite de fon Beau-pere en Arragon, ne penfoit qu'à fe divertir, & vivoit avec les Principaux de fes fujets d'une maniere trop libre, pour ne pas leur donner occafion d'en abufer. Le Gouvernement de Burgos ville Capitale de la vieille Caftille étoit venu à vacquer, & le Roy l'avoit donné à Manuel fon favory. Manuel n'en n'eut pas plûtôt pris poffeffion, qu'il invita fon Maître à un feftin manifique. On ne fçait fi le Roy de Caftille y beut & mangea plus qu'il ne faloit: fi quelqu'un de fes ennemis ou de Manuel

trouva

trouva moyen d'y couler du poifon dans ce que l'on fervoit de plus delicat au feftin : ou fi le grand exercice que le Roy fit immediatement aprés ce repas extraordinaire fans donner à fon eftomach le loifir de digerer, ne ruïna point entierement la fanté de ce jeune Prince qui n'avoit receu depuis fon enfance aucune alteration : mais il eft conftant qu'il joüa long-tems à la longue paume aprés s'être levé de table ; & que le foir de ce jour, qui fut le dix-neuf de Septembre mil cinq cent fix, la fiévre le prit. Comme il paroiffoit alors une Comete ; & que les Grands étoient perfuadez auffi bien que le vulgaire, que ces Conftellations étoient non feulement les fignes, mais encore les caufes de la mort des Souverains ; le Roy de Caftille fe l'imprima fi fortement dans l'imagination, qu'il fe plaignit à tous momens de la Comete durant fa maladie qui ne fut que de fept jours. Il n'en perdit pas mêmes l'idée dans le redoublement de la fiévre chaude dont il fut faifi deux jours avant que d'expirer ; & aprés que le tranfport fe fut fait au cerveau, le malade prononça en François jufqu'au dernier foûpir d'un ton lamentable ces paroles, *Ha Comete, ha Comete.* Il mourut le vingt-cinq de Septembre mil cinq cens fix à l'âge de vingt-huit ans, aprés avoir regné deux ans feulement ; & quoy qu'il fut Allemand d'origine & Flamand de naiffance, & que les Efpagnols euffent une averfion naturelle pour la domination étrangere, ils n'avoient point encore pleuré fi chaudement la mort d'aucun de leurs Rois, qu'ils pleurerent la fienne. La briéveté de fon regne en fut aparemment la caufe ; & il y a lieu de juger par ce que l'on va dire, que s'il eût vêcu

P

davantage , il n'eût été ni tant ni univerfellement regreté. Il donnoit à pleines mains & fans diftinction des perfonnes. Il n'avoit pas tant d'égard dans la diftribution de fes graces au merite & aux fervices, qu'à la diligence de ceux qui luy prefentoient les premieres Requeftes ; * & l'on raconte de luy que ceux de fon Confeil luy ayant un jour demandé s'il avoit fait un don qu'ils luy fpecifierent , leur répondit qu'il ne s'en fouvenoit pas,mais qu'ils n'avoient qu'à fçavoir de celuy qu'ils pretendoient l'avoir receu s'il le luy avoit demandé, puifqu'en ce cas il étoit certain de l'avoir accordé.

* Dans fon Eloge

Jeanne Reine de Caftille fa femme l'avoit aimé avec une tendreffe trop forte pour être exempte de jaloufie. Elle aprit lorfqu'elle étoit encore en Flandres qu'il aimoit une Demoifelle de Brabant, & qu'il en étoit aimé. Il n'en falut pas davantage pour luy infpirer un fentiment de vengeance, qui fut la premiere marque qu'elle donna de l'alteration de fon efprit. Elle alla au lieu où étoit cette Rivale , & la fit venir en fa prefence: Elle commanda à deux ou trois de fes domeftiques de luy faifir les mains & les pieds: elle fe jetta fur elle : elle luy coupa les cheveux qu'elle avoit admirablement beaux, & luy défigura tellement avec des cyfeaux ce qu'il y avoit de plus agréable fur fon vifage , que la plus charmante Perfonne des Païsbas, n'ofa plus depuis fe montrer. L'Archiduc en témoigna beaucoup de dépit : mais il fut contraint de diffimuler lorfqu'il aperceut que les reproches qu'il en faifoit à fa Femme , la mettoient dans un état qu'elle reffembloit à une Furie. Il évita depuis avec foin de luy donner ouverture de le foupçonner d'infi-

delité. Il en eut deux Fils qui furent Empereurs, &
trois Filles qui furent Reines de France, de Hongrie
& de Portugal. Il la laissa grosse d'une quatriéme qui
fut encore Reine de Portugal; & soit que le déplaisir
qu'elle eut de sa mort fût plus grand que toute sa raison, ou qu'il eût seulement excité en elle les dispositions à la folie qui y étoient passées avec le sang de
son Ayeule maternelle Isabelle de Portugal; il n'est
que trop constant qu'elle perdit le jugement d'une
maniere si terrible, qu'elle n'en recouvra pas l'usage
pour un seul moment durant les cinquante années
qu'elle vêcut depuis. On laisse aux Philosophes & aux
Medecins le soin d'examiner comment il s'étoit pû
faire que l'insensée Isabelle de Portugal communiquât
à Jeanne d'Arragon sa Petite-fille la maladie d'esprit
dont elle avoit été afflligée, sans que le canal par où
la transfusion s'étoit faite en receût aucune atteinte;
& par quelle bizarrerie de la nature il étoit arrivé qu'I-
sabelle de Portugal dans le tems qu'elle extravagoit le
plus, eût accouché d'Isabelle de Castille la plus sage
Reine qui fût jamais: Qu'entre les Enfans d'Isabelle
de Castille il n'y eut que sa seconde Fille qui fût sujette au mal de son Ayeule maternelle; & que ce mal
s'arrêta si précisément à cette seconde Fille, que ni les
deux Fils & les quatre Filles qu'elle laissa, ni la posterité nombreuse sortie jusqu'à present de ces deux Fils,
& de ces quatre Filles, n'en ont pas eu la moindre
aparence, si l'on en excepte son ariere-petit-Fils le
Prince Dom Carlos.

On remarque seulement icy que la Reine Veuve
de Castille conserva precieusement le Corps de son

Mary tant que la corruption n'en fut pas affez grande
pour l'empêcher de le baifer, & qu'enfuite elle fouffrit à peine qu'on l'embaumât, & qu'on le mît dans une
biere de plomb: mais au lieu de l'envoyer dans l'Eglife
deftinée pour fa fepulture, elle le retint auprés d'elle,
& le promena long-tems par toute l'Efpagne, comme
fi le caprice l'eût portée à verifier une des plus bizarres
propheties qui furent jamais. On a déja dit que le Roy
fon Mary étoit le plus bel Homme de fon tems; &
l'on fçait que les Souverains en qui cette perfection a
relevé le luftre de leurs vertus, ont pris d'ordinaire
plaifir à fe montrer. Philippes d'Autriche ne fut pas plûtôt Roy paifible de Caftille par fon accommodement
dont on a parlé cy-deffus avec fon Beau-pere, qu'il fe
mit à vifiter toutes les villes & tous les lieux tant foit
peu confiderables de fa nouvelle domination. Il y recevoit avec joye les acclamations des Peuples; mais une
Vieille après l'avoir regardé fixement, ne fe contenta
pas de benir comme les autres Femmes Efpagnoles
le ventre de Marie de Bourgogne qui l'avoit porté, elle
adjoûta qu'il avoit beau fe promener par la Caftille durant fa vie, & qu'on l'y promeneroit beaucoup davantage & plus long-tems aprés fa mort, ce qui fut ponctuellement accompli. La pofture où la pauvre Reine
s'étoit mife pour conduire de ville en ville & de bourg
en bourg le corps de fon Mary, n'étoit pas moins extraordinaire. Elle s'étoit vêtuë en deüil de la moindre
étofe: fa tête étoit enfoncée dans une efpece de capu-
chon: fes manches luy couvroient les mains; & un fom-
bre voile à peu prés femblable à ceux des Religieufes,
excepté qu'il étoit beaucoup plus épais, ne l'empê-

choit gueres moins de voir que d'être veuë. Elle continua d'errer par l'Espagne jusqu'à ce que le Roy son Fils l'enferma dans le Chasteau de Tordesillas sous la conduite du sage Dom Ferrier de Valance.

Le sejour de Tordesillas étoit agreable & delicieux, & d'ailleurs on n'y negligeoit rien de ce que l'on jugeoit capable de dissiper la mélancholie de la Reine : Cependant elle s'obstina à vouloir y mener la vie la plus pitoiable dont il soit parlé dans l'Histoire des Princesses des derniers siécles. Elle choisit dans le Château la chambre la plus petite, la plus sombre, la plus basse & la plus incommode pour y demeurer jour & nuit. Elle y couchoit sur la terre ; & ce n'étoit qu'à force d'être importunée, qu'elle souffroit quelquefois que l'on mit sous elle un ais couvert d'un tapis. Elle ne se chaufoit point en hyver : & ne vouloit pas alors être vetuë plus chaudement qu'en été. Elle demeuroit souvent trois jours & trois nuits sans boire ni manger ; & lorsqu'on luy parloit de prendre quelque divertissement, elle y trouvoit toujours de la messeance pour une veuve, & le rejettoit par cet unique motif. Elle deffendoit qu'on luy donnât à manger autrement qu'en vaisselle de terre ; & lorsqu'on luy avoit aporté force plats de cette sorte pleins de viande, elle ne permettoit pas qu'on les remportât à moin qu'elle n'y eût touché. Elle n'enduroit pas plus volontiers qu'on la nettoiât ; & que l'on tint propre sa Chambre. Ainsi les viandes s'y corrompoient, & il en sortoit une odeur insuportable à toute autre qu'à elle. Il n'y avoit point d'autres intervalles dans sa maladie que ceux que luy causoit la presence du Roy Catholique son Per. Il ne luy échapoit plus à la verité rien d'irregulier lorsque

P iij

ce Prince étoit auprés d'elle, & tant qu'il y demeuroit;
mais en recompense l'idée qui luy restoit du respect
qu'elle devoit avoir pour celuy dont elle tenoit la vie
étoit alors si forte, que n'étant ni corrigée ni retenuë par la raison, elle degeneroit en une espece d'insensibilité jusqu'à la rendre immobile comme une
statuë, & à luy ôter entierement l'usage de la parole. Hors de là l'opinion dont elle étoit prevenuë regardoit l'injustice qu'elle pretendoit qu'on luy fit en la
tenant captive; & son entêtement prodigieux pour la
grandeur, ne luy avoit pas permis d'oublier qu'elle é-
toit Reine de Castille par elle même. Elle avoit souffert dans son bon sens & durant la vie de son Mary
qu'il regnât, & mêmesqu'il regnât seul, & elle ne s'é-
toit point formalisée qu'il ne luy donnât aucune part
dans le Gouvernement: cependant elle devint excessive-
ment jalouse de son autorité lorsqu'elle ne fut plus en
état de l'exercer. Elle se plaignoit jour & nuit au Ciel &
à la Terre de l'inhumanité de ceux qui l'avoient confinée dans Tordesillas. Elle se comparoit à sa Mere, &
croyoit avoir pour le moins autant qu'elle de prudence pour regner. Elle sçavoit que le Roy Ferdinand son Pere s'étoit autrefois ingeré d'attirer à luy
seul l'administration de la Castille: Que la Reine Isabelle s'y étoit opposée: Qu'elle en avoit demandé
justice aux Etats, & qu'elle y avoit été solemnellement
conservée dans la possession de son droit; d'où la Reine
Jeanne concluoit que puisqu'elle n'étoit pas moins
Reine de Castille que sa Mere l'avoit été, elle en devoit
à plus forte raison exercer les fonctions à cause de
son Veuvage; tant il est vray que le desir de l'indepen-

dance pour être la premiere inclination qui fe faifit du cœur humain, n'en eft pas moins la derniere qui l'abandonne.

Les Caftillans fi tôt privez de leur jeune Roy*, & rebutez par les égaremens de leur Reine, furent contraints de recourir à Ferdinand. Il y en eut entre eux qui eurent de la difficulté à s'y refoudre : mais elle ceffa fur ce que les autres qui connoiffoient mieux Ferdinand, leur reprefenterent que la joye qu'auroit ce Prince de recouvrer l'adminiftration de la Caftille feroit fi grande, & que le befoin qu'il avoit des forces de cette Monarchie pour affermir fa domination à Naples étoit fi preffant, que quand il auroit tous les reffentimens imaginables du mépris que les Caftillans avoient fait de luy en luy preferant fon Gendre, non feulement il n'en témoigneroit rien au dehors, mais encore il en traiteroit à l'avenir les Peuples avec plus deprécaution. Car il aprehenderoit alors par fa propre experience que comme ils avoient fçû fecoüer une fois fon joug dans le tems qu'ils l'avoient trouvé trop pefant, ils ne le fecoüaffent une autre fois avec d'autant plus de facilité, que le Pere de leur feu Roy qui étoit l'Empereur Maximilien ne demandoit pas mieux que d'être appellé pour tenir la place de fon Fils durant le bas âge de fes Petits-fils.

Ainfi Ferdinand plus heureux qu'il ne penfoit fut invité à reprendre le gouvernement de la Caftille qui luy avoit été honteufement enlevé vingt-deux mois auparavant, & ne perdit pas une occafion fi favorable. La conjecture qui avoit été faite de fa moderation fe trouva exactement vraye, & bien loin que cet

* *Philippe.*

habile Prince se vangeât de ceux qui l'avoient poussé, il
prit un soin tout particulier de se les acquerir ; & les
premieres Charges qui vacquerent aussi bien que les
graces qui se presenterent à distribuer, furent pour
eux.

Un procedé si rare & si judicieux eut tout l'effet
que Ferdinand s'en étoit promis. Les Castillans
persuadez qu'on leur pardonnoit genereusement sur
ce que l'on affectoit de feindre que l'on ne se souvenoit plus de leur faute, ne s'en souvinrent à leur tour
que pour la reparer, & vécurent depuis dans une soumission si exacte qu'ils s'abstinrent de demander durant la vie de Ferdinand, comme ils avoient accoûtumé de faire, la convocation des Etats pour regler
le Gouvernement de la Monarchie ; & s'ils furent depuis assemblez, ce fut luy qui les desira. Il n'y eut
que Manuel qui plus politique, & par consequent plus
défiant que les autres fut d'un sentiment contraire à celuy du Public & ne se voulut jamais fier à Ferdinand.
Il crut l'avoir trop offensé pour se remettre absolument
à sa discretion sans passer pour imprudent ; & l'exemple du grand Capitaine * que ses amis luy proposoient

* *Gonsalve.*

pour signaler la clemence du Roy Catholique, ne le
toucha point. Il ayma mieux se bannir de la Castille que d'y vivre sous un Maître offensé, & renonça aux grands établissemens qu'il y tenoit de la liberalité de Philippe d'Autriche, pour aller en Flandres demeurer sans employ auprés de l'Archiduc Charles.

Chievres qui pretendoit se servir de luy pour l'execution des desseins qui seront rapportés dans la suite de
cet

cet ouvrage , le receut comme meritoient les services
rendus à leur commun Maître, & il s'en fit un intime
amy. Ferdinand fut d'autant plus irrité de la retraite de
Manuel qu'il le connoissoit pour un Homme capable
de former & d'entretenir contre luy dans les Païs-Bas
où il se refugioit , des intrigues dangereuses dans la
Castille, & mit en usage tout ce qui servoit à l'en empécher. Sa Majesté Catholique ne jugea pas neanmoins à propos de le persecuter directement , de peur
que les autres Castillans n'en conceussent de l'ombrage , & se contenta de l'attaquer par des voyes où
le ressentiment particulier étoit caché sous l'apparence
du bien public. Elle ne l'en dépouilla pas moins de ce
qu'il avoit acquis en Espagne, & le reduisit autant qu'il
fut en elle, à sa premiere condition. Le pretexte qu'elle
prit pour l'apauvrir sans effaroucher les Castillans, merite d'être sceu. Les profusions de Philippe d'Autri- *Dans les revoca-*
che étoient allées jusqu'à toucher au Domaine des Rois *tions de Ferdi-*
de Castille qui jusques-là n'avoit point été alieñé. *nand.*
Ferdinand en prit l'occasion qu'il cherchoit de revoquer toutes les graces de ce jeune Prince pour quelque
cause qu'il les eut accordées ; & se reserva de confirmer
par son attache , celles qui luy paroistroient avoir été
justes. Les Castillans ne se formaliserent pas de cette
Ordonnance , parce qu'elle les dispensoit de survenir
aux Charges ordinaires de l'Etat, & Manuel en perdit
les grands établissemens qu'il avoit en Castille. Il ne jugea pas à propos de faire aucune demarche pour se les
conserver ; car outre qu'il prevoioit assez que ce seroit
inutilement , il ne vouloit pas donner à Ferdinand le
plaisir de le refuser. Il souffrit d'être dépouillé sans se

Q

plaindre ; & s'en vangea depuis à la mode des politiques les plus rafinez, c'est à dire à l'aide & sous le nom
d'autruy.

Il seconda Chievres dans le dessein qu'il avoit formé de pousser une seconde fois Ferdinand hors de la
Castille, en luy opposant l'Empereur Maximilien Premier ; & les mesures prises pour y parvenir furent si
justes, qu'il ne tint qu'à la France qu'elles ne reüssissent.
L'Empereur ne rejettoit aucune des propositions qui
luy donnoient lieu d'avoir sans peine beaucoup d'argent
comptant , & ce fut là le foible par où Chievres &
Manuel l'attaquerent. Ils luy firent remontrer par des
Gens qui paroissoient zelez pour ses interests, que le Roy
Catholique venoit de l'offenser en deux manieres, l'une
en luy faisant essuier un affront si grand, qu'il n'y avoit
point de simple Gentil-homme qui en voulût recevoir
un semblable sans hazarder sa vie pour en tirer raison ;
l'autre en commettant à son égard une injustice toute
visible, également contraire aux droits des Particuliers,
& au droit des Souverains. Que l'affront consistoit en
ce que le Roy Catholique touchoit à la reputation de
l'Empereur en le supposant incapable de l Tutelle
des Enfans du feu Roy de Castille son Fils , puisqu'il
avoit usurpé sur luy l'administration du plus beau de
leur Patrimoine qui étoit la Monarchie de Castille : que
l'injustice regardoit l'exclusion du Sexe le plus noble, &
la substitution de celuy qui l'étoit le moins dans la plus
importante des actions Civiles, qui étoit la Regence
des Etats: que toutes les loix & les coûtumes de l'Europe appelloient à cette Regence les Peres des jeunes
Souverains, lors mêmes que les Souverainetez venoient

du côté de leurs Meres ; & que s'il n'y avoit point de
Pere, l'Ayeul par la même raison étoit preferé à l'Ayeule, & l'Ayeul paternel au maternel. Cependant le Roy
Catholique étoit allé dans la Castille , y avoit receu le
ferment des Peuples s'étoit mis en possession de la
garde-noble des Infants , & en convertissoit le revenu
à son usage : que les Peuples des Païs-Bas avoient si
universellement reconnu qu'ils ne pouvoient legitime-
ment frustrer l'Empereur de la tutelle de ses Petits-Fils,
que les dix-sept Provinces la luy avoient deferée d'un
commun consentement ; & que si les Castillans ne les
avoient point imitez, il en faloit imputer la faute à la ruse
de Ferdinand qui les avoit surpris : qu'il n'y avoit pour
les obliger à le chasser encore une fois de la Castille ,
qu'à leur representer qu'ils étoient ses Dupes; & que si
nonobstant ils persistoient à le reconnoître pour Regent, il étoit facile à sa Majesté Imperiale de le ranger à la raison , en introduisant par le Golphe de Venise des Troupes Alemandes dans le Royaume de Naples.

　　L'Empereur fut touché par ces discours d'une maniere d'autant plus sensible , qu'ils luy donnoient une
ouverture pour jouïr presque entierement du bien de
ses Petits-Fils, l'aîné étant entretenu par les Flamands,
& le Cadet n'ayant besoin que d'une petite pension
pour subsister dans le College d'Alcala où il étoit. Sa
Majesté Imperiale envoya des Ambassadeurs à Ferdinand pour dire qu'il luy laissât l'administration de la
Castille, & pour luy declarer la guerre en cas qu'il y
manquât dans un terme limité. Ferdinand connoissoit
trop Maximilien pour le craindre tant qu'il n'y auroit

que luy.qui luy fit la guerre , parce qu'il étoit affuré qu'en ce cas fa Majefté Imperiale ne la feroit que foiblement , & ne la feroit pas long-tems : mais il apprehendoit que lorfque les François la verroient une fois engagée à conquerir le Royaume de Naples , & reduite à l'impoffibilité de continuer fes conqueftes par le manquement de Finances , ils ne traittaffent avec elle, & n'achetaffent les Places qu'elle auroit prifes & les Troupes employées à les forcer , car il feroit impoffible à l'Efpagne dans une telle conjonĉture de conferver ce Royaume.

Ce fut dans cette veuë que Ferdinand fe propofa de détourner par le moyen de la France l'orage dont il étoit menacé , & qu'il eut recours à la mediation du Roy Loüis Douze pour empêcher Maximilien de porter encore une fois la guerre dans l'Italie. Loüis avoit receu de la Republique de Venife deux fujets de mécontentement qu'il ne pouvoit fe refoudre de luy pardonner. Elle l'avoit empêché de recouvrer le Royaume de Naples lorfqu'il n'avoit tenu qu'à elle qu'il n'en vint à bout, & elle s'étoit affez nettement expliquée par la bouche de fes Ambaffadeurs à Paris qu'elle entreroit dans toutes les Ligues qui fe formeroient contre les perturbateurs du repos de l'Italie. Comme fes Refultats politiques étoient inébranlables, & qu'il n'y avoit point d'autre expedient pour la détourner de l'execution des Confeils pris dans le Pregadi que celuy de l'attaquer fi puiffamment qu'elle demeurât tout à fait occupée à fa propre deffenfe, Loüis penfoit à tourner contre elle les quatre plus confiderables Puiffances de l'Europe qui étoient le Saint Siege , la France , l'Alemagne & l'Ef-

Dans les caufes de la Ligue de Cambray.

pagne. L'union de tant d'adverſaires ſi contraires d'humeurs & d'intereſts ne paroiſſoit pas beaucoup difficile, parce qu'il n'y avoit aucun d'eux à qui la Republique ne retint des villes qu'ils ſeroient ravis de recouvrer.
Elle poſſedoit dans l'Etat Eccleſiaſtique les plus importantes Places de la Province de Romagne : dans le Duché de Milan les villes qui étoient ſur le bord de la
Riviere d'Adde : dans l'Iſtrie & dans le Frioul les Places
que la Maiſon d'Autriche y avoit autrefois tenuës par
engagement ; & dans le Royaume de Naples les villes
Maritimes de la Poüille.

La France negocioit ſecretement les Preliminaires
de cette Ligue ; & il s'en faloit peu qu'ils ne fuſſent ar-
rêtez, lorſque Ferdinand repreſenta au Roy tres-Chrêtien que s'il ne prevenoit la diſcorde qui alloit degene-
rer en guerre ouverte entre ſa Majeſté Catholique &
l'Empereur, l'union des quatre Puiſſances ſeroit interrompuë & peut-être ne ſe formeroit point du tout à
cauſe de la défiance qu'auroit le Pape Jules ſecond, que
s'il ſe joignoit ſeul avec la France, comme elle auroit
beaucoup plus de Troupes que luy, elle ne profitât ſeule de toute la dépoüille des Venitiens. Loüis pris par
ſon foible, employa ſes Miniſtres à reconcilier ſes deux
plus grands Ennemis ; & travailla luy même ſi fortement, qu'il ſurmonta par ſa patience & par ſa perſe-
verance, les étranges obſtacles qu'il y trouva.

L'Empereur & le Roy Catholique diſpoſerent par ſa
médiation des Couronnes de Caſtille ſur leſquelles
ni l'un ni l'autre n'avoit aucun autre droit que celuy de
la bien-ſéance, comme ſi elles leur euſſent appartenu
inconteſtablement ; & quoique les loix du Païs appel-

laſſent au Gouvernement l'Aîné de leur petit Fils auſſi-tôt qu'il auroit dix-huit ans accomplis, ils l'en fruſ-
trerent de leur authorité privée juſqu'à ce qu'il en
eût vingt-cinq. L'Empereur ſe contenta d'une penſion
de cinquante mil écus par an pour toutes les pretentions qu'il avoit ſur la Caſtille en qualité d'Ayeul paternel des deux jeunes Princes qui en étoient heritiers
legitimes ; & le Roy Catholique s'aſſura à ſi vil prix
pour toute ſa vie, de regner auſſi abſolument ſur cette
Monarchie, qu'il regnoit ſur celle d'Arragon.

Chievres n'apprit qu'avec une extrême indignation
la ſignature d'un traitté ſi déraiſonnable, & forma deux
intrigues conſiderables pour le rompre avant qu'on en
eût commencé l'execution, l'une fut à la Cour de France par la Comteſſe d'Angouleſme Mere de François
ſucceſſeur preſomptif de Loüis, l'autre en Alemagne
par Marguerite d'Autriche dont on a déja parlé. La
Comteſſe d'Angouleſme remontra au Roy tres-Chrêtien que l'accommodement qu'il venoit de faire entre
l'Alemagne & l'Eſpagne étoit également contre la juſtice qu'il ſe devoit à luy-même, & contre celle qu'il
étoit obligé de rendre au plus illuſtre Feudataire de ſa
Couronne : que les trois Tentatives faites par ſa Majeſté tres-Chrêtienne pour recouvrer le Royaume de Naples depuis ſept ans qu'elle l'avoit perdu, ſuffiſoient
pour la convaincre qu'elle n'y reüſſiroit pas tant que les
Alemands & les Eſpagnols agiroient de concert pour
l'empêcher d'y rentrer, comme au contraire leur déſu-
nion luy en ouvriroit infailliblement la porte ; & que
nonobſtant, ſa Majeſté au lieu de travailler par toutes ſortes de voyes à broüiller Maximilien avec Ferdi-

nand, & de profiter au moins de la division survenuë en
tr'eux sans sa participation, comme elle le pouvoit en
conscience, s'étoit mêlée de les accorder, & s'en étoit mêlée avec succez; ce qui étoit d'autant moins suportable
aux bons François qu'ils sçavoient que sans cette mediation de Louis, le Royaume de Naples eut été entierement reüny à la Monarchie Françoise : que le feu Roy de
Castille mourant avoit laissé à sa Majesté tres-Chrétienne la disposition de son Fils aîné, qui d'ailleurs relevoit d'elle à cause de ses Comtez de Flandre, d'Artois, & de Charolois : qu'elle avoit à la verité pourveu
à l'éducation de ce jeune Prince, mais qu'elle sembloit
presentement se repentir du bien qu'elle luy avoit fait
en luy procurant pour le moins autant de mal, puisqu'elle le frustroit pour sept années entieres de la possession des Royaumes de Castille qui luy appartenoient
par la nature & par les Loix. Le raisonnement de la
Comtesse tout pressant qu'il étoit ne fit aucune im-
pression sur l'esprit de Loüis, parce que sa Majesté ne
put ou ne voulut pas se resoudre de ruiner son propre
ouvrage ; & si Chievres en eut un dépit étrange, il
eut occasion de s'en consoler sur ce que depuis son
Pupile en eut la Navarre, & que Ferdinand n'auroit pu s'en emparer, s'il n'eût été Roy de Castille aussi - bien que d'Arragon, dans la conjoncture
qui s'en offrit quatre ans aprés. Il ne laissa pas neanmoins de s'addresser à l'Empereur, & de luy remontrer par l'organe de Marguerite d'Autriche dont les
troisiémes noces avec le Duc de Savoye n'avoient été
ni plus longues ni plus heureuses que les premieres a-
vec le Dauphin de France, & les secondes avec le Prin-

ce d'Espagne, que sa Majesté Imperiale avoit rendu la
Maison d'Autriche la plus puissante de la Chrêtienté ;
premierement par son alliance avec l'heritiere de Bourgogne, & depuis par l'alliance de son Fils avec l'heritiere
d'Espagne : mais que si elle s'obstinoit à l'execution d'un
traitté qu'elle pouvoit rompre sans passer pour Infidele
puisque non seulement elle y étoit trompée de plus de
la moitié du juste prix, mais encore elle ne s'y conservoit pas la centiéme partie de ce qui luy appartenoit,
elle ruineroit sa Maison en la divisant, de maniere qu'elle
ne se reüniroit jamais : que toute l'Europe étoit persuadée
que Ferdinand aymoit plus sans comparaison le cadet
de ses petits-Fils que l'aîné, & qu'il y avoit des marques si évidentes de cette predilection, qu'on n'en pouvoit plus douter, puisqu'il avoit donné son nom à ce
Cadet : Qu'il prenoit un soin tout particulier de son éducation : Qu'il le visitoit de tems en tems au College d'Alcala où il étudioit : Et qu'il l'élevoit dans l'esperance d'être
un jour Roy de Castille & d'Arragon. Qu'il seroit bien
difficile d'empêcher l'execution de ce bizarre dessein, si
le Roy Catholique regnoit en Castille jusqu'à ce que
l'Archiduc Charles eût vingt-cinq ans passez, parce que
ce long espace de temps suffiroit pour établir de sorte en
Espagne le jeune Ferdinand, que quand son aîné l'en
voudroit chasser, il n'en pourroit venir à bout ; & la
haine entre les deux Freres deviendroit irreconciliable,
en ce que l'aîné pretendroit toûjours aux Monarchies
que son Cadet auroit usurpées sur luy, & le cadet seroit
toûjours en garde contre son aîné dans la seule veuë de
se maintenir dans son usurpation : au lieu que si l'Empereur avoit l'administration de la Castille durant la
minorité

minorité de l'Archiduc, il luy conserveroit cette Monarchie, & ses Ministres veilleroient de là avec tant de soin sur les actions du Roy Catholique qu'il luy seroit presque impossible d'élever le jeune Ferdinand sur le Trône d'Arragon. Si contre toute aparence l'affaire ne laissoit pas de luy réussir, le jeune Ferdinand ne demeureroit pas long-tems sur le Trône où son Bien-faiteur l'auroit élevé, & il y auroit si peu de proportion entre ses forces & celles de son Aîné, qu'il seroit bientôt opprimé : ce qui ne luy arriveroit pas s'il possedoit les deux Monarchies de Castille & d'Arragon, puisqu'il faudroit en ce cas que son Aîné traversât toute la France, à quoy le Roy Tres-Chrêtien ne consentiroit jamais.

Maximilien n'eut pas plus d'égard aux Remonstrances de Marguerite d'Autriche, qu'en avoit eu le Roy Tres-Chrêtien à celles de la Comtesse d'Angoulesme, soit que la parole de sa Majesté Imperiale fût déja trop engagée, ou qu'elle n'aprehendât pas les inconveniens queChievres prévenoit. Son accommodement avec le Roy Catholique fut conclu : elle toucha regulierement les cinquante mil écus par an qui luy avoient été promis ; & Ferdinand regna tant qu'il vêcut avec autant d'autorité dans la Castille que dans l'Arragon, quoy qu'il n'eût aucun droit sur les Castillans, & qu'il fût Roy legitime des Arragonnois. Mais il n'arrive presque jamais que les Particuliers entrent impunement dans les querelles des Souverains ; car si le party qu'ils ont apuyé l'emporte sur l'autre, ils en tirent rarement une récompense proportionnée à la grandeur de leurs services ; & s'ils succombent, le Prince malheureux pour lequel ils s'étoient declarez, les aban-

R

donne à la discretion du Prince heureux qu'ils ont offensé, ou du moins ne se met pas en peine de les comprendre dans son Traité d'accord, ce qui est presque la même chose que s'il les abandonnoit. On ne parla ni de
Chievres ni de Manuel dans la reconciliation de l'Empereur & du Roy Catholique ; mais il n'en arriva aucun
prejudice au Gouverneur de l'Archiduc, & tout l'orage
fondit sur le Favory de son Pere.

  Ferdinand n'osa entreprendre d'ôter Chievres à Charles son Petit-fils, parceque Louis Douze qui l'y avoit mis,
se fût piqué d'honneur de le maintenir ; & d'ailleurs les
Peuples des Païs-bas n'eussent pas souffert qu'on le dé-
posât, de quelque pretexte que l'on eût couvert ce changement. Mais Manuel qui n'avoit pas les mêmes apuis demeura sans Protecteur: Maximilien le sacrifia sans scrupule, & Ferdinand se fit un principe de politique de le
pousser à bout. Il crut intimider par-là les esprits les plus
remuans de la Castille, & les rendre si souples, qu'ils ne le
troubleroient plus dans l'administration de leur Monarchie. Il arriva pourtant que les peuples des Païs-bas où
Manuel s'étoit refugié ne seconderent qu'à demi la violence
de sa Majesté Catholique. Ils consentirent bien que Manuel
fût mis en prison : mais ils ne defererent point aux prieres de Ferdinand qui demandoit que le Tribunal Suprê-
me de Flandres luy fit son procés. En vain sa Majesté
Catholique se declara sa partie, & offrit de prouver dans
les formes qu'il avoit été la seule cause de la mesintelli-
gence qu'il y avoit euë entre Elle & le feu Roy de Castille son Gendre. On éluda sa proposition en luy man-
dant pour toute réponse qu'il n'apartenoit point à des
Sujets de l'Archiduc Charles, tels qu'étoient les Juges

dès Païs-bas , de connoître d'une affaire qui regardoit un autre Sujet de ce Prince né dans un Païs fort éloigné du leur , & fur lequel ils n'avoient aucune jurifdiction, les crimes dont il s'agiſſoit n'ayant point été commis en Flandres : Qu'ils vouloient bien croire fur la foy de fa Majeſté Catholique que Manuel fût coupable, puiſqu'il avoit été aſſez malheureux pour luy donner occaſion de pretendre qu'il le fût ; & que c'étoit uniquement dans cette veuë qu'ils s'étoient faiſis de fa perſonne, qu'ils la garderoient exactement, & qu'ils en répondroient. Mais que comme l'Archiduc étoit intereſſé dans l'affaire à cauſe de la reputation de fon Pere qui pourroit y être flétrie ; il faloit attendre qu'il fût majeur , & que les Loix de Caſtille l'authoriſaſſent pour aſſiſter au jugement d'un Caſtillan.

Ferdinand ne fut pas content de cette défaite : mais l'impoſſibilité d'obtenir rien de plus contre Manuel l'empêcha de s'en plaindre, & les Flamans ne refuſerent rien à Manuel de ce qu'il deſira pour foulager l'ennuy de fa priſon. Il y demeura juſqu'à la mort de Ferdinand , & en fortit immediatement aprês. * Sa reconnoiſſance pour l'Archiduc qui l'en alla tirer en perſonne avec Chievres fût telle, qu'il fouleva depuis en fa faveur tous les Princes d'Italie contre les François, & luy fit naître l'occaſion de leur ôter le Duché de Milan.

* Dans la derniere negociation de Manuel.

La groſſeſſe de la Reine Germaine fût plus que ſuffiſante pour conſoler Ferdinand de ce que le feul Caſtillan qu'il s'étoit propoſé de perdre , étoit échapé à fa vengeance. Sa Majeſté Catholique eut en mil cinq cent neuf un Fils qui devoit fans conteſtation fruſtrer l'Archiduc des Royaumes d'Arragon , de Valence , de Ma-

jorque, de Minorque, de Naples, & de Sicile. Le feu
Roy de Caſtille en étoit demeuré d'accord , & le grand
Capitaine avoit aprouvé pour ce regard la Tranſaction
faite entre ce Prince & ſon Beau-pere: mais c'eſt en vain
que l'on tâche d'éluder les ordres du Ciel. Le nouveau
Fils de Ferdinand ne vêcut qu'une heure; & le regret de
le perdre fut plus ſenſible au Roy Catholique, que n'a-
voit été la joye de ſa naiſſance. Il tourna ſon reſſentiment ſur la Perſonne vivante qui l'avoit le plus obligé;
& cette Perſonne ſe défendit contre luy par la voye que
tiennent les Courtiſans les plus adroits pour ſe mettre à
couvert de l'indignation de leurs Maîtres, qui eſt celle de
la diverſion.

Le Cardinal François de Ciſneros Ximenez étoit celuy
des Eſpagnols en qui les qualitez du dehors s'accordoient
le mieux avec celles du dedans , & dans la phiſionomie
duquel, ceux qui s'y connoiſſoient le moins, ne ſe fuſſent que tres-difficilement trompez quand ils l'euſſent
voulu. Sa taille étoit riche : ſon corps bien proportionné:
ſa ſanté robuſte : ſa démarche ferme : ſa voix forte : ſa
contenance grave : ſon viſage long & ſec: ſon front large & tellement uny que l'âge ne le rida pas : ſes yeux
petits & enfoncez, mais vifs & perçans, quoy qu'ils fuſſent toûjours humides : ſon néz long & aquilin : ſes
dents de devant ſi avancées , qu'il en avoit merité le ſo-
briquet d'Elephant: ſes levres groſſes: ſon buſt long: &
ſon teſt ſans aucune ſuture, comme il parut à ceux qui
le trouverent quarante ans après ſa mort en reparant le
caveau où il avoit eſté enfermé: A quoy l'on attribuë
les effroyables douleurs de teſte dont il étoit ſi ſouvent
affligé ; au contraire du Cardinal de Richelieu qui n'en

reſſentit jamais aucune, parce qu’il y avoit au haut de ſon teſt douze petits trous par où s’exhaloient les vapeurs.

La prudence de Ximenez l’avoit emporté ſur celle du Cardinal d’Amboiſe principal Miniſtre du Roy tres-Chrêtien Loüis Douze. Elle avoit fait toûjours pancher l’avantage du côté de l’Eſpagne contre la France, lorſque ces deux Monarchies étoient entrées en concurrence. L’Eſpagnol étoit à la verité plus lent à déliberer que le François, mais en recompenſe il le prevenoit dans l’execution lorſqu’il avoit une fois pris ſon party, & ne ſe relâchoit jamais comme luy juſqu’à à ce qu’il eût achevé ce qu’il avoit commencé. Les difficultés l’animoient au lieu de le rebuter. La colere où il étoit ſujet ne le tranſportoit jamais juſqu’à luy faire dire aucune choſe ou faire aucune action, dont il eut enſuite occaſion de ſe repentir. Il étoit ſi exact à tenir les paroles qu’il avoit données, qu’il n’en perdoit l’idée qu’àprés qu’il s’en étoit acquité. Sa profonde mélancholie l’obligeoit à ſe plaire dans la converſation des perſonnes accoûtumées à dire de bons mots : cependant il ne luy échapa jamais d’en dire aucun, & ce fut peut-être de peur de s’en attirer de ſanglans, car il n’étoit Fils que d’un Procureur de Torte-laguna dans la vieille Caſtille, & ſa jeuneſſe s’étoit paſſée dans les Cordeliers où la reforme n’étoit pas encore introduite. La ſeule conſideration de ſon merite l’avoit élevé aux Charges de Gardien & de Provincial dans ſon Ordre ; & il exerçoit actuellement la derniere des deux que l’on vient de nommer, lorſque la Reine Catholique Iſabelle le choiſit pour ſon Confeſſeur. Il tâcha de s’en diſpenſer, & ne l’accepta que par-

ce que cette Princeffe s'obftina à vouloir qu'il fût le de-
pofitaire de ce qu'elle avoit de plus fecret. Le plus intime de fes amis ne laiffa pas neanmoins de s'en plaindre
agreablement comme d'une infidelité qu'il commettoit à
fon égard , & de luy reprocher qu'il fe deroboit à luy
pour fe donner à la Cour. La Reine connoiffoit déja
l'étenduë & l'habileté de fon genie , lorfqu'elle fut exci-
tée par la conjonĉture fuivante de le nommer à la premiere dignité Ecclefiaftique de l'Efpagne.

Le Cardinal Hurtado de Mendoze fût malade, & les
Medecins defefperérent de fa guerifon. Ferdinand & Ifabelle qui luy avòient des obligations extraordinaires luy
firent l'honneur de le vifiter , & Ifabelle en particulier le
conjura de luy dire ingenuëment s'il n'avoit ni penfée
ni defir pour la Perfonne qui luy fuccederoit. Le Cardinal répondit qu'il ne luy importoit pas , pourveu que
fon fucceffeur fût digne de l'Archevêché de Tolede.
Ifabelle infifta: Elle le conjura de luy nommer celuy des
Caftillans qu'il en jugeoit le plus digne , & le Cardinal repliqua fans hefiter que c'étoit Ximenez. Ifabelle
ravie de ce témoignage authentique qui luy donnoit
lieu d'élever fon Confeffeur à l'Archevêché de Tolede
fans que le Roy fon Mary s'en formalisât , luy en fit
expedier le Brevet après la mort du Cardinal , &
l'introduifit peu de tems aprés dans le Confeil d'E-
tat. Il y acquit une reputation prodigieufe fur ce que
tous les avis qu'il ouvroit ou qu'il appuioit , ne manquoient prêque jamais de reüffir , comme au contraire
ceux qu'il rejettoit étoient d'ordinaire fuivis de mauvais
fuccez : mais en revanche il s'y attira pour ennemie
la principale Nobleffe de Caftille & d'Arragon. Il poffe-

doit en un plus haut dégré qu'aucun des autres Miniftres d'Efpagne qui l'avoient precedé, la vertu fi finguliere dans un homme d'Etat que l'Ecriture fainte appelle *faim & foif de la Iuftice.* Il avoit de l'horreur que
les grands opprimaffent leurs vaffaux; & quand un mi-
ferable Païfan s'addreffoit à luy, pour demander juftice des exccz de fon Seigneur, il la rendoit fur le champ
fi elle dépendoit uniquement de luy, & la procuroit de
tout fon credit fi elle n'en dépendoit pas, fans fe mettre en peine de ce qui en pouvoit arriver. Le murmure des Gens de qualité en étoit d'autant plus grand, qu'ils
fe trouvoient depuis plufieurs fiecles en poffeffion de traiter felon leur caprice ceux qui leur étoient inferieurs. Ce
dereglement procedoit de ce que ç'avoit principalement
été la Nobleffe qui avoit recouvré le Païs fur les Mores.
Elle s'étoit perfuadée fur cet unique fondement que
toute la Caftille luy appartenoit par droit de conqueſte;
& qu'elle ne faifoit point de tort aux Païfans Catholiques qui ne s'y étoient habituez que par fa permiffion,
de ne leur laiffer, qu'autant qu'il luy plaifoit, des fruits
qu'ils avoient femez & recueillis.

Les Rois de Caftille & d'Arragon avoient toûjours
eu de l'indulgence pour ces petits Tyrans, foit qu'ils ap-
prehendaffent d'exciter à la revolte les Grands qui n'y
étoient d'ailleurs que trop fujets, ou qu'ils euffent eux-mêmes intereft à la continuation du défordre, en ce qu'ils
ufoient dans leur Domaine des mêmes vio-lences que
les Gentilshommes commettoient dans leurs Terres. Ainfi les Grands de Caftille fe plaignirent plus d'une fois
du Cardinal à la Reine Ifabelle, & la prefferent de le renvoyer à fon Eglife où ils pretendoient qu'il ne leur feroit

plus si contraire. Mais Isabelelle éluda toûjours leur Requeste en répondant que ce Prelat luy étoit si necessaire, que quand il seroit à Tolede il faudroit à l'heure même qu'elle luy dépêchât un Courier qui luy portât l'ordre de revenir incessamment à la Cour. Là-dessus elle leur faisoit confidence en general des affaires importantes qui demandoient la presence de ce Prelat; & si elle ne les renvoyoit contens, elle leur ôtoit au moins le pretexte de se soulever sur le refus qui leur étoit fait. Ils se separoient ainsi & s'en retournoient dans leurs Châteaux sans oser attenter à la Personne de Ximenez; * car outre qu'il étoit plus puissant qu'aucun d'eux en particulier, sans en excepter les Ducs d'Alve & de l'Infantado, il ne marchoit jamais qu'au milieu de force gens de main: & d'ailleurs les peuples qui le reconnoissoient pour leur Protecteur étoient par tout si bien disposez à son égard, que les plus lâches du lieu où il auroit été attaqué, n'eussent pas fait de difficulté de hazarder leurs vies pour sauver la sienne. Il s'étoit maintenu de cette sorte jusqu'à la mort de sa Bien-faitrice; & depuis il s'étoit rendu si necessaire sous le regne de Philippe d'Autriche pour l'accommoder avec son Beau-pere, que Ferdinand n'avoit osé entreprendre de le disgracier: mais après la mort de Philippe & l'accommodement de l'Empereur Maximilien avec le Roy Ferdinand, sa Majesté Catholique crut que pour acquerir universellement l'amitié des Grands d'Espagne, elle n'avoit qu'à leur sacrifier Ximenez. Elle pensa long-tems aux voyes les plus seures pour le disgracier impunement, & s'arresta enfin à celle que l'on va representer.

Dans la vie du Cardinal Ximenez.

Elle luy fit dire qu'il avoit trop d'esprit pour ne s'être
pas

pas aperçeu que la hayne des Grands de Castille pour luy étoit irreconciliable, & qu'elle ne manqueroit pas d'éclater en tems & lieu: Que ce qui l'avoit jusques la retenuë, étoit la consideration qu'ils avoient eu pour la feuë Reine, & l'affection qu'ils avoient témoignée pour Philippe d'Autriche: Mais que maintenant que ce Prince étoit mort, que sa veuve avoit perdu l'esprit sans esperance de le recouvrer, & que Ferdinand ne regnoit en Castille qu'à titre de Roy precaire, c'est à dire d'Administrateur de cette Monarchie durant le bas âge de ses Petits-Fils, sa Majesté Catholiques n'osoit se promettre de le proteger déformais contre une telle multitude de puissans ennemis : Qu'elle seroit neanmoins au desespoir d'y avoir manqué pour deux raisons, l'une qu'elle avoit d'extrêmes obligations à Ximenez, l'autre que sa foiblesse paroîtroit d'une maniere trop evidente, lorsque l'on viendroit à sçavoir dans l'Europe que Ferdinand n'auroit pû arracher son Principal Ministre des mains des Castillans irritez : Qu'il n'y avoit point d'autre remede à cet inconvenient que la translation de Ximenez du premier Siege des Eglises de Castille où l'Authorité Royale ne seroit respectée qu'autant qu'il plairoit aux Grands, au premier siege des Eglises d'Arragon où elle étoit absoluë, & tout ce qui se pouvoit faire pour Ximenez étoit d'obliger l'Archevêque de Sarragosse à permuter avec luy.

Ximenez ne reconnut que trop que Ferdinand en vouloit à son benefice, & jugea prudemment qu'il luy en faloit d'abord ôter l'esperance. Il repartit en ce sens qu'il n'avoit pas beaucoup estimé la vie, puis qu'il avoit

S

pris & executé autant qu'il avoit dependu de luy le deſſein de la paſſer toute entiere dans les Cloîtres des Cordeliers: Que le Roy Catholique ſçavoit bien qu'on l'en
avoit arraché pour luy faire épouſer l'Egliſe de Tolede, &
que ſa Majeſté pouvoit bien ſe ſouvenir qu'il avoit plus
d'une fois proteſté à la Reine Iſabelle lorſqu'elle luy avoit
ordonné de prendre une telle Femme, qu'il ne la quiteroit
qu'à la mort : Qu'il étoit donc inutile de luy parler de
permutation, & que l'on ne gagneroit pas davantage en
le preſſant de reſigner : Que ſi les Grands de Caſtille
l'attaquoient ſeparement, ils n'y trouveroient pas leur
compte; & s'ils s'uniſſoient contre luy, il étoit aſſez Puiſſant pour s'empêcher d'être opprimé d'abord, & pour
attendre le ſecours du Roy ſon Maître; Que ſi cette aſſiſtance ne luy manquoit pas comme il avoit ſujet d'eſperer,
il rangeroit aiſement ſes Ennemis à la raiſon; & ſi elle
luy manquoit au beſoin, il ne laiſſeroit pas de ſe defen-
dre autant qu'il pourroit dans ſon Archevêché, & de
monter ſur la mer lorſqu'il ſeroit reduit à l'extremité, pour
ſe refugier dans des contrées où il ſe promettoit de trouver au moins un Aſyle, s'il n'y étoit receu en homme de ſa
dignité. Ferdinand ne comprit pas d'abord le vray ſens
des dernieres paroles de Ximenez qui luy furent fidelement rapportées; mais il ne les entendit que trop dans la
ſuite, lorſque ce Prelat écrivit à l'Empereur & à l'Archiduc Charles d'Autriche que l'apparence étoit toute entiere que l'on travailloit à le chaſſer de ſon Archevêché,
pour le punir d'avoir été le premier des Caſtillans à
reconnoître pour Roy Philippe d'Autriche, & parce que
l'on deſeſperoit tant qu'il ſeroit Primat de l'Eſpagne,
d'y élever ſur le thrône un des Fils naturels de Ferdi-

nand au prejudice des Enfans de fa Fille legitime. Les
depêches du Cardinal fondoient principalement là-deffus la protection qu'elles demandoient à ces deux Princes. Mais Ximenez adjoûtoit dans une troifiéme Lettre adreffée à Chievres que l'Archiduc avoit un intereft particulier qu'il demeurât à la tête du Clergé &
par confequent des Etats de Caftille, puifque Ferdinand
n'auroit pas plûtôt perdu l'efperance d'élever fon
Fils naturel fur les thrônes de Caftille & d'Arragon,
qu'il penferoit à y faire monter le Cadet de fes Petits-
Fils au prejudice de l'Aîné.   Qu'il reüffiroit infailliblement dans cette feconde Tentative au deffaut de la premiere, s'il s'affuroit de celuy qu'il éleveroit en la place
de Ximenez à l'Archevêché de Tolede, parce que ce nouveau Prelat fe trouvant Chef des Etats feroit le Maître des propofitions qui s'y feroient : Que les Caftillans
& les Arragonnois convenoient en un point, quoiqu'ils
euffent une effroiable antipathie en tout le refte, & que
ce point confiftoit à ne pas avoir de Souverain qui ne
demeurât toûjours en Efpagne: Que Ferdinand qui connoiffoit leur foible n'auroit qu'à reprefenter premierement
aux Caftillans & enfuite aux Arragonnois pour les difpofer à renverfer l'ordre de la nature, que s'ils prenoient
l'Archiduc pour leur Roy, la dignité Imperiale qui le
regardoit après la mort de fon Ayeul paternel, les Provinces hereditaires de la Maifon d'Autriche qui ne luy
pouvoient manquer en qualité d'Aîné de cette Maifon,
& les Païs-bas qu'il poffedoit déja, le tiendroient fi
fouvent & fi long-tems occupé, qu'il ne pourroit que
rarement aller en Efpagne ; & dés qu'il y feroit, on le
prefferoit d'en partir: Qu'au contraire fi les deux Mo-

Dans les Lettres de Ximenez à Chievres.

narchies d'Espagne prenoient pour leur Roy l'Infant
Ferdinand, comme il n'auroit point d'autres Etats à gouverner, il établiroit en Espagne un sejour fixe, & ne pafferoit en Italie qu'une seule fois au plus & par occasion
à l'exemple de son Ayeul maternel: Que les Castillans
& les Arragonnois convaincus par cette seule raison
mettroient le Cadet des deux freres en la place de l'Aîné; au lieu que si sa Majesté Catholique n'étoit point
assurée de l'Archevêque de Tolede, elle n'oseroit proposer son intention aux Etats de Castille, parce qu'elle
presupposeroit qu'elle y seroit rebutée; & que la chose
n'ayant point passé en Castille, seroit hors d'état de
passer en Arragon.

　　Ximenez renouvelloit en suite ses protestations de fidelité à l'Archiduc; & persuadoit si fortement son Gouverneur de la necessité qu'il y avoit de le maintenir dans
le benefice dont il étoit pourveu, que Chievres porta
l'Empereur & l'Archiduc à prendre des mesures infaillibles pour le proteger contre le Roy Catholique. Et de fait
ces deux Princes écrivirent de concert à Ferdinand qu'il
y alloit de la reputation de la Reine Isabelle que l'on
n'abaissât point la seule personne qu'elle avoit beaucoup
élevée; & que l'honneur du feu Roy Philippe y étoit
encore interessé en ce que si Ximenez étoit déposé,
on ne manqueroit pas de dire que ç'auroit été pour avoir
inspiré à ce jeune Prince de pernicieux Conseils. Que si
sa Majesté Catholique pretendoit que Ximenez l'eût
offensée, les voyes de la justice luy étoient ouvertes
pour en tirer raison; & que ni l'Empereur ni l'Archiduc ne trouveroient mauvais, qu'elle y eût recours dans
les formes : Mais que si elle usoit de violence, comme

elle ne le pouvoit fans exciter la guerre civile dans la Caftille , & que l'Empereur & l'Archiduc avoient intereft de la prevenir , elle ne devoit pas fe formalifer , qu'ils y travaillaffent en la maniere qu'ils jugeroient à propos.

La menace qui étoit affez netement exprimée dans les dernieres paroles que l'on vient de raporter , arrêta tout court Ferdinand , & defarma fon reffentiment. Il prévit que puifqu'il n'avoit point d'Enfans mâles legitimes il feroit une faute irreparable de ne fe pas contenter de l'ufufruit de la Caftille, & de n'y pas regner en paix durant fa vie. Il fit reflexïon qu'il s'alloit priver luy même de l'un & l'autre de ces avantages en pouffant à bout Ximenez : Qu'il dépenferoit en ce cas dans la Caftille plus qu'il n'en tireroit , & s'embarafferoit dans une querelle qui dureroit pour le moins autant que luy : Qu'il auroit à la verité de fon côté la Nobleffe de Caftille, mais qu'auffi les Peuples & les Gens de bien fe declareroient pour Ximenez : & que les forces fe trouvant alors à peu prés égales , la Guerre feroit longue , & le fuccez n'en pourroit être que malheureux. Que fi fa Majefté Catholique étoit vaincuë , la haute reputation qu'elle avoit acquife feroit entierement flétrie , & les Efpagnols ne luy auroient plus d'obligation des Conquêtes de Grenade & de Naples , puifqu'il leur auroit caufé plus de dommage en les divifant qu'il ne leur avoit apporté d'avantage en les agrandiffant : outre la honte dont il fe chargeroit en fe laiffant battre par un Cordelier. Ainfi le moindre inconvenient qui luy arriveroit feroit d'être relegué dans l'Arragon pour le refte de fes jours ; & il y auroit le chagrin continuel pire mille fois

que la mort, de voir son Vainqueur occuper dans la
Castille la Place qu'il y auroit perduë par son imprudence. S'il triomphoit de Ximenez la gloire qu'il en
remporteroit ne seroit pas grande ; & comme la dignité & la profession de son Adversaire l'auroit dispensé
de hazarder sa Personne, il en seroit quitte après que
ses Troupes auroient été défaites pour monter sur Mer,
& pour s'enfuïr en Flandres. Que la derniere Lettre de
l'Archiduc ne marquoit que trop qu'il y seroit bien receu, & que cependant il ne seroit de là gueres moins
de peine à Ferdinand qu'il en eût fait s'il eût demeuré le
plus fort dans la Castille : Qu'il y traverseroit par ses
intrigues tous les projets de la Majesté Catholique :
Qu'il luy susciteroit plus d'affaires qu'elle n'en sçauroit
terminer : Qu'il luy feroit acheter par des travaux infi-
nis le plaisir d'administrer les biens de ses Petit-fils ; &
que peut-être encore disposeroit il l'Archiduc, qui tout
jeune qu'il étoit se trouvoit déja par les soins de son
Gouverneur capable de regner, à ne pas attendre sa
majorité pour passer en Espagne ; & pour y contraindre
Ferdinand de luy remettre la possession de la Monarchie de Castille aussi promptement & avec autant de
facilité, que Philippe d'Autriche l'y avoit contraint.

Les Princes qui s'accommodent le mieux à la necessité de leurs affaires, sont ceux qui s'y accommodent le
plûtôt ; & dés que Ferdinand fut convaincu qu'il faloit
se reconcilier avec Ximenez, il le fit de bonne grace, &
sans chercher de Mediateur. Ximenez surpris de se voir si
promptement & contre toute aparence hors d'une affaire
si fâcheuse ; & ne se fiant pas trop à Ferdinand, pensa
long-tems à sa propre seureté, Il ne trouva point de meil-

leur expedient pour se mettre à couvert de la jalousie de sa Majesté Catholique, que de lever à ses dépens & sur son credit une Armée de seize mille hommes, & la mener en Personne à la Conquête des Ports de Barbarie, qui étoient le plus à la bienséance des Espagnols. Il présupposa qu'il meriteroit par-là l'aprobation universelle des Chrétiens ; & que s'il n'apaisoit la Noblesse Espagnole, il luy ôteroit jusqu'au pretexte de lui nuire. Ferdinand n'auroit plus lieu de porter envie à ses revenus immenses, ni de l'accuser d'en mal user; & s'il le faisoit nonobstant, il s'attireroit l'indignation de toute la Terre. Les Vassaux de l'Archevêché de Tolede s'aguerriroient ; & leur Prelat se trouvant au milieu d'eux, n'auroit rien à craindre. Si son entreprise en Afrique réüssissoit, personne en Espagne n'auroit à l'avenir la hardiesse de l'attaquer ; & si elle ne réüssissoit pas, il auroit du moins la consolation que son dessein auroit eu tant d'aprobation que l'on ne laisseroit pas d'en respecter l'Auteur, quand mêmes on sçauroit qu'il eût été malheureux.

Ainsi Ximenez leva des Troupes, équipa des Vaisseaux, quitta le froc & l'habit Ecclesiastique, s'arma de pied en cap, & passa heureusement en Barbarie. La Profession militaire luy étoit nouvelle, & il n'en sçavoit que ce qu'il en avoit oüi dire dans le Conseil d'Espagne : cependant il luy arriva ce que l'Histoire Romaine ne se lasse point d'admirer en la personne de Luculle. Il devint Capitaine dans le peu de tems qu'il employa à passer le bras de la Mediteranée qui separe l'Espagne de l'Afrique, & en pratiqua d'abord la fonction la plus dificile, qui consiste à apaiser par sa seule autorité les seditions toutes formées. A peine fut-il débarqué que les plus

Dans le recit de ce trajet.

déterminez de ſes Soldats qui ne s'étoient pas fait un petit honneur de s'enrôler ſous ſes Enſeignes, eurent honte de ſervir actuellement ſous un Cordelier. Ils prirent
pour s'en diſpenſer le premier pretexte qui s'en preſenta,
& demanderent qu'on les ramenât en Eſpagne. Ximenez ne s'étonna ni de leur multitude, ni de leur revolte:
il s'alla mettre au milieu d'eux : il ſaiſit au colet le plus
audacieux de la Troupe : il le fit executer à mort ſur le
champ; & intimida les autres de ſorte, qu'il ne leur arriva plus de ſe ſoulever.

La Ville d'Oran Capitale d'un Royaume à qui elle
avoit donné ſon nom, fut enſuite attaquée & emportée
d'aſſaut: Celle de Bugie où étoit l'Univerſité des Mores,
& le ſeul lieu connu de l'Afrique où ils alloient apprendre
le peu qu'ils ſçavoient des Sciences & des Arts, ne coûta
pas plus à conquerir. L'occaſion qu'eût Ximenez de s'en
emparer merite d'être ſceuë, quand ce ne ſeroit que pour
être convaincu, que ſi l'on prenoit autant de ſoin parmi
les Chrétiens de s'informer de ce qui ſe paſſe chez les Infideles, que les Infideles en prennent d'apprendre ce qu'il
y a de nouveau entre les Chrêtiens, on y gagneroit beaucoup plus qu'eux, & l'on trouveroit une infinité d'occaſions favorables que l'on perd par ce défaut d'application.

L'Oncle paternel du Roy de Bugie peu de jours a-
vant que les Eſpagnols approchaſſent de ce Royaume,
ne s'étoit pas contenté de détrôner ſon Neveu. Il luy
avoit de plus ôté avec un fer chaud l'uſage de la veuë
afin de le rendre incapable de regner, & de prevenir
à la mode du Païs les deſſeins de ceux qui pretendoient
dans la ſuite le rétablir ſur le trône pendant la vie de
l'uſurpateur ou immediatement aprés ſa mort. Ximenez
apprit

apprit fans y penfer une action fi barbare , & il refolut auffi-tôt d'en profiter. Il fit dire aux Amis du Roy dépoüillé qu'il vangeroit hautement l'injure qui luy avoit été faite s'ils vouloient agir de concert avec luy, & il n'en falut point davantage pour exciter dans le Royaume de Bugie une feconde revolution auffi generale que la premiere. Le Party abatu reprit courage, & forma bien-tôt de fecrettes intelligences avec les Efpagnols qu'il croyoit s'offrir à luy par un principe de pure generofité. Il prit de fi juftes mefures avec eux qu'il leur facilita la prife des Places capables de leur empêcher l'accez de la Ville Capitale ; & les introduifit enfuite dans Bugie par des voyes qui demeurerent fi cachées aprés l'execution, que les Hiftoriens d'Efpagne n'en conviennent pas. Ce qu'il y a de certain eft qu'il furvint un accident d'autant plus favorable aux Efpagnols pour s'accommoder de cette autre Couronne de Barbarie, que les Mores qui n'étoient plus fi habiles en Medecine qu'ils l'avoient été du tems d'Averroës & d'Avicenne, le prirent pour un miracle.

Le fer dont on s'étoit fervy pour aveugler le Roy de Bugie en l'aprochant de fes yeux tout ardent & en l'y tenant environ un quart d'heure, lui avoit bien ôté l'ufage de la veuë, mais il ne lui avoit pas entierement deffeiché les humeurs ; foit que les Miniftres de la cruauté de l'Ufurpateur l'euffent tiré du feu avant qu'il s'y fût autant enflammé qu'il auroit été neceffaire pour l'operation dont il s'agiffoit ; ou qu'on ne l'eût pas mis affez prés des yeux & qu'on ne l'y eût pas tenu affez long-tems pour achever de deffeicher entierement l'humidité qui fert aux fonctions de la veuë. Les Chirurgiens Efpagnols s'en aperçurent, &

T

entreprirent de guerir le Roy Maure. La cure fut longue & difficile, mais enfin elle reüssit, & fut prise tant par celuy sur qui elle avoit été faite que par ses Sujets, pour une preuve évidente que le Ciel vouloit qu'ils fussent Tributaires des Espagnols. Les Corsaires d'Alger qui avoient jusques là ruiné impunement les Flotes Chrêtiennes & le commerce de l'Europe en Afrique, suivirent l'exemple de ceux de Bugie, & se soumirent à payer le même tribut. Enfin les Epagnols par un excés de bonheur qu'ils n'ont pas eu depuis dans leurs guerres contre les Barbares, s'emparerent du Royaume de Tripoli; & Ximenez s'en retourna dans son Eglise de Tolede avec tant de gloire & de dépoüilles, que Ferdinand n'osa plus penser à luy nuire.

* Dans la Relation de cette Conquête.

L'Archiduc Charles tira de cette sorte tant d'avantage de la querelle de ce Prelat & de son Ayeul maternel, que trois Royaumes celebres & une Republique encore plus fameuse luy en furent soumis; & le même bon-heur luy assujetit peu de tems aprés en mil cinq cent douze le Royaume de Navarre, sans que luy ni son Gouverneur Chievres y eussent part. Cette Monarchie étoit souvent tombée en quenoüille, & par consequent avoit passé successivement en diverses Maisons. Elle avoit été portée par cette voye de l'Ancienne Maison de Navarre dans celle de Leon: de la Maison de Leon dans celle de Castille: de la Maison de Castille dans celle de Champagne: de la Maison de Champagne dans celle de France: de la Maison de France dans celle d'Evreux: de la Maison d'Evreux dans celle d'Arragon: & de la Maison d'Arragon dans celle de Foix-Grailly. Gaston de Foix avoit épousé

Eleonor Reyne de Navarre seconde Sœur de Pere du Roy
Catholique Ferdinand , dont il étoit sorty douze Enfans des deux sexes. L'Aîné des mâles étoit mort à
vingt-deux ans. Il avoit laissé de Magdelene de France
derniere fille du Roy Charles Sept un Fils & une Fille. Le Fils nommé François Phœbus ne regna pas
long-temps en Navarre , & mourut sans être marié.
La Fille appellée Catherine devint ainsi la plus riche
heritiere de l'Europe. Elle demeura sous la Tutelle de
sa Mere qui ne souffrit jamais qu'on luy parlât de se remarier , quoiqu'Elle fût demeurée veuve à l'âge de
dix-sept ans. Il y eut peu de Maisons Souveraines dans
l'Europe qui ne recherchassent l'Alliance de la jeune
Reine de Navarre ; & le plus considerable des Epoux
qu'on luy proposa , fut l'Infant d'Espagne Jean Fils de
Ferdinand qui étoit à peu prés de son âge. Ce Prince
étoit Fils unique de Ferdinand & d'Isabelle ; & s'il eût é-
pousé Catherine, toutes les Monarchies d'Espagne se fussent réünies, excepté celle de Portugal. Ferdinand &
Isabelle avoient principalement eu cette veüe dans leur
recherche : mais Magdelene de France n'eût pas assez
d'aversion contre la Maison dont elle sortoit, pour contribuer à former en Espagne une Puissance qui fût à peu
prés égale à celle de France. Elle refusa absolument sa
Fille au Prince d'Espagne ; mais elle n'aima pas non plus
assez la Maison de France pour y marier sa fille, comme elle n'aima pas assez sa Fille pour la marier dans
une Maison Souveraine. Elle la donna à Jean Fils d'A-
lain d'Albret Seigneur à la verité puissant en Gascogne,
mais ne possedant pas un pied de Terre qui ne relevât
des Rois de France en qualité de Ducs de Guyenne.

Les irregularitez politiques ont de plus dangereuses suites que les autres; & l'on ne trouve presque point d'exemple
dans l'Histoire que les Reines par elles mêmes ayent é-
pousé des Hommes qui n'étoient pas de leur rang, sans
qu'elles ayent eu des occasions éclatantes de s'en repentir. Jean d'Albret sembloit être né pour justifier la verité
de l'ancien Proverbe, que les meilleurs hommes ne sont
pas toûjours les meilleurs Rois. Il avoit toutes les qualitez
qui rendent accomplis les Particuliers ; mais il n'avoit pas
celles qui distinguent les Souverains d'avec ceux qui ne le
sont pas, & n'étoient pas nez pour l'être. Il n'aimoit que
l'étude, & ne s'occupoit volontiers qu'à rechercher des
Manuscrits, & qu'à dresser des Biblioteques. Il n'y avoit
point de Maison tant soit peu considerable dans l'Europe dont il ne rapportât sur le champ la Genealogie
& le Blason ; & quoique personne ne sçût mieux que
luy que la Noblesse n'étoit deüe qu'au merite, & qu'il
ne pouvoit faire d'afront plus sensible aux Gentilshommes de Navarre qu'en introduisant dans leurs Corps des
gens qui en fussent tout à fait indignes, il ne s'émanci-
poit neanmoins que trop souvent de leur en donner la
mortification ; soit qu'il se laissât gagner par la flaterie,
ou qu'il fût incapable de resister aux longues importunitez. Il avoit appris en Guienne à traiter avec ses
vassaux en simple Gentilhomme; & cette privauté qui
passoit en luy pour une vertu tant qu'il demeura en
France, devint le plus grand de ses vices lorsqu'il fut
en Espagne, les Peuples de cette Contrée n'en recon-
noissant point de plus énorme, que celuy qui se trouve
le plus contraire à la gravité. La Majesté Royale luy
étoit insuportable dans toutes les actions qui n'étoient

pas de ceremonie : Il aimoit hors de là à vivre dans l'é-
galité, qu'il appelloit le ciment de la focieté civile : Il alloit volontiers aux lieux où on l'invitoit de manger,
pourveu que la Compagnie ne fût que d'honnêtes
gens ; & la premiere chofe qu'il y faifoit aprés fon arrivée, étoit d'oublier pour quelques heures qu'il étoit
Roy, & de vouloir bien que le maître de la Maifon
& les conviez l'oubliaffent auffi bien que luy. Comme il étoit fort enjoüé il contribuoit pour le moins
autant à leur divertiffement, qu'ils contribuoient au
fien ; & lorfqu'il fçavoit qu'il s'etoit fait dans Pampelune Ville capitale de Navarre quelque Fête où par
refpect on n'avoit ofé l'inviter, il fe convioit luy-même, & n'étoit point à charge parce qu'alors il y alloit
feul. Il avoit d'autant plus d'inclination pour la Danfe
qu'il y excelloit fur tous les Princes de fon Siecle ; &
lorfqu'en voyageant il rencontroit fur fon chemin à la
campagne ou dans les Villes des troupes de Villageoi-
fes ou de Bourgeoifes qui prenoient ce divertiffement, il danfoit avec elles. Il avoit tant d'antipathie
pour les affaires d'Etat quand il les trouvoit épineufes,
qu'il les abandonnoit entierement à la difpofition de
fes Miniftres, qui n'y prenant pas le même intereft
que luy, les regloient fouvent à leur fantaifie.

Le plus grand defordre qui en arriva fut que les Magiftratures, les Benefices, les Charges & les Gouvernemens
de Navarre furent donnez à des Etrangers, & que les
remontrances que les Etats du Royaume en firent, furent inutiles. Les Souverains n'ont rien tant à craindre
que la hayne & le mépris de leurs Sujets : cependant
ils peuvent fe vanter de n'être pas tout à fait malheu-

reux quand ils ne font tombez que dans l'averſion ſeule
ou dans le ſeul mépris des mêmes Sujets ; parce que s'ils
n'ont perdu que leur affection , l'eſtime qui reſte ſuffit
pour les tenir dans l'obeïſſance ; & s'ils n'ont perdu que
l'eſtime, l'affection y ſupplée : mais lorſqu'il n'y a plus d'eſ
time ny d'affection , il n'eſt plus poſſible de prevenir les revolutions dans les Etats , ni de les empêcher d'être univerſeles lorſqu'elles ont une fois commencé.

Jean d'Albret n'étoit plus reſpecté des Navarrois à
cauſe de ſa vie trop familiere; & il n'en regnoit pas moins
paiſiblement, parce qu'il n'en étoit pas moins aymé dès
Petits qu'il traittoit d'égaux , ni dès Grands qui prevoyoient aſſez qu'un Prince de ce genie n'attenteroit
jamais à leurs privileges : mais lorſqu'il ſe fut attiré la haine des uns & des autres en leur preferant dès Etrangers
& des Gens dè petite vertu , rien ne fut plus capable de
le ſoûtenir , & il ſuccomba ſous la premiere attaque qu'-
on luy fit.

La Navarre étoit diviſée depuis pluſieurs Siecles en
deux factions preſque également puiſſantes, l'une étoit
celle de Beaumont , l'autre celle de Gramont ſelon les
vieux titres de la Maiſon qui porte encore ce nom , &
de Grammont ſelon les nouveaux. Le Chef de la Maiſon de Beaumont étoit Comte de Lerin, & Connêtable hereditaire de Navarre ; & le Chef de la Maiſon de
Grammont étoit Seigneur de Tutelle , & Grand Maréchal du Royaume. Le Comte de Lerin avoit toutes les
qualitez ou pour mieux dire tous les vices que les hiſtoi-
res anciennes & modernes ont remarquez dans les hommes extraordinaires qui ſe ſont rendus Chefs de part : ſon

efprit étoit d'autant plus malin, que ni la religion ni l'humanité ne le retenoit en aucune rencontre. Il avoit tué le Pere & le Frere unique du Comte de Tutelle, & profané pour les tuer tout ce qu'il y a de plus faint dans la Religion Catholique. Le Cardinal de Foix s'étoit ingeré fous le regne precedent de reconcilier les Maifons de Beaumont & de Grammont ; & croioit en être venu à bout aprés avoir obligé le Connêtable & le Marêchal dé Navarre à fe promettre folemnellement d'oublier le paffé, & de vivre à l'avenir dans une parfaite amitié. Il avoit enfuite celebré la Meffe, partagé une hoftie en deux, & communié les deux parties : ce qui n'avoit pas empêché que le Connêtable au fortir de l'Eglife, ne fut allé attendre fur le chemin le Marêchal pour l'affaffiner. Il avoit à la verité manqué fon coup, mais il n'avoit pas moins cherché depuis les occafions de l'executer.

Le Marêchal au contraire étoit un homme franc ; & qui dans toutes les apparences ne s'éloignoit des maximes de la Religion, que parce qu'il n'en étoit pas affez inftruit. Il fuppofoit qu'il fût permis de vanger la mort de fon Pere & de fon Frere & l'affaffinat entrepris fur fa perfonne, pourveu que ce fut hautement & fans trahifon. Le Connêtable & le Marêchal avoient engagé dans leur querelle toute la Nobleffe de Navarre ; & leur differend particulier étoit degeneré infenfiblement en une guerre Civile, où les voifins avoient pris la part que l'inclination ou l'intereft leur avoit fuggerée. Les François s'étoient declarez pour la faction de Grammont, & les Caftillans par pure antipathie avoient appuié celle de Beaumont qui fe trouvoit actuellement la plus

puiſſante dans la ville de Pampelune, lorſque Jean
d'Albret y fit la premiere fois ſon entrée. Il avoit fa-
voriſé ceux de Grammont avant que d'épouſer l'heritiere de Navarre ; & les effets en étoient ſi viſibles, que
le menu peuple n'avoit pas plus lieu d'en douter, que
les Grands.

Le Connêtable avoit ainſi plus d'occaſion qu'il n'en
falloit de ſe défier du nouveau Roy , & d'apprehender
d'en être opprimé s'il le recevoit d'abord & ſans condition dans la ville capitale du Royaume. Il fonda là-
deſſus l'audace qu'il eut de luy en fermer les Portes;
& de ne les ouvrir qu'aprés une convention dans laquelle Jean d'Albret s'obligeoit par écrit, à ne point intervenir dans le démêlé de ceux de Beaumont & de
Grammont pour quelque cauſe ou pretexte que ce
fût. Jean d'Albret accorda tout ce que le Connêtable
luy demandoit, parceque ſans cela il n'eût pas été couronné du commun conſentement de la Nobleſſe de
Navarre: mais il luy ſembla depuis que l'affront qu'il a-
voit receu étoit trop grand pour luy permettre de le diſſimuler. Il pourſuivit le Connêtable premierement
par les formes judiciaires , & en ſuite par les armes ;
mais il ne fut pas ſecondé dans une querelle ſi juſte ,
comme il s'attendoit de l'être. La faction de Grammont courut à la verité ſous ſes Enſeignes , mais auſſi
le Connêtable receut du ſecours de deux ſortes de Gens
qu'il croioit ſe devoir plûtôt declarer contre luy que pour
luy.

Les premiers furent ceux qui craignoient d'être pillés
par celle des deux factions qui extermineroit entierement l'autre , & les ſeconds ceux qui s'étant accoûtu-

mez

mez à vivre dans une Monarchie où le pouvoir Royal
étoit presque aussi limité que dans celle d'Arragon, ne
vouloient pas que leur Roy devint absolu par la ruine de
ceux de Beaumont, ou du moins qu'il fût en état de le
devenir, si l'occasion luy en inspiroit le desir. Ainsi la
partie ne fut pas moins égale après que le Roy se fut mis
du côté de ceux de Grammont qu'elle l'étoit lorsque
les deux factions se trouvoient reduites à leurs seules forces, & la guerre Civile n'en tira pas moins en longueur.
Jean d'Albret impatient de la terminer à cause qu'elle le
détournoit de ses occupations ordinaires, écouta les premieres propositions de Paix qui luy furent faites, quoi-
qu'elles partissent d'une Cour tout à fait suspecte.

Dans le recüeil des Loix de Navarre.

Le Roy Catholique Ferdinand n'ayant pu reünir la
Navarre à l'Arragon & à la Castille par le Mariage de
son Fils unique avec Catherine de Foix, cherchoit à s'en
saisir par addresse; & ne voiant plus de voies legitimes, en fomentoit d'injustes. Il manquoit de pretexte
pour se mesler dans la querelle de ceux de Beaumont &
de Grammont avant que le Roy de Navarre y fût intervenu, parce que les Monarques d'alors avoient cette de-
ferance les uns pour les autres de ne pas prendre connoissance de ce qui se passoit dans les Royaumes voisins,
à moins qu'ils n'en fussent priez. Mais après que le Roy
de Navarre se fut déclaré contre ceux de Beaumont, &
que le Connêtable leur Chef apprehendant de succomber à la longue sous l'effort des Gascons qui viendroient
en foule au secours de Jean d'Albret, eut recours à l'assistance des Castillans; Ferdinand ne laissa pas échaper
une occasion si favorable, & la ménagea avec tant d'a-
dresse qu'elle produisit enfin l'effet qu'il s'en étoit promis.

V

Le Connêtable étoit son Beau-frere pour avoir épousé Eleonor Fille naturelle du feu Roy Jean d'Arragon, & ce fut principalement sur cette raison qu'il se fonda pour offrir sa mediation au Roy de Navarre à dessein de l'accommoder avec son Connêtable. Le Roy de Navarre qui ne voioit pas le fin d'une telle proposition, l'accepta volontiers; Et Ferdinand ne l'eut pas plûtôt attiré dans un piege si bien tendu, qu'il luy en dressa un second plus dangereux que le premier. Il passa insensiblement à l'égard de sa Majesté Navarroise de la mediation à la garantie, & la surprit en luy representant par des Emissaires merveilleusement adroits, que le Connêtable n'étoit pas religieux à tenir sa parole; & que puisque ce qu'il y avoit de plus auguste entre les Chrêtiens n'avoit pu l'y obliger, il le faloit lier par un garant si considerable, qu'il n'osât le dedire: Que le Roy Catholique offroit de l'être sans autre motif que de mettre & d'entretenir la paix entre ses voisins; & que de plus comme il y avoit apparence que la Navarre ne seroit pas de long-tems tranquille si le Connêtable n'en sortoit pour quelques années, sa Majesté Catholique vouloit bien se charger de luy donner retraite en Castille, supposé qu'il refusât de s'éloigner de ses Places de peur que ses Ennemis ne s'en saisissent durant son absence. Elle proposoit de les tenir cependant en sequestre, & d'y mettre en garnison des Troupes suffisantes pour les garder: enfin s'il n'étoit retenu dans la Navarre que par les grands établissemens qu'il y possedoit, elle luy en donneroit d'équivalens ou de meilleurs dans l'Arragon & dans la Castille.

Cette ouverture paroissoit d'abord ne partir que d'un

principe tout à fait genereux : neanmoins à l'examiner dans le fond , elle ne pouvoit être ni plus avantageuse à Ferdinand , ni plus prejudiciable à Jean d'Albret. Car on confirmoit le plus puiffant Sujet de Sa Majefté Navarroife dans la revolte en le faifant traitter d'égal avec fon Maître, & en luy donnant la Caftille & l'Arragon pour garants du Traité qu'il feroit : on donnoit lieu au plus formidable voifin de la Navarre de s'acquerir entierement le Connêtable lorfqu'il feroit retiré dans fes Etats : on recevoit ce voifin dans le centre & dans les meilleures Places de la Navarre d'où il pouvoit aifément ufurper le refte du Royaume ; & pour comble de honte il faloit bien que l'on confentît que le Connêtable fe vendît, pour ainfi dire , au Roy Catholique , puifque l'on vouloit bien qu'il reçeût de fa Majefté des bien-faits affez confiderables pour le dedommager de fes revenus de Navarre.

Cependant Jean d'Albret figna le Traité avec toutes les conditions que l'on vient de rapporter, & les Garnifons de Ferdinand entrerent dans les Places du Connêtable. Celuy-cy alla vivre à la Cour de fon Beau-frere. Sa Majefté Catholique fut caution qu'il ne remuroit rien en Navarre , & luy donna non feulement l'ufufruit , mais encore la proprieté du Marquifat d'Huefcar dans le Royaume de Grenade dont le revenu alloit au delà de celuy que le Connêtable auroit tiré de fes Terres de Navarre. Tous les Politiques du tems avoient predit que Jean d'Albret periroit infailliblement par là , & à dire le vray il fembloit que la chofe dût arriver comme ils l'avoient preveuë : mais Dieu ne permet pas toûjours que les Souverains les moins éclairez en l'art de regner

portent ſi promptement la peine de leur imprudence;
comme il ne permet pas toûjours que les plus habiles
dans cet Art , reçoivent le fruit de leurs intrigues.

Jean d'Albret fit un voyage en Caſtille pour ſolliciter la
reſtitution de quelques Places de la Principauté de Viane,
que les Predeceſſeurs de Ferdinand avoient uſurpées ſur
ceux de la Reine de Navarre. Il y trouva le Comte de Lerin
ſon Connêtable; & il ſe fit entr'eux une reconciliation ſi
ſincere, que les Caſtillans n'en furent pas moins ſurpris que
fachez. Le Connêtable qui par alliance & par reconnoiſſance étoit dans les intereſts de Ferdinand paſſa tout d'un coup
& ſans milieu des intereſts de ſon Beau-frere & de ſon
Bien-faiteur dans ceux de ſon Maître, & conſeilla à
Jean d'Albret de ne point écouter les Propoſitions du
Roy Catholique qui offroit de l'argent dans certains termes pour les Places que lui demandoit le Roy de Navarre.
L'artifice de Ferdinand conſiſtoit en ce que n'ayant pas
intention de les rendre ; & ne trouvant encore de pretexte
ſuffiſant pour les retenir, il vouloit remettre leur reſtitution
à un autre tems ſous couleur que la guerre qu'il faiſoit alors
aux Venitiens l'occupoit, de ſorte qu'il ne pouvoit vacquer
à l'examen de la queſtion s'il ne devoit plus en conſcience garder les Places dont il s'agiſſoit.

Jean d'Albret qui n'étoit point Homme à ſe ſervir de
l'occaſion pour l'y contraindre , & qui d'ailleurs n'étoit
pas touché de l'argent qu'il ne voyoit pas comptant, s'en
retourna en Navarre, & le Connêtable l'y accompagna;
ſoit qu'il le connut aſſez pour ſe fier entierement à luy,
ou que l'amour de la patrie l'emportât alors dans ſon
eſprit ſur toutes les autres conſiderations de politique &
de bien-ſéance. On ne ſcait ſi cette franchiſe ache-

va d'étoufer ce qui pouvoit reſter d'averſion à Jean d'Albret pour ſon Connêtable; ou ſi ce que l'on diſoit de ſa Majeſté Navarroiſe étoit veritable qu'elle oublioit ſans peine les injures receuës lorſqu'elle étoit perſuadée que ceux qui les avoient faites, ne s'en ſouvenoient plus: mais il eſt conſtant qu'elle vécut aprés ſon retour en Navarre dans une intelligence ſi parfaite avec ſon Connêtable, qu'elle paſſa d'une extremité à l'autre; & qu'au lieu qu'elle avoit été juſques là de la faction de Grammont; elle entra dans celle de Beaumont qui en reprit de nouvelles forces. La Reine ſa Femme déteſtant ſon inconſtance demeura ferme dans le party de Grammont, mais elle n'en fit pas mieux pour ſon intereſt, puiſque la Nobleſſe de Navarre voiant la Maiſon Royale diviſée, ſe partagea à ſon exemple; & les Peuples en conceurent plus de mépris pour Jean d'Albret, qu'ils n'en avoient eu pour l'excés de ſa familiarité.

On dit que Ceſar Borgia Duc de Valentinois Fils naturel du Pape Alexandre Sixiéme qui avoit épouſé la Sœur de Jean d'Albret s'étant ſauvé des priſons de Ferdinand vint alors en Navarre, & y racommoda ſon Beaufrere avec la Reine: Qu'il convainquit Jean d'Albret qu'il avoit eu tort d'abandonner la faction de Grammont, & l'y rengagea: mais ſi cela eſt le Duc y trouva d'autant moins de réſiſtance, qu'un accident impreveu fit en ce point tout ce qu'il auroit pu ſe promettre de ſon éloquence.

Jean d'Albret envoya un de ſes Officiers au Connêtable luy porter un ordre; & le Connêtable pretendit que l'Officier en s'acquitant de ſa commiſſion, avoit

Vers la fin de la vie du Valantinois.

V iij

perdu le refpect qu'il luy devoit en qualité de Chef des
armées. Il luy fit donner des coups de bâton, & le retint prifonnier. L'action étoit infuportable d'elle-même:
Cependant il y a de l'apparence que Jean d'Albret eût
negligé l'injure qu'il recevoit en la Perfonne de fon Officier, ou du moins qu'il n'eût pas porté fon reffentiment auffi loin qu'il alla, fi le Duc de Valantinois de
qui Dieu ne vouloit plus fupporter les crimes ne fe fût
offert à punir l'infolence du Connêtable, & n'en eût
demandé la permiffion. Jean d'Albret l'accorda plus
par importunité que par defir de vangeance, & le Duc
mit le Siege devant le Château de Viane qui tenoit pour
la faction de Beaumont. Le Connêtable refolu de le faire
lever en toute maniere s'avança avec fes Troupes jufqu'à
la veuë des Affiegeans; & le Duc avant que de fe déterminer s'il iroit au devant de luy ou s'il l'attendroit
dans fes Lignes, en fortit pour le reconnoître. Il rencontra trois Chevaliers ennemis qui le tuerent, & Jean d'Albret informé de fa mort, changea tout d'un coup d'inclination. Il courut fe mettre à la tête de fon armée : il
fit la mauvaife guerre à ceux de Beaumont, on appelloit ainfi les Actes d'hoftilité fans quartier : il prit leurs
villes & leurs Châteaux : il fit pendre ou paffer par les
armes ceux qui les defendoient : Il brûla leurs fermes &
leurs Maifons de Campagne : il degrada leurs forefts : &
fa colere le tranfporta iufqu'à defoler dans la ville de
Lerin qu'il avoit emportée d'affaut, le fuperbe Maufolée
des Anceftres du Connêtable.

Les Troupes de Ferdinand arriverent fi tard au fecours de ceux de Beaumont, que le Connêtable après a-
voir tout perdu les trouva en chemin lorfqu'il fe refugioit

dans l'Arragon. Comme elles n'étoient pas affez nombreufes pour relever un party abatu il les renvoya ; & fe confina avec fa Femme dans la ville d'Aranda, où l'un & l'autre quelques mois aprés moururent de regret. Loüis de Beaumont leur Fils Aîné paffa à la Cour de Ferdinand pour y foliciter une affiftance capable de le rétablir dans les biens de fa maifon ; Mais il ne fut écouté qu'en mil cinq cens douze, lorfqu'il s'offrit à Ferdinand une conjonture favorable pour ufurper la Navarre.

La hayne du Pape Jules Second contre les François étoit devenuë fi grande, que ne les pouvant plus fouffrir dans l'Italie & ne les en pouvant chaffer par une autre voye que celle des Armes de Ferdinand , fa Sainteté luy fit dire qu'il pouvoit tout attendre d'Elle pourveu qu'il entrât en Ligue avec le faint Siege contre le Roy de France Loüis Douze. Ferdinand répondit qu'il y confentoit à condition que le Pape fit expedier en fecret une Bulle d'excommunication contre Jean d'Albret & fa Femme en qualité de Fauteurs de Loüis Douze ennemi declaré de l'Eglife, & que fa Sainteté l'envoyât à fa Majefté Catholique qui s'en ferviroit en tems & lieu comme elle jugeroit à propos. La Bulle fut, dit-on, expediée, & demeura fi fecrete que perfonne n'en a jamais veu ni l'original, ni aucune copie. Ferdinand la receut ou feignit de la recevoir , & mit fur pied une puiffante Armée dont il donna le commandement à Federic de Tolede Duc d'Alve fous pretexte d'attaquer la Guienne du côté de Bayonne , pendant que Henry Huit Roy d'Angleterre fon Gendre décendroit dans cette Province par l'embouchure de la Riviere de Garonne.

Dans le dernier Traité de Jules Second avec Ferdinand.

Jean d'Albret s'étoit, si peu defié qu'on l'attaquât, qu'il n'avoit pas levé un Soldat, quoique la maxime du bon Gouvernement ne luy permît pas de demeurer defarmé au milieu de tous fes voifins en armes. Il laiffa approcher le Duc d'Alve jufqu'à huit lieuës de Pampelune ; & ne s'en étonna que lorfque le Roy Catholique aprés avoir introduit fans peine toutes fes forces dans le centre de la Navarre, & pris de juftes mefures avec le Fils du Connêtable & avec ce qui reftoit du parti de Beaumont pour un foulevement univerfel dans le Royaume, fit dire à la Reine & au Roy de Navarre par un Heraut, que le Roy de France & tous fes Fauteurs étoient excommuniez pour avoir convoqué & tenu un Concile dans la ville de Pife en Tofcane contre le faint Siege : que le Pape avoit donné leurs Etats au premier qui les pourroit occuper, & que fa Majefté Catholique s'étoit accommodée avec le Roy d'Angleterre pour s'emparer de la Guienne qui étoit également à la bienfeance de l'un & de l'autre : que la Flote Angloife y devoit aborder d'un côté, dans le même tems que l'Armée Catholique y entreroit d'un autre ; & qu'afin que Ferdinand ne manquât pas à l'affignation, il étoit neceffaire qu'il traverfât la Navarre avec le bagage & l'atirail d'Artillerie qui luy étoient neceffaires pour former un Siege regulier devant la ville de Bourdeaux : qu'il n'avoit pas moins befoin de ce paffage pour le retour de fon Armée dans fes Etats ; & que pour en être affuré dans le cas qu'il ne fût pas fi heureux dans fon entreprife qu'il s'attendoit de l'être, il faloit encore que leurs Majeftés Navarroifes luy donnaffent pour places de feureté celles d'Efteille, Maye & de faint Jean pied de

Port

Port. Qu'il promettoit fi elles luy étoient accordées de
bonne grace, de les reftituer en Homme d'honneur & de
bonne foy immediatement aprés que fes Troupes feroient rentrées dans l'Arragon & dans la Caftille :
mais fi on les refufoit abfolument , ou fi on diferoit
de les luy confier, qu'on ne trouvât pas mauvais qu'il fe
mît en devoir d'executer la Bulle d'excommunication
que le Pape Jules Second venoit de fulminer contre leurs
Majeftés Navarroifes auffi bien que contre le Roy Louis
Douze. La Reine & le Roy de Navarre oüirent le Heraut dans la ville de Tudelle où leurs Etats étoient affemblez , & luy répondirent que la Navarre pretendoit
obferver une exacte Neutralité entre le Roy tres-Chrêtien & le Roy Catholique; & que comme le Roy Catholique auroit fujet de fe plaindre de leurs Majeftez Navarroifes fi elles permettoient aux François de paffer fur leurs
terres pour attaquer l'Arragon ou la Caftille, le Roy Tres-
Chrêtien l'auroit auffi fi elles ouvroient par leurs Etats
un paffage aux Efpagnols pour entrer dans la Guienne.

Le Duc d'Alve qu'in'attendoit que cette réponce marcha droit à Pampelune ; & donna le fignal à ceux de la
faction de Beaumont qui firent foulever toutes les autres
Villes de la Navarre en un feul jour, qui fut le vingt-deuxié-
me de Iuillet mil cinq cens douze, en faveur des Efpagnols.
Les Rois de Navvarre coururent auffi , mais par un autre chemin à Pampelune , où trouvant la Bourgeoifie
difpofée à ouvrir les portes au Duc d'Alve auffi-tôt que
fon Armée paroîtroit à la veüe de fes murailles, ils n'eurent pas d'autre parti à prendre que de fe refugier dans
les Etats qu'ils avoient en France. Ils ne furent accom-
pagnez dans leur retraite que par les Principaux de la

X

faction de Grammont, parce que les autres affurez que le Roy Catholique les recevroit à bras ouverts demeurerent tranquilles dans leurs Maifons, & traitterent avec luy. Ce qu'il y eut de plus fingulier dans une revolution fi generale, fut qu'aucune ville ne fe fit battre pour conferver la fidelité qu'elle devoit à fa Souveraine, & que le Duc d'Alve n'eut qu'à fe monftrer fucceffivement devant elles l'une aprés l'autre pour en recevoir les clefs. Ferdinand aprés la conquefte d'un Royaume de telle importance y fit demeurer fon Armée pour s'en affurer, & manquant également de parole au Pape & à fon Gendre, * laiffa morfondre les Anglos fur les côtes de Guienne, & ne leur manda qu'à la fin de la Campagne de ne le plus attendre, & qu'ils pouvoient s'en retourner s'il leur plaifoit.

* *Henry Huit.*

Fin du Second Livre.

ARGUMENT

DU TROISIEME LIVRE.

FERDINAND commet le Gouverneur & le Precepteur de son Petit-Fils l'un contre l'autre. Il persuade le Doyen Adrien qu'il frustrera l'Archiduc des Monarchies d'Espagne, si Chievres n'est deposé; & le Doyen prevenu de cette crainte, signe un Traitté par lequel il s'engage à faire disgracier Chievres. Mais Chievres en est informé, & se garantit également du Roy Catholique & du Doyen. Il negocie avec les François un Traité à Noyon; & le tourne avec tant d'addresse, qu'il convertit l'accessoire en principal & le principal en accessoire. Il assure par là la succession d'Espagne à l'Archiduc; & Ferdinand en a tant de dépit, qu'il se joint avec l'Angleterre pour le perdre. Mais l'Archiduc n'a pas plus d'égard en ce point aux Offices du Roy d'Angleterre qu'aux exhortations de son Ayeul maternel, & Chievres demeure auprés de luy plus favorisé qu'auparavant. Ferdinand en est au desespoir. Il se forme une dangereuse entreprise sur la vie de Chievres. Il en est averti. Il le dit à l'Archiduc, & luy conseille en même tems par un trait de pru-

X ij

dence consommée de tenir la chose secrette. L'évenement justifie que le Conseil avoit été bon , &)
Ferdinand n'execute pas en mourant le dessein
qu'il avoit formé de desheriter l'Archiduc.

HISTOIRE
DE MONSIEUR
DE CHIEVRES

LIVRE TROISIEME.

Où l'on voit ce qui est arrivé de plus memorable dans la
Monarchie d'Espagne durant l'année mil cinq cent treize,
& partie de mil cinq cent quatorze.

ES Historiens d'Espagne font une mauvaise plaisanterie en traittant de l'Invasion
de la Navarre. Leur intention est de détourner leurs Lecteurs de prendre garde
de trop prés à la maniere dont ce Royau-
me fut reüny à leur Monarchie ; & pour les amuser a-
greablement durant qu'ils touchent le plus legere-

ment qu'il leur est possible un endroit si delicat, ils racontent que Iean d'Albret étant arrivé au lieu le plus éloigné d'où il pouvoit encore voir sa ville capitale de Pampelune, & se tournant pour la contempler à son aise, se mit à pleurer amerement; & que la Reine Catherine de Foix son épouse choquée de cette tendresse à contre-tems luy dit d'un ton dedaigneux, qu'il avoit raison de pleurer en Femme la perte d'une Couronne qu'il n'avoit sçeu deffendre en Homme. Mais ces Autheurs ne se sont pas aperceus que Iean d'Albret & sa Femme ne sortirent point ensemble de Pampelune: que comme le Roy y étoit plus haï que la Reine, il pensa le premier à mettre sa personne en seureté par une retraitte precipitée qu'il fit au point du jour; & que ce fut seulement deux jours aprés que la Reine suivit son Mary, qui étoit déja entre les Montagnes de l'Aldude.

Dans la relation de la retraitte de Jean d'Albret.

Ferdinand aprés la conqueste de la Navarre eut plus de desir qu'auparavant d'avoir des Enfans de son second lit. Il n'étoit point hors d'âge; & son defaut n'étoit imputé qu'aux desordres de sa jeunesse. Les Medecins ne doutoient pas que leur Art ne pût réveiller en luy, du moins pour quelque tems, la vigueur qu'il avoit autrefois euë, & enseignerent à la Reine Germaine sa Femme la composition d'un Philtre dont l'effet à leur sens étoit infaillible. La Reine qui ne vouloit rien hazarder dont elle put recevoir du reproche, en parla à Ferdinand qui luy dit de prendre le soin de le preparer elle-même, afin que la chose demeurât plus secrette. Elle ne fut communiquée qu'aux Femmes de la Reine en qui elle avoit le plus de confiance, & ce furent elles qui le presenterent à Ferdinand un soir qu'il s'al-

loit coucher à Carrousillo Maison de plaisance où il passoit le printems de l'année mil cinq cent treize. Ferdinand
avala le philtre jusqu'à la lie; mais soit que la dose fût trop
forte pour la foiblesse de son temperament, ou qu'elle
n'eût pas été preparée avec assez de précaution, l'effet en
fut directement contraire à l'intention de ceux qui y a-
voient eu part. Ferdinand en fut malade immediatement aprés ; & ses Medecins pour sçavoir la cause de
son mal, n'en furent pas plus avancez pour le guerir.
Ils firent transporter le malade à la Meyorada où il fut
si long-tems & si dangereusement attaqué de tous les
simptomes qui marquent une fin prochaine, que Chievres crut qu'il faloit penser serieusement à la succession
de la Monarchie d'Arragon & à la possession de la Monarchie de Castille.

Il étoit persuadé que sa Majesté se mettroit en devoir d'en frustrer l'Archiduc Charles pour le faire passer à l'Infant Ferdinand ; & comme c'étoit là principalement ce qu'il s'étoit proposé d'eviter, il fut d'avis
que l'Archiduc envoyât en Espagne le Doyen Adrien
son Precepteur qui n'étoit encore que Doyen de Louvain. Le pretexte du voyage fut le Mariage que les
Peuples des Pais-bas desiroient pour leur repos entre
l'Archiduc & Renée de France seconde Fille du
Roy de France Loüis Douze : mais en effet on donnoit au Doyen un pouvoir authentique, & force
blancs-signez pour prendre possession des deux Monarchies en cas que le Roy Catholique mourût, &
pour conserver au moins celle de Castille à l'Archiduc
supposé que celle d'Arragon eût été donnée à son Cadet par Testament.

Les depêches furent expediées avec tout le secret imaginable, mais le Roy Catholique étoit trop defiant pour ne pas soupçonner la veritable raison du voyage dont il s'agissoit; & comme ce que les Souverains s'imaginent en de pareilles rencontres passe d'ordinaire pour vray dans leur esprit, le Roy Catholique receut si mal Adrien, & fit exercer sa patience en tant de manieres, qu'il la lassa. Le Doyen avoit accepté pour son coup d'essay une negociation trop difficile; & il ne luy étoit pas possible de s'en acquiter dignement, sans être toûjours à la Cour du Roy Catholique. Cependant sa Majesté qui le regardoit comme un espion, ne souffroit pas qu'il l'accompagnât en aucun lieu: elle vouloit même qu'il s'en retournât en Flandres toutes les fois qu'elle sentoit diminuer son mal de sorte, qu'il luy permettoit de se promener par la Castille: ce que les Castillans prenoient pour une entiere guerison. Ainsi le Doyen aprés avoir épuisé pour rester à la Cour toutes les excuses qui luy avoient été suggerées dans son instruction, se trouva reduit à de telles extremitez, qu'elles surpassoient de beaucoup la capacité d'un homme élevé comme luy dans les Colleges.

Ceux des Courtisans qu'il sçavoit être affectionnez à l'Archiduc, acheverent de le troubler en l'avertissant de temps en temps des nouvelles marques d'amitié que le Roy Catholique donnoit à l'Infant. Ils les exageroient dans leurs Billets. Ils les prenoient pour autant de demonstrations d'une preference infaillible. Ils s'obstinoient à presser que l'on y remediât; & menaçoient pour peu que l'on differât, qu'ils abandonneroient le Party de l'Archiduc pour suivre celuy de l'Infant Enfin le Doyen dans le peu d'entretien qu'il avoit eu avec le

Roy

Roy Catholique, avoit remarqué que ce Prince avoit une
extrême aversion pour Chievres : Qu'il luy imputoit
le peu d'authorité qu'il avoit dans les Païs-bas : Qu'il é-
toit persuadé que ce Gouverneur l'avoit empêché d'y
regner de même qu'il regnoit en Castille ; Et que ne
pouvant se vanger du Tuteur, il s'en prenoit au Pupile :
Que c'étoit là précisement l'origine du mal-entendu entre l'Ayeul & le Petit-Fils, & que Chievres étoit la vi-
ctime qu'il faloit sacrifier à la reconciliation de l'un avec
l'autre : Qu'en l'ôtant d'auprés de l'Archiduc on étoit
assuré que le Roy Catholique écouteroit d'autant plus
volontiers la nature qui le solicitoit en faveur de l'Aîné
de ses Petits-Fils, que ce qu'elle luy disoit s'accordoit
parfaitement avec son ambition : au lieu que si la Cour
de Flandres demeuroit en l'état qu'elle étoit, c'est à dire
dans la dureté qu'elle avoit toûjours témoignée pour la
satisfaction du Roy Catholique, ce Prince acheveroit
ce qu'il avoit commencé ; & établiroit si puissamment
par sa derniere volonté l'Infant Ferdinand dans les Monarchies de Castille & d'Arragon, qu'il seroit impossible
à l'Archiduc de l'en chasser.

Cette longue suite de raisonnemens engagea le
Doyen dans une conduite également éloignée de
son genie & de la reconnoissance qu'il avoit euë jusques
là pour Chievres son Bien-faiteur. Il crut qu'il faloit au
moins amuser le Roy Catholique par l'esperance vaine de la déposition du Gouverneur de l'Archiduc,
si on ne luy donnoit en ce point une satisfaction
solide, & fit dire dans cette veuë à Ferdinand
que si sa Majesté vouloit agir de concert avec luy,
il se promettoit de supplanter Chievres, & de mettre

Y

en sa place l'homme qu'elle destineroit à cet employ.

Dans les motifs de la rupture entre Chievres & Adrien.

La proposition fut si agreable à Ferdinand, qu'il fit venir le Doyen pour l'examiner avec luy tête à tête & sans témoins. Le Doyen qui s'étoit preparé pour lever ou du moins pour amoindrir les principales difficultez de l'affaire, expliqua à sa mode & par Articles à sa Majesté, que Chievres n'étoit pas si bien affermi qu'on ne pût l'ébranler ; & que le Roy Louis Douze qui luy avoit donné la Commission qu'il exerçoit, ne vivroit pas assez long-tems pour la luy conserver : Qu'encore que son Pupile luy témoignât au dehors beaucoup d'amitié, il ne s'y faloit pas fier absolument, puisque l'on sçavoit que ce jeune Prince excelloit déja en l'Art de dissimuler, & s'étoit d'ailleurs proposé de ne pas fâcher l'Empereur Maximilien son Ayeul paternel avec lequel Chievres avoit toûjours entretenu une tres étroite liaison : mais qu'au fonds l'Archiduc étoit comme les autres jeunes gens, & qu'il ne s'étoit jamais vû aucun Gouverneur qui eût acquis solidement l'amitié de son Pupile lorsqu'il s'étoit acquitté de son devoir dans toutes les regles comme avoit fait Chievres: Que plusieurs Gentilshommes Flamands Aînez de leurs Maisons supportoient avec beaucoup d'impatience qu'on leur eût preferé un Cadet de celle de Croy pour l'éducation de leur Prince ; & que non seulement ils verroient avec plaisir disgracier Chievres, mais encore ils y contribuëroient à l'enuy.

Le discours du Doyen ne produisit qu'une partie de l'effet qu'il s'en étoit promis. Ferdinand qui l'avoit écouté avec toute l'attention d'un homme prevenu à qui l'on presentoit un expedient pour se vanger qu'il avoit jusques-là inutilement cherché, en conçût

une extrême joye, mais il la conçût mêlée decrain
te & de défiance. Il foupçonna une partie de la verité,
& devina ce qu'il y avoit de fin dans la conduite du
Doyen. Il le crût même plus habile Politique qu'il
n'étoit ; & s'imagina que fon deffein étoit non feulement de l'amufer, mais encore de s'en faire un merite
auprés de fon Souverain à qui il auroit confervé fon
droit d'Aîneffe, & auprés de Chievres qu'il auroit fervi
d'une maniere tres-avantageufe en éludant les effets les
plus terribles de la haine du Roy Catholique pour luy,
fous pretexte de la fatisfaire.

Ainfi Ferdinand repartit au Doyen qu'il acceptoit
de tout fon cœur l'offre qu'il luy faifoit: mais que comme l'affaire dont il s'agiffoit, étoit trés-delicate d'elle-
même, il y faloit penfer plus d'une fois avant que de
travailler à l'executer, & que l'on n'y reüffiroit pas à
moins que de prendre des mefures qui ne fuffent pas fujettes à fe changer facilement. Qu'il étoit bon de la mettre par écrit en forme de Traité entre fa Majefté Catholique & le Precepteur de l'Archiduc, afin qu'en ayant
tous deux une copie authentique, ils y euffent recours
dans tous les doutes qui pourroient furvenir fur les circonftances particulieres dont on feroit convenu.

Le Doyen reconnut affez le piege que Ferdinand luy
tendoit, en ce que l'écrit que fa Majefté Catholique luy
donneroit ne l'obligeroit pas davantage que fa parole,
le Doyen n'étant ni de naiffance ni de condition à la
contraindre de l'accomplir ; au lieu que fi Ferdinand
avoit entre fes mains l'écrit du Doyen, il s'en pourroit
fervir quand il luy plairoit pour le perdre, en montrant
qu'il auroit negocié & conclu fans ordre la dépofition

Y ij

de Chievres. Cependant comme c'étoit le Doyen qui
l'avoit propofée ; & que par confequent s'il y avoit du
crime, c'étoit luy qui avoit commencé à le commettre,
il paffa outre, & traita avec Ferdinand pour fupplanter
Chievres. On n'a pas fceu s'il y eut de la negligence de
la part du Doyen à ne pas donner affez promptement
advis en Flandres de ce qu'il avoit eftimé devoir negocier en Efpagne : fi fon Secretaire ne luy fut pas fidele :
fi Chievres fut ponctuellement informé par les intelligences qu'il entretenoit à grands frais en Efpagne de ce
qui s'y tramoit à fon prejudice ; ou fi Ferdinand par un
coup d'adreffe que le Doyen n'avoit pas préveu, procura luy même que Chievres en fût averti dans la veuë
de gouverner en Flandres aprés qu'il auroit commis les
les deux plus fideles Miniftres de fon Petit-fils l'un contre l'autre. Mais il eft conftant que Chievres fceut precifement par une autre voye que celle du Doyen , ce
qu'il avoit negocié avec Ferdinand à fon préjudice ; &
qu'il n'y eut plus depuis d'amitié folide entre le Gouverneur & le Precepteur de l'Archiduc. Leur mefintelligence ne parut neanmoins que dans les rencontres particulieres qui regardoient la fatisfaction ou le profit de l'un &
de l'autre ; & par un evenement le plus fingulier peut-être
qui foit dans l'Hiftoire, elle n'aporta aucun préjudice aux
affaires de leur Pupile.

Comme elle n'étoit arrivée que par le trop d'application de l'un des deux qui étoit le Precepteur à bien
fervir l'Archiduc, Ferdinand n'en tira pas tout le fruit
qu'il en attendoit ; & la bonne mine qu'il fit en fuite
au Doyen luy attira beaucoup d'amis à la Cour,
parce que les Efpagnols commençoient à ne plus ef-

perer que fa Majefté Catholique relevât de fa maladie.
Elle guerit pourtant ; & comme elle fe faifoit une efpece de neceffité de tromper le monde en feignant d'a-
voir recouvré fa premiere vigueur , elle changeoit fouvent de fejour, & faifoit tous les autres exercices de ceux
qui fe portent bien. Mais fes Medeçins ne laiffoient
pas de dire à l'oreille de leurs amis que fon hydropifie
étoit formée , & qu'elle en mourroit toft ou tard.
Chievres en étoit fi bien averty qu'il confeilla à l'Archiduc de ne plus tant ménager fou Ayeul maternel ,
& de prendre contre luy des precautions neceffaires
pour empêcher l'effet de la bonne volonté qu'il avoit
pour l'Infant Ferdinand. La plus importante de celles
qu'il luy fuggera confiftoit en ce que tous les Souverains de l'Europe étoient liez en mil cinq cens quinze
avec le Roy Catholique contre le nouveau Roy de
France qui avoit fuccedé à Loüis Douze fous le nom
de François premier, à deffein de le détourner de recouvrer le Duché de Milan. C'étoit le Comte d'Angoulefme dont on a parlé dans le premier Livre ; &
comme il avoit jufques là fait profeffion d'amitié avec
l'Archiduc , il ne faloit pas qu'elle fut interrompuë par
fon avenement à la Monarchie Françoife. Gouffieres
& Chievres Gouverneurs de ces deux jeunes Princes les
avoient unis principalement dans cette veuë ; & fi François avoit intereft de s'affurer de n'être point attaqué
par les Païs-bas durant qu'il agiroit en Italie , Charles en avoit un plus grand fans comparaifon d'être
en parfaite intelligence avec les François dans le tems
que la fucceffion d'Efpagne feroit ouverte. Car fi
fon Cadet luy étoit preferé par le Teftament du Roy

Dans le commen-
eement de l'Hif-
toire de Paradin.

Catholique ; & qu'il offrît au nouveau Roy tres-Chrêtien de reftituer la Navarre à Jean d'Albret pourveu que
la France entrât en ligue offenfive & deffenfive avec luy
contre fon Aîné , l'Archiduc n'auroit plus d'autre voye
pour le ranger que celle de la Mer Oceane , d'autant
moins fure qu'elle étoit expofée à de frequentes tempê-
tes ; & d'ailleurs il feroit d'autant plus difficile d'aborder par-là dans l'Efpagne, que tous les Ports feroient
ennemis. Si la flote de l'Archiduc étoit battuë des vents
ou defaite par celle de fon Cadet , il luy feroit impoffible de la rétablir , les Flamands n'étant pas d'humeur
à faire la dépenfe neceffaire pour en équiper une feconde ; & fi les Troupes qu'il mettroit à terre étoient
taillées en pieces , il ne s'en trouveroit plus d'autres qui
vouluffent y retourner. Si le Roy Catholique ne laiffoit
à l'Infant Ferdinand que la Monarchie d'Arragon, il
la conferveroit malgré fon Frere pourveu que la France ne luy fût pas contraire. Enfin fi cet Infant é-
toit oublié dans le Teftament de fon Ayeul , & qu'il
n'en penfât pas moins à s'élever fur les Thrônes qui luy
avoient été deftinez , les Efpagnols qui vouloient un
Roy particulier , contribueroient de tout leur pouvoir à
l'y faire monter ; & l'Archiduc ne feroit pas en état de
s'y oppofer, à moins que la France ne le fecondât : au lieu
qu'en contractant une alliance folide avec elle , ceux qui
réveilloient l'ambition de l'Infant pendant qu'ils irritoient
le Roy Catolique contre l'Archiduc , s'abftiendroient
de l'un & de l'autre de ces deffeins lorfqu'ils perdroient
l'efperance d'y reüffir. Le Roy Catholique ne prefere-
roit plus un Cadet à l'Aîné, quand il verroit que fa preference ne ferviroit qu'à donner occafion à l'Aîné d'op-

primer le Cadet. L'Infant s'affujetiroit à la loy d'Efpagne lorfqu'il n'efpereroit plus de la violer impunement; & quoiqu'il arrivât d'impreveu, tous les Etats paternels & maternels de l'Archiduc fe reüniroient en fa perfonne.

L'Archiduc perfuadé par ces raifonnemens envoya à la Cour de France Henry Comte de Naffau, & Chievres dreffa l'inftruction qui luy fut donnée. Elle étoit divifée en trois parties par rapport aux trois principales affaires qu'il y avoit alors à regler entre l'Archiduc & le Roy tres-Chrétien, avec cet artifice que la plus importante des trois y étoit mife en dernier lieu, & qu'elle ne paroiffoit que comme un acceffoire des deux autres: Au lieu que les deux autres à les bien prendre n'étoient qu'un acceffoire de la derniere. Chievres reprefenta donc en premier lieu qu'il étoit abfolument neceffaire pour le repos de la Chrêtienté que le Roy de France & l'Archiduc adjoûtaffent à l'amitié qu'il y avoit entr'eux un lien qui la rendît indiffoluble; & que ce lien dans la conjoncture d'alors, ne pouvoit être autre que le Mariage de l'Archiduc avec Renée de France feconde Fille de Loüis Douze, & Cadette de la Reine tres-Chrétienne. Il advertit le Comte de Naffau qu'on ne l'envoyoit principalement à Paris que pour en faire la propofition, & que l'on ne prevoyoit que deux obftacles qui s'y puffent trouver, l'un venoit des biens de la Princeffe, & l'autre luy étoit perfonnel. Pour le premier tout le monde fçavoit qu'il n'étoit forty du mariage de Loüis Douze avec l'heritiere de Bretagne que deux Filles vivantes, Claude Reyne de France, & Renée; & que Claude l'Aînée que la loy Salique fruftroit de la fucces-

fion de la Couronne, emportoit par l'avantage de fa
naiffance les deux Fiefs qui fe trouvoient en effet & en
pretention dans les biens de leur Pere & de leur Mere, fans
que la Cadete y eût aucune part. Le Fief effectif étoit la
Bretagne, & le pretendu le Duché de Milan que Louis a-
voit perdu trois ans avant que de mourir, & que François
Premier alloit tâcher de recouvrer en paffant luy même
en Italie avec une puiffante Armée. Mais que la Maifon Royale de Dreux qui avoit poffedé prés de trois
cens ans la Bretagne, & celle des Vifconti qui avoit
tenu auffi loug-tems le Milanéz, y avoient acheté de
belles Terres, & mêmes des Villes & des Châteaux
de divers Particuliers : Que ces fortes de biens devoient
être confiderez comme allodiaux dans la fucceffion de
Louis Douze & d'Anne de Bretagne, & que par con-

Dans l'inftruction   fequent Renée de France les devoit partager avec la Rei-
du Comte de Naf-   ne Tres-Chrêtienne : Qu'il pouvoit arriver de là que
fau.   François Premier refusât fa Belle-fœur à l'Archiduc fur ce
qu'il apprehenderoit que celuy-cy ne l'embaraffât un
jour en luy demandant un partage rigoureux, & en ne
voulant rien accepter d'équivalent afin de fe conferver
des Entrées en France par la Bretagne, & dans l'Italie
par le Duché de Milan, fuppofé que la France le recon-
quift.

L'expedient que Chievres avoit trouvé à cela & qu'il in-
feroit dans l'inftruction de Naffau, étoit de declarer par a-
vance au Confeil de François Premier que l'Archiduc &
la Princeffe Renée renonceroient en fe mariant aux fucceffions de fon Pere & de fa Mere moyennant une fomme d'argent; & la feule precaution que l'on exigeoit du
Comte alloit à faire monter la fomme le plus haut qu'il
feroit

feroit poffible, fans rompre la negociation. Le fecond obftacle confiftoit en ce que la Princeffe Renée étoit laide
& avoit la taille gâtée; d'où l'on l'on craignoit que les
François ne priffent pretexte de la condamner à vivre
dans le Celibat, par la raifon qu'elle feroit infailible-
ment méprifée de celuy qui l'épouferoit. Sur quoy le
Comte de Naffau avoit ordre de reprefenter, que l'Archiduc avoit été convaincu de bonne heure par fon Gouverneur, que les Souverains ne fe marioient pas pour
leur fatisfaction particuliere, mais pour celle de leurs Sujets: Qu'il étoit pleinement informé des devoirs du Mariage. Que la Princeffe & luy étoient de même âge; &
que comme les qualités de l'efprit fuppléoient admirablement en elle à celles du corps, l'Archiduc ne laifferoit
pas de l'aymer uniquement, & de la traiter auffi-bien
que fi elle étoit tout à fait charmante.

Le fecond article de la negociation regardoit la reftitution de la Navarre, parce que François Premier s'é-
toit expliqué dés fon advenement à la Couronne qu'il
procureroit qu'elle fût renduë à Jean d'Albret; & que
s'il n'y pouvoit difpofer le Roy Catholique, il romproit
avec luy par cette feule confideration. Chievres obligeoit Naffau à éluder autant qu'il pourroit de negocier
fur un article fi delicat, en remonftrant l'impoffibilité de
tirer cette Couronne des mains de fa Majefté Catholique par aucune autre voye que celle des Armes; & en
adjoûtant que l'Archiduc n'avoit eu aucune part dans
l'ufurpation dont il s'agiffoit, & qu'il ne dépendoit pas
plus de luy que du Roy tres-Chrêtien, de rétablir Jean
d'Albret: mais fi le Confeil de France s'obftinoit à ne
vouloir pas traitter fans cela, Naffau aprés avoir protefté

Z

que fon Maître n'avoit aucun pouvoir de fon Ayeul maternel, ce qui n'étoit que trop veritable, diroit que l'Archiduc à cet égard ne pouvoit que deux chofes, & qu'il
offroit l'une & l'autre au Roy tres-Chrêtien. La premiere
étoit d'employer de bonne foy fes offices auprés du Roy
Catholique pour le difpofer à reftituer la Navarre, &
la feconde de promettre fincerement de la reftituer luy
même immediatement aprés la mort de fon Ayeul maternel.

Il reftoit le troifiéme article qui étoit proprement
l'ame de la negociation. Il regardoit l'affiftance dont
l'Archiduc croyoit avoir befoin pour recüeillir la fucceffion d'Efpagne, & Chievres l'avoit exprimé en des
termes qui ne pouvoient être ni plus honnêtes ni plus re-
fervez. Il n'y étoit fait aucune mention, ni du deffein du
Roy Catholique de fruftrer l'Aîné de fes Petits-Fils des
Monarchies de Caftille & d'Arragon pour en revêtir le
Cadet, ni de l'ambition du Cadet refolu de feconder en
toute maniere la bonne volonté que fon Ayeul avoit pour
luy, quoiqu'il reconnût affez qu'elle étoit injufte. On
exprimoit feulement en termes generaux que fi felon le
cours ordinaire de la nature l'Archiduc furvivoit fon
Ayeul maternel, & qu'il trouvât des obftacles à recüeillir la fucceffion de ce Prince de quelque côté qu'ils ar-
rivaffent; la France qui reconnoiffoit l'Archiduc pour
heritier prefomptif, certain, univerfel, & neceffaire des
deux Monarchies dont les loix l'appelloient en ce cas à
regner feul & à l'exclufion de tout autre, l'aideroit de
Troupes & de vaiffeaux jufqu'à ce qu'il fût paifible poffeffeur des deux Royaumes, & ne favoriferoit en aucune
maniere fon concurrent, quand mêmes celuy-cy pour

l'engager plus fortement à fa deffenfe, offriroit de remettre actuellement la Navarre à Jean d'Albret.

Le Comte de Naſſau s'acquitta d'une commiſſion ſi
épineuſe plûtôt & plus facilement que n'avoit cru le Conſeil de Bruxelles , parce que François Premier ſe trouva
perſuadé que rien ne l'empêcheroit de recouvrer le Duché de Milan , pourveu que ſon voyage en Italie ne
fût pas traverſé par l'irruption des Flamands dans la Picardie & dans la Champagne ; & qu'enſuite il ſeroit au
choix de ſa Majeſté Tres-Chrêtienne d'envoyer une Armée pour rétablir Iean d'Albret, ou d'y aller en perſonne. Elle offrit dans cette veuë à Naſſau juſqu'à ſix cens
mil écus pour la dot de ſa Belle-ſœur ; & Naſſau les accepta d'autant plus volontiers , qu'il ſe fût contenté de
quatre cens mil , ſi le Chancelier du Prat & les autres
Commiſſaires qui traittoient avec luy euſſent demeuré
fermes à ne pas donner davantage. Le ſecond article fut
plus debattu, parce que la France s'obſtinoit à vouloir
que l'Archiduc promît de ſe declarer pour Iean d'Albret
contre le Roy Catholique, ſuppoſé que celuy-cy refuſât
abſolument la reſtitution de la Navarre. Naſſau ſoûtenoit au contraire qu'il étoit également contre la nature
& contre les bonnes mœurs qu'un Petit-Fils entrât dans
la querelle d'un Etranger contre ſon Ayeul. L'impatience
qu'eut le Roy François de conclure le porta neanmoins à
ſe relâcher aprés de longues conteſtations; & le troiſiéme
article fut enfin decidé, ſa Majeſté s'étant propoſée d'imiter
le Roy Charles Cinq ſon Tris-Ayeul qui ſans être ſecondé par aucun autre Souverain avoit diſpoſé à ſa fantaiſie
du Thrône de la Caſtille par les Armes de ſon Connêtable
Du-Gueſclin. Ainſi la negociation fut terminée à Paris

Entre les Trait-
de France &
d'Autriche.

Z ij

au commencement de l'été de mil cinq cens quinze; & Estienne Poncher qui avoit été principal Ministre de Louis
Douze, eut ordre d'aller en Flandres assister à la ratification du Traité. L'Archiduc étoit allé en Holande, & Poncher l'atteignit à la Haye. Il y fut receu avec plus de joye
que de pompe: mais comme l'Archiduc avoit des Espions
à la Cour du Roy Catholique, le Roy Catholique en a-
voit à la sienne qui sceurent par des voyes dont les Historiens ne conviennent pas, que le Petit-Fils s'étoit separé
des interests de son Ayeul; & que mêmes il l'avoit traitté d'usurpateur, en demeurant d'accord qu'il s'étoit injustement saisi du Royaume de Navarre, & en s'obligeant à le restituer aussi-tôt qu'il en seroit le Maître. Ils
en avertirent le Roy Catholique qui se confirma dans la
pensée où l'on a veu qu'il étoit déja de perdre Chievres;
& de frustrer l'Archiduc tant de ce qui luy étoit acquis,
que de ce qu'il avoit à pretendre dans l'Espagne.

La premiere démarche qu'il fit pour se vanger fut de
mettre la Navarre dans un état, que quand l'Archiduc
voudroit la restituer, ses propres Sujets eussent droit de
l'en détourner, & de s'oposer à l'execution de ses volontez.
Pour entendre cette intrigue il faut se souvenir que la
Monarchie de Castille étoit beaucoup plus puissante en
Espagne que celle d'Arragon avant qu'elles fussent unies,
& que depuis la Reine Isabelle l'avoit encore augmentée
en y joignant le Royaume de Grenade. Elle étoit donc plus
capable que celle d'Arragon de conserver la Navarre lorsque ce Royaume y seroit joint; & ce fut par cet unique
motif que le Roy Catholique qui jusques-là avoit tenu
la Navarre comme une Couronne annexée à celle d'Arragon, changea de conduite, & chercha les voyes de l'a-

joûter à celles de Castille. Il sçavoit que Jean d'Albret du
consentement du Roy Tres-Chrêtien levoit dans les
Provinces de France voisines des Pyrenées une grande
Armée pour recouvrer sa Couronne ; & comme il luy
faloit une Puissance extraordinaire pour luy resister, les
Etats d'Arragon & de Castille furent convoquez en même tems pour tirer des deux Monarchies de grosses contributions sous un même pretexte.

On offrit à l'une & à l'autre l'union de la Navarre; &
on l'offrit avec d'autant plus de fondement, que cette
Couronne aboutissoit d'un côté à la Castille, & de l'autre à l'Arragon, & se trouvoit par-là également à leur
bien-séance. Comme il étoit question dans l'idée de Ferdinand de tromper ceux d'Arragon, il ne voulut point
aller luy-même à Sarragosse où les Etats devoient s'assembler par son ordre, & se contenta d'y envoyer en sa
place la Reine Germaine sa Femme. Cette Princesse qui
étoit fort caressante, & qui d'ailleurs pour mieux tromper
les Arragonnois étoit elle-même la dupe de son mary,
alla à grandes journées à Monçon Ville où les Etats s'é-
toient eux mêmes convoquez, les Arragonnois ayant declaré que c'étoit-là, & non pas à Sarragosse, où l'Assemblée devoit être selon les Privileges du Païs. Elle gaigna les
deux Corps les plus puissans, qui étoient ceux du Clergé
& de la Noblesse : Elle leur representa sur les instructions
qu'elle avoit receuës du Roy Catholique, que l'Arragon
étoit beaucoup plus foible que la Castille ; & que s'il
luy avoit autrefois resisté, ce n'étoit que par deux
assistances du Ciel tellement singulieres, que ce seroit
tenter Dieu que de s'arrêter à l'esperance qu'elles seroient
continuées ; l'une que tous les Rois que l'Arragon avoit

eus au nombre de vingt-neuf, avoient toûjours été plus spirituels & plus vaillans que ceux de Castille; l'autre que les Castillans n'avoient pû faire aux Arragonois la guerre plus de deux années de suite; & qu'au bout de ce terme pour le plus tard, il leur étoit survenu de nouveaux ennemis, ou de nouvelles guerres civiles, qui les avoient obligez, ou pour mieux dire contraints de donner la paix aux Arragonnois : Que l'Arragon étoit à la verité uni presentement avec la Castille, mais qu'il en pouvoit être détaché, & qu'en ce cas il retourneroit à son premier état: Que pour éviter qu'elle ne le réduisit alors en Province, il n'y avoit point d'autre Party à prendre que celuy d'ajoûter la Navarre à l'Arragon, parce que cet accroissement le rendroit tellement égal de forces à la Castille, que les Castillans n'oseroient plus penser à l'assujetir: Que l'unique moyen d'y obliger le Roy Catholique de qui la chose dépendoit uniquement puisque la Navarre étoit sa Conqueste, consistoit à luy fournir l'argent qui luy étoit necessaire pour la conserver cette seule fois, c'est à dire durant la Campagne de mil cinq cent quinze, par ce que Jean d'Albret n'avoit plus à faire d'autre effort que celuy-là; & s'il ne reüssissoit pas, la France découragée par un malheur si continu, cesseroit de le proteger.

Les Arragonnois persuadez par un discours d'autant plus vray-semblable qu'ils presumoient d'être plus aimez du Roy Catholique que les Castillans; à cause qu'il étoit né chez eux, & qu'il étoit leur Roy hereditaire, se taxerent volontairement, & fournirent une tres-grande somme d'argent par raport à la sterilité de leur Païs. Ainsi la Reine Germaine eût remporté beaucoup de gloire de sa negociation, sans une avanture dont il sembloit que celles de fon Rang fuffent exemptes. Antoine Auguftin, Arragonnois d'origine, & né dans la Catalogne, s'étoit élevé par fon merite jufqu'à la dignité de Vice-Chancelier d'Arragon, felon le commun des Hiftoriens, ou de Chancelier même felon les autres. Sa brigue dans les Etats fe trouvoit alors la plus forte; & fi l'on n'étoit affuré d'obtenir par fon moyen tout ce que l'on defireroit, on l'étoit au moins de ne rien obtenir du tout, fi on l'avoit pour contraire. La Reine qui le fçavoit parfaitement, prit un foin tout particulier de fe l'acquerir ; & reüffit au delà de ce qu'elle pretendoit, puifqu'elle donna de l'amour au Chancelier en tâchant feulement d'augmenter en luy le zele qu'il avoit pour le fervice de fon Maître.

Les Souveraines ont le malheur commun avec les autres perfonnes de leur fexe qui leur font inferieures, de ne pas toûjours donner des chaînes à ceux qu'elles voudroient, & d'en donner quelquefois à ceux qu'elles ne voudroient pas. La Reine ménagea fi peu fes civilitez pour le Chancelier ; & le Chancelier fe trouva fi difpofé à aimer la Reine, qu'il ne s'aperçut d'être pris que lorfque fa paffion étoit déja proche de l'extravagance. Et de fait au lieu de la combattre il s'applaudit à foy-même, & s'eftima davantage lorfqu'il fe devoit traiter d'infenfé. Il fe flatta d'un fuccez qu'il n'avoit ni fujet, ni occafion de fe promettre; & acheva de fe renverfer l'efprit, en s'imaginant que la Reine feroit ravie d'entretenir le feu qu'elle venoit d'allumer : Que l'intereft de cette Princeffe s'accordoit dans un point fi delicat avec la paffion qu'elle venoit d'exciter: qu'elle n'avoit point d'enfans, & qu'il faloit qu'elle en eût en toutes manieres : qu'il ne paroiffoit que trop que ce ne pouvoit être de fon mary ; mais que fi elle avoit affez

Dans l'Hiftoire de ce Chancelier.

de pudeur pour ne pas rechercher le fecours d'autruy, elle n'en auroit peut-être pas affez pour le refufer lorfqu'il fe prefenteroit de luy-même: Qu'il y avoit des conjonctures dans lefquelles fi la neceffité ne diminuoit le crime, elle fervoit au moins à le rendre plus pardonnable ; & que les Arragonnois fe fouciroient peu de quel côté leur vint un Prince, pourvû qu'il leur en vint un ; parce que tel qu'il feroit, il ne laifferoit pas de fuffire pour les feparer des Caftillans avec lefquels ils fupportoient avec beaucoup d'impatience d'être unis, & leur redonneroit un Maître qui dépendroit beaucoup plus d'eux, qu'ils ne dependroient de luy.

L'un des plus grands aveuglemens de l'amour eft de croire auffi fermement les chofes que l'on defire, toutes incroyables qu'elles font, que celles dont on eft le plus convaincu. Le Chancellier ne prit aucune mefure pour declarer fa paffion à la Reine ; & fa Majefté quoiqu'irritée autant qu'elle pouvoit l'être, n'ofa pas neanmoins le traitter comme il le meritoit. Elle fit reflexion qu'il y alloit de fa gloire de ménager adroitement une affaire fi delicate, & qu'encore que le coupable ne pût jamais être affez puny de la faute qu'il venoit de commettre, le contre-coup de la punition dont on uferoit à fon égard fi elle n'étoit tenuë fort fecrete, rejailliroit infailliblement fur la perfonne offenfée. Elle fe contenta dans cette veuë de témoigner au Chancelier fur le champ & fans qu'on s'en aperçeut, le jufte reffentiment qu'elle avoit de fon impudence ; & elle vécut au refte avec luy d'une maniere indifferente, tant que durerent les Etats de Monçon : mais après qu'ils furent terminez, le Roy Catholique ne loüa pas moins la Reine de fa prudence

que

que de fa fidelité. Il attendit que cet Officier luy donnât un autre fujet de le maltraitter ; & fit examiner fa
conduite de fi prés, que l'on y trouva quelques malverfa-
tions qui n'alloient pourtant pas à la mort. On s'en prevalut pour le faire arrefter fans violer les Privileges d'Arragon, & on l'enferma dans une Prifon qui dura auffi
long-tems que la vie de Ferdinand, & l'authorité de la
Reine Germaine.

Les Etats de Caftille ne finirent pas fi promptement que
ceux d'Arragon ; & le Roy Catholique avoit déja tiré de
ceux-cy tout ce qu'il en attendoit, lorfqu'il propofa
aux autres ce qu'il avoit en effet deffein de faire pour
eux. Il leur parla magnifiquement de fa conquefte de la
Navarre, & leur declara qu'il n'avoit travaillé que pour
eux : il leur offrit fans condition d'unir cette Couronne à
leur Monarchie ; & les conjura aprés les avoir gagnez
par un prefent de telle importance, de l'aider à la conferver. La Navarre fut là deffus incorporée dans les formes avec la Caftille. Les Etats donnerent au Roy Catholique trois fois plus qu'il n'avoit receu de ceux d'Arragon, & cette liberalité luy fervit d'excufe à l'égard de
fes Sujets hereditaires, de ce qu'il leur avoit manqué de
parole. Il leur manda que ce qu'ils luy avoient accordé
ne fuffifant pas pour les frais de la deffenfe de la Navarre, il avoit été contraint d'accepter les offres des Caftillans, & la condition qu'ils luy avoient impofée : Qu'à la
verité il avoit uny la Navarre à leur Monarchie, mais
qu'il n'avoit fait en cela que ce que fes Confeils de
confcience & d'Etat luy avoient fuggeré : Que fon Confeil de confcience avoit definy que puifque le Royaume
de Navarre avoit été conquis par un General Caftillan

A a

qui étoit le Duc d'Alve, par une Armée presque toute
de Castillans naturels , & par l'argent que les Etats de
Castille avoient contribué ; sa Majesté Catholique ne
pouvoit sans commettre à leur égard une injustice évidente, se dispenser d'ajoûter à leur Monarchie une conquête faite à leurs dépens: Que son Conseil d'Etat avoit
résolu la même chose, quoique c'eût été par un autre
principe: Qu'il avoit preveu que Jean d'Albret ne se sen-
tant pas assez fort pour recouvrer la Couronne de sa femme , l'obligeroit par desespoir de ceder à la France les
droits qu'elle y avoit; & qu'en ce cas la France n'ayant
en tête que la petite Monarchie d'Arragon , luy arra-
cheroit avec peu d'effort la Navarre: au lieu que les Rois
Tres-Chrétiens y trouveroient plus de difficulté sans comparaison, s'ils avoient à combattre un Roy de Castille
dont l'Etat étoit aussi grand que le leur , puisqu'il comprenoit les deux tiers de l'Espagne.

Il est à croire que les Arragonnois ne furent pas sa-
tisfaits de cette défaite , & qu'ils ne la prirent pas volontiers en payement de l'argent comptant qu'on avoit tiré adroitement de leurs bources par la montre d'un ag-
grandissement imaginaire. Mais le ressentiment qu'ils en
temoignerent n'alla pas jusqu'au soulevement ; & ce
qui les retint dans un penchant si glissant fut que voyant
le Roy Catholique à l'extremité de sa vie, ils attendirent

*Dans la premiere
Requeste des Ar-
ragonnois à Char-
les-Quint.*

de son successeur la reparation de l'injure qui leur étoit
faite. On est obligé d'ajoûter icy en peu de mots pour
l'entier éclaircissement de cette histoire , quoique l'évenement que l'on va décrire ne la regarde qu'indirectement, que l'Armée levée par Jean d'Albret pour recouvrer la Navarre ne reüssit qu'au commencement de son

action : qu'elle fut malheureuse dans la suite : que s'étant
divisée mal à propos, les Troupes du Roy Catholique en
batirent une partie : que le reste perit de famine : Que
Jean d'Albret en mourut de regret ; & que Catherine de
Foix sa Femme ne le survécut que de quelques mois :
Que leur succession passa à l'Aîné de quatorze enfans sortis
de leur Mariage qui n'étoit pas encore en âge de porter
les Armes ; & qu'icy bas le bonheur du Roy Catholique
dans ses usurpations, fut aussi long que sa vie.

La soumission qu'il venoit de trouver dans l'Arragon
habité par les Peuples les plus jaloux de conserver leurs
Privileges dans une rencontre où il n'y avoit aucun exemple qu'ils eussent rien enduré de semblable des Rois ses
Predecesseurs, acheva de le persuader qu'il ne trouveroit pas plus d'opposition lorsqu'il exigeroit des Arragonnois qu'ils preferassent le Cadet de ses Petits-Fils à l'Aîné ; & qu'en suite les Castillans les imiteroient en ce point
avec d'autant plus de facilité, que la chose ne leur étoit pas
nouvelle, & qu'il y avoit dans leur histoire un semblable renversement de l'ordre de la nature. Il fit là dessus, le
vingt-septiéme Juin mil cinq cens quinze un Testament
authentique à sa mode ; & le dressa avec tant d'art,
que ses intentions y paroissoient exactement conformes
aux preceptes de l'Evangile.

Il disoit au commancement que son affection pour
les Castillans & pour les Arragonnois qu'il avoit gouvernez quarante deux ans, l'avoit toûjours emporté dans
son esprit sur toutes les autres considerations humaines ;
& il prenoit Dieu à témoin que ce qu'il alloit faire, venoit uniquement de ce principe : Il ajoûtoit qu'il n'avoit
jamais veu l'Archiduc Charles ; & qu'au contraire l'In-

Aa ij

fant Ferdinand ne pouvoit luy être plus connu : Qu'il
étoit né dans fon Palais: Qu'il avoit été fon Parrain: qu'il
luy avoit donné fon nom: qu'il l'avoit élevé: qu'il avoit
mis auprés de luy toutes les perfonnes qui travailloient
à fon éducation; & que pour dernier fujet d'attachement,
l'Infant étoit fa veritable image, & luy reffembloit beaucoup mieux que les enfans qu'il avoit immediatement
mis au monde: Que l'on voyoit en luy fon air, fon vifage, fa taille, fes manieres, & jufqu'à fon allure; & que
pour l'efprit tous les Courtifans obfervoient, qu'il étoit
tourné de même: mais que neanmoins ce n'étoit rien de
tout cela qui le portoit à le preferer à l'Archiduc. Qu'il
en avoit trois raifons fi preffantes, qu'il vouloit bien les
rendre publiques afin que la pofterité jugeât fans preven-
tion de fa conduite. La premiere étoit tirée de ce que fa
Majefté Catholique avoit toûjours été traverfée dans le
foin qu'elle avoit voulu prendre de l'Archiduc, & que
de là étoit venu que ce jeune Prince n'étoit pas propre à
gouverner les Efpagnols. Qu'on luy avoit donné malgré
elle en la perfonne de Chievres un Flamand, qui non
feulement n'étoit point inftruit des mœurs Efpagnoles,
mais avoit de plus une horrible antipathie pour elles:
Que ce Gouverneur n'avoit penfé qu'à s'emparer fi univerfellement du genie de fon Pupile, qu'il étoit devenu
tout enfemble fon Gouverneur, fon Chambellan, fon
Grand-Maître, & fon Favory: que fi l'Archiduc regnoit
en Efpagne, ce Gentil-homme feul compoferoit tout
fon Confeil, & l'on verroit les Efpagnols gouvernez
par un Etranger, ce qui n'étoit point arrivé depuis
l'ufurpation des Mores: Qu'on changeroit leurs loix
& leurs coûtumes : on aboliroit leurs Privileges : on

vendroit leurs Magiſtratures : & l'on tranſporteroit aux Païs-bas le commerce des Indes.

La ſeconde raiſon étoit priſe de ce que ſi la Caſtille & l'Arragon avoient eu beſoin d'un Roy fixe pendant que ces deux Monarchies étoient diviſées , elles en avoient bien plus de beſoin depuis leur union ; & l'on ne devoit pas douter que la longue abſence de leur Monarque n'y cauſât des revolutions, puiſque c'étoit une verité conſtante qu'elles n'avoient jamais manqué d'être ébranlées juſqu'aux fondemens, pour peu que leurs Souverains s'en fuſſent éloignez. Cependant il étoit certain que l'Archiduc ne demeureroit ni toûjours ni même long-tems en Eſpagne, ſupoſé qu'il en fût Roy: Qu'il y auroit de l'injuſtice & mêmes de la folie à ſe le promettre : Qu'il poſſedoit les Païs-bas trop à la bien-ſéance de la France & de l'Angleterre pour n'être pas uſurpez par l'une ou l'autre de ces Monarchies, ſi leur Maître les perdoit de veuë; & d'ailleurs il devoit recüeillir en Allemagne les Dix Provinces hereditaires de la Maiſon d'Autriche , qui n'exigeroient pas moins abſolument ſa preſence : au lieu que l'Infant ſon Frere qui n'auroit que les Monarchies de Caſtille & d'Arragon , paſſeroit ſix mois de l'année dans l'une , & les autres ſix mois dans l'autre.

Enfin la troiſiéme raiſon mettoit en fait que l'on apporteroit plus de préjudice à l'Archiduc en luy laiſſant les Monarchies d'Eſpagne qu'en l'en fruſtrant, puiſque dans le premier de ces deux cas les Allemands n'auroient garde de l'élire Empereur en la place de ſon Ayeul paternel; & fonderoient l'excluſion qui luy ſeroit donnée ſur la crainte qu'étant ſi puiſſant d'ailleurs, il n'entreprît de changer leur Etat Ariſtocratique en une Monarchie abſoluë,

Dans le premier teſtament du Roy Ferdinand.

comme il étoit arrivé à tous les Peuples qui s'étoient ingerez de choisir des Souverains capables de les assujettir; au lieu que l'Archiduc n'ayant que les Païs-bas &
les Provinces hereditaires de la Maison d'Autriche, s'il
étoit plus puissant qu'aucun Prince d'Allemagne confide-
ré en particulier, il ne le seroit pas tant à beaucoup prés
que tous ensemble; & n'oseroit par consequent en attaquer aucun, de crainte que s'ils se liguoient tous contre
luy, ils ne le déposassent & ne le dépoüillassent ensuitte
de ses Etats hereditaires, aprés avoir partagé l'Empire entre eux.

Le Roy Catholique disposoit ensuite des Monarchies
de Castille & d'Arragon par le principal Article de son
Testament, de la même maniere que si elles luy eussent
toutes deux également appartenu. Il les leguoit purement
& simplement à l'Infant Ferdinand son Petit-fils aprés le
decez de la Reine sa Mere. Il présupposoit que l'infirmité de cette Princesse continûroit jusqu'à sa mort; & vouloit que l'Archiduc se contentât de la succession de son
Pere qu'il avoit entierement recueillie, & de celle de son
Ayeul paternel qui ne luy pouvoit manquer ; comme
s'il eût appartenu à sa Majesté Catholique de faire une
compensation legitime des biens qui ne luy appartenoient pas, avec ceux dont elle n'étoit proprietaire qu'en
partie.

Le Testament ne fut pas tenu secret, soit que le Roy
Catholique cherchât à se vanger de l'Aîné de ses Petits-
fils & de son Gouverneur par le déplaisir qu'ils en recevroient, ou qu'il ne les apprehendât pas assez pour se
contraindre jusqu'à cacher ce qu'il avoit fait à leur prejudice. L'Infant Ferdinand, ses principaux Domestiques,

le Conseil d'Etat de Castille, & celuy d'Arragon, le sçurent, & la nouvelle en fut bien-tôt portée en Flandres. L'Archiduc ne s'en consola que par l'esperance de recouvrer avec l'assistance des François ce qu'on luy ôtoit injustement; & Chievres n'eut pas le loisir de faire toutes les reflexions que meritoit un cas si extraordinaire, parce qu'il luy falut en même-tems dissiper la plus dangereuse conspiration qui se fit jamais contre la faveur d'un homme de sa qualité.

On ne sçait si le Roy Catholique le considera comme le plus grand ennemy que pouvoit avoir l'Infant Ferdinand, ou s'il jugea qu'il fût absolument necessaire de le déposer, & mêmes de luy ôter la vie afin que le Testament de sa Majesté s'executât dans tous ses Articles: mais il est constant que l'on n'oublia aucune des mesures qui pouvoient être prises pour obliger l'Archiduc à se défaire de son Gouverneur, ou pour perdre ce Gouverneur, en cas que son Pupile s'obstinât à le retenir auprés de sa Personne. La maniere dont on s'y prit merite d'être particularisée, quand ce ne seroit que pour faire observer les dégrez par où la malice humaine se porte aux plus grands crimes, lorsqu'elle est une fois parvenuë à se tromper elle-même en se couvrant du pretexte de devotion. Il n'étoit pas possible d'attaquer Chievres dans les formes de la Justice, parce que sa probité connuë de tout le monde le mettoit hors d'atteinte; & ce ne fût qu'aprés avoir plus d'une fois examiné avec la methode la plus critique tout ce qui s'étoit passé dans les Païs-bas où il avoit eu part que l'on s'arreta à la Ceremonie que l'Archiduc par le conseil de son Gouverneur avoit faite en recevant de nouveaux Chevaliers dans l'Ordre de la Toison d'or.

Il étoit écrit dans les Reglemens de l'Inſtitution de cet Ordre approuvez par le ſaint Siege, que les Chevaliers ſeroient tirez des Familles les plus Nobles ; & l'on pretendit que Chievres y eût contrevenu, en propoſant à l'Archiduc dans la tenuë du dernier Chapitre des gens pour être faits Chevaliers, dont la Nobleſſe n'étoit point aſſez averée. On n'oſoit pas nier que ces gens n'euſſent plus de merite que ceux auſquels l'excluſion avoit été donnée, parce que la choſe étoit ſi évidente qu'elle n'eût ſervy qu'à confondre les ennemis de Chievres ; mais on s'arrêta préciſément aux termes du Statut, & l'on ſoûtint que Chievres étoit coupable pour ne les avoir pas obſervez avec aſſez d'exactitude.

Dans les conſtitutions de l'ordre de la Toiſon d'Or.

On propoſa là deſſus à divers Theologiens d'Eſpagne ces cas de conſcience : ſi Chievres en diſpoſant ſon Pupile à donner l'Ordre à cette ſorte de Perſonnes, avoit offenſé Dieu mortellement : S'il y avoit trois injuſtices differentes dans le peché qu'il avoit commis, la premiere à l'égard de la Majeſté Divine jalouſe que les Ordonnances autoriſées par ſon Egliſe ſoient ponctuellement obſervées, la ſeconde contre l'Ordre de la Toiſon d'or dont le Statut le plus important étoit violé, & la derniere contre la Nobleſſe Flamande accoutumée à tirer ſes principales preuves de Nobleſſe de ceux de ſes Anceſtres qui avoient eu l'honneur de recevoir l'Ordre de la Toiſon : Si Chievres n'étoit point obligé à reſtituer les gages payées à ces Chevaliers indignes ; & enfin s'il n'étoit pas complice des fauſſes preuves de Nobleſſe qu'ils avoient fournies avant que d'entrer dans l'Ordre.

Les Theologiens deciderent tous les cas au deſavantage de Chievres, & leurs reſolutions furent auſſi tôt envoyées

envoyées en Flandres à l'Ambaſſadeur du Roy Catholique qui les montrant à l'Archiduc le preſſa de la part de
ſon Ayeul maternel de renvoyer au moins le coupable
dans ſa Maiſon ſituée dans la Province de Haynauld, ſi
les ſervices qu'il luy avoit rendus l'empêchoient d'être
puny d'une maniere plus exemplaire. L'Archiduc au lieu
d'avoir égard à la propoſition de l'Ambaſſadeur & à
l'authorité des Caſuiſtes dont elle étoit appuyée, deffendit ſur le champ ſon Gouverneur par deux raiſons ; l'u-
ne que s'il y avoit eu de la faute dans la creation dont il
s'agiſſoit, elle n'étoit pas plus grande du côté de Chievres que du ſien puiſqu'ils avoient enſemble examiné
les preuves ; & que s'il y avoit eu de la ſurpriſe, elle ne
leur étoit pas moins commune : l'autre qu'encore que
Chievres fût plus coupable que luy, il ne s'enſuivoit pas
qu'il dût être relegué, & qu'une petite mépriſe fit oublier
les travaux longs & infatigables de ſon éducation. Le Roy
Catholique qui conduiſoit toute l'intrigue quoiqu'il n'a-
git que par des perſonnes qui ne paroiſſoient pas avoir
aucune relation avec luy, n'ayant pas reüſſy dans ſa premiere tentative changea de baterie & s'adreſſa au Roy
d'Angleterre Henry Huit ſon Gendre. Il luy repreſenta
que le plus grand intereſt de ſa Majeſté Angloiſe conſiſtoit à s'oppoſer en toute maniere aux alliances des
François avec les Flamands: Que ceux de ſes Predeceſſeurs
dont on faiſoit le plus d'état avoient étably cette maxime pour fondement de leur politique: Qu'ils s'en étoient
bien trouvez tant qu'ils l'avoient pratiquée, & qu'au contraire ils s'étoient perdus pour l'avoir negligée: Que le feu
Roy Henry Sept l'avoit obſervée tres exactement au commencement & vers le milieu de ſon regne ; mais qu'il

Bb

s'en étoit difpenfé fur la fin, lorfque la vieilleffe & les infirmitez extraordinaires qu'elle luy avoit apportées, l'a-
voient rendu incapable de s'appliquer long-tems aux affaires: Que ç'avoit neanmoins été precifement dans cette
conjonćture qu'il auroit falu éluder l'article du Teftament de Philippe d'Autriche qui prioit le Roy de France
Loüis Douze de prendre le foin de l'éducation de fon Fils
Aîné: Que fa Majefté Catholique s'y étoit oppofée de toute fa force parce qu'elle en prevoyoit les dangereufes fuites, mais qu'elle avoit fuccombé pour n'avoir pas été fe-
condée par l'Angleterre: Que le Roy Tres-Chrêtien a-
voit mis Chievres auprés de l'Archiduc; & que Chievres
ayant à la France une obligation de cette nature, s'étoit
piqué d'une trop grande reconnoiffance: Qu'il ne s'é-
toit pas contenté d'ajuftter toutes les affaires de l'Archiduc aux interefts de Loüis fon Bien-faiteur tant que
ce Prince avoit vécu, mais qu'aprés fa mort il avoit continué d'agir de la même maniere avec François Premier
fon Succeffeur: Que le Traitté de Mariage de l'Archiduc
avec Renée de France en étoit une preuve inconteftable:
Qu'il ne faloit pas douter que ce Mariage ne s'accom-
plît, & que par confequent la France & les Païs-bas n'a-
giffent de concert tant que Chievres demeureroit auprés de l'Archiduc: Que fa Majefté·Catholique s'étoit
employée pour obliger fon Petit-Fils à le chaffer, & qu'-
elle n'avoit plus befoin que des offices de l'Angleterre
pour reüffir.

Henry Huit n'avoit appris qu'avec un extreme chagrin que François Premier eût recouvré pour fon coup
d'effay le Duché de Milan. Il en imputoit le fuccés à la
facilité qu'avoit euë ce jeune Prince d'employer toutes

les forces de la France dans l'Italie sans être obligé de laisser des Troupes pour la garde de ses frontieres de Picardie & de Champagne. La derniere negociation de Chievres avec sa Majesté Tres-Chrêtienne en étoit selon luy la cause, & le Mariage de l'Archiduc avec la Belle-sœur de François Premier devoit l'affermir de sorte dans sa conqueste, que ni l'Espagne, ni l'Alemagne, ni l'Italie, ne la pourroit arracher de ses mains.

Ces quatre considerations porterent sa Majesté Angloise à mander à l'Archiduc & à luy faire representer par l'Ambassadeur qu'elle avoit auprés de luy, que comme il avoit l'esprit plus avancé pour son âge qu'aucun Souverain dont il fût parlé dans l'Histoire ne l'avoit eu, & qu'il se trouvoit déja capable de regner par luy même, il luy etoit non seulement inutile, mais encore honteux de retenir plus long-tems à sa Cour un homme en la personne de Chievres qui tant qu'il y seroit, offusqueroit sa reputation : Que tous les Politiques qui ne se souvenoient ni d'avoir veu, ni d'avoir lu qu'un Prince de quinze ans eut plus de prudence, d'ouverture d'esprit, d'addresse, & d'experience, que n'en avoient les plus vieux Monarques de l'Europe, ne croiroient jamais que les Conseils si judicieux pris en Flandres sur les matieres d'Etat les plus délicates, vinssent immediatement de luy : Qu'ils s'imagineroient toûjours que Chievres en fut l'Auteur : Qu'il les eût suggerez : Qu'il eût fourny des expediens propres pour en faciliter l'execution ; & qu'étant desormais satisfait de la gloire qu'il avoit acquise en gouvernant les Païs-bas durant le bas âge de l'Archiduc avec tant de sagesse que les Flamands ne s'étoient point aperceus de la minorité de ce Prince,

il agiſſoit en parfait Courtiſan lorſqu'il tâchoit de procurer de bonne heure à ſon jeune Maître une haute
reputation en luy attribuant tous les projets & toutes
les reſolutions importantes qui venoient de luy : au lieu
que ſi Chievres étoit relegué dans le Château de Haynauld dont il portoit le nom pour y paſſer en repos ce qui
luy reſtoit de vie ; ou ſi l'on aymoit mieux l'envoyer à
la Cour de l'Empereur afin d'y ménager les Princes d'A-
lemagne pour l'élection future de ſon Pupile à l'Empire, on rendroit juſtice au merite de l'Archiduc, &
rien n'empêcheroit deſormais le Public de l'admirer tel
qu'il étoit.

Henry Huit adjoûta qu'il étoit voiſin & de plus Oncle de l'Archiduc, & qu'en l'une & l'autre de ces qualitez,
il ne pouvoit plus endurer que Chievres fut à la Cour de
Bruxelles : que ce Flamand, pour ne rien dire de pis, é-
toit trop François ; & que comme il s'étoit par là rendu
redoutable à l'Angleterre, l'Eſpagne ſouffriroit encore
moins qu'il demeurât premier Miniſtre & favory de celuy qu'elle regardoit pour heritier preſomptif & neceſſaire de preſque tous ſes Royaumes.

L'Archiduc repartit à des raiſonnemens ſi preſſans que la plus belle reputation qu'il put acquerir étoit
celle de paſſer pour reconnoiſſant, & qu'il ne devoit ni
ne vouloit paſſer pour tel, s'il ne l'étoit en effet : Qu'il ne
ſçavoit s'il étoit plus redevable à ceux qui luy avoient
donné la vie qu'à Monſieur de Chievres qui l'avoit é-
levé, & qu'il n'étoit pas faſché de demeurer toute ſa vie
dans ce doute : mais qu'il ſçavoit bien qu'il n'y avoit point
d'homme vivant à qui il eut des obligations plus deſinte-
reſſées, & qu'il commettroit la plus noire des ingratitudes

s'il ne le publioit dans le monde, non feulement par des
paroles & par des declarations, mais encore par des effets:
Que le moindre de fes effets confiftoit, à continuer de
n'entreprendre aucune affaire importante fans luy communiquer; Et qu'il vouloit bien que fa Majefté Angloife fceut qu'il étoit fi exacte à ne rien celer à fon Gouverneur, qu'il luy avoit monftré la Lettre qu'elle venoit
de luy écrire: Qu'il connoiffoit affez Monfieur de Chievres pour répondre de luy, qu'il n'étoit pas plus François
que de raifon, & qu'au refte Dieu luy avoit fait la grace
d'être Souverain: Qu'il luy étoit libre de mettre dans
fon Confeil les perfonnes qu'il en jugeoit capables :
Que fes voifins n'avoient pas droit de s'en formalifer
pourvû qu'il ne leur fit en ce cas aucune injuftice; & que
fa Majefté Angloife en avoit moins que les autres, puifqu'elle avoüoit dans fa Lettre que Monfieur de Chievres
avoit de l'efprit & de la probité, nonobftant tout ce qu'elle ajoûtoit enfuite à fon prejudice : Qu'il aymoit mieux
croire le bien que le mal, & qu'il y alloit de l'eftime qu'il
avoit pour elle, d'en ufer ainfi.

Rien n'afflige davantage les perfonnes extraordinairement fenfibles comme font prefque toûjours les Rois,
que quand elles font reduites à voir que la fermeté qu'elles ont témoignée pour ruiner la fortune d'un Favory,
l'augmente au lieu de la diminuer. La repartie de l'Archiduc à Henry Huit étoit conçuë en des termes où l'on
voyoit affez que l'on n'avanceroit pas beaucoup en s'ob-
ftinant à le preffer d'éloigner Chievres; & ceux qui l'examinerent en furent fi convaincus, que leur haine pour luy
fe porta jufqu'à la derniere extremité. Ils refolurent de
luy ôter la vie en toute maniere ; & comme le foin ex-

Bb iij

traordinaire que l'Archiduc prenoit de la Perſonne de ſon
Gouverneur depuis la Lettre dont on vient de parler, le
mettoit abſolument hors du danger des Aſſaſſins, on eut
recours à la voye du poiſon. On rechercha curieuſement
en Flandres ceux qui n'étoient pas contens de Chievres,
& comme il eſt difficile que dans la place qu'il tenoit il
n'y eût force gens qui ne cruſſent avoir ſujet de ſe plaindre
de luy, parce que comme on verra dans la ſuite l'Archiduc prenoit plaiſir à donner les principales Charges & les
plus riches Benefices aux Parens de ſon Gouverneur ſans
qu'il l'en priât, il y eut une conjuration formée pour l'em-
poiſonner. Toutes les meſures en étoient priſes ; & le jour
deſtiné pour l'execution approchoit, lorſque Dieu qui
ne ſouffre pas toûjours que l'innocence ſoit opprimée,
quand ce ne ſeroit qu'afin de ne pas trop ſcandaliſer les
Perſonnes dont la vertu n'eſt que mediocre, permit que
Chievres fut informé du venin qu'on luy preparoit. Il en
avertit l'Archiduc, mais ce fut d'une maniere auſſi deſin-
tereſſée que s'il n'eût pas parlé dans ſa propre cauſe. Il luy
dit qu'il avoit à luy donner une fâcheuſe nouvelle, & qu'il
ne le faiſoit qu'à condition qu'il n'en témoignât pas plus
de reſſentiment que s'il l'ignoroit, ou ſi elle ne le regardoit point du tout : Qu'il y avoit des crimes qui devoient
être impunis par principe de politique ; & que comme
Dieu ne vangeoit pas toûjours icy bas les plus énormes,
il ne trouvoit pas quelquefois mauvais que les Souverains
luy en renvoyaſſent la Juſtice qu'il ne manqueroit pas
de faire exemplairement en l'autre monde : Que l'em-
poiſonnement dont il s'agiſſoit étoit de ceux-là ; & qu'il
faloit bien le paſſer ſous ſilence n'ayant pas reüſſi, puiſqu'l
eût falu le diſſimuler s'il eût été executé : Que la recher-

che qui s'en pourroit faire feroit exacte, ou feulement fuperficielle; fi elle étoit exacte, elle ne ferviroit de rien d'un
côté puifque la qualité des coupables les exemptoit par
elle-même de toute forte de pourfuites; & d'un autre côté elle nuiroit infiniment à l'Archiduc qui pretendroit à
contre-tems paffer pour offenfé, & à fon Gouverneur que
l'on expoferoit à un fecond attentat mieux concerté &
par confequent moins évitable que le premier. Si la recherche n'étoit que fuperficielle, elle n'en irriteroit pas moins
les empoifonneurs, & n'en attireroit pas moins d'inconveniens à celuy qui venoit d'éviter leur rage : Que dans
l'inftruction d'un procez où le Public prenoit tant d'intereft, les informations & les autres procedures iroient trop
loin, & pafferoient infailliblement des Complices jufqu'aux Autheurs : Qu'il fe trouveroit peut-être que ceux-
cy feroient fi proches de l'Archiduc, que le contre-coup
de l'infamie dont il les auroit couverts fans y bien penfer rejalliroit fur luy; & qu'en un mot il n'y avoit autre
chofe à faire qu'à fe garantir une autre fois s'il étoit poffible, de femblables inconveniens; c'eft-à-dire à fe pre-
cautionner avec tant de vigilance que fi nonobftant on
ne laiffoit pas de perir, ce fût par un hazard tout pur que
la Prudence humaine n'auroit pu prevenir.

L'Archiduc fuivit le confeil de fon Gouverneur
plus par complaifance que par inclination : mais quoyqu'il n'y eût aucune pourfuite, l'affaire ne laiffa pas
d'éclater & mêmes d'être fi connuë, que les Hiftoriens d'Efpagne n'ont ofé fe difpenfer d'en parler,
quoy que ce foit en des termes qui ne fçauroient être
plus generaux, ni par confequent moins inftructifs. Il
faloit neanmoins que le contre-coup d'un fi grand mal

portât sur la partie la plus foible, & Chievres avoit le
malheur de l'être dans la conjonéture d'alors. Le Roy
Catholique qui ne sçavoit à qui se prendre de ce que
Chievres n'étoit pas relegué, en fit porter la peine au
Doyen Adrien soit qu'il le soupçonnât d'avoir traversé
son dessein, ou qu'il l'accusât de ne l'avoir pas secon-
dé avec tout le credit qu'il s'étoit acquis à la Cour de
Bruxelles. Il le relegua à Guadalupe où il esperoit qu'il
s'ennuiroit de sorte qu'il luy prendroit envie de s'en retourner aux Païs-bas, mais sa Majesté ne prevóyoit pas
qu'elle ne vivroit point assez pour lasser la patience du
Doyen. Elle avoit souhaitté autrefois que l'on travaillât
à son horoscope; & Dieu qui punit plus severement &
plus universellement les Souverains credules à l'Astrolo-
gie judiciaire que les particuliers, soit qu'il ait plus de jalousie à leur égard pour la qualité qui selon l'Ecriture sainte le releve le plus au dessus d'eux, c'est à dire la connoissance de l'avenir, ou que le scandale qu'ils donnent en
ce point luy soit plus insuportable, n'en difera pas la vangeance jusqu'à l'autre vie. Il la commença dés celle-cy
en aveuglant le Roy Ferdinand, & en permettant que
les Astrologues luy dissent une partie de la verité. Ils luy
declarerent positivement qu'il mourroit à Madrigal; &
cette prediction qui ne parroissoit point équivoque, fût expliquée par sa Majesté dans le sens le plus naturel. Elle
crut devoir l'entendre de la ville de Madrigal en Castille, avec d'autant plus de fondement qu'il n'y en avoit
point d'autre de même nom dans toute l'Espagne. Les
chimeres qu'elle se forma là-dessus furent qu'ell ne mourroit que quand il luy plairoit, & pour exprimer la chose tout-à-fait dans son sens, qu'elle ne cesseroit de vivre

que

que quand elle en feroit laffe. Un de fes Courtifans l'avoit
confirmée dans cette opinion, en luy difant qu'il étoit allé
voir dans la Ville d'Avila une Dame que le Public avoit
canonifée toute vivante, & à qui l'on rendoit en Efpagne
des honneurs qui n'étoient deus qu'aux Saints : Qu'il a-
voit eu le bon-heur de l'entretenir un quart-d'heure, &
qu'il n'avoit pas manqué de recommander à fes prieres
le Roy Catholique : Que la Sainte avoit répondu que fa
Majefté ne mourroit qu'aprés avoir conquis le Royaume de Jerufalem, & qu'elle ne luy avoit pas deffendu
de rendre publique cette revelation. Il n'en avoit pas falu davantage pour détourner Ferdinand de penfer fe-
rieufement à fa derniere heure ; & pour comble d'aveuglement ce qui l'y devoit exciter, fervoit à l'en détourner. On l'avoit vû plufieurs fois depuis qu'il avoit ava-
lé le philtre dont on a parlé cy-deffus, dans des fyncopes
fi terribles que les Medecins avoient crû qu'il alloit expirer : cependant il en étoit fi abfolument revenu, que
dés le lendemain il avoit vaqué aux affaires d'Etat comme auparavant. Il fuppofoit là-deffus que les défaillan-
ces de nature qui luy arrivoient de tems en tems, n'auroient pas plus de fuite ; & lorfque le Pere Martin de Ma-
tienco Religieux de l'Ordre de faint Dominique fon
Confeffeur fe prefentoit devant luy les jours de Fête, il
luy demandoit s'il n'avoit point de Memoires à luy communiquer ; & à peine le Confeffeur avoit il répondu que
non, que Ferdinand le congedioit au plus vîte. Il apprit
dans ces preventions que la meilleure Commanderie des
Chevaliers de Callatrava venoit de vaquer par la mort
de Guttierez de Padilla, & refolut auffi-tôt de la conferer
à Ferdinand d'Arragon Fils legitime de l'Archevêque

C c

de Sarragoffe fon Fils naturel. Il ne le pouvoit faire par

Dans les conftitu-
tions de l'Ordre de
Callatrava.

les Conftitutions de l'Ordre fans affembler le Chapitre
dans cette unique veuë & fur le lieu , & il en prit le chemin. Mais lorfqu'il fut arrivé vers la fin du mois de
Janvier mil cinq cens feize au Hameau de Madrigalejo
par où il luy faloit neceffairement paffer à moins que de
fe détourner beaucoup, fa diffenterie y redoubla de forte qu'il luy fut impoffible d'aller plus loin. Ce Hameau
le moindre de toute l'Efpagne étoit fcitué fur la ban-
lieüe de la ville de Trugillo , & n'avoit rien d'ailleurs
qui le rendît recommandable. Ferdinand n'en eut pas
plû-tôt appris le nom qu'il reconnut de s'être trompé
dans l'interpretation qu'il avoit donnée à fon horofcope,
& qu'il avoit en vain évité avec tant d'exactitude d'aller
au grand Madrigal pour finir fes jours dans le petit, Madrigalejo en langue Efpagnole étant un diminutif de
Madrigal. Il fit appeller ce qu'il y avoit de fçavans à fa
fuite: il leur demanda fi le Hameau où il étoit avoit toûjours eu le même nom depuis que la Caftille avoit été
delivrée de la tyrannie des Mores ; & lorfqu'ils luy eurent répondu qu'il n'en avoit pas changé, & qu'il étoit
fi peu confiderable qu'on n'avoit ofé l'inferer dans la
carte, il leur dit s'en eft fait de Ferdinand.

Il manda fon Confeffeur, & confera tout de bon avec
luy fur les affaires de fa confcience. Il y mit ordre, & fit
en fuite appeller les trois plus anciens & plus habiles
Confeillers de fon Etat, qui étoient le Licentié Zapata, le
Docteur Carvaial, & le Treforier Vargas. Il leur demanda ce qui luy reftoit à faire pour le bien de la Monarchie Efpagnole, & leur dit qu'ils pouvoient parler en toute
liberté. Ces Efpagnols étoient fi vieux qu'ils n'avoient

presque plus d'interest dans les choses qui arriveroient
après la mort de Ferdinand. Ils n'esperoient pas de luy
survivre long-tems , & mettoient par là son Successeur
au rang des choses indiferentes à leur égard. Ils n'avoient
à craindre aucun changement dans leur fortune, parce
qu'ils sçavoient que le commencement des Regnes les
plus severes étoient toûjours doux; & ils s'attendoient à
mourir dans ce commencement. Ils prevoyoient d'ailleurs que celuy des deux Petits-fils du Roy Catholique
qui luy succederoit ne les chasseroit pas de son Conseil;
puisque si c'étoit l'Archiduc, il ne le pourroit de long-tems
à cause de son absence; & si c'étoit l'Infant Ferdinand, il le
pourroit encore moins à cause de sa minorité. Il ne leur
restoit donc que l'inclination qui dans les derniers siecles
a si absolument dominé & domine encore les Espagnols,
qu'à peine s'en trouve-t'il un dans l'histoire qui en ait été
exempt. C'est une affection pour leur Monarchie si forte , qu'elle l'emporte toûjours dans leur esprit sur tous
les autres sentimens les plus naturels & les plus justes :
si étenduë qu'elle comprend toute la Terre : si constante qu'elle augmente par les mauvais succez au lieu de
diminüer; & si metaphysique qu'elle distingue toûjours
la Monarchie d'avec le Monarque,& ne confond jamais
les inclinations du second avec les interests de la premiere. Le Roy Catholique depuis quarante deux ans
qu'il regnoit avoit si bien accoûtumé ceux qu'il introdui-
soit dans ses Conseils à poser la Monarchie universelle
de l'Espagne pour fondement de toutes leurs delibera-
tions,que les trois Ministres qu'il consultoit s'accorderent
dans ce raisonnement,que la conjoncture étoit venuë ou
l'Espagne devoit dominer sur toute l'Europe ; & que si

l'on manquoit de s'en prevaloir par quelque incident que ce fut, elle ne reviendroit peut - être jamais. Ils supposerent pour expliquer leur pensée plus netement, que si l'Archiduc unissoit aux Monarchies de Castille & d'Arragon les Païs-bas, l'Empire, & les Provinces hereditaires de la Maison d'Autriche en Alemagne, il ne tiendroit qu'à luy de conquerir le Royaume de France, & qu'en suite le reste de l'Europe ne luy resisteroit que foiblement: au lieu que si les Etats où l'Archiduc devoit succeder étoient partagez, & si le Testament du Roy Catolique qui le reduisoit à se contenter des biens de son Pere & de son Ayeul paternel subsistoit en ce point: si l'Infant Ferdinand avoit l'Espagne, & si la discorde entroit par cette voye dans la Maison d'Autriche; non seulement la Monarchie d'Espagne ne s'agrandiroit plus, mais encore elle perdroit tout ce qu'elle tenoit dans l'Italie & aux environs. Ce fut donc dans cette seule veuë & sans aucun égard pour l'Archiduc ni pour ses qualitez personnelles, que Zapata, Carvaial & Vargas, se declarerent en sa faveur, & l'avantage qu'il en remporta n'est pas moins singulier par les causes qui le produisirent que par luy même.

Les trois Ministres representerent à Ferdinand que puisque sa Majesté trouvoit bon qu'ils continuassent de luy parler à cœur ouvert comme ils avoient accoûtumé, elle auroit encore la bonté d'agéer la liberté qu'ils prenoient de luy dire qu'elle sembloit avoir changé de conduite sur la fin de sa vie, & condamné par son Testament tout ce qu'elle avoit fait de plus considerable, & qui luy avoit acquis le plus de reputation: Qu'elle leur avoit fait l'honneur de leur declarer en les introduisant dans son

Conseil , que son unique but icy bas étoit l'agrandissement de ses Etats ; & que quand elle ne s'en fût pas si
nettement expliquée , il n'y auroit eu qu'à étudier sa vie
pour en être pleinement convaincu : Que personne n'i-
gnoroit dans l'Europe que Ferdinand le Catholique
n'avoit à l'age de quinze ans appuyé la faction de la feuë
Reyne Isabelle Sœur du Roy de Castille Henry Quatre
contre l'Infante Jeanne Fille de ce Roy , que parce qu'Isabelle avoit offert d'unir en se donnant à luy, les Couronnes de Castille à celles d'Arragon ; & que si Jeanne eût
été assez bien conseillée pour preferer son Alliance à celle
du Prince de Portugal qui la recherchoit en mariage, son
Party n'eût pas succombé , & elle n'eust pas passé pour
Bâtarde : Qu'aprés la jonction de la Castille à l'Arragon on avoit pour y ajoûter le Royaume de Grenade
semé la division entre celuy qui en étoit Roy & son
Frere; & l'on avoit affoibly de sorte le plus puissant des
deux en soutenant le plus foible contre luy, qu'enfin on
avoit accablé l'un & l'autre : Que pour accroître l'Arragon à son tour en y joignant le Royaume de Naples
on avoit assiegé dans la Ville de Tarente le Prince qui
en portoit le nom, Fils unique du Roy de Naples: On
l'avoit disposé à se fier à la bonne foy des Espagnols
dont le Chef * luy avoit juré sur le saint Sacrement de le   * *Le Grand Capi-*
laisser en pleine liberté; & que nonobstant on l'avoit re-   *taine.*
tenu prisonnier & envoyé sous seure garde en Espagne
où il étoit encore enfermé : Qu'enfin on s'étoit prevalu d'une pretenduë Bulle du Pape pour s'accommoder
de la Navarre, & pour renvoyer delà les Pyrenées Jean
Albret qui en avoit épousé l'Heritiere : cependant sa
Majesté Catholique ruinoit son propre ouvrage en prefe-

rant le Cadet de ſes Petis-Fils à l'Aîné , & mettoit un
obſtacle éternel à la grandeur où l'Eſpagne avoit commencé à s'élever en allumant entre les deux Freres une
guerre qui ne finiroit que par l'entiere ruine de celuy qui
ſeroit vaincu & par un tel affoibliſſement du Vainqueur,
que l'Eſpagne bien loin d'eſperer ſous luy de nouvelles
Conqueſtes, deviendroit la proye du premier qui l'attaqueroit : Que depuis que les Eſpagnols avoient travaillé
à ſe délivrer de l'eſclavage des Mores, ils avoient été
plus ſouvent ſujets aux guerres civiles qu'aux Etrangeres,
par la ſeule raiſon que la Nobleſſe y étoit trop puiſſante
& plus propre à donner la loy à ſes maîtres, qu'à la recevoir d'eux : Qu'elle n'avoit été plus modeſte & plus
tranquille ſous ſa Majeſté Catholique que par ce qu'a-
prés ſon mariage avec la Reyne Iſabelle, la Nobleſſe de
Caſtille avoit apprehendé de ſuccomber ſous les forces
de celle d'Arragon qu'elle ne doutoit pas devoir venir
fondre ſur elle, & la Nobleſſe d'Arragon avoit eu une plus
juſte crainte de ſuccomber ſous les Armes de celle de
Caſtille : Que ſi le jeune Ferdinand étoit Roy, l'une &
l'autre auroient le loiſir durant ſa minorité de prendre des
meſures contre luy ; & conſerveroient ſi peu de reſpect
pour ſa perſonne à cauſe qu'il n'avoit encore que quatorze ans & qu'il n'étoit pas ſi bien élevé que ſon Aîné,
qu'ils l'obligeroient au moins pour quelques années à
laiſſer l'adminiſtration publique aux Grands de Caſtille
& aux Principaux d'Arragon, ce qui renouvelleroit infailliblement les guerres civiles en Eſpagne : Que ſi ſa
Majeſté Catholique laiſſant aller les choſes ſelon leur
cours ordinaire appelloit l'Archiduc à ſa ſucceſſion, les
Gentils-hommes de Caſtille & d'Arragon manque-

roient également de pretexte & de moyens pour se revolter : De pretexte en ce que l'Archiduc à seize ans n'étoit pas moins capable de les gouverner, qu'avoient été les plus habiles Rois d'Espagne ; Et de moyens puisque leur rebellion seroit aussi-tôt opprimée par les forces que ce Prince tireroit de Flandres & d'Allemagne, & feroit aisement passer en Espagne à la faveur du Traité qu'il venoit de ratifier avec le nouveau Roy de France.

Le Roy Catholique extraordinairement surpris & pourtant convaincu de ce discours, repliqua que puisqu'il n'y avoit pas lieu de laisser à l'Infant la Castille & l'Arragon, * il luy faloit au moins resigner les trois grandes Maîtrises des Ordres de Saint Jacques, de Calatrava, & d'Alcantara, dont le revenu suffiroit pour la subsistance d'un Prince de sa qualité : Que sa Majesté dans le même-tems qu'elle avoit resolu de le faire son heritier, avoit écrit en Cour de Rome pour l'investir de ces trois Chefs d'Ordre : Que l'affaire avoit été negociée premierement avec Jules Second, & depuis avec Leon Dix ; & que la principale difficulté que ces deux Souverains Pontifes y avoient trouvée étoit venuë de ce que Jules avoit auparavant accordé au Commandeur de Padilla une Bulle qui l'assuroit de succeder à sa Majesté Catholique en la grande Maîtrise de Calatrava, pourvû qu'il luy survecût : Que la Bulle de Jules étoit inutile puisque Padilla venoit de mourir, & qu'ainsi rien n'empêchoit plus l'expedition de celle qui permettoit à sa Majesté la resignation des trois Maîtrises à l'Infant. Mais les trois Conseillers d'Etat encouragez par le succez de leur remonstrance, & persuadez qu'aprés avoir obtenu le principal on ne s'obstineroit pas long-tems à leur refu-

* Dans le dernier Conseil donné à Ferdinand.

ser l'accessoire, repartirent au Roy Catholique en le conjurant de rappeller dans sa memoire que lorsque luy &
la Reyne Isabelle sa femme avoient pressé le Saint Siege
d'unir à leurs personnes Royales les trois Maîtrises dont
il s'agissoit, la plus importante des raisons énoncées dans
leur Requeste avoit été que si chacun des Grands Maîtres en particulier n'étoit pas si puissant que son Roy,
les trois ensemble l'étoient beaucoup davantage. D'où
il arrivoit que lorsque ceux qui étoient revêtus de ces Dignitez se liguoient ensemble pour tourner contre leur
Maître les Armes, les Richesses, les Vassaux & le Credit, que la pieté des Fideles leur avoit laissez pour agir
contre les Infidelles, ils le reduisoient à la necessité de leur
accorder sans distinction & sans reserve tout ce qu'ils demandoient : Que le Pape d'alors touché par la force de
cette raison avoit écrit à son Nonce en Espagne de s'en-
querir exactement si le fait étoit veritable : Que le Nonce avoit répondu qu'il ne l'étoit que trop, & que là-dessus les trois Maîtrises à mesure qu'elles avoient vaqué, a-
voient eté conferées à sa Majesté Catholique. Surquoy
ils prenoient encore une fois la liberté de remontrer que
les Freres des Rois étoient quelquefois si fortement ten-
tez de regner, que rien ne les empêchoit de succomber à
une tentation si delicate que l'impossibilité où les Loix
avoient jugé necessaire de les reduire à cet égard en leur
en retranchant les moyens : Qu'il y en avoit tant d'exemples dans toutes les Monarchies d'Espagne qu'il seroit su-
perflu de les raporter ; & que sans juger de l'interieur de l'Infant, il suffisoit de remarquer que s'il luy venoit un jour le
desir de se revolter contre son Aîné, jamais Prince n'en a-
voit eu & n'en auroit de plus beau pretexte, ni des moyens
plus

plus infaillibles, fuposé qu'on le pourvût des trois
Maîtrifes. Que le pretexte confiftoit en ce que l'Infant
avoit droit de demander fa legitime dans la fucceffion
de fon Pere mort en effet, de fa Mere morte civilement, & de fes Ayeuls lorfqu'ils ne feroient plus au
monde : Que ni les loix Romaines, ni celles des lieux
où les biens étoient fcituez, ni les coûtumes qui tenoient
lieu de loix en de femblables rencontres, n'ayant point
affez precifement reglé cette legitime, il dependroit de
la bonne ou mauvaife volonté de l'Infant de la faire monter fi haut que fon Aîné n'y confentiroit point ; &
en ce cas la querelle entre les deux Freres degenereroit en
une guerre civile avec d'autant moins de blâme pour le
Cadet, qu'il fembleroit ne demander que fon patrimoine. Que les moyens qui regardoient l'argent & les
Troupes ne luy manqueroient pas, puifque tous les Com-
mandeurs, les Officiers, & les Chevaliers des trois Ordres qu'il auroit pourvûs de leurs Charges, & qui d'ailleurs dependroient de luy, monteroient à cheval au premier de fes mandemens ; & menant avec eux leurs vaffaux formeroient une Armée fi confiderable, que fon Frere Aîné auroit bien de la peine à luy en oppofer une auffi
puiffante : Qu'il n'étoit pas poffible de deviner quel feroit
le fuccez de cette guerre ; & que tout ce que l'on en pouvoit
affurer par avance étoit, que quoi qu'il en arrivât on repro-
cheroit éternellement à la memoire de fa Majefté Catholique d'avoir été au moins l'occafion de la guerre frater-
nelle en rendant le Cadet fi puiffant, qu'il auroit cru pouvoir impunement choquer fon Aîné.

Quoy que l'ambition foit la premiere des paffions qui
entre dans le cœur des Grands, elle n'en fort pourtant que

D d

la derniere ; & par la même raison qu'elle avoit toûjours dominé le Roy Catholique , ce fut elle qui fit le dernier effort fur luy pour étoufer les fentimens avantageux qui luy reftoient à l'égard de l'Infant. Ce n'eft pas qu'il ne l'aymât encore autant qu'il étoit capable d'aymer , ni qu'il eût aucune inclination pour l'Archiduc; mais c'eft que l'idée de la Monarchie univerfelle le flattant dans ce moment au de là de tout ce que l'on peut s'imaginer, il facrifia fans fe faire beaucoup de violence l'Infant à l'Archiduc dans une extremité de maladie où il prevoyoit qu'il ne furvivroit point affez à ce qu'il alloit faire pour être en état de le reparer.

On doit pourtant ajoûter icy qu'avant que de fe determiner abfolument à desheriter l'Infant, il fit encore en fa faveur une inftance à fes trois Miniftres. Il leur dit que la pauvreté dans laquelle il le laifferoit , luy faifoit une étrange peine ; mais ils luy repartirent en termes decififs que la plus grande richeffe & même l'unique du Cadet de fes Petits-Fils devoit toute confifter dans les bonnes graces de fon Aîné; parce que n'ayant rien à pretendre que par cette voye, il feroit plus diligent à les acquerir & plus affidu à les conferver. Le Roy Catholique eut à peine témoigné par fon filence qu'il n'avoit rien à repliquer, que l'on alla chercher dans fa caffette l'original du Teftament qu'il avoit fait fept mois auparavant, & on le brûla en fa prefence fans qu'il luy échappât aucune marque de regret. Il en dicta & figna un nouveau fi defavantageux à l'Infant qu'il n'y étoit fait mention de luy que pour luy laiffer comme s'il n'eut été que bâtard, une penfion alimentaire de cinquante mille écus fur quelques Domaines du Royaume de Naples.

Dans la relation de ce dialogue.

L'Archiduc fut declaré seul & universel heritier des Monarchies de Castille & d'Arragon & des Couronnes qui y avoient été unies sans qu'il y fût parlé de la restitution de la Navarre, quoi que disent au contraire les Historiens qui ne sont pas Espagnols. Les trois grandes Maîtrises furent resignées à l'Archiduc, & l'Infant qui s'étoit veu aussi proche du Thrône qu'on peut l'être sans y monter, fut appanagé de cinquante mille écus de revenu qui n'avoient aucune proportion avec les vastes Etats dont on le frustroit.

Le Roy Catholique n'en fut pas quitte pour avoir étoufé dans son ame les trois plus violentes de ses inclinations qui étoient l'affection pour le Cadet de ses Petits-Fils, l'indifference pour l'Aîné & la hâine pour Chievres qui profitoit plus qu'aucun autre aprés l'Archiduc du second Testament, puisqu'il étoit assuré de gouverner sous luy l'Espagne tant qu'il vivroit. Les Ministres habilles ne s'arestent pas mal à propos au milieu de leurs entreprises ; & Zapata, Carvaial, & Vargas, trouvant leur Maître en disposition de leur accorder tout ce qui leur eût été refusé dans une autre conjoncture, le presserent en dernier lieu de se faire une quatriéme violence qui vray-semblablement luy devoit coûter davantage que les autres trois ensemble. On a remarqué dans le Livre precedent que l'aversion du Roy Catholique pour le Cardinal Ximenez ne pouvoit être plus étrange ni plus enracinée : Qu'il n'avoit rien oublié pour le deposer : Qu'il luy avoit suscité des persecutions de tres-longue durée ; & que le Cardinal ne s'étoit pas tant maintenu par son adresse & par sa reputation que par le conseil que Chievres avoit donné à l'Archiduc d'appuyer en la personne

Dd ij

de Ximenez un Miniftre intelligent & ferme, qui s'oppoferoit toûjours aux deffeins du Roy Catholique fur la
Caftille s'il ne les trouvoit pas conformes aux loix du
Païs. Sa Majefté à dire le vray avoit fuccombé dans la
querelle puifqu'elle avoit été contrainte de laiffer vivre
en paix le Cardinal ; & fon inimitié pour luy en étoit
augmentée, foit qu'elle apprehendât le reffentiment de
ce Prelat, ou que l'idée luy en fût infupportable à caufe
qu'elle fembloit ne fe prefenter à fon imagination que
pour luy reprocher fon impuiffance à le perdre. Cependant les trois Confeillers d'Etat fe mirent en tête d'o-
bliger Ferdinand à pardonner au Cardinal en la maniere la plus glorieufe à ce Prelat qui pouvoit être imagi-
née, c'eft à dire de luy laiffer l'entiere adminiftration de
l'Arragon & de la Caftille jufqu'à ce que l'Archiduc y
fût arrivé, & qu'il en eût pris poffeffion. Ils remontrerent là-deffus à fa Majefté qu'il luy reftoit encore une
chofe à faire pour l'entiere tranquilité de l'Efpagne aprés
fa mort, & pour obliger les Peuples qu'il avoit fi long-
tems gouvernez en paix à benir éternellement fa memoire: Que l'Archiduc n'étoit point en Efpagne & qu'-
apparemment il n'y feroit pas fi-tôt de quelque diligence qu'il usât, puifqu'il luy faudroit mettre ordre aux affaires des Païs-bas durant fon abfence, Chievres étant
trop bon Courtifan pour y demeurer & pour ne pas fuivre fon Maître: Que cependant le Confeil d'Efpagne n'a-
yant plus d'autorité ne fuffiroit auffi plus pour le gouvernement des Monarchies de Caftille & d'Arragon où il n'y
avoit point d'exemple qu'il fe fût ingeré de donner les ordres dans l'intervale de deux regnes, & avant que le fucceffeur legitime eût été reconnu pour Roy dans les Etats

des deuxMonarchies: Qu'il étoit ainſi neceſſaire de nommer un Regent ou pluſieurs: Que ſi l'on en nommoit pluſieurs on donneroit atteinte au deſſein le plus importantde
ſa Majeſté Catolique qui conſiſtoit à reünir toutes les Mo-
narchiesd'Eſpagne d'unemaniere ſi étroite, qu'elles ne puſ-
ſent plus à l'avenir être diviſées: Qu'en des-accoûtumant
les Caſtillans & les Arragonnois de vivre ſous une même adminiſtration on rappelleroit dans leur memoire
qu'ils avoient autrefois eu des Monarques differens, & on
leur donneroit occaſion de penſer qu'ils en pouvoient
encore avoir ; & comme les uns & les autres ne deſi-
roient rien avec tant de paſſion que de retourner en ce
point à leur premier état, ce ſeroit-là les toucher par l'endroit le plus ſenſible, & jetter entr'eux des ſemences de
revolte qui ne manqueroient pas d'éclater en tems & lieu:
Qu'il n'y avoit pourtant rien de ſi difficile que de trouver
une perſonne ſeule capable de tout le gouvernement de
l'Eſpagne ; & que ſi on la choiſiſſoit entre les roturiers,
la nobleſſe étoit trop fiere pour luy obeïr: ſi on la tiroit
du corps de la Nobleſſe, ce ſeroit un Grand ou un moindre Gentil-homme: ſi c'étoit un Grand, comme il n'y
avoit point d'autre prerogative dans cet ordre que celle
de l'érection du Grandat, les autres Grands s'ils étoient
plus anciens en dignité que celuy qui ſeroit Regent, re-
fuſeroient de ſe ſoumettre à luy; & s'ils ne l'étoient pas ils
pretendroient que la regence qui n'étoit qu'une Commiſſion paſſagere, ne l'authoriſeroit pas aſſez pour leur
commander : Que l'on fourniroit par là ſans y penſer
un pretexte plauſible & durable aux Eſpagnols remüans
de ſe revolter, & aux plus ſages d'attendre à ſe déclarer qu'-
ils viſſent de quel côté pancheroit la victoire: Que pour y

*Dans la derniere
remontrance des
trois Miniſtres à
Ferdinand.*

Dd iij

remedier il faloit abfolument jetter les yeux fur un homme qui d'un côté ne fut pas noble, & d'un autre côté
fut élevé au deffus des Grands par les dignités éminentes
dont il feroit revêtu fans en être redevable qu'à fon merite, qu'à fes incomparables qualitez perfonnelles, & qu'à
l'importance des fervices qu'il avoit rendus à l'Etat : Qu'il
n'y en avoit point d'autre que Ximenez Cardinal & Primat
des Efpagnes en qualité d'Archevêque de Tolede ; &
qu'à bien examiner ce grand homme, ou l'on ne trouveroit point d'inconvenient à le charger de l'adminiftration dont il s'agiffoit, ou fi l'on en trouvoit ils feroient
incomparablement moindres qu'en aucune autre perfonne qui luy pourroit être preferée, tant au dedans qu'au
dehors de l'Efpagne.

Le Roy Catholique n'avoit jamais été fi furpris qu'il
le fut en entendant nommer Ximenez pour gouverner
l'Efpagne aprés fa mort. Il oublioit encore moins les injures qu'il avoit faites que celles qu'il avoit receuës ; &
comme il jugeoit que le Cardinal pour s'être reconcilié
avec luy n'en étoit pas moins irrité de ce qu'il luy avoit
voulu ôter fon Archevêché, il ne le croyoit plus fon
Amy. Sa Majefté repartit dans cette veuë aux trois Miniftres avec une émotion extraordinaire, qu'il faloit qu'ils
euffent oublié ce qui étoit arrivé durant quelques années
entre elle & le Cardinal pour luy propofer en la perfonne
de ce Prelat celuy des Efpagnols dont elle avoit plus d'occafion de fe défier : Qu'elle pourroit leur redire au lit
de la mort ce qu'elle leur avoit tant de fois reprefenté, que Ximenez étoit un ingrat qui luy devant toute
fa fortune luy avoit refufé de permuter l'Archevêché
de Tolede pour l'Archevêché de Sarragoffe, mais que

le Tribunal de Dieu devant lequel il alloit comparoître pour rendre compte de ſes actions, luy inſpiroit des
penſées plus épurées de l'amour propre : Qu'il vouloit
bien preſentement avoüer que dans la querelle qu'il avoit
euë avec le Cardinal il n'étoit pas trop conſtant lequel
des deux avoit raiſon; & mêmes ſi l'on s'obſtinoit à pretendre que ſa Majeſté eut le tort, elle étoit prête d'en demeurer d'accord : mais que c'étoit par-là mêmes qu'elle
ſoûtenoit que Ximenez étoit le dernier des Eſpagnols qu'-
elle devoit deſtiner au gouvernement de l'Eſpagne en l'abſence de l'Archiduc, puiſqu'il étoit offenſé: Qu'on l'avoit
pouſſé mal à propos: qu'on n'avoit rien épargné pour le dé-
poſer au lieu de lui donner les récompenſes proportionnées
à la grandeur de ſes ſervices, & qu'on l'avoit reduit à chercher une protection étrangere : Qu'il ſe douteroit bien en
apprenant contre ſon attente qu'on l'avoit nommé Regent, que ç'auroit été faute d'un autre Sujet auſſi capable
que luy d'une Commiſſion tres difficile; & que non ſeulement il ne s'en tiendroit pas obligé à ſa Majeſté Catholique, mais encore il penſeroit à ſe vanger d'elle ſur
les perſonnes de ſes Petits-fils:Qu'il pourroit bien ſuccomber à la tentation d'élever le Cadet ſur le Trône, quand
ce ne ſeroit que pour contrevenir en ce point à la derniere
volonté de ſa Majeſté; & que quand il ne ſeroit ni aſſez
hardy pour l'entreprendre ni aſſez méchant pour l'executer, le moindre mal qu'il y auroit à attendre de luy ſeroit que lorſqu'il ſe trouveroit le Maître il travailleroit
à s'établir de ſorte dans le gouvernement, qu'il ſeroit impoſſible à l'Archiduc de le luy ôter quand il luy plairoit;
& comme ce Cardinal étoit tres habile, ou la choſe étoit
abſolument impoſſible, ou il y reüſſiroit.

Les Conseillers d'Etat repartirent que la probité du Cardinal si connuë de tout le monde que ses propres ennemis en convenoient, le rendoit incapable d'une si horrible injustice; & que quand il le seroit, sa conduite precedente l'avoit mis hors d'état de gouverner autrement l'Espagne que sous le bon plaisir d'autruy : Qu'il s'étoit d'abord proposé de choquer les Grands de Castille ; & s'étoit attiré leur aversion d'une maniere tellement implacable, qu'il luy seroit desormais impossible de se reconcilier avec eux quand il y travailleroit avec toute l'adresse & toute la perseverance qui luy étoient naturelles: Que n'ayant point la Noblesse de son côté, & ce corps le plus considerable de l'Etat luy manquant dans la conjoncture qu'il en auroit le plus de besoin ; s'il pretendoit nonobstant faire durer son administration autant que sa vie, ses efforts ne serviroient qu'à le faire succomber plutôt.

Dans sa vie par l'Université d'Alcala.

Le Roy Catholique demeura d'accord de la probité du Cardinal; & les Ministres lui voyant rendre ce témoignage à la vérité, ajoûterent que ce Prelat avoit encore deux qualitez qui n'étoient gueres moins considerables; l'une qu'il avoit toûjours eu beaucoup de zele pour l'agrandissement de la Monarchie d'Espagne; l'autre qu'il n'avoit point de parens, & que sa Maison finissant en luy comme elle avoit commencé par luy , rien ne le détourneroit de procurer en toute maniere les interests de l'Archiduc. Le Roy Catholique pressé par sa conscience d'être sincere pour le moins aux derniers momens de sa vie, convint encore de la seconde & de la troisiéme loüanges que ses Ministres donnoient au Cardinal ; & il ne l'eut pas plutôt fait qu'ils en tirerent la conclusion; que puisqu'il n'y avoit pas d'autre Espagnol élevé dans les maximes du

present

preſent Gouvernement qui eut les mêmes qualitez que luy , ſa Majeſté Catholique devoit pour le bien de la Monarchie qu'elle avoit formée, ſacrifier le petit reſſentiment qu'elle avoit contre Ximenez, & le nommer Regent en Eſpagne durant l'abſence de l'Archiduc.

Plus on approche de la mort moins on eſt capable de reſiſter aux importunitez, & le Roy Catholique ceda enfin à celles de ſes Miniſtres. Il ſe fit une derniere violence ; & pardonnant à celuy des hommes qu'il haïſſoit le plus aprés Chievres, il luy confia ce qu'il avoit de plus cher au monde, c'eſt à dire l'autorité ſuprême. Il mourut trois ou quatre heures aprés ; & l'on ne doute point que s'il eût fait par les motifs de l'Evangile ce que l'on vient de raporter, ſa fin n'eût été tout-à-fait heureuſe. Il faut bien que l'Evêque de Pampelune Sandoval ſe le ſoit imaginé, puiſqu'il aſſure poſitivement que Ferdinand alla droit du petit Madrigal en Paradis.

Ceux qui prenoient ſoin de l'éducation de l'Infant aprehendoient ſi peu que le feu Roy eût ſuprimé & changé la diſpoſition teſtamentaire qu'il avoit faite le vingt-ſept de Juin mil cinq cent quinze en faveur de de ce jeune Prince , & dont il leur avoit envoyé copie, qu'ils creurent être les Maîtres du gouvernement lorſqu'ils apprirent que ſa Majeſté Catholique avoit ceſſé de vivre à une heure & demie aprés minuit le vingt-trois de Janvier mil cinq cent ſeize. Ils ne s'amuſerent point à contempler avec des ſentimens Chrétiens qu'un Monarque qui avoit conquis trois Royaumes entiers, eût expiré dans la plus miſerable Maiſon de toute l'Eſpagne. Ils en laiſſerent la reflexion à ceux qui voudroient ſe corriger de leur ambition, & ne penſerent qu'à

E e

se mettre au plûtoſt en poſſeſſion de l'autorité qu'ils
pretendoient leur être devoluë. Ils dicterent à l'Infant
une Lettre pour les Conſeillers d'Etat d'Eſpagne dans la
quelle il leur parloit en Maître, & leur commandoit de
le venir trouver à Guadaluppe.

L'Hiſtoire & les Memoires manuſcrits n'ont pas conſervé le nom de celuy à qui elle fut addreſſée pour la
communiquer aux autres, & l'on ne ſçait mêmes ſi ce
ne fut pas à l'un des trois qui avoient rendu à l'Infant le
mauvais office que l'on a repreſenté; mais il eſt conſtant
que celuy-là ne permit pas que les Courtiſans du jeune
Ferdinand ſe flattaſſent long-tems de leur bonne fortune
imaginaire. Il ne jugea pas neanmoins à propos aprés
avoir conferé avec ſes Collegues de répondre par écrit;
parce qu'il eût ſemblé que ç'eût été approuver en quelque maniere ce qui étoit contenu dans la Lettre; & d'ailleurs il euſt été bien malaiſé de trouver des termes qui ne
donnaſſent pas à l'Infant ſujet ou pretexte de ſe choquer
ſi la réponſe eût été cathegorique. Le Miniſtre ſe contenta donc de repartir de vive voix que le Conſeil ne
manqueroit pas de ſe rendre au plûtot à Guadaluppe,
ny de s'y acquitter à l'égard de l'Infant de ce qu'il devoit
au Frere Unique de ſon Souverain : mais que comme
l'Infant étoit trop bien né pour pretendre rien davantage, les Miniſtres prenoient la liberté de luy dire
qu'ils ne reconnoiſſoient point d'autre Roy que Ceſar.
Une declaration ſi nete qui paſſa depuis pour Prophetie
lorſque l'Archiduc fut élû Empereur, ſurprit deſorte les
principaux domeſtiques de l'Infant, qu'ils demeurerent
immobiles pendant que le Conſeil d'Eſpagne prenoit
les meſures neceſſaires pour établir l'Archiduc dans la

Monarchie qu'ils luy avoient confervée. L'Infant mêmes quoy que trop jeune pour prendre à cœur les déplaifirs de la nature de celuy qu'il venoit de recevoir, en fut neanmoins fi touché, qu'il eut long-tems la fiévre quarte.

Le premier foin du Confeil fut de mander en diligence le Cardinal Ximenez & le Docteur Adrien, que l'on nommoit en Efpagne le Doyen de Louvain. Dés qu'ils furent arrivez on ouvrit en leur prefence le Teftament du feu Roy; & le Doyen ne fut pas moins étonné de voir qu'il n'y étoit fait aucune mention de luy, que le Cardinal le fut de s'y voir nommer Regent. Le Doyen fuppofoit que puifque fa Majefté Catholique avoit en mourant rendu juftice à l'Archiduc, elle eût couronné l'œuvre en laiffant l'adminiftration de la Monarchie Efpagnole au feul Miniftre de l'Archiduc en Efpagne qui étoit luy même; & le Cardinal ne put affez admirer que le bonheur l'eût fait parvenir à une dignité, dont il n'y avoit point d'homme en Efpagne qui parût plus éloigné que luy. Mais au moment qu'il en voulut prendre poffeffion le Doyen s'y oppofa d'une maniere qui eût long-tems embaraffé les Miniftres, s'il ne fe fût relâché aprés qu'ils luy eurent reprefenté qu'une affaire de telle importance fi heureufement acheminée jufques-là, alloit être deconcertée par la moindre refiftance de fa part. Il leur montra pourtant des provifions de l'Archiduc en bonne forme pour gouverner en fon nom les Monarchies de Caftille & d'Arragon en cas que le Roy fon Ayeul vint à mourir; & demanda qu'au moins il luy fut permis d'exercer à moitié fa Commiffion avec le Cardinal, puifque la conjoncture en étoit venuë, & que d'ailleurs on ne vouloit pas qu'il l'exerçât feul : mais le Car-

Dans l'hiftoire de fon éducation.

dinal qui n'étoit point homme à ceder repartit qu'il
luy en coûteroit la vie, ou que le Teſtament de ſa Majeſté Catholique feroit executé dans toute ſon étenduë. Le
Conſeil d'Eſpagne qui le connoiſſoit bien n'eſpera pas de
le flechir, & ne jugea pas mêmes à propos d'y travailler.
il aima mieux s'adreſſer au Doyen ; & luy remontrer
qu'en Eſpagne on étoit tellement prevenu de ſa haute probité, qu'on l'établiſſoit Juge dans ſa propre cauſe, tant on
étoit aſſuré qu'il ſe condamneroit luy même lors qu'il
la connoîtroit mauvaiſe. Que l'on ne s'étonnoit point
qu'il eût juſques-là ignoré luy qui étoit Flamand & par
conſequent né dans un Païs fort éloigné de l'Eſpagne,
que la Reyne Iſabelle prévoyant la maladie d'eſprit à
laquelle ſa fille aînée avoit quelque diſpoſition, luy avoit
ſubſtitué l'Archiduc ſon Fils aîné à deux conditions;
l'une qu'il ne regnât en Caſtille que lorſqu'il auroit vingt
ans accomplis : l'autre qu'il ne pût durant ſa minorité
confier à aucun étranger l'adminiſtration de cette Monarchie : d'où il étoit neceſſaire de conclure que puiſque
le Doyen étoit exclus du Gouvernement de Caſtille par
une diſpoſition ſi nete, il n'y pouvoit pretendre en homme d'honneur.

On ajoûta qu'il n'étoit pas exclus moins formellement
de l'adminiſtration de l'Arragon , puiſque le feu Roy
Catholique qui en étoit proprietaire, comme la Reyne ſa
Femme l'étoit de la Caſtille, en avoit laiſſé le Gouvernement au Cardinal Ximenez. Que ſi nonobſtant il s'ingeroit de faire valoir les proviſions qu'il avoit apportées de
Flandres , il exciteroit dans l'Eſpagne une guerre civile,
& répondroit devant Dieu de tous les homicides & des
autres crimes qui s'y commettroient, comme il en étoit luy

même demeuré d'accord par avance dans son excellent Commentaire sur le Maître des Sentences, où il avoit enseigné qu'un homme excitant du trouble dans un Etat lorsqu'il s'en pouvoit exempter sans hazarder sa conscience ni son honneur, étoit responsable de tous les maux qui en arriveroient.

On a vû cy-dessus que le Doyen étoit homme de bien, & qu'il n'entendoit pas assez le métier dont il se mêloit. Il fut si charmé de la déference que l'on témoignoit pour luy en se raportant à luy d'une affaire où il étoit partie, & de l'honneur qu'on luy faisoit de citer des écrits qu'il avoit autrefois dictez dans l'Université de Louvain, & depuis fait imprimer, qu'il promit de se soûmettre à ce que le Conseil d'Espagne détermineroit pourvû que l'on trouvât un expedient qui mît à couvert sa reputation, & qui n'exposât pas les provisions de l'Archiduc à être tournées en ridicules. Le Conseil d'Espagne qui n'attendoit pas que le Doyen se relâchât jusques-là, le prit au mot, & luy proposa de se contenter de quelque part que le Cardinal luy donneroit dans le Gouvernement. L'offre étoit plausible en apparence, mais en effet elle étoit doublement captieuse : Car premierement partager la Regence avec un Espagnol naturel, c'étoit se le donner pour Maître puisque ses sentimens prévaudroient toûjours dans le Conseil d'Espagne sur ceux d'un Flamand ; & en second lieu la reputation du Cardinal étoit si élevée au dessus de celle du Doyen, que pour grand que fût le merite de celuy-cy il étoit aisé de prévoir que s'ils se trouvoient tous deux Regens, il arriveroit dans l'Espagne ce qui étoit ordinaire dans le Ciel, que la clarté d'un Astre Superieur obscurciroit en-

tierement celle de l'Inferieur, & que le Doyen n'auroit
pas plus de part au gouvernement que s'il n'y étoit point
aſſocié.

Cependant il aggréa l'expedient dans les termes qui
luy étoient propoſez ſans demander le tems d'en écrire à
l'Archiduc & à Chievres, & ſans attendre la reſolution
que le Conſeil de Bruxelles auroit à prendre ſur une matiere de telle importance. Auſſi fut-il le premier à ſe repentir de ſa precipitation, parce qu'il n'eut pas plûtôt
conſenty que le Cardinal agît du pair avec luy dans
l'adminiſtration des affaires, que ce Prelat ne luy laiſſa
que le nom de Regent. Il expedioit ſans luy toutes les
affaires qui ne regardoient pas immediatement l'authorité Souveraine, & pour les autres il les propoſoit à la verité dans le Conſeil où le Doyen aſſiſtoit, & elles y étoient
examinées avec aſſez d'exactitude. Si la reſolution qui s'y
prenoit étoit également conforme au ſens du Cardinal &
du Doyen, c'étoit tant mieux pour le Doyen de qui l'avis
étoit alors ſuivy. Mais ſi le Cardinal & le Doyen étoient
d'avis contraires comme il n'arrivoit que trop ſouvent, il
faloit que le Doyen revint à l'avis du Cardinal, & s'il ne
le faiſoit la choſe ne laiſſoit pas de demeurer comme le
Cardinal l'avoit décidée. Le Doyen étoit pour lors obligé
à ſigner en ſecond les Actes paſſez contre ſon opinion;
& s'il s'obſtinoit à refuſer de mettre ſon nom au bas
des reſolutions qu'il avoit deſapprouvées, on ne les en
executoit pas moins. Il avoit beau s'en formaliſer : on
écoutoit patiemment ſes plaintes; & c'étoit là toute la ſa-
tisfaction qu'on luy donnoit, puiſqu'au reſte on n'y avoit
pas plus d'égard que s'il fût demeuré dans le ſilence.

On avoit un peu plus de conſideration pour luy

Dans les griefs du Doyen à l'Archi-duc.

dans les dépêches qu'il y avoit à faire pour les Païs-bas, & l'on n'en envoyoit point qu'il n'eût signées : mais cette societé luy nuisoit au lieu de luy être avantageuse, puisque la plus part des affaires que l'on y traitoit ne prenoient pas le train que le Conseil de l'Archiduc auroit bien voulu leur donner. Ce conseil au lieu d'en imputer toute la faute au Cardinal qui seul y avoit part, l'atribuoit au Doyen sur ce qu'il le croyoit suffisament autorisé pour avoir empêché s'il eût voulu qu'on n'importunât l'Archiduc de semblables dépêches.

Chievres ne laissa pas pourtant d'entrevoir dans la conduitte du Cardinal qu'elle alloit à se maintenir toute sa vie dans une administration qui ne luy avoit été donnée que durant une courte minorité, & à rendre l'Archiduc méprisable dans la conjoncture de son advenement aux deux principales Monarchies d'Espagne, où il avoit le plus de besoin d'acquerir l'estime de ses nouveaux sujets. Il étoit évident que la condécendance en ce cas eût également été lâche & dangereuse ; & l'expedient qu'inventa Chievres pour y remedier le plus doucement qu'il seroit possible, fut de conseiller à l'Archiduc de multiplier en Espagne le nombre des Regens. La raison qu'il en apporta fut que tant que cette dignité ne seroit remplie que par le Cardinal & par le Doyen, le premier des deux l'emporteroit toûjours sur le second à cause qu'il avoit sur luy toutes sortes d'avantages. Que nonobstant il faloit bien se donner garde de revoquer le Doyen puisque les Espagnols presque tous trop éclairez & raffinez dans leurs conjectures, devineroient aussitôt que le Conseil de Flandres reconnoissoit & tâchoit de reparer la faute qu'il avoit commise en envoyant dans

l'Efpagne un homme abfolument incapable dë la Commiffion dont il avoit efté chargé: mais que fi on luy donnoit un nouveau Collegue plus habile que luy dans l'intrigue , & plus confommé dans la negociation , le Cardinal
n'oferoit d'abord fe difpenfer de l'inftaller dans les Confeils; & les Flamans y ayant deux fuffrages contre un, feroient les Maiftres abfolus de toutes les refolutions quis'y
prendroient.

La principale difficulté que l'on y trouva, fut de choifir
le Miniftre qui exerceroit la fonction de troifiéme Regent: & on la furmonta par cette voye. L'Archiduc n'a-
voit pas plûtoft appris la mort de fon Ayeul maternel,
qu'il étoit allé par le confeil de Chievres tirer Jean Manuel dont on a déja parlé, de la prifon où il avoit paffé tant
d'années par l'obftination du Roy Catholique à vouloir
qu'il y demeurât: Le pretexte qu'on avoit pris pour mettre
en liberté cet Efpagnol confiftoit dans l'amitié que le pere de l'Archiduc avoit euë pour luy , & dans les fervices
importans qu'il en avoit receus : mais la veritable caufe
fut que Chievres pretendoit oppofer Manuel au Cardinal,
& empécher par là celuy-cy de s'attribuer en Efpagne
plus d'autorité qu'il n'étoit expédient pour les interefts
de l'Archiduc, qu'il en eût. La conjecture de Chievres
n'étoit pas mal fondée puifque le Cardinal avoit traver-
fé tant qu'il avoit pû l'aggrandiffement de Manüel. Il
avoit voulu obliger Philippes Premier à s'en défaire: il
l'avoit depuis perfecuté ouvertement; & s'il n'avoit infpiré au feu Roy Catholique d'obliger fon Petit-Fils à le
mettre & à le tenir long-tems en prifon , on croyoit
au moins qu'il eût aydé à confirmer fa Majefté dans
la refolution qu'elle en avoit prife: Cependant Chievres

vres changea depuis de fentiment & crut avoir raifon
d'en changer. Il feroit difficile de dire precifement fi ce
fut à droit ou à tort : mais s'il eut droit, la pofterité ne
doit pas trouver à redire dans fa conduite; & s'il eut tort,
fa faute fut amoindrie par le fujet que Manüel luy donna de ne le plus tenir pour amy.

Il n'eft point de gens qui fupportent plus impatiem-
ment la captivité que ceux qui font nez pour l'intrigue,
parce qu'ils comptent alors pour perdus tous les momens de leur vie qui n'ont point été employés dans les
actions imcompatibles avec la Prifon. Manüel y avoit
paffé dix années entieres, & c'en étoit plus qu'il ne faloit
pour le chagriner d'autant plus qu'il avoit perdu dans un
fi long efpace toutes les liaifons qu'il avoit auparavant
formées & entretenües dans l'Efpagne & dans les Païs-bas
Il ne fçavoit à qui s'en prendre; & ce fut plus faute d'un
autre objet que par conviction de l'infidelité pretendüe
de Chievres, qu'il le foupçonna de l'avoir abandonné. Il
crut que s'il n'y avoit eu de la malice du côté de ce Gou- *Dans l'éloge de*
Jean Manüel.
verneur, il y avoit pour le moins eu de la negligence ; &
qu'en l'un & l'autre cas il étoit coupable, quoi-qu'il ne le
fût pas tant à beaucoup prés dans le fecond que dans le
premier. L'amitié des politiques eft encore moins conftante que celle des autres hommes, parce qu'elle n'eft prefque jamais à l'épreuve du moindre foupçon. Manüel a-
joûta bien tôt à fa premiere penfée contre Chievres une
feconde beaucoup plus défavantageufe , en fuppofant
qu'il l'eût laiffé languir dans la prifon de crainte que s'il
l'en eût tiré, ou s'il eût procuré qu'il en fortît, il ne le fupplantât en devenant le principal Miniftre & le Favory
de l'Archiduc comme il l'avoit été de fon Pere. Ainfi

Ff

lorſque Chievres accompagna l'Archiduc qui alloit mettre en liberté Manüel, celuy-cy ne l'embraſſa pas avec autant d'ardeur qu'il avoit accoûtumé, & ce fut là la premiere marque de ſon refroidiſſement. La ſeconde conſiſta en ce qu'il ne voulut plus avoir de liaiſon particuliere avec Chievres; & la troiſiéme en ce que trouvant au tems qu'il fut élargy la Cour de l'Archiduc diviſée en deux factions, l'une qui demeuroit attachée à Chievres, & l'autre qui s'en étoit ſeparée & reconnoiſſoit pour Chef l'Evêque de Badajoz, Manüel aprés avoir recouvré ſa liberté ne demeura pas un moment ſur le party dont il ſeroit, & ſe déclara pour l'Evêque contre ſon bienfaiteur.

C'en étoit aſſez pour donner à Chievres occaſion de prevoir que ſi l'on envoyoit Manüel en Eſpagne il s'y reconcilieroit avec Ximenez: Il appuiroit ſes avis dans le Conſeil & rendroit inutiles ceux du Doyen. Ce fut là la veritable cauſe du refus que fit l'Archiduc de luy en accorder la Commiſſion, quoi-qu'il la ſollicitât avec un empreſſement extraordinaire; & l'Archiduc luy dit pour l'en conſoler qu'il le jugeoit tellement neceſſaire auprés de ſa perſonne pour luy communiquer les dépêches qu'il recevroit d'Eſpagne & pour recevoir ſes Conſeils ſur ce qu'il ſeroit à propos d'y répondre, qu'il ne pouvoit ſe reſoudre de le perdre de veuë.

Ainſi l'on choiſit pour troiſiéme Regent le Seigneur de la Chau moins ancien dans le Conſeil de Flandres que le Doyen, mais plus intelligent en politique, & plus accoûtumé à diſſimuler que luy. La Chau fut ſans difficulté receu pour Collegue par Ximenez & par le Doyen; mais il n'en fut pas plus avancé, & les affaires n'en allerent pas mieux au gré des Fla-

mands dans le Conseil d'Espagne. Ximenez n'y fut
pas moins puissant qu'il l'étoit auparavant ; & comme sa
seule voix avoit prevalu sur celle du Doyen lorsqu'il
n'avoit que luy pour Collegue, elle l'emporta toûjours
nonobstant qu'il eût deux Flamands opposés dans la pluspart des choses dont il s'agissoit. Le Doyen s'étoit si bien
accoûtumé à ce traitement qu'il ne s'en scandalisoit presque plus, & ce fut peut-être par sa complaisance qu'il obligea Ximenez à luy donner l'Evêché de Tortose en Catalogne : mais la Chau ne put digerer de ne pas avoir l'entier
exercice de sa Commission, aprés que les Lettres patentes
en eurent été verifiées. Il s'en plaignit dés le lendemain ;
& sur le refus qu'on luy fit de la Justice qu'il demandoit,
il écrivit à Chievres tout le détail de l'injure que recevoit
l'Archiduc en sa personne, & en celle de l'Evêque de
Tortose son Collegue.

L'Archiduc & Chievres furent extraordinairement
embarassez sur ce qu'ils avoient à faire. S'ils choquoient
Ximenez, ils luy fourniroient le pretexte qu'il cherchoit
peut-être de se revolter en le réduisant à la necessité d'é-
lever l'Infant sur le Trône afin de se maintenir dans la
Regence ; & s'ils ne le choquoient pas, ils donneroient aux
Espagnols tant de mépris pour l'Archiduc, que ces peuples naturellement persuadez qu'un Souverain ne doit
souffrir que les choses qu'il ne peut éviter, se porteroient
d'eux-mêmes à demander l'Infant pour leur Roy. On
chercha long-tems un milieu qui fût également éloigné
de ces deux terribles extremitez, & Chievres aprés y avoir
bien pensé en trouva deux.

Le premier fut de n'accorder pas à Ximenez ce qu'il
demandoit avec plus d'empressement à l'Archiduc. On

ne peut l'entendre qu'en préfuppofant que le feu Roy
Catholique en déferant à l'Avis des trois Miniftres qui
luy confeilloient de donner la Regence à Ximenez, l'a-
voit fait à la mode des Rois qui ne fe mettent pas beaucoup en peine de cacher à la pofterité que leurs dernieres volontez n'ont pas été tout-à-fait libres. Il avoit aporté tant de modifications à la Regence de ce Cardinal, qu'il
ne luy reftoit pas à beaucoup prés affez d'autorité pour
faire obeïr l'Archiduc en Efpagne dans les ordres où il
feroit neceffaire d'ufer d'une extraordinaire feverité. Les

Dans le dernier
Teftament de Fer-
dinand.

trois Miniftres l'avoient bien aperceu, mais ils n'avoient
pas jugé à propos d'infifter fur l'augmentation de la
puiffance du Regent, foit qu'ils n'euffent pas efperé de
l'obtenir, ou qu'ils euffent eftimé le Cardinal Ximenez
trop habile pour ne pas donner dans la fuite du tems &
des affaires une jufte étenduë à l'autorité qu'on luy laiffoit trop limitée. Le Roy Catholique étoit mort là-deffus; & Ximenez aprés s'être mis en poffeffion de la Regence avoit dépêché force Courriers à l'Archiduc, pour de-
manderque les reftrictions dont il fe plaignoit fuffent ôtées
de la confirmation qui luy feroit envoyée de Flandres.

Il avoit remontré que les Efpagnols qui fe vantoient au
dehors d'une foumiffion entiere, non feulement pour
leurs Monarques, mais encore pour ceux qui avoient
l'honneur d'en reprefenter la perfonne, étoient au dedans
plus refervés en matiere de foumiffion qu'aucun autre
Peuple de l'Europe : Qu'ils nobéïroient precifément que
dans les chofes dont ils ne pourroient s'exemter; &
que dans toutes les autres les Grands du Païs pretendroient que l'autorité Royale leur fût devolüé, & qu'-
ainfi il y auroit en Efpagne une Anarchie dont le

moindre mal qui s'enfuivroit feroit la guerre civile.

L'Archiduc & Chievres ne difconvenoient pas que les raifons de Ximenez ne fuffent fortes & veritables ; mais ils étoient fi prevenus de l'opinion que ce Cardinal abuferoit de l'authorité Royale fi on la luy accordoit toute entiere, que les Lettres de la Chau acheverent de les déterminer à n'envoyer à Ximenez qu'une fimple ratification du pouvoir qu'il avoit du Roy Catholique fans y rien ajoûter, diminuer, ni changer, & le Cardinal en fut autant irrité que pretendoient ceux qui le mortifioient : mais comme d'un côté le reffentiment qu'il en eût témoigné eût augmenté leur joye, & que d'un autre côté il eût decouvert fa foibleffe aux Efpagnols qui n'euffent pas manqué d'en profiter, il prit un expedient qui quand il feroit feul fuffiroit pour le mettre au deffus de tous les Politiques qui l'ont precedé. Il feignit d'avoir obtenu de l'Archiduc un pouvoir fans limite, & gouverna d'une maniere auffi abfoluë que s'il l'eût en effet obtenu. Il redoubla cependant fes inftances à la Cour de Flandres pour l'avoir en la forme la plus ample ; & déclara netement à l'Archiduc que fi on s'obftinoit à le refufer, il ne répondoit ni de la Caftille ni de l'Arragon. Mais les Grands d'Efpagne avoient trop d'impatience de recouvrer le credit dont ils étoient décheus fous le regne de Ferdinand & d'Ifabelle, pour demeurer long temps les duppes du Cardinal.

Les amis qu'ils avoient à la Cour de Flandres les avertirent que le Prelat n'y étoit pas fi bien qu'ils penfoient; & que bien loin d'augmenter le pouvoir que luy avoit laiffé le Roy Catholique, on avoit eu beaucoup de peine à le confirmer, & que mêmes il avoit tenu à peu qu'on ne l'eût revo-

Ff iij

qué. La nouvelle étoit agreable ; & les Grands ne l'eurent
pas plûtôt reçuë, qu'ils s'assemblerent pour deliberer sur l'u-
sage qu'ils en feroient. Ils resolurent d'un commun consentement que les trois plus qualifiés d'entr'eux qui étoient
le Duc de l'Infantado, le Connestable de Castille, & le
Comte de Benevent, iroient trouver Ximenez, & luy de-
manderoient en vertu dequoy luy qui n'étoit qu'un Prêtre & ne tenoit la Regence que d'un simple usufruitier
de la Castille, y disposoit neanmoins de toutes choses
avec autant d'empire que s'il eût été l'Archiduc.

Ximenez qui avoit des espions auprés d'eux fut
averty de la députation presque aussi tôt qu'elle eut été
resoluë, & se prepara pour l'éluder par la voye qui suit.
Il n'avoit pas voulu exercer la Regence dans la Ville
de Burgos à cause qu'il avoit prevû que sa personne n'y
seroit point en seureté, & luy avoit preferé Madrid, ville
dont la proprieté apartenoit à l'Archevêché de Tolede.
il s'y étoit mis en état de resister à une insulte, & pour la
guerre ouverte il avoit pris d'autres mesures que l'on verra
dans la suite de cette Histoire. Les trois Grands que l'on a
nommez l'y allerent trouver, & s'acquiterent de leur commission à leur mode, c'est à dire d'un ton extraordinairement fier. Ximenez se fit une extreme violence pour
ne leur pas repartir de même, & se contenta de leur dire civilement qu'il tenoit son pouvoir du feu Roy de
glorieuse memoire, à qui la Monarchie d'Espagne étoit
assez redevable pour accomplir exactement ses dernieres
volontez, quoi-qu'il n'eût été qu'usufruitier de la Castille. Les Grands ne demeurerent pas d'accord de la proposition de Ximenez, mais aussi ne l'oserent-ils pas con-
tredire ouvertement. Ils repliquerent que le Testament

dont il parloit ne l'authorifoit point affez pour gouverner d'une maniere plus abfoluë que n'avoit fait le Roy
Catholique, dont il avoüoit pourtant de n'être que
Commiffaire : pour déroger à l'ufage introduit par cet
habile Prince & par la Reine Ifabelle fa femme dans le
Confeil d'Etat : pour n'y propofer les matieres que fuper-
ficiellement & par maniere d'acquit : & pour les refoudre enfuite feul & fans égard à la pluralité des fuffrages.

Ximenez repliqua fans s'échauffer davantage que puifque l'ordre du feu Roy leur commun Maître ne paroiffoit
pas fuffifant, il en alloit montrer un autre. Il les menaen a-
chevant ces mots vers une fenêtre de la falle des Audiences
d'où l'on pouvoit découvrir ce qu'il y avoit dans la court
de derriere de fon Palais, & leur y fit voir dix ou douze
gros canons affutez, & toutes fortes d'armes à feu prêtes
de tirer. Il n'en eut pas plûtôt donné le fignal que ceux
qui l'attendoient y mirent le feu, & l'on ouït durant plus
d'un quart d'heure un tintamarre horrible : Ximenez & les
Grands changerent alors de contenance, & le Cardinal
prit un vifage où l'on voyoit toutes les marques de la colere. Il ne profera pas une parole : mais fes yeux étince-
lans fuppléoient affez à l'ufage de la langue, & donnoient
à connoître qu'on l'avoit autant irrité qu'il étoit capable
de l'être.

Les Grands au contraire étoient d'autant plus humi-
liez qu'ils avoient auparavant eu plus de fierté. Ils ne parloient pas plus que le Cardinal, mais leur filence venoit
d'un autre principe. Ils s'étoient declarez fes ennemis :
ils avoient pouffé fa patience à bout : ils étoient venus chez
luy pour le menacer ; & s'eftimoient d'autant plus proches

Dans le Recueil
des Sentimens du
Cardinal.

de leur mort, qu'ils en entendoient les avant-coureurs les plus étonnans. Mais aprés que le bruit eut ceffé, Ximenez les raffura en leur expliquant d'un ton de Maître, que l'Artillerie qu'ils voyoient étoit le pouvoir plus ample qu'il avoit à leur montrer. Que ceux qui le laifferoient agir dans toute l'étenduë neceffaire pour le bien de l'Efpagne en general, & pour les interefts de l'Archiduc en particulier, n'auroient rien à craindre : mais qu'il vouloit bien leur apprendre & les avertir par avance que l'Artillerie dont ils venoient d'oüir le fracas, étoit deftinée à foudroyer ceux qui n'ayant point de titre fuffifant pour luy demander raifon de fa conduitte, s'ingereroient nonobftant de le faire. Il congedia là-deffus les trois Grands, & l'action d'un homme élevé parmi les Cordeliers la plus hardie qui foit dans l'hiftoire d'Efpagne, n'eut aucune fuitte fâcheufe à fon auteur.

La feconde mortification que l'Archiduc & Chievres voulurent donner à Ximenez, fut de rendre fa Regence ridicule en la communiquant à trop de gens. On a déja veu qu'ils luy avoient donné pour Collegues l'Evêque de Tortofe, & la Chau; & ces deux Miniftres n'ayant pû ni balancer fon autorité, ni la diminuer en la partageant, on luy donna un quatriéme Collegue plus entreprenant qu'eux & moins refervé lorfqu'il s'agiroit defe mettre en poffeffion de tout le pouvoir qui luy feroit donné. Il fe nommoit Amerftorf. Il étoit forty d'une des plus anciennes & des plus illuftres Maifons de Hollande. Il avoit de l'efprit, & le genie de fa Nation le portoit à ne fe relâcher jamais de ce qu'il avoit une fois entrepris. Son arrivée à Madrid fut agréable à Ximenez au lieu de le fâcher, parce qu'elle luy fournit le pretexte qu'il cherchoit

depuis.

depuis long-tems pour fe défaire de l'Evêque de Tortofe &
de la Chau. Certes ces deux Miniftres pour luy être plus foûmis qu'il n'eût ofé fe promettre ne laiffoient pas de luy être
fort à charge, puifqu'il étoit toûjours à craindre qu'ils ne fecoüaffent le joug. Il receut donc Amerftorf avec autant
de civilité qu'il en avoit eu pour les deux autres, & l'intro-
fit dans le Confeil d'Efpagne. Mais il prit enfuite fon
tems pour reprefenter en particulier à tous les Miniftres
d'Etat Efpagnols qui avoient l'honneur d'y entrer, Que
l'Archiduc qui n'étoit point encore leur Roy commençoit à faper le fondement le plus confiderable de leurs
Privileges, qui confiftoit à ne pas être gouvernez par des
Etrangers : Que l'on avoit déja gliffé dans le Confeil
deux Flamands & un Hollandois; & que pour peu que
l'on differât de s'oppofer à cet attentat, on y en mettroit
tant d'autres qu'ils feroient en plus grand nombre que
les Efpagnols naturels : Que l'inconvenient ne pouvoit
être evité qu'en empêchant le Confeil de Flandres d'introduire à l'avenir dans celuy d'Efpagne autant de gens
qu'il luy plairoit, ce qui ne fe pouvoit que par deux voyes:
L'une de ne plus communiquer aux trois Regens Eftrangers les matieres les plus importantes : l'autre de ne leur
plus permettre de figner les dépêches. Que l'on arriveroit aifement à la premiere en remettant lee affaires les
plus importantes pour être reglées dans les affemblées
fecrettes qui fe tiendroient au Palais du Cardinal, & en ne
refervant que les moindres pour le Confeil d'Etat. Que
pour la feconde il n'y avoit qu'à faire plaindre les Caftillans de la multitude des perfonnes qui devoient figner les graces qu'on leur accordoit & la juftice qu'on
leur rendoit, & qu'à leur infinuer de fonder leur plainte

fur l'opofition de leurs Peres aux deffeins du Roy Catholique, lorfqu'aprés avoir époufé la Reine Ifabelle il
voulut figner avec elle les Expeditions pour la Monarchie de Caftille.

　Le Confeil d'Efpagne avoüa que les deux précautions
que propofoit Ximenez étoient neceffaires, & confentit
qu'il y eût de fecrettes affemblées au Palais du Cardinal.
On oüit bien-tôt aprés murmurer les Caftillans fur la lon-
geur des expeditions qu'ils imputoient au nombre de ceux
qui les devoient figner, & là-deffus Ximenez fut prié
de les figner feul. Il n'y eut que l'Evêque de Tortofe &
Amerstorf qui y trouvaffent à redire ; mais on eluda la
refiftance qu'ils y firent en leur demandant s'il vouloient
bien être feuls chargez du foulevement qui alloit arriver
par toute l'Efpagne, en cas que l'on refusât aux Peuples
de cette vafte contrée la fatisfaction qu'ils defiroient.

　L'Archiduc & Chievres informez de l'attentat de Ximenez, & de l'injure qu'ils venoient de recevoir en Caftille, chercherent long-tems les moyens de punir le premier, & de fe vanger de la feconde. Mais aprés y avoir
fait toutes les reflexions que meritoit une affaire fi delicate, ils eftimetent qu'il la faloit diffimuler dans la conjonćture d'alors ; & que toutes les menaces dont on uferoit fans avoir la force à la main, ne ferviroient qu'à confirmer les Efpagnols dans leurs mauvaifes intentions s'ils
en avoient, & qu'à les ralentir dans les bonnes qu'ils pourroient avoir. Il s'offrit immediatement aprés une occafion où la Cour de Flandres eut tant de befoin de l'a-
dreffe du Cardinal & de l'autorité qu'il s'étoit acquife
& avoit confervée en dépit d'elle, que quand elle eût
publiquement rompu avec luy, elle auroit été contrainte
de rechercher fon amitié. Il vint en penfée à Chievres que

tant que l'Archiduc se contenteroit de la qualité d'heritier presomptif des Monarchies de Castille & d'Arragon, il ne seroit point asseuré d'y succeder; & que les Espagnols croiroient avoir quelque droit de luy preferer son Cadet, fondé sur ce que le cas n'étoit point encore arrivé depuis qu'ils avoient secoüé le joug des Mores, qu'un Etranger eût regné sur eux. Qu'il étoit donc à propos de les prendre par la conscience, & de les attacher à l'Archiduc par un serment particulier en les engageant à le reconnoître pour Roy avant qu'il le fût devenu par la mort de la Reine sa Mere. Cela ne se pouvoit que par la cession de cette Princesse; car encore qu'elle eût perdu la raison d'une maniere si deplorable que son occupation ordinaire étoit de se battre contre les chats, & de recevoir dans cette ridicule guerre des égratignures qui lui defiguroient le visage, elle avoit neanmoins retenu une idée si presente & si vive de la grandeur où elle étoit arrivée par la mort sans enfans de son Frere unique & de sa sœur aînee, qu'elle s'en souvenoit à tous momens, & ne la confondoit jamais avec aucune autre : comme si le dessein de Dieu eût été de montrer en elle par l'exemple le plus evident & le plus signalé qui fût jamais, que la playe la plus profonde du peché d'origine consiste dans le desir de l'indépendance, & qu'elle demeure aprés que toutes les autres sont gueries, ou cessent par l'incapacité de leur sujet.

Jeanne la folle se souvenoit parfaitement au plus fort de ses fantaisies qu'elle étoit Reine par elle-même de Castille & d'Arragon; & quoique son amour extraordinaire pour son Mary l'eût empêchée de se fâcher qu'il ne luy avoit fait aucune part du gouvernement de Castille, elle n'avoit pas eu aprés sa mort autant de complaisance pour son propre Pere ; & disoit à ceux qui le trouvoient étrange, que sa chair luy étoit plus proche que sa chemise.

Comme la marque la plus ordinaire de la folie dans ceux qu'elle possede entierement est de s'estimer tout à fait raisonnables, Jeanne ne pouvoit souffrir que le Roy Catholique l'eût confinée dans le Château de Tordesillas, & l'y tint enfermée contre son gré. Elle le nommoit son Tyran au lieu de l'appeler son Pere : elle traittoit de rebelles tous les Castillans qui se presentoient devant elle : elle ne les voyoit jamais sans leur reprocher leur infidelité ; & ne se lassoit point d'attendre qu'ils vinssent en armes la tirer de captivité , & la remettre sur le Thrône. Sa passion de regner au lieu de diminuer à proportion qu'elle avançoit dans l'âge, s'étoit augmentée à la mort du Roy Catholique qu'on n'avoit pas jugé necessaire de luy celer. Elle avoit alors pretendu la Souveraineté de l'Arragon aussi-bien que celle de la Castille; & lorsqu'on l'avoit plusieurs fois fondée sur la part qu'elle en pretendoit faire à ses enfans, elle avoit constamment répondu que puisqu'elle avoit bien attendu long-tems le deceds de son Pere qui n'étoit qu'usufruitier de la Castille pour y regner, il faloit à plus forte raison que ses enfans attendissent le sien avec d'autant moins d'impatience, qu'elle étoit également Proprietaire de l'Arragon & de la Castille, & qu'ils n'avoient rien que par elle à l'une ny à l'autre des deux Monarchies.

Chievres qui n'ignoroit aucune de ces particularitez prevoyoit assez qu'on ne tireroit pas de la Reine une resignation à ses droits; & à dire le vray quand on l'eût tirée on n'en eût pas été plus avancé, puisqu'il n'y auroit point eu d'Espagnol qui ne l'eût jugé nulle, y ayant au-

tant de témoins de l'impuiſſance civile de la Reine à
contracter, qu'il y avoit de gens qui la connoiſſòient. Il
falloit donc s'adreſſer aux Eſtats de Caſtille & d'Arragon,
mais Chievres n'y prevoyoit pas de moindres difficultez à
l'égard des trois Corps dont les Eſtats étoient compoſez:
Car d'un côté ils avoient intereſt de ne point acquieſcer au
partage de leur Souveraineté qui donneroit ouverture à
un nombre infiny de tres-fâcheux accidens ; & d'un autre
côté il n'y avoit point eu de cas ſemblable depuis que la
Religion Catholique étoit rétablie en Eſpagne. L'intereſt
pour le Clergé conſiſtoit dans les trois Maîtriſes de ſaint
Jacques, de Callatrava, & d'Alcantara, dont les Rois Catholiques Ferdinand & Iſabelle s'étoient emparez, quoy
que leurs Predeceſſeurs les euſſent laiſſées dans la forme,
& pour l'uſage qu'elles avoient été inſtituées. Ces dignitez les plus riches & les plus conſiderables de l'Eſpagne
aprés la Royale à cauſe de la multitude des Commanderies dont elles diſpoſoient, avoient toûjours paſſé auſſi-
bien que les Commanderies pour eſtre des biens Eccleſiaſtiques ; & ceux qui en étoient revétus avoient ſeance
en cette qualité dans le Corps du Clergé, & le rendoient
plus puiſſant ſans comparaiſon que les deux autres dans
les Eſtats. Cependant il n'étoit que trop vray-ſemblable
que le deſſein des Rois Catholiques en s'appropriant les
trois grandes Maîtriſes, avoit été de les ſeculariſer dans la
ſuite des temps, ſous couleur qu'elles n'étoient plus neceſſaires aprés que les Mores ne dominoient plus en Eſpagne. Si ce deſſein s'executoit, le Clergé diminué de plus
de la moitié par un ſi notable retranchement ne ſeroit
plus reſpecté en Eſpagne, comme il avoit accoûtumé de
l'être, & deviendroit le dernier Corps des Eſtats, du pre-

mier qu'il étoit. Si l'Archiduc venoit aux Couronnes de
Caſtille & d'Arragon immediatement aprés ſon Ayeul
maternel, il ſeroit aſſez puiſſant en Cour de Rome pour
obtenir l'entiere ſecularifation des trois Ordres: au lieu que
ſi l'on conſervoit inviolablement à ſa Mere le droit de regner qui luy étoit acquis par la nature & par les Loix,
comme on ſçavoit par experience que les folles vivoient long-temps, le Clergé auroit le loiſir de ſolliciter
auprés du Saint Siege que les Maîtriſes fuſſent rétablies
dans leur premier état.

La Nobleſſe n'avoit pas moins perdu de ſon luſtre que
le Clergé, & ne cherchoit pas avec moins d'application à
le recouvrer. Elle avoit été plus Maîtreſſe que Sujete
de ſes Rois avant le regne de Ferdinand & d'Iſabelle,
& l'on n'avoit qu'à lire leur Hiſtoire pour être convaincu qu'elle s'étoit plus ſouvent revoltée contre eux,
qu'elle n'avoit combatu contre les Mores. Mais depuis
on l'avoit contrainte de montrer à ſes Inferieurs l'exemple d'une ſoumiſſion aveugle à ſes Souverains; & ſa condition en ce point étoit devenuë ſemblable à celle des
plus vils roturiers, quoi-qu'elle ſe picquât principalement
de ſe diſtinguer d'eux en ce qu'elle pouvoit impunement ſe revolter, & qu'ils portoient toûjours la peine de
leur rebellion. Enfin le Peuple avoit été extraordinairement chargé ſous le regne qui venoit de finir. Il prevoyoit que l'Archiduc ne le ſoulageroit pas dans la gloire dont il ſe flatteroit de pourſuivre les deſſeins ambitieux de ſon Ayeul maternel : au lieu que l'Eſpagne
n'ayant qu'à ſe conſerver ſous le regne de la Reine Jeanne, les revenus ordinaires de la Caſtille & de l'Arragon
ſuffiroient à cette Princeſſe ; & d'ailleurs ceux qui gou-

verneroient fous fon nom recevroient plûtôt la loy des Etats, que les Etats ne la recevroient d'eux.

Le pretexte de refufer à l'Archiduc la Royauté n'étoit pas moins plaufible, puifqu'on le tireroit de la loy fondamentale des deux Monarchies, qui appeloit fi précifement à la Couronne le plus proche heritier du Roy deffunt, que tant que cette heritier vivroit ce feroit un crime de leze-Majefté de penfer à reconnoître pour Monarque un heritier moins proche. La même loy ne mettoit point de diftinction à cet égard entre les fexes; & ainfi le Frere unique de Jeanne & fa fœur Aînée n'avoient pas plûtôt ceffé de vivre, que les trois Etats de Caftille & d'Arragon affemblés dans cette feule veuë, l'avoient reconnuë pour heritiere prefomptive en prefence de fon Pere & de fa Mere. Elle étoit venuë exprés de Flandres où elle étoit mariée, en Efpagne pour recevoir leur ferment. Ils le luy avoient prefté folemnellement, & rien ne les en pouvoit difpenfer tant qu'elle vivroit. Le ferment avoit été confirmé immediatement aprés la mort de la Reine Ifabelle ; & le droit de la Reine Jeanne avoit été confommé lorfqu'elle avoit pris premierement avec fon Mary, & depuis feule, la poffeffion actuelle de la Caftille.

Fin du Troifiéme Livre.

ARGUMENT DU QUATRIESME LIVRE.

*C*HIEVRES *averty de la mort du Roy Ferdinand, re-*
ſout de faire reconnoître ſon Pupille Roy de Caſtille &
d'Arragon du vivant de la Reyne ſa Mere ; & commence
une intrigue ſi difficile par obliger premierement l'Empereur
Maximilien , & enſuite la Cour de Rome à luy donner le
Titre de Roy. Il écrit immediatement aprés au Cardinal Xi-
menez d'aſſembler les Etats des deux Monarchies, & d'y faire
reconnoître l'Archiduc pour Roy conjoinctement avec la Roy-
ne Catholique. Ximenez y trouve beaucoup plus de difficultez
qu'il ne croyoit; mais enfin il les ſurmonte, partie par addreſſe,
& partie par ſa haute maniere d'agir. Il ne s'agit donc plus
que de prendre poſſeſſion des deux Monarchies, & l'Archiduc
n'y peut aller ſans être d'accord avec la France. Il moyenne une
negociation dans la ville de Noyon, où les Gouverneurs de Fran-
çois Premier & de l'Archiduc travaillent en qualité de Pleni-
potentiaires à reunir leurs Pupilles. Gouffier Plenipotentiaire de
France agit ſincerement, mais ſa bonne foy ne luy reuſſit pas; &
Chievres ſigne avec luy un Traitté aſſez équivoque, pour don-
ner lieu à l'Archiduc de ſe diſpenſer de l'executer quand il luy
plairoit. François irrité de ce que ſon Gouverneur avoit été trom-
pé, favoriſe l'armemntde Iean d'Albret pour recouvrer la Navar-
re ; mais l'imprudence de ce Roy dépouillé, luy fait perdre l'occa-
ſion de ſe rétablir. Ses Troupes pour avoir été ſeparées mal à
propos ſont taillées en pièces, & il acheve de perdre l'eſperance
de remonter ſur le Thrône en perdant la vie. Chievres eſt tou-
ché de l'accablement des Indiens que les Eſpagnols contraignoient
de travailler aux mines. Il s'ingere de leur perſuader d'employer
à ce penible exercice des Eſclaves Negres : mais le Cardinal
Ximenez s'y oppoſe par des intereſts d'Eſtat, & l'affaire de-
meure ſurſiſe. HISTOIRE

HISTOIRE
DE MONSIEUR
DE CHIEVRES

LIVRE QUATRIEME

Où l'on voit ce qui est arrivé de plus remarquable dans la Monarchie d'Espagne durant le reste de l'année mil cinq cent seize, & partie de mil cinq cent dix-sept.

ES difficultez que l'on vient de representer n'empécherent pas Chievres de faire
reconnoître l'Archiduc Charles pour Roy
de Castille & d'Arragon du vivant de la
Reine Jeanne sa mere à qui ces Monar-
chies appartenoient ; & comme une affaire si délicate ne
pouvoit reüssir par les voyes communes, la Posterité ne

fera peut-être pas fâchée que l'on rapporte icy les fingulieres qui y furent employées.

La premiere demarche fut du côté de l'Empereur Maximilien premier à qui Chievres aprés avoir communiqué
fon deffein, manda que Sa Majefté Imperiale avoit le plus
grand des interêts humains à procurer de toute fa puiffance l'agrandiffement de l'Archiduc fon petit fils, & qu'elle y
devoit contribuer d'autant plus volontiers, que ce qu'on
luy demandoit n'étoit qu'une fimple qualité. Qu'il étoit à
craindre que dans les diverfes conjonctures qui apelle-
roient fouvent cet Archiduc de l'Efpagne dans l'Italie, dans les Païs-bas, & dans l'Allemagne, s'il n'é-
toit que Gouverneur de Caftille & d'Arragon pour la
Reyne fa mere, les Efpagnols ennuyez de fes abfences
trop frequentes n'éluffent un autre Gouverneur, qui
pourroit enfuite prendre des mefures pour changer cette
Dignité en celle de Monarque. Qu'il n'y avoit dans l'Efpagne que trop d'exemples d'un pareil attentat, & que l'u-
nique moyen de l'éviter confiftoit à lier le plutôt qu'il feroit poffible les Efpagnols par un ferment folemnel à l'Archiduc, & à les obliger dez à prefent à le reconnoître pour
Roy; parce que n'y ayant point de Nation dans l'Europe
plus jaloufe de fa reputation que celle-là, & moins capable
d'endurer que l'on eût droit de luy reprocher d'avoir violé un ferment public, elle conferveroit inviolable celuy
qu'elle auroit prêté à l'Archiduc, quelques occafions d'y
contrevenir qu'il luy donnât par fes éloignemene ordinaires. Que ç'avoit été de tout témps aux Empereurs de regler les qualitez des autres Souverains Chrétiens, & que
l'on ne trouveroit point étrange que Sa Majefté Imperiale ufât de ce droit à l'égard de l'Archiduc. Que cepen-

dant son exemple serviroit de loy par toute l'Europe ; & que les autres Puissances ne refuseroient point de traiter de Roy l'Archiduc , aprés qu'elles auroient veu l'Empereur en user de même.

Maximilien ne trouva point d'inconvenient dans la proposition de Chievres ; & sur l'adresse de la Lettre qu'il écrivit immediatement aprés de Vienne à l'Archiduc le vingt de Juin mil cinq cens seize , il mit de sa propre main , *au Roy Catholique*, & continua dans les suivantes de luy donner le titre royal. Le bruit s'en répandit aussi-tôt par toute l'Europe ; mais les autres Souverains refuserent d'imiter l'Empereur , sur ce que ce n'étoit plus dans sa Cour que se formoit la reputation des Princes & qu'on leur distribuoit les Titres d'honneur qui leur étoient deus, & qu'il y avoit déja plusieurs siecles que le S.Siege joüissoit de ce privilege. Chievres en reconnut la necessité, & s'adressa en second lieu au Pape Leon X. Il sçavoit que Sa Sainteté suportoit avec beaucoup d'impatience que les François eussent recouvré le Duché de Milan, l'année precedente mil cinq cens quinze, & qu'elle cherchoit l'occasion de les en chasser , comme avoit fait Jules II. son predecesseur. Les Emissaires de Chievres luy remontrerent là-dessus que l'execution de son dessein dépendoit uniquement de la Grandeur de l'Archiduc ; & que si ce Prince étoit en possession des Royaumes de Castille & d'Arragon sans attendre la mort de sa mere, il seroit en état d'ayder le S. Siege à purger l'Italie de François : au lieu que s'il étoit reduit à suivre l'ordre de la nature ; ou il ne seroit point du tout Roy d'Espagne , l'Infant son Frere ne manquant ni de volonté, ni d'amis pour le supplanter ; ou il le deviendroit si tard , que les François auroient cependant plus de loisir qu'il ne leur en faloit pour se for-

Dans les Lettres de Maximilien premier à l'Archiduc son Petit-fils.

tifier de forte dans le Milanez, qu'il feroit impoſſible à l'avenir de les en tirer.

Ce raiſonnement de Chievres parut ſi ſolide au Pape, qu'il écrivit à l'Archiduc pour l'exhorter à prendre la qua-lité de Roy Catholique, & la luy donna. Il reſtoit la troi-ſiéme demarche que Chievres trouvoit plus difficile ſans comparaiſon que les deux precedentes. Elle conſiſtoit à porter les Eſpagnols à donner la qualité de Roy à l'Ar-chiduc immediatement aprés la Cour Imperiale & la Cour de Rome; parce que ſi on la demandoit auparavant aux autres Cours & qu'elles la refuſaſſent, les Eſpagnols qui n'avoient pas trop d'inclination à l'accorder, pren-droient ce pretexte pour s'en diſpenſer. Il ne faloit pas non plus en demandant cette grace leur donner lieu de croire qu'elle dépendît entierement d'eux, puiſqu'ils en tireroient trop d'avantage; & s'ils la refuſoient une fois, il n'y auroit plus de retour, & il faudroit neceſſairement atten-dre que la Reine Jeanne eût ceſſé de vivre. Mais il eſt peu d'affaires de Cabinet dont une prudence raffinée par des longues experiences ne trouve le dénoüement.

Chievres dreſſa & fit ſigner par l'Archiduc une Let-tre ſi artificieuſe, que d'un côté l'Archiduc témoignoit l'importance qu'il y avoit pour les Eſpagnols de luy don-ner le titre de Roy, ſans neanmoins le demander ni s'ex-poſer au refus; & d'un autre côté il les reduiſoit à ne s'en pouvoir excuſer ſans compromettre ce qu'ils avoient de plus cher, qui étoit la gloire de leur Monarchie. Il s'inſi-nuoit d'abord dans leurs eſprits ſans rien perdre de ſa gra-vité, & les advertiſſoit enſuite que l'Empereur ſon Ayeul & le Pape luy avoient repreſenté qu'il étoit abſolument neceſſaire pour l'honneur de Dieu, pour le ſoulagement

de la Reine Catholique dans l'infirmité dont il avoit plû
à la Majesté Divine de la visiter : pour la tranquillité des
Monarchies de Castille & d'Arragon, & pour prevenir les
desseins de leurs Ennemis; qu'il prît dés-apresent conjointement avec sa Mere le nom de Roy , & en exerça les
fonctions : Qu'il s'étoit fait une extréme violence pour y
donner son consentement; & qu'il n'avoit enfin cedé aux *Entre les Lettres*
importunitez des deux Chefs de la Religion Chrétienne *de Charles aux*
pour le spirituel & pour le temporel, qu'après avoir été con- *Espagnols.*
vaincu de la verité de la Maxime que la Reine Isabelle son
Ayeule avoit si souvent en bouche , *que ceux qui étoient
appellez au gouvernement des Peuples n'avoient point de Parens :* * Qu'il avoit bien voulu en advertir les Espagnols , * *Los Reyes no*
non pas qu'il crût avoir besoin de leur approbation, mais *tienen parientes.*
parce qu'il sçavoit que sa conduite en ce poinct ne leur seroit pas des-agreable , & qu'il esperoit les trouver parfaitement soûmis.

On envoya la Lettre à Ximenez avec ordre de la communiquer aux Espagnols , après qu'il auroit pris les précautions necessaires pour empécher qu'elle ne les effarou-
chât ; mais ce Cardinal penetra d'abord que les mots de
conjointement avec la Reine qui y avoient esté inserez, n'é-
toient que pour couvrir l'ambition de l'Archiduc;puisqu'il
étoit certain qu'après que les Espagnols l'auroient reconnu
& juré pour Roy,toute la part de la Royauté qu'il laisseroit
à la Reine sa mere se reduiroit à mettre le nom de cete Princesse avec le sien au commencement des Actes publics,
& que pour tout le reste il regneroit seul aussi absolument
que s'il n'avoit plus de mere. Qu'ainsi dés qu'il auroit
mis le pied en Espagne, l'Administration de Ximenez
cesseroit entierement; & on ne luy donneroit pas plus de

H h iij

part dans les Affaires politiques, qu'il en avoit eu sous le Regne du feu Roy depuis qu'il avoit refusé de se démettre de son Archevéché. Mais soit qu'il prevît qu'il mourroit incontinent aprés l'arrivée de ce jeune Prince en Espagne, comme le soupçonnent les Professeurs de l'Université d'Alcala qui ont écrit sa vie; ou qu'il fût dans un sentiment approchant de celuy de la fameuse Agrippine mere de Neron, qui ne se soucioit pas qu'il luy en coûtât la vie pourveu que son fils regnât, il approuva la Lettre qui tendoit à le déposer; & pour achever de se surmonter luy-même, il employa tout son credit pour obtenir des Espagnols qu'elle eût tout l'effet qu'en attendoit Chievres. En quoy l'on ne sçauroit assez admirer que ce Prelat qui avoit joüé tant de differens personnages pour acquerir une authorité sans limite durant une Regence de peu d'étenduë, & pour s'y maintenir independamment de qui que ce fût aprés l'avoir acquise; ait pû si facilement & sans contrainte devenir en un moment si dissemblable à soy-même, que de donner les mains à une reconnoissance qu'il prevoyoit le devoir reduire à la condition particuliere; & de s'en rendre, qui pis est, le solliciteur dans la conviction où il étoit qu'elle ne se feroit jamais que par luy. Tout ce qui s'en peut dire est que comme il ne s'est point encore trouvé de machine qui ne se soit quelquefois deconcertée ou du moins delâchée dans les ressorts qui servoient à la remuër, il n'est point aussi de prudence humaine qui par des irregularitez involontaires qui luy surviennent de temps en temps, ne rende malgré qu'elle en ait hommage à la Sagesse Divine, d'autant plus éminemment au dessus d'elle qu'elle est toûjours uniforme dans sa conduite. Ximenez presenta la Lettre de l'Ar-

chiduc aux Eſtats d'Eſpagne avec toutes les précautions
qui ſervent à faire reüſſir les Affaires les plus difficiles. Il
apoſta le Conſeiller d'Etat Carvaial dont on a déja parlé,
qui ſoûtint dans l'Aſſemblée par un Diſcours étudié que
l'Archiduc ne demandoit rien d'injuſte & de nouveau.
Il prouva la premiere partie de ſa propoſition par l'eſprit
extraordinairement élevé dont ce jeune Prince avoit donné tant de marques, & par ſon education qui l'avoit rendu à ſeize ans auſſi capable de regner que les plus habiles
de ceux qui en faiſoient la fonction dans un âge plus
avancé. Il ne parla qu'en paſſant de l'infirmité de la Reine Jeanne, mais il en dit neanmoins aſſez pour inſinuer
qu'elle étoit incurable; & que par conſequent il y avoit
plus de fondement qu'il ne faloit pour traiter cette Princeſſe comme ſi elle n'étoit déja plus, quoi-qu'elle vécut
encore, & qu'apparemment ſa vie ſeroit tres-longue. Il
aioûta qu'il y avoit plus à craindre que ſa folie ne dégene-
rât en rage, qu'il n'y avoit à eſperer qu'elle diminuât. Il
pretendit obliger par là ſes Auditeurs à conclurre d'eux-
mêmes, que la mal-heureuſe Reine étoit morte civilement,
& qu'il faloit prendre à ſon égard les mêmes meſures, que
ſi l'Eſpagne l'avoit déja perduë. La ſeconde partie du diſcours de Carvaial étoit principalement fondée ſur un
exemple tiré des anciennes Chroniques d'Eſpagne qui paroiſſoit tout à-fait ſemblable au cas dont il s'agiſſoit, quoi-
qu'à dire le vray on l'eût fort deguiſé. Alphonſe ſeptié-
me Roy de Caſtille & de Leon avoit eſté mis en poſſeſſion par les Etats, & reconnu Roy des deux Royaumes
que l'on vient de nommer du vivant de la Reine Urraca
ſa mere à laquelle ils appartenoient. Ceux qui avoient
une exacte connoiſſance de l'Hiſtoire d'Eſpagne euſſent

pû repartir à Carvaial, qu'il étoit peu fçavant dans la Politique de fon Païs, ou qu'il abufoit impudemment de
l'honneur que les principales Têtes de la Caftille & de
l'Arragon luy faifoient de l'entendre : car la Reine Urraca n'étoit folle que d'amour, & n'agiffoit que par ce principe, c'eft à dire en femme qui avoit abfolument renoncé
à la pudeur. Elle entretenoit à la vûe & dans un extrême
chagrin de fes Sujets un fimple Gentil-homme appellé
Dom Pedro de Lara : elle s'étoit faite démarier, pour vivre
avec luy dans un entier libertinage : elle s'étoit propofée
de l'élever fur le Trône à l'exclufion de fon propre fils
Alphonfe ; & le mal-heur de ce jeune Prince qui n'avoit
rien merité de femblable, & qui d'ailleurs étoit en âge &
tres-capable de regner, avoit touché les Etats du Pays.
Ils s'étoient affemblez pour luy conferver la Couronne ; &
comme ils ne l'avoient pû qu'en partageant l'authorité
Royale entre fa Mere & luy, parce que fi elle l'eût entie-
tierement retenuë elle s'en fût infailliblement fervie pour
Dans l'Hiftoire accabler Alphonfe, ils l'avoient reconnu pour Roy fo-
d'Vrraca par lidairement avec elle.
Morales.

　Il n'y avoit rien d'approchant dans l'affaire de l'Archiduc aux termes que Carvaial l'avoit propofée. La Reine Jeanne penfoit fi peu à le fruftrer de fa fucceffion, que
dans fes plus grands égaremens elle ne manquoit jamais
en parlant de luy de le traiter de Prince d'Efpagne, çeft
à dire qu'elle le reconnoiffoit pour fon heritier naturel, legitime, unique, & neceffaire ; & quand elle l'eût voulu
fruftrer il étoit évident qu'elle ne l'eût pû, fa maladie ne
luy permettant pas de difpofer d'elle-même, bien loin
d'aliener fes Couronnes. De plus elle avoit mené jufques
là une vie irreprochable, & fa folie n'empéchoit pas qu'elle

ne

ne fut encore un modelle de chafteté. L'eſtat pitoyable
où elle ſe trouvoit parloit aſſez éloquemment en ſa faveur pour obliger les Eſpagnols à luy conſerver les Monarchies qui luy étoient écheuës par les ſucceſſions de ſon
Pere & de ſa Mere ; & à le prendre à la rigueur ils ne
pouvoient s'en diſpenſer ſans commettre une manifeſte
injuſtice, puiſqu'en reconnoiſſant l'Archiduc pour Roy
durant la vie de ſa Mere, ils le mettroient actuellement
en poſſeſſion d'un droit qui du conſentement de toutes
les Nations civiliſées ne luy appartenoit qu'après la mort
de cette Princeſſe.

Auſſi ni les brigues du Cardinal ni les raiſonnemens
de Carvaial ne ſuffirent pas pour rendre le party de l'Archiduc le plus fort. L'Admiral de Caſtille & le Duc d'Alve declarerent hardiment qu'il ne leur étoit plus libre
d'accorder à l'Archiduc ce qu'il demandoit : Qu'il y avoit
déja douze ans que la Reine Iſabelle étant morte,
ils avoient receu & juré Jeanne ſa fille aînée pour leur
ſeule Souveraine : Qu'ils violeroient leur ferment en luy
donnant pour Collegue ſon fils aîné qui ne devoit regner qu'après elle, & fourniroient aux Hiſtoriens un ample ſujet de noircir leur memoire : Que l'Archiduc s'étoit
trop avancé en prenant de luy-mème le titre de Roy ; &
que ſi la Reine recouvroit ſa ſanté, la nature feroit toûjours bien la paix entre elle & luy, ſans qu'il fût beſoin de
mediation ou d'interceſſion étrangere : mais ſi les Principaux de la Caſtille & de l'Arragon le favoriſoient dans l'excez de ſa hardieſſe, ils courroient riſque d'étre abandonnez
par luy-même, & par conſequent d'étre traitez de rebelles.

Le Marquis de Villaine ouvrit un ſecond avis plus
politique que prudent, & plus propre pour éviter la

Ii

difficulté que pour la refoudre. Il dit que puifque
l'Archiduc ne leur demandoit pas confeil, il ne jugeoit
pas à propos qu'ils luy en donnaffent, ni qu'ils s'expofaf-
fent à l'inconvenient que l'on venoit de reprefenter. La
premiere des deux opinions paroiffoit fi jufte, & la feconde fi feure, que l'une ou l'autre eût infailliblement prevalu dans l'Affemblée, fi le Cardinal qui le prevoyoit
n'eût ufé d'un trait de hardieffe qui luy réüffit. Il interrompit le cours des fuffrages pour dire qu'il ne s'agiffoit
pas de déliberer fur une chofe à faire, mais d'approuver
une chofe faite. Que fi l'Archiduc luy eût fait l'honneur
de luy propofer le deffein qu'il avoit de prendre le titre de
Roy, il eût peut-être tâché de l'en détourner; mais puifqu'il avoit paffé outre fans en rien communiquer aux Efpagnols, il y alloit de leur gloire & de leur intereft tout enfemble de ne pas tourner en ridicule à fon entrée dans le
monde un jeune Prince né pour être leur Maître, & élevé
dans les plus belles difpofitions qui furent jamais pour aggrandir un jour la Monarchie Efpagnole. Qu'en l'obligeant à quitter le nom & les marques de la Royauté après
les avoir prifes; on luy attireroit le mépris de toutes les
Nations de l'Europe: on le rendroit l'objet de leur raillerie:
on le décrediteroit à leur égard pour toute fa vie; & on
luy abbatroit fi univerfellement le courage, qu'il n'oferoit
plus rien entreprendre pour attaquer ni pour défendre.
Que luy Ximenez vouloit bien détourner l'Affemblée de
prendre le change en l'informant de cette verité tres-im-
portante qu'il n'y avoit point de milieu entre ôter dans la
conjoncture d'alors à l'Archiduc le titre de Roy, & le déclarer abfolument incapable de regner un jour en Efpagne
lorfque fon rang feroit venu; & que fi les Efpagnols é-

roient affez imprudens pour faire à fon égard la première des deux démarches, il leur feroit impoffible de s'exempter de la derniere, & de fe foûmettre au tems à venir à la domination d'un Prince qu'ils auroient honteufement depofé.

Ximenez aprés avoir prononcé des paroles fi determinées, ne donna pas le loifir que l'on achevât de recüeillir les fuffrages. Il commanda fierement à Dom Pedro Correa fon intime Amy qu'il avoit fait Corregidor de Madrid, Charge qui revient à celle de Lieutenant de la Police en France, d'aller faire proclamer dans la Ville la Reine Jeanne & Dom Carlos fon Fils folidairement Rois de Caftille & d'Arragon. Le Corregidor qui étoit de l'Affemblée & qui apparemment avoit tout preparé pour l'execution de l'ordre qu'il recevoit, fortit incontinent, & l'on entendit bien-tôt aprés les fanfares de la proclamation. Les Députez qui n'avoient point encore opiné voyant que s'ils parloient au contraire de ce qui fe faifoit actuellement, ils exciteroient à l'heure même une guerre civile dont eux & leur Parenté feroient réponfables, approuverent le difcours du Cardinal, & l'ordre qu'il avoit donné.

Ainfi le projet le plus hardy qu'il y eût eu de memoire d'homme, fût accomply avec peu d'intrigues, & fans aucune oppofition; & l'Evéque de Tortofe l'écrivit au nouveau Roy Catholique que l'on nommera deformais Charles, & à Chievres, fans rien dérober à Ximenez de la loüange qu'il meritoit. L'un & l'autre en furent fi fatisfaits qu'ils pardonnerent de bon cœur à ce Cardinal tout ce qui leur avoit déplû dans fa conduite precedente, & l'on ne penfa plus en Flandres qu'à hâter le

Dans l'Acte de la Proclamation.

voyage de Charles en Espagne, pour prendre possession des Royaumes où l'on venoit de l'installer. On n'y prévoyoit qu'un obstacle qui regardoit l'execution du Traité conclud avec la France par le ministere du Comte de Nassau. On a rapporté cy-dessus que Charles encore Archiduc s'étoit engagé de restituer les Royaumes de Naples & de Navarre au Roy Tres-Chrétien & à Iean d'Albret, aussi-tôt que le Roy Catholique son Ayeul seroit mort. La condition étoit arrivée, & l'Ambassadeur de France à Bruxelles en pressoit l'accomplissement. Il n'y a-voit pas lieu de differer la restitution des deux Couronnes puisque si Charles ne s'y resoluoit de son gré & ne l'exe-cutoit de bonne grace, François Premier étoit plus en état de l'y contraindre par la voye des Armes, qu'il ne l'a-voit encore esté, & qu'il ne le seroit peut-étre à l'avenir. Il avoit abbatu sur la Campagne de Marignan l'orgueil insu-portable des Suisses ; & reduit cette Nation guerriere qui croyoit étre Maîtresse des Rois, à s'accommoder avec luy en la maniere qu'il avoit desirée. Il avoit recouvré sur Maximilien Sforce le Duché de Milan. Il s'étoit affermy dans cette conquête en mil cinq cens seize par l'entiere dissipa-tion de l'Armée formidable que l'Empereur avoit con-duite en personne dans le Milanez. Les Forces que Sa Majesté Tres-Chrétienne avoit opposées à cette Armée étoient encore sur pied; & il luy eût été facile d'enlever la Flandre, en les y jettant aussi-tôt que Charles en seroit parti. Cependant Sa Majesté Catholique n'étoit point en état de parer une atteinte si dangereuse. Elle n'avoit pas plus de gens de guerre qu'il ne luy en faloit pour l'escorter en son voyage d'Espagne; & les Flamans ne luy eussent pas donné les moyens d'en lever d'autres, s'ils eussent sçeu qu'elle n'en avoit besoin que pour conserver les usurpations de Naples & de Navarre. Ils eussent ainsi demeuré exposez à l'invasion de François Premier, & Charles eût plus perdu sans comparaison que ne valoient les deux Couronnes que l'on vient de nommer. Il ne les pouvoit neanmoins restituer dans la conjoncture d'alors, ni mêmes feindre qu'il en eût l'intention, sans se frustrer entierement de la succession de sa Mère : car s'il se fût ingeré d'écrire de sa propre authorité & sans le consentement des Monarchies où les deux Royaumes avoient été annexez, aux Vice-Rois qu'ils les rendissent ; ils ne luy eussent point obey ; & s'il eût demandé par Procureur le consentement des Etats de Castille pour restituer la Navarre, & l'approbation des Etats d'Arragon pour rendre Naples ; non seulement on ne l'auroit pas écouté, mais de plus les deux Monarchies se fussent jointes dans un interêt qui leur étoit commun, & auroient passé sans milieu de la desobeyssance à la revolte. Il faloit donc attendre que le Roy Catholique fût en possession de ses Royaumes d'Espagne ; & qu'il eût pris de si justes mesures pour les restitutions dont il s'agissoit, qu'il fût asseuré du succés ; & ce fut sur des raisonnemens si bien fondez que Chievres écrivit à Gouffier grand-Maître de la Maison du Roy Tres-Chrétien, qu'il étoit absolument necessaire pour conserver la paix entre les deux jeunes Rois qu'ils avoient eu l'honneur d'élever, de conferer ensemble ; & de convenir d'un Traité si avantageux pour leurs Maîtres, que ni l'un ni l'autre ne fût tenté de le violer pour favorable que fût l'occasion qui s'en presentât. Gouffier montra la Lettre à François premier qui ne se contenta pas d'approuver l'entrevüe. Il offrit de plus le lieu où elle se feroit, & nomma la ville de Noyon en Picardie qui fut acceptée dans le Conseil de Bruxelles.

Chievres de son côté disposa Charles à luy donner un pouvoir sans limite ; & comme si les deux Rois eussent convenu de laisser à la discretion des deux Personnes qu'ils avoient eus, pour Gouverneurs toutes les difficultez preliminaires de la negociation, ils les ajusterent à leur mode sans que le Conseil des deux Roys y trouvât à redire de part ni d'autre. On donna en considerationde l'âge plus avancé du Roy Tres-Chrétien à Gouffier l'avantage que Chievres l'allât trouver à Noyon où il l'attendoit au commencement de l'Eté de mil cinq cens dix-sept, & leur ancienne amitié ne les empêcha pas d'y soûtenir avec une égale force les interêts de leurs Maîtres. Ils demeurerent plus long-tems que l'on ne pensoit à convenir de leurs faits, & Gouffier pretendit que les Couronnes de Naples & de Navarre fussent renduës avant que le Roy Catholique passât en Espagne.

Dans la negocia-
tion de Noyon. Ses raisons furent que Sa Majesté Catholique s'y étoit engagée par le Traité du Comte de Nassau, & qu'il ne ne s'agissoit plus de negocier de nouveau, mais seulement d'executer ce qui avoit été resolu dans les formes : Que l'honneur de François Premier étoit interessé dans la promptitude de la restitution ; & que si elle étoit differée, le délay seroit imputé à la foiblesse de Sa Majesté Tres-Chrétienne, & tourneroit par consequent à sa honte: Que les Royaumes de Naples & de Navarre avoient été tous deux enlevez, le premier par l'infidelité ; & le second par la supercherie du feu Roy d'Espagne ; & que la chose étoit si constante qu'il n'y avoit personne dans toute l'Europe qui en doutât, quelque soin qu'eût pris ce Prince artificieux.

d'éblouïr le monde par des manifestes pleins de fausseté, & par les discours de ses Emissaires: Qu'il suffisoit à la France que Naples eût été directement usurpé sur elle, & que Jean d'Albret eût perdu la Navarre par la seule consideration de n'avoir pas voulu rompre avec Loüis douze, pour solliciter avec une égale ardeur que le premier des deux Royaumes que l'on vient de nommer luy fût rendu, & le second à son Allié; & comme il n'y avoit aucune apparence qu'elle fût mieux à l'avenir en état de les recouvrer qu'elle l'étoit alors, ni que le Roy Catholique fût moins en état de les conserver par la voye des Armes puis qu'il n'avoit ni argent ni troupes; François Premier seroit eternellement blâmé s'il laissoit échaper une occasion si favorable, & Gouffier passeroit dans l'Histoire pour un insigne prévaricateur s'il y contribuoit en quelque maniere que ce pût étre.

Chievres qui n'avoit rien à repartir pour satisfaire directement à des motifs si solides, se contenta de répondre indirectement que le Roy son Maître ne pouvoit avoir de meilleures & de plus saintes intentions sur l'affaire dont il s'agissoit; & que puisqu'il se connoissoit mieux que nul autre, on luy devoit ajoûter plus de foy qu'à ceux qui pouvoient avoir inspiré au Roy Tres-Chrétien de contraires pensées.: mais que la necessité n'avoit pas plus de respect pour les Souverains que pour les autres hommes; & que celle où se trouvoit alors Charles étoit des plus excusables, puisqu'elle étoit extréme. Qu'à la verité il luy étoit venu une Succession tres-ample: mais qu'elle luy échaperoit toute entiere, si elle n'étoit ménagée avec tout le soin & toute l'industrie imaginables: Que la Navarre étoit si fort à la bien-séance des Mo-

narchies de Castille & d'Arragon, qu'elles n'avoient à
craindre au dehors que par là, & que les Monts Pyrenées
& les deux Mers la mettoient à couvert pour tout le reste: Que comme leurs ennemis étant Maîtres de la Navarre pouvoient d'abord introduire dans leur centre des
Armées entieres, ils n'en pouvoient sans cela attaquer que
foiblement les Frontieres: Que le Royaume de Naples
à le bien prendre ne leur étoit pas moins important, puisqu'en le perdant elles étoient asseurées de ne garder
pas long-tems la Sicile: Que c'étoit pourtant ce Royaume d'où l'Espagne tiroit son bled dans les sterilitez
frequentes où elle étoit sujette; & que ces deux motifs
suffiroient pour engager les Espagnols dans une revolte
generale, si leur nouveau Roy les obligeoit à restituer
presentement Naples & la Navarre: Que l'on trouveroit
d'autant plus étrange qu'il se mêlât d'une affaire si délicate dés son advenement à la Couronne, qu'il étoit
étranger: Qu'il y avoit mille ans que l'Espagne n'avoit
eu de cette forte de Monarques qu'elle n'avoit point
encore veu Charles; & qu'elle auroit une peine incroyable à souffrir qu'un Etranger absent, & avant que
d'avoir pris possession de ses Couronnes, luy en retran-
chât deux. Qu'il faloit avant que d'en venir là prendre un
nombre presque infiny de precautions, & commencer
l'ouvrage en le faisant accorder par les Etats une autorité sans limite: Que l'on formeroit ensuite une puissante
brigue dans les trois Corps dont ses Etats étoient composez pour les disposer à donner une entiere satisfaction
au Roy Tres-Chrétien: & qu'enfin lorsque le Roy Catholique seroit asseuré d'obtenir ce qu'il desiroit en le
proposant, on donneroit à l'affaire des couleurs si vray
semblables

femblables , que fi elle n'étoit accordée de bonne grace, elle le feroit au moins dans les formes & fans fedition : Que le Roy Catholique en efperoit un heureux fuccez, pourveu qu'on luy permît de la negocier à fa mode, & que Chievres en ofoit répondre à deux conditions ; l'une qu'on donnât à fon Maître le loifir d'aller en Efpagne , & d'y ménager les efprits ; l'autte que la promeffe de reftituer en temps & lieu les deux Royaumes au Roy tres-Chrétien & à Jean d'Albret demeurât fi fecrette , qu'aucun Efpagnol ne la penetrât.

Le difcours de Chievres à le bien prendre étoit captieux en ce qu'il demandoit un bien prefent & de tresgrande importance , tel qu'étoit la feureté des Pays-Bas durant l'abfence de Charles , pour une efperance d'autant plus incertaine que l'execution en feroit éloignée & dependroit abfolument de la bonne foy de Sa Majefté Catholique , qui ayant obtenu par avance tout ce qu'elle auroit defiré , ne fe mettroit apparemment plus en peine de tenir fa promeffe. Cependant foit que Gouffiern'y fît point affez de reflexion, ou qu'il cedât aux importunitez des Miniftres fubalternes qu'on luy avoit donnez pour negocier fous luy , que Chievres avoit charmez par fes careffes, la Cour de France commit une faute irreparable , & fe laiffa éblouïr par un homme dont elle n'avoit alors que trop d'occafion de fe défier. Elle confentit que Gouffier & Chievres conferaffent enfemble pour chercher un expedient qui liât un peu davantage le Roy Catholique, & luy laiffât neanmoins autant de liberté qu'il en defiroit pour difpofer fes nouveaux Sujets à fatisfaire la France. On en propofa plufieurs; & celuy dont les deux Plenipotentiaires demeurerent enfin d'accord , fut qu'il y

K k.

auroit deux Traitez de Noyon dattez du même jour; l'un qui feroit tenu fecret par les perfonnes intereffez jufqu'à fon execution ; l'autre qui feroit rendu public dés le jour qu'on le figneroit. Charles s'obligeoit par le premier à ne pas perdre un moment de tems pour la reftitution des Royaumes de Naples & de Navarre aprés qu'il auroit pris poffeffion de fes Couronnes maternelles; & de la faire luy-même de pleine autorité, s'il n'en pouvoit obtenir le confentement des Efpagnols. Mais il étoit feulement contenu dans le fecond que le Roy Tres-Chrétien & le Roy Catholique conviendroient d'Arbitres qui declareroient dans un tems limité, fi les Couronnes d'Arragon & de Caftille avoient droit fur Naples & fur la Navarre. Si les Arbitres prononçoient en faveur de l'Efpagne, les deux Royaumes y demeureroient unis ; & fi leur Sentence étoit à fon defavantage, le Roy Catholique procederoit inceffamment à les reftituer.

Dans les deux Traitez de Noyon.

Les autres Atticles des deux Traitez étoient tout à fait femblables; ce qui peut avoir donné lieu de croire qu'il n'y en avoit eu qu'un. Les trois plus confiderables étoient, que jufqu'à ce que les Arbitres euffent decidé à qui de la France ou de l'Efpagne appartenoit le Royaume de Naples, le Roy Catholique payeroit au Roy Tres-Chrétien cent mil écus par an à titre de redevance : Que le Roy Catholique épouferoit Loüife de France qui n'avoit encore qu'un an ; & fi cette jeune Princeffe mouroit avant que le mariage fût achevé, le Roy Catholique épouferoit une autre fille du Roy Tres-Chrétien en cas qu'il en eût ; & s'il n'en avoit aucune, le mariage de Sa Majefté Catholique avec Renée de France Belle-fœur de S·

Majefté Tres - Chrétiennne s'accompliroit , comme il avoit été refolu dans le Traité precedent : Qu'enfin l'Empereur Maximilien rendroit à la Republique de Venife la ville de Veronne avec cette precaution, qu'il la mettroit entre les mains des François qui la reftitueroient immediatement aprés aux Venitiens ; & que le Senat de cette Republique payeroit à l'Empereur deux cens mil écus, pour le dédommager de la dépenfe qu'il avoit faite à conquerir cette Ville.

Gouffier acheva de cette forte le Traité de Noyon; & les Politiques eftimerent qu'il y avoit perdu autant de reputation , que Chievres en acquit. Certes s'il faut juger de la fatisfaction qu'eurent les deux Rois de leurs Plenipotentiaires par la recompenfe qu'ils leur donnerent; il eft conftant que d'un côté Gouffier n'en receut aucune de François Premier; & que d'un autre côté Chievres en tira de Charles une telle , qu'il devint le plus riche Particulier de la Chrétienté. Maximilien premier & Philippe luy avoient déja donné la confifcation des biens de la Maifon de Gaure : le Gouvernement de Nivelle : le Collier de la Toifon d'or : le grand Bailliage de Haynault : & deux mil écus pour fon Ambaffade extraordinaire en France en mil cinq cens un , où il s'étoit fait connoître au Roy Loüis Douze pour ce qu'il valoit, quoiqu'il n'eût rien conclu pour la paix qu'il étoit allé negocier entre Sa Majefté Tres-Chrétienne , & Ferdinand le Catholique. Charles y ajoûta par fes Lettres patentes du vingt-trois de Juin mil cinq cens dix-fept les Charges de Grand Admiral du Royaume de Naples : de Capitaine General des Armées de Mer de tous les Royaumes Terres & Seigneuries de Sa Majefté Catholique: de grand

Chambellan : & de principal Miniftre ; & par d'autres Lettres patentes du quinze de Decembre de la même année les Duchez de Soria & d'Atri dans le Royaume de Naples : le Gouvernement particulier de la ville de l'Efclufe en Flandres : l'erection de la Baronnie d'Arfcot en Marquifat : une Compagnie de cent hommes d'Armes entretenuë durant la paix, comme en tems de guerre ; & enfin l'erection de la Terre de Beaumont en Comté.

La multitude de ces bien-faits eft remarquable par deux circonftances : l'une, que Charles n'étoit pas liberal ; & que d'ailleurs il avoit d'autant plus de fujet de partager fes graces à plufieurs perfonnes, que jamais Prince n'avoit été fi bien fervy qu'il le fut, & ne fe trouva par confequent obligé à donner tant de recompenfes que luy : l'autre circonftance eft que Chievres, comme on a déja remarqué, ne demanda jamais rien ni pour luy ni pour les fiens, & qu'il fe contenta de meriter d'un Prince reconnoiffant les faveurs dont il le combloit.

Comme l'accommodement de Noyon avoit furmonté tous les obftacles capables de traverfer Charles dans la prife de poffeffion de fes Etats maternels, il n'eut plus tant à craindre l'excez d'autorité que le Cardinal Ximenez s'attribuoit en Efpagne ; & Chievres fut d'avis qu'on le laifsât faire, pourveu que fes actions n'allaffent ni directement ni indirectement contre les avantages perfonnels de Sa Majefté Catholique. Le Cardinal de fon côté fe piqua de reconnoiffance ; & fervit Charles avec autant d'application, que s'il luy eût été redevable de la Regence. Il obligea les Grands de Caftille à recevoir fes ordres, & à les execu-

ter d'une maniere auffi prompte & auffi foûmife que s'ils
euffent eu leur Roy au milieu de l'Efpagne ; & comme
il prevoyoit que ceux d'entre ces Grands qui avoient deffein de fe revolter, n'en pourroient trouver que deux pretextes plaufibles, l'un du côté de la Reine Germaine, &
l'autre de la part de l'Infant; il fit obferver de fi prés l'une
& l'autre, & les traita d'ailleurs avec tant de civilité, qu'il
ne leur ôta pas moins les occafions d'entreprendre contre fon adminiftration, que les Sujets de fe plaindre
de luy.

On a vû que la Reine Germaine de Foix n'étoit
pas tentée par l'ambition, & n'aimoit qu'à vivre a-
greablement & fans embarras dans la Danfe & dans
les Feftins. Le feu Roy Catholique luy avoit laiffé en *Dans le Codicille*
mourant par un Codicille cinquante mil Ducats de ren- *de Ferdinand.*
te, outre fon doüaire, affignez fur le Royaume de Naples; & fi elle n'en eût été exactement payée, les Arragonnois s'en fuffent offenfez comme d'un affront fait à
la mémoire de leur Roy hereditaire, & vangez en excitant des troubles dans la Caftille, ou en fomentant ceux
qu'ils y trouveroient excitez. Cependant d'un côté le Roy
Ferdinand avoit laiffé vuide le Trefor Royal, & de l'autre
côté il n'étoit pas poffible que le Royaume de Naples payât
dans la conjoncture d'alors à la Reine Catholique la fomme où il étoit taxé; parce que les François étant paffez
en Italie pour recouvrer le Duché de Milan, Raimond
de Cardonne Vice-Roy de Naples avoit craint qu'ils ne
marchaffent enfuite contre luy, & pour n'être pas furpris avoit fait des levées extraordinaires de gens de guerre qui avoient épuifé non feulement les revenus de la
Couronne, mais encore les bourfes de tous les Particu-

liers qui avoient bien voulu luy prêter de l'argent. Il
étoit queſtion de payer cette multitude de crean-
ciers; & ſi on ne l'eût fait au plûtôt dans la conjoncture
d'une minorité, ils n'euſſent pas manqué de ſe ſoûlever.
Tout ce que l'Eſpagne tiroit du Royaume de Naples
étoit affecté à leur rembourſement; & le Cardinal Ximenez tout hardy qu'il étoit, n'eût oſé détourner à d'autres uſages un fonds ſi neceſſaire. La Reine ne l'en importunoit pas moins d'être payée par quartiers; & l'unique expedient qu'il trouva pour la ſatisfaire, fut de la
payer de ſon argent aprés les aſſurances que Chievres
luy envoya de la propre main du Roy Catholique, qu'on
luy tiendroit compte de ce qu'il auroit employé pour
Sa Majeſté à cet égard.

L'Infant donna plus de peine au Cardinal parce qu'il
étoit encore prevenu de la penſée de regner un jour en
Caſtille, & que l'on travailloit au dehors à l'y entretenir.
Il luy avoit apparu à la Chaſſe un ſpectre ſous la figure
d'un Hermite qui luy avoit annoncé de la part de Dieu
qu'il ſeroit Monarque de toute l'Eſpagne, & qui diſpa-
roiſſant auſſi-tôt l'avoit laiſſé dans une attente inquiete de
l'avenir. Il avoit communiqué ſa viſion au Marquis de
Denia ſon Gouverneur & à l'Evêque Alvaro Oſorio ſon
Precepteur; & comme l'on croit promptement ce que
l'on deſire, & que l'on ne s'en deſabuſe que fort tard, le
Gouverneur & le Precepteur ſe promirent les premieres
dignitez de l'Eſpagne ſur cette vaine prediction. Leur a-
veuglement pour être fondé ſur une choſe ſi vaine, n'en
fut pas moins durable; & ni le dernier Teſtament du Roy
Ferdinand, ni la reconnoiſſance publique de l'Archiduc
Charles en qualité de Roy par les Etats des deux Monar-

chies, ne fuffirent pas pour les détromper. Ils ne fe lafferent point de folliciter Ximenez qu'il leur permît de ramener l'Infant à la ville de Simancas deftinée pour fon education; & quoi que ce Cardinal ne preffentît pas encore leur veritable deffein, il s'en douta, & leur dit d'un ton decifif que la perfonne de l'Infant luy étoit fi chere, qu'il y auroit lieu de trouver à redire dans fon adminiftration s'il la perdoit de veuë. On reconnut bien-tôt aprés qu'il ne s'étoit pas defié fans caufe; & que l'intention des principaux Officiers de l'Infant étoit d'attendre à Simancas la conjonĉture que le Ciel avoit promife, & d'engager cependant dans le party de ce jeune Prince le plus de Grands qu'il leur feroit poffible, fans fe trop découvrir: Les Efpions que le Cardinal avoit auprés d'eux l'informoient de toutes les démarches du Marquis & de l'Evêque; & ce fut apparemment pour faire durer davantage cette forte de rapports, qu'il retint long-tems à Madrid l'Infant fous divers pretextes. Mais lors qu'il n'eut plus lieu de l'amufer il luy declara nettement que fa prefence étoit fi neceffaire pour le bien des Affaires publiques, qu'il ne pouvoit s'abfenter du lieu où fe tiendroit le Confeil d'Etat, fans defobliger le Roy Catholique fon Frere. Il obferva en tenant ce difcours les vifages du Marquis & de l'Evêque; & remarquant l'extreme chagrin qu'il leur donnoit, il prit des mefures pour empêcher que l'Infant ne luy fût enlevé. Les precautions dont il ufa furent fi fubtiles, que ce jeune Prince & fes Domeftiques étoient en prifon fans qu'ils s'en apperceuffent.

Ainfi les deux premieres perfonnes de l'Etat n'étant plus à craindre, le Cardinal rangea de la maniere qui fuit le plus accredité des Grands. C'étoit Dom Pedro Porto-Carero furnommé le fourd, qui avoit ajufté de loin fes in-

trigues pour fe faire élire Grand - Maître de S. Jacques,
après la mort du Roy Ferdinand. Il étoit Frere du Duc
d'Efcaloné, & intime Amy du grand Capitaine Gonfalve
qui luy avoit fait confidence des Bulles qu'il avoit autrefois obtenuës du Pape Jules Second pour cette Maîtrife, en cas qu'il furvécût au Roy Catholique. Le grand
Capitaine étant mort avant Sa Majefté, Porto-Carero
prefuppofa que puifque la Cour de Rome avoit accordé à
Gonfalve les Bulles dont on vient de parler, il paroiffoit
qu'elle avoit deffein de détacher en toute maniere les trois
grandes Maîtrifes de la Couronne de Caftille ; & que par
confequent une telle grace n'ayant pas tant été accordée
au merite extraordinaire de celuy qui l'avoit obtenuë,
qu'à la crainte de rendre trop puiffans les Rois de Caftille,
Porto-Carero avoit lieu de l'efperer, quoi-que fes qualitez
perfonnelles n'approchaffent pas de celles du grand Capitaine. Il avoit du credit à la Cour de Leon Dix ; & il s'en
prevalut avec tant d'adreffe, qu'il obtint de Sa Sainteté des
Bulles conformes à celles que Jules avoit expediées, à condition toutefois de ne s'en fervir qu'aprésla mort du Roy
Ferdinand. Il ne les avoit pas encore receües lors que Sa
Majefté Catholique mourut, mais elles arriverent peu
de jours aprés ; & aucune conjonĉture ne luy pouvant ê-
tre plus favorable que celle de la divifion du Cardinal &
des Gouverneurs de l'Infant, il écrivit à tous les Comman-
deurs de l'Ordre de de s'affembler dans la Ville de Com-
poftélle en Galice, & d'y tenir Chapitre pour le recevoir en
qualité de Grand-Maître conformement aux Bulles que
le Pape venoit de luy envoyer. Les principaux Comman-
deurs étoient fes parens ou alliez ; & ils avoient d'ailleurs
tant d'intereft que la grande Maîtrife fût détachée de la
Couronne,

Dans les motifs de la difgrace du grand Capitaine.

Couronne qu'ils n'avoient garde de ne luy pas obeïr, puifqu'en ce cas il n'y auroit aucun d'eux qui ne pût efperer
d'y être élevé par fon merite ou par fes brigues : au lieu
qu'ils en feroient tous fruftrez, fi elle demeuroit unie à
la Couronne.

Mais l'Affemblée ne put être fi fecrette que le Cardinal
n'en fût adverty; & comme il faloit agir de hauteur pour
châtier l'attentat de Porto Carrero, ou ne s'en pas mêler,
il envoya l'Alcaïde Villafanno avec des Troupes pour
faire ceffer le Chapitre de gré ou de force. Les Comman-
deurs qui ne s'étoient pas preparez pour combattre, fe feparerent auffi-tôt que l'Alcaïde leur eut fignifié l'ordre
du Cardinal; & feignirent de deferer volontairement à
l'autorité qu'ils n'euffent pas refpectée, fi elle eût été defar-
mée. Le Cardinal aprés les avoir renvoyez chacun à fa
Commanderie, les y fit obferver de fi prés qu'il leur fut
depuis impoffible de fe rejoindre, jufqu'à ce que le nouveau Roy Catholique eût obtenu du Pape les trois grandes
Maîtrifes comme vacantes par la mort de fon Ayeul.
Mais les contrecoups dans la Politique auffi bien que
dans les bleffures font quelquefois plus dangereux que les
coups. La Nobleffe de Caftille trouva mauvais que le Cardinal eût diffipé avec tant de fierté l'Affemblée de Galice,
& l'accufa d'avoir ufurpé dans cette conjoncture un
pouvoir qui ne luy étoit donné ni par le Teftament du
feu Roy, ni par les loix de la Monarchie dont il étoit Regent. Les Grands fe firent un point d'honneur de ne pas
fouffrir la continuation d'un procedé fi peu convenable à
un Prêtre & à un Religieux, & prirent la premiere occafion qu'ils trouverent de fe delivrer d'un joug qu'ils traitoient de tyrannique. Elle confiftoit en ce qu'il vint à con-

tretemps en penſée à Ximenez de travailler à la reformation de trois abus qui vray-ſemblablement devoient être
ſupportez en l'abſence du Souverain, ſi l'on s'en fût tenu
aux Maximes de la Politique ordinaire. Le premier étoit
de quelques Officiers de la Cour qui avoient obtenu par
faveur l'augmentation de leurs gages : le ſecond étoit des
penſions accordées à des Courtiſans de Caſtille & d'Arragon que l'on ſçavoit n'en être pas dignes, ou ne les
avoir pas meritées par d'honnêtes voyes ; & le troiſiéme
conſiſtoit à recouvrer ce qui avoit été aliené du Domaine
Royal, à l'occaſion des Conquêtes de Grenade, de Naples & de Navarre.

Ximenez avant que d'accomplir ſon deſſein en avoit demandé l'avis à Chievres qui luy avoit conſeillé d'attendre
que le Roy Catholique fût en Caſtille : mais ſoit qu'il s'eſti-
mât aſſez fort pour venir à bout d'un projet ſi hardy ſans
le ſecours de ſon Maître, ou qu'il s'imaginât que Chievres
luy portoit envie de la gloire qu'il en recevroit ; il ne laiſſa
pas de mettre la main à l'œuvre. Il modera d'abord avec
aſſez de bonheur les nouveaux appointemens ; & les
Grands d'Eſpagne acquieſcerent avec quelque ſorte de
joye à la reduction des gages à l'ancienne fixation, parce
que d'un côté la haute Nobleſſe n'y avoit preſque point
d'intereſt ; & d'un autre côté ceux à qui le Reglement du
Cardinal préjudicioit, ſe contenterent d'en murmurer en
ſecret. Le retranchement des Penſions luy donna plus de
peine, à cauſe que le murmure en fut plus univerſel &
plus public : mais on alla trop loin dans le recouvrement
du Domaine pour n'y pas rencontrer dés l'entrée de terribles obſtacles. On pretendit que le Roy Catholique ren-
trât non ſeulement dans les Terres alienées à vil prix ou
par de pures gratifications, mais encore dans celles que

les Detenteurs ne justifieroient pas avoir été alienées par
de bons Contracts & pour des causes tout-à-fait legitimes.
Il y avoit peu de Seigneurs dans la haute Noblesse qui n'en
possedassent de cette nature, & l'on étoit presque assuré de
les exciter à la revolte en n'usant d'aucune indulgence à
leur égard. Cependant on les assigna comme les autres, &
on leur prescrivit un temps assez court pour representer
leurs Titres. L'indignation qu'ils en conceurent donna
lieu de croire à Dom Pedro Giron Fils aîné du Comte
d'Uregna, que la conjoncture étoit venuë de recouvrer le
Duché de Medina Sidonia dont il avoit été chassé.

Pour entendre cette Affaire qui souleva presque toute
l'Espagne il faut sçavoir que Dom Juan de Gusman Duc
de Medina Sidonia épousa en premieres nopces la fille
aînée du Duc de Bejar dont il eut un fils appelé Henry, &
une fille nommée Mentia: Henry fut impuissant, & Mentia mariée au Comte d'Uregna, en eut Pedro Giron. Le
Duc de Medina Sidonia ne demeura pas long-temps avec
sa premiere femme, & la perdit la troisiéme année de leur
mariage. Il étoit encore jeune, & sa premiere aliance luy
avoit donné occasion de voir souvent la seconde fille du
Duc de Bejar sa Belle-sœur. Il l'avoit trouvée tout à fait à
son gré, & si l'inclination qu'il avoit pour elle étoit demeurée dans les termes d'une simple estime tant qu'il fut
mary de sa Sœur, elle degenera en amour aussi-tôt qu'il
fut veuf. Il étoit sans contredit le Seigneur le plus riche de
l'Andalousie : il avoit assez bien vécu avec sa premiere
femme : il offroit d'en épouser la Sœur aux mêmes conditions, c'est à dire sans dot : les Grands d'Espagne ne
s'embarrassoient presque point alors de la proximité du
sang en matiere d'alliances, & le Duc de Bejar étoit char-

gé de famille. Ces cinq confiderations porterent Bejar à
confentir que Medina Sidonia fut deux fois fon Gendre;
& comme on eut recours à toutes fortes de moyens pour
obtenir la difpenfe du S. Siege en la forme la plus favorable qui fût alors en ufage, elle fut enfin accordée. Il
fortit du fecond lit un fils celebre dans l'Hiftoire fous le
nom d'Alvaro de Gufman; & le Duc fon pere l'éleva comme heritier prefomptif & neceffaire de fes grands biens,
auffi-tôt que l'impuiffance de Henry de Gufman fils unique du premier lict eut été connuë. Alvaro devint un Seigneur fi accomply, que le Roy Ferdinand le Catholique
le choifit pour mary d'Anne d'Arragon fille legitime
d'Alphonfe d'Arragon fils naturel de Sa Majefté: mais
il eft peu d'inceftes fignalez entre les Chrétiens dont la
punition foit entierement differée jufqu'à l'autre monde; & Dieu commence ordinairement à témoigner dés
celuy-cy par des châtimens horribles, fon averfion pour
un mélange qu'il n'a fouffert qu'au commencement du
monde, & dans la feule vûë de multiplier les hommes.
Pedro Giron fils aîné de Mentia fille du premier lict du
Duc de Medina Sidonia fe porta feul & univerfel heritier de fon Ayeul maternel, & dit pour fes raifons qu'Alvaro de Gufman fon Oncle étoit illegitime: qu'il étoit le
fruit odieux d'une monftrueufe conjonction: que les Loix
Divines & humaines condamnoient également les mariages avec les deux Sœurs; & que s'ils avoient été quelquefois foufferts dans la Religion Chrétienne, ce n'avoit été
que pour des caufes qui regardoient le bien general, certain
& prefent d'un grand Etat, & les Perfonnes Royales: qu'il
n'y avoit eu rien de femblable dans le cas dont il s'agiffoit,
& que par confequent la difpenfe obtenuë de Rome étoit

nulle. Mais le Roy Catholique n'en donna pas moins sa Petite-Fille à Alvaro Guſman, & répondit à ceux qui pretendirent l'en détourner, que ce n'étoit point à Pedro Giron de controller la diſpenſe obtenuë par ſon Ayeul; & que quand il y auroit eu à redire, la preſence de Sa Majeſté & celle de la feüe Reine Iſabelle qui avoient ſigné au Contract, avoient ſuppleé abondamment à toutes les nullitez de droit & de fait qui pouvoient y être intervenuës.

Le Duc de Medina Sidonia mourut quelque tems apres les nopces d'Alvaro ſon fils, qui prit poſſeſſion de toutes les Terres de la Maiſon ſans qu'il y eût d'autre obſtacle que celuy de quelques proteſtations par écrit qui luy furent ſignifiées de la part de Pedro Giron. Mais aprés que le Roy Catholique eut ceſſé de vivre; & qu'Alvaro eut perdu en luy ſon plus grand ſupport, Pedro Giron crut que le tems étoit venu de s'approprier les biens de la Maiſon de Medina Sidonia. Il tira de la bourſe de ſes Amis tout l'argent qu'ils luy voulurent prêter: il implora l'aſſiſtance de ſes proches au défaut de celle de ſon Pere, qui s'excuſa d'entrer dans la querelle ſur ce qu'il étoit trop âgé: Il trouva force jeunes gens qui l'avoient connu dans les Armées diſpoſez à le ſecourir; & tira des trois reſſources que l'on vient de marquer, aſſez de Troupes pour former un Siege regulier devant S. Lucar ville des plus fameuſes de l'Andalouſie à cauſe de la commodité de ſon Port. Comme elle appartenoit en propre aux Ducs de Medina Sidonia, & qu'elle faiſoit partie de l'appanage de leurs Fils aînez, qui ne pouvoit être ni vendu ni engagé; les Rois de Caſtille n'y avoient point de Garniſon, & ſe contentoient d'en mettre dans le Château qui commandoit à la Place; encore ne l'avoient-ils fait qu'aprés avoir donné aux

Ducs de Medina Sidonia des declarations authentiques, que çe n'étoit pour aucunes pretentions qu'ils y euſſent, mais que c'étoit ſeulement pour la ſeureté de la côte d'Andalouſie la plus importante de leur Monarchie. Alvaro ſe jetta dans la Ville pour la défendre ; & y reçût un ſi grand renfort que luy mena Ponce d'Arcos ſon Couſin germain, que Pedro Giron n'eſperant pas de la prendre de long-tems par les formes ordinaires, tâcha de corrompre Gomez de Solis qui commandoit dans le Château. Solis fut inflexible ; & tout ce que Pedro Giron put tirer de luy, fut que le feu Roy Catholique en le mettant dans S. Lucar luy avoit commandé de vivre en parfaite intelligence avec le Duc Alvaro, & d'agir de concert avec luy dans toutes les choſes qui ne ſeroient pas contraires à l'interêt de la Monarchie d'Eſpagne en general , & de la Caſtille en particulier. Il ajoûta qu'il ne pouvoit ſe diſpenſer d'obeïr à cet ordre juſqu'à ce qu'il luy en fût arrivé un autre de Flandres , ou que le Cardinal Regent luy eût commandé d'obeir à Pedro Giron ; & qu'il n'y avoit point d'autres expediens que ceux-là pour entrer dans S. Lucar, ſi l'on n'aimoit mieux luy paſſer ſur le ventre.

Ainſi le Siege tira en longueur ; & Ximenez perſuadé qu'il faloit maintenir en toute maniere la diſpoſition du feu Roy, écrivit à Chievres que c'étoit là l'unique moyen d'empêcher la Nobleſſe Eſpagnole de ſe ſoûlever ; & que comme elle étoit naturellement portée à l'oiſiveté, elle y rentreroit infailliblement lorſqu'elle verroit le premier de ſes attentats reprimé avec autant de hauteur en l'abſence du Roy Cathoilque , que ſi Sa Majeſté eût été preſente , & qu'elle eût agi par elle-même. Le Cardinal pria en ſuite Chievres de faire trouver bon dans le Conſeil de Bruxelles ce qu'il alloit faire , & enferma dans le Paquet une Lettre pour le Roy qui ne contenoit que la même chose exprimée neanmoins en des termes plus respectueux ; & sans prendre d'autre precaution, il ramassa en peu de jours les vieilles Troupes qu'il tenoit prêtes en divers lieux; & les envoya si promptement à S. Lucar, qu'elles tomberent sur les bras de Pedro Giron avant qu'il eût apris qu'elles fussent en Campagne. La consternation qui saisit les Assiegeans à leur vûë, rompit en un moment toutes les mesures qui avoient été prises pour enlever le Duché de Medina Sidonia. Dom Pedro fut abandonné de tous ses Soldats, & contraint luy-même de se refugier dans une maison champêtre où l'on ne sçavoit pas qu'il fût, en attendant que ses Amis l'eussent reconcilié avec Ximenez. La cause d'un evenement si bizarre fut que la plûpart des Assiegeans étoient volontaires, & ne servoient que sur l'esperance qu'on leur avoit donnée que Cardinal approuveroit ce qu'ils faisoient. Ils le connoissoient pour extraordinairement jaloux de son autorité, & pour inexorable lorsqu'il avoit été contraint de recourir à la force : Ils conclurent de ces principes que si les Assiegeans étoient défaits, ce qui en resteroit passeroit par les mains des Bourreaux. Ils jugerent par leur petit nombre en comparaison de celuy des Troupes qui venoient au secours du Duc Alvaro, que la partie n'étoit pas égale, & se débanderent là-dessus en attendant que Pedro Giron la renoüât mieux. Ils ne s'abuserent pas tout-à-fait dans leur conjecture; & les Ennemis de Ximenez travaillerent avec tant d'application & de succez pour luy faire recevoir un affront dans l'Affaire de Medina Sidonia, qu'il sembla à Giron aprés que le Connétable de Castille son Oncle & plusieurs autres Grands se furent liguez avec

Dans les Dépêches de Ximenez à Chievres.

luy, qu'il n'avoit plus rien à craindre, & qu'il pouvoit bra-
ver impunément le Cardinal. Il alla à Madrid presuppo-
sant que ce Prelat extraordinairement delicat en matiere
d'offense, & facile à se choquer des mépris faits de sa dignité, luy envoyeroit un ordre de se retirer au plus vîte, &
luy fourniroit par là le pretexte qu'il cherchoit de se plaindre de luy. Mais le Cardinal qui penetroit dans la pensée
de Giron se comporta de méme que s'il n'eût pas sçeu son
arrivée à Madrid, ou s'il ne s'en fût pas mis en peine. Il
luy donna le loisir de s'ennuyer; & Giron voyant sa premiere ruse deconcertée par l'insensibilité affectée de Ximenez, en inventa une seconde. Il envoya dire à ce Cardinal qu'il étoit à Madrid dans la seule intention de visiter ses Parens & ses Amis, & de s'en retourner immediatement aprés. Il attendoit que le Cardinal repartît au Gentilhomme qui luy portoit cette parole, que Giron n'étoit
pas trop grand Seigneur pour venir luy-même donner le
premier avis de son arrivée: mais le Cardinal continua de
feindre, & ne repartit autre chose sinon, *A la bonne heure.*

Rien ne déplaît tant à ceux qui cherchent querelle que
la moderation exercée dans le plus grand des contretems
à leur égard, c'est à dire dans le moment qu'ils sont le plus
animez. Giron que Ximenez en le negligeant punissoit
avec plus de severité que s'il l'eût fait mettre en prison, af-
fecta de le mortifier à son tour par une troisiéme voye. Il
s'expliqua devant des gens qu'il sçavoit le devoir rappoter
à ce Cardinal sur le veritable sujet qui l'avoit empêché de
voir ce Prelat, & leur dit que ç'avoit été dans la vûë de
mettre de la difference entre le Roy Catholique & ceux qui
avoient l'honneur de representer sa Personne; parce que
les Grands de Castille toutes les fois qu'ils passoient par le
lieu

lieu où étoit leur Roy, avoient accoûtumé de le visiter; &
s'ils en usoient de même à l'égard du Cardinal, le Roy
Catholique auroit sujet de se plaindre d'eux. Cela fut rapporté à Ximenez qui ne s'en étonnant pas davantage,
reduisit Giron à l'attaquer de bonne guerre en formant
contre luy un grand party sur les vieux pretextes de mécontentement que la haute Noblesse avoit de luy. Le
Connétable de Castille fut le premier qui y entra, à cause
que l'on parloit de retirer de ses mains un Droit Royal
qu'il avoit sur les Côtes d'Andalousie : le Duc de Benevent y fut attiré le second, par le dépit conceu de ce qu'on
l'empêchoit d'achever un Fort qu'il avoit commencé sur
le Territoire de Cigalez : le Duc d'Albuquerque & le
Duc de Medina Cœli suivirent leur exemple, à cause des
rentes qu'ils avoient sur le Domaine Royal; & l'Evêque
de Siguença fut le cinquiéme sur ce qu'étant né dans le
Portugal, il apprehendoit qu'on ne luy ôtât son Evêché
scitué dans la Castille, supposé que le Cardinal s'y portât de luy-même, ou fût prié de rétablir les Castillans dans
la possession d'un de leurs plus beaux privileges, qui consistoit en ce que ni leurs Offices, ni leurs Benefices ne pouvoient être tenus par des Etrangers.

Il ne restoit plus pour soûlever les autres Chefs de la
haute Noblesse, que de gagner le Duc de l'Infantado Aîné de la Maison de Mendosa à qui les autres Seigneurs
d'Espagne cedoient pour la Naissance, pour les Etablisse-
mens, pour les richesses, & pour le merite. Il ne sembloit
pas qu'il fût difficile de le disposer à la revolte à cause de
ce qui s'étoit passé entre Ximenez & luy. Il avoit autrefois
recherché l'alliance de ce Cardinal ; & luy avoit offert
nonobstant l'extrême disproportion de leurs Maisons, de

marier Diego de Mendofa fils de fon Frere avec Ifabelle
de Cifnero Niéce du Cardinal. On n'a pas fceu fi le Duc
avoit été tenté d'ambition, ou s'il avoit feulement penfé à
s'unir le plus étroitement qu'il pouvoit avec ce Favory, ou
enfin s'il avoit agi dans la vûë d'augmenter les biens immenfes de fa Maifon en y faifant entrer avec l'heritiere de
ce Cardinal le trefor que l'on croyoit qu'il eût : mais il eft
conftant que le Duc en fit luy-même un jour la propofition au Cardinal ; & que celuy-cy furpris de l'honneur
qu'on luy faifoit, plus grand fans comparaifon qu'il ne l'eût
ofé efperer, & n'ayant pas le loifir de regarder le revers de
la Medaille qu'on luy montroit par le bel endroit, accepta
l'offre du Duc. Mais il s'en repentit auffi-tôt qu'étant retiré
dans fon Cabinet, & rappellant dans fon idée ce qui venoit
de luy arriver, il reconnut qu'il s'étoit trop hâté, & que
l'amour propre l'avoit aveuglé jufqu'à luy faire commettre une faute des plus groffieres contre la fine Politique. Il
s'étoit expofé en donnant trop tôt fon confentement à augmenter la jaloufie que le Roy Catholique Ferdinand fon
Maître qui vivoit encore alors, avoit déja conçûe de luy,
lorfque Sa Majefté verroit qu'il renonçoit à fes anciennes
maximes; & qu'au lieu de continuer à fe declarer contre la
haute Nobleffe, il commençoit fur le tard à s'allier avec elle
en accordant fa Niéce & fon heritiere au Neveu & à l'heritier d'un Duc qui avoit tous les Seigneurs d'Efpagne
pour parens ou pour alliez : d'où Ximenez conclut que fi

Dans les Eloges
de la Maifon de
Mendofa.

Sa Majefté n'avoit pas laiffé d'entreprendre de le depofer,
quoi-qu'elle n'en eût aucune caufe raifonnable, elle y travailleroit à l'avenir avec d'autant plus de fondement, que
tous les Efpagnols étoient perfuadez que fi le Threfor du
Cardinal que l'on publioit fuffifant pour lever & pour

entretenir une Armée formidable, étoit joint à la puissance & au credit du Duc de l'Infantado, les heritiers de l'un
& de l'autre pourroient se rendre Maîtres de la Castille, si
l'ambition leur en venoit.

Il n'en falut pas davantage pour obliger le même Cardinal à se dédire; & comme rien ne luy manquoit pour
se tirer des mauvais pas lorsqu'il en avoit le tems, il ex-
cusa en tant de manieres differentes l'irregularité de
sa parole; que si le Duc n'en demeura entierement satisfait, il n'en eut pas au moins d'occasion suffisante pour
rompre avec luy. Ils n'étoient donc, à parler exactement,
ni amis ni ennemis lorsque le party de Giron se proposa
de mettre le Duc à sa tête; & les six Grands que l'on a
nommez l'allerent trouver à cette occasion dans la ville de
Guadalajara, où il passoit l'hyver de l'année mil cinq
cens dix-sept.

Ils luy representerent que la Noblesse Espagnole avoit
acquis beaucoup de reputation dans l'Europe en delivrant
son Pays de la tyrannie des Mores, mais qu'elle l'alloit
perdre pour peu qu'elle demeurât davantage dans l'insensibilité où elle étoit : Qu'elle n'avoit déja souffert que
trop long-tems un homme de basse naissance, qui s'é-
toit estimé luy-même si peu capable de commander,
qu'il avoit fait vœu d'obeïr toute sa vie; & qui n'ayant
apris à gouverner que dans les Cloîtres où l'autorité est
tout-à-fait absoluë, s'imaginoit que les Grands d'Espagne
devoient être menez à baguette, comme les Cordeliers de
l'Observance la plus étroite: Que si le pouvoir dont il s'é-
toit emparé avoit quelque fondement dans les Loix d'Espagne, il s'y faudroit soûmettre; mais que ces loix n'avoient
garde de favoriser un Moyne, qui ne s'étoit élevé & ne

se maintenoit qu'en les violant: Qu'il ne pouvoit montrer
d'autre titre de sa pretenduë Regence que l'article du Testament du feu Roy Catholique qui la luy deferoit ; mais
qu'il y avoit trois choses à redire dans cet article, dont la
moindre suffisoit pour en eluder l'execution. La premiere
qu'il avoit été suggeré par le Conseiller d'Etat Carvaial à
qui le Cardinal pour recompense avoit promis l'Evêché de
Siguença, aussi-tôt qu'il l'auroit ôté au Prelat Portugais
qui en étoit pourveu contre la Coûtume de Castille. La seconde que le Cardinal entreprenoit infiniment au delà du
pouvoir qu'il disoit luy avoir été donné, ce qui n'avoit pas
besoin de preuve puisqu'il étoit si public que personne ne
l'ignoroit ; & la derniere que quand il seroit vray, que
le feu Roy Catholique luy eût accordé la Regence dans toute l'étenduë qu'il l'exerçoit, il ne luy seroit
pas plus permis de s'en prevaloir, puisque par les Loix fondamentales de la Monarchie de Castille l'autorité Royale étoit devoluë à la haute Noblesse dans les conjonctures
du bas âge, ou des infirmitez de ses Rois, lorsqu'elles
étoient de longue durée ; & si cette Noblesse s'é-
toit relâchée jusqu'à consentir que le Gouvernement demeurât au feu Roy Ferdinand durant sa vie, il ne s'ensuivoit
pas qu'elle luy eût permis d'en disposer aprés sa mort.

Le Duc de l'Infantado répondit qu'il avoit pour le
moins autant de sujet de se plaindre du Cardinal qu'aucun autre Grand de Castille ; & que ses Ancestres luy
ayant laissé beaucoup de cette nature de biens que l'on
disoit être du Domaine Royal ; il avoit par consequent à
craindre que l'on ne commençât par luy à le retirer ,
afin que les autres trouvassent moins étrange qu'on les
depoüillât ensuite, puisque l'on n'auroit point fait de grace

au plus confiderable Seigneur d'Efpagne. Mais que nonobftant il n'étoit pas d'avis de rien entreprendre au prejudice de la derniere volonté du feu Roy, ni contre les
ordres du Roy Catholique Regnant, quoi-que l'on fçût
qu'ils n'étoient que provifionnels en ce qui regardoit Ximenez: Que ce Cardinal avoit plus d'experience & plus
d'argent comptant qu'eux; & qu'il ne faloit pas douter qu'il
ne les exterminât tous enfemble, s'ils luy donnoient occafion de mettre de fon côté le peuple en luy montrant que
les Seigneurs de Caftille en vouloient à la memoire du feu
Roy qui l'avoit choifi pour Regent, & à l'autorité du nouveau Roy qui luy avoit confirmé la Regence: Qu'il étoit
donc abfolument neceffaire de chercher un autre Expedient pour le dépofer que celuy de la violence ; & que
quand on l'auroit trouvé, le Duc de l'Infantado fe declareroit volontiers pour la Caufe commune contre le Favory.

L'expedient n'étoit pas de ceux qui fe prefentent d'a-
bord à l'imagination ; & les Seigneurs de Caftille au bout
de plufieurs jours qu'ils y penferent, n'en trouverent point
d'autre qui fût au goût du Duc de l'Infantado que celuy
de prefenter une Requête qu'ils fignerent tous au nouveau
Roy Charles pour le conjurer de leur donner un autre
Regent que Ximenez. Il étoit aifé de prevoir qu'elle ne
feroit point accordée ; & que Sa Majefté en eluderoit la
réponfe, en la differant jufques à fon arrivée en Efpagne
où elle promettoit d'aller de jour en jour. Le Cardinal s'en
tint fi affuré, qu'il ne fe mit en peine d'en écrire ni au Roy
ni à Chievres. Sa penetration alla même plus loin; & comme il étoit fouverainement attentif à profiter des evenemens capables d'augmenter fon pouvoir, la confpiration
de la principale Nobleffe luy en fit naître deux moyens

Dans la Chroni-
que des Mendofes.

qu'il ne laiffa point échaper. Le premier fut d'expofer à
Chievres dans une longue Lettre qu'il luy écrivit, la neceffité abfoluë qu'il y avoit que Sa Majefté Catholique
luy envoyât un pouvoir fans limite, fi l'on pretendoit qu'il
rangeât hautement à la raifon tant de mécontens : & le fecond de fe mettre en pofture non feulement de n'être pas
furpris, mais encore d'étouffer la fedition à l'inftant qu'elle
éclateroit.

Comme ç'avoit principalement été par la valeur de la
Nobleffe Caftillane que les Mores avoient été chaffez
d'Efpagne, elle étoit depuis long-tems en poffeffion du
privilege de porter les Armes , & de les faire porter
à ceux de fa fuite , à l'exclufion des Bourgeois & des
Payfans qui n'en avoient le droit que lorfque les Gentils-hommes les leur mettoient en main. Si la coûtume en
eût continué le Cardinal eût été tôt ou tard accablé, parce qu'il n'eût pû oppofer dans tous les lieux où il faloit qu'il
allât , affez de gens armez pour refifter aux entreprifes
frequentes de la Nobleffe fur fa perfonne : au lieu que s'il
mettoit les armes entre les mains des Roturiers, il fe pre-
pareroit par tout un tres-grand nombre de deffenfeurs qui
s'eftimeroient tres - obligez de la grace qu'il leur feroit ,
& ne luy manqueroient pas au befoin. Il prit occafion de
la décente que le fameux Corfaire Barberouffe venoit de
faire dans le Royaume de Grenade où il avoit enlevé plufieurs milliers d'Efpagnols; & il publia là-deffus au nom
de la Reine Jeanne & du Roy Charles un Edit, qui portoit que puifque la Nobleffe dont les Terres étoient fur les
Côtes d'Efpagne, & les Garnifons que les Rois Catholiques avoient accoûtumé d'y entretenir ne fuffifoient pas
pour empêcher les ravages des Infideles, il étoit neceffaire de remedier à de femblables furprifes pour l'avenir,

en opposant aux Pyrates Turcs tant de gens capables
de leur resister, qu'ils n'osassent plus mettre le pied dans
un Pays qu'ils verroient si bien gardé: Que leurs Majestez
Catholiques n'avoient pas jugé à propos d'armer les Paysans, parce qu'elles les eussent infailliblement détournez
du labourage, ni tous les Bourgeois des Villes, à cause
que le commerce en eût pû souffrir de l'interruption; mais
qu'elles avoient seulement choisi les bons Bourgeois, qui
ayant beaucoup à perdre s'apliqueroient davantage à le
conserver: Que ceux qui donneroient leurs noms pour cette sorte de milice seroient exempts des charges les plus ru-
des de l'Etat: Qu'on leur accorderoit dans la suite des Privileges proportionnez aux services qu'ils rendroient: Que
l'on auroit soin de leur donner des Officiers qui les instrui-
roient; & qu'on ne leur demandoit presentement autre
chose, sinon qu'ils fissent exercice tous les Dimanches.

La Noblesse reconnut d'abord l'intention de Ximenez,
& s'y opposa de toute sa force. Les Villes où elle avoit plus
de credit que luy, ne voulurent pas permettre aux Commissaires destinez pour l'enrôlement, d'executer l'Edit, &
les autres les receurent à bras ouverts; car outre qu'ils
étoient agreables à la Bourgeoisie par la nouveauté de l'ordre qu'ils luy apportoient, ils la rendoient Maîtresse de l'E-
tat, & luy ouvroient la belle voye qui étoit celle des Armes, pour s'élever au dessus de la condition où elle étoit
née, & pour meriter les plus importantes Charges de la
Monarchie: ce qui dans la suite du temps eût tellement
avily la Noblesse, qu'il ne se fût presque plus parlé d'elle.

Ainsi la Castille fut divisée en deux factions; & comme
il y a des montagnes qui la coupent en deux parties à peu
prés égalés, celle de delà les monts fut presque toute pour

la Nobleſſe, & celle de deçà pour Ximenez. Le party de ce Cardinal n'étoit pas le moindre, puiſqu'il avoit pour luy les plus braves & les plus aguerris de ſes Compatriotes; & la ſeule précaution qu'il eut à prendre, fut d'empêcher ſes ennemis de prevenir la Cour de Bruxelles en y donnant de mauvaiſes impreſſions de ſon deſſein. Il écrivit dans cette vûë à Chievres qu'il le prioit de remontrer au Roy Catholique en plein Conſeil, qu'il n'y avoit point d'autre expedient que celuy qu'il venoit de mettre en uſage pour luy conſerver juſqu'à ſon arrivée en Eſpagne ſes deux Monarchies entieres, & ſans qu'il luy en coutât rien: Qu'il n'étoit pas nouveau en Caſtille d'armer les peuples, & que les Rois ſes Predeceſſeurs l'avoient fait toutes les fois qu'il avoit été neceſſaire d'arréter, ou de punir l'inſolence de leur Nobleſſe: Que le Roy Henry quatre Frere de ſon Ayeule l'avoit pratiqué; & que les Hiſtoriens d'Eſpagne n'imputoient tous les malheurs qui luy étoient arrivez, qu'au pernicieux conſeil qui luy avoit été donné & qu'il avoit ſuivy, de caſſer les Troupes roturieres qu'il avoit levées pour appointer en leur place les Gentils-hommes qui l'avoient honteuſement trahi.

　　Chievres approuva le projet de Ximenez, & le fit approuver par Charles, mais ce fut par une autre raiſon que celles que le Cardinal avoit exprimées dans ſa Lettre. La *Dans les Lettres* poſſeſſion actuelle des Pays-Bas, les Provinces hereditaires *de Ximenez à* de la Maiſon d'Autriche en Allemagne qui devoient ap-*Chievres.* partenir à ſa MajeſtéCatolique après la mort de ſon Ayeul paternel, & l'Empire qu'elle ſe propoſoit de briguer, étoient trois motifs d'extrême importance qui ne lui permettoient pas de faire un long ſejour en Eſpagne, & qui l'en rappelleroient apparemment auſſi-tôt qu'elle y auroit été

　　　　　　　　　　　　　　　　　reconnuë

reconnuë pour Roy : d'où Chievres concluoit qu'il feroit alors impoffible de cacher à la Nobleffe qu'elle ne joüiroit pas long-tems de la prefence de Charles; & qu'en ce cas elle s'appliqueroit entierement à fe délivrer de la fujettion où elle pretendoit que les feus Rois Ferdinand & Ifabelle l'euffent tenuë, & à fe rétablir dans le droit, ou pour mieux dire dans la licence où elle avoit été plufieurs fiecles au paravant, de fe revolter avec impunité toutes les fois que le caprice luy en étoit venu. Ses rebellions avoient à la verité été frequentes, mais pourtant elles n'avoient jamais paffé jufqu'à la depofition des Rois; parce que ces Princes n'ayant point forty de leurs Etats, s'étoient trouvez affez à propos fur les lieux où la revolte avoit commencé pour l'étouffer d'abord; & comme ils avoient toûjours confervé des amis entre les Grands mécontens, la defection de ceux-cy n'avoit jamais été univerfelle : au lieu que fi l'envie de fe foûlever les prenoit dans l'éloignement de Charles, rien ne traverferoit leur union; & l'Infant Ferdinand fe trouvant au milieu d'eux, ils le choifiroient pour leur Roy, ce qui commenceroit une guerre incapable de fe terminer autrement que par la mort de l'un des deux Freres, que la Nobleffe Caftillane auroit commis l'un contre l'autre. C'étoit donc un coup d'Etat felon Chievres de prevenir avant toutes chofes cette revolte de la Nobleffe par un moyen d'autant moins fufpect, que le Roy Catholique ne s'en feroit point mêlé; & ce moyen fe prefentoit de luy-même, fans que le Confeil de Bruxeltes l'eût inventé ny cherché. Il n'y avoit qu'à confirmer par l'autorité Royale la milice des bons Bourgeois qui dans chaque Ville s'oppoferoit aux attentats de la Nobleffe, & retiendroit le peuple dans le devoir; & comme

N n

Ximenez ne nioit pas d'en être l'inventeur, il s'en attireroit toute la haine, & tout le fruit en reviendroit à Sa
Majesté Catholique.

Ce raisonnement accompagné de toute la vigueur dont
Chievres animoit les propositiôs qu'il pretendoit faire passer
sans contredit, fut applaudy dans le Conseil de Bruxelles,
& l'on y autorisa tout d'une voix la conduite de Ximenez
sur l'établissement de la milice des bons Bourgeois dans la
Castille. On luy en donna de grandes loüanges: on écrivie
aux Officiers Royaux d'y tenir la main; & l'on declara cri-
minels de leze-Majesté ceux qui s'y opposeroient, de quel
que qualité qu'ils fussent. Ayala fut envoyé au Cardinal
pour luy en porter la nouvelle; & les Nobles se voyans a-
bandonnez de la Cour, ne demeurerent pas long-tems sans
se diviser. Le Connétable fut le premier d'entr'eux qui se re-
concilia avec Ximenez; & les autres au lieu de trouver
mauvais qu'il leur eût faussé compagnie, le prierent de faire leur paix. Il servit de mediateur pour tous les Grands
de sa faction; & le Cardinal aprés les avoir embrassez crût
que pour les empêcher de ruiner son ouvrage lorsqu'ils
en trouveroient l'occasion, il faloit établir en chaque Ville d'Espagne quatre nouveaux Syndics pour avoir l'œil
sur la subsistance de la milice, & pour informer la Cour
de tout ce qui seroit entrepris à dessein de la supprimer. Il
est étonnant que les plus grands Hommes soient quelquefois sujets comme les autres au défaut d'être plus touchez
des injures que des bien-faits, & plus sensibles à l'offense
qu'à la reconnoissance. Ximenez connoissoit parfaitement qu'il devoit la conservation de sa dignité, & peut-
être encore celle de sa vie, aux dernieres depêches écrites
de Bruxelles en sa faveur; & que si elles ne luy eussent

été entierement favorables il eût fuccombé dans l'affaire
des milices : mais au lieu de cette idée defagreable en ce
qu'elle luy reprefentoit fa propre foibleffe, il s'en forma
une autre qui le flatoit. Elle confiftoit toute dans l'obligation que luy avoit le Roy Catholique d'avoir fi entierement foûmis la Nobleffe Efpagnole, que Sa Majefté pouvoit deformais s'abfenter de fes Royaumes maternels auffi
long-tems qu'il luy plairoit, & vaquer uniquement à briguer l'Empire. Il luy fembla qu'aprés avoir fait cela pour
fon Maître, ce jeune Prince ne devoit plus garder de mefures en ce qu'il feroit pour luy ; & recommença fes inftances pour obtenir un pouvoir fans limite, non plus avec
une declaration expreffe comme il avoit fait jufques-là
de vouloir tenir le bien-fait de la pure grace de Sa Majefté, mais de l'air dont il avoit accoûtumé d'exiger les chofes qui luy étoient deuës.

Chievres connoiffoit le genie des Efpagnols capable de paffer de la fierté qui leur eft naturelle jufqu'à l'extréme mépris pour leur Souverain, dés l'inftant qu'ils
croyent luy avoir perfuadé qu'ils luy font neceffaires. Il a-
vertit le Roy Catholique que s'il accordoit à Ximenez dans
la conjoncture d'alors ce qu'il demandoit, il le rendroit
infupportable, & le confirmeroit dans une entiere inde-
pendance à l'égard de Sa Majefté. Qu'il ne la confulteroit
plus que par maniere d'acquit fur ce qu'il auroit à faire :
Qu'il ne liroit plus les ordres qu'il en recevroit ; ou s'il les li-
foit, ce ne feroit qu'aprés avoir agi à fa mode, & par une
pure curiofité de voir s'ils feroient conformes à ce qu'il
auroit executé : au lieu que fi on laiffoit prefentement le
pouvoir de ce Cardinal dans les bornes où le feu Roy l'a-
voit enfermé, & que l'on remît à l'augmenter de tems en

tems dans de certaines circonstances, comme on venoit de
faire en celle des milices; le Cardinal demeureroit plus sou-
ple, & les Gentilshommes ne s'impatienteroient plus tant
de son Administration. Le Roy Catholique trouva l'avis
salutaire, & refusa Ximenez, qui se doutant bien que
Chievres luy avoit été contraire, s'opposa reciproquement
à son tour à Chievres dans l'Affaire qui suit.

Les Indiens étoient trop foibles pour resister au travail
des mines & aux autres fonctions tres-penibles, où les Espagnols les occupoient. Ils mouroient ordinairement
cinq ou six semaines aprés que l'on avoit commencé à les
y employer, & les plus robustes d'entr'eux ne prolon-
goient point en ce cas leurs vies au delà de deux mois. C'é-
toit le plus souvent par force qu'ils y mettoient la main; &
l'inhumanité qu'il y avoit à les contraindre d'abreger ainsi leurs jours pour le profit d'autruy, obligea Chievres de
chercher les expediens propres à les soulager. Il en trouva
plusieurs; & celuy qu'il approuva le plus parce qu'il étoit
moins à charge aux Espagnols, fut de leur procurer d'autres Esclaves à bon marché. Le plus grand traffic de la Côte de Guinée consistoit en hommes que l'on y alloit acheter de toutes les parties du Monde. Les Peres y vendoient
leurs enfans, & les maris leurs femmes. Comme ces Esclaves étoient noirs, on leur avoit donné le nom de Negres:
ils étoient robustes: Le travail pour grand qu'il fût ne leur
sembloit point étrange, parce qu'ils y étoient accoûtumez
de jeunesse: Ils étoient sujets à peu de maladies; & ne lais-
soient pas de vivre long-tems pour être exposez à toutes
les injures des Saisons, ni par consequent d'enrichir ceux
qui les achetoient au prix d'un écu, pourveu que la severité dont ils usoient à leur égard ne fût pas extrême; Mais

fi elle l'étoit, ils fe faifoient mourir auffi-toft en s'empêchant de refpirer par le feul motif de faire dépit à
leurs Maîtres impitoyables. Chievres en fit acheter fix cens,
& on les mena par fon ordre dans l'Amerique où l'on reprefenta aux Efpagnols habituez dans cette nouvelle partie du Monde, l'avantage qu'ils auroient de fe fervir des ef-
claves Negres , puifqu'ils les auroient à fi bon marché.
Mais le Cardinal Ximenez y trouva fort à redire ; & pretendit que fi les Efpagnols en ne fe fervant pas des Efcla-
ves de Gvinée avoient le déplaifir de voir fouvent leurs
travaux imparfaits, ils avoient en recompenfe la fatisfaction d'être affeurez que les Indiens Occidentaux qu'ils
introduifoient dans leurs maifons, n'en abuferoient jamais
en conjurant & fe foûlevant contre eux : Au lieu que les Negres qui n'avoient pas moins de malice que de force, ne fe
verroient pas plutôt dans le nouveau Monde en plus
grand nombre que les Efpagnols, qu'ils prendroient des
mefures entr'eux pour leur donner les chaînes qu'ils leurs
faifoient porter.

Ayala fut renvoyé à la Cour de Bruxelles pour exagge-
rer cet inconvenient, mais Chievres n'en fut pas fatisfait.
il crut que ce n'étoit pas là ce qui faifoit agir Ximenez, & il
luy attribua une confideration plus raffinée. Il la tira de ce
que la jaloufie des Efpagnols pour les Indes alloit jufqu'à
ne pas fouffrir qu'aucune autre Nation que la leur y mît
le pied, de peur qu'il ne luy prît envie d'en partager les ri-
cheffes avec elle. Cependant fi on y tranfportoit des Negres, il y avoit lieu de prevoir qu'ils y multiplieroient beaucoup ; le travail infatigable & le mauvais traitement n'empêchant pas ces peuples d'être extraordinairement fé-
conds, & l'intereft de ceux qui les acheteroient étant de

les marier enſemble afin d'augmenter le nombre de leurs
Eſclaves. Il ne dependroit donc plus de la prudence de
l'Eſpagne de s'oppoſer à la multitude des Negres. Ils
n'auroient pas plutôt reconnu leurs forces qu'ils penſe-
roient à recouvrer leur liberté; & ſi leur ſoûlevement reüſ-
ſiſſoit en une Region de l'Amerique, il deviendroit bien-
tôt univerſel par le ſecours que ceux qui ſe ſeroient affran-
chis donneroient aux autres, afin qu'ils ſe revoltaſſent à
leur exemple.

De plus les Eſpagnols n'étoient pas propres aux tranſ-
ports des eſclaves d'une extremité du monde à l'autre, &
n'avoient point aſſez de Vaiſſeaux pour en fournir autant
qu'il faloit dans l'Amerique & dans le Perou; d'où il s'enſuivoit qu'ils avoient beſoin en ce cas des Flamans & des
Hollandois ſujets comme eux du Roy Catholique; & que
ces Peuples prenant ainſi plus de connoiſſance des Indes,
qu'il n'étoit à propos qu'ils euſſent, travailleroient infailliblement à s'y établir. Le Roy Catholique ne laiſſa donc pas
nonobſtant la remontrance de Ximenez, d'envoyer à l'Iſle
Eſpagnole les Negres que Chievres avoit fait acheter: mais
il eut occaſion cinq ans après de s'en repentir, en ce que les
Negres ſe revolterent; & ſe fuſſent infailliblement emparez
de l'Iſle, ſi par un bonheur ſingulier dans le moment que
leur rebellion éclata, il ne fût ſurvenu fort à propos deux
Capitaines Eſpagnols, Melchior de Caſtro, & François
d'Avila qui plus par adreſſe que par force les remirent
aux fers.

Cette irregularité de Chievres fût peut-être cauſe qu'il
appuya depuis le Cardinal dans l'execution d'un deſſein
qui ne paroiſſoit pas beaucoup plus juſte ni plus deſinte-
reſſé, & que la ſeule malice humaine empécha de reüſſir. Les Indiens ſe plaignoient d'être traitez en bêtes bru-

tes par les Espagnols, & l'accusation n'étoit que trop vraye. Il n'y avoit pour eux ni Justice ni Magistrats : On leur annonçoit l'Evangile d'une maniere capable de leur en inspirer de l'horreur : on ne se mettoit pas beaucoup en peine 'qu'ils receussent le Batême; & on ne s'adoucissoit point à leur égard aprés qu'ils l'avoient receu. Ximenez proposa de leur envoyer pour Commissaires Loüis de Figueroa, Alphonse de S. Jean Religieux de S. Jerôme, & l'Alcaïde Manzanedo pour aller établir entre les Indiens sujets de la Monarchie Espagnole une Police à peu prés égale à celle des Paysans en Espagne ; comme si les trois personnes que l'on vient de nommer eussent suffi pour un ouvrage de telle importance. Chievres le fit pourtant agréer dans le Conseil de Bruxelles, & les Commissaires partirent des Côtes de l'Andalousie. Ils arriverent sans obstacle dans l'Amerique ; mais ils y trouverent tant d'oppositions de la part de leurs Compatriotes, qu'ils n'executerent presque rien de l'ordre qu'ils avoient receu de Ximenez ; ceux qui devoient leur prêter main forte ayant été les premiers à les contraindre de se rembarquer pour retourner au lieu d'où ils venoient.

Dans les Relations des Peres de S. Jerôme.

Jean d'Albret ne fut pas plus heureux à recouvrer son Royaume de Navarre, quoi-que le Traité de Noyon luy en eût facilité l'entrée; & certes il faut avoüer à la décharge de Chievres dans la conjoncture dont on va parler, qu'il ne tint pas à luy que ce Roy dépoüillé ne fût rétably. Les mesures qui avoient été prises pour ce grand dessein étoient si justes, que rien ne les empêcha de reüssir que le malheur ou la mauvaise conduite de Jean d'Albret. Le Roy François Premier luy avoit permis de lever dans les Provinces scituées entre la riviere de

Loire & les Monts Pyrenées une Armée presque toute de
vieux soldats, & d'autant mieux disciplinée qu'on la payoit
exactement de l'argent emprunté sur les Pierreries de la
Couronne de Navarre. Si elle fût entrée dans ce Royaume, les Villes & les Forteresses luy eussent ouvert à l'envy
leurs portes; parce que quatre années de sujettion à la
Monarchie de Castille avoient suffi pour obliger les Navarrois à rentrer dans eux mêmes, & à reconnoître combien leur égarement étoit deplorable de s'être imprudemment donnez à leurs anciens & irreconciliables ennemis. Ils ne pouvoient souffrir que leur Royaume fût reduit en Province; & comme c'étoit la faction de Beaumont qui en avoit été la cause, ce fut elle aussi qui se mit
la premiere en devoir de la reparer. Les principaux Gentils-hommes dont elle étoit composée écrivirent à Jean
d'Albret des Lettres si soûmises, qu'il y paroissoit en chaque ligne des marques evidentes de repentir pour le passé,
& d'obeïssance plus exacte qu'à l'ordinaire pour l'avenir.
On le conjuroit de revenir dans la Navarre : on l'asseuroit
qu'il la trouveroit au sortir des Pyrenées toute en armes,&
préte de grossir ses Troupes:on promettoit de l'introduire
d'abord dans la moitié du Royaume, & l'on ne supposoit pas que le reste se deffendit plus de deux ou trois mois.
Mais il n'est pas toûjours vray que l'amour reciproque des
Personnes mariées l'emporte sur celuy de la Patrie; & l'on
trouve dans l'Histoire presque autant de femmes qui ont
trahi leurs maris pour le bien de leur Patrie, que l'on en
trouve qui ayent sacrifié leur Patrie au salut de leurs maris.

Le Connétable hereditaire de Navarre Fils & successeur de celuy qui y avoit appelé les Espagnols, s'étoit
avancé jusqu'à vouloir bien en tems & lieu se mettre à
                                                    la

la tête du party formé pour les en chaffer. Il s'étoit affeuré de vingt mil hommes ; & par une adventure affez rare il ne s'étoit pas trouvé un foldat dans une telle multitude, qui advertît les Efpagnols de la confpiration. Si le
Connétable eût époufé une Navarroife, la Navarre n'eût
plus été reduite en Province de la Caftille, mais fon projet
fut découvert par la Caftillane que fon Pere luy avoit choi-
fie pour Epoufe. Pedro Manrique Duc de Nagera avoit
de belles Terres dans les Provinces de Caftille qui confi-
noient à la Navarre. Les Chefs de la faction de Beaumont
y pouvoient trouver un afyle en cas qu'ils fuffent trop
preffez par la faction de Grammont, ou par Jean d'Albret; & le Pere du Connétable de Navarre n'avoit point eu
d'autre vûë que celle-là, en le mariant avec Briande fille du Duc de Nagera. Mais elle luy fut inutile aprés qu'il
eut mis la Navarre fous la fujettion du Roy Catholique
Ferdinand, & pour comble de malheur le Connétable de
Navarre fils y trouva fa perte. Il luy avoit été neceffaire
pour former dans fon Pays une revolution capable de reparer la faute de fon pere en rétabliffant Jean d'Abret,
d'écrire un nombre prefque infiny de Lettres, & d'en recevoir autant. On ne fçait par quel accident il en tomba
une entre les mains de fa femme, qui fans deliberer & fans
prevoir les confequences de ce qu'elle alloit faire, la porta à Ferdinand d'Acugna Vice-Roy de Navarre qui la fit
tenir en diligence à Ximenez.

Ce Cardinal voyant que la confpiration étoit formée &
qu'elle éclateroit bien-tôt, prit deux refolutions extrêmes
qu'il eft bien difficile d'excufer fur tout dans un homme
de fon caractere. Il envoya dans la Navarre toutes les
Troupes qu'il put affembler fous la conduite de Ferdi-

O o

nand Vilalva le meilleur Officier de guerre qu'il connût,
& luy commanda de ne travailler d'abord qu'à diffiper
la faction de Beaumont fans en prendre les Chefs pri-
fonniers, afin de ne pas perdre le temps qu'il employeroit
plus utilement à garder le paffage de Roncevaux. S'il étoit
affez heureux pour le deffendre, & pour y tailler en pieces
l'Armée de Jean d'Albret comme les Gafcons y avoient
autrefois défait l'Arrieregarde de Charlemagne, on luy ordonnoit feulement à fon retour de faire rafer toutes les places fortes de la Navarre à la referve de Pampelune, dont on
s'affureroit par le moyen d'une bonne Citadelle; afin que
s'il venoit une autre fois aux Navarrois la penfée de fe revolter contre les Rois de Caftille, ils en fuffent détournez par la confideration que n'ayant plus de Fortereffes
ils feroient accablez par les Efpagnols avant que les François fuffent arrivez à leur fecours. Mais s'il ne pouvoit
pour quelque caufe que ce fût empêcher Jean d'Albret
de paffer les Pyrenées, il revint promptement fur fes pas,
& mit le feu dans toutes les Villes, Châteaux, Bourgs,
Villages, & Campagnes de la Navarre; afin que les François n'y trouvant plus à fubfifter, s'en retournaffent auf-
fitôt qu'ils feroient venus.

Dans la Chroni-
que de Vilalva.

Villalva obeït au Cardinal, & n'executa pourtant
que le premier des ordres qu'il avoit receus, parce que
l'excez de confiance de fes Adverfaires luy donna plus
de facilité de les vaincre qu'il n'efperoit. Jean d'Albret
arrivé au pied des Pyrenées du côté de France divifa
fon Armée en trois corps; & donna le premier où étoit
prefque toute la faction de Grammont & les autres Navarrois qui avoient mieux aimé fe bannir que de luy être
infideles, à commander au Maréchal de Navarre Dom

Pedro Peralta. Le second qui étoit le corps de Bataille obeyssoit aux Oncles paternels de la Reine Catherine de Navarre qui étoient le Comte & le Cardinal de Foix; & Jean d'Albret qui par les maximes de la discipline militaire d'alors y devoit être, se tint neanmoins à l'Arriere-garde. Il s'arrêta mal à propos avec elle pour assieger le Fort de S. Jean, lorsqu'il faloit suivre de prés l'Avantgarde & le corps de Bataille pour les obliger par sa presence à se mieux tenir sur leurs gardes; & le premier corps sçachant que la faction de Beaumont étoit pour luy, & ne s'attendant pas par consequent à trouver gardez les défilez des Pyrenées, marcha avec si peu de précaution qu'il tomba tout entier dans les embûches que Vilalva luy avoit dressées. Les Espagnols aprés l'avoir environné de toutes parts, le contraignirent de se rendre à discretion sans avoir presque combattu : Vilalva en envoya les principaux avec le Maréchal dans les prisons de Castille où ils perirent de leurs propres mains ou de misere. Il fit main basse sur le reste, parce qu'il eût falu pour les garder plus de gens de guerre qu'il n'en avoit; & tombant immediatement aprés sur le corps de Bataille, le mit en déroute. Les Fuyars arrivez à l'Arrieregarde où étoit Jean d'Albret, la jetterent dans une telle consternation qu'elle leva à l'instant le Siege du Château de S. Jean, & se retira dans la Principauté de Bearn. Jean d'Albret ne put ou ne voulut pas survivre à son second malheur: il mourut de regret à Pau, & la Reine sa femme ne vécut que sept mois aprés luy.

Vilalva retournant vainqueur sur ses pas n'accomplit que trop exactement l'ordre qu'il avoit receu de Ximenez pour la ruine des Places fortes de la Navarre, puifqu'il luy en couta la vie. Une feule échapa à fa furie, qui fut celle de Marfilla. Elle appartenoit à Anne de Velafco Marquife de Falfez, qui s'y trouva lorfqu'un des Commiffaires deputez pour les démolitions demanda d'y entrer. Elle luy en refufa la porte, & dit pour fa raifon qu'elle tiendroit fidelement au jeune Roy Catholique Charles le ferment que le Marquis fon mary avoit prefté au feu Roy, de luy garder le Château de Marfilla en l'état qu'il l'avoit receu. La Femme du Connétable eut tant de crédit auprés de Ximenez par le moyen du Duc de Nagera fon Frere à qui ce Cardinal donna immediatement aprés la Vice-Royauté de Navarre, qu'elle fauva la perfonne & les biens de fon Mary : cependant elle crut fi fortement qu'il ne luy pardonneroit jamais l'offenfe qu'elle luy avoit faite en découvrant la confpiration dont il étoit chef, qu'elle le quitta immediatement aprés l'avoir revelée, & s'en alla dans la maifon de fon Frere où elle demeura jufqu'à la mort, fans vouloir oüir parler de retourner auprés de fon Epoux. Il parut par la fuite que fa crainte n'étoit pas mal fondée, puifque le Connétable ayant un jour rencontré Vilalva auprés de fon Château de Lerin dont on venoit de renverfer les Tours & de combler les Foffez, l'invita à prendre un repas dans fa maifon. Vilalva en avoit alors un extréme befoin, & de plus la civilité ne luy permettoit pas de le refufer. Il étoit à la moitié de fon voyage, & il avoit encore une longue traite à faire avant que d'arriver au Château d'Eteille où il alloit. Il accepta donc l'offre du Connétable, & mangea dans le Château de Lerin : mais il eut bien-tôt occafion de s'en repentir, puifqu'il mourut en arrivant au Château d'Eteille dans l'opinion d'être em-

poifonné. On ne fe mit pas beaucoup en peine d'approfondir le fait; & l'on crut le Connétable affez puni par
l'impoffibilité où l'on venoit de le reduire avec ceux de
fa faction, de fe foûlever à l'advenir contre les Caftillans
faute de retraite. La Navarre fut ainfi confervée au Roy
Catholique fans que ni fa Majefté ni Chievres s'en mêlaf-
fent; & Ximenez ne trouvant plus rien impoffible aprés le
fuccez d'une telle entreprife, crut devoir travailler à mal-
traiter autant qu'il fe pouvoit la Reine veuve Germaine de
Foix, en achevant de luy ôter ce qui la rendoit confiderable en Efpagne aprés la mort du Roy Ferdinand fon
Mary.

On a veu cy-deffus que ce Prince l'avoit envoyée
tenir les Etats d'Arragon; & l'avis certain qu'elle avoit receu de l'extremité où il étoit reduit, l'avoit obligée à revenir en diligence auprés de luy. Elle s'y étoit trouvée quelques heures feulement avant qu'il expirât, & neanmoins
affez tôt pour luy reprefenter qu'elle couroit rifque d'être
mal-heureufe, & même de manquer des chofes neceffaires à fa fubfiftance, s'il n'y pourvoyoit avant que de mourir: Qu'il y étoit obligé en confcience, puifqu'elle n'étoit
privée des biens que fa Maifon avoit poffedez en France,
que pour l'avoir époufé: Que le feu Roy Tres-Chrétien
Loüis Douze Frere de fa Mere qui s'étoit promis de grands
avantages en la mariant avec Sa Majefté Catholique, avoit
au contraire éprouvé que cette alliance luy étoit funefte
en plus d'une maniere; & que François Premier fon fucceffeur ne la regardoit que comme une autre Heleine,
qui avoit mis le feu dans fa Patrie: Que le dernier de ces
Monarques avoit donné tous les biens dont elle devoit
heriter aux Cadets * de fa Maifon, & qu'il n'y avoit plus

*Lautrec Afpa-
rant, & Lefcun.*

O o iij

en France de fupport pour elle : Que tous les Amis qu'elle avoit dans fon Pays étoient morts avec Gafton de Foix fon Frere unique ; & que fi Sa Majefté Catholique venoit à luy manquer elle n'en trouveroit plus en Efpagne fous le Regne du jeune Charles, puifqu'il ne la verroit qu'avec horreur lorfqu'il fe fouviendroit qu'elle avoit été fur le point de luy ôter la fucceffion d'Arragon, & peut-être encore celle de Caftille qu'il n'eût pas recüeillies fi le Fils, dont elle avoit accouché eût vécu, & que de plus la fucceffion de Navarre luy étoit dûë. Qu'afin de luy ôter de devant les yeux un objet fi defagreable, elle conjuroit fon cher Epoux de luy laiffer dans le quartier le plus éloigné de fes Etats, qui étoit le Royaume de Naples, une penfion alimentaire fuffifante pour y finir fes jours dans le veuvage en perfonne de fa qualité : Qu'elle tâcheroit de s'y preparer à le fuivre dans le Ciel en ne ceffant ni les jours ni les nuits de prier Dieu pour luy, & en menant d'ailleurs une vie la plus approchante qu'il luy feroit poffible de la pureté de l'Evangile. Un difcours fi pathetique avoit difpofé Ferdinand à laiffer trente mil Ducats de rente fur le Royaume de Naples à la Reine Germaine, outre fon Doüaire ; & l'article du Teftament qui en étoit chargé, fuivoit immediatement celuy qui donnoit uniquement à Charles l'Arragon & la Caftille. Mais les trois Miniftres dont on a parlé cy-deffus, ne l'avoient pas trouvé bon, quoi-qu'ils n'euffent pas jugé à propos de s'y oppofer dans la conjoncture d'alors ; la chofe dont il s'agiffoit n'étant qu'une bagatelle en comparaifon de ce qu'ils venoient d'obtenir du Roy Ferdinand, qui étoit la preference de l'aîné de ces Petits-Fils au Cadet, tant pour les deux Monarchies que l'on vient de nommer, que pour les trois grandes Maîtrises.

Ximenez qui n'avoit pas plus approuvé qu'eux cette penfion viagere ne fe vit pas plutôt en état de revoquer la grace faite à la Reine Germaine par un Mary qui d'ailleurs n'avoit jamais été liberal, qu'il ne fit fcrupule ni de l'entreprendre ni de l'executer. Il eft vray que ce ne fut pas à fa mode, c'eft-à-dire hautement & fans détour ; puifqu'il fe contenta d'abord de prier Chievres qu'il remontrât au Roy Catholique que le Royaume de Naples avoit été long-tems François, & que la faction d'Anjou n'y étoit pas encore tout-à-fait éteinte : Qu'il étoit trop dangereux qu'une Reine Françoife y eût du bien, parce qu'elle pourroit y fomenter les mécontentemens, & multiplier le nombre des Ennemis de Sa Majefté : Qu'il luy faloit affigner fes trente mil Ducats fur un fonds moins fufpect, & choifir precifement ce fonds au milieu de la Caftille : Que de tout temps les Villes d'Arevalo, d'Olmedo, de Madrigal, & de fainte Marie de Nieve, qui étoient de même revenu, avoient fervi de Doüaire aux Veuves de Caftille : Que par bonheur elles n'avoient été engagées à aucun Grand d'Efpagne ; & que la Reine Germaine n'auroit pas lieu de trouver à redire qu'on les luy donnât en échange de fa Penfion fur le Royaume de Naples.

Chievres jugea que Ximenez avoit raifon, & fe confirma dans fon opinion lorfqu'il apprit que la Reine Germaine ennuyée de fon veuvage penfoit à fe remarier avec l'infortuné Prince de Tarente fils unique de Frederic Roy de Naples, que le grand Capitaine avoit detenu prifonnier & envoyé en Efpagne aprés avoir juré fur la fainte Hoftie de le laiffer en liberté. L'occafion qui s'en offroit étoit la plus favorable que l'on eût fçû defi-rer, parce que la bien-féance ne permettoit ni au Roy Ca-tholique de toucher au Teftament de fon Ayeul qui luy étoit fi avantageux en tout le refte, ni à Chievres de le propofer puifqu'il avoit negocié le Traité de Noyon par lequel le Royaume de Naples devoit retourner à la Fran-ce : au lieu que le Cardinal agiffant immediatement par luy-même & de fon propre mouvement, s'attireroit uni-quement auffi l'envie où fon action feroit expofée ; & la haine de la Reine Germaine. Chievres le fit conce-voir en ce fens à Sa Majefté Catholique qui ne manqua pas d'écrire auffi-tôt à Ximenez qu'il pouvoit agir en ce point comme il l'entendroit, pourveu que ce fût comme de luy-même, & fans commettre tant foit peu l'authorité Royale. Ximenez mit auffi-tôt les Officiers de la Reine Germaine en poffeffion des quatre villes que l'on a nommées, & reünit au Domaine Royal les trente mil Ducats affignez à cette Princeffe fur le Royaume de Naples. Mais la Reine en eut un dépit inconcevable ; & s'en expliqua avec d'autant moins de referve ; qu'elle croyoit n'avoir à fe plaindre que de Ximenez. Elle fe voyoit obligée à paffer en Ef-pagne ce qui luy reftoit de vie ; & à faire la Cour aux Pe-tits-Fils de fon Mary, dont elle fçavoit bien ne devoir jamais être regardée de bon œil. Elle ne doutoit pas qu'ils ne l'obligeaffent au Celibat par l'impoffibilité où ils luy montreroient qu'elle étoit, de trouver un fecond Epoux de la qualité du premier ; & comme les femmes irritées par un endroit fi délicat fuccombent prefque toûjours à la tentation de recourir aux voyes indirectes de fe vanger

Dans les Lettres de Charles Quint à Ximenez.

lorfque

lorſque les directes leur manquent, la Reine Germaine
ne pouvant nuire par elle-même à Ximenez entra dans
le party contraire, & s'entendit avec les plus dangereux
de ſes Ennemis, qui étoient le Gouverneur & le Precepteur de l'Infant Ferdinand. Elle promit de les appuyer
de tout ſon crédit contre ce Cardinal, & leur offrit les
quatre Villes qu'on venoit de luy donner pour leur ſervir
d'azile en cas de beſoin. Mais les Eſpions du Cardinal
penetrerent le ſecret de cette intelligence nouvelle, & luy
firent apercevoir qu'il avoit commis une faute ſignalée
en fait de politique. Il l'avoüa ingenûment au Roy Catholique & à Chievres dans les premieres Lettres qu'il
leur écrivit là-deſſus, & conjura l'un & l'autre de luy aider au plûtôt à la reparer. Il convint que ſa memoire luy
avoit rendu un mauvais office; & qu'il ne s'étoit pas ſou-
venu de l'exemple de Jean Roy de Navarre & d'Arragon Pere du Roy Ferdinand & Biſayeul de Sa Majeſté
Catholique qui tenant les quatre Places que l'on venoit de donner à la Reine, ſe prévalut de leur ſcituation & des travaux qu'il y adjoûta pour entretenir durant plus de trente ans la guerre civile dans la Caſtille:
Qu'il y avoit à craindre la même choſe, & peut-être pis
de la Reine Germaine dans la conjoncture qu'elle avoit
intelligence avec ceux que le feu Roy avoit chargez de
l'education de l'Infant; & que l'on ne pouvoit aſſez tôt
rremedier aux inconveniens que l'on prevoyoit devoir
toubler la tranquilité publique.

La Lettre du Cardinal fut examinée dans le Conſeil
de Bruxelles; & Chievres trouva l'Affaire difficile non
ſeulement en elle même, mais encore à l'égard des perſonnes qui s'en mêloient. Car ſi l'on touchoit deux fois de

P p

suite au Teſtament du Roy Ferdinand, ſon Succeſſeur paſſeroit pour ingrat, & ſes Miniſtres ſeroient traitez d'incon-
ſtans & de peu éclairez dans les interêts de leur Maître. Les
Conſeillers d'Eſtat Eſpagnols qui n'avoient déja pour eux
que trop de jalouſie, en predroient occaſion de les décrier,
& de rendre leur conduite ſi odieuſe, qu'ils auroient perdu
leur reputation lorſqu'ils accompagneroient Sa Majeſté
Catholique en Eſpagne : d'où il s'enſuivroit que ſi elle
pretendoit ſatisfaire ſes nouveaux Sujets, elle ſeroit obligée à ne plus conſulter les Flamands qu'elle auroit menez avec elle. Si l'on refuſoit le Cardinal on l'irriteroit
à contretemps, & on le décourageroit d'executer la reſolution qu'il avoit priſe de s'oppoſer à tout ce qu'il y avoit de
grand en Eſpagne au deſſous du Roy, ce qui étoit tout-à-
fait avantageux à Sa Majeſté durant ſon abſence. On s'expoſeroit au danger que Ximenez avoit preveu & l'on allu-
meroit dans la Caſtille un embraſement de longue durée avant que l'on y fût arrivé pour l'éteindre.

L'Expedient que trouva Chievres pour n'échoüer ni
contre l'un ni contre l'autre de ces écüeils, fut de
répondre à Ximenez que le Roy Catholique ne jugeoit
à propos de retoucher une ſeconde fois à l'affaire dont il
s'agiſſoit qu'aprés qu'il ſeroit arrivé en Eſpagne : mais
que neantmoins le Cardinal pouvoit introduire dans
Arevalo & dans Olmedo qui étoient les meilleures
des quatre Places tant de perſonnes affidées, qu'il ſeroit aſſuré d'en être le Maître en cas que la Reine
Germaine voulût exciter du trouble : Que les deux
autres Places luy ſeroient inutiles ſans celles-là, & que
la conduite la plus ſeure qu'il y avoit alors à tenir à
l'égard de cette Princeſſe, étoit de l'obſerver de prés ſans

luy donner pourtant fujet ni pretexte de s'en plaindre.

Ximenez ne fut pas fatisfait du temperament que l'on vient de marquer, & n'en executa pas moins l'ordre qui le prefcrivoit, parce qu'il y trouvoit fon compte en mettant par là fes adverfaires hors d'état de luy nuire. Il fe rendit infenfiblement le plus fort dans Arevalo & dans Olmedo ; & l'intrigue dont il ufa pour jetter dans ces deux Places prés de mille Soldats déguifez dont il étoit affuré fut fi finement conduite, que la Reine Germaine ne s'en apperceut pas. Il vifitoit de tems en tems la Reine Jeanne dans le Château de Tordefillas où le feu Roy fon pere l'avoit enfermée, & voyoit avec un extréme regret la folie de cette Princeffe augmenter avec l'âge. La maladie étoit incurable ; mais au défaut de la guerifon qui n'étoit plus poffible par les voyes humaines, il trouva le moyen de foulager la malade. Il l'étudia avec affez d'attention pour obferver que de toutes les paffions dont elle avoit été poffedée tant qu'elle avoit eu l'ufage de la raifon, il ne luy étoit refté après l'avoir perdu que l'ambition, foit qu'elle eût alors été la dominante, ou que l'organe qui fervoit à la conferver eût été feul prefervé de l'alteration introduite dans tous les autres organes des fonctions fpirituelles. Il entreprit par là de la difpofer à permettre qu'on la nettoyât de l'ordure dont elle étoit environnée, & que l'on diffipât au moins durant quelques heures par jour la melancolie hypochondriaque dont elle étoit accablée, & qu'elle fomentoit neanmoins au lieu de la diffiper.

Dans les dernières années de la vie de Ieanne.

Il fit dire à Sa Majefté par diverfes perfonnes faites au badinage, que les Caftillans fe repentoient de ne l'avoir point reconnuë pour leur unique Souveraine dés le temps

que la Reine Elifabeth fa Mere étoit morte; & que les Arragonnois étoient au defefpoir d'être tombez dans la même faute aprés la mort de fon Pere : Que les uns & les autres alloient envoyer des Deputez pour luy en demander pardon , mais qu'il falloit auffi qu'elle fe mît de
fon côté en état de les recevoir en grande Reine : Que
fon Apartement étoit fi fale qu'ils n'y pourroient entrer fans un foûlevement de cœur ; & qu'il étoit bon
de commencer de bonne heure à le nettoyer , afin
que leurs narines & leurs yeux ne fuffent pas choquez:
Que l'acoüeil qu'ils recevroient d'elle devoit être pom-
peux , & fe faire par confequent en bonne compagnie : Que Sa Majefté donnoit accez à trop peu de
gens auprés de fa Perfonne , & qu'il en faloit voir davantage: Qu'elle devoit manger en public au moins
une fois le jour ; & que c'étoit là le tems que les Mu-
ficiens demandoient pour difpofer par leur harmonie
fon eftomach à une plus prompte & plus aifée di-
geftion.

Il luy fit enfuite agréer certaines Compagnies di-
vertiffantes de gens de l'un & de l'autre fexe prepa-
rées à diffimuler fes extravagances, & fur tout à ne la con-
tredire directement en rien ; & à ne s'oppofer indirectement à fes volontez , qu'en luy faifant accroire qu'elles alloient à ravaler en elle la Majefté de la
plus grande Reine du Monde. Il l'apprivoifa tellement
par là qu'elle obeïffoit aveuglement à un fimple cliu
d'œil de Ferdinand de Talavera, que le Cardinal avoit mis
auprés d'elle au lieu de Leon Ferrier trop vieux & trop
grave pour la commiffion de la gouverner que le feu
Roy luy avoit donnée ; & enfin on l'accoûtuma à oüir les

Dimanches & les Feftes la Meffe dans une Eglife à quel-que diftance de Tordefillas, fous pretexte qu'elle recevroit en chemin & fur le lieu les acclamations de *Vive la Reine*, des perfonnes que la curiofité de la voir y at-tiroit, ou que l'on prioit de s'y trouver à ce deffein, afin de convaincre fon efprit imbecille que c'étoient là des marques indubitables qu'on la reconnoiffoit pour Souveraine.

Ximenez en receut plus de témoignages de recon-noiffance que d'aucune autre de fes actions, quoi-que celle-là ne fut pas la plus importante. Le Roy Catholique l'en remercia par écrit: Chievres luy en fit des compli-mens par la même voye: L'Efpagne retentit des loüan-ges qu'on luy en donna; & les Grands en furent fi fatif-faits, qu'on ne les oüit plus murmurer contre luy. Mais il y eut bien-tôt aprés dans le Royaume de Grenade une revolte d'autant plus difficile à appaifer, que le Con-feil de Bruxelles la fomenra fans y penfer. Il étoit de la Iurifprudence Efpagnole que les Admiraux de chaque Royaume qui s'étendoient jufques fur la Mer Mediter-ranée ou fur la Mer Oceane euffent leur Juftice établie dans les Ports les plus frequentez de leurs Côtes, & que leurs Iuges y connuffent des Procez qui furvenoient en matiere civile & criminelle aux Matelots, aux Soldats des Vaiffeaux, aux Paffagers, & aux Milices deftinées pour garder les bords de la Mer : mais il s'y étoit gliffé dans la fuite des tems un abus qui devenoit de jour en jour moins fuportable. Les Côtes d'Efpagne fur la Mer Mediterranée n'étoient plus tant expofées aux courfes des Pyrates infideles depuis que Ximenez avoit pris Oram & les autres Places dont on a parlé fur la côte de Barbarie, &

n'avoient par conſequent plus beſoin de tant de Vaiſſeaux ni de Milices pour les garder. Ainſi le nombre des perſonnes juſticiables des Amirautés étoit diminué ; & la multitude de leurs Officiers n'ayant point été ſupprimée à proportion , leurs Tribunaux demeuroient le plus ſouvent oiſifs. Ils étoient donc reduits à chercher de la pratique s'ils vouloient exercer leurs Magiſtratures,& ils s'en procuroient par un moyen qui alloit à établir l'impunité de toutes ſortes de crimes dans les Villes où il étoit en uſage. Ceux qui en avoient commis d'énormes, & que la Iuſtice Royale avoit condamnez à la mort , trouvoient moyen de prouver qu'ils avoient été Matelots, ou Soldats,ou Paſſagers, ou Garde-Côtes, & demandoient ſous ce pretexte leur renvoy devant les Tribunaux de l'Amirauté. On ne l'oſoit refuſer, parce que l'Amiral fût auſſi-tôt intervenu dans l'affaire pour la conſervation de ſes Privileges, & l'eût faite examiner au Conſeil Supreme de Caſtille & d'Arragon. Cependant dés que le Criminel étoit transferé dans les priſons de l'Amirauté, il étoit preſque aſſuré de ſa vie, puiſqu'il ne tenoit plus qu'à de l'argent qu'il ne ſortît d'affaire. La Ville de Malaga dans le Royaume de Grenade étoit celle où ſe faiſoit plus de commerce à cauſe de ſon excellent vin ; & comme il y abordoit un plus grand nombre d'Etrangers , les Officiers de l'Amirauté y juſtifioient auſſi un plus grand nombre de coupables. La Bourgeoiſie en avoit ſouvent fait des plaintes au Roy Ferdinand ; & l'avoit conjuré d'abolir entierement les Tribunaux de l'Amirauté,ou d'en diminuer le nombre des Iuges: mais Sa Majeſté n'avoit point eu d'égard à leurs Requêtes ; ſoit qu'elle apprehendât de ſe commettre avec tous les A-

Dans les griefs des Malaguins.

miraux d'Efpagne, dont la caufe étoit en ce point commune avec celle de l'Amiral de Grenade; ou qu'elle crût que la Bourgeoifie de Malaga deviendroit trop libre, & par confequent infolente fi on luy oftoit le Tribunal, dont elle fe plaignoit. Mais aprés fa mort cette Bourgeoifie s'adreffa immediatement au nouveau Roy Catholique fans vouloir paffer par les mains de Ximenez. Elle luy demanda non plus l'alternative de la fuppreffion des Charges de l'Amirauté ou de leur reduction à un plus petit nombre, mais la fuppreffion pure & fimple; & foûtint par les Députez qu'elle envoya à Bruxelles, que puifque les raifons qui avoient autrefois obligé les Roys d'Efpagne à étendre les privileges des Amiraux avoient ceffé, il faloit reduire ces privileges au Droit commun. Le nouveau Roy fit examiner leur propofition dans fon Confeil; & Chievres ne jugea à propos ni de refufer abfolument la Requête, ni d'en differer la réponfe. Le premier des deux expediens luy parut trop mortifiant, & le dernier trop incivil. Il fut d'avis de repartir aux Malaguins que Sa Majefté ne pouvoit decider de fi loin ce qu'il y avoit à reformer dans l'Amirauté de Grenade; mais qu'elle iroit bien-tôt fur les lieux, & qu'elle tâcheroit de donner fatisfaction à fes bons Sujets de Malaga. L'avis fut fuivi; & le Cardinal ne l'eut pas plûtôt appris, qu'il écrivit pofitivement à Chievres qu'il venoit de commettre une faute confiderable, & qu'il ne fe pafferoit pas beaucoup de tems fans qu'il eût occafion de s'en repentir : Qu'il ne connoiffoit pas encore affez le genie des Efpagnols, & que cette Nation fiere à l'égard de toutes fortes de perfonnes devenoit infailliblement infolente à l'égard de fes Superieurs, lorsqu'ils témoignoient de la craindre en la ménageant avec trop de précaution : Qu'il n'avoit crû écrire qu'un compliment dans les derniers mots de sa réponse aux Malaguins ; mais qu'il les verroit bien-tôt expliquer ces mots aussi serieusement, que s'ils faisoient partie du principal Article d'un Traité, & même leur donner un sens plus ample qu'il n'avoit pretendu. L'évenement fut encore plus fâcheux que Ximenez ne l'avoit prevû; & les Malaguins se figurerent d'avoir obtenu ce qu'ils demandoient par la seule raison que d'un côté on ne l'avoit pas refusé ; & de l'autre on leur avoit répondu civilement. Ils se souleverent là-dessus : ils chasserent les Officiers de l'Amirauté : ils convertirent en d'autres usages les lieux où étoient leurs Tribunaux : ils abatirent leurs Fourches, & ne laisserent ni dans leur Ville ni dans son Territoire aucune marque de la jurisdiction de l'Amirauté. Ximenez s'ingera de les ramener par la douceur en leur envoyant des gens pacifiques, qui leur remontrerent que puisque le Conseil de Bruxelles les avoit remis à l'arrivée du Roy Catholique en Espagne, ils avoient dû ne rien innover jusques là : mais les Malaguins persuadez que le Cardinal ne leur faisoit parler que par une pure jalousie de la grace qu'ils disoient avoir obtenuë, acheverent de s'effaroucher, & de rendre publique leur rebellion. Ils prirent les Armes contre le Gouvernement: ils éleurent des Chefs: ils disposerent sur leurs Remparts ce qu'ils avoient d'Artillerie; & en fondirent une nouvelle Piece d'une grandeur & d'une grosseur prodigieuse avec cette inscription, *Les Défenseurs de la liberté de Malaga s'expliqueront par ma bouche.*

Dans le recit de
ses troubles.

Le Cardinal qui n'avoit d'abord éprouvé les remedes benins que pour convaincre le Conseil de Bruxelles qu'ils augmenteroient le mal au lieu de le guerir, envoya

des

dès ordres precis aux Milices du Royaume de Grenade
de s'assembler toutes en un corps sous Antoine de la Queva experimenté Capitaine , & d'aller incessamment punir
là revolte des Malaguins. Les Milices se mirent aussi promptement en Campagne, que si elles eussent été un corps
de vieilles Troupes dispersées pour huit ou quinze jours
dans des Quartiers de rafraîchissement. Elles s'avancerent
jusqu'à Antéquerra en si bonne posture, que les Malaguins passerent tout d'un coup de l'extréme presomp-
tion de leurs forces dans un desespoir general de se
défendre. Ils prierent la Queva de suspendre sa marche , & de leur permettre d'envoyer à Ximenez deux
Deputez pour implorer sa misericorde & se soumettre
librement à sa discretion. La Queva demeura quelque
temps irresolu sur ce que d'un côté le genie du Cardinal
étoit inflexible; & de l'autre il y alloit de l'interêt de la
Monarchie Espagnole de ne pas ruiner la meilleure Ville
de commerce qu'elle eût alors , les Indes n'ayant pas encore enrichy Seville. Il pancha neanmoins vers la clemence, & s'arresta jusqu'à ce qu'il eût vû l'effet de la députation. Les deux malheureux Malguins qui parurent
devant le Cardinal dans la posture la plus humiliée, s'attendoient à servir de victimes pour leur Patrie , & se
jetterent à ses pieds dans cette vûë. Ils luy demanderent
pardon par un discours entrecoupé de sanglots à chaque
mot, qu'il daignât au moins preserver Malaga du viole-
ment, du sang, du feu, & du pillage. Le Cardinal qui pretendoit user d'indulgence se contenta de faire une corre-
ction severe aux Deputez; & les renvoya dans Malaga avec
ordre de la repeter à leurs Concitoyens. Il écrivit immediatement aprés à la Queva d'entrer dans cette Ville ; &

Q q

d'y faire publier une abolition generale aprés que cinq
des Bourgeois les plus coupables auroient été pendus, &
que la jurifdiction de l'Amirauté feroit pleinement reta-
blie. La Queva joüa tout-à-fait bien fon perfonnage, &
les benedictions des Malaguins ne furent pas le feul avantage que tira Ximenez de s'être relâché de fa feverité
dans une telle conjoncture. Il en prit de plus la liberté de
reprefenter à Chievres, & de remontrer enfuite à fa Majefté Catholique que la Monarchie Efpagnole avoit intereft de l'appuyer en tout ce qui ne feroit pas contre
le fervice du Roy. Il adjoûta que tant qu'il feroit Regent fon autorité feroit unie avec la Royale : Que le
contre-coup de l'une rejaliroit infailliblement fur l'autre : Qu'il en alloit de même de fa reputation à l'égard
de celle de fon Maître ; & que l'ayant fi hautement
rétablie à l'égard des Malaguins, il étoit en droit d'efperer qu'une autrefois lorfqu'il s'agiroit de la mettre en
compromis, on y penferoit en Flandres un peu davantage.

Il paffa plus outre dans l'ordre fuivant qu'il receut du
Roy Catholique; & ce fut dans une occafion fi délicate,
qu'il luy échapa un des meilleurs mots qui foit dans les
Chroniques d'Efpagne, quoi-que ceux qui les ont leuës
fçachent qu'elles en font remplies. Sa Majefté Catholique luy manda de reduire la dépenfe des Couronnes de Caftille & d'Arragon à leur premier état,
c'eft-à-dire fur le pied qu'elles avoient été avant qu'elles fuffent unies. Il y trouva fort à redire ; & s'en plaignit avec d'autant plus de raifon, qu'on le rendoit ainfi
l'objet univerfel de la haine des Courtifans, & qu'on le
forçoit de rompre avec ce qui luy reftoit d'amis dans l'une
& l'autre Monarchie en leur retranchant ce qu'ils tiroient

tous les ans du Threfor Royal. Il obeït neanmoins avec
beaucoup d'exactitude ; mais avant que de commencer il voulut bien témoigner au Roy Catholique, que
l'entiere déference qu'il avoit pour luy ne venoit pas du
défaut de prevoyance. Il écrivit à Sa Majefté qu'elle agiſſoit à ſon égard de la même maniere que
Dieu envers le Demon , & qu'elle ſe ſervoit toûjours   *Dans le recüeil de*
de luy lorſqu'il faloit affliger & punir les gens, ſans   *ſes bons mots.*
l'emploïer jamais lorſqu'il étoit queſtion de les ſau-
ver , ou de leur accorder des graces. Il ne diſcontinua
pas toutefois de gouverner à ſa mode en recompen-
ſant le merite lors mêmes qu'il le découvroit dans ceux
qu'il croyoit n'être pas de ſes amis. Il procura le Chapeau de Cardinal à l'Evêque de Tortoſe qui fut depuis
Pape ſous le nom d'Adrien Six ; & voulut avoit pour
Coadjuteur en l'Archevêché de Tolede le Docteur Mota, quoi-qu'il fût perſuadé que l'un & l'autre n'étoient en
Eſpagne que pour épier & contrôler ſes actions, & qu'à
parler ſincerement la choſe ne fût que trop veritable.On
voit encore l'ordre que Chievres en avoit expedié à l'E-
vêque par le commandement du Roy Catholique ; &
pour Mota c'étoit un Eſpagnol né dans la Ville de Burgos ſans biens , mais avec des qualitez capables d'en ac-
querir.Il n'y avoit point en Caſtille de Theologien plus
profond que luy, ni de Predicateur plus univerſelement
ſuivi : Il parloit ſa langue avec beaucoup d'elegance & de
neteté ; & ce fut principalement par cette raiſon que Philippe d'Autriche Pere du Roy Catholique qui pretendoit
en apprendre le fin , prit Mota pour ſon Predicateur, &
pour converſer familierement avec luy à toutes les heures
qu'il en auroit le loiſir. Le Roy Ferdinand Beaupere de

Philippe y confentit, & s'en trouva bien, tant que la
Reine Ifabelle fa femme vécut: mais aprés la mort de cette Princeffe il eut occafion de s'en repentir, en ce que Mota fut un de ceux qui feconderent avec plus d'ardeur Philippe dans le deffein de renvoyer fon Beaupere en Arragon. Ce deffein fut executé dans toute fon étenduë: mais
Mota qui y avoit le plus contribué quoi-qu'il n'eût travaillé qu'en fecret, n'eut pas le tems d'en profiter. Philippe
mourut avant que d'avoir rien fait de confiderable pour
luy, & Ferdinand rentra dans l'adminiftration de la Caftille. Mota fe trouva expofé à fon reffentiment; & comme
il n'y avoit point de feureté pour luy à demeurer dans fa
Patrie fans appuy, il fe propofa d'en chercher un dans
les païs Eftrangers: Il écrivit à l'Empereur Maximilien
Pere de Philippe que c'étoit à luy de gouverner la Caftille & l'Arragon durant l'imbecillité de fa Belle-fille &
le bas âge de fes Petits-fils: Il luy fournit un grand nombre d'Articles des Loix Caftillanes & des Arragonoifes
qui luy attribuoient la Regence dans le cas dont il s'a-
giffoit: Il luy rapporta les exemples qu'il y en avoit dans
l'Hiftoire du Pays: & l'avertit de la fletriffure qu'en recevroit fa reputation, s'il enduroit que le Roy Catholique
le fupplantât. On ignore par quel artifice la Lettre fut
interceptée: mais il eft conftant qu'elle le fut; & que
Mota craignant pour fa vie ou du moins pour fa liberté,
chercha à fe refugier hors de l'Efpagne, quoi-qu'il prevît
affez que s'il en fortoit il fe priveroit de la meilleure qualité qu'il eût pour s'avancer, qui étoit celle de prêcher devant des gens qui entendiffent parfaitement l'Efpagnol.
La premiere idée qui luy vint fut de fe retirer à Rome,
mais il la rejetta parce que le Roy Ferdinand y étoit trop
puiffant. Il ne s'arrêta pas davantage à celles de paffer

enFrance & en Allemagne où faMajeftéCatholique n'étoit
pas aimée, à caufe qu'il craignoit de n'y pouvoir trouver
les moyens de fubfifter, & il choifit les Pays-Bas par une
pure neceffité. Toute la précaution qu'il prit afin d'y être
mieux receu fut de tirer des Grands de Caftille des Lettres
de recommandation à l'Archiduc & à Chievres, afin qu'il
receût du Fils la recompenfe des fervices qu'il avoit rendus au Pere. Mais on obfervoit fes démarches avec tant de
foin, que le Roy Ferdinand fçeut à point nommé de quel-
les gens il avoit tiré les Lettres de faveur, & la Caffette où il
les avoit mifes. SaMajefté n'étoit pas fâchée qu'il fortît d'Efpagne, puifqu'elle apprehendoit qu'il ne luy nuisît en y demeurant. Elle ne le confideroit pas affez pour fe faire une
affaire avec les Caftillans en l'arrêtant ou en attentant fur
fa vie, & ne vouloit pas commettre un crime en fa perfonne. Ainfi elle fe contenta de le fruftrer de fes Lettres de recommandation; & écrivit à Bernardin de Velafco Gouverneur de Burgos qui avoit époufé une de fes filles naturelles de prendre fi bien fes mefures, que Mota fortît
d'Efpagne fans Lettres de faveur, & qu'il crût neanmoins les avoir. Velafco traitta avec des Chevaliers de
l'induftrie qui feignirent de prendre la même route que
Mota: s'infinuerent dans fa connoiffance: formerent
quelque forte de liaifon avec luy: reconnurent la Caffette aux marques qu'on leur en avoit données: la cro-
cheterent: en tirerent les Lettres de recommandation:
mirent en leur place autant de Papiers blancs pliez
de même: refermerent la Caffette avec tant d'art, qu'il
ne parut point qu'elle eût été ouverte: fe feparerent civilement de Mota: retournerent à Burgos; & mettant entre les mains de Velafco ce qu'il leur avoit demandé, receurent de luy le prix dont il étoit convenu avec eux. Mota

*On appelle ainfi
en Efpagne ceux
que l'on nomme
Filoux en France.*

pourſuivit ſon voyage, & s'embarqua en Galice pour
Dunkerque où il décendit ſans avoir couru d'autre riſque.
Il alla droit à Bruxelles : mais lorſqu'il fut queſtion de preſenter ſes Lettres, il n'en trouva aucune dans la Caſſette où
il les avoit enfermées; & le deſeſpoir l'eût infailliblement
ſaiſi là-deſſus, ſi Chievres informé de ce qui luy étoit arrivé n'eût eu l'honnêteté de l'en conſoler. Il luy fit donner
par l'Archiduc une Penſion conſiderable ; & luy procura
aprés la mort du Roy Ferdinand une commiſſion pour aller en Eſpagne, où le Cardinal le connoiſſant pour ce qu'il
valoit le fit Evêque de Badajox, & tâcha de le faire Coadjuteur de ſon Archevêché de Tolede.

Il y a peu d'eſprits aſſez mal tournez pour ſe choquer des
recompenſes qu'ils voyent donner au plus rare merite, & les
Grands d'Eſpagne ſe ſervirent du pretexte de l'avancemét
de Mota pour laiſſer Ximenez gouverner paiſiblement la
Caſtille & l'Arragon tant qu'il fut heureux : mais ils prirent
occaſion du premier malheur qui luy arriva, pour tâcher
encore une fois de le ſupplanter. Horuc Frere aîné de Bar-
berouſe s'étoit emparé d'Alger en Afrique : ravageoit de là
les Côtes d'Eſpagne ; & menaçoit d'ôter aux Eſpagnols
leurs Conquêtes en Barbarie. Il bloqua leurs Places ; & le
Cardinal d'autant plus jaloux de les conſerver qu'il les
avoit acquiſes, y envoya ſous la conduite du General Vera
une Armée qui fit lever ſans peine les blocus des Infidelles,
parce que Horuc ne l'oſant attendre s'enferma dans Alger
à l'approche des Eſpagnols. mais Vera au lieu de ſe contenter de ce ſuccez pourſuivit ſon avantage juſques devant
Alger, & y mit le Siege ſans examiner de trop prés s'il ne
luy manquoit rien de ce qu'il faloit pour le former dans
toutes les regularitez modernes : Horuc qui ſçavoit admirablement la guerre amuſa d'abord les Aſſiegeans : les

affoiblit enfuite par de frequentes forties : les fatigua par de fauffes alarmes que les Mores leur donnoient de tems en tems le jour & la nuit; & les défit enfin dans une fortie generale. Vera eut de la peine à fe fauver; & le Cardinal fut plus blâmé de cette fauffe tentative , qu'il n'avoit receu d'applaudiffemens pour la conquête d'Oram, tant il y a d'injuftice dans l'eftime des hommes. Ses ennemis à la Cour de Bruxelles ne fe contraignirent plus comme ils avoient fait jufques-là : ils foliciterent qu'on le releguât dans fon Eglife; & tournerent contre luy la plus grande partie des Confeillers d'Etat, irritez de ce qu'il n'avoit voulu partager les principales fonctions de la Regence avec aucun de ceux de leur Corps qu'on luy avoit envoyez pour Collegues.

Le Cardinal ne refifta pas à cette derniere fecouffe par la même voye qu'il s'étoit jufques-là maintenu. Il rabatit un peu de fa fierté; & fe juftifia du mépris qu'on l'accufoit d'avoir fait de fes Collegues, en montrant par des preuves authentiques qu'il avoit agi de concert avec eux tant que fa dignité qui ne valoit qu'autant qu'on fçavoit la faire valoir l'avoit pû permettre ; & ne s'étoit feparé d'eux que par leur faute, & lorfqu'il y avoit été contraint pour ne pas rompre avec la Cour de Rome. Il developa ce petit myftere de Cour en ajoûtant qu'ils avoient eu l'impudence de mettre leurs feings au deffus du fien fur les Expeditions du Confeil d'Efpagne, quoi-que l'un d'eux ne fût encore que Doyen, & l'autre Laïque : Que fi cette injure contre la Pourpre Romaine dont il avoit l'honneur d'être revêtu eût été foufferte, il y eût eu lieu de l'en dépoüiller; & que tous les Efpagnols tant en general qu'en particulier, fans en excepter fes propres ennemis, avoient fi bien approuvé qu'on punît fes Collegues en les empéchant d'exercer leur Commiſſion, qu'aucun ne s'en étoit ſcandáliſé ni plaint.

Pour ce qui regardoit la Regence le Cardinal écrivit au Roy Catholique qu'il le conjuroit de l'en décharger, & de luy permettre de ſe retirer dans ſon Dioceſe pour y vaquer à ſes Affaites ſpirituelles & à celles de ſon Troupeau: Qu'il s'étoit fait trop d'ennemis pour être deſormais en état de rendre à ſa Patrie les mêmes ſervices qu'elle avoit juſques-là receus de luy: Qu'il prévoyoit que l'Eſpagne alloit rentrer dans les guerres civiles qui luy avoient été ſi funeſtes & pourtant ſi ordinaires durant tant d'années ; & qu'il étoit bien-ſeant à un Prelat âgé comme luy de n'en être que ſpectateur.

Le Roy Catholique avant que d'examiner la lettre de Ximencz dans le Conſeil de Bruxelles la communiqua à Chievres qui préſuppoſa que puiſque ce Cardinal ſollicitoit luy-même ſa depoſition, il faloit de neceſſité qu'il eût des avis certains qu'il ſe formoit en Eſpagne un orage qu'il deſeſperoit de pouvoir diſſiper: Que s'il jugeoit la reſiſtance de ſa part impoſſible, il étoit ſans doute encore mieux convaincu de l'inſuffiſance de celuy qui luy ſeroit donné pour ſucceſſeur, & par conſequent de quelque côté que la choſe fût examinée, on ne hazardoit rien en continuant la Regence au Cardinal, puiſque s'il appaiſoit le tumulte dont il parloit, il n'y auroit pas lieu de ſe repentir de l'avoir laiſſé dans l'Employ ; & s'il ne l'appaiſoit pas, on s'en conſoleroit par l'aſſurance où l'on étoit qu'un autre n'auroit pas mieux réüſſi que luy. Sa Majeſté Catholique repartit donc ſur ce principe à Ximenez, que l'Eſpagne avoit plus beſoin que jamais de ſon adminiſtration: Qu'on le prioit comme Cardinal, & qu'on luy commandoit comme Eſpagnol de ne point abandonner les Affaires: Qu'on ne luy parloit

point

pas de recompenſe parce qu'il n'y en avoit point qui ne fût au deſſous de luy; & que l'on ſe contentoit de luy repreſenter que s'il n'avoit plus beſoin de Sa Majeſté Catholique, Sa Majeſté Catholique avoit un extréme beſoin de luy.

Ximenez le plus habile de tous les Miniſtres qui l'avoient precedé dans les negociations avec leurs Maîtres, & de tous ceux qui l'ont ſuivi juſqu'au Cardinal de Richelieu; ſe ſouvint alors du Proverbe Eſpagnol, Que l'on n'ébranloit jamais impunement les fortunes bien établies, & qu'on les affermiſſoit toûjours davantage à chaque fois que l'on manquoit de les renverſer. Il ſe propoſa de tirer avantage de tous les efforts que l'on avoit faits pour le depoſer; & plus le Roy Catholique témoigna d'empreſſement à vouloir qu'il retint la Regence, plus il feignit d'en avoir à la quitter. Il y eut force Lettres de part & d'autre ſur un ſujet ſi nouveau & ſi delicat; & le fin de la Comedie fut que le Cardinal ne conſentit de demeurer] ce qu'il étoit qu'apres avoir traité comme de pair avec ſon Maître, & convenu avec luy par la mediation de Chievres que le Roy Catholique ſe reſerveroit la diſpoſition des Evêchez, des Commanderies, des Benefices, des Ordres militaires, & du revenu du Domaine Royal de Caſtille & d'Arragon; & que le Cardinal auroit pour ſa part la diſpoſition entiere & ſans limite des Magiſtratures, des Charges de Judicature, des Gouvernemens des Provinces, des Finances, des gens de guerre, & de leurs Officiers dans l'une & l'autre Monarchie. Ximenez ſe fit tenir parole exactement tant qu'il vécut, & n'abuſa pas neamoins de cette moitié d'autorité Royale qu'on luy avoit laiſſée: mais la prévoyance humaine preſque toûjours defectueuſe dans les occaſions qu'elle croit avoir examinées,

Chi intrepeça y no cae adelanta ſu camino.

Dans les paralleles des Cardinaux Ximenez & Richelieu.

R r

avec le plus d'exactitude. Il arriva du pouvoir extraordinaire que le Cardinal avoit arraché par addreſſe de la
Cour de Bruxelles un inconvenient d'autant plus terrible,
qu'il ſembla que Dieu luy eût voulu montrer qu'il eſt auſſi
jaloux de la Souveraineté qu'il communique, que de celle
qu'il ſe reſerve; & qu'il ne ſouffre pas plus volontiers que les
hommes nés pour la vie privée ſe mêlent de gouverner in-
dependemment, qu'il endure qu'on luy raviſſe ſa gloire.

Les Courtiſans de Bruxelles n'avoient pas plutôt appris
la mort du Roy Ferdinand, qu'ils avoient conceu l'eſperance de partager entre eux les principales Dignitez de
Caſtille & d'Arragon à meſure qu'elles vaqueroient.
Ils n'avoient point été deſabuſez par la Regence de
Ximenez, parce qu'ils avoient crû qu'elle ceſſeroit à
l'arrivée du Roy Catholique en Eſpagne: mais loſqu'ils
aprirent que Sa Majeſté s'étoit liée les mains en faveur de
ce Cardinal, & luy avoit abandonné le plus ſolide du
Gouvernement juſqu'à ſon entiere Majorité, ils en furent auſſi ſcandaliſez que ſi leur Maître leur eût volé ce
qu'il s'étoit mis hors d'état de leur accorder. Ils previrent
que Ximenez n'auroit de graces à diſtribuer qu'aux Eſpagnols naturels; & la crainte qu'ils eurent de mourir avant
la Majorité de leur Maître, les fit hâter de s'enrichir avant
qu'elle arrivât. Ils ſçavoient que ſon Domaine des Pays-Bas
ſuffiroit pour l'entretenir tant qu'il ſeroit en Flandres; &
dans cette vûë ils le porterent à leur accorder par forme de
gratification preſque tout le revenu du Domaine Royal
de Caſtille, celuy d'Arragon demeurant aux Etats du Pays
par la Loy fondamentale de cette Monarchie juſqu'à ce que
le nouveau Roy y fût allé en perſonne, & eût juré ſolem-
nellement la conſervation des Privileges des Arragonnois.

L'argent que les Conseillers d'Etat de Bruxelles tirerent de Castille augmenta leur avidité au lieu de la satisfaire ; & donna d'autant plus de dépit aux Espagnols, qu'ils n'avoient point encore vû les deniers publics sortir de leur Pays. Ils l'eussent pourtant enduré sans en murmurer autrement qu'en secret si les Courtisans Flamans en eussent demeuré là, & se fussent contentez du revenu que leurs Receveurs affidez faisoient passer dans la ville d'Anvers par Lettres d'échange : mais ils ajoûterent bien-tôt aprés la vente des Charges & la simonie à l'avarice, dans l'excez que l'on va rapporter.

Entre les graces que les Roys Catholiques s'étoient reservées il y en avoit plusieurs dont les seuls Espagnols naturels étoient capables, outre les Commanderies qui devoient toutes leur être conferées par l'institution des Ordres de S. Jacques, de Calatrava, & d'Alcantara. Les Flamans qui ne pouvoient l'ignorer n'en étoient pas plus disposez à consentir que ces deux natures de biens leur échapassent ; & lorsqu'ils venoient à vaquer & qu'il arrivoit à Bruxelles des Espagnols pour les demander, ils les prevenoient en s'en faisant expedier les provisions en blanc, & les remplissant ensuite du nom de celuy qui leur en offroit le plus d'argent. Ils agissoient presque de mêmes à l'égard des Benefices sans en excepter les Evêchez ; & lorsque Ximenez s'en plaignoit, on luy fermoit la bouche en luy répondant que puisqu'on ne le controoloit pas sur la portion de l'authorité Royale qui luy avoit été liberalement accordée, il n'avoit pas lieu de trouver à redire que Sa Majesté disposât à sa mode de l'autre portion qu'elle s'étoit reservée pour exercer sa magnificence.

Fin du quatriéme Livre.

R r ij

ARGUMENT DU CINQUIESME LIVRE.

XIMENEZ apres avoir obligé le Roy Catholique à partager avec luy son pouvoir dans la Castille, ne jouît pas long-tems du fruit de sa politique. Les Grands le supportent avec d'autant plus d'impatience qu'il continuoit d'agir à leur égard avec une hauteur extraordinaire; & ne pouvant s'en defaire par la force ouverte, ont recours à l'artifice. Ils luy font donner un poison lent; & il l'avale un moment devant que celuy qui venoit pour l'en avertir, arrivât. Il prend du contrepoison qui ne le tire pas d'affaire, mais allonge seulement sa vie de quelques mois. Il ne laisse pas se voyant proche de la mort d'entreprendre la plus hardie de ses actions en ôtant à l'Infant tous ses Domestiques à la reserve d'un seul. La chose se passe sans tumulte, & le Roy Catholique arrive heureusement en Espagne. Les Courtisans de sa Majesté dont Chievres étoit le plus considerable sont resolus d'acquerir & de conserver l'amitié de Ximenez, mais sa fierté leur en ôte absolument les moyens. Il s'obstine à solliciter le Roy son Maître de les exclurre tous du Conseil d'Espagne, & les engage de cette sorte à s'unir pour le faire disgracier. Ils l'obtiennent du Roy Catholique; & la nouvelle qu'en reçoit le Cardinal luy est si sensible, qu'il en expire au bout de quelques heures. Chievres après sa mort demeure chargé du poids des Affaires, & s'en acquite admirablement en deux rencontres; l'une est de tirer d'Espagne en toute maniere l'Infant Ferdinand pour le faire passer en Allemagne; & l'autre de disposer l'Empereur Maximilien Premier qui vouloit ceder à l'Infant l'Empire, à changer de dessein, & à choisir pour Successeur le Roy Catholique.

HISTOIRE
DE MONSIEUR
DE CHIEVRES

LIVRE CINQUIEME.

Où l'on voit ce qui est arrivé de plus remarquable dans la Monarchie d'Espagne durant le reste de l'annnée mil cinq cens dix-sept, & les années mil cinq cens dix-huit, & mil cinq cent dix-neuf.

E S Espagnols qui faute d'argent n'avoient pas obtenu les Charges & les Benefices qu'ils étoient allez soliciter à Bruxelles; & ceux de la même Nation qui s'étoient incommodez en les achetant à deniers comptans, s'en retournoient presque également irritez. Les uns & les autres conspiroient à se vanger du rebut qu'ils avoient souf-

fert & de l'épuifement de leurs bourfes , en publian
que ce qu'un Roy de Numidie avoit autrefois dit de
la ville de Rome en particulier, Qu'elle étoit à vendre
fe trouvoit exactement veritable des Monarchies de Caftille & d'Arragon en general , & que par bonheur pour
Rome il ne s'étoit point trouvé d'acheteur: au lieu que
par malheur pour l'Efpagne fes propres habitans confu-
moient leurs Finances, & s'appauvriffoient pour l'acheter:
Qu'il n'y avoit plus de Benefice qui s'accordât à la fain-
teté & à la doctrine, ni de grace dependante du Roy Catholique Charles d'Autriche qui fût la recompenfe de la
vertu & du merite: Que l'on n'alloit plus voir dans les plus
éminentes fonctions de la Hierarchie Ecclefiaftique que
les fimoniaques & les impies, ni dans les principales Magiftratures que les indignes; & que le gain que faifoient les
Flamans fur cette marchandife de contrebande étoit trop
grand, pour efperer qu'ils s'abftinffent à l'avenir d'un fi
infame commerce: Que le feul Chancelier ✶ des Pays Bas
en avoit déja tiré cinq cens mil écus en quatre mois; &
que fi les autres Courtifans de Flandres en profitoient à
proportion, l'Efpagne ne pourroit difconvenir d'être reduite en fervitude: Qu'il n'y avoit plus d'autre moyen d'é-
viter cet inconvenient, qu'en obligeant Sa Majefté Catholique à ne fe plus fervir de Flamans pour Confeillers
d'Etat & pour Favoris , & à ne difpofer des graces de la
Caftille que par l'avis du Confeil d'Efpagne.

Ces difcours infinuez d'abord à l'oreille & depuis é-
tendus dans les Affemblées publiques & mêmes dans
les Predications, firent tant d'impreffion dans les Villes
de Leon, de Burgos, & de Vailladolid, qu'elles refolurent
d'envoyer au Roy Catholique des Députez pour la dé-

Iugurtha.

Dans le premier manifefte des Efpagnols contre les Flamans.

✶ *Iean Sauvage.*

pofition univerfelle & abfoluë des Miniftres Flamans & pour la diftribution des graces, par l'avis du Confeil de Madrid. Le Cardinal Ximenez fe mit inutilement en devoir de leur reprefenter qu'elles entreprenoient trop pour le premier coup, en s'ingerant de lier les mains à leur Souverain d'une maniere qui n'avoit point encote été pratiquée en Efpagne: Que s'il n'avoit la liberté de choifir ceux de fon Confeil, ni de faire du bien à qui il luy plairoit, il feroit plus malheureux que le moindre de fes Sujets qui joüiffoit entierement de l'un & l'autre de ces privileges; & qu'il n'étoit pas toûjours neceffaire pour remedier aux maux politiques non plus qu'aux naturels, d'en retrancher jufqu'à la racine.

L'obftination des peuples fut telle que le Cardinal ne la pouvant flechir, imita l'addreffe des Pilotes qui cedant en partie à la violence des vents, ne laiffent pas de fe faire porter par eux dans les Ports où ils pretendent entrer. Il écrivit à Chievres qu'il faloit accorder aux Efpagnols la convocation des Etats: mais qu'il faloit auffi que ce fût d'une maniere que le Roy Catholique n'en reçût aucun defavantage: Que l'on differeroit jufqu'à fon arrivée en Efpagne, qui ne feroit pas avant l'Automne de mil cinq cens dix-fept: Que Sa Majefté Catholique feroit apparemment prête à partir vers le milieu de l'Efté, & qu'on luy envoyeroit à ce deffein une Flotte qui l'iroit prendre fur les Côtes de Flandres: Que la beauté de la Saifon accourciroit infailliblement fon voyage; & qu'en tout cas celle de l'Automne étoit la plus feure, pourveu que ce fût au commencement: Que les Efpagnols feroient tellement charmez de la prefence de leur nouveau Roy, qu'ils ne penferoient plus à limi-

ter fon pouvoir en quoy que ce fût ; & que l'Affemblée
des Etats n'aboutiroit qu'à des civilitez reciproques des
Deputez à fa Majefté, & de Sa Majefté aux Deputez.

Elle fut en effet publiée pour la fin de Septembre de la
même année, & la Flotte d'Efpagne partit des Côtes de
Galice en Juillet: mais les Grands de Caftille qui ne pre-
voioient pas que le pouvoir de Ximenez ne dureroit que
jufqu'à la venuë de Sa Majefté refolurent de fe délivrer
de ce Cardinal par avance ; & celuy d'entre eux qui avoit
Le Duc de l'In- jufques-là paru le plus moderé, fe mit à la tête des au-
fantado. tres. On a veu que Ximenez avoit defobligé le Duc
de l'Infantado en refufant fa Niéce à fon Neveu ;
& l'on doit ajoûter icy qu'étant depuis furvenu un
Procez entre ce Duc & le Comte de Caftro, le Cardinal qui ne vouloit pas perdre l'occafion d'exercer fon
autorité dans une conjonĉture fi rare, fe mit en
devoir de le juger. Le Duc qui le tenoit pour ennemy
écrivit en Flandres au Roy Catholique, & le pria de fuf-
pendre le jugement du Procez jufqu'à ce que Sa Majefté fût prefente dans le Confeil où la chofe feroit examinée. Le Roy l'accorda volontiers : mais le Cardinal
s'en étant plaint comme d'une contravention au pouvoir
qui luy avoit été donné ; & Chievres ayant été d'avis
qu'on le laifsât agir, l'affaire fut jugée, & le Duc perdit
fon Procez. Il ne s'en reffentit pas fur l'heure, mais quelque temps après il prit l'occafion que le Cardinal envoyoit un Promoteur de la ville d'Alcala où il étoit alors,
dans celle de Guadalajara pour quelques formalitez de
la jurifdiĉtion Ecclefiaftique. Bernardin de Mendoze
frere du Duc étoit Archidiacre du lieu, & le Duc en prit
pretexte que le Promoteur eût entrepris fur la jurifdiĉtion

ction de son frere. Il luy fit donner des coups de bâton,&
on le menaça de pis s'il revenoit. Le Promoteur s'en plaignit à Ximenez qui promit d'autant plus volontiers la justice qu'il luy demandoit, que le Duc en le faisant outrager
avoit commis deux crimes; l'un en s'opposant à l'exercice
de la Justice Ecclesiastique pour lequel il avoit encouru
les censures; l'autre en mal-traitant un Officier du Regent
de Castille dans l'execution de l'ordre qui luy avoit été
donné, & en devenant ainsi criminel de leze-Majesté.
Le Duc irrité que Ximenez l'eût menacé d'une double punition, luy envoya son Chapelain pour luy dire
tout ce que les Satyres les plus atroces luy reprochoient.
Le personnage étoit plus dangereux à representer qu'on
ne sçauroit penser, & le Chapelain ne l'accepta que pour
ne pas perdre sa condition. Il s'alla mettre à genoux devant Ximenez, & luy demanda pardon de l'injure
qu'on le contraignoit de luy faire: Il luy repeta mot à mot
aprés cette precaution tout ce qu'on l'avoit chargé de luy
dire; & ce Cardinal qui n'admiroit pas moins la naïveté
que l'obeïssance aveugle de l'Ecclesiastique, l'écouta aussi
paisiblement que s'il luy eût recité des Vers à sa loüange. Il ne l'interrompit point: Il ne changea ni de visage ni
de posture; & ne luy repartit que deux choses d'un ton aussi
moderé, que si ce qu'il venoit d'entendre luy eût été tout-
à-fait indifferent; l'une, qu'un Prêtre comme luy ne devoit
point s'être chargé d'une commission si messeante à son
charactere; l'autre qu'il n'avoit qu'à s'en retourner au plutôt vers le Duc, & qu'il le trouveroit repentant des discours impertinens qu'il luy avoit mis en bouche. On ne
sçait pas sur quel fondement la Prophetie étoit appuyée,
mais il est certain qu'elle fut veritable. Le Duc que la co-

lere avoit empéché de reflechir fur le commandement
qu'il faifoit au Chappelain, le jugea ridicule auffi tôt
qu'elle fut paffée. Il gronda ceux qui s'étoient alors trouvez auprés de luy de l'avoir laiffé faire ; & peu s'en falut
qu'il ne punît le Chappelain à fon retour, pour luy a-
voir fi promptement & fi fidelement obey. Il le renvoya
fur le champ faire des excufes à Ximenez, qui n'ayant
point oublié l'obligation qu'il avoit au Duc de n'avoir
pas voulu entrer dans les interêts de Pedro Giron, confentit que le Connétable de Caftille fe mélât de l'accommodement. Il ne fut pas mal-aifé au Connétable de le conclure, puifque les deux parties le fouhaitoient avec un égal
empreffement : mais dans le moment que l'on achevoit
d'en dreffer les articles, il furvint une circonftance qui
fut fur le point de le rompre d'une maniere irreparable.

L'entrevûë du Cardinal & du Duc fe faifoit à Fon-Car-
rallio où les deux parties & le Mediateur avoient jugé à
propos de ne mener prefque perfonne, afin de conferer
avec plus de liberté. Le Cardinal avoit même celé la chofe à Dom Juan d'Efpinofa Capitaine de fes Gardes, qui
l'apprenant par une autre voye crut que fa Charge l'obligeoit d'aller au moins écorter le Cardinal à fon retour,
puifqu'il n'avoit pas voulu être accompagné en allant. Il fit
monter à cheval fa Compagnie, & arriva avec elle à Fon-
Carrallio fur la fin de l'entreveuë. Le Duc & le Connétable n'entendirent pas plutôt le hanniffement des
chevaux & la Trompette qui precedoit les Cavaliers,
qu'ils s'imaginerent que Ximenez agiffoit de mauvaife
foy avec eux, & avoit donné Rendé-vous à des Troupes
pour fe faifir de leurs perfonnes. Ils luy en témoignerent
du reffentiment ; & Ximenez qui fe fentoit innocent, ne

fit que rire de leur terreur panique. Il mit la tête à la fene-
ftre : Il apperceut Spinofa: Il luy fit figne de venir : Il le
reprit aigrement de fa diligence à contretemps: Il la ttaita
d'indifcrette : Il menaça de le dépofer en cas de rechûte; &
le renvoyant à l'heure même auffi promptement qu'il
étoit venu , s'en retourna quelque temps aprés avec le
Duc & le Connétable.

Il ne fortit ni fi-tôt ni fi facilement du fecond démélé
qu'il eut avec le Comte d'Uregna , puifque felon toutes
les apparences ce fut de là que vint le poifon qu'on luy
donna. Il y avoit procez entre ce Comte & Quichada
pour le domaine de Villa-fratre prés de Vailladolid; & le
Comte qui étoit le plus fort & le plus qualifié des deux,
s'étoit mis de fa propre autorité en poffeffion des biens con-
teftez. Il plaidoit ainfi les mains garnies ; & Quichada
dont le droit étoit meilleur , demanda que ces biens
fuffent mis en fequeftre. Le Confeil d'Efpagne accorda la
Requefte , & Ximenez envoya un Huiffier & des Sergens pour recevoir le revenu de Villa-fratre. Ces Officiers
fubalternes de la Juftice furent mal-traitez dans l'exercice
de leur Commiffion par le fils du Comte d'Uregna affifté
de fes amis, qui étoient fils du Connétable, de l'Admiral,
& du Duc d'Albuquerque. L'Huiffier à qui les coups de
bâton n'avoient point été épargnez en porta fa plainte
à la Cour de Vailladolid , qui ordonna auffi-tôt que les
Milices du Pays iroient prêter main forte à la Juftice.
L'Evêque de Malaga Préfident de cette Cour marcha pour les commander; & le Connétable de Caftille
qui voyoit fon Fils engagé par compagnie dans une fâcheufe affaire , alla luy-même pour l'accommoder à Villa-fratre où les jeunes Seigneurs fe fortifioient avec les

Vaſſaux de leurs Peres qu'ils avoient appelez à leur ſecours. Son autorité ſur ſon Fils, ſes perſuaſions à l'égard
des autres jeunes Seigneurs, ſes prieres, ſes importunitez,
& ſes menaces, les diſpoſerent enfin à ſortir de la Place, &
à laiſſer l'Evêque dans une entiere liberté d'executer la
Sentence de la Cour dont il étoit Commiſſaire ; & comme ce Prelat étoit moderé, il en demeura là, c'eſt à dire
qu'il n'y eut de ſa part aucune pourſuite contre les jeunes gens qui avoient battu l'Huiſſier & les Sergens.

Il eſt à croire que ſi Ximenez eût été de ſon humeur,
l'affaire n'eût point eu de ſuite : mais il n'y avoit pas au
monde deux hommes dont le genie fût plus different,
quoi-qu'ils fuſſent d'ailleurs intimes amis. Ximenez ne
concevoit pas de faute plus énorme en Politique que celle
de diſſimuler en quelque maniere & pour quelque cauſe
que ce fût les attentats contre la Souveraineté, & ne di-
ſtinguoit jamais en ce cas entre les grandes & les petites
conditions. L'Evêque au contraire étoit prevenu de la
penſée qu'il y avoit de l'homme dans les actions contre la
Souveraineté auſſi-bien que dans les autres ; & qu'encore
que la conſequence des premieres exigeât que l'on eût
plus de ſeverité pour elles que pour les dernieres, il ne
s'enſuivoit pas que la pitié en dût être abſolument bannie. Ainſi Ximenez ordonna priſe de corps contre ceux
qui avoient reſiſté à la Juſtice, & envoya l'Alcaïde Sarmiento pour travailler à leur Procez avec ordre de ne
le finir ni de le ſurſeoir que par la punition exemplaire
des coupables, & par la démolition de Villa-fratre qui
leur avoit ſervi de retraite.

On attaquoit par là toute la haute Nobleſſe ; parce
qu'il n'y avoit aucun Seigneur dans la Caſtille qui ne fût

parent ou allié des quatre jeunes Seigneurs , ou qui du
moins ne fe piquât de l'être. Et de fait les coupables craignant d'être enlevez à la Campagne ou dans les Châteaux de leurs Peres, retournerent à Villa-fratre qu'ils défendirent avec affez de fermeté : mais Sarmiento les y af-
fiegea dans les formes , & les reduifit avec le tems à de
grandes extremitez. Il effuya toutes les railleries qu'ils
firent de luy & de Ximenez, dont ils traînerent les phan-
tômes par les ruës ; & les ferra de fi prés qu'ils en étoient
au dernier morceau de pain, lorfque trouvant par hazard
un quartier des Lignes plus mal gardé que les autres , ils
le forcerent l'épée à la main , & fe fauverent par là dans
les montagnes des Afturies.

Ximenez au defaut de la proye qui luy étoit écha-
pée, tourna fa colere contre Villa-fratre qu'il fit démolir
jufqu'au fondement. On laboura par fon ordre l'endroit où elle avoit été bâtie , & l'on y fema du fel. Sept
des principaux Bourgeois eurent le foüet pour avoir in-
jurié l'Huiffier lorfqu'on le battoit ; & un Domeftique de
l'Amiral de Caftille fut traité de même , pour avoir conduit des Soldats au Fils de fon Maître. Les Grands d'Efpagne que cette rigueur effarouchoit écrivirent tant en
general qu'en particulier des Lettres en Flandres à leur
Roy, pour le conjurer en toute maniere de les délivrer
de la tyrannie de Ximenez. Ils prierent Chievres de
joindre fon credit à leur Requefte ; & c'eft icy le lieu
de convaincre de fauffeté les Hiftoriens de Caftille &
d'Arragon, qui pretendent que le Cardinal n'avoit point
à la Cour de Bruxelles de plus grand ennemy que Chievres. Certes fi l'averfion eût été telle qu'ils la dépeignent,
Chievres avoit trouvé la plus favorable occafion de fup-

planter Ximenez qu'il eût sçû desirer, puisqu'il n'étoit pas même besoin qu'il agît pour la disgrace de ce Cardinal. Il n'avoit qu'à ne s'en pas méler, & qu'à le laisser défendre seul sa cause contre tant d'ennemis conjurez à sa ruine. Il l'eût infailliblement perduë ; & le Roy Catholique se voyant reduit à la necessité de mécontenter irreconciliablement sa Noblesse de Castille ou de luy sacrifier Ximenez, eût preferé la derniere des deux extremitez à la premiere : Mais Chievres n'abandonna pas le Cardinal dans une conjoncture si delicate, où il avoit absolument besoin de secours pour eviter une entiere disgrace. Il remontra à Sa Majesté Catholique qu'il y alloit plus que jamais de son veritable interêt d'appuyer Ximenez ; & que pour peu qu'elle se relâchât en ce point, elle auroit occasion immediatement après de s'en repentir. Que tant que ce Cardinal seroit protegé il n'y auroit rien à craindre pour l'Autorité Royale en Espagne, puisque d'un côté il tiendroit les Nobles dans le devoir par une exacte observation des Loix ; & d'un autre côté le Peuple l'aimoit trop & luy étoit trop obligé de la justice qu'il luy rendoit contre les Nobles, pour se soûlever ou pour appuyer le mécontentement des Grands : mais s'il paroissoit que le Cardinal ne fût plus si bien à la Cour, la Noblesse prendroit les Armes à l'heure même sous pretexte de le déposer, mais en effet pour élever sur le Thrône l'Infant Ferdinand ; & les Peuples commençant à méprifer le Regent comme ils font d'ordinaire ceux qui font disgraciez de quelque part que l'infortune leur arrive, en seroient moins retenus de suivre l'exemple des Gentils-hommes.

Le raisonnement de Chievres eut tout l'effet qu'il s'en

étoit promis ; & le jeune Roy approuva la conduite du
Cardinal d'une maniere si ferme, que les Grands de Castille aprés avoir solicité inutilement les Bourgeois des
villes de Leon, de Burgos, & de Vailladolid qui demeurerent dans la soûmission, furent contraints de recevoir
la Loy qu'il plût au Cardinal de leur imposer. Il ne paroît
ni par les ordres qu'il receut alors de la Cour de Bruxelles, ni par les Lettres que Chievres luy écrivit, qu'on
l'eût obligé à traiter l'affaire dont il s'agissoit avec plus
de moderation qu'il n'avoit accoûtumé : cependant il le
fit ; & la clemence dont il usa fut d'autant plus admirée,
qu'il n'en avoit point exercé jusques-là de semblable, &
n'en exerça plus depuis.

Dans les Lettres de Charles le Quint à Ximenez.

Il rejetta d'abord les ouvertures d'accommodement
que ses Amis luy firent en faveur des quatre jeunes coupables; & témoigna tant d'inflexibilité à ceux qui luy parlerent de pardonner, que l'on desespera de l'y disposer. Les
coupables furent reduits par leurs propres Peres à s'aller
eux mêmes enfermer dans les prisons de Vailladolid, & à se
soûmettre à ce que le Magistrat ordonneroit de leurs personnes. La Sentence des Juges fut conforme à la severité
des Loix ; mais Ximenez qui avoit en main l'Autorité
Royale, s'adoucit lorsqu'on s'y attendoit le moins. Il ne se
contenta pas de suspendre l'execution qui eût tiré des larmes de toute la Castille. Il fit de plus grace entiere ; & la
fit d'une maniere si noble que l'on reconnut que la severité dont il avoit donné tant de marques, ne luy étoit
pas naturelle; & que s'il n'usoit pas souvent d'indulgence, c'étoit qu'il ne croyoit pas possible que les Castillans
n'en abusassent sous une Regence.

Il vint encore à bout du Duc d'Alve en particulier dans

un démêlé qu'ils eurent enſemble pour le plus riche
Prieuré de l'Ordre de S. Jean de Jeruſalem qui fût en
Eſpagne. Antoine de Zuniga en avoit été pourveu dans
les formes ; mais le Roy Ferdinand le luy avoit ôté de
puiſſance abſoluë pour le donner à Diego de Tolede
troiſiéme Fils du Duc d'Alve, à cauſe des ſervices que ce
Duc luy avoit rendus dans la conquête de la Navarre.
Ximenez hayſſoit aſſez l'injuſtice pour ne la pouvoir
pas même ſouffrir dans ſon Maître , quoi-qu'il luy eût
d'ailleurs d'extrémes obligations. Il receut favorablement
la plainte que luy fit Zuniga d'avoir été dépoüillé de ſon
Benefice contre toute ſorte de droits , & promit de luy
rendre juſtice. Le Duc d'Alve qui n'étoit que trop perſuadé que le Cardinal tiendroit parole, ne voulut pas que
ſon Fils comparût à l'aſſignation que ſa Partie luy fit
donner devant le Conſeil de Madrid. Il éluda le jugement
du Procez par toutes les voyes de la chicane , & chercha cependant des amis auprés du Roy Catholique pour
faire evoquer le differend au Conſeil de Bruxelles. Il ne
put à la verité l'obtenir, parce que Sa Majeſté s'étoit engagée à Ximenez comme l'on a veu , de ne plus accorder
d'évocations d'Eſpagne en Flandres. Mais la brigue fut
nonobſtant ſi forte pour le Duc d'Alve , que les Rois de
France & d'Angleterre écrivirent en ſa faveur au Roy
Catholique ; & leurs Ambaſſadeurs ſoliciterent Chievres
au nom de leurs Maîtres d'employer ſon credit, afin que
Diego de Tolede ne fût point inquieté. Ces mêmes Rois
preſſerent encore Ximenez de ſuſpendre la deciſion du
Procez juſqu'à l'arrivée de Charles en Eſpagne : mais
ce Cardinal qui ne doutoit pas que Zuniga comme le
plus foible ne ſuccombât devant le Roy Catholique, fit
examiner

examiner le Procez avant la venuë de Sa Majesté; & representa si fortement aux Juges qu'ils ne devoient avoir de consideration que pour le bon droit, que le Fils du Duc d'Alve fut condamné tout d'une voix. Il ne fut pourtant pas si facile d'executer la Sentence qu'il l'avoit été de la prononcer, parce que le Fils du Duc assembla des Troupes, & se mit en campagne pour conserver le Prieuré : mais les Milices du Pays luy tombant sur les bras avant qu'il eût achevé de prendre ses mesures pour la défensive, le défirent si absolument qu'il fut obligé à son tour de se soumettre à la discretion de Ximenez qui ne le traita pas avec plus de severité qu'il avoit fait les quatre jeunes Seigneurs dont on a parlé. Cette action fut la derniere où ce Cardinal employa toute sa puissance pour se faire obeïr; & elle intimida de sorte les Espagnols, qu'il les trouva depuis aussi souples que s'il eût été leur Monarque legitime. Mais il en va des prosperitez humaines comme de la santé : plus elles paroissent affermies, plus elles sont proches de leur alteration.

Ximenez aprés avoir fait partir d'Espagne la Flotte pour escorter le Roy Catholique de Flandres en Galice, s'occupoit à prendre deux précautions; l'une de faire visiter exactement tous les endroits des Côtes où son Maître pouvoit aborder, afin de découvrir si le bruit qui couroit qu'il y eût de la peste étoit vray, & de l'avertir en ce cas d'aborder en d'autres lieux: L'autre d'envoyer dans les Ports qui seroient trouvez exempts de soupçon toute sorte de rafraîchissemens, afin que la Cour les trouvât à point nommé, en cas qu'elle y abordât. Il avoit passé dans cette vûë à Tordelagula ville de sa naissance, & s'en alloit dîner dans le Bourg de Bos-Eguillas où il

T t

avoit mandé à Manquino Provincial des Cordeliers de le
venir trouver. Le Provincial étoit en chemin lorſqu'il
rencontra un Cavalier inconnu qui luy dit de doubler
le pas, & d'arriver s'il étoit poſſible à Bos-Eguillas avant
que Ximenez ſe mît à table; afin de l'avertir de ne pas
manger d'une grande Truite que l'on ſerviroit devant
luy, parce qu'elle étoit empoiſonnée: Que s'il arrivoit trop
tard, il exhortât ce Cardinal de penſer ſerieuſement
à ſa conſcience, parce qu'il n'y auroit plus de remede. Le
Cavalier aprés avoir prononcé ces propres termes s'é-
loigna ſi promptement que le Provincial l'eut bien-
tôt perdu de vûe, & ce Religieux pour hâter ſa
marche ſe mit tout en ſueur. Il ne joignit pourtant
Ximenez que dans le moment qu'il ſortoit de table & lorſque le poiſon fit ſon premier effet, qui fut
de luy tirer beaucoup de ſang par les oreilles & par
les endroits où les ongles touchent à la chair. Carillo
qui avoit fait l'eſſay de la Truite ſe trouva mal auſſi;
mais comme il n'avoit pas tant mangé de ce poiſſon,
il en fut quitte pour une grande & longue maladie.
Le Provincial encore hors d'haleine raconta à Ximenez ce qui luy étoit arrivé; & ce Cardinal convaincu par ces trois indices que c'en étoit fait de ſa vie,
repartit en homme Chrétien qu'il étoit prêt de la quitter
quand il plairoit à Dieu. Il ne s'en étonna pas davantage; & n'en vaqua pas moins aux affaires de l'Etat pendant
l'intervale que luy donna le venin qu'il venoit d'avaler,
juſqu'à ce qu'il luy eut entierement détaché l'ame du
corps: ce qu'il ne fit que lentement, à cauſe que la complexion qu'il attaquoit ſe trouva extraordinairement robuſte.

Il demeura pour conſtant quoy que la choſe ne fut point averée, que Barracaldo Secretaire de Ximenez avoit gliſſé le poiſon dans le plat où étoit la Truite: cependant ce Cardinal ne ſe ſervit pas moins de luy juſqu'au dernier ſoûpir dans ſes affaires les plus ſecrettes, qu'il avoit fait auparavant. La grande difficulté fut & eſt encore de ſçavoir à la ſolicitation de qui Barracaldo pouvoit avoir empoiſonné ſon Maître. Les Ecrivains Flamans ſoutiennent que ce fut par l'intrigue des Grands d'Eſpagne; & le prouvent tant par les démêlez que l'on a rapportez cy-deſſus, que par une Lettre du Connétable de Caſtille que Ximenez avoit interceptée peu de jours auparavant. Le Connétable témoignoit de ne s'être pas accordé ſincerement avec ce Cardinal, & de n'être pas moins ſon ennemi dans le cœur, quoi-qu'il eût feint d'être neutre dans la querelle que ſon Fils avoit euë avec luy.

Les Ecrivains d'Eſpagne publient au contraire que les Flamans Courtiſans de leur Roy furent autheurs d'une telle méchanceté; & en tirent à leur tour la preuve d'une Lettre de Ximenez au Roy Catholique, dans laquelle ce Cardinal mettoit tout en œuvre pour diſpoſer Sa Majeſté à ne ſe plus ſervir que d'Eſpagnols naturels dans ſes Conſeils & dans ſes Negociations. Ils ajoûtent que Ximenez le même jour qu'il avala le poiſon à Bos-Eguillas, dit à ceux qui ſe trouverent auprés de luy que ce n'étoit pas là la premiere fois qu'on luy en avoit donné; & qu'en ouvrant deux ou trois mois auparavant dans ſon Cabinet à Madrid une Lettre qui venoit de Flandres, il luy étoit monté par le nez dans le cerveau une poudre extraordinairement ſubtile qui ſembloit avoir été appliquée ſur le papier pour ſeicher l'anchre; & que depuis il avoit

toujours eu des douleurs infupportables de tête qui croif-
foient avec le temps au lieu de diminuer, & qu'il repeta
plufieurs fois à fes Medecins qu'il mouroit par la méchanceté des Etrangers : mais en tout cas ce qui fuit va faire
voir que le Cardinal ne foupçonna pas Chievres d'avoir
trempé dans fon empoifonnement, puifqu'il employa la
derniere de fes actions éclatantes à le fatisfaire dans la chofe qu'il defiroit avec plus d'ardeur, qui étoit de mettre l'Infant Ferdinand hors d'état de rien pretendre dans la fucceffion de fon Ayeul & de fon Ayeule maternels.

Pour entendre cette intrigue qui n'eft point affez démêlée
dans l'Hiftoire d'Efpagne, il faut prefupofer que Ferdinand
le Catholique ayant deffein comme l'on a veu d'élever
l'Infant fur les Trônes de Caftille & d'Arragon, avoit mis
auprés de luy trente deux Domeftiques choifis entre les
plu raffinez Efpagnols pour le nourrir dans cette vûë. Ces
Domeftiques ne l'avoient pas trompé dans la commiffion qu'il leur avoit donnée ; & comme il leur avoit diftri-
bué les Charges de la Maifon de l'Infant à proportion de

Dans l'Hiftoire
de l'éducation de
l'Infant.

leur habileté, les quatre principales avoient été données à
des perfonnes qui s'en acquiterent parfaitement dans l'intention que l'on avoit eüe en les leur accordant. On avoit
pris pour Gouverneur de ce jeune Prince Pedro Nugnez
de Gufman déja revétu de l'une des premieres Dignitez de
l'Ordre de Calatrava, qui eft celle de Clavaire ou Porte-
Clef : pour Precepteur Alvaro Ozorio Evêque d'Aftorga
qui avoit été Religieux de l'Ordre de S. Dominique : pour
Chambellan Gonfalo de Gufman ; & pour Maître-d'Hôtel Sancho de Paredez.

Les Hommes ne fervent jamais mieux que lorfqu'ils
agiffent pour leur propre interêt en faifant ce qu'on leur

commande ; & les Domestiques de l'Infant assurez des plus importantes Charges de l'Etat à mesure qu'elles viendroient à vaquer aussitôt que leur jeune Maître seroit Roy , ne perdirent aucune occasion de luy inspirer les pensées de la Souveraineté que l'on souhaitoit qu'il eût. Ils continuerent jusqu'à la mort de Sa Majesté Catholique qui par une faute que l'on eut depuis bien de la peine à reparer, ne mit pas dans son dernier Testament que l'on changeât les Domestiques de l'Infant , ce qui étoit absolument necessaire puisqu'elle luy ôtoit les Couronnes qu'elle luy avoit laissées par le precedent ; & que dans une disposition si contraire la Politique vouloit que l'on mit auprés de ce jeune Prince des gens qui l'accoutumassent à oublier le passé ; & à supporter constamment l'étrange revers de fortune qui venoit de luy arriver. On ne sçait si les trois Conseillers d'Etat qui suggererent le dernier Testament oublierent de prendre cette précaution ; ou si ne la jugeant pas si necessaire qu'elle l'étoit en effet , ils se contenterent d'avoir obtenu le principal qui étoit d'éloigner du Trône l'Infant , & negligerent l'accessoire qui consistoit à mettre de nouvelles personnes auprés de luy : mais il est constant que Ximenez quoi-qu'il fît depuis, ne put entierement remedier à cet inconvenient: car encore qu'il obligeât l'Infant à demeurer toûjours auprés de luy , & qu'il employât plus de temps à observer les Domestiques de ce jeune Prince qu'à toutes les autres affaires de l'Etat ensemble ; il n'empêcha pas neanmoins que Gusman son Gouverneur ne traitât secrettement avec les principaux Seigneurs d'Arragon, qui promirent s'il pouvoit tirer par addresse son Pupille d'auprés du Cardinal & le leur mener, qu'ils l'éleveroient aussi-tôt sur le Thrône & le reconnoîtroient pour leur Roy.

L'Evêque d'Astorga Precepteur de l'Infant negocia de son côté avec l'Empereur Maximilien pour l'obliger à venir en Espagne déposer Ximenez, & luy proposa les deux attraits qu'il jugeoit plus capables de l'engager à ce voyage : l'un étoit de mettre la main sur le Thresor Royal que l'Epargne du Cardinal avoit rempli ; & l'autre le mariage de Sa Majesté Imperiale avec la Reine Germaine, que l'Evêque avoit entierement engagée dans ses interêts en luy promettant de la faire Imperatrice.

Les deux Traitez étoient déja beaucoup avancez lorsque les Espions de Ximenez decouvrirent celuy de Gusman avec les Arragonnois, & l'en informerent huit ou dix jours avant le temps destiné pour l'executer. Ce Cardinal prit deux mesures pour le rendre inutile ; l'une fut d'en envoyer une coppie à Chievres ; l'autre de redoubler ses diligences pour observer l'Infant & ses Domestiques.

La negociation de l'Evêque d'Astorga fut découverte par une autre voye. Maximilien qui approchoit de soixante ans n'étoit plus que foiblement tenté de se remarier ; & pour l'exciter à prendre la Reine Germaine pour quatriéme Femme, il eût falu qu'elle eût eu pour sa dot six cens mille Ducats d'argent comptant, comme avoit eu Bonne Sforce sa troisiéme Femme ; ou qu'elle eût apporté en mariage les Pays-Bas & la Bretagne, comme Marie de Bourgogne sa premiere femme, & Anne de Dreux sa seconde. Cependant la Reine Germaine qui n'étoit pas moins liberale en sa maniere que Maximilien en la sienne, n'avoit rien épargné des gratifications qu'elle avoit tirées du Roy Catholique son Mary ; & d'ailleurs

quoi - qu'elle eût herité des biens de Gafton de Foix fon
frere tué à la Bataille de Ravenne, le Roy François Premier
comme on verra plus au long dans le Livre fuivant ne
vouloit pas confentir qu'elle les vendît & en portât l'argent à l'Empereur, de crainte qu'il ne prît fantaifie à ce
Prince de le dépenfer au defavantage de la France. De
plus Maximilien avoit auffi peu de credit que d'argent;
& comme il n'avoit pû trouver à emprunter ce qu'il faloit pour faire le voyage d'Efpagne avec un équipage
convenable à fa Dignité, il avoit été contraint de renoncer au deffein d'époufer la Reine Germaine. Il n'étoit
pas fort fecret de fon naturel ; & ne luy important plus
de tenir cachée l'intrigue de l'Evêque d'Aftorga, il en
fit confidence à Chievres; & acheva de le perfuader par là
qu'il étoit abfolument neceffaire pour les interêts du Roy
Catholique d'ôter à l'Infant tous les Domeftiques que le
feu Roy avoit mis auprés de luy, & de luy en donner
d'autres qui fuffent devoüez à la Cour de Bruxelles. Il en
écrivit plufieurs fois en ce fens à Ximenez qui demeura d'accord de la neceffité que Chievres luy reprefentoit,
& il s'excufa de fe charger de l'execution tant qu'il
fut en fanté : foit qu'il craignît de s'attirer la haine qui
rejalliroit d'une action fi rigoureufe; ou qu'il prevît que
le Roy Catholique n'auroit plus tant de befoin de luy
aprés que les Domeftiques de l'Infant feroient renvoyez dans leurs maifons, qu'il en avoit eu durant
que ces Domeftiques fervoient d'épouvantail au Confeil d'Etat de Bruxelles. Mais lorfqu'il fe fentit con-
fumer par une chaleur interieure que la prodigieufe
quantité d'eau & quantité d'autres rafraîchiffemens
qu'il avaloit ne faifoient qu'augmenter, il ne garda plus

Dans les Titres de la Maifon de Foix.

de mesures, & manda à Chievres qu'il étoit prêt d'accomplir ce que l'on desiroit de luy. La seule condition qu'il exigea fut que le Roy Catholique luy écrivît une Lettre sur le modele qu'il envoya, sans que l'on en changeât une syllabe. Le modele contenoit un ordre absolu & precis à Ximenez d'éloigner de la personne de l'Infant son Gouverneur, son Precepteur, son Chambellan, & son Maître d'Hôtel, en faisant entendre à ces quatre Domestiques que si Sa Majesté Catholique les renvoyoit dans leurs maisons, ce n'étoit pas qu'elle fût mécontente d'eux, & qu'elle n'approuvât la conduite qu'ils avoient tenuë jusques-là auprès de son Frere; mais c'étoit seulement qu'elle avoit égard à leur âge, & qu'on la pourroit blâmer d'inhumanité si elle ne leur donnoit le temps de se reposer dans la conjoncture que l'Infant qui venoit d'entrer dans sa seiziéme année n'avoit plus tant de besoin qu'ils fussent auprès de luy : Qu'elle se souviendroit de leurs services & les en recompenseroit d'une maniere qui feroit assez voir qu'elle n'étoit pas ingrate.

Le modele ajoûtoit que pour les autres Domestiques de l'Infant, Sa Majesté laissoit à la disposition du Cardinal de les congedier ainsi qu'il jugeroit à propos. Chievres ne manqua ni de faire expedier precisément la Dépêche dans les termes qu'elle étoit demandée, ni de l'envoyer au Cardinal. Mais un excez de précaution fut sur le point de la rendre non seulement inutile mais encore nuisible. Chievres qui en connoissoit l'importance la recommanda particulierement au Courrier qui devoit traverser la France, afin de la porter plus diligemment en Espagne. Le Courrier s'acquitta de son devoir, & mit fidelement la Dépêche entre les mains du Maître

des

dés Postes : mais il n'oublia pas non plus de luy dire
que Chievres l'avoit recommandée singulierement,
& sur cette seule particularité le Maître de la Poste
s'imagina, que c'étoit l'avis que le Roy Catholique
envoyoit à Ximenez qu'il s'étoit embarqué actuellement pour l'Espagne. Ce Cardinal étoit alors dans le
Monastere d'Aguera où l'on avoit beaucoup de peine à
luy parler, parce qu'il y prenoit des remedes. Le Maître de la Poste prit ce pretexte pour se dispenser de luy
porter la lettre, & la retint cinq jours entiers. Il envoya
cependant chez tous les Grands d'Espagne leur donner
la fausse nouvelle que le Roy étoit en mer, parce que c'é-
toit la coûtume des Seigneurs Espagnols de faire des presens à ceux qui leur annonçoient les nouvelles de quelque
bonheur extraordinaire qui regardoit l'Etat. Cet étourdy
pour comble d'inprudence ne porta pas directement le
cinquiéme jour la Lettre à son adresse, mais la remit à l'Evêque de Tortose dans la pensée que Ximenez qui pendant
qu'il se portoit bien ne luy communiquoit aucune des
principales affaires de la Regence, ne seroit pas fâché qu'il
les sceût durant sa Maladie, quand ce ne seroit que pour en
être soulagé d'autant. L'Evêque au lieu de reconnoître
l'obligation qu'il avoit à Ximenez du chapeau de Cardinal
qu'il venoit de luy procurer dans la promotion des trente
un Cardinaux faite par le Pape Leon Dix, ne se contenta pas d'ouvrir la dépêche, mais la montra de plus à l'Infant qui sentit dans cette triste conjoncture renouveller
dans son ame tous les déplaisirs qu'il avoit receus depuis la
mort du Roy son Ayeul, & fut convaincu que l'on alloit achever de luy ôter les esperances infaillibles, & mêmes les biens certains que sa naissance luy avoit acquis.

V v

Il en communiqua avec les quatre principaux de ses Domeftiques , qui ayant plus d'intereft dans l'affaire que luy , & voulant l'animer à leur propre confervation autant qu'il étoit capable de l'eftre ; ne fe contenterent pas de le confirmer dans l'opinion qu'il avoit déja , & qui leur étoit fi favorable. Ils adjoûterent qu'il falloit bien que le changement dont il étoit queftion ne fût d'abord venu ni dans la penfée du Roy Catholique , ni dans celle de Chievres , ni enfin dans celles des Confeillers d'Etat de Madrid ; puifque fi la chofe fe fût paffée en l'une de ces trois manieres, l'ordre de l'executer n'eût pas été uniquement adreffé au Cardinal, mais aux deux autres Regens avec luy, ou du moins à l'un des deux, pour ne pas abandonner un changement de telle importance au miniftere d'un homme mourant. Ils conclurent de là que l'ouverture en venoit de Ximenez ; & qu'il l'avoit faite à Chievres fon correfpondant en des termes qui marquoient, qu'il n'y avoit que luy qui fut capable de l'executer. Qu'il n'avoit pû donner de preuve plus évidente que celle là de fon horrible averfion pour l'Infant ; puifqu'au lieu d'employer aux exercices de la Penitence le peu de temps qui luy reftoit à vivre, il le perdoit pour l'éternité en le paffant à reduire à la condition des particuliers un jeune Prince né & élevé pour regner.

L'Infant entra par ce difcours dans toute l'indignation qu'on luy pretendoit infpirer, & partit à l'heure même pour s'aller plaindre à Ximenez. Il voulut être accompagné de deux perfonnes au moins qui luy serviffent de témoins de ce qui fe feroit paffé de part & d'autre dans la converfation ; & comme fon Gouverneur étoit malade il prit fon Precepteur, & envoya prier le Cardinal

de Tortofe de luy tenir compagnie. Le Cardinal de Tortofe s'en excufa; & pour dire le vray il n'étoit point affez
hardy pour fe prefenter devant Ximenez apres l'avoir
offenfé, quoique ce n'eût été que par mégarde. Il avoit
ouvert le paquet & l'avoit montré à l'Infant fans prevoir les avantages que les Domeftiques de ce jeune
Prince tireroient de cette lumiere anticipée, pour engager leur Maître dans leurs interefts; & dés le moment
qu'il avoit reconnu fa faute, il avoit envoyé le paquet à
Ximenez avec de tres-humbles excufes de ce qui étoit
arrivé. Ainfi l'Infant aprés avoir effayé toute forte de
moyens pour fe faire accompagner par le Cardinal de
Tortofe, fut contraint d'aller fans luy avec fon Precepteur à l'Hôtel de Ximenez. Il ne fe donna pref-
que pas la patience de le faluër, & fe plaignit à luy les   *Dans la vie d'A-*
larmes aux yeux du tort qu'il luy faifoit en le privant   *drien Six.*
à contre-temps & fans caufe de fes bons & fideles Serviteurs. Il adjoûta qu'il n'eût pas trouvé fi étrange un
tel procedé s'il fût venu de Chievres ou dés autres Miniftres de Bruxelles, puifqu'il étoit né en Efpagne,
& que l'on ne fçavoit que trop dans le monde l'antipatie
qu'il y avoit entre les Flamands & les Efpagnols : mais
qu'il luy étoit infuportable de fe voir maltraité par
Ximenez qu'il avoit jufques là tenu pour fon meilleur
amy. Il le pria de laiffer auprés de luy des gens fans reproche dont il étoit tout-à-fait content, & l'en conjura
par la memoire de la Reine Ifabelle fon Ayeule à laquelle il luy avoit tant de fois avoüé d'être uniquement
redevable de fa fortune.

    Ximenez s'éleva à proportion que l'Infant s'abaiffoit :
car outre qu'il étoit perfuadé que l'affaire devoit être

traitée de hauteur, & qu'il la ruïneroit abfolument pour
peu qu'il fe relâchât ; il croyoit encore, & l'on connut
par l'évenement qu'il ne s'étoit pas trompé, que fi l'Infant dans une conjonĉture fi delicate étoit traité avec
autant de feverité que les autres Sujets du Roy fon Frere, il luy en fouviendroit toute fa vie, & il s'accoûtumeroit de bonne heure à luy obeïr auffi aveuglement
que s'il étoit d'une naiffance infiniment relevée au deffus de la fienne. Et de fait Ximenez n'eût garde de parler à l'Infant des raifons qu'avoit le Roy Catholique de
vouloir qu'il fe deffit de fes Domeftiques. Il pretendit
que ce jeune Prince fuppofât comme les autres Efpagnols que toutes les refolutions émanées du Confeil de
fa Majefté étoient juftes ; & fe contenta fur ce fondement de luy répondre d'un ton ferme & raffis, que
fa condition n'étoit pas fi déplorable qu'il la depei-
gnoit; & que ce qu'il trouvoit alors mauvais & infuportable tourneroit un jour à fa gloire & à fon advan-
cement, pourveu qu'il donnât de bonne grace aux autres Sujets du Roy fon Frere l'exemple d'une parfaite
foûmiffion, & qu'il leur aprît que comme il avoit l'honneur d'être le premier Sujet de la Monarchie d'Efpagne, il
fe piquoit auffi d'obeïr au Monarque plus aveuglement
que les autres. Qu'il ne voyoit pas qu'on luy fift aucune injure en le privant de fes Domeftiques anciens pour
luy en donner de nouveaux : Qu'il avoit de l'âge & de
l'experience en cette forte d'affaires politiques;& que l'on
s'en devoit plûtôt rapporter à luy qu'à beaucoup d'autres qui n'étoient pas fi paffionnez pour la veritable grandeur de l'Infant: Que l'atachement qu'il témoignoit pour
fes Domeftiques feroit bon en d'autres conjonĉtures ;

m is qu'il ne valoit rien en concurence de la foûmiffion qu'il devoit avoir pour le plus puiffant Roy de la Chrê-tienté, aux ordres de qui il n'étoit ni raifonnable ni feur de s'oppofer; & qu'enfin s'il perfiftoit à fe plaindre mal à propos, & à faire le mécontent du dernier ordre venu de Flandres, il mettroit en danger fa perfonne, fa qua-lité, fes efperances, & ceux qu'il s'obftinoit à garder.

Dans la Relation de cette conferen-ce.

L'Infant qui n'étoit point accoûtumé à de fi libres re-parties, repliqua à Ximenez qu'il avoit autrefois fenty les effets de fa bonne volonté, mais que prefentement qu'il en avoit le plus de befoin il la trouvoit entierement changée à fon égard : Qu'il avoit affez de lumiere tout jeune qu'il étoit pour connoître que Ximenez étoit le Maître de l'affaire dont il s'agiffoit, puifqu'en fufpendant pour quelque tems l'execution des ordres de la Cour, il donneroit à l'Infant le loifir d'ôter les impreffions dan-gereufes que le Roy Catholique avoit de fes Domefti-ques : Que c'étoit là la feule grace que l'on demandoit au Cardinal; & que s'il la refufoit il ne fe formalisât pas fi l'Infant & les fiens prenoient des mefures, pour fe ga-rantir de la ruine dont ils étoient menacez.

Ximenez moins étonné de cette menace qu'il n'en fai-foit femblant, s'en fervit finement pour rompre la con-verfation. Il feignit d'entrer dans une colere qui l'empê-choit de la continuer, & dit feulement à l'Infant qu'il fit ce qu'il luy plairoit ; mais qu'il luy juroit par la vie du Roy fon Frere leur commun Maître, que le lende-main ne fe pafferoit pas que fes ordres ne fuffent ponc-tuellement executez. L'Infant fe doutant bien qu'il n'en tireroit rien davantage, le quitta & s'en retourna dans fa Maifon. Il n'y fut pas plûtôt rentré, qu'Efpinofa

& Cabanillo Officiers des Gardes du Cardinal l'inveſ-
tirent avec leurs Soldats de la même maniere que s'ils
euſſent ëu deſſein de la forcer. Ils ſe contenterent neamoins d'empêcher que l'Infant & ſes Domeſtiques ne
ſortiſſent & n'euſſent aucune communication au dehors,
& leur firent aporter par des perſonnes affidées ce qu'il
falloit pour leur nourriture. Le reſte du jour & toute la
nuit ſuivante ſe paſſerent dans un profond ſilence au dehors & dans une extrême agitation au dedans. L'Infant
ne ſe coucha pas plus que ſes Domeſtiques, & délibera
avec eux ſur ce qu'il y avoit à faire durant tout le tems
que l'on vient de marquer. Les premieres heures furent
employées à faire des menaces contre la vie de Ximenez; & l'on ne s'en abſtint qu'aprés qu'un ſens plus raſ-
ſis euſt permis d'obſerver que l'on n'étoit en état d'en
executer aucune. On propoſa enſuitte tous les expediens bons & mauvais, ordinaires & extraordinaires,
raiſonnables & bizarres, legitimes & deffendus, qui pouvoient tomber dans l'imagination humaine pour ſe diſpenſer d'obeïr ; & l'on ne s'y arrêta pas, ſoit qu'ils n'a-
greaſſent point, ou qu'on ne les jugeât pas ſuffiſans. On
ne convint que d'une choſe qui fut accomplie ſur le
champ. Elle conſiſtoit en ce que l'Infant s'obligeât par
écrit à chacun de ſes Domeſtiques en particulier, de le
reprendre auſſi-tôt qu'il en auroit la liberté, & de luy donner une recompenſe proportionnée aux ſervices qu'il en
avoit tirez. Il fut encore long-tems à ſigner ces promeſſes
en l'air qui ne furent jamais acquitées ; & le jour n'eut
pas plûtôt parû, que les deux Officiers des Gardes de
Ximenez preſſerent les Domeſtiques de l'Infant de ſortir
de ſa maiſon, d'emporter ou faire tranſporter ailleurs ce

qu'ils y avoient, de se separer, & de retourner tous au lieu
où ils étoient avant qu'ils entraffent à son service. L'Infant
eut alors recours au dernier expedient, qui fut d'envoyer
prier le Conseil d'Etat & les deux Nonces du Pape qui é-
toient alors auprés de Ximenez de le venir trouver. Ximenez permit qu'ils y allaffent; & l'Infant auffi trifte qu'il l'a-
voit été devant luy le jour precedent, mais non pas les larmes aux yeux comme il les avoit alors cües, dit au Confeil & aux Nonces que le Roy Catholique son Frere a-
voit commandé qu'on luy changeât toute sa Maison:
Qu'il ne pouvoit deferer à un ordre si étrange sans se faire
une extrême violence : qu'il obeïroit pourtant : mais qu'il
prioit en qualité d'Infant de Castille la Compagnie de se
plaindre avec luy par Lettres à sa Majesté Catholique de
l'injure qui luy étoit faite, & de demander que l'ordre fut
revoqué. La Compagnie se chargea volontiers d'un office qui n'étoit que de bien-féance; & Ximenez manda
immediatement aprés au Gouverneur, au Precepteur, &
au Chambellan de l'Infant depofez, de le venir trouver
dans le Monaftere d'Aguilleria. Il les y receut d'un vifage qui ne paroiffoit ni trifte ni joyeux de leur infortune, & leur montra ce qui les regardoit dans la Lettre
du Roy qu'ils n'avoient déja que trop examinée. Il é-
couta les plaintes qu'ils firent là-deffus; & entra avec eux
dans une converfation qu'il employa toute à juftifier
la conduite de la Cour, qui étoit proprement la fienne.
Il fouffrit qu'on luy repliquât; mais fon deffein étoit de
les faire tous trois arrefter s'ils ne luy euffent témoigné
avant que de prendre congé de luy, une entiere foûmiffion à ses volontez. Les Officiers de ses Gardes qui
étoient prefens n'attendoient que le fignal pour fe fai-

fir de leurs perſonnes , & l'on ne ſçait ſi les Domeſtiques de l'Infant s'en douterent: mais il eſt conſtant qu'il
ne fut pas neceſſaire d'en venir à cette extremité, puiſqu'ils finirent la converſation en proteſtant à Ximenez
qu'ils étoient preſts de faire tout ce qu'il leur commande-
roit ; & qu'ils le prioient ſeulement de prendre quelque
ſoin de leur honneur & de leurs intereſts, lors qu'il é-
criroit au Roy Catholique.

On permit à ce prix qu'ils ſortiſſent libres du Mo-
naſtere, & ils executerent de bonne foy la parole qu'ils
venoient de donner. Tous les autres Domeſtiques furent enſuite renvoyez à l'exception d'un ſeul , qui par
bonheur pour luy ne s'étoit expoſé ni à l'averſion ni à
la jalouſie de Ximenez. Ce fut le celebre Alphonſe
Caſtillego qui étoit de ſon tems , ce qu'a été Lope de Ve-
ga du tems de nos Peres. Comme il rëuſſiſſoit mieux que
les autres Eſpagnols dans la Poëſie de ſon Païs , il s'y
adonnoit entierement, & y paſſoit toutes les heures qu'il
n'étoit point obligé d'être auprés de l'Infant. Il vivoit à
cela prés dans la Maiſon de ſon Maître comme s'il eût été
ſolitaire, & ne ſe meſloit que de compoſer des vers, lorſque ſa verve le tenoit, & de les polir apres que l'anthou-
ſiaſme l'avoit quitté. Il étoit ſi éloigné de s'intriguer
dans les affaires d'autruy, qu'il negligeoit abſolument les
ſiennes propres ; & Ximenez qui le connoiſſoit de cette
humeur , ne ſe défia pas qu'il fût capable d'inſpirer à
l'Infant d'autres ſentimens que pour les Muſes. Il luy
conſerva ſa charge de Gentil-homme ordinaire & en
augmenta les appointemens, afin de montrer que dans
le même tems qu'il châtioit l'ambition de trente deux
Domeſtiques de l'heritier preſomptif de la Monarchie,

il

il recompenſoit auſſi la moderation du trente-troiſiéme.
Il jetta les yeux ſur Alphonſe Tellez Seigneur le plus
ſage de toute l'Eſpagne pour ſucceder à Guſman dans
la Charge de Gouverneur de l'Infant, par la ſeule raiſon
que Chievres le luy avoit recommandé. Mais parce que
Tellez étoit alors à Bruxelles où le Roy Catholique
l'avoit appellé, Ximenez en attendant ſon retour mit
en ſa place le Marquis d'Aguilar qui ſe rendit depuis ſi
agreable à ſon jeune Maître, qu'il demeura Gouverneur
en Chef: l'Infant ayant depuis conjuré le Roy ſon Frere de le laiſſer dans la fonction qu'il exerçoit auprés de
luy, ce qui luy fut accordé. Les autres Domeſtiques nouveaux de l'Infant furent tous choiſis par le Cardinal, qui
dans une action de telle importance ne ſe fia qu'à ſoy
même. Aucun n'y entra que par le merite; mais entre le
merite, Ximenez prit à leur égard deux ſortes de précautions, l'une qu'ils fuſſent de baſſe naiſſance, l'autre
qu'ils ne fuſſent redevables de leur fortune qu'à luy ſeul.
Il préſuppoſa qu'elles ſuffiroient pour les détourner des
Cabales où leurs predeceſſeurs s'étoient imprudemment
engagez; & ſi elles ne ſuffiſoient pas il ſeroit en tous cas
d'autant plus facile de les chaſſer à leur tour, qu'ils
n'auroient point de parens en état de les proteger.

Les Eſpagnols virent d'une maniere indifferente le
changement de tous les Domeſtiques de l'Infant, excepté
celuy qui ſe fit en la perſonne du jeune Vicomte d'Alta-
mira. Il étoit de l'âge de ſon Maître, & on l'avoit mis
auprés de luy en qualité d'Enfant d'honneur. Ils s'étoient
d'abord contentez de joüer enſemble dans les heures accordées à l'Infant pour ſe divertir: mais depuis la Sym-

patie de leurs genies avoit lié entre eux une amitié plus
étroite, que leur bas âge & la difproportion de leur
naiffance ne fembloient permettre. Il eft vray que la
complaifance du Vicomte y avoit apporté des difpofitions peu communes. Il s'étoit trouvé Courtifan parfait
avant que de fçavoir ce qui falloit faire pour le devenir,
& fans autre guide que de la nature & de fon devoir: Il
ne s'étoit pas contenté de feconder avec une prodigieufe exactitude les inclinations de l'Infant: il les avoit pre-
venuës par fa prevoyance, & l'on avoit obfervé qu'il ne

Dans les éloges des
Altamites. luy propofoit jamais rien que d'agreable. L'Infant qui de
fon côté l'aimoit avec une tendreffe inconcevable, n'ou-
blia rien de ce qui fervoit à fe le conferver. Il pria, il pleu-
ra, il importuna, & s'abftint de boire & de manger durant plus de vingt-quatre heures : mais Ximenez ne
fut pas plus exorable pour ce Domeftique, qu'il l'avoit
été pour les autres. Le Vicomte avoit un peché d'origine, qui empêchoit que l'on n'usât d'indulgence à fon
égard. Il étoit Neveu de l'Evêque Ozorio Precepteur de
l'Infant ; & s'il eût demeuré auprés de ce Prince, il eût
pû luy infpirer les fentimens que fon Oncle auroit voulu. La crainte en étoit affez bien fondée , & Ximenez envoya le Vicomte chez fon Pere avec ordre d'y
demeurer jufqu'à l'arrivée du Roy Catholique en Efpagne. Ainfi l'action la plus hardie que l'on eût veüe
dans la Caftille depuis que les Mores ne luy faifoient
plus la guerre , fut executée par un homme qui ne tenoit prefque plus à la vie que par les douleurs aiguës
qu'il reffentoit ; & ce fut avec tant de hauteur, qu'il ne
voulut employer que fa feule authorité pour en venir

à bout. La posterité aura encore plus de peine à croire ce que l'on va écrire : mais il est si constant, qu'il ne luy manque aucun caractere de verité.

Chievres avoit apprehendé sagement que Ximenez ne fût pas assez puissant pour changer à sa fantaisie la Maison de l'Infant; & la raison de sa crainte étoit que le Gouverneur & le Precepteur de ce jeune Prince avoient pour proches parens & pour amis intimes deux Seigneurs d'Espagne accreditez & hardis, qui ne souffriroient pas sans exciter du tumulte, que l'on renvoyât des gens dont ils esperoient beaucoup en cas de changement dans les affaires. Ces deux Seigneurs étoient le Marquis d'Astorga & le Comte de Lemos, riches, alliez des plus illustres Maisons du Païs, vaillans de leurs personnes, & experimentez à la guerre. S'ils avoient à être retenus dans le devoir ce ne pouvoit être que par des Lettres que le Roy Catholique leur écriroit de sa propre main, pour les informer qu'il avoit resolu pour le bien de la Monarchie d'ordonner à Ximenez de changer toute la Maison de l'Infant son Frere; & que sa Majesté tenoit le Marquis & le Comte pour des Sujets si fideles, que bien loin de s'opposer à l'execution de ses volontez, ils la faciliteroient autant qu'il leur seroit possible. Les deux Lettres avoient été envoyées ouvertes à Ximenez; & l'on avoit remis à sa discretion de les donner en main propre, ou de les suprimer comme il jugeroit à propos. Mais il s'en étoit offensé, & avoit répondu fierement qu'il s'en passeroit bien, & les avoit jettées dans le feu. Il parut dans la suite qu'il n'avoit eu de soy-même que la bonne opinion qu'il faloit, puisque le Marquis & le Comte se contenterent de murmurer contre luy en secret, & se voyant épiez par des gens

X x ij

de guerre qui n'attendoient que le moindre remüement
de leur part pour se saisir de leurs personnes, ils ne se
formaliserent point au dehors de la disgrace de leurs
amis.

Enfin Ximenez aprés avoir conservé à l'Espagne la ville
d'Alger, eut le bon-heur de sauver encore une fois celle
d'Oram, que les Mores avoient assiegés. Il en receut la
nouvelle peu de tems avant celle que le Roy Catholique
qui s'étoit embarqué au commencement du mois de Septembre mil cinq cens dix-sept sur la flotte qu'il luy avoit
envoyée, avoit débarqué à la fin du même mois sur les côtes des Asturies. Il en fut si réjoüy qu'il sembla durant quelques jours avoir recouvré sa santé : Il se leva du lict où
l'on s'attendoit qu'il deût expirer : il celebra la Messe : il vaqua publiquement aux affaires, & mangea avec les Cordeliers dans leur refectoir. Il receût alors une Lettre de
Chievres qui le consultoit sur deux affaires d'extrême
importance : l'une pour sçavoir ce que l'on feroit de
l'Infant, & l'autre s'il étoit à propos que le Roy Catholique visitât ses Royaumes d'Arragon avant ceux de Castille. La raison de douter pour le premier point étoit
selon Chievres, que d'un côté il n'y avoit pas d'apparence de laisser l'Infant dans un Païs où il avoit été élevé
avec l'esperance presque certaine de regner, si l'on n'y
vouloit exposer les Peuples à la tentation perpetuelle de se
revolter : & d'un autre côté il n'y avoit point de seureté
pour le Roy son Frere, à l'envoyer dans aucun autre de
ses Etats. Car si c'étoit dans les Païs-bas les Flamands en
feroient leur Souverain, quand ce ne seroit que pour
empêcher leur patrie d'être reduite en Province de la Monarchie d'Espagne; & si c'étoit en Italie, ce qui y restoit

de libre folliciteroit l'Infant de s'emparer des Royaumes de Naples, de Sicile, de Sardaigne, de Majorque & de Minorque; afin qu'il n'y eût plus dans un Païs qui avoit autrefois été le Maître du monde, d'autre Souverain étranger que le Roy de France, qui n'y tenant que le Duché de Milan en pourroit être aifément chaffé.

Chievres reprefentoit fur le fecond point que fa Majefté Catholique ayant été pouffée par la tempête fur la côte des Afturies qui étoit de la Caftille, & contraint d'y débarquer, les Caftillans croiroient être méprifez fi elle fortoit de leur Païs avant que d'y être reconnuë pour aller en Arragon. Qu'ils fonderoient leur mécontentement fur ce que leur Monarchie étoit plus confiderable en toute maniere que celle qu'on fembleroit leur preferer; & que leurs plaintes feroient d'autant plus univerfelles, qu'elles pafferoient pour juftes. Mais à regarder le revers de la Medaille l'Arragon n'apprehendoit rien tant, que d'être fi étroitement uny avec la Caftille qu'on ne le diftinguât plus d'avec elle. Il en avoit fouvent témoigné de la défiance au feu Roy, qui pour la lever avoit uni le Royaume de Naples à la Couronne d'Arragon, nonobftant qu'il eût été principalement acquis & confervé par les forces de la Caftille. Il étoit à craindre que la terreur ne recommençât, fi le Roy Catholique tenoit les Etats de Caftille avant que d'avoir tenu ceux d'Arragon; puifque les Arragonnois qui fuppoferoient alors que la preference leur fût deüe à caufe que leur Monarchie étoit plus ancienne que celle de Caftille, s'imagineroient qu'on les alloit incorporer avec elle: au lieu qu'en les vifitant d'abord, & en jurant authentiquement de garder leurs Privileges dont le principal con-

Dans les dernieres Lettres de Chievres au Cardinal.

X x iij

fiftoit à les laiffer dans l'état qu'ils étoient, ils demeureroient dans la tranquilité profonde où le Roy avoit intereft qu'ils fuffent, afin qu'ils ne le traverfaffent pas dans
la fuitte des tems & des affaires.

Ximenez répondit qu'on avoit raifon de penfer à
ce que l'on feroit de la perfonne de l'Infant, & que
ç'avoit été là fon principal embarras durant toute fa Regence. Que ce jeune Prince luy avoit feul donné plus
d'exercice que tous le refte de l'Efpagne enfemble, mais
qu'il ne devoit pas tant embaraffer le Roy Catholique
fon Frere aîné & fon Maître : Que fa Majefté feroit bien
d'y pourvoir une fois pour toutes, & qu'il demeuroit
d'accord qu'il ne falloit pas qu'elle l'envoyât dans aucun des Etats dont elle étoit actuellement en poffeffion;
mais qu'il falloit l'envoyer & l'établir en Allemagne, de
forte qu'il y rendît la Maifon d'Autriche plus confiderable en formant une feconde branche qui y demeurât conftamment, pendant que la premiere feroit fon plus ordinaire féjour en Efpagne : Que les dix Provinces hereditaires étoient un affez beau partage pour un Cadet; &
que l'Infant devoit être content, pourveu que l'on confentît qu'il les eût à condition de renoncer aux fucceffions
de fon Pere & de fa Mere : Que moyennant ces Provinces l'Infant pourroit époufer la Princeffe de Hongrie
& de Boheme, & faciliter un jour l'élection du Roy Catholique à l'Empire : au lieu que fi l'on difpofoit de luy
en quelque autre maniere que ce fût, on n'en tireroit les
mêmes avantages, ni pour la Maifon d'Autriche en general; ni pour la branche d'Efpagne en particulier.

Pour ce qui regardoit la Monarchie que le Roy
Catholique devoit honorer la premiere de fa prefence,

Ximenez écrivit à Chievres qu'il n'y avoit pas à deliberer; & que puifque le bonheur des Caftillans avoit voulu
qu'il abordât premierement en leurs terres, ils auroient
occafion de trouver mauvais qu'il leur ôtât la preference que la tempête qui l'y avoit jetté leur avoit donnée:
Que la même confideration empêcheroit les Arragonnois
d'y trouver à redire; & qu'en tout cas fa Majefté Catholique
ne regneroit abfolument en Efpagne qu'en établiffant
pour fondement de fa politique, que l'Arragon n'étoit
que comme un acceffoire à l'égard de la Caftille qui luy
tenoit lieu de principal ; & que depuis que les deux Monarchies étoient unies & que la Navarre étoit incorporée
dans la Caftille, les Arragonnois fe trouvoient tellement
inveftis par les Caftillans que dans quelque conjoncture qu'ils fe revoltaffent, les feules forces Caftillannes
fuffiroient pour les ramener à l'obeïffance. Au lieu
que fi le mécontentement des Caftillans alloit un jour
jufqu'à là rebellion, quelque injufte ou legitime qu'en
fût la caufe; non feulement les Arragonnois feroient trop
foibles pour les dompter, mais de plus rien d'humain ne
paroiffoit capable d'empêcher les Arragonnois de les imiter dans leur foûlevement; & pour lors l'Efpagne feroit
entierement perduë pour fa Majefté, fans qu'il reftât aucune efperance de la recouvrer.

L'avis de Ximenez fut exactement fuivy dans ces deux
articles; mais encore que le Roy Catholique eut pour luy
tant de deference, il étoit bien difficile que les Efpagnols
qui s'attendoient de le voir expirer à tous momens, la con-
fervaffent auffi entiere qu'elle avoit été jufques là. Antoine de Rojas Evêque de Grenade Prefident du Con-

feil de Caftille avoit pour Ximenez la jaloufie qui n'eft
que trop ordinaire à ceux qui n'ayant que le fecond lieu
dans une Compagnie celebre; croyent pourtant meriter le
premier. Il s'eftimoit pour le moins autant qu'il eftimoit
Ximenez; & s'étoit imaginé que fi ce Cardinal fût mort
avant l'arrivée du Roy Catholique en Efpagne, il luy eut
fuccedé en la Regence. Il s'étoit auffi piqué de ce que Ximenez avoit fait diverfes affaires importantes fans luy en
rien communiquer, & comme la mort de Ximenez luy
eut ôté le moyen de s'en reffentir, il ne la voulut pas attendre. Il fe prevalût de la conjoncture qu'il jugeoit la plus
propre pour offenfer Ximenez; & prit l'occafion que le
Regent n'avoit pû affifter au Confeil pour remontrer à la
Compagnie, que puifqu'elle avoit l'authorité Royale entre les mains, elle devoit aller au plûtôt au devant du
Roy Catholique pour luy en demander la confirmation. Qu'il importoit peu que Ximenez fut ou ne fut pas
à fa tefte lorfqu'elle s'acquiteroit de ce premier devoir,
puifqu'auffi bien fa Regence étoit expirée par l'arrivée
du Roy en Efpagne ou du moins tellement diminuée,
qu'on ne devoit plus la confiderer que par bien-féance : Que la maladie de Ximenez luy fourniffoit une excufe
valable pour fe difpenfer autant qu'il luy plairoit de rendre en perfonne fes devoirs à fa Majefté : mais qu'il n'en
alloit pas de même du Confeil, qui devoit toûjours être
en action; & perdoit autant de fon luftre, qu'il demeuroit éloigné de fon Maître.

    Le Prefident qui parloit ainfi n'étoit pas feul qui eût
intereft d'aller au plûtôt à la Cour, & les autres Confeillers d'Etat n'étoient pas moins preffez d'y paroître. Ils
fçavoient

fçavoient qu'on avoit refolu de les reduire à la moitié afin
de mettre autant de Flamands en leur place; & comme
aucun d'eux en particulier n'étoit affuré qu'on le confervât, ils prennoient déja tous leurs mefures pour aller folliciter d'être continuez dans leur commiffion. Ainfi tous
accepterent l'offre de leur Prefident, qui pour fe rendre
plus agreable ou pour donner une preuve plus authentique de fon pouvoir, s'ingera de mener l'Infant avec le
Confeil. Mais il n'en fut pas le Maître comme il eût été,
fi Gufman eût demeuré Gouverneur de ce jenne Prince;
& ce fut principalement dans cette conjonéture, que la
prévoyance de Ximenez fut admirée ; car le Marquis
d'Aguillar qui tenoit la place de Gufman , & fe fentoit
uniquement redevable de fa dignité à Ximenez, répondit au Prefident que l'Infant ne partiroit que par les
ordres du Roy fon Frere ou par ceux du Cardinal.
Le Prefident ne laiffa pas de fe mettre en chemin &
de continuer fon voyage, jufqu'à ce que Ximenez pour
l'arréter luy envoya des Lettres du Roy qui fervoient de
reglement pour l'action dont il s'agiffoit. Sa Majefté
Catholique declaroit en termes exprés qu'elle ne vouloit voir le Confeil, que lorfque Ximenez auroit la commodité de fe mettre à la tête de la Compagnie. Le Prefident n'y défera pas neanmoins encore parce qu'il avoit
fon excufe préte, en difant que Ximenez étoit fi malade
qu'il n'avoit pû fe faire porter au devant de fa Majefté;
& que cependant le Confeil de Caftille n'avoit pas crû
qu'il fût de fa dignité, de fouffrir que divers Seigneurs du
Païs le precedaffent à rendre fes devoirs au Roy. Mais
Ximenez informé que le Confeil continuoit fon voyage dépêcha un Courrier à Chievres, & fe plaignit à luy

Y y

du mépris que l'on faifoit de fa perfonne. Il lui manda que l'affront rejailiroit fur le Roy: Il l'affura que l'arrivée de fa Majefté Catholique en Efpagne étoit la feule caufe de l'audace du Confeil en general & du Prefident en particulier: Il protefta que fi auparavant ils euffent eû la hardieffe de luy défobeïr, il les eût tous dépofez à l'heure mêmes comme il avoit changé les Domeftiques de l'Infant, & demanda qu'il luy fût permis d'achever fa Regence avec le même afcendant, qu'il l'avoit commencée & jufques-là continuée.

Chievres ne trouva rien que de jufte dans la Lettre de Ximenez, & fut d'avis que le Roy luy donnât en ce point toute la fatisfaction qu'il defiroit. Sa Majefté Catholique envoya commander au Prefident & au Confeil de retourner fur leurs pas : de fe raffembler comme auparavant dans la ville d'Aranda proche le Convent d'Aguillera où Ximenez étoit malade : de n'en point fortir fans un ordre nouveau ; & fur tout de ne fe prefenter devant elle, que lorfque Ximenez feroit à fa tête. Le Prefident & le Confeil receurent alors une étrange mortification; mais Ximenez au lieu de l'augmenter en leur infultant au retour comme ils apprehendoient qu'il ne fît, la diminua autant qu'il luy fut poffible. L'Amiral de Caftille & d'autres Grands indignez de l'affront que le Prefident & le Confeil luy avoient voulu faire , offrirent de l'accompagner quand il iroit faluer le Roy : mais Ximenez étoit trop fage pour fe mettre au hazard de donner de la jaloufie à fon Maître, en fe faifant efcorter à contre-tems par des perfonnes fi qualifiées. Il les remercia de leur civilité; & leur dit que cóme il avoit trouvé à redire, que le Confeil allât fans luy baifer les mains au Roy, les Conseillers d'Etat de sa Majesté auroient raison de se formaliser s'il y alloit sans eux. Il se prepara donc pour partir avec le Conseil au premier ordre ; & comme il se sentoit proche de sa fin, il n'eût jamais crû que sa faveur eût moins duré que sa vie. Cependant il ne l'éprouva que trop ; & comme c'est icy l'endroit où les Ecrivains d'Espagne se déchaînent le plus contre Chievres il est important d'examiner quelle part il eut dans la disgrace de Ximenez.

Il est constant que ce Cardinal, soit qu'il eût une inclination particuliere pour ses compatriottes, ou qu'il les estimât incapables de souffrir que les étrangers eussent de l'authorité dans l'Espagne, avoit écrit plus d'une fois au Roy Catholique qu'il ne menât point du tout de Flamands, ou qu'il en menât si peu qu'ils ne pussent donner de l'ombrage. Sa Majesté qui ne celoit rien à Chievres luy avoit communiqué les Lettres de Ximenez, & Chievres ne s'en étoit pas scandalisé d'abord parce qu'il n'avoit pas crû qu'elles le regardassent ; soit qu'il se fondât sur l'alternative qui y étoit contenuë, dans les termes, *Que sa Majesté ne menât point de Flamands ou qu'elle n'en menât que peu*, & qu'il crût que cette alternative devoit être entenduë de luy d'autant plus vraisemblablement que les Espagnols n'avoient pas lieu de trouver étrange que leur Roy fût accompagné par celuy qui avoit été son Gouverneur, supposé qu'il le deût être par un homme qui ne fût point Espagnol ; ou qu'il se fiât entierement à l'amitié que Ximenez luy avoit témoignée & aux bons offices qu'il luy avoit rendus. Mais il changea de sentiment lorsqu'il apprit que Ximenez n'avoit pû souffrir que sa Majesté avant que de partir de Bruxelles y eût choisi le Conseil dont elle devoit se servir en Espagne, & nommé

Y y ij

tous les Miniftres qu'elle y devoit avoir. Ce n'eft pas qu'il ne fût entré beaucoup d'Efpagnols dans ce choix : Mais outre qu'il y avoit plus de Flamans que d'Efpagnols, on y avoit encore introduit des Alemans qui n'étoient pas plus agreables aux Efpagnols que les Flamands.

Le Roy Catholique en avoit ufé de mêmes à l'égard des principales Charges de Caftille & d'Arragon qui n'étoient pas hereditaires ; ce qui avoit été d'autant moins fupportable à Ximenez , qu'il avoit été toute fa vie extraordinairement jaloux de la grandeur de fa Nation. Il trouva le mal fi grand, qu'il n'y eût plus felon luy d'autre remede que d'ôter generalement à tous les Etrangers les places dans le Confeil & les Charges de Monarchie d'Efpagne, & de ne leur laiffer, que celles qui regardoient le Roy Catholique en qualité d'Archiduc des Païs-bas. Il n'y avoit pas d'apparence d'excepter Chievres de ce reglement, puifqu'il avoit été pourveu le premier, & qu'il poffedoit actuellement les deux plus belles Charges de la Maifon Royale, qui étoient celles de Grand Maître , & de Comtador Major qui revient à celle de Sur-Intendant des Finances ; & que par confequent fi l'on commençoit par luy la reformation, les autres Officiers n'auroient pas lieu de trouver étrange qu'on la continuât par eux : au lieu que fi l'on avoit égard à fon merite & à fes fervices dans une conjonêture fi délicate, les autres ne manqueroient pas auffi de pretendre que l'on eût égard aux leurs.

Ainfi Ximenez ne voyant point de milieu entre ces extremitez, fe mit à folliciter le Roy Catholique qu'il renvoyât en Flandres tous les Etrangers qui l'avoient accompagné, fans exception. Il étoit le plus ardent des

hommes à l'execution de ce qu'il entreprenoit; & dés
qu'il eût expliqué fa penfée à fon Maître, il luy en écrivit fi fouvent qu'il fe rendit importun. Chievres que
Ximenez vouloit perdre, & qui ne pouvoit fe maintenir
qu'en perdant Ximenez, profita de l'occafion qu'il luy
fourniffoit de le poufler à fon tour. Il remontra au Roy
Catholique que la violence de Ximenez étoit arrivée à
un tel excez, qu'il y alloit de la Majefté Royale de l'arrêter: Qu'il avoit été bon de permettre à ce Cardinal d'a-
gir à fa mode pendant qu'il n'y avoit point eu de Roy en
Efpagne, parce qu'il faloit alors confier l'autorité fou-
veraine à quelqu'un & que d'ailleurs il ne s'étoit point
trouvé d'Efpagnol entre les mains de qui elle courût
moins de rifque : mais que prefentement, fi l'on agiffoit
encore par fes confeils, on accoûtumeroit fes compatrie-
tes à ne plus reconnoître d'autre Roy que luy : Qu'il n'y
avoit point d'exemple dans l'Hiftoire qu'un Souverain
eût été contraint de changer fon Confeil & fa Maifon lorfqu'il avoit fuccedé à de nouveaux Etats ; & que fi fa Majefté s'affujetiffoit à une Loi fi dure, elle feroit de pire condition que les particuliers qui prennent pour domeftiques ceux qu'ils aiment, & confultent ceux qu'ils efti-
ment fans diftinction & fans referve : Qu'il falloit de
bonne heure témoigner aux Efpagnols que c'étoit à eux
de fe foûmettre à la volonté de leur Roy, & non pas à
leur Roy de recevoir la loi d'eux; & que la voye la plus
courte & la plus aifée pour en venir à bout, étoit de
commencer par Ximenez.

Le Roy Catholique avoit une tendreffe particuliere
pour ceux de fon Païs ; & quoiqu'il apportât toutes les
précautions poffibles pour la cacher, ceux qui le voyoient

souvent croyoient qu'elle n'étoit pas moindre que celle
de Ximenez pour les Espagnols. Il n'étoit pas encore
prévenu de la maxime de la Reine Isabelle son ayeule,
que les Rois ne devoient point être touchez des sentimens que la nature inspire. Personne ne lui avoit proposé de choisir son Conseil, & d'augmenter le nombre de
ses domestiques après la mort de son ayeul. Il s'y étoit
porté de luy-même ; & l'évenement justifia que c'avoit
été avec plus de prudence, que son âge ne sembloit permettre. Cependant il eût passé pour imprudent s'il eût
déposé & renvoyé dans les Païs-bas tant d'hommes de
merite, dont il n'attendoit pas de moindres services que
ses Ancêtres maternels en avoient tiré des Espagnols. Sa
reputation en eût été si flêtrie à son entrée dans le monde, qu'il eût eu bien de la peine à la rétablir ; & neanmoins il lui étoit absolument necessaire qu'elle fût sans tache, dans le dessein qu'il avoit déja de prendre de justes
mesures pour succeder à son Ayeul paternel à l'Empire.

Ainsi les réponses qu'il fit à Ximenez ne furent pas
cathegoriques ; & ce Cardinal persuadé que son éloquence emporteroit ce que ses Lettres n'avoient pû obtenir,
pressa le Roy de luy permettre de l'aller trouver au plûtôt ; & de luy accorder des Audiences longues & secret-
tes dans lesquelles il pût informer sa Majesté Catholique de plusieurs choses, qu'elle n'apprendroit au vray que
par sa bouche. Mais on luy répondit que sa santé étoit
trop précieuse à l'Etat pour ne la pas ménager, & qu'on
n'avoit garde de l'exposer à un long voyage dont elle
seroit trop incommodée. Que la Cour s'approcheroit
bien-tôt du Monastere où il étoit ; & qu'alors le Roy Ca-

tholique ne manqueroit ni de le voir ni de conferer
avec luy auffi long-tems qu'il le jugeroit à propos , ni
de profiter de fes bons avis.

Ximenez reconnut bien alors que l'on éludoit fa requête,
mais il en fut encore mieux perfuadé lorfqu'il apprit que
fa Majefté Catholique avoit refolu d'affembler les Etats
de Caftille fans luy en demander confeil. Il comprit
qu'on ne l'auroit pas negligé de la forte dans une affaire
de telle importance s'il n'eût été difgracié; & neanmoins
la faute que l'on alloit commettre luy parut de telle importance, qu'il crut devoir faire un effort pour la prevenir. Il écrivit, non pas à Chievres de la main duquel
il fuppofa que venoit le coup, mais directement au Roy
pour luy remontrer qu'il étoit encore plus neceffaire en
Efpagne qu'ailleurs, que la premiere entrevûë du Souverain & des Sujets fe fît d'un côté avec beaucoup de tendreffe & de l'autre avec beaucoup de foûmiffion ; &
que l'on avoit de tout tems obfervé dans tout le Païs, &
fur tout dans la Caftille, que les Regnes y avoient toûjours continué & finy de la même maniere qu'ils a-
voient commencé : Que cependant les Caftillans n'é-
toient pas alors affez calmes pour être affemblez impunément ; & qu'il étoit d'autant plus dangereux de leur accorder la convocation des Etats , qu'ils la demandoient
avec plus d'inftance : Qu'ils pretendoient rentrer dans
la même liberté qu'ils avoient euë avant le Regne de
Ferdinand & d'Ifabelle, & qu'ils en avoient dreffé les
Articles: Qu'ils prefferoient fa Majefté Catholique de les
figner immediatement après l'ouverture des Etats ; &
que fi Elle les fignoit, tout le travail de fon Ayeul, de
fon Ayeule, & de la Regence, feroit abfolument perdu :

ſi Elle refuſoit de ſigner, Elle s'engageroit dans une guerre civile.

Ximenez ajoûtoit que le ſeul expedient qu'il y avoit à prendre, étoit de regner d'abord abſolument: de n'accorder point aux Eſpagnols la convocation des Etats; & de les accoûtumer tellement au joug durant les premieres années du Regne de Sa Majeſté Catholique, qu'ils n'euſſent plus lieu de le trouver étrange lorſqu'ils auroient occaſion de s'en plaindre. On n'a pas ſçû par quelle voie Ximenez étoit informé de la diſpoſition de Caſtillans, mais il ne parût que trop dans la ſuite qu'il avoit dit vrai. On luy ajoûta neanmoins peu de foy parceque l'on s'imagina qu'il n'avoit écrit que par interêt; & qu'il ne tâchoit d'éloigner la tenuë des Etats, que parcequ'il prévoyoit que quoique l'on fît pour diminuer ſon autorité, il luy en reſteroit beaucoup juſque-là, le Roy ne pouvant terminer ſans luy les affaires de conſequence commencées durant la Regence : au lieu qu'il ne ſeroit plus neceſſaire à Sa Majeſté Catholique, aprés qu'il luy auroit rendu compte de ſon adminiſtration dans les Etats.

On perſiſta donc dans la reſolution de les convoquer; & Ximenez n'en ayant pû differer l'execution, travailla pour obtenir que l'on choiſît au moins un lieu qui luy fût commode : Il ne propoſa pas luy-même ſa Ville Metropolitaine de Tolede, mais il fit que les Bourgeois de cette Ville allerent repreſenter au Roy Catholique qu'ils étoient dans une poſſeſſion preſque continuelle d'avoir les Etats, & demander qu'on leur continuât cette grace. Mais on n'avoit garde de les convoquer dans un lieu où Ximenez étoit trop puiſſant; & l'on apprehendoit que

les

les Grands qui n'étoient pas trop bien reconciliez avec
luy, ne le trouvaffent mauvais. Et de fait on choifit la ville de Vailladolid ; & Ximenez ne l'eût pas plûtôt fceû,
qu'il y envoya retenir pour foy le logis du Docteur Bernardin, commode pour un malade en ce qu'il étoit é-
loigné du bruit, & pourtant affez prés de la Salle où fe
tiendroit l'affemblée : mais Terremonde Gentil-homme
de Flandres pourveu de la Charge de grand Maréchal
de la Cour, ne laiffa pas de le marquer pour un autre ; &
afin que le Cardinal eût moins de pretexte de s'en plaindre, on deftina ce logement pour la Reyne Germaine.

Ximenez perfuadé que puifqu'il avoit retenu le logis
il y alloit de fon honneur de le conferver, écrivit au
Roy pour fe plaindre de la dureté de Terremonde,
& envoya un Gentil-homme à la Reyne Germaine
pour la prier d'avoir égard à fon indifpofition. Le Roy
luy fit juftice ; & la Reyne luy manda civilement qu'elle
logeroit plûtôt à la belle étoille, que de le déloger. La
Maifon luy fut donc laiffée, mais Terremonde luy fit une
feconde fupercherie moins fupportable que la premiere.
Il marqua pour le train de Ximenez un logis dans un
bourg affez éloigné de Vailladolid, pour empêcher qu'il
n'eût avec fes Domeftiques toute la communication neceffaire à un malade ; & Ximenez averty qu'on luy avoit
fait ce dernier affront à la follicitation du Duc d'Alve,
en fut d'autant moins en état de le diffimuler. La patience luy échapa, & on luy oüy dire en foûpirant, *qu'il n'a-*
voit jamais été traité de mêmes à la Cour lorfqu'il l'avoit
fuivie en qualité de fimple Confeffeur de la Reyne Ifabelle,
ni mêmes quand il s'étoit trouvé dans la difgrace du Roy
Ferdinand. Qu'il avoit plus d'une fois affifté aux Etats

Dans la relation
de fa difgrace.

Z z

dans ces deux conjonctures, & qu'on luy avoit laiffé toûjours fon train auprés de luy, quoique la Cour des Rois
Catholiques fût alors plus groffe que n'étoit celle de leur
Petit-Fils, & qu'ils euffent plus de troupes de Cavalerie &
d'Infanterie pour leur Garde que luy : Que ce n'étoit pas
là une recompenfe proportionnée à l'importance de fes
fervices, & qu'il falloit bien que l'on eût adjoûté à la
calomnie plus de foy qu'elle ne meritoit, puifqu'on le
traitoit fi mal.

Il n'eft rien de plus dangereux aux difgraciez que de
fe plaindre, parce que ceux qui les ont fupplantez enve-
niment ordinairement cette forte de plaintes. Il y a de
l'apparence que l'on ufa de mêmes à l'égard de Ximenez,
puifque le recit défavantageux que l'on en fit au Roy Catholique attira à ce Cardinal la terrible Lettre qui acheva
de le tuer : mais rien de pofitif ne perfuade que ce fut plûtôt Chievres que le Cardinal de Tortofe, le Chancelier Sauvage, le grand Ecuyer Lanoy, le Referendaire Gattinara, &
les autres principaux Courtifans de fa Majefté, qui fachant
que Ximenez ne leur en vouloit pas moins qu'à Chievres;
& ne fe fentant pas fi forts que luy pour fe maintenir, a-
voient auffi plus d'intereft de prevenir le renvoy dont ils é-
toient menacez par la difgrace de celuy qui le demandoit.

Quoyqu'il en foit on prit occafion des paroles que
l'on vient de rapporter échapées à Ximenez, pour remontrer au Roy Catholique que ce Cardinal étoit un homme d'autant plus à craindre qu'il ne revenoit jamais de
fes préventions; & qu'ayant une fois défaprouvé la convocation des Etats de Caftille, il tâcheroit s'il y affiftoit
de juftifier que fa prévoyance n'avoit pas été vaine, & feroit par confequent en forte qu'ils ne fe terminaffent pas

à l'avantage de sa Majesté. On resolut là-dessus d'empêcher qu'il ne s'y trouvât; & le Roy Catholique approchant du lieu où il étoit, luy écrivit une lettre qui ne finissoit pas de mêmes qu'elle commençoit. Sa Majesté après avoir témoigné qu'elle desiroit le voir à Moyados pour conferer avec luy, & pour recevoir ses instructions & ses conseils sur la maniere dont elle devoit regner en Espagne, ajoutoit qu'elle vouloit aussi le décharger entierement du poids des affaires, & le renvoyer immediatement après à son Eglise de Tolede où il acheveroit ses jours avec d'autant plus de tranquillité. Que les services qu'il avoit rendus à l'Espagne étoient si considerables, qu'il n'y avoit que Dieu qui pût l'en recompenser. Que sa Majesté Catholique s'en souviendroit toute sa vie, & l'honoreroit comme son Pere.

La pilulle pour être dorée n'en étoit pas moins amere, & par malheur pour Ximenez la fiévre l'avoit repris le jour précedent. Il ne luy étoit jamais entré dans l'imagination que l'on usât à son égard d'une telle ingratitude; & pour comble d'affliction il reconnut que la lettre étoit de la façon de Mota qu'il avoit destiné pour son Successeur à l'Archevêché de Tolede, quoique le Roy Catholique eût signé la Lettre, & quelle fût écrite en son nom. Il se forma de ces quatre circonstances une conjoncture qui l'emporta dans l'esprit de Ximenez sur tout ce que son experience & sa raison luy purent opposer; & son mal en redoubla de sorte, qu'il mourut quatre ou cinq heures après, le neufiéme Decembre mil cinq cens dix-sept. Ses ennemis avoüerent aussi-bien que ses amis qu'il étoit le plus celebre Ministre d'Etat de l'Europe, pour avoir en vingt-deux mois seulement que dura son administration

Z z ij

soûmis à une entiere obeïssance la haute Noblesse d'Espagne: appaisé les tumultes d'Andalousie: ôté l'esperance à Jean d'Albret de recouvrer la Navarre : puny hautement la rebellion des Malaguins: trouvé le secret de tenir dans la Castille & l'Arragon des Troupes prestes sans qu'il en coûtât rien au Roy, ni à l'Etat : nettoyé les côtes d'Espagne : assiegé Alger avec des forces capables de le prendre si elles eussent été bien conduites: deffendu Bugie, Melille, & le Pegnon de Velez contre les furieuses attaques de l'Aîné Barberousse: conservé la forteresse d'Arsille à la Couronne de Portugal ; & payé les dettes immenses de Ferdinand & d'Isabelle, sans avoir mis aucune imposition sur le Peuple.

L'Archevêque de Sarragoce Oncle naturel du Roy Catholique qui avoit pretendu, comme on a veu cy-dessus à l'Archevêché de Tolede durant la vie de Ximenez, & par consequent avoit été l'occasion de sa premiere disgrace, s'imagina que le Benefice ne luy seroit pas refusé dans la conjoncture qu'il venoit de vaquer. Il le courut ; mais sa diligence fut prevenuë par le Marquis de Villena & par quelques autres Grands d'Espagne, qui voulant acquerir l'amitié de Chievres demanderent l'Archevêché pour Guillaume de Croy son Neveu & son Filieul, qu'il aimoit beaucoup plus que ses autres parens. Le Roy Catholique avant que de partir de Flandres luy avoit procuré, quoy qu'il n'eût que dix-neuf ans, l'Evêché de Cambray, & donné plusieurs autres Benefices ; & sa Majesté depuis son arrivée en Espagne avoit dépêché un Courier en Cour de Rome pour prier le Pape de luy donner un Chapeau de Cardinal, qui luy fut accordé à la promotion suivante

Ainsi l'on ne pouvoit luy souhaiter d'établissement plus avantageux en Espagne que celuy de la premiere Dignité Ecclesiastique du Païs, & ce fut là le motif des Grands qui parlerent en sa faveur. Le Roy Catholique qui ne vouloit pas que les Espagnols eussent occasion de le soupçonner d'ingratitude, & ne prevoyoit pas la haine qu'il alloit attirer à Chievres, donna de bonne grace le Benefice dans le Chasteau de Tordesillas, où le desir de voir sa Mere l'avoit porté. Il y étoit presque seul, & n'y vouloit voir personne parce que la nature luy suggeroit de cacher autant qu'il pourroit les extravagances d'une Princesse, dont il tenoit la vie & les Couronnes : Cependant ce fut là que vint son Oncle, impatient & persuadé qu'il ne seroit jamais assez-tôt Primat de l'Espagne en gencral, comme il l'étoit déja de l'Arragon en particulier à cause de l'Archevêché de Sarragoce. Mais on luy refusa l'entrée de Tordesillas avec la même severité, dont on usoit à l'égard de tous ceux que le Roy Catholique n'y avoit pas menez; & on luy dit aussi-bien qu'aux autres, d'aller attendre sa Majesté à Vailladolid où se devoit faire en peu de jours l'ouverture des Etats.

Il s'en plaignit hautement, & pretendit que sa naissance luy devoit avoir merité quelque preference en ce point. Il obeït pourtant, & prit le chemin de Vailladolid; & sa Majesté n'y fut pas plûtôt arrivée, qu'il luy demanda l'Archevêché de Tolede. Elle répondit qu'elle l'avoit donné à l'Evêque de Cambray; & que le brevet en avoit été expedié à Tordesillas, où les Grands de Castille avoient sollicité pour cet Evêque. Le dépit dont l'Archevêque de Sarragoce fut saisy en entendant cette repar-

Z z iij

tie, luy fit naître deux penfées également fauffes : l'une
que Chievres voulant procurer à fon Neveu le même
afcendant furle Clergé d'Efpagne, qu'il avoit luy même
à la Cour ; & n'ofant le faire directement parce que fon
ambition eût été trop vifible , avoit employé pour cela
le Marquis de Villena , & les autres Grands qui s'é-
toient trouvez auprés du Roy : L'autre que l'entrée
dans le Château de Tordefillas ne luy avoit été refufée
que par l'intrigue de Chievres , qui avoit befoin de tout
le tems que le Roy Catholique y voit paffé pour difpofer fa Majefté à nommer fon Neveu à l'Archevêché, &
qui prévoyoit que la prefence de l'Archevêque de Sarragoce eût fuffi pour rompre toutes fes mefures, s'il eût paru à la Cour avant l'expedition du brevet.

On fe figure aifement ce qui favorife la vengeance que
l'on fe propofe ; & l'Oncle du Roy fut fi confolé dans fon
malheur de trouver à qui s'en prendre , qu'il ne fe mit
point autrement en peine d'examiner fi ce qu'il croyoit
étoit bien ou mal fondé. Il prit congé du Roy Catholique immediatement aprés avoir été refufé ; & fortit le
même jour de Vailladolid fous pretexte qu'il n'y pouvoit
demeurer plus long-tems avec honneur, puifqu'il n'avoit
ni feance ni rang dans les Etats de Caftille. Il retourna
en pofte dans l'Arragon où fes plaintes contre le gouvernement retentiffoient de tous côtez , lorfque le bruit
courut à Vailladolid que le Neveu de Chievres étoit
Archevêque de Tolede. Les Députez des villes & des
Communautez de Caftille qui y étoient venus pour l'ouverture des Etats en furent d'autant plus furpris, qu'il é-
toit fans exemple que le meilleur benefice du Païs eût
été conferé à un étranger. Ils fe contenterent pourtant

d'exagerer d'abord leur étonnement à ceux qui vouloient bien les entendre : mais depuis comme il n'eſt point de nation qui s'embaraſſe plus de l'avenir que l'Eſpagnole, ils apprehenderent à force de raiſonner ſur ce qui venoit d'arriver ; que les Flamands encouragez par le ſuccez de leur nouvelle Tentatîve, ne priſſent goût aux autres benefices d'Eſpagne, & ne les demandaſſent à meſure qu'ils vaqueroient. La difficulté de les en empêcher étoit aſſez grande, parce que d'un côté il n'y avoit point de loy qui le deffendît, & d'un autre côté il n'y avoit pas d'apparence d'impoſer au nouveau Roy une ſujetion dont ſes Predeceſſeurs avoient été exempts.

Pour entendre ce myſtere de politique qui exerça la prudence de Chievres ſix ſemaines entieres, il faut preſuppoſer que le Royaume de Caſtille ayant d'abord été des plus petits de l'Eſpagne, n'avoit eu garde de prendre des meſures pour empêcher les Etrangers de poſſeder ſes benefices, puiſque les Etrangers n'y alloient que pour ſervir dans les Armées en qualité de Croiſez, & pour s'en retourner enſuitte dans les diverſes Provinces de l'Europe d'où ils étoient ſortis, lorſque le tems durant lequel ils avoient fait vœu de combattre étoit expiré ; & s'ils s'abituoient dans le Païs ils n'y étoient plus conſiderez que comme Caſtillans, parce qu'ils y vivoient & mouroient d'ordinaire, & leurs enfans jouïſſoient ſans contredit de tous les Privileges des Caſtillans naturels. La choſe étoit demeurée en cet état lorſque la Caſtille s'étoit agrandie, parce que ſes Conqueſtes avoient été faites ſur les Mores, qui s'ils avoient voulu changer de Religion, étoient devenus Caſtillans ; & s'ils avoient perſiſté dans la foy de l'Alcoran, on les avoit contraints d'aller de-

meurer ailleurs. Les terres qu'ils laiſſoient étoient données à des Caſtillans naturels; & l'on ne pouvoit trouver
mauvais que ceux-cy poſſedaſſent les benefices des lieux
conquis, puiſque c'étoient eux mêmes ou leurs Anceſtres
qui les avoient fondez. Enfin la diſpoſition des benefices n'y avoit point changé lorſqu'Iſabelle avoit épouſé
Ferdinand, parce que cette Reyne ſe l'étoit reſervée toute entiere par ſon Contract de mariage, & ne nommoit
que des Caſtillans naturels pour les remplir. Mais aprés
que Charles d'Autriche eut joint les Païs-bas à la Caſtille, il contrevint en deux manieres à l'uſage étably
dans celle-cy pour les Charges & pour les Benefices.
Il pourveut les Arragonnois des Magiſtratures & des
biens d'Egliſe ſcituez en Caſtille, avec la même liberté qu'il donnoit reciproprement aux Caſtillans les
Dignitez Eccleſiaſtiques & ſeculieres de l'Arragon, &
il nomma quelquefois des Flamands aux Charges &
aux Benefices de Caſtille & d'Arragon. Les Caſtillans recevoient deux prejudices de cette innovation;
l'un venoit de ce que leurs Charges & leurs Benefices ſe trouvant en plus grand nombre & de plus grand
revenu que les Charges & les Benefices de l'Arragon,
pour deux Caſtillans qui profitoient des biens Eccleſiaſtiques & ſeculiers ſcituez dans l'Arragon, vingt Arragonnois profitoient de ceux de Caſtille: l'autre préjudice conſiſtoit en ce que le reciproque étably entre les
Caſtillans & les Arragonnnois, n'avoit lieu ni pour
l'une ni pour l'autre de ces deux Nations à l'égard de
la Flamande, puiſqu'il étoit certain que le Roy Catholique n'eut oſé nommer aucun Eſpagnol aux Charges &
aux Benefices des Païs-bas; & quand il ſe fût ingeré de
                                                    le

le faire, les dix-fept Provinces fe fuffent plûtôt revoltées que de l'endurer.

Les Caftillans qui ne cedoient point en fierté aux Flamands & les furpaffoient de beaucoup en addreffe, refolurent de fe maintenir auffi-bien qu'eux dans leur ancien ufage; & l'artifice qu'ils inventerent pour y parvenir, ne pouvoit être plus ingenieux. Ils s'aviferent de confondre leurs anciennes coûtumes avec leurs Privileges; & mirent au nombre de ceux-cy, qu'aucun Etranger pour quelque claufe ou fous quelque pretexte que ce fût, ne tiendroit ni Magiftrature ni Benefice dans la Caftille. Leur prévoyance s'étendit mêmes plus loin; & comme ils fçavoient que les Arragonnois & les Flamands n'afpiroient à leurs Charges & à leurs Benefices que pour convertir en argent comptant & faire paffer dans leurs Païs les revenus immenfes qui y étoient attachez, ils renouvellerent une de leurs anciennes loix qui deffendoit fur peine de la vie de tranfporter de l'or & de l'argent hors du Païs, fans la participation des Etats. Ils infererent l'une & l'autre dans les Articles que le Roy Catholique devoit jurer avant que d'être reconnu pour Monarque de Caftille, & luy prefenterent le tout enfemble. Il les examina avec Chievres, & celui-ci fit incontinent remarquer à fon Maître la fineffe des Caftillans. Il luy remontra qu'on pretendoit l'obliger à des conditions inconnües à fes Predeceffeurs; & que s'il y donnoit les mains, les confequences en feroient tres facheufes pour la maifon d'Autriche en general, & en particulier pour luy qui en devoit être le Chef. Que cette maifon alloit à la verité former la Monarchie la plus puiffante qu'il y eût eu dans la Chrêtienté depuis celle de Charlemagne; mais que cette

Aaa

Monarchie auroit un défaut où celle de Charlemagne
n'avoit point été fujette, puifque les Etats de la maifon d'Autriche feroient trop éloignez les uns des autres
pour fe donner une mutuelle affiftance dans les befoins
preffans: Qu'il n'y avoit point d'autre remede à cela que
de faire dans la Monarchie Efpagnole à proportion ce
que Dieu avoit fait dans l'ouvrage du corps humain,
où les parties eftoient engagées par leur propre intereft à
la confervation les unes des autres: Que fi les Flamands
& les Arragonnois eftoient fruftrez des Benefices & des
Magiftratures de la Caftille ; ils ne fe mettroient point
en devoir d'affifter les Caftillans contre les Turcs &
contre les Mores ; comme fi les Caftillans ne jouïffoient
pas du mefme Privilege dans l'Arragon, ils ne s'oppo-
feroient pas avec affez de vigueur aux François qui menaçoient de reprendre les armes pour reftablir fur le
Thrône de la Navarre la pofterité de Jean d'Albret: Qu'il
n'en alloit pas de même à l'égard des Païs-bas, qui ne
pouvoient à la verité ni fecourir l'Efpagne ni être fecou-
rus par elle du côté de terre, la France fe trouvant entre
deux : mais par mer le chemin étoit libre ; & comme les
forces maritimes des Païs-bas furpaffoient infiniment celles de l'Efpagne, elle avoit fans comparaifon plus de befoin des Païs-bas que les Païs-bas n'en avoient d'elle :
Qu'il ne falloit donc pas difcontinuer de donner aux
Flamands des Charges & des Benefices dans la Caftille,
quoique les Caftillans n'en euffent pas reciproquement
en Flandres, & que par confequent fa Majefté Catholique ne devoit s'engager à rien de contraire.

Le Confeil approuva le raifonnement de Chievres, qui
fut enfuite commis pour ajufter avec les Députez de la

Caſtille, la maniere dont le Roy avant que d'être reconnu jureroit de conſerver les Privileges du Païs. La premiere conference ne ſe paſſa pas ſans que le Docteur Zumel qui en qualité de Député de la ville de Burgos * ſe trouvoit à la tête des autres, & par conſequent en droit de parler avant eux, apperçût que Chievres étoit ſi bien informé des loix & des coûtumes de Caſtille qu'il ſeroit impoſſible de le tromper : Car Chievres montra par un diſcours également éloquent & ſolide, que les Rois de Caſtille ne s'étoient jamais engagez ni à ne pas donner aux Etrangers les Benefices & les Charges du Païs, ni à ne pas ſouffrir que l'on tranſportât l'or & l'argent hors du Royaume. Il ajoûta qu'il n'y avoit eu lieu ni du côté des Caſtillans d'impoſer cette obligation à leurs Rois, ni du côté de leurs Rois de s'en charger ; & le prouva invinciblement parce que la Caſtille ne s'étoit ni délivrée de la tyrannie des Mores, ni érigée en Monarchie, ni agrandie aux dépens des Infidelles, que par le ſecours des François, des Anglois, & des autres Nations, que les Croiſades y avoient attirées ; & que bien loin que les Caſtillans les euſſent rebutez par des loix & des coûtumes qui les fruſtraſſent des Offices & des Benefices du Païs, il y avoit au contraire l'exemple fameux du Roy Alphonſe le bien aymé, qui pour empêcher Henri de Bourgogne de retourner en France luy avoit donné ſa fille & le Portugal : Que ce Prince dont la memoire étoit ſi precieuſe aux Eſpagnols, & les autres ſages Fondateurs de la Monarchie de Caſtille fuſſent allez directement contre leurs propres intereſts, s'ils en euſſent uſé d'une autre maniere, puiſque leurs Sujets ne ſuffiſant pas pour habiter les contrées qu'ils recouvroient de tems en tems

* Burgos étoit en-core la Capitale de Caſtille.

fur les Mores , ni pour les conferver ; s'ils euffent
refervé les Magiftratures & les biens d'Eglife pour les
Caftillans naturels , ils euffent excité peu de perfonnes à
devenir leurs compatriotes:au lieu qu'en appellant indiffe-
remment aux Charges & aux Benefices de la Caftille les
Etrangers avec les Originaires , ils les attachoient à leur
Païs par les mêmes liens qu'ils y étoient eux - mêmes
attachez. Que cette conduite n'avoit pas été moins neceffaire à l'égard de l'or & de l'argent , puifqu'on fçavoit que la plûpart des fommes exceffives que les Rois
de Caftille avoient dépenfées dans leurs Conquêtes, n'a-
voient été tirées ni de leur Domaine ni de la bourfe de
leurs Sujets , mais avoient été fournies par les contributions volontaires des Etrangers intereffez à l'accroiffe-
ment de la Religion Chrêtienne; & que ces Etrangers
n'euffent pas continué comme ils avoient fait leurs libe-
ralitez durant plufieurs Siecles , fi les Caftillans qui recevoient tant d'or & d'argent des autres peuples euffent
eu l'ingratitude de ne pas fouffrir qu'il en retournât un
peu dans les lieux d'où ils étoient venus.

Zumel reconnut à ce difcours que la mine étoit éven-
tée, & ne s'amufa pas davantage à foûtenir que les articles dont il s'agiffoit n'étoient pas nouveaux. Il donna
un autre tour à l'affaire; & fe contenta de reprefenter à
Chievres, qu'à la bien prendre ni luy ni fon Neveu n'y
avoient aucun intereft: Qu'il y avoit long-tems que leurs
Lettres de Naturalité avoient été expediées en Caftille, &
qu'ainfi fes Charges de grand Chambellan , de Sur-Intendant des Finances, de grand Maître de la Maifon du
Roy & de Chef du Confeil , ne couroient aucun rifque, non plus que l'Archevêché de Tolede dont fon Ne-

veu étoit pourveu: Que la Caſtille devant à l'avenir être le
centre de la Monarchie de la Maiſon d'Autriche, il étoit
bon qu'elle eût quelque avantage ſur les autres Etats qui
ne ſeroient plus regardez que comme des Provinces à ſon
égard; & qu'elle n'en demandoit point d'autre, ſinon qu'-
on aſſeurât aux Caſtillans naturels ſes Offices, ſes Benefices, ſon or, ſon argent, & les richeſſes qui luy pourroient
arriver des Indes.

Chievres ne put ſupporter l'opinion que les Eſpagnols
avoient de luy, qu'il fût capable d'agir par intereſt. Il
repartit finement à Zumel qu'il ſçavoit bien, que ni ſon
Neveu ni luy n'avoient en aucune maniere recherché les
Lettres de Naturalité dont il parloit, & qu'on les luy a-
voit envoyées avant qu'il luy fût venu en penſée de les demander: Qu'il n'avoit garde de les mépriſer puiſqu'elles
luy donnoient occaſion de ſervir ſon Maître en Eſpagne avec les mêmes prerogatives qu'il l'avoit ſervi en Flandres; mais qu'il ne les eſtimoit pas aſſez pour les preferer aux intereſts de ſa Majeſté Catholique, qu'on pretendoit avilir juſques au point de luy faire jurer des articles que l'on n'avoit jamais oſé preſenter aux Rois ſes
predeceſſeurs, non pas mêmes lorſqu'ils n'étoient que ſimples Rois de Caſtille: Que s'il en étoit cru le Roy Catholique leur montreroit qu'il étoit le plus puiſſant Monarque
de l'Europe; & que s'il avoit bien pû juſques là ſe paſſer
d'eux, il pourroit à l'avenir les ranger à leur devoir.

Zumel convaincu par une replique ſi ferme qu'il a-
voit pouſſé Chievres trop loin, eſſaya de le ramener en
le priant de chercher un expedient qui d'un côté ne rebutât pas entierement les Caſtillans, & d'un autre côté
n'engageât pas trop le Roy Catholique; & Chievres a-

prés y avoir bien pensé, en proposa un qui fût accepté.
Il consistoit en ce que les Etats de Castille presenteroient
à la verité au Roy des articles à signer où seroient les
deux dont il s'agissoit, mais que sa Majesté Catholique
jureroit seulement en general de les observer en la maniere que ses Predecesseurs y avoient été obligez. Le serment
fut presté de part & d'autre avec ce temperamment; &
Chievres n'eut pas plûtôt veu licentier les Etats le sept
de Février mil cinq cens dix-huit, qu'il avertit le Roy
que la conjoncture étoit venuë d'envoyer l'Infant Ferdinand son Frere unique dans les Païs-bas, & de là dans
l'Allemagne ; & que s'il differoit davantage il luy seroit
beaucoup plus difficile d'être reconnu Roy par les Arragonnois, l'humeur de ces peuples étant d'avoir beaucoup
d'égards pour les Princes de la Maison Royalle lorsqu'ils
étoient presens, & de les oublier facilement aussi-tôt qu'ils
étoient absens. La Flotte pour le transport étoit preste,
& le Roy Catholique aprés avoir visité l'Infant à Aranda & l'avoir tenu quelque tems à sa Cour, luy dit qu'il
étoit absolument necessaire pour la grandeur de leur
Maison qu'il allât auprés de l'Empereur leur Ayeul, qui
selon l'avis des Medecins n'avoit au plus qu'une année à
vivre : Que la presence de sa Majesté Catholique étoit
au moins necessaire en Espagne pour deux ou trois ans;
& que si ni l'un ni l'autre des Petits-Fils de sa Majesté
Imperiale ne se trouvoit à sa mort, il étoit à craindre
que les Alemans ne choisissent ni l'un ni l'autre pour
luy succeder; & si la Maison d'Autriche perdoit l'Empire, elle ne conserveroit pas long-tems ses Provinces hereditaires : Qu'il étoit d'ailleurs plus à propos sans comparaison que l'Infant fut alors en Allemagne que le Roy

Catholique ; puifque fa Majefté étant refoluë de luy donner ces Provinces en partage , les Electeurs qui le regarderoient comme Prince d'Allemagne le prefereroient à elle, qui n'ayant plus rien chez eux feroit étrangere à leur égard, & leur donneroit de la jaloufie à caufe de fa trop grande puiffance.

L'Infant n'écouta pas ce difcours avec toute la foûmiffion que les Hiftoriens d'Efpagne luy attribuent. Il fe plaignit de l'inhumanité dont on ufoit à fon égard: Il foûtint qu'elle approchoit de celle des Empereurs Ottomans pour leurs Cadets: Il reprocha à fon Aîné qu'aprés luy avoir ôté les Couronnes d'Efpagne, il luy vouloit encore ôter la feule confolation qui luy pouvoit refter, qui étoit l'efperance de luy fucceder un jour : Il luy témoigna du mépris pour le partage dont on luy parloit: il exagera le peu de proportion , ou pour mieux dire l'énorme difference qu'il y avoit entre le lot des Provinces hereditaires, & le lot de l'Efpagne & des Païs-bas: Il protefta contre la violence qui luy étoit faite , & menaça de s'en reffentir à la premiere occafion : mais toute la confideration que l'on eut pour luy, fut de luy laiffer impunement décharger fon cœur. On ne luy fit point d'autre replique finon qu'il faloit obeir ; & que s'il attendoit qu'on le mît par force hors de l'Efpagne, il s'expoferoit au danger , de n'avoir ni les Provinces hereditaires, ni aucune autre chofe pour partage.

Il n'eft point de gens, qui conçoivent plus d'horreur pour la pauvreté que ceux qui s'etant veus fur le point de poffeder des biens immenfes, en ont été fruftrez par des accidens impreveus ; parce que leur imagination bleffée

ne manque pas de leur reprefenter qu'il n'y a pas fi loin
de l'état où ils fe trouvent à la mifere , qu'il y en avoit
de l'abondance où ils étoient appellez à la mediocrité , où il font reduits. L'Infant s'étoit veu devant quatorze ans à la veille d'être Roy d'Efpagne : Il étoit déchu
d'une efperance fi bien fondée par la feule fupercherie
de deux ou trois Miniftres d'Etat du Roy Catholique
fon Ayeul : on luy offroit en recompenfe les Provinces
hereditaires, & on luy faifoit efperer la Princeffe de Hongrie. L'établiffement étoit fort inferieur à celuy dont on
l'avoit fi long-tems flatté ; mais enfin il valoit mieux
l'avoir tel qu'il étoit, que de n'en avoir point du tout ;
& ce fut dans cette feule veuë que l'Infant fe foumit enfin à la volonté de fon Frere aîné de maniere qu'il ne parut
rien au de hors de la contrainte où il étoit au dedans.

Comme les Domeftiques Efpagnols qu'il eût mené
en Allemagne n'y euffent pas été bien receus, & qu'ils ne
fe fuffent pas aifément accommodez aux mœurs du Pais,
Dans le voya- il fut obligé de fouffrir que l'on fit un fecond change-
ge de l'Infant. ment dans fa maifon , & que l'on n'y mît que des Flamands & des Alemans. Le Comte de Buce proche pa-
rent de Chievres y eut la principale charge , & les autres ne furent accordées qu'à ceux qu'il en jugea dignes.
L'Infant fut pouffé par un vent favorable vers les côtes
de Flandres, où il ne fit que peu de fejour. Il paffa bien-
tôt de là à la Cour Imperiale, où l'on verra dans la fuite de cet ouvrage qu'il luy arriva la même avanture
qui luy étoit arrivée en Efpagne.

Leonor d'Autriche fa Sœur Aînée étoit déja nubile,
& le Roy Catholique qui l'avoit menée avec luy des

Païs-bas, penſoit à la marier. Elle étoit belle, & elle porteroit dans la Maiſon où elle entreroit l'eſperance de ſucceder à tous les Etats de la Monarchie Eſpagnole au
deffaut de ſes deux Freres. Marguerite d'Autriche ſa Tante avoit pris ſoin de l'élever & luy avoit inſpiré de ſi
bonne heure les ſentimens de ſe ſacrifier pour les interefts de ſa Maiſon, qu'elle ne les quitta qu'avec la vie.
Le Roy Catholique ſon Frere Aîné n'avoit point d'argent comptant à luy donner : mais elle ne laiſſoit pas
d'avoir dans une même famille deux Amans dignes d'elle, qui offroient de la prendre ſans inquieter ſon Frere
pour ſa dot. On a veu cy-deſſus que Manuel Roy de
Portugal avoit épouſé en premieres Noces la veuve de
ſon Neveu, Sœur Aînée de la Mere du Roy Catholique dont il avoit eu un Fils, qui s'il eût vécu eût fruftré le Roy Catholique des ſucceſſions de Caſtille & d'Arragon. Mais la Mere étoit morte dans ſa premiere couche ; & l'Infant ne luy ayant pas ſurvécu deux ans, Manuel avoit épouſé en ſecondes Noces la Sœur de ſa premiere Femme puiſnée de la Mere du Roy Catolique dont
il avoit eu cinq Fils & quatre Filles. Celle-cy l'avoit encore laiſſé veuf à l'âge de quarante-neuf ans ; & comme
il n'étoit pas d'humeur à paſſer le reſte de ſa vie dans le
Celibat, il rechercha en troiſiémes Noces la Sœur Aînée
du Roy Catholique Niéce de ces deux premieres Femmes : mais il eut pour Rival ſon Fils Aîné Jean Infant
de Portugal qui pretendoit à l'Infante Leonor avec
d'autant plus de fondement, qu'il étoit de même âge
qu'elle. Ainſi le Roy Catholique eut à choiſir entre le
Pere & le Fils ; & Chievres le détermina en faveur du
Pere en luy remontrant que s'il prenoit pour beau-Frere

l'Infant de Portugal, il n'en tireroit aucun fecours dans la conjonƈture qu'il en auroit befoin pour briguer l'Empire; la coûtume de Pottugal étant que les Fils aifnés des Rois n'avoient pour leur nourriture & pour leur entretien que la table & une legere penfion de leurs Peres, jufqu'à ce que l'ordre de la nature & la loy de l'Etat les appellaffent à la Couronne. Qu'ils mangeoient cependant avec leurs Peres : que les Domeftiques qu'ils n'avoient qu'en tres-petit nombre étoient de même nourris & payez avec ceux des Rois ; & qu'ils ne recevoient pour leurs habits & pour leurs menus plaifirs qu'environ mille écus par mois : au lieu que Manuel étant le Souverain de l'Europe qui avoit le plus d'argent, & s'étant laiffé gouverner par ces deux premieres Femmes, il ne donneroit pas moins d'empire fur foy à la troifiéme; & n'auroit pas le pouvoir de la refufer lorfqu'elle le prieroit de préter au Roy fon Frere les fommes immenfes dont il auroit befoin, pour difpofer des moins fcrupuleux Electeurs à luy donner leurs fuffrages.

Le Roy Catholique perfuadé par ce raifonnement donna charge à Chievres de perfuader l'Infante fa Sœur à préferer le Pere au Fils, & Chievres pour achever ce qu'il avoit commencé, n'eut qu'à prendre l'Infante par fon foible, qui étoit l'ambition. Il luy reprefenta que Manuel qui avoit toûjours paffé pour le plus beau Monarque de fon Siecle, n'avoit encore rien perdu de ce qu'il avoit eu de charmant en fa perfonne : Qu'il y avoit peu d'hommes à fon âge qui l'égalaffent en vigueur : Qu'il avoit toutes les marques de vivre long-tems, & que par confequent le Prince de Portugal attendroit trop à regner : Que la Princeffe qui l'épouferoit courroit rifque

Entre les Portraiƈts de Portugal.

de n'être jamais Reine; au lieu que celle qui épouseroit son Pere, seroit asseurée de l'être dés le premier jour.

L'Infante Leonor étoit dans un âge où les Filles ne se
prennent que par ce qui brille à leurs yeux: Elle ne consideroit que les dehors de la Royauté: Elle en étoit char-
mée, & il luy sembloit qu'elle ne seroit jamais assez-tôt
Reine. Ainsi elle tomba volontairement dans le piege
que Chievres luy tendoit, & consentit d'épouser Manuel.
On ne la laissa pas long-tems dans cette inclination sans
la satisfaire de crainte qu'elle ne changeât; & on la couronna dés le jour qu'elle fut mariée par Procureur, quoique ce fût encore la coûtume d'attendre en de semblables ceremonies que les Noces se fissent en effet.

Le Roy Catholique ainsi déchargé de son Frere & de
sa Sœur Aînée alla plus gayement en Arragon, où il
reconnut de nouveau l'utilité du Conseil que Chievres luy
avoit donné de tirer au plûtôt & en toute maniere l'Infant Ferdinand hors de l'Espagne. Les Etats du Païs assemblez à Sarragosse dans le Palais de l'Archevêque firent plus de difficulté de reconnoître le Roy Catholique
pour leur Roy du vivant de la Reine sa Mere, que n'a-
voient fait les Etats de Castille. Ils demanderent premierement qu'il leur fût permis de prêter serment en même
tems à l'Infant Ferdinand en qualité d'heritier presomptif de leur Monarchie; & on les refusa avec d'autant plus
d'obstination que l'on voyoit qu'ils cherchoient parlà
un pretexte de se revolter quand il leur plairoit, en se dis-
pensant d'executer dans la suite les Ordres tant soit peu
incommodes que le Roy Catholique leur envoyeroit, par
la seule raison qu'il y manqueroit l'attache de l'Infant.

Les Etats solliciterent cet Article avec une ardeur qui

fit affez connoître qu'ils ne fe fuffent jamais relâchez,
fi le jeune Prince eût encore été en Efpagne: & de fait ils
ne cederent qu'aprés qu'on leur eut fait infinuer adroitement que leurs efforts bien loin de rappeller l'Infant
en Efpagne, l'empêcheroient d'y remettre jamais le pied,
comme il arriva.

La feconde propofition qu'ils ajoûterent à la precedente ne fut pas écoutée plus favorablement. Ils demeurerent d'accord de reconnoître le Roy Catholique; mais
ils pretendirent que ce fût en qualité de Tuteur & d'Ad-
miniftrateur des biens de fa Mere tant qu'elle feroit malade, & non pas en qualité de Roy. Il étoit aifé de voir
quils avoient deffein de regner chez eux durant la vie de
leur Reine, & les Grands de Caftille qui avoient accompagné par honneur le Roy Catholique à Sarragoffe en
furent fi fcandalifez, qu'il y en eut qui fe prirent de paroles avec les Deputés d'Arragon, & formerent des querelles où l'on repandit du fang : mais enfin Chievres les ap-
paifa; & le Roy Catholique fut reconnu pour Monarque
en Arragon fans autre condition que celle de confirmer
les Privileges du Païs, comme il l'avoit été dans la Caftille. La ceremonie s'en fit au commencement de May
mil cinq cens dix-huit, & Chievres fix femaines aprés
eut bien de la peine à parer le contre-coup du voyage de
l'Infant en Allemagne ; tant il eft difficile en Politique
de donner des confeils avantageux en un fens, qui ne
foient défavantageux en un autre fens.

L'Infant Ferdinand arrivé à Vienne en Autriche auprés de l'Empereur Maximilien fon Ayeul, le toucha de
fa mifere, & luy infpira les mêmes fentimens que Ferdinand le Catholique avoit autrefois eus pour luy. Sa Ma-

jefté Imperiale refolut de luy ceder les Etats que la Maifon d'Autriche poffedoit en Allemagne, & de luy affurer la fucceffion de l'Empire. Elle avoit befoin du confentement du Roy Catholique pour executer le premier
de ces deux projets, mais non pas pour accomplir le fecond, & ce fut là ce qui fit differer l'un pour travailler
à l'autre. La Diette fût convoquée à Ausbourg pour la fin
de l'Eté mil cinq cens dix-huit, & l'on ne s'attendit pas
d'y trouver beaucoup d'oppofition dans les Electeurs de
l'Empire: car encore que Ferdinand fût né en Efpagne,
il étoit indubitable qu'il deviendroit Allemand par la neceffité où fon Frere feroit reduit de luy abandonner les
Provinces hereditaires de la Maifon d'Autriche en Allemagne pour foûtenir la dignité Imperiale, fi le même Infant y étoit élevé: mais les amis que Chievres s'étoit faits
dans l'Empire l'avertirent affez tôt de ce qui s'y tramoit au
prejudice du Roy Catholique pour le déconcerter.

Les relations ne conviennent pas de la perfonne qui fut
employée pour negocier de la part de fa Majefté Catholique auprés de Maximilien, & pour le porter à changer de
volonté. Les Efpagnols nomment le Cardinal de Trente,
& les Flamans aiment mieux l'attribuer au Cardinal de
Sion: mais auquel de ces deux Prelats que l'inftruction
fut adreffée, il eft conftant que Chievres la dicta, & qu'il
mit dans une jufte étenduë les raifonnemens dont voicy
l'abregé. Il foûtint que l'Empereur étoit affez informé des
deffeins de la Maifon d'Autriche depuis qu'elle s'étoit é-
tablie fi puiffamment dans les Païs-bas & dans l'Efpagne
pour ne rien faire qui les traverfât tant foit peu; & qu'on
le prioit feulement d'obferver qu'il étoit tout-à fait neceffaire pour leur accompliffement d'unir en une feule per-

*Dans l'inftruc-
tion de l'Infant.*

sonne toute la puissance de cette Maison. Que le Roy
Catholique étoit déja si considerable par la multitude
prodigieuse & par la vaste étenduë de ses Etats, qu'il ne
luy manquoit que l'Empire pour se tirer du pair des
autres Princes Chrêtiens, & par consequent pour leur
donner la loy quand il jugeroit à propos de le faire : au
lieu que si l'Empire luy échappoit, le Roy tres-Chrêtien François Premier luy seroit égal, & le contre-poids
de la France l'empêcheroit toute sa vie de s'agrandir.
Que sa Majesté Imperiale avoit devant les yeux un exemple qu'elle étoit d'autant plus obligée d'imiter, qu'elle
y avoit plus d'interest sans comparaison que celuy qui
l'avoit donné. Qu'il avoit été d'autant moins necessaire à Ferdinand le Catholique de choisir pour Successeur l'aîné de ses petits-Fils, que sa Maison qui étoit
celle d'Arragon finissoit en luy, & l'Aîné de ses petits-Fils
étoit encore moins propre à la rétablir que le Cadet; &
d'ailleurs il avoit élevé ce Cadet, & n'avoit jamais vû
l'Aîné. Cependant il n'avoit pas laissé de preferer l'Aîné
au Cadet par la seule consideration que l'Espagne en deviendroit plus puissante; & qu'ainsi Maximilien se devoit
attacher d'autant plus indispensablement à la preferance
du Roy Catholique pour l'Empire, qu'il revivroit plus
glorieusement en sa personne qu'en celle de Ferdinand,
& que son nom & ses Armes travailleroient alors avec
plus d'effet à la ruine des Infideles.

Maximilien qui avoit été inconstant toute sa vie comme on l'a déja remarqué, le fut encore à la derniere de
ses plus importantes actions ; & le fut à sa mode, c'est
à dire d'une maniere entierement bizarre. Il étoit né
avec des qualités d'esprit & de corps contraires à celles

de Ferdinand le Catholique : Il avoit eü pour luy une prodigieuse antipathie ; & il eût autrefois suffi pour le détourner d'une action, de luy dire que Ferdinand l'avoit faite : Cependant l'exemple pour lequel il avoit eu longtêms l'horreur eut des charmes pour luy ; & il se piqua d'imiter le même Ferdinand mort, qu'il avoit détesté vivant. Il ne se contenta pas de renoncer absolument au dessein d'élever à l'Empire le puisné de ses petits-Fils : mais de plus les Espagnols ont crû qu'il eût procuré à l'Aîné la dignité de Roy des Romains, si le Cardinal Cajetan Legat du Pape Leon Dix en Allemagne ne s'y fût opposé par l'ordre de sa Sainteté, qui avoit découvert l'intrigue & mandé à son Ministre de la traverser.

Chievres ne perdit point de tems durant les six mois que Maximilien vécut aprés le Diette d'Ausbourg. Il luy fournit de l'argent afin de l'entretenir dans des dispositions favorables au Roy Catholique ; & se prevalut avec tant d'art de la passion extraordinaire de Manuel Roy de Portugal pour sa troisiéme Femme, qu'il en tira deux cens mille écus qui suffirent pour acheter l'Empire, tant ils furent bien ménagez. Les mécontentemens du Cardinal de la Marc Evêque de Liege & du Colonel Sequinguen les avoient alienez du Roy de France. Il s'agissoit de les engager dans les interests du Roy d'Espagne, & Chievres y réussit avec plus de facilité qu'il n'avoit cru : mais il eut une extreme peine à disposer ces deux habiles nogociateurs à traiter de concert l'affaire qu'il remettoit absolument entre leurs mains. Chacun d'eux s'estimoit suffisant pour élever seul & par son propre credit le Roy Catolique sur le thrône de l'Empire, & ne vouloit par consequent avoir en ce point ni Superieur ni Compagnon. Cependant Chie-

vres étoit perſuadé que le Roy Catolique n'auroit pas trop
des intrigues du Cardinal & du Colonel pour obtenir la
dignité qu'il briguoit, & l'évenement juſtifia qu'il ne s'é-
toit point abuſé. Il travailla long-tems à les obliger de ſe
communiquer les meſures qu'ils avoient déja priſes, &
celles qu'ils prendroient à l'avenir; & il avoit à peine ſur-
monté les obſtacles qu'il y trouva, lorſque Maximilien
mourut vers le commencement de l'année mil cinq cens
dix-neuf. Les Rois de France & d'Eſpagne pretendirent à
l'Empire; & le dernier l'emporta ſur le premier parce
que la brigue que Chievres avoit formée dans le College Electoral ſe trouva commencée de meilleure heure,
& par conſequent plus forte que celle que Bonnivet
Favori de François premier y forma depuis.

Ce n'eſt point icy le lieu de parler plus au long de
l'élection du Roy Catholique qui ſe fit à Francfort le
vingt-huit de Juin mil cinq cens dix-neuf, parceque
Chievres qui en étoit éloigné de plus de trois cens lieuës
n'y contribua qu'en la maniere que l'on vient de repreſenter. Mais il agit directement & par luy même dans
les deux negociations ſuivantes qu'il jugea devoir preceder
le voyage de ſa Majeſté en Allemagne pour y prendre la
Couronne Imperiale, & certes elles étoient abſolument
neceſſaires pour conſerver durant ſon abſence la tranquilité dans l'Eſpagne: l'une fut le mariage de la Reine
Germaine, & l'autre le Traité de Montpellier.

La Reine Germaine s'ennuyoit de ſon veuvage, &
s'étoit ouvertement expliquée de ne pas vouloir achever
ſa vie en cet état. Elle n'étoit plus aſſez belle ni aſſez jeune pour eſperer de trouver un mary de la qualité du premier, & elle ſe fuſt contentée d'un Prince: mais il n'y en

avoit

avoit point en Efpagne, & d'ailleurs le Roy Catholique
n'eût pas permis qu'elle en prît un en France. Le Marquis George de Brandebourg Frere de l'Electeur de même nom & de l'Electeur de Mayence l'avoit recherchée
dans les formes; mais elle l'avoit refufé parce que ce
Prince étant Cadet & par confequent pauvre, n'eût pû
entretenir le quart du train qu'elle avoit, & de plus elle
apprehendoit la rigueur du Climat d'Allemagne aprés
avoir été élevée dans la douceur des Climats de Guyenne & d'Efpagne. Il ne fe prefentoit point d'autre Amant;
& vraifemblablement elle fut morte dans fon veuvage,
fi Chievres n'eût perfuadé au Roy Catholique de luy
donner un époux qui ne croyoit pas être pour elle,
comme elle ne croyoit pas être pour luy.

Il y avoit déja dix-huit ans que le malheureux Ferdinand d'Arragon Duc de Calabre Fils unique & heritier du dernier Roy de Naples de la branche bâtarde
d'Arragon, étoit detenu en Efpagne dans une efpece de
Prifon, qui pour être honnête n'en étoit pas moins exacte. Ceux qui luy avoient ôté la Couronne & la liberté obfervoient avec tant de foin fa perfonne & fes
actions, qu'il n'eût pas manqué d'être referré à la
premiere marque qu'il eût donnée de fe fouvenir de
l'état où Dieu l'avoit fait n'aître. On n'a pas fçeu fi fon
long fejour en Efpagne dans la contrainte que l'on vient
de reprefenter luy avoit affoibly l'efprit ; ou fi connoiffant le genie des Efpagnols qui l'efpioient il agiffoit en toutes chofes avec tant de precaution, qu'il ne
luy échappât rien capable de leur donner le moindre
foupçon: mais il eft conftant qu'il s'étoit jufques là com-
porté en homme qui avoit parfaitement oublié ce qu'il

C cc

avoit été, & ne penſoit qu'à ſatisfaire deux ſeules paſſions qui le dominoient; l'une de ne ſe charger d'aucune affaire tant ſoit peu embaraſſante; l'autre de ſe divertir à toutes les occaſions qu'il en trouvoit. Chievres qui le voyoit trop engagé dans la vie molle pour craindre qu'il s'en retirât, fut d'avis de le marier avec la Reyne Germaine. Ses raiſons furent que ce ſeroit la couple la mieux appareillée qu'il y eût en Eſpagne; & que la Reyne bien loin de détourner le Duc de ſes plaiſirs, l'y engageroit plus avant : Qu'elle épargneroit au Threſor Royal la deſpenſe que l'on faiſoit auprés de luy en Eſpions; & que l'on pourroit impunement le laiſſer ſur ſa bonne foy, aprés luy avoir donné une telle Femme: Qu'ils vivroient enſemble ſans ſoucy; & que ni l'un ni l'autre ne penſeroit jamais à troubler le repos de l'Etat pourveu que les penſions viageres dont ils ſubſiſtoient & qui ſeroient leur unique bien, leur fuſſent regulierement payées: Que l'on trouvoit étrange par toute l'Europe que Ferdinand le Catholique & le Cardinal Ximenez euſſent obligé le Duc à vivre malgré luy dans le celibat; & qu'il faloit pour éviter le même reproche, luy donner une épouſe dont on étoit bien aſſuré qu'il n'auroit point d'enfans.

Le Roy Catholique approuva cette propoſition, & Chievres eut ordre de ſa Majeſté d'en parler aux deux parties: Le Duc en fut ravy, & la Reyne n'y trouva point d'autre difficulté que celle de la crainte de perdre ſon rang : Mais on y remedia en luy promettant de le conſerver ; & l'expedient dont on uſa pour cela fut que le Roy Catholique aſſiſta aux noces, & aprés qu'elles furent faites il traita Germaine de Reyne & de Mere comme il faifoit auparavant. Les Courtifans n'oferent fe difpenfer d'imiter leur Roy ; & Germaine en demeura fi redevable à Chievres , qu'elle le preféra à tous fes parens dans une conjonĉture trop finguliere pour être oubliée.

Elle avoit du bien en France. Elle ne croyoit pas que le Roy François Premier luy laiffât la liberté d'en difpofer à fa fantaifie aprés qu'elle avoit époufé le Duc de Calabre fans la participation de fa Majefté tres-Chrêtienne, & elle en fit à Chievres une donation entre-vifs fur cette prefuppofition qu'il n'y avoit perfonne à la Cour d'Efpagne qui en fût plus digne ; & que fi la France avoit à fe relâcher en faveur d'un Etranger, ce feroit infailliblement à l'égard de celuy là.

Fin du cinquiéme Livre.

ARGUMENT DU SIXIESME LIVRE.

LA plus grande partie de l'Espagne se ligue pour faire disgracier Chievres, & ce grand personnage se trouve dans
un extrême danger. L'Empereur ne l'abandonne pas neanmoins, & sa cause devient enfin la meilleure. Les Espagnols
demeurez dans le devoir, défont les Rebelles en bataille rangée, & l'autorité Souveraine est rétablie dans tout son lustre.
Chievres qui avoit accompagné l'Empereur en Alemagne y
pourvoit si avantageusement l'Infant Ferdinand luy faisant
épouser l'Heritiere de Hongrie & de Boheme, que ce jeune
Prince ne pense plus à se plaindre de ce que son Aîné ne
luy avoit fait aucune justice sur les biens de la Reyne Ieanne
leur Mere. Il met encore un si bon ordre dans la Navarre,
qu'elle se recouvre aussi facilement pour les Espagnols qu'elle
avoit été perduë, & depuis reprise par les François. Rien ne
resiste au Seigneur d'Asparaut, & il s'en rend Maître en
moins de quinze jours: Mais son bonheur luy ôte le jugement,&
il s'imagine que la conquête de la Castille ne luy coutera pas plus
que celle de la Navarre. Il y entre: Il s'y laisse affamer: On at-
tend que les miseres ayent affoibly son armée, & on l'attaque
immediatement aprés. Il est vaincu: Il perd la veuë dans le
combat: Il demeure prisonnier; & ne survit que pour servir
d'exemple, qu'il ne faut pas moins de conduitte à la guerre que
de valeur. Les Espagnols revoltez se reconcilient avec leur
Maître, mais ils tournent toute leur rage contre Chievres. Ils
empoisonnent le Cardinal de Croy son Neveu, & en usent de
mêmes à son égard cinquante jours aprés.

HISTOIRE
DE MONSIEUR
DE CHIEVRES

LIVRE SIXIESME·

Où l'on voit ce qui est arrivé de plus remarquable dans l'Europe durant l'année mil cinq cens vingt, & partie de mil cinq cens vingt-un.

NCORE que la recherche de l'Empire par les Rois de France & d'Espagne eût été faite des deux côtez sans sortir des termes de la civilité, il n'en étoit pas moins à craindre, qu'elle n'eût jetté dans les esprits de François Premier, & de Charles-Quint des semences d'inimitié, qui dureroient autant qu'eux; & troubleroient la tranquilité de l'Europe au moins durant la

vie de l'un ou de l'autre, si elles ne passoient à leurs dé-
cendants. François en perdant la partie avoit receu la
plus rude mortification qui luy pût arriver ; & quoyqu'il eût fait pour la cacher tant par ses actions que
par les Lettres qu'il écrivoit sur ce sujet à ses Ambassadeurs dans les Païs Etrangers, on ne laissoit pas d'entrevoir qu'il n'attendroit pas long-tems à mesurer son
épée avec celle de son Competiteur, par la seule raison
qu'il avoit été plus heureux que luy.

Dans les Lettres de François Premier en 1519.

Charles à la verité n'avoit pas les mêmes motifs de
chagrin, mais il en avoit d'autres de jalousie qui ne l'a-
nimoient pas moins à la ruine de François. Il ne luy
manquoit plus rien à l'âge de dix-neuf ans que la reputation, & il en pretendoit acquerir. Il ne le pouvoit en
declarant la guerre à l'Empereur des Turcs Solyman: car
outre qu'il eût falu renoncer absolument au sejour de
l'Espagne & établir une demeure fixe dans l'Allemagne,
à quoy les Espagnols n'eussent jamais consenty, il étoit à
craindre que le Roy tres-Chrêtien & Henry d'Albret
n'eussent recouvré sur luy les Royaumes de Naples & de
Navarre, lorsqu'ils l'eussent vû occupé contre les Infideles.

Il y avoit donc plus de difficulté pour l'Empereur à
exercer son humeur guerriere contre la France; & ce Prince y avoit d'autant plus de penchant, qu'il en esperoit un
succez plus facile; puisque si le bonheur dont il se flatoit l'eût assez favorisé pour assujettir la France, ce ne luy
eût plus été une affaire que de dompter le reste de la
Chrêtienté, & les Turcs ensuite: au lieu qu'en commençant par les Turcs il donneroit aux François le loisir de se
rendre si puissans, qu'aprés il les attaqueroit en vain.

Gouffier & Chievres étoient ceux qui connoiſſoient le mieux dans François & dans Charles les inclinations que l'on vient de repreſenter. Ils avoient trop de lumiere pour n'en pas prévoir les effets dans toute leur étenduë, & trop de religion pour ne ſe pas mettre en devoir d'y remedier. Et de fait ils tirerent de leurs Maîtres des pouvoirs ſans limite pour les accorder non ſeulement ſur les differends qu'il y avoit entre eux pour Naples & pour la Navarre, mais encore à deſſein de prévenir tous les ſujets de meſintelligence que le changement du tems & la malice des hommes pourroient introduire à l'avenir dans leur amitié. Ils s'aſſemblerent dans la Ville de Montpellier en Languedoc au commencement de l'Automne de mil cinq cens dix-neuf ; & l'on ne doute point qu'ils n'euſſent conclu une Paix de longue durée entre les deux Monarchies, ſi Dieu qui vouloit chaſtier les François par les Eſpagnols, & les Eſpagnols par les François, n'eût rompu la negociation par la mort de Gouffier. Les Ecrivains d'Eſpagne qui redoublent ici leurs calomnies contre la memoire de Chievres, n'ont pas vû qu'ils ſe faiſoient plus de tort qu'à luy. Ils le blâment premierement d'avoir accepté une ville Françoiſe pour l'entreveuë, & de n'avoir point exigé que les Conferences ſe tinſſent ſur la frontiere des deux Etats: Mais il eſt aiſé de leur répondre qu'un lieu neutre eût été bon, ſi la guerre eût été ouverte entre les deux Couronnes. Mais comme elles étoient alors paiſibles ; & que la rupture entre elles étoit ſeulement à craindre pour l'avenir, ce n'étoit pas l'uſage de prendre aucune précaution pour le lieu d'Aſſemblée ; & quand ce l'eût été, la queſtion avoit été décidée dans la Negociation precedente. Les mêmes Plenipotentiaires s'étoient affemblez dans la ville de Noyon en Picardie par la même raifon qui avoit obligé Henry Quatre Roy de Caftille à paffer la riviere de Bidaffoa pour traiter dans la Guyenne avec Loüis Onze Roy de France, c'eft à dire à caufe de la preéminence de la Monarchie Françoife fur celle d'Efpagne, & il n'étoit rien furvenu depuis qui difpenfât Gouffier & Chievres de s'en tenir à cette regle : car Charles étoit feulement élu Empereur, & non pas couronné ; & quand il l'eût été, la dignité Imperiale n'empêchant pas qu'il ne tint en Fief du Roy Trés-Chrétien les Comtes de Flandres, d'Artois, & de Charolois, le moins qu'il deuft à fon Seigneur fuferain étoit d'envoyer chez luy fon Plenipotentiaire.

Les mêmes Ecrivains accufent en fecond lieu Chievres de s'être engagé imprudemment dans une ville du Languedoc, où il n'étoit pas dans toute la liberté de negocier qui eût été neceffaire : Mais ils ne difent pas que les précautions que Chievres avoit prifes à cet égard ne pouvoient être plus grandes ; & qu'elles furent fi peu violées que l'Evêque de Badajox & le Docteur Carvajal qui le feconderent dans la negociation de Montpellier, ne s'en plaignirent jamais. Enfin ils trouvent à redire en troifiéme lieu que Chievres fe fût mis en danger d'être arrêté lorfque les Conferences finirent par la mort de Gouffier ; & leur aveuglement en ce point eft d'autant plus ridicule, qu'ils ne voyent pas que la faute qu'ils imputent à Chievres réjallit fur Charles Quint, qui vingt ans aprés s'alla mettre entre les mains de François Premier en traverfant toute la France fur la parole de ce Prince, fans autre motif que d'apaifer le tumulte de Gand.

Ce que les mêmes Ecrivains ajoûtent que Chievres

eût

eût été arrêté dans Montpellier s'il n'en eût forty à l'inftant qu'il apprit la mort de Gouffier, & ne se fût fauvé dans
le Rouffillon en toute diligence, n'eft pas plus veritable:
car il paroît dans le Journal des Conferences * écrit par
le Secretaire Robertet qui y fut prefent, que Chievres
demeura dans Montpellier quelques jours aprés la mort
de Gouffier: Qu'il rendit à fon amy les derniers devoirs:
Qu'il ne rompit les Conferences, que parce que le
pouvoir de conclure pour la France étoit attaché uniquement à la perfonne de Gouffier qui ne vivoit plus ; &
qu'avant que de partir il prit congé de Poncher Evêque
d'Orleans, de Robertet, & des autres François qui
étoient entrez dans le Traité de Montpellier en qualité
de Miniftres fubalternes.

* Dans ce Jour-
nal.

Il eut une occafion de regreter la mort de Gouffier qu'il
n'avoit pas preveuë, & que tous les avantages que Charles
emporta depuis fur la France, ne furent pas capables de
faire ceffer. Gouffier avoit promis à Chievres de luy obtenir
du Roy Tres-Chrêtien main-levée de la fucceffion de
Gafton de Foix que la Reyne Germaine luy avoit tranf-
portée; & la chofe eût été infailliblement accomplie, lorfque les Plenipontiaires fe fuffent feparez aprés avoir figné
les Articles. Mais cette efperance fi bien fondée ceffa fi
abfolument par la mort de Gouffier, que quoyque Chievres fît depuis, les biens que Gafton avoit poffedez
furent donnez à fes trois Coufins germains paternels,
Lautrec, Afparaut, & le Marêchal de Foix, fans que
les heritiers de Chievres en ayent été dédommagez.

Le peu de fuccez de la Negociation de Montpellier
obligea le Roy Catholique à prendre autant de précautions avant que de partir d'Efpagne, que fi les François

luy euffent déja declaré la Guerre. Il deftina une Armée entiere à la garde des Pyrenées, & precipita fon voyage d'Alemagne afin d'engager dans fes interefts le Roy Henry Huit fon Oncle en paffant par l'Angleterre. Il n'ofa laiffer en Efpagne un Grand du Païs pour gouverner en fon abfence, par les mêmes raifons qui avoient détourné fon Ayeul mourant d'en choifir un, & comme il avoit affaire de Chievres dans l'Angleterre & dans l'Alemagne où il alloit, & qu'il avoit déja comme l'on a vû jetté les yeux fur le Cardinal de Tortofe pour exercer cette fonction avec le Cardinal Ximenez, il crût devoir la continuer à luy feul par reconnoiffance & par bien-féance. Il n'eut pas d'égard en ce point aux remontrances que luy firent au contraire les Caftillans d'un côté & les Arragonnois de l'autre, lorfqu'il les affembla dans le deffein de leur dire adieu; & les Emiffaires qu'il entretenoit à la Cour d'Angleterre l'ayant averty que Henry Huit fe trouveroit à Calais le premier de Juin mil cinq cens vingt pour une entreveuë avec François Premier proche la ville d'Ardres, il apprehenda avec raifon, que ces deux Monarques ne s'uniffent contre luy. L'Angleterre en ce cas eut fait pancher l'avantage du côté de la France, & ce fut feulement pour l'en détourner que le Roy Catholique hâta fon départ d'Efpagne. Il s'embarqua dans le port de la Corugna le vingt de May, & fut affez heureux pour faire le voyage d'Angleterre avec toute la diligence neceffaire à rompre les mefures du Roy Tres-Chrêtien avec Volcey Cardinal d'York Favory de Henry. Un vent favorable le pouffa à point nommé en fix jours dans le Port de Douvres, où il trouva la Cour d'Angleterre qui fe preparoit à paffer en France. Il confera deux jours entiers sans autre témoin que Chievres avec Henry, qui n'étoit non plus accompagné que du Cardinal d'York son premier Ministre ; & l'on reconnut là plus que l'on n'avoit encore fait, ce que valent les civilitez extraordinaires dans les entreveuës. Il sembla que le Roy Catholique eût oublié qu'il étoit éleu Empereur, tant il eut de deference pour sa Majesté Angloise; & sa complaisance alla jusqu'à traiter de Pere le Cardinal d'York, quoiqu'il n'ignorât pas que ce Prelat étoit Fils d'un Boucher.

Chievres qui luy avoit apris l'art de s'insinuer dans les affections des hommes le seconda si parfaitement; que si la Cour d'Angleterre eût pû se dispenser avec honneur d'aller à Calais, elle s'en fût dés lors retournée à Londres. Mais les choses étant déformais trop avancées; & la Cour de France se trouvant déja sur la frontiere de Picardie, l'Empereur se contenta de la parole que le Roy d'Angleterre son Oncle luy donna de ne rien conclure à son défavantage dans Ardres où il alloit conferer avec le Roy Tres-Chrétien, & d'accorder ensuite à sa Majesté Imperiale une seconde entreveuë où seroit negociée une ligue offensive & deffensive entre l'Angleterre & l'Espagne. La promesse fut accomplie dans toute son étenduë: Les Conferences d'Ardres se terminerent sans que les Anglois entrassent dans aucun engagement nouveau à l'égard de la France: Henry receut une seconde visite de l'Empereur aussi-tôt qu'il eut terminé ses affaires en Alemagne ; & Chievres persuada si efficacement à sa Majesté Angloise qu'il y alloit de son interest que les François fussent chassez d'Italie, qu'elle promit par écrit d'y contribuer.

Le fruit que l'Espagne en tira fut la conquête du Duché de Milan : Mais Chievres qui ne vécût pas aſſez pour la voir, vécût aſſez pour ſe voir en butte aux Caſtillans & aux Arragonnois de la maniere la plus étrange qu'un particulier pouvoit l'être ſans ſuccomber. On a déja re-marqué que les Eſpagnols ne pouvoient ſouffrir qu'il fût Chef de leur Conſeil & Sur-Intendant de leurs Fi-nances ; & que ç'avoit principalement été pour luy ô-ter ces deux Charges, qu'ils avoient voulu fruſtrer les Etrangers des Dignités & des Benefices d'Eſpagne. L'Em-pereur y avoit eu ſi peu d'égard, qu'ils s'en étoieut ſcan-daliſez ; & comme ſon voyage en Alemagne fourniſ-ſoit ſelon eux une occaſion ſinguliere d'arracher de ſa Majeſté Imperiale par force ce qu'elle n'avoit pas vou-lu leur accorder de bonne grace, ils s'engagerent dans une revolte de deux ans par les degrez qui ſuivent.

Les Grands du Païs par des Emiſſaires apoſtez diſ-poſerent les Bourgeois & les Païſans de Caſtille & d'Ar-ragon à ſe plaindre d'abord en ſecret & depuis haute-ment, que leurs loix étoient violées, & qu'on n'avoit plus d'égard à leurs Privileges : Que les Flamands en moins de trois ans avoient pillé l'Eſpagne, & fait paſſer dans leur Païs des ſommes d'argent volées qui mon-toient à ſix millions de livres : Qu'il n'y avoit plus ni Office ni Benefice qui leur échappât, puiſque ſi les uns & les autres étoient à leur bienſéance ils ſe les ap-proprioient, & s'ils ne l'étoient pas ils en faiſoient ex-pedier les proviſions à ceux des Eſpagnols naturels qui leur en offroient davantage : Qu'on l'avoit juſques là ſou-fert tant à cauſe du reſpect que l'on avoit eu pour le Roy Catholique, que parce que l'on avoit crû que ſa Majeſ-té ſe laiſſeroit fléchir par les prieres, & toucher par les

remontrances de ſes tres-humbles Sujets qui la conjuroient de les délivrer de ces ſanſuës: Mais que maintenant
qu'elle étoit partie pour l'Alemagne, & qu'elle avoit abandonné les Eſpagnols à la diſcretion des mêmes Flamands
nonobſtant une infinité de Requêtes qui luy avoient été
preſentées au contraire ; Il n'y avoit plus d'autre remede
aux maux que l'Eſpagne enduroit actuellement, & à ceux
dont elle étoit menacée, que d'executer elle même durant
l'abſence de ſon Roy ce qu'il n'avoit pû luy refuſer ſans
injuſtice, c'eſt-à-dire, de ſe mettre par ſes propres forces
dans une pleine liberté.

La Bougeoiſie des villes d'Andalouſie émeüe de ces
diſcours ſe mutina la premiere, & la revolte paſſa en
moins de quinze jours dans les autres Royaumes d'Eſpagne. On y refuſa de recevoir les ordres du Cardinal
de Tortoſe, & la ville de Segovie eut la hardieſſe de le
prendre à partie. Le Cardinal croyant l'appaiſer en communiquant à des Eſpagnols naturels le pouvoir qui luy
avoit été donné, le partagea premierement avec le Connêtable, & depuis avec l'Amiral de Caſtille : Mais les
Soûlevez qui venoient d'obtenir une partie de ce qu'ils
demandoient ſans avoir tiré l'épée, abuſerent de la facilité du Cardinal, & le preſſerent avec plus de chaleur
qu'auparavant de ſortir d'Eſpagne, & d'emmener avec
luy tous les Flamands qui s'y trouveroient.

L'Inſtance étoit trop audacieuſe pour être ſoufferte ;
& les Eſpagnols que l'Empereur avoit laiſſez au Cardinal pour Conſeillers, eſtimerent qu'elle devoit être punie
exemplairement, & qu'il en faloit donner la Commiſſion au plus hardy & au plus ſevere Prevoſt d'Eſpagne,
qui étoit l'Alcayde Ronchillo. Le Cardinal ſur cet avis

luy donna des Troupes , & luy commanda de ranger au devoir les Segoviens. Ronchillo obeït avec d'autant d'exactitude, que l'ordre qu'il recevoit s'accordoit mieux avec son genie. Il alla droit à Segovie: Il y declara en des termes orgueilleux à la Bourgeoisie qu'elle eût à luy ouvrir les portes: Il la menaça des dernieres extremités si elle differoit un moment: Il prit pour un refus premedité la priere qu'elle luy fit de luy accorder quelques heures pour deliberer: Il commença à l'instant les procedures judiciaires prescrites par les Ordonnances de Castille en de semblables cas: Il en hâta la conclusion; & il n'eut pas plûtôt achevé ces procés verbaux qu'il exécuta plus en boureau qu'en Commissaire les ordres du Cardinal. Il se mit à brûler, à demolir, à couper, à arracher, à rançonner, à tuer, & à desoler le Territoire de Segovie.

La Bourgeoisie de Tolede qui n'attendoit qu'un pretexte plausible de se soûlever , prit celuy des executions militaires qui se faisoient sur son voisinage ; & sortit avec d'autant plus de licence pour les arrêter, qu'elle n'avoit point alors de Chef, son jeune Archevêque ayant suivy l'Empereur. Elle rencontra Ronchillo dans la posture négligente des Officiers, qui n'apprehendent point d'avoir à combatre d'autres gens que ceux qu'ils maltraitent impunement : Elle le deffit: Elle rentra triomphamment dans ses murailles ; & ce premier avantage suffit pour engager publiquement dans la rebellion les Villes de Burgos, de Vailladolid, de Salamanque, d'Avila, de Zamorra, de Leon, & de Toro. Les Grands qui avoient des biens sur leur Territoire suivirent leur exemple ; & le Cardinal de Tortose qui avoit choisy la ville de Vailladolid pour son séjour ordinaire & pour la résidence

du Conseil qui luy avoit été laissé, n'ayant pû l'empêcher de se liguer avec les autres, n'estima pas y pouvoir
demeurer avec honneur. Il feignit de ceder aux prieres de
Pedro Giron & de Jean de Padilla qui l'étoient venus
trouver de la part des habitans, pour l'assurer qu'il pouvoit demeurer dans la Maison où il étoit : Que ni luy ni
ses Domestiques n'y recevroient aucune injure : Que l'on
étoit persuadé de son innocence; & que l'on n'en vouloit
point à luy, & il gagna un Prêtre qui le tira hors de Vailladolid par un trou qu'il fit à l'endroit des murailles le
plus proche de son jardin.

On ne se mit pas beaucoup en peine aprés qu'il fut
évadé de retenir ceux de son Conseil ; & l'on observa
seulement de prés le fameux Vargas à qui les seditieux
imputoient la cause de leurs maux, parce qu'il avoit été
l'un des trois qui persuaderent Ferdinand le Catholique
de revoquer son premier Testament fait en faveur de l'Infant. On ne sçait si le dessein de la Bourgeoisie de Vailladolid étoit seulement de s'assurer de la personne de
Vargas pour en faire un échange en cas qu'un des
Seigneurs qui s'étoient déclarés pour elle fût pris ; ou si
elle differoit son supplice jusqu'à l'assemblée des Etats
generaux, qu'elle pretendoit devoir être bien-tôt convoquez : Mais il est constant que Vargas ennuyé de vivre
dans une incertitude si perilleuse se souvint à propos que
l'une des premieres Commissions qu'il avoit autrefois
eües de la Reyne Isabelle, avoit été de faire nétoyer
dans Vailladolid un égoût d'immondices. Qu'il avoit
observé que l'égoût avoit été autrefois un aqueduc ; &
qu'il y avoit assez d'espace pour le passage du Fonte-
nier chargé du soin des eaux, lorsqu'il les alloit visiter.

Vargas conclud de là que peut-être ne luy feroit il pas impoſſible de ſe ſauver par ce paſſage ; & il en fit faire l'épreuve par le plus adroit de ſes Domeſtiques qui s'en étant heureuſement tiré, y rentra avec luy & luy aida à le paſſer.

Les villes revoltées formerent entre elles une eſpece de République qui ne donna que trop lieu de juger, qu'elles ne poſeroient pas ſi-tôt les Armes. Elles établirent dans Avila un Conſeil preſque ſemblable à celuy que l'on a veu depuis dans les Provinces unies des Païs-bas : Chacune d'elles y envoya un Député avec un pouvoir ſuffiſant : La haute Nobleſſe fut invitée de s'y trouver en perſonne, ou d'envoyer en ſon nom : Le rang des Seigneurs qui étoient entrées dans le party fut conſervé ; & l'on proceda contre les autres dans les formes de la juriſprudence Eſpagnole. On les ſomma de venir prendre leurs places dans l'aſſemblée qui n'étoit convoquée que pour la deffenſe des loix, & de la libertté du Païs : Leur deffaut de comparoître paſſa pour un refus formel : on travailla là-deſſus à leur Procés; & on les condamna comme traîtres à leur patrie. Ainſi le Recteur de Segovie fut pendu entre deux Seigneurs pour avoir oſé dire qu'il ne reconnoiſſoit pas l'aſſemblée d'Avila pour légitime. La Maiſon de Pedro Ponce dans la même ville d'Avila fut raſée juſqu'aux fondemens, parce qu'il l'avoit abandonnée afin de n'être pas contraint de ſigner l'union. Le Connêtable de Caſtille & le Comte d'Alve perdirent pour la même raiſon ce qu'ils avoient de meubles dans Burgos; & la Maiſon de Guevara fut ſur le point d'être exterminée pour avoir voulu déliberer ſi elle accepteroit

pre à y produire l'admirable & le merveilleux.] C'eſt la ſeule raiſon qu'Ariſtote donne de ce qu'il vient d'avancer, que l'Epopée peut pouſſer le merveilleux au-de-là de la raiſon même, & il la tire de la nature de ce Poeme. Dans l'E-popée on ne voit point du tout les perſonnages qui agiſ-ſent, & on n'entend leurs avantures que par des recits, au lieu qu'on les voit dans la Tragedie, où tout ſe paſſe à la veüe du ſpectateur; ainſi le deraiſonnable de l'Epopée eſt caché, parce qu'on ne voit pas la choſe qui eſt décrite; car les yeux ſont toûjours des juges plus ſeurs & plus fidé-les que les oreilles, & nous ſommes bien plus aiſément trompez par ce qu'on nous raconte, que par ce que nous voyons, & c'eſt ce qui s'obſerve même dans la Tragedie, où tout ce qui ſe trouve de trop atroce, de trop merveil-leux, & de trop incroyable, doit être éloigné des yeux du ſpectateur, & ne luy être repreſenté que par une narra-tion fidéle : Horace dans l'Art Poet.

> *Non tamen intus,*
> *Digna geri promes in Scenam, multaque tolles*
> *Ex oculis, quæ mox narret facundia præſens:*
> *Nec pueros coram populo Medea trucidet,*
> *Aut humana palam coquat exta nefarius Atreus,*
> *Aut in avem Progne vertatur, Cadmus in anguem,*
> *Quodcumque oſtendis mihi ſic, incredulus odi.*

Il faut pourtant bien s'empêcher de produire ſur la Scene ce qui doit ſe paſſer derriere le Theatre. Il eſt d'une abſolue neceſſité d'éloigner des yeux du ſpectateur une infinité de choſes qu'on doit luy apprendre enſuite par un recit fidéle & touchant. Medée ne doit pas égorger ſes enfans devant le peuple, ny le deteſtable A-trée faire cuire ſur la Scene les membres de ſes neveux. Progné ne doit point ſe changer en oiſeau, ny Cadmus en ſerpent devant tout le monde. Tout ce que vous me preſentez de cette maniére, je le haïs & ne le croy point. Puiſque la Tragedie reçoit dans ſes recits le merveilleux qui paſſe les bornes de la raiſon, il eſt évident qu'il fera encore mieux receu dans l'Epopée, qui n'eſt qu'une narration agiſſante, & qui a feule le privilege de promener le Lecteur par une infinité de miracles qui feroient ridicules, s'ils étoient expoſez à nos yeux. Dans l'Odyſſée d'Homere on raconte la metamorphoſe du Vaiſſeau d'Ulyſſe en une pierre, & dans Virgile celle des Vaiſſeaux d'Enée, en autant de Nymphes, & cela réuſſit fort bien; c'eſt le veritable ſens de ce paſſage d'Ariſtote, qu'on avoit gâté en liſant *ἀνάλογον*, *par proportion*; pour *ἄλογον*, *fans raiſon*.

25. *Par exemple, ce qu'Homere dit d'Hector pourſuivi par Achille, feroit ridicule fur le Theatre; car on ne pourroit s'empêcher de rire de voir d'un côté les Grecs debout, fans faire aucun mouvement, & Achille de l'autre qui pourſuit Hector, & qui fait ſigne aux Troupes; mais c'eſt ce qui ne paroit pas dans l'Epopée.*] L'exemple qu'Ariſtote choiſit pour prouver ce qu'il vient d'établir eſt pris du XXII. Livre de l'Iliade, où Homere décrit le combat d'Achille & d'Hector. Ce dernier fuit devant ſon ennemi, & fait trois fois le tour de la place, & Achille craignant que le moindre ſecours des Grecs ne fouillât fa victoire, fait ſigne aux Troupes de ne pas tirer fur Hector, on voit donc d'un côté Hector qui fuit & Achille qui le pourſuit, & qui pour avoir feul l'honneur de le vaincre, fait ſigne aux Troupes de ne pas tirer: Et de l'autre on voit ſes Troupes demeurer les bras croiſez, ſpectateurs inutiles, en attendant l'iſſue de ce combat. Homere a voulu faire entendre par-là, que toute la force des hommes vient de Dieu, que leur courage ſe perd, quand il les abandonne, & que le ſecours de Dieu, bien loin de deshonorer le Heros qu'il favoriſe, releve autant fa gloire, que celuy des hommes la détruit. C'eſt pourquoy Achille qui étoit jaloux de ſon honneur, réfuſe le ſecours des hommes, & défend aux Grecs de l'aider; mais il reçoit avec plaiſir celuy de Minerve, il s'en glorifie, & dit à Hector: *N'eſpere pas d'échaper; c'eſt Minerve qui te fait tomber ſous mes coups.* Mais quelque beau que ſoit ce ſens

allegorique qu'Homere a caché fous cet Incident, il eſt
certain qu'il choqueroit ſi on le voyoit ſur le Theatre, &
que cela ſe paſſât à nos yeux ; car on ne pourroit ſouffrir
qu'un vaillant homme fût ſi lâchement. Il réuſſit dans l'E-
popée, parce que ce n'eſt qu'une narration, & qu'on ne
voit pas les perſonnages. Voilà donc ce qu'Ariſtote appelle *le merveilleux déraiſonnable* ; il ne laiſſe pas d'être rai-
ſonnable en un ſens, puiſqu'il a été mis à deſſein, & par
la connoiſſance parfaite que le Poete avoit de la Nature
de ſon Poeme, qui ſouffre ce que le Poeme dramatique
ne ſouffre pas. Il eſt étonnant qu'aprés une déciſion ſi
formelle on ait reproché à Homere ce même endroit,
comme un endroit abſurde qui deshonore ſon Poeme. Mais
dira-t-on, mettrions-nous aujourd'huy une choſe, comme
celle-là, dans un Poeme Epique ? Plaiſante raiſon ! Comme
ſi ce qu'Homere a fait devoit être ridicule, parce que nous
ne l'oſerions faire. Du temps d'Homere c'étoit la coûtume de parler aux peuples par fables & par allegories, mais
cette coûtume n'eſt plus, & par conſequent ſi nous vou-
lions mettre quelque allegorie dans un Poeme, il faudroit
la mettre ſous des Incidens qui fuſſent plus conformes à
nos mœurs ; & c'eſt ce que Virgile a fort bien obſervé.
Il a imité le combat d'Hector & d'Achille dans la deſcrip-
tion qu'il fait de celuy de Turnus & d'Enée ; mais il y a
changé tout ce qui n'étoit pas à l'uſage de ſon païs, où les
allegories toutes ſimples n'étoient pas receües. Turnus fuit
devant Enée ; mais il ne fuit qu'aprés que la méchante é-
pée qu'il avoit priſe pour la ſienne eſt rompuë, & on ne
luy a pas plûtôt rendu la ſienne qu'il revient au combat,
& fait tête à ſon ennemy ; on peut voir le reſte dans le lieu
même. Virgile admet l'allegorie, mais il la met ſous des
choſes qui peuvent être entendues tout ſimplement, &
ſans y entendre d'autre myſtére, & c'eſt ce que nous ferions
aujourd'huy.

26. *Or le merveilleux eſt toûjours agreable.*] L'agreable eſt
inſeparable du merveilleux, de quelque nature qu'il ſoit, &

cela vient de la pente que les hommes ont naturellement à apprendre quelque chose de nouveau. Il n'y a rien de plus nouveau que ce qui est merveilleux , & par consequent il n'y a rien de plus agreable ; & c'est ce qui a donné lieu à l'invention des fables, qui sont toûjours les premieres choses qui aiguisent cette inclination naturelle qui porte les hommes à vouloir tout sçavoir. Qu'est-ce que la fable ? C'est un conte nouveau, non pas d'une chose qui est; mais d'une chose toute contraire. Ce qui est nouveau & inconnû est agreable, & c'est ce qui excite la curiosité. Que si lon y ajoûte le merveilleux & le prodigieux, voilà ce qui fait l'agreable parfait, & ce qui donne un plaisir qui n'est comparable à aucun autre.

27. *Et une preuve de cela est , que ceux qui racontent quelque chose ajoûtent d'ordinaire à la verité, pour plaire d'avantage à ceux qui les écoûtent.*] En effet rien ne marque mieux que le merveilleux est toûjours agreable , que l'application, qu'ont tous ceux qui racontent quelque chose, à embellir la verité; c'est ce qui a produit les fables, comme je viens de le dire; & c'est aussi ce qui porta les premiers Historiens, comme Hecatée, Herodote, Ephorus, & les premiers Physiciens, comme Xenophanes, Parmenide, Empedocle , à mêler les fables dans leurs ouvrages , Ϲ οἱ πρῶτοι Ν ἰςοϱικοὶ Ϲ φυσικοὶ μυθογϱάφοι, dit Strabon. Comme Homere avoit mêlé la verité à ses fables, pour les rendre plus vray-semblables & plus utiles, ces Ecrivains mêlerent la fable aux veritez pour les rendre plus merveilleuses & plus agreables par consequent.

28. *Homere est celuy qui a le mieux enseigné aux autres Poetes à faire comme il faut ces agreables mensonges.*] Aristote ne parle pas seulement icy du mêlange qu'Homere a fait de la verité & du mensonge, dans le plan de son Poeme , lorsqu'aprés avoir disposé sa fable , qui n'est qu'un pur mensonge, il l'a épisodiée par des Incidens qu'il a tirez d'une Histoire veritable, Ce qui a fait dire par Horace :

Atque ita mentitur, sic veris falsa remiscet.

Il dresse de maniére le plan de son sujet, qui n'est qu'un in-genieux mensonge, & il y mêle par tout ensuite, avec tant d'ad-dresse, la verité, &c. Comme cela a été expliqué sur le Chap. XIX. Mais il parle aussi de ces mensonges particu-liers qu'il a faits, en embellissant la verité, & qu'Horace appelle *speciosa miracula, des miracles éclatants & agreables.* En effet dans toutes ses fictions qui paroissent les plus extraor-dinaires & les plus merveilleuses, il y a toûjours quelque verité qu'il déguise à sa maniére pour faire plus de plaisir; car, comme Strabon l'a fort bien remarqué, ἐκ μηδενὸς ἀληθοῦς ἀνάπλεων χρηνίο πεχατολογίαν, οὐχ Ὁμηεικὸν. *Ce n'est pas la maniére d'Homere, de n'attacher à aucune verité ses fictions nouvelles & merveilleuses.* C'est pourquoy il le compare à Ulysse, qui parlant à Penelope, comme s'il étoit le frere d'Idomenée, luy raconte une Histoire, où il mêle le men-songe & la verité.

Ισκε ψεύδεα πολλὰ λέγων ἐτύμοισιν ὁμοῖα.

Il luy disoit beaucoup de choses fausses qu'il rendoit vray-sem-blables. Il les rendoit vray-semblables par le mêlange de quelque verité: Voilà le caractére d'Homere. Ce qu'il dit des Cyclopes, des Lestrygons, des Cimmeriens, de Ca-rybde, de Scylla, d'Eole, &c. sont des mensonges d'Ho-mere, mais des mensonges qui ont quelque mêlange de vray, qui leur sert de fondement, & qui les rend en quel-que maniére plus croyables. Et c'est par là que Polybe, & aprés luy Strabon, ont réfuté le sentiment d'Eratosthene qui soûtenoit que tout ce qu'Homere avoit écrit, n'étoit que des mensonges frivoles sans aucune verité, & qui di-soit qu'on trouveroit les lieux, où Ulysse avoit été porté, quand on auroit trouvé celuy qui avoit cousu le sac où les vents avoient été enfermez.

Ee e iij

29. *Et c'eſt proprement un paralogiſme ; car comme tous les hommes ſont naturellement perſuadez , que , quand une telle choſe eſt ou ſe fait , une telle autre choſe arrive , on leur fait aiſément croire , que ſi la derniere eſt , la premiere eſt auſſi par conſequent.*] Homere a enſeigné aux autres Poetes à mentir comme il faut. Ces mots, *comme il faut,* marquent la methode qu'il faut tenir pour bien faire ces menſonges ; & cette methode conſiſte à ſe ſervir du faux raiſonnement, ou *du paralogiſme*, qu'Ariſtote appelle παρὰ τὸ ἑπόμϵνον, qui eſt de prouver une choſe par la ſuite. Comme , lorſque pour faire voir qu'un homme eſt amoureux, on ſe contente de dire qu'il eſt pâle. Les premiers Philoſophes ayant obſervé que la longue experience que les hommes avoient faite ſur la plûpart des choſes, qu'ils voyoient toûjours arriver les unes en conſequence des autres , leur avoit perſuadé qu'elles arrivoient toûjours de la même façon, connurent fort bien qu'on pouvoit aiſément tirer de cette perſuaſion naturelle des moyens ſeurs de les tromper , tant qu'on voudroit, en leur donnant des ſignes vray-ſemblables pour des cauſes ſeures ; en effet on leur perſuade tous les jours les choſes les plus abſurdes, en leur faiſant recevoir pour vrayes celles qu'on leur donne , comme des effets des premieres, & qui ſouvent ne ſont pas moins fauſſes ; car il y a deux maniéres de ſe ſervir de ce Paralogiſme ; la premiere, lorſque par une choſe vraye on en fait inferer une fauſſe, & l'autre, lorſqu'on en employe une fauſſe pour en faire paſſer une , qui ne peut manquer de l'être par conſequent. Homere eſt tout plein de ces ſortes d'addreſſes. C'eſt ainſi qu'il nous fait recevoir la fable du Cyclope, celle de Scylla & de Carybde, qu'il convertit en deux monſtres affreux ; celle des Leſtrigons qui portent ſur leurs épaules pluſieurs hommes enfilez comme des poiſſons , & qui s'en nourriſſent , &c. C'eſt à mon avis le ſens de ce paſſage, qui étoit fort embarraſſé & fort obſcur.

30. *En effet , de ce qu'une telle choſe eſt, il ne s'enſuit pas toû-*

jours neceſſairement, que l'autre ſoit; mais, parce que nous ſom-
mes perſuadez de la verité de la derniere, nous concluons fauſſe-
ment que la premiere eſt vraye auſſi.] Homere ſçavoit que tous
les hommes ſont convaincus que tout eſt poſſible à Dieu,
& c'eſt ſur cela, par exemple, qu'il entreprend de nous
perſuader que le Cheval d'Achille a parlé, parce que la
Deeſſe Minerve luy donna l'uſage de la voix. Et voilà le
paralogiſme; car, comme Ariſtote le remarque fort bien,
de ce que l'un eſt, il ne s'enſuit pas que l'autre ſoit. Homere a ſceu ſe ſervir fort à propos de nôtre perſuaſion pour
nous faire recevoir une choſe fauſſe, ſans que nous le
puiſſions convaincre de fauſſeté; & voila de quelle maniére Ariſtote veut que le Poëte ſçache mentir. Victorius
rapporte, qu'aprés les paroles d'Ariſtote, il y a dans
quelque manuſcrit παράδειγμα δὲ τύτου ἐκ τῷ νίπτρων. *On*
trouve un exemple de cela dans l'endroit de l'Odyſſée, où on la-
ve les pieds à Ulyſſe. Si ce texte eſt d'Ariſtote, il renvoye
ſon lecteur au même exemple qu'il a cité dans le troiſiéme Livre de ſa Rhetorique, où en parlant de ce même
Paralogiſme qui fait que des ſignes connus, on tire des
conſequences & des conjectures, pour ce qu'on ne con-
noît pas, il cite ces vers du 19. Livre de l'Odyſſée, où
Homere pour rendre ſon conté vray-ſemblable par une
circonſtance ſimple & naturelle, & qui eſt une ſuite de la
paſſion, dit:

ἐγνὼ δὲ κατέχετο χεροῖ πρόσωπα
Δάκρυα δ' ἔκβαλε θέρμα

La vieille nourrice mit ſes mains devant ſon viſage, & pleu-
ra à chaudes larmes. Car parce que ceux qui pleurent, ca-
chent ordinairement leur viſage avec les mains, Homere tâche de perſuader ſon lecteur par ce ſigne, qui n'eſt
pas moins faux que tout le reſte. Il y a plus d'apparence que c'étoit une remarque de quelque Critique, lequel avoit écrit en marge, que l'exemple de ce Paralo-

gifme fe trouvoit dans cet endroit d'Homere, comme A-
riftote l'avoit marqué dans fa Rhetorique.

31. *Le Poete doit plûtôt choifir les chofes impoffibles pour-*
vû qu'elles foient vray-femblables, que les poffibles qui font in-
croyables avec toute leur poffibilité.] Ce paffage eft tres important. Pour faire voir que le merveilleux de l'Epopée ne
doit pas détruire la vray-femblance, quoyqu'il paffe les bornes de la raifon, Ariftote dit fort à propos qu'un Poëte
doit preferer l'impoffible qui eft vray-femblable au poffible
qui ne l'eft pas. L'Iliade, l'Odyffée, & l'Eneïde font pleines de chofes humainement impoffibles, & qui ne laiffent
pas d'être vray-femblables. Or il y a deux fortes de ces im-
poffibilitez, qui font pourtant dans les regles de la vray-
femblance; Les premieres, qu'on peut appeller les plus grandes & les plus incroyables, font celles qui exïgent toute la
vray-femblance divine, comme le Cheval qui parle dans l'I-
liade, la metamorphofe du Vaiffeau d'Ulyffe en une pierre
dans l'Odyffée, & celuy des Vaiffeaux d'Enée en autant
de Nymphes dans l'Eneïde. Celles-là ne doivent pas être
trop frequentes dans le Poëme, & un Poëte n'en doit pas
abufer. Les autres font celles qui étant impoffibles, ne
laiffent pas d'être vray-femblables humainement, foit par
elles-mêmes, foit par la credulité de ceux à qui on les debite. C'eft de cette derniere maniére qu'Homere a fait
rentrer dans la vray-femblance humaine, ce qui n'eft
point vray-femblable humainement, comme l'Hiftoire de
Circé, des Sirenes, de Scylla, de Polypheme, & beaucoup
d'autres; car Homere a feint tres ingenieufement qu'U-
lyffe debite ces avantures aux Pheaciens, qui étoient des
peuples fans efprit, fimples & credules, & qui plongez
dans une tres grande oifiveté, n'aimoient rien tant que les
fables. Ce grand Poëte a marqué à deffein le caractére de
ces peuples, en difant : *Qu'ils habitoient loin des lieux, où*
demeuroient les hommes d'efprit. ἐν Σχερίη ἑκὰς ἀνδρῶν ἀλφηςάων.
Odyff. VI. Mais comme cette vray-femblance, qui fe tire
de la fimplicité de ces peuples, ne devoit pas difpenfer ce

                                    Poëte

luy, n'en fût pas moins éblouy. L'un & l'aure firent a-
gréer au Conſeil de guerre de la Ligue que l'armée des
Confederez ſe retirât à Villalpando, pourvû que l'Imperiale ſortît de Medina & la laiſsât en poſſeſſion de la
Place, & ce fut-là la cauſe de ſa ruïne; car les Imperiaux
tirez à ſi bon marché du mauvais pas où leur foibleſſe
les avoit engagez, profiterent admirablement de la faute
de leurs ennemis. Ils allerent droit à la ville de Tordeſillas perſuadez que s'ils pouvoient ôter aux Rebelles la
perſonne de la Reine, ils les priveroient de ce qu'ils a-
voient de meilleur, & marcherent avec cette précaution
qu'ils arrêtoient & menoient avec eux toutes les perſonnes qu'ils rencontroient en chemin. Ils empêcherent ainſi les Rebelles d'avoir aucune lumiere de leur
deſſein, qu'ils euſſent aiſément deconcerté s'ils l'euſſent
découvert.

La garniſon de la Ville & du Château de Tordeſillas
conſiſtoit principalement dans les Prêtres de l'Evêque de
Zamorra, & dans quelque milice de la ville de Vailladolid. Elle ne s'étoit pas diſpoſée à ſoûtenir l'aſſaut qui luy
fut donné au point du jour cinquiéme d'Octobre mil
cinq cens vingt: Cependant il dura depuis le matin juſqu'au ſoir; & l'on n'avoit point encore vû de Place attaquée avec plus de chaleur, ni défenduë avec plus d'obſtination que le fut celle de Tordeſillas, quoy qu'elle fût
l'une des plus mauvaiſes de la Caſtille.

Le Comte de Haro General experimenté qui commandoit les Imperiaux, voyant ſon Infanterie ſe rebuter
pour avoir été trois fois repouſſée, fit mettre pied à terre
à ſa Cavalerie, & la'mena luy même à l'eſcalade. Les Rebelles ne s'en étonnerent point, & n'en reſiſterent pas

Fff

avec moins d'ordre & de vigueur. Un Prêtre le plus juste
arquebusier d'entr'eux s'étoit mis derriere un parapet, d'où
il ne manquoit aucun des assaillans qui grimpoient de son
côté lorsqu'il les voyoit assez proches pour les tirer. Il faisoit sur eux le signe de la Croix avec le bout de l'arquebu-
ze; & prétendoit ainsi leur donner l'absolution de leurs
pechez, & diminuer au moins de la moitié le crime qu'il
alloit commettre : Il les miroit ensuite, & les renversoit
morts dans le fossé. Il avoit tué de cette sorte onze des plus
hardis Imperiaux ; mais en pratiquant sa ridicule ceremonie à l'égard du douziéme, il receut dans l'œil droit
un coup de fléche, dont il expira en demandant qu'on
luy fit la même grace qu'il avoit faite aux autres.

Il étoit déja midy lorsque le Comte de Haro n'espe-
rant plus d'emporter la Place par l'endroit qu'il avoit crû
le plus foible, transporta l'attaque à l'opposite. Son Infanterie jalouse que la Cavalerie exerçât sa fonction, agit
avec plus de chaleur & d'ordre qu'auparavant. L'une &
l'autre furent neanmoins repoussée jusqu'au soir, qu'un
soldat Navarrois de Cadaorra apercevant au fonds du
fossé une petite porte mal gardée, la montra à ses camara-
des qui luy aiderent à l'enfoncer à coups de leviers, &
entrerent par là dans la Ville.

*Dans le recit de
la seconde prise de
Tordesillas.*

Le respect dû à la presence de la Reine par les vainqueurs
qui se vantoient de n'être venus que pour la tirer des mains
des Rebelles, n'empêcha ni le pillage de Tordesillas ni
les autres excés qui l'accompagnerent ; & cette Princesse
ne s'en formalisa pas beaucoup, quoy qu'elle entendît des
bruits effroyables de tous côtez, parce qu'on eut soin de
ne pas la détourner de son divertissement ordinaire, qui
étoit de donner la chasse aux chats. Cependant on n'é-

prouva jamais plus fenfiblement dans aucune autre rencontre, que la reputation eft ce qui decide le plus fouvent
les querelles dans les guerres civiles auffi bien que dans
les étrangeres : Car les Efpagnols qui fe declaroient à
l'envie pour la Ligue lorfqu'ils fçavoient que leur Reine
étoit avec les Ligueurs, n'apprirent pas plûtôt qu'on la
leur avoit enlevée, qu'ils changerent de party dans tous
les lieux où ils le pûrent avec impunité.

L'exemple paffa mêmes des petits aux grands ; & Pedro Gyron renonça publiquement à la Confederation
fur un démêlé qu'il eut avec l'Evêque de Zamorra, dont
il ne tira pas toute la fatisfaction qu'il efperoit du Confeil du parti. Sa defertion acheva de déconcerter la Ligue, & l'on ne douta prefque plus qu'il n'eût levé le
fiege de Medina dans le deffein formé de trahir ceux
qu'il abandonna fi promptement enfuite. On fut confirmé dans une opinion qui luy étoit fi defavantageufe par la maniere dont l'Empereur le traitta depuis ;
& lorfqu'on vit que fa Majefté faifoit plûtôt femblant
de le punir, qu'elle ne le puniffoit en effet ; nonobftant
la maxime toûjours uniforme du Confeil d'Efpagne,
de n'avoir jamais d'indulgence pour les perfonnes une
fois engagées dans la rebellion. Certes on le laiffa depuis vivre dans fes maifons de campagne comme s'il
y eût été relegué, fans luy permettre d'entrer dans les
Villes ni d'aller à la Cour, & ce fut là toute la feverité
exercée à fon égard. Le Colonel Loüis Bravo ne fe contenta pas d'imiter Gyron, ni de renoncer comme luy
folemnellement à la Ligue. Il paffa de plus fous les En-
feignes Imperiales, & devint le plus grand ennemy de
la faction qu'il avoit aidée à former.

Les Gouverneurs convaincus que la Ligue commençoit à decliner, eftimerent fagement qu'un effort extraordinaire pourveu qu'il fût prompt, fuffiroit pour la
ruiner, & manderent dans cette veuë la plûpart des
troupes qui gardoient la Navarre. Ils en tirerent encore
du Roy de Portugal. La haute Nobleffe demeurée fidel-
le prêta ce qu'elle avoit d'argent ; & l'on mit enfin fur
pied par tant de divers moyens une armée plus confiderable en toute maniere , que celle des Confederez. Le
Comte de Haro en fut encore General, & la mena droit
à celle des ennemis qui fe rafraîchiffoient aux environs
de Labaton. Jean de Padilla fentant approcher les Imperiaux ; & informé par fes efpions qu'ils étoient bien
plus forts que luy, ne jugea pas à propos de les attendre
dans le pofte qu'il occupoit. Il en fortit le matin du
vingt-trois d'Avril mil cinq cens vingt-un, & prit avec
une extreme diligence le chemin de Toro ville forte de
fcituation, dans la penfée qu'il auroit le loifir de s'y refugier ; & d'y demeurer jufqu'à ce que le renfort confiderable qui luy venoit de Vailladolid & de Tolede,
eût obligé les Imperiaux à divifer leurs forces pour luy
en oppofer une partie: Mais il fut atteint à my-chemin,
& contraint de tourner vifage. La Cavalerie legere que
le Comte de Haro avoit envoyée à fes trouffes joignit
fur le midy l'arriere-garde des Rebelles à Villanar, & l'y
arrêta jufqu'à ce que le gros des Imperiaux fût arrivé.
Padilla qui s'étoit tenu à la queuë pour y mieux donner
les ordres en cas de befoin, fit promptement avancer fon
artillerie : mais Maldonado qui la conduifoit, au lieu
d'obeïr la fit enfoncer dans un bourbier d'où il n'étoit
pas poffible de la tirer, & s'alla rendre aux Imperiaux. Un

accident si peu prevû ôta bien à Padilla l'esperance de
vaincre, mais il ne diminua point en luy la resolution de
se défendre jusqu'au dernier soûpir. Il soûtint à la tête de
son arriere-garde les efforts des Imperiaux qui n'avoient
fait qu'un gros de leur armée ; assurez que s'ils renver-
soient le corps que Padilla commandoit en personne, les
deux autres se mettroient en fuite comme il arriva. Le
canon des Imperiaux fit un fracas d'autant plus horrible,
que celuy des ennemis n'y répondoit point ; & si l'on eût
pû se donner la patience de le recharger, il eût suffi pour
défaire les Confederez. Mais l'impetuosité des Imperiaux alla jusqu'à le negliger, & mêmes jusqu'à le couvrir ; & la bataille devint alors plus sanglante sans comparaison, qu'elle n'eût été sans cet emportement de courage. Padilla ne fut pas trompé dans le choix de ceux
qui combatirent auprés de luy. Ils y furent tuez sans
sortir de leurs rangs ; & il l'eût été comme eux, si les marques qu'il avoit prises pour se distinguer des autres en
donnant ses ordres aux Rebelles, ne l'eussent fait connoître aux Imperiaux. Il fut si bien remarqué par les premiers
ennemis qui le joignirent, qu'ils prirent autant de soin
de luy conserver la vie, qu'il en prenoit de se la faire ô-
ter : Ils l'environnerent : Ils le démonterent : Ils se saisirent
de sa personne ; & le donnerent en garde à des gens qui
le conduisirent dans le Château le plus proche du lieu
où l'on combatoit. Son corps de bataille & son avant
garde informez de sa prise, ne se défendirent point : Les
Cavaliers & les Fantassins y prirent la fuite de concert ,
& furent poursuivis jusqu'à trois lieuës & demie de
Villanar. La victoire fut si complete, que la Ligue en fut
entierement rompuë : Ses principaux chefs tomberent

vifs en la puiſſance des Imperiaux : On les exécuta à
mort dés le lendemain vingt-quatriéme ſans aucune forme de procés ; ſur ce que le Conſeil d'Eſpagne prétendit
que le crime étoit ſi évident, qu'il n'avoit beſoin ni d'ac-
cuſateurs, ni de preuves, ni de témoins, ni de Juges : On
les décolla tous ; & Padilla qui avoit été leur chef, leur
donna l'exemple de mourir courageuſement.

Comme il connoiſſoit le genie inexorable de ceux de
ſa Nation, il ne demanda & n'eſpera pas mémes de
grace. Il n'attendit point que la mort luy fût anoncée
pour s'y préparer ; & tout ce qui luy échappa de ſingulier
dans ſes dernieres heures, fut qu'en allant au ſupplice
& diſtinguant dans la foule des ſpectateurs le frere puiſ-
né du Duc de Medina Sydonia qui a fait depuis la ſou-
che des Comtes d'Olivarez, il l'appella ; & le pria de
porter à Marie Pacheco de Mendoſa ſa femme un Reli-
quaire qu'il avoit pour dernier gage de ſon amour, quoy
qu'il n'ignorât pas la maniere dont elle avoit traité les
Reliques de Tolede. Cette Dame ne relâcha rien de la
reſolution qu'elle avoit priſe de pouſſer la rebellion auſſi
loin qu'elle pourroit aller, lors mêmes qu'elle vit ſon
mary mort & ſon party ruïné. Elle fit peindre ſur une
Enſeigne Padilla décollé : Elle ordonna qu'on la portât
devant elle la premiere fois qu'elle ſortit aprés avoir receu la nouvelle de ſon ſuplice : Elle prit entre ſes bras
un Fils emmailloté qu'elle avoit de luy ; & parcourant
dans une poſture ſi pitoyable les ruës de Tolede, détour-
na le peuple de la reſolution de recevoir à l'exemple de
Vailladolid & des autres Villes de ſon voiſinage l'amniſtie qui luy étoit offerte : Elle le confirma dans les ſentimens ſeditieux qu'elle luy avoit inſpirez, & l'y tint prés

d'un an ; puifque ce ne fut que le trois de Février
mil cinq cent vingt deux que les Imperiaux ayant formé dans la même Ville une faction plus puiffante que
la fienne par le moyen de Melinar qu'ils avoient gagné
en luy promettant un Chapeau de Cardinal, l'Archevêché de Barry, & l'Evêché de Songüetta qu'il eût depuis,
que Tolede rentra tout d'un coup dans le devoir. La
veuve de Padilla abandonnée des fiens, inventa pour fe
fauver une rufe qui luy reüffit. Elle fortit de la ville montée fur un afne & fi bien travestie en païfanne, que ceux
que l'on avoit mis aux portes à deffein de l'obferver, la
laifferent paffer fans la reconnoître : Elle prit la route de
Portugal, & évita fur le chemin une infinité de dangers.
Les Portugais la receurent d'une maniere affez civile ;
& le Roy Dom Manuel, tout beau-frere de l'Empereur
qu'il étoit, fe piqua pour elle d'une generofité qu'elle n'a-
voit pas lieu d'efperer. Il crût qu'il y alloit de la Souveraineté du Portugal de donner afyle à cette illuftre
malheureufe ; & les offices des Miniftres de l'Empereur
auprés de luy pour l'obliger à faire dire à la veuve de
Padilla de chercher ailleurs une retraite, furent abfolument inutiles. Il repartit conftamment que puifqu'elle
avoit choifi fes Etats pour fon fejour, elle y demeureroit
libre autant qu'il luy plairoit.

L'Evêque de Zamorra fon coufin n'avoit pû fe trouver
à la bataille parce que le Confeil de la Ligue qui ne s'attendoit pas que l'on deût combattre fi tôt, l'avoit envoyé à quelques lieuës de là : Il s'y déguifa en apprenant
la défaite de fes complices, & fe refugia dans les Montagnes de Caftille où il demeura caché prés de dix-huit
mois, fans pouvoir trouver l'occafion qu'il cherchoit

de paffer en Portugal. On le reconnut au bout de ce tems dans une cabanne où il étoit : on l'arrêta : on le conduifit à Simancas ; & on l'enferma dans le Château de cette Ville en attendant que l'on eût obtenu du Pape un Bref pour luy faire fon procez. Il étoit à la garde d'un Alcayde qui le traitoit avec tout le refpect deu à fon caractere : cependant comme ils s'entretenoient enfemble après le repas, l'Evêque qui avoit un coûteau caché dans la couverture du Breviaire qu'on luy avoit laiffé l'en tira, prit au corps l'Alcayde, le terraffa, luy coupa la gorge ; & fe fuft fauvé fans le fils de l'Alcayde, qui accourut au bruit affez tôt pour arrêter le prifonnier à la derniere porte : On luy mit les fers aux pieds & aux mains ; & le Bref ne fut pas plûtôt arrivé, qu'on le fit mourir en prifon.

Les Memoires des Efpagnols de ce tems-là ne conviennent pas du genre de fon fuplice, & marquent affez par leur difference qu'il y eut un ordre exprés de le cacher. Il y en a qui portent qu'il fut décollé comme les autres : mais il y en a auffi qui difent qu'on luy envoya l'Alcayde Ronchilio, qui le fit precipiter d'un des creneaux du Château de Simancas. Ils s'accordent mieux à raconter la trifte fin de Dom Pedro d'Ayala Comte de Salvatierra Chef du Confeil de la Ligue qui fe vantoit de defcendre en droite ligne des Rois Gots, fans qu'il y euft eu de mélange du fang Mahometan comme dans les autres Maifons de Caftille. Ce n'eft point icy le lieu d'examiner s'il difoit vray ; & il fuffit de remarquer qu'après avoir été long-temps dans les montagnes fans trouver à manger qu'avec une extréme dépenfe, parce qu'étant profcrit & ceux qui l'affifteroient en quelque maniere que

ce

ce fuſt devenans parlà complices de ſon crime, on ne hazardoit pas pour peu de choſe de ſe faire arrêter en ſoula-
geant la miſere du dernier des rebelles. Il fut pris & expedié
dans un cachot, aprés qu'on l'eut laiſſé languir long-tems
en attendant la mort qui luy avoit été dénoncée. Le peuple ne le ſçeut que lorſqu'il le vit porter en terre les pieds
nuds, & le viſage découvert. Athanaſe d'Ayala ſon fils
étoit alors actuellement Page de l'Empereur, & avoit
ſuivi ſa Majeſté en Alemagne. Il y apprit la proſcrip-
tion & enſuite la vie vagabonde de ſon pere; & comme
il étoit d'excellent naturel il en fut ſi touché, qu'il ne délibera pas un moment s'il hazarderoit ſa fortune pour
aſſiſter dans ſon extrême neceſſité celuy qui luy avoit
donné la vie. Il avoit un cheval de prix qui luy ſervoit
pour le manege: Il le vendit: Il en convertit l'argent en
une lettre de change; & l'addreſſa à un Gentilhomme
Eſpagnol qu'il connoiſſoit aſſez amy de ſon pere, pour
luy envoyer en quelque lieu qu'il ſe trouvât, la ſomme
quelle contenoit. Le Gouverneur des Pages voyant le
jeune Ayala ſans cheval, crut qu'il l'avoit vendu pour
joüer. Il paſſa de cette erreur dans une autre, qui ſervit
pourtant à faire reconnoître la verité. Il aſſembla les Pages dont il avoit la conduite, qui étoient au nombre de
vingt-cinq ou trente, & demanda en leur preſence à
d'Ayala ce qu'il avoit fait de ſon cheval. Ayala ne répondit autre choſe ſinon qu'il s'en étoit défait, & que
ce n'avoit point été à mauvaiſe fin. La ſeverité dont le
Gouverneur uſa à ſon égard pour l'obliger à s'expliquer
plus nettement, ne fut pas capable de luy arracher de la
bouche un mot de plus; & un ſilence ſi obſtiné & ſi peu
conforme au genie des Pages, augmenta la curioſité

Ggg

que l'on avoit d'en apprendre la cause. La recherche que l'on en fit fut si exacte, qu'enfin on découvrit presque toutes les particularitez que l'on vient de raporter.

Le rafinement des Espagnols est allé plus loin que celuy des anciens Jurisconsultes Romains en ce qui regarde le crime de leze-Majesté, & ce qui suit en convaincra les moins credules. Le Gouverneur des Pages supposa qu'il en seroit noirci pour avoir sçû qu'Ayala avoit envoyé de l'argent au Comte de Salvatierra son pere, s'il n'en donnoit à l'heure même avis à l'Empereur. Il courut le dire à sa Majesté qui l'ayant loüé de son exactitude, voulut approfondir l'affaire ; mais ce fut dans une autre veüe que ne pensoit le Gouverneur. Elle envoya chercher le Page, & luy commanda d'un ton à se faire obeïr qu'il ne luy déguisât rien de sa conduite sur l'action dont on l'accusoit. Le Page tout jeune qu'il étoit parla avec une tres-profonde soûmission, & n'avoüa pas neanmoins d'être coupable. Il dit seulement qu'ayant apris par la voix publique les extremitez horribles où son malheureux pere étoit reduit, il en avoit été tellement attendry que n'ayant point d'autre bien que son cheval, il l'avoit vendu pour l'assister, resolu de se vendre soy même dans le même dessein s'il trouvoit quelque personne qui voulût l'acheter. Le Gouverneur crût que le Page s'étoit perdu par une confession trop ingenuë, & que l'Empereur l'alloit condamner. Il se confirma dans son opinion en appercevant sa Majesté extraordinairement pensive: mais ce n'étoit pas des sentimens de vengeance qui luy passoient par l'imagination. Elle admiroit la pieté & la fermeté du Page ; & comme Chievres luy avoit apris qu'un Souverain manquoit au plus indispensable de ses devoirs lorsqu'il laissoit sans recompense une action heroïque, il cherchoit à reconnoître celle-cy comme elle meritoit : Mais d'ailleurs elle avoit été faite dans une conjoncture où tout ce que l'Empereur feroit pour témoigner l'estime qu'il en avoit, tourneroit à son propre préjudice. Le Comte de Salvatierra étoit le plus criminel des Rebelles : Les loix de Castille avoient en ce cas expressement défendu à ses propres enfans de l'assister : Son fils l'avoit pourtant fait : Il en demeuroit d'accord ; & si l'on couronnoit sa faute au lieu de la punir, la tranquilité d'Espagne n'étoit plus un bien que l'Empereur dût oser se promettre, quoy qu'il en eût un extrême besoin dans les nouvelles affaires que l'Empire luy alloit attirer. Il faloit donc que sa Majesté trouvât un temperamment qui d'un côté l'empêchât d'être injuste ; & d'un autre côté détournât avec tant d'adresse le contre-coup de la justice qu'elle exerceroit, qu'il ne rejaillît pas contre l'Etat, & voicy sa conduite dans une affaire si delicate. Elle fit à ce Page une tres-severe reprimande devant son Gouverneur, & feignit pourtant ensuite de luy pardonner dans la seule contemplation de sa jeunesse. Elle le renvoya à ses exercices ; & retenant le Gouverneur luy commanda d'achepter à d'Ayala un autre cheval pour le moins aussi beau que celuy qu'il avoit vendu, sous pretexte qu'il y auroit de l'inhumanité à luy ôter les chausses dans le temps que la revolte de son pere l'avoit reduit à la mendicité ; & qu'en le retenant pour Page il seroit honteux qu'il ne fût pas si bien monté que les autres Pages, puisqu'il n'y en avoit entr'eux aucun dont la maison fût meilleure que la sienne. L'Empereur en demeura là tant que durerent les guerres civiles d'Es-

pagne : mais aprés qu'elles furent entierement finies,
il prit occasion du premier service que Dayala sorti
de Page rendit à la Monarchie d'Espagne, pour le recompenser de ce qu'il venoit de faire, & de sa tendresse
pour son pere.

Fernand d'Avalos quoique des plus signalez entre les
Rebelles ne fut pas recherché avec tant d'exactitude que
le Comte de Salvatierra, soit qu'il fût moins criminel,
ou que le Conseil d'Espagne eût égard aux services que
le Marquis de Pesquaire son proche parent qui portoit
le même nom, le même surnom, & les mêmes armes,
avoit déja rendus & pouvoit encore rendre à la Couronne. On ne l'observa point dans les lieux où il se refugioit : On ferma les yeux sur les diverses tentatives qu'il
fit pour se tirer hors de l'Espagne : On l'en laissa sortir ; &
l'on feignit de ne le pas connoître lorsqu'il se presenta
travesty pour passer en France. Il n'osa pas y demeurer
aprés la rupture de François Premier avec l'Empereur,
de crainte de se rendre plus coupable qu'il n'étoit ; & se
retira dans l'Alemagne où la misere qui l'accüeillit* le
reduisit à sonder les amis qu'il avoit à la Cour Imperiale,
sur la grace qu'il y pretendoit obtenir. Il écrivit à tous
en particulier, mais la plûpart refuserent de lire ses lettres ; & le reste qui ne fut pas scrupuleux jusqu'à ce point,
le fut assez pour ne luy pas répondre. Une froideur si
generale ne le découragea pas neanmoins absolument. Il
avoit été Courtisan : Il connoissoit les gens dont il avoit
affaire : Il sçavoit qu'ils se remuoient quelquefois pour
les coupables disgraciez qui les solicitoient en personne ;
mais qu'ils ne se remuoient jamais pour les absens.
Il forma là-dessus le dessein hardy d'aller à la Cour

Imperiale , & prit les precautions neceffaires pour fe cacher à ceux dont il n'étoit pas à propos qu'il fût connu : mais il avoit fait trop d'amis pour n'en avoir point d'infideles en un lieu, où l'amitié n'eft d'ordinaire pas plus conftante que la faveur.

D'Avalos fe découvrit à un Efpagnol qu'il croyoit être dans fes interefts, & qui n'y étoit pas. Les Relations Caftillannes ne le nomment point, & ne conviennent pas même de fon charactere. Il y en a qui le font Confeiller d'Etat, & il y en a qui ne luy attribuent que le titre de Courtifan, qui ne fignifie pas grand chofe dans la langue Efpagnole lorfqu'il eft feul. Quoy qu'il en foit, cet homme qui venoit de promettre à d'Avalos avec des fermens execrables de tout hazarder pour obtenir fa grace, alla immediatement aprés travailler à fa perte au Palais de l'Empereur. Il dit à fa Majefté qu'il avoit à luy donner un avis d'extréme importance; & la tirant à part, luy fit fentir qu'elle ne luy avoit pas moins d'obligation que de la vie. Il ajoûta que d'Avalos avoit eu l'effronterie de venir à la Cour, & l'imprudence de s'engager luy-même dans un piege dont il n'y avoit point d'iffuë pour luy : Il découvrit l'endroit où il étoit caché : Il donna les addreffes pour l'y trouver fans prendre le change, & pour fe faifir de luy fans bruit : Il fuppofa qu'il ne s'étoit approché de fa Majefté Imperiale que pour exécuter une confpiration formée contre elle dont il étoit l'autheur ou le complice; & n'oublia rien de ce qui fervoit à fortifier fa conjecture.

L'Empereur l'écouta avec beaucoup d'attention , & le renvoya aprés l'avoir remercié du foin qu'il prenoit de la confervation de fa perfonne. Le donneur d'avis retour-

na dans ſa maiſon extraordinairement content de ſon action, & perſuadé qu'il avoit beaucoup gaigné en perdant d'Avalos. Il ne s'étonna point de n'avoir pas été re-
compenſé ſur le champ, parce qu'il ſuppoſa que l'Empereur avoit crû devoir ſe ſaiſir de la perſonne qui luy avoit
été découverte avant que de payer le delateur. Il retourna dés le ſoir à la Cour dans cette penſée, & crût que le
premier Courtiſan qu'il rencontreroit luy diroit à l'oreille que d'Avalos étoit arrêté: Mais il fut extraordinairement ſurpris de n'en rien apprendre en chemin, ni dans
l'antichambre de l'Empereur. Il en chercha long-temps
dans ſon eſprit une raiſon qui le ſatisfîſt, & n'en trouva
point d'autre, ſinon que ſa Majeſté eût eu de plus preſſantes affaires. Il ſe conſola d'abord par là de la negligence que l'on avoit pour ſon avis: mais lorſqu'il la vit
continuer le ſecond & le troiſiéme jour, & qu'il apprit
que d'Avalos ſolicitoit comme auparavant ſa grace du
lieu où il étoit caché, il changea d'opinion & s'imagina
que l'Empereur eût oublié ce qu'il luy avoit dit. Il eut
l'effronterie de l'en faire ſouvenir; & l'Empereur ne pouvant plus alors ſupporter la perfidie de cet homme, luy
repartit, *vous deviez plûtôt aller dire à d'Avalos que j'é-*
tois icy, que de me venir dire & repeter qu'il eſt là; puiſ-
qu'en l'état où ſont les choſes il avoit plus à craindre de
moy, que je n'avois à craindre de luy. Sa Majeſté en a-
chevant ces mots fit ſigne de la main au Courtiſan de ſe
retirer, & d'Avalos ne fut ni recherché ni mis en priſon: il eſt vray qu'on ne laiſſa pas de l'excepter dans
l'amniſtie qui fut accordée pour la rebellion des Eſpagnols.

Elle fut expediée à la mode du païs qui la demandoit,

c'est à dire avec des exceptions qui la rendoient inutile
aux personnes de qualité qui en avoient besoin. Il y en
eut deux cens reservées par nom & surnom : Mais Chievres qui n'avoit pas jugé devoir s'opposer à cette montre
de severité, la rendit presque entierement vaine dans la
voye qu'il s'étoit reservée pour l'éluder, qui étoit celle
de l'execution. Il ne pouvoit douter que l'orage qu'il venoit d'appaiser n'eût été principalement formé contre
luy : Il avoit vû les écrits publics & les satyres particulieres
qui le déchiroient d'une maniere si horrible, qu'il est
presque impossible de les lire sans concevoir de l'indignation contre ceux qui en étoient les autheurs : Il étoit informé que les Rebelles s'étoient engagez par serment à ne
s'accommoder jamais avec l'Empereur s'il ne leur livroit
le Flamand qui avoit été son Gouverneur, & ne leur permettoit d'exercer sur sa personne & sur celles du Cardinal
son neveu, de Bure, & de la Noy, tout ce que la rage leur
inspireroit : Il connoissoit parfaitement le genie Espagnol,
& sçavoit que ceux de cette Nation ne revenoient point
lorsqu'ils avoient une fois été fortement prevenus ; &
executoient en cachette les Sentences qu'ils avoient pro-
noncées, lorsqu'il n'y avoit pas de sureté pour eux à le
faire par d'autres voyes. Cependant il aima mieux hazarder sa personne à de continuelles conspirations, que
de permettre les châtimens dont on n'usoit que pour le
conserver.

Des deux cens qui avoient été exceptés dans l'amnistie,
il n'y en eut que deux de punis, & Chievres obtint grace
pour les autres. On verra bien-tôt que cette clemence
heroïque qui tenoit de celle de Cesar, ne fut pas plus heureuse que la sienne ; mais la suite des affaires veut que l'on

traite auparavant d'un des derniers fervices que Chièvres rendit à l'Empereur, qui fut de luy conferver la Navarre. On a vû que le Clergé, la Noblesse, & le peuple de ce Royaume s'étoient également repentis d'avoir aidé les Espagnols à conquerir leur patrie, & qu'ils attendoient avec impatience l'occafion de se délivrer du joug qu'ils s'étoient impofez. Elle fe prefenta comme d'elle-même, & fut pourtant la plus favorable qu'on eût pû defirer. Le Cardinal de Tortofe, le Connêtable, & l'Amiral de Caftille ayant befoin de troupes pour accabler les feditieux, ne s'étoient pas contentez de tirer de la Navarre la plus grande parti: de celles qui y étoient en garnifon. Ils avoient encore ordonné que l'on tranfportât l'artillerie qui y étoit, dans le Royaumes d'Arragon & de Valence, foit qu'elle leur fût abfolument neceffaire pour y foudroyer la rebellion; ou que defefperant de conferver la Navarre durant la guerre civile, ils vouluffent au moins profiter des Canons qui s'y trouveroient. La chofe avoit été executée dans toute fon étenduë; & les Navarrois n'ayant plus befoin que d'une armée pour appuyer la defertion univerfelle qu'ils meditoient, la demanderent à la Comteffe de Châteaubrian qui étoit alors toute puiffante en France. Ils luy reprefenterent que leur Couronne étoit fortie de fa Maifon & devoit y rentrer: Que fes trois freres Lautrec, Afparaut, & le Maréchal de Foix fe trouvoient les plus proches heritiers de Henry d'Albret: Que ce Prince n'étant pas encore en âge de porter les armes, avoit befoin que fes coufins germains agiffent pour luy: Que le recouvrement dont il étoit queftion n'étoit ni douteux ni difficile, puifqu'il n'y avoit tout au plus qu'à forcer une Place frontiere, & qu'à fe prefenter enfuite dans le centre du païs pour y

être

être favorablement receu: Que l'on auroit d'un côté les cœurs des habitans, & que d'un autre côté on ne trouveroit en campagne aucun ennemy.

La Comtesse avoit deux de ses freres dans l'employ. Lautrec étoit Gouverneur du Duché de Milan, & le Maréchal de Foix y commandoit la Cavalerie. Il ne restoit qu'Asparaut qui n'ayant ni moins de courage ni moins d'ambition qu'eux, demeuroit à la Maison faute d'une occupation qu'il jugeât digne de luy. Celle de recouvrer la Navarre étoit la plus signalée qui se fût offerte depuis quelques années. Il y avoit beaucoup de gloire à acquerir en cas qu'elle réüssît, & pourtant il n'y avoit pas beaucoup de reputation à perdre en cas qu'elle ne réüssît point. Ainsi la Comtesse employa son credit auprés de François Premier pour l'engager à la guerre de Navarre. Elle luy remontra qu'il y alloit de son interest de la faire, & qu'il le pouvoit sans rompre avec l'Empereur: Que l'on ne luy demandoit ni argent ni troupes, mais seulement qu'il laissât faire sous main des levées de gens de guerre dans les Provinces scituées entre la Loire & les Pyrenées: Que si l'entreprise étoit malheureuse il en seroit quitte pour la desavoüer; & si elle étoit heureuse, ce seroit à sa Majesté d'examiner dans son Conseil si elle rappelleroit Asparaut ou si elle luy aideroit à continuer ses conquêtes dans l'Espagne, afin que la France les échangeât avec le Royaume de Naples dans un Traité de paix.

Le Roy n'avoit presque plus de mesures à garder avec les Espagnols depuis que l'Empereur avoit refusé de renoüer la negociation de Montpellier. Sa Majesté Tres-Chrétienne s'étoit trop hautement declarée de vouloir en toute

Dans les Lettres du Maréchal de Foix au Roy.

Hhh

niere que la Maiſon d'Albret fût rétablie ſur le Trône de Navarre, pour negliger l'occaſion favorable qui s'offroit d'elle-même; & l'heure étoit venuë que les deux plus grands Monarques de l'Europe avoient à commencer une querelle qui dureroit plus qu'eux, & expoſeroit la Hongrie à l'invaſion des Infideles.

La Cour de France ne ſe contenta pas de laiſſer agir à leur mode les Maiſons d'Albret & de Foix dans la Guyenne & dans le Languedoc, où l'une & l'autre avoient de grands établiſſemens : mais de plus elle les favoriſa en ſecret autant qu'il luy fut poſſible ; & la jeune Nobleſſe Gaſconne perſuadée qu'elle feroit plaiſir à ſon Roy en s'enrôllant ſous les enſeignes d'Aſparaut, y courut en foule. L'armée fut plûtôt preſte que l'Empereur ne ſçut qu'on l'aſſembloit; & les Hiſtoriens qui demeurent d'accord qu'elle étoit toute compoſée de gens d'élite, conviennent ſi peu du nombre des ſoldats, qu'il n'eſt pas poſſible de les ajuſter. Il y en a qui ne les font monter qu'à huit mille; mais il y en a auſſi qui en mettent juſqu'à trente mille. Il eſt encore plus difficile de decider s'il y eut intelligence entre Aſparaut & les Rebelles d'Eſpagne; car les Auteurs de là les Pyrenées l'aſſurent poſitivement, & le prouvent par des fragmens de pluſieurs lettres qu'ils diſent avoir été trouvées dans la caſſette d'Aſparaut. Les Ecrivains François ſoûtiennent formellement le contraire; & certes il n'y en a rien ni dans les Archives de la Maiſon de Foix, ni dans les papiers de Robertet qui faiſoit alors la fonction de ſeul Secretaire d'Etat ſous François Premier.

Quoiqu'il en ſoit l'entrepriſe d'Aſparaut fut d'abord aſſez bien conduite. Il profita de la faute du Maréchal de

Navarre dont on a parlé dans le Livre precedent, & ne jugea pas à propos de s'engager comme luy dans les montagnes, en laiſſant derriere l'importante Place de Saint Jean-Pié-de-port. Il l'aſſiegea dans les formes, & comme rien n'arrête la premiere impetuoſité des François, les Aſſiegez capitulerent au bout de cinq ou ſix jours, quoi qu'ils ne manquaſſent d'aucune des choſes neceſſaires pourtenir plus long-tems. Aſparaut qui n'en avoit point à perdre traverſa les Pyrenées par le memorable paſſage de Roncevaux, & fut joint à la deſcente par tout ce qui reſtoit en Navarre de gens capables de porter les armes dans faction de Grammont. Le Duc de Najara Vice-Roy pour l'Empereur n'avoit aucune des qualitez qui ſervent à tirer les hommes des mauvais pas, lorſqu'ils y ſont engagez par la faute d'autruy. Il prenoit des précautions ſuperfluës dans toutes ſortes d'affaires, & ne hazardoit que ce qu'il étoit contraint de mettre, comme il diſoit, à la diſcretion de la fortune. Il n'avoit accepté la Vice-Royauté de Navarre qu'aprés avoir été aſſuré qu'il ne luy manqueroit rien de ce qu'il falloit pour ſe bien deffendre en cas qu'il fût attaqué: Cependant on luy avoit ôté la plûpart de ſon artillerie & de ſes troupes afin de les employer contre les Rebelles. Il en avoit été ſi touché qu'il avoit en même tems demandé qu'on le déchargeât de la Vice-Royauté; mais on n'avoit eu garde de tirer de la Navarre un Grand d'Eſpagne qui poſſedoit ſur les frontieres de ſon gouvernement de ſi belles terres, qu'elles pouvoient ſuffire pour luy donner les moyens de la conſerver durant la guerre civile.

Chievres luy avoit écrit plus d'une fois par l'ordre de l'Empereur, que ſa Majeſté le prioit de continuer ſes foins dans la Vice-Royauté dont il étoit pourvû. Il avoit ajoûté qu'elle l'affuroit qu'il n'y feroit point attaqué: Que les efpions qu'elle entretenoit en France luy avoient mandé qu'il ne s'y faifoit de levées que pour renforcer l'armée de Lautrec qui gardoit le Duché de Milan; & que quand il y auroit des avis contraires, on ne manqueroit pas de faire couler dans la Navarre les troupes de Bifcaye & de Guypufcoa. Le Duc avoit obeï fur l'opinion que le Confeil de l'Empereur étoit fi bien informé de ce qui fe paffoit hors de l'Efpagne, qu'il ne pouvoit être trompé dans les mefures qu'il prenoit pour la conferver, mais il fe defabufa luy-même en apprenant le fiege de faint Jean Pié-de port. Il demeura neanmoins dans Pampelune aprés qu'il fçût que la Place étoit renduë, parce qu'il s'imagina que les gens de guerre qu'il avoit envoyez pour garder le paffage de Roncevaux, renforcez par les Montagnars repoufferoient les François; ou du moins les arrêteroient fi long-tems, que les troupes Efpagnols de Bifcaye & de Guipufcoa auroient le tems de venir en Navarre; mais il ne trouva pas mieux fon compte fur fa propre préfupofition, qu'il l'avoit trouvé fur celle d'autruy. Les Montagnars qui fe vantoient d'avoir feuls défait l'arriere-garde de Charlemagne, non feulement refuferent de feconder les Efpagnols dans la défenfe de Roncevaux, mais encore offrirent à Afparaut de les attaquer par derriere dans le même tems qu'il les choqueroit pardevant. Ils luy en envoyerent porter la parole par diverfes perfonnes, dont l'une furprife par les Coureurs du Vice-Roy lorfqu'elle étoit fur le poinr d'entrer dans le camp des François, avoüa la verité.

Les foldats Efpagnols qui ne préfumoient pas affez

d'eux-mêmes pour s'eſtimer ſeuls capables de garder le
paſſage quand ils n'auroient eu qu'à ſe défendre pardevant, l'abandonnerent avant que d'être envelopez; & ſe
retirerent avec tant de precipitation, que le Duc eût par
eux-mêmes le premier avis de leur retraite. Il acheva en
les voyant de perdre l'eſperance de ſauver la Navarre; &
voulut neanmoins avant que de les imiter, ſonder ſi la
Bourgeoiſie de Pampelune ſeroit plus affectionnée aux
Eſpagnols que n'avoient été les Montagnars. Il luy fit
parler par des Emiſſaires qui raporterent qu'elle ne pouvoit être plus mal diſpoſée à l'égard de l'Empereur, & certes elle en avoit une cauſe trop affligeante pour être diſſi-
mulée. On avoit razé toutes les Forioreſſes qui l'environ-
noient, & luy pouvoient ſervir de rempart; & on l'avoit
ouverte par l'endroit le plus élevé de ſa ſcituation, pour y
bâtir une Citadelle qui étoit preſque achevée. Si ſes habitans attendoient davantage à ſe ſoûlever, ils perdroient
leur liberté; & ſi au contraire ils ſe declaroient pour Aſparaut, ils étoient aſſurez que la premiere grace qu'il leur
accorderoit ſeroit celle de razer la Citadelle qui les in-
commodoit.

Ainſi la réponſe de ceux de Pampelune fut fort am-
biguë; & le Duc ne la trouvant pas telle qu'il deſiroit, en
rejetta la faute ſur les Emiſſaires. Il eut meilleure opinion
de ſa ſuffiſance que de la leur; & s'imaginant que s'il ha-
ranguoit luy-même les Bourgeois il leur perſuaderoit de
ſe défendre avec obſtination, il les aſſembla dans la Place
publique, & leur fit un diſcours extraordinairement ani-
mé pour montrer qu'Aſparaut étoit un General ſans ad-
veu, & ſon armée toute compoſée de Volontaires: Qu'il
n'y avoit pour la vaincre qu'à éluder ſa premiere impe-

tuoſité ; & que comme il n'étoit pas poſſible de le faire
dans la Navarre hors de Pampelune, il n'y avoit rien de
plus aiſé que d'en venir à bout dans une Ville ſi vaſte:
Que le ſuccés dépendoit abſolument du premier aſſaut;
& que ſi les François étoient repouſſez, ils s'en retourne-
roient auſſi promptement qu'ils étoient venus : Que l'on
auroit à la verité à garder la brêche faite pour la conſtruc-
tion de la Citadelle; Mais que pourveu que les habitans ſe
chargeaſſent de bien garder le reſte de leurs murailles,
les ſoldats ſortis par compoſition de ſaint Jean Pié-de-
port & ceux qui revenoient de Roncevaux, étoient plus
que ſuffiſans pour défendre les avenuës par où la Ville a-
voit la communication avec la Citadelle.

Mais le Duc n'eût pas plûtôt ceſſé de parler que
le Magiſtrat déja convaincu qu'il n'avoit plus rien à
craindre de la part des Eſpagnols, répondit avec une
fiere naïveté qu'il demeuroit d'accord de la maniere
qu'il faloit éluder la premiere impetuoſité des François,
mais qu'il n'en voyoit aucun moyen ; & que ſi le Duc
en ſçavoit quelqu'un il feroit plaiſir de luy dire : Qu'il
ne s'agiſſoit pas ſeulement de repouſſer l'attaque des
François ; mais encore de reſiſter en même-tems à
ceux de la Bourgeoiſie qu'ils avoient gaignez, qui ſe
declareroient infaillibliment pour eux dans la chaleur
du combat : Que Pampelune ainſi diviſée n'étoit
pas en état de tenir contre des gens, qu'une Place regulierement fortifiée au pied des Pyrenées & les Pyrenées
mêmes, n'avoient pû arrêter; & que comme la Ville capitale de la Navarre quoyqu'il n'y eût aucune brêche
à ſes murailles avoit pourtant ouvert ſes portes aux Eſpagnols lorſqu'ils s'étoient preſentez les plus forts, par le

feul motif qu'elle avoit eu d'éviter le pillage ; les Efpagnols ne devoient pas fe fcandalifer qu'elle changeât de
Maître dans la conjoncture qu'ils l'avoient reduite à
l'impoffibilité de fe défendre, en l'ouvrant juftement par
le côté qu'elle étoit plus forte.

Le Duc n'entendit pas ce langage fans indignation:
mais la colere eft toûjours ridicule dans ceux qui font
obligez à fe faire violence, pour s'empêcher de fuivre les
mouvemens qu'elle leur infpire. Le Duc n'étoit pas
trop le Maître dans Pampelune quoiqu'il y eût des troupes ; & s'il eût repliqué vertement au Magiftrat, il en fût
arrivé une fedition dont l'évenement eût été douteux. Si
les Efpagnols euffent été les plus forts, ils fuffent demeu-
tez irreconciliables avec la Bourgeoifie, fans l'affiftance
de laquelle ils ne pouvoient pourtant fe défendre contre
Afparaut ; & s'ils euffent été les plus foibles, le Duc eût
demeuré prifonnier de la Bourgeoifie qu'il eût livré aux
François pour fe raccommoder avec eux. Le party qu'il
prit dans cet embarras fut de laiffer les Bourgeois de
Pampelune fur leur bonne-foy: D'en tirer les gens de
guerre qui n'étoient pas abfolument neceffaires à garder la Citadelle : De les envoyer dans la ville d'Efteille
qu'il croyoit plus affectionnée à la Monarchie Efpagnole ; & de prendre la pofte pour Segovie où étoit le Cardinal de Tortofe, à deffein de luy rendre raifon de fa conduite.

Afparaut s'avançoit cependant vers Pampelune, où
les Bourgeois abandonnez par leur Vice-Roy députe-
rent vers luy, & offrirent de fe rendre à condition qu'on
leur accordât une amniftie en bonne forme. Ils excu-
ferent leur defection precedente fur ce que Jean d'Al-

*Dans la Relation
de la feconde prife
de Pampelune.*

bret en les quittant, leur avoit permis de disposer de leur Ville comme ils l'entendroient, & se soûmirent à Henry d'Albret son fils avec une joye qui ne sçauroit être exprimée. Asparaut n'eut ainsi qu'à se retrancher devant la Citadelle, & qu'à la battre avec furie aprés en avoir sommé inutilement la garnison Espagnole, qui protesta de vouloir s'ensevelir sous les ruines de la Place: Mais son obstination ne dura pas plus de trois jours; &

St Ignace de Loyola.

ce fut durant un siege si court que le celebre Fondateur de la Compagnie de Jesus qui servoit dans la Place en qualité de Volontaire, reçût la blessure qui luy fit naître les premieres pensées de quitter le monde. Le Gouverneur de la Citadelle voyant la bréche raisonnable, & ses meilleurs soldats hors de combat, capitula, & Asparaut y laissa prés de deux mil hommes pour reparer la bréche. Il marcha promptement avec le reste droit à la ville d'Esteille, & son bonheur l'accompagna. Ceux que le Duc de Najara y avoit laissez n'eurent pas le courage de la défendre, & la rendirent à la premiere sommation.

La Navarre fut ainsi recouvrée pour la Maison d'Albret au commencement du mois de May mil cinq cens vingt-un, avec autant de facilité qu'elle s'étoit perduë neuf ans auparavant; & Asparaut eût été le plus heureux particulier de son tems, s'il eût sçû se contenter d'avoir exécuté son entreprise, sans aller au delà: Mais il ne faut pas confier aux jeunes gens le commandement des armées lorsqu'il s'agit de ne mettre plus rien au hazard. L'armée d'Asparaut se trouvoit plus forte aprés la conquête de la Navarre qu'auparavant; car outre qu'elle n'avoit pas perdu beaucoup de soldats dans les Places

qu'elle

qu'elle avoit affiegées, tous les Navarrois de la faction de Beaumont s'étoient affemblez pour deliberer fur la conduite qu'ils tiendroient à fon égard. Ils avoient refolu qu'une partie d'entr'eux l'iroient joindre, & que l'autre attendroit qu'Afparaut la mandât. Cette inégalité de conduite fut à proprement parler ce qui le perdit, & c'eft en vain que les Hiftoriens ont cherché ailleurs les caufes des malheurs qui l'accablerent enfuite.

Afparaut fçavoit que la Navarre n'avoit eu rien à craindre au dehors tant qu'elle n'avoit point été divifée; & que toute la mefintelligence qui s'y étoit infinuée, avoit été entre ceux de Grammont, & de Beaumont. Cependant ils s'étoient reconciliez en fa prefence; & l'accord s'étoit fait d'une maniere, que rien ne fembloit déformais capable de l'alterer. Les uns & les autres avoient appris par leur propre experience, que ç'avoit été leur difcorde qui les avoit affujettis aux Caftillans; & comme ils haïffoient encore plus les Caftillans qu'ils ne fe haïffoient entr'eux, il n'y avoit aucune apparence que leurs querelles recommençaffent, puifqu'ils étoient convaincus de ne les pouvoir terminer qu'au prejudice de leur patrie. Ainfi n'y ayant plus rien à craindre au dedans pour la Navarre, Afparaut tourna fes penfées au dehors ; & crut que pour obtenir de l'Empereur une Paix dans laquelle il renonçât abfolument à fes pretentions fur la Navarre, il faloit prendre dans la Caftille une Place importante, & la conferver tant que la guerre dureroit. Il s'en expliqua à Arnauld de Grammont qui commandoit fous luy la Cavalerie de Navarre, & qu'il eftimoit plus que les autres Officiers de fon Armée.

Grammont dont l'efprit étoit penetrant reconnut

d'abord la faute que son General avoit dessein de commettre, & tâcha de l'en détourner. Il luy remontra que la precaution qu'il cherchoit pour obtenir une Paix avantageuse, seroit bonne entre deux ennemis dont les forces étoient à peu prés égales; & qui par consequent auroient eu à ménager non seulement leurs interests, mais encore leur réputation: mais qu'il n'en étoit pas de même entre l'Empereur & Henry d'Albret, puisque celuy-cy Fils d'un Pere & d'une Mere presque entierement dépoüillez, n'avoit point d'autre resource que celle de l'Armée qu'il avoit alors sur pied: Qu'il s'étoit presenté à luy une conjoncture toute singuliere pour recouvrer la Navarre qui avoit été celle de la guerre civile entre les Espagnols: Qu'il en avoit profité, & s'étoit trouvé plus heureux qu'il ne s'attendoit de l'être. Mais qu'il n'avoit pourtant exe-cuté que la moitié de ce qu'il pretendoit: Qu'il ne luy suffisoit pas d'être restably sur le Thrône de ces ance-stres; mais qu'il s'y faloit maintenir, ce qui ne se pouvoit qu'avec beaucoup de prudence & de tems, sur tout lors-qu'on avoit sur les bras un ennemy infiniment plus puissant: Que l'Armée victorieuse étoit à la vererité assez forte pour garder sa nouvelle conqueste, pourveu qu'elle demeurât en l'état qu'elle étoit & qu'elle ne sortît point de la Navarre, où les peuples ne refusoient pas de l'en-tretenir gratuitement: Mais si elle entroit dans la Cas-tille & qu'elle s'affoiblît par un siege, elle ne pourroit plus tenir la campagne; & la dépense necessaire pour la faire subsister redoublant alors, les Navarrois se dispense-roient infailliblement d'y contribuer: Qu'enfin il n'y a-voit pour se maintenir dans la Navarre qu'à imiter la conduite des Espagnols en la conquerant; & que comme le Duc d'Alve aprés avoir ôté cette Couronne à Jean d'Albret n'avoit pas poursuivy sa victoire jusques dans la Principauté de Bearn, quoiqu'il ne luy fût pas plus difficile de se saisir de cette annexe de la Navarre, qu'il l'avoit été de se saisir de la Navarre même; ainsi Asparaut devoit se contenter du Royaume qu'il venoit de recouvrer, & ne passer point au delà.

Asparaut ne trouvoit point assez son compte dans les raisons de Grammont. Les Espagnols à son avis n'avoient point assez resisté dans la Navarre, pour luy donner occasion d'acquerir autant de gloire qu'il en desiroit, & il luy sembloit qu'en s'arrestant en si beau chemin, il meriteroit bien la qualité d'heureux Capitaine, mais non pas celle d'excellent. De plus il étoit puîné d'une Maison où il n'y avoit pas assez de bien pour les Cadets : sa naissance & sa profession l'empêchoient d'en acquerir par aucune autre voye, que celle des armes: Il s'en presentoit une occasion singuliere ; & s'il la perdoit, comme il n'avoit jusques là rien fait pour soy, il couroit risque de ne rien faire le reste de sa vie. Il avoit à la verité beaucoup travaillé ; mais ç'avoit été pour Henry d'Albret son cousin, qui ne le pouroit recompenser que mediocrement, & des biens qu'il possedoit en France, ceux de Navarre n'étant pas de nature à être tenus par des Etrangers: au lieu que s'il étendoit ses conquêtes dans la Castille, il les conserveroit au moins jusqu'à la Paix ; & en tireroit cependant des contributions immenses, qui le rendroient le plus riche particulier de la Chrêtienté.

A ces considerations interessées d'Asparaut se joignirent les cris des jeunes Officiers de son Armée, qui deman-

derent avec importunité qu'on leur tint la parole qu'on
leur avoit donnée en les enrôllant, qui étoit de les mettre aux mains avec l'ennemy. Ils ajoûterent qu'on ne
leur avoit pas seulement montré les Castillans, & qu'ils
étoient venus & avoient recouvré la Navarre sans les voir.
Que s'ils en demeuroient là, ils ne laisseroient aux siecles
à venir aucune marque de leur valeur : au lieu qu'en entrant dans la Castille s'ils y trouvoient les peuples encore revoltés, ils les dompteroient sans peine ; & s'ils
les trouvoient déja remis sous l'obeïssance de l'Empereur,
ils ne laisseroient pas d'en avoir presque aussi bon marché,
puisque les deux partis se seroient tellement affoiblis en
combattant l'un contre l'autre, qu'ils ne feroient presque
plus de resistance.

Les Conseils les plus hazardeux sont presque toûjours
suivis dans les Armées, où les jeunes gens ont la principale authorité. Celle d'Asparaut étoit sujette à cet inconvenient, & il y fut resolu que les François sorti-
roient de la Navarre : Qu'ils passeroient la riviere d'E-
bre qui separe ce Royaume d'avec celuy de Castille : Qu'ils
s'attacheroient au Siege de la ville de Logrogno ; & qu'a-
prés l'avoir prise, ils delibereroient s'ils étendroient plus
loin leurs conquêtes. Le dessein étoit temeraire : Cependant les plus experimentez dans le métier avoüerent depuis qu'il eût reussi, si on l'eût executé avec autant de
promptitude qu'il avoit été formé. La ville de Logrogno quoique le Conseil d'Espagne la considerât comme une Clef de la Castille, n'avoit pas été moins dégar-
nie que celles de la Navarre, & l'on n'y avoit pas laissé un soldat. On en avoit même tiré les munitions de
guerre, & il n'y étoit resté que celles de bouche. Il y a-

voir un demy siécle que les habitans n'avoient pas eu
besoin de prendre les Armes ; & ce long repos joint à la
fertilité de leur terroir les entretenoit dans une molesse
qui les eût obligez à se rendre dés la premiere sommation, si elle leur eût été faite dans la conjoncture qu'ils
étoient seuls à se deffendre. Mais Alparaut par une feconde faute moins réparable que la premiere, s'arrefta
trois jours entiers dans la petite ville d'Arcos pour raf-ai-
chir son Armée aux environs ; & donna par là le loifir à
la Noblesse Castillane demeurée dans l'obeïssance de
l'Empereur, de pourvoir à la fureté de Logrogno. Elle
y jetta Pedro Velez de Guevara Capitaine prudent &
experimenté avec une Garnison puissante, qui se rendit
d'abord Maîtresse abfoluë de la Place : elle en chassa toutes les bouches inutiles , & les fit conduire plus avant
dans la Castille en des lieux où elles subsistèrent aux dépens du public : elle receut à propos les munitions de
guerre dont elle avoit besoin, les Gentils-hommes de la
contrée en ayant fait acheter à leurs dépens ; & le Gouverneur ne se contenta pas de se preparer à disputer aux
Assiegeans le plus de terrain qu'il luy feroit possible , il
inonda de plus la Campagne aux environs de Logrogno
par le moyen des digues sur l'Ebre qu'il fit ouvrir; &
embarassa d'autant plus les François , qu'ils n'étoient
point alors affez sçavans dans la partie des Mathema-
tiques qui monte à garantir des eaux les Assiegeans. Alparaut pour trouver à son arrivée les choses
dans cet état ne laissa pas d'entreprendre le Siege , & de
le continuer avec une extrême vigueur : mais outre la
prodigieuse resistance qu'il y trouva, il furvint un obftacle qui n'avoir pû être preveu. La guerre civile cessa

Iii iij

fi promptement dans la Castille & dans l'Arragon après
la bataille de Villalar, que les trois Gouverneurs eurent
le tems d'envoyer leur armée & celle des Rebelles, dont
il n'y avoit que l'Arriere-garde qui eût combattu, au secours de Logrogno ; & l'Empereur en apprenant que
cette importante Place étoit affiegée, apprit aussi que
l'on marchoit à dessein de la dégager.

Il communiqua l'une & l'autre nouvelle à Chievres
mal-satisfait du Roy François Premier, depuis que la
Majesté Tres-Chrétienne avoit refusé d'aprouver la donation que la Reyne Germaine luy avoit faite de la succession de Foix ; & ce fut peut-être dans la chaleur de
ce ressentiment, que Chievres conseilla à l'Empereur de se
prevaloir de l'imprudence d'Asparaut en une maniere
qui seroit infailliblement emporter à l'Espagne l'a-
vantage sur la France. Les Lettres que l'Empereur
venoit de recevoir des trois Gouverneurs contenoient
une particularité, qui y avoit été mise sans dessein. Elle
consistoit en ce que dans le tems qu'Asparaut s'étoit approché de Logrogno, on avoit apperceu dans son armée
une enseigne avec ces mots, *à la gloire du Roy de France
& des Fleurs-de-Lis*. Si la chose étoit vraye, & si les Espagnols ne l'avoient point inventée, comme les François
prétendirent depuis, il faloit que l'enseigne eût été faite
par un caprice de quelque Capitaine d'Infanterie, & sans
la participation de son General ; puisqu'il est constant, &
que les Ecrivains des deux Nations conviennent qu'Alparant en entrant dans la Navarre & dans la Castille,
avoit déclaré d'être Chef de l'armée de Henry d'Albret,
& non pas de l'armée de François Premier ; & d'executer les ordres du premier de ces deux Rois , & non pas

ceux du second : Cependant Chievres en tira l'occasion de remontrer à son Maître , que cette particularité bien ménagée suffiroit pour engager l'Angleterre dans les interests.

Il rappella dans la memoire de sa Majesté Imperia-le qu'à la derniere Conférence qu'elle avoit eüe avec le Roy Henry Huit son Oncle, où il avoit eu l'honneur d'assister , il étoit échappé à la Majesté Angloise de dire que si la guerre recommençoit entre la France & l'Es-pagne , elle se declareroit pour celle des deux Monar-chies qui seroit attaquée. Qu'encore que la parole eût été peut-être lâchée par maniere d'acquit & sans délibera-tion, il ne faloit pas laisser d'en profiter en dépêchant un Ambassadeur extraordinaire en Angleterre pour de-mander qu'elle fût tenuë , & pour exagerer l'ambition de François Premier dans la Cour Angloise, pendant que les Emissaires Imperiaux publieroient par tout que la France ne s'étoit pas long-tems sevrée du pretexte de Hen-ry d'Albret pour entrer en armes dans l'Espagne, & pour favoriser la revolte des Sujets de l'Empereur: Qu'elle avoit levé le masque en passant la Riviere d'Ebre, & qu'elle avoit repris ses Fleurs de lis en penetrant dans la Castille: Qu'el-le assiegeoit sous ses propres enseignes la ville de Logro-gno ; & qu'ainsi la conjoncture étoit venüe où le Roy d'Angleterre avoit promis de se déclarer : Que l'Espagne étoit constamment attaquée,& qu'elle sommoit l'Angle-terre de sa parole.

L'Empereur qui ne hazardoit rien en suivant le Con-seil de Chievres, envoya le Comte de Rœux à Londres avec une instruction dressée sur les raisons que l'on vient d'abbreger. Le Comte qui n'avoir point encore été em-

ployé dans aucune negociation, réüssit pour son coup
d'essay dans celle-cy; mais ce ne fut pas precisément à
cause de son habilité, quoiqu'elle fut déja tres-grande.

Le Roy d'Angleterre ne fit pas assez d'état de la parole qu'on luy disoit qu'il eût donnée, pour se croire o-
bligé de la tenir, mais il se representa luy même des choses qui n'étoient pas dans l'instruction du Comte. Il examina laquelle de la France ou de l'Espagne étoit plus à
craindre pour luy dans la disposition des affaires d'alors,
& il trouva que c'étoit la France; car encore que la puis-
fance ou l'Empereur s'étoit élevé fut prodigieuse, &
qu'il n'y en eût point dans le monde qui luy fût comparable pour l'étendué, elle n'étoit pas neanmoins fufpecte à l'Angleterre puisqu'elle ne pouvoir l'attaquer
par terre qu'après avoir conquis toute la France, ce qui
n'arriveroit jamais dans le sentiment des Anglois, & pour
ce qui regardoit la Mer, l'Angleterre feroit toujours par-
là superieure à l'Espagne : au lieu que si la Monarchie
Françoise après avoir rétably son authorité dans l'Italie
par le recouvrement du Milanez, s'aggrandissoit de là les
Pyrenées en y conquerant le Pais des meilleurs Soldats qui
étoit le long de la Riviere d'Ebre; non seulement elle ne
voudroit plus reconnoître le Roy d'Angleterre pour Arbitre des differends qu'elle avoir avec l'Empereur, mais
encore elle pourroit bien se prevaloir de la premiere occafion qui se préfenteroit favorable pour achever de re-
ferrer les Anglois dans leur Isle en leur ôtant ce qu'ils
tenoient encore dans la France.

Henry Huit conclut de ce principe, qu'il y alloit de
son interest d'empêcher en toute maniere les François de
prendre

prendre pied fur les bords de l'Ebre, & figna par cette feule confideration une Ligue offenfive & défenfive a-vec l'Empereur contre le Roy Très-Chrétien ; ce qu'il n'eût pas fait comme il avoüa plus d'une fois depuis, fi Alparaut fe fut arrefté dans la Navarre ; ou fi voulant continuer fes conquêtes il fe fût contenté de les étendre le long des Pyrenées, fans penetrer d'abord jufqu'au centre de l'Efpagne.

Il ne fe paffa pas quinze jours fans que le Roy d'An-gleterre reconnût que fa terreur avoir été vaine, & fans qu'il fe repentit de s'être trop-tôt déclaré, mais le Comte de Roeux étoit déja party de la Cour aprés avoir obtenu ce qu'il defiroit, lorfqu'on fceut en Angleterre que les François avoient été chaffez de la Caftille. Les Efpagnols aprés avoir reüny les Troupes qu'ils appel-loient obeïffantes à celles qu'ils nommoient Rebelles, for-merent une Armée de quarante mille hommes ; & mar-cherent en bon ordre au fecours deLogrogno dans le tems que le nombre des Affiegeans étoit déja tellement dimi-nué , qu'il ne fuffifoit plus pour garder toutes les ave-nües de la Place. Les Ennemis s'en apperçûrent, & pri-rent fi bien leurs mefures, qu'ils y jetterent quatre mille Fantaffins. Ils fe conten terent par là avec le refte de leurs forces de couper les vivres aux Affiegeans, & les contrai-gnirent de lever le Siege, aprés avoir donné divers affauts qui furent tous inutiles: Afparaut repaffa l'Ebre & fe retira avec toute la diligence poffible pour fe mettre à couvert fous le Canon de Pampelune, n'y ayant point de ville plus proche où il pût être en fureté, & peu s'en falut que les Efpagnols ne le permiffent. Il furvint entr'eux immediatement aprés leur entrée dans Logrogno une

Kkk

contestation qui les eût empêchez de recouvrer la Navarre, si elle n'eût été presque aussi tôt terminée qu'elle commença. Leurs Principaux Officiers convinrent facilement dans le Conseil de Guerre de le mettre aux trousses des François ; mais ils ne s'accorderent pas d'abord sur le choix de celuy qui feroit leur Chef, après qu'ils auroient passé l'Ebre. Le Comte de Haro qui les avoit jusqu'à présent commandez, prétendoit les commander encore, & se fondoit sur ce qu'ayant été déclaré General contre les François, sa commission ne finiroit ne qu'après qu'il les auroit défaits, ou renvoyé de là les Pyrenées : Il ajoûtoit que cette Commission n'étoit à la bien prendre qu'un accessoire de celle que Chievres luy avoit procurée de poursuivre les Rebelles à force d'armes, & de rétablir l'Espagne dans la première tranquilité : Il soutenoit que les François étoient entrez dans la Navarre, & ensuite dans la Castille par intelligence avec les Rebelles ; & concluoit de là qu'on ne luy pouvoit ôter le commandement sans luy faire injure jusqu'à ce que la Navarre eût été recouvrée, ou que l'Empereur y eût autrement pourvû.

Le Duc de Najara disoit au contraire qu'il étoit actuellement Vice-Roy de Navarre, & que les Lettres patentes qu'il en avoit de l'Empereur n'avoient point été revoquées : Qu'il y étoit écrit en termes exprès qu'il se roit General de toutes les Troupes qui agiroient dans ce Royaume pour sa Majesté Imperiale à quelque cause ou pour quelque occasion qu'elles fussent assemblées, & que l'on n'avoit aporté aucune modification à cet égard : Que la revolution arrivée depuis en Navarre n'y avoit pû donner atteinte ; & qu'elle ne devoit être confiderée en bonne politique que dans la veuë que les Jurifconfultes regardoient les torrens, qui pour inonder durant quelque tems les heritages des particuliers, ne leur en ôtoient pas la poffeffion , & ne l'interrom- poient pas même lorfqu'elle étoit d'ailleurs legitime- ment établie.

Le Comte de Haro n'avoir pas lieu de difconvenir des Lettres patentes du Duc de Najara, mais il alluroit que le pouvoir, qui y avoir été donné fuy par la faute du Duc: Qu'il avoir abandonné la Vice-Royauté à l'approche des ennemis ; & qu'il l'avoir fi abfolument perdu , qu'il ne reftoit pas un village dans toute la Na- varre , où fon authorité fût reconnuë : Que ce Royaume ayant tout-à-fait changé de Maître , il s'agiffoit à préfent de le conquerir de nouveau,& par confequent de prendre des mefures qui ne regardoient pas plus le Duc , que s'il n'eût jamais été Vice-Roy. La raifon & l'inclination de ceux qui opinerent fembloient donner gain de caufe au Comte : cependant il la perdit , & le Duc luy fut préféré par un réfultat de la prudence Efpagnole, qui n'a prefque jamais manqué dans les occafions fignalées de facrifier la Juftice à l'intereft , lorfqu'elle a crû qu'il s'agiffoit du bien de la Monarchie. L'armée qui avoit fecouru Logrogno & ne demandoit qu'à recouvrer la Navarre , étoit fi uni- verfelement compofée de Volontaires , qu'il n'y avoir pas une compagnie de Cavalerie ni d'Infanterie qui ti- rât Solde de l'Empereur. Le Duc de Najara étoit celuy des Grands d'Efpagne qui avoir mené au camp le plus de gens de guerre ; & il y avoir à craindre que ces fol- dats qui n'y étoient venus qu'à la confideration ne s'en

retournassent avec luy s'il le retiroit, comme il y seroit o-
bligé par honneur s'il n'obtenoit pas le Generalat. Son
Fils avoit ramassé cinq ou six mille hommes dans les
Provinces voisines des Montagnes, & Dom Gaspar de
Buron son gendre en avoit levé presque autant dans celles de Guypuscoa & de Biscaye. C'étoit la l'élite de l'armée Espagnole ; & une si grande défection l'auroit tellement afoiblie, qu'elle n'eût plus été capable de pour-
fuivre Alparaut.

Le Cardinal de Tortosé, le Connétable, & l'Admiral
de Castille, prévirent cet inconvenient , & ne firent par
conséquent aucun scrupule de mécontenter le Comte de
Haro , nonostant qu'ils luy eussent la principale obligation de la prise de Tordesillas & de la victoire de Vil-
lavar. Ils opinerent hautement en faveur du Duc; & le
Comte qui ne laissoit pas d'être fort mécontent d'eux,
quoiqu'il auroit agy de même qu'ils agissoient s'il eût été
en leur place, quitta de dépit l'armée Espagnole pour s'aller confiner dans la Maison.

Le Duc n'eut pas plûtôt pris le commandement, qu'il
ne négligea rien de ce qui servoit à le rendre digne de la
grace qu'on venoit de luy faire. Il poursuivit les François
avec tant de promptitude, qu'il ne manquoit jamais de di-
ner dans les mêmes lieux où ils avoient couché. Il les fatigua dans leur marche par de continuelles escarmouches;
& les atteignit enfin auprès de la forêt de Roniego, lorsqu'ils n'avoient plus que deux lieuës à faire pour arriver à
Pampelune. Les relations qui conviennent assez de ce que
l'on vient de dire font si différentes sur ce sujet, qu'il n'est
pas possible de l'écrire d'une maniere decisive. Les Espagnoles soûtiennent que leur camp étoit entre celuy des

François & la ville de Pampelune : Qu'il leur ôtoit par
là fçituation toute forte de commerce avec cette ville
capitale de la Navarre, où fe trouvoient neanmoins
toutes leurs provifions: Qu'ils manquerent ainfi de pain
dans un pofte tres-avantageux d'ailleurs, & que ce fut
là precifément ce qui les contraignit de hazarder la
bataille. Mais il y a un contredit à cela qui ne fouffre
point de replique. Il eft tiré de la Lettre qu'Alparaut
immediatement après fa défaite dont on va parler écrivit
à François Premier; & il ne faut que du bon fens pour juger que s'il eut été forcé de combatre,& que le fait pofé par
les Efpagnols eût été veritable, ce General auroit eu fon
excufe prefte en difant qu'il avoit été forcé de donner bataille,& fa Majefté Tres-Chrétienne n'eût eu à luy imputer autre chofe que fon infortune. Cependant non feulement il ne fit mention d'aucune violence qui luy eût
été faite, mais de plus il manda pofitivement le contraire. Il convint qu'il luy avoit été libre de donner la bataille, ou de ne la pas donner : Il foûtint que le feul motif
qui le détermina à combatre, fut un défordre qu'il apperçut dans l'armée Efpagnole, & dont il crût devoir
profiter : mais il ajoûta que le défordre ceffa trop-tôt;
& que neanmoins il ñe fut vaincu, que parce que
fon Infanterie ne feconda pas les efforts de la Cavalerie.

Les relations Françoifes portent donc avec plus de vray-
femblance, que la communication d'Alparaut avec la
ville de Pampelune n'étoit point interdite: Qu'à la verité il n'en avoit point encore tiré de vivres, mais que
rien ne l'empêchoit d'en tirer : Qu'il s'étoit campé en
un lieu où il étoit impoffible de l'affamer, de le forcer,&

K k k iij

de l'obliger à combattre malgré luy, & que les Eſpagnols
en deſeſperent après l'avoir bien reconnu : Qu'ils n'a-
voient point aporté de vivres avec eux; & que le plat
Païs de Navarre que les François avoient ravagé à deſſein, en retournant ſur leurs pas, ne pouvant rien fournir à leurs ennemis, Aſparaut n'eût eu qu'à demeurer
paiſible à Reniego pour voir diſſiper en peu de jours
l'armée Eſpagnole, qui n'étoit ni en état d'inſulter, ni
d'aſſieger Pampelune; & qu'il eût infailliblement aſſuré
par là la conquête de la Navarre à Henry d'Albret.
Mais qu'il commit une faute, qui n'étoit pas plus excu-
ſable que reparable, puiſqu'il hazarda la bataille ſans
avoir pris pour la gaigner trois meſures qui luy étoient
ſi faciles, qu'il les avoir preſque en main. La première
fut de n'avoir pas tiré les deux mille bons ſoldats qu'il
avoit laiſſez dans Pampelune ; & qui en euſſent pû fortir pour la bataille avec d'autant moins de riſque, que
la Bourgeoiſie plus intereſſée qu'eux qu'Aſparaut la ga-
gnât, eut volontiers conferty qu'ils allaſſent joindre leur
General, & ſe fût cependant chargée de la défenſe de
ſes murailles. La ſeconde qu'Aſparaut ne rappella pas les
Troupes qu'il avoit laiſſées ſur la frontiere de Biſcaye
pour la garder pendant qu'il agiroit en Caſtille. Le Seigneur d'Olla qui les commandoit en avoit écrit à ſon
General, & elles ne ſervoient de rien au lieu où elles é-
toient, depuis que les Eſpagnols avoient rappellé les leurs
de la Biſcaye pour en renforcer leur armée. Elles n'a-
voient été employées qu'au ſiege de ſaint Jean Pié-de-
port, & elles s'écoient depuis toûjours rafraîchies. Leur
nombre que l'on ne ſçait point au vray, & leur experience qui n'eſt pas conteſtée, meritoient bien qu'on les

attendit pour donner une bataille deciſive,& les deux partis demeurerent d'accord, que ſi elles s'y fuſſent trouvées,
elles euſſent infailliblement fait pancher l'avantage du
côté des François. Enfin la troiſiéme faute d'Aſparaut fut
de n'avoir pas attendu ſix mille Navarrois qui le devoient
joindre ce jour la même, ou le lendemain au plûtard. Le
Païs les avoit levez à ſes dépens : Ils avoient preſque tous
porté les armes,& ils n'avoient point d'Officiers qui ne fuſſent aguerris : Il n'y en avoit aucun entr'eux qui ne fût
mort en combattant plûtôt que de reculer;parce qu'il n'y
en avoit aucun qui ne prît pour le plus grand des malheurs,de retourner ſous la domination des Caſtillans. Si
Aſparaut n'eût pas eu aſſez de confiance en eux pour les
mettre dans ſon armée, ils en euſſent au moins compo-
ſé le cops de réſerve ; & ſuppléé de cette ſorte au manquement qui ſelon tous les Ecrivains fit perdre la bataille aux François , leur Infanterie n'ayant ſuccombé
que parce qu'il ne ſe trouva pas à point nommé des Troupes fraîches pour la ſoûtenir ; & le corps de réſerve
des Eſpagnols qui prit ſon tems pour l'attaquer lorſqu'il la vit laſſe & ſans appuy , en ayant eu bon marché.

Quoy qu'il en ſoit il n'y eut rien à redire dans l'Ordonnance de l'armée Françoiſe, ni dans la vigueur dont
elle fit ſes premieres attaques , quoiqu'elle fût moindre
que ſon ennemie de plus de la moitié. Rien ne fut capable d'arreſter la premiere impetuoſité de ſon aîle droite,
& le Fils aîné du Duc d'Albuquerque qui commandoit
la gauche Eſpagnole , s'y oppoſa inutilement. Ses eſcadrons furent ouverts, & ſes bataillons renverſés: ſon cheval le porta par terre; ſe renverſa ſur luy; & ſans quel-

ques Domeſtiques, qui le remonterent, il eût pery ſous les pieds des chevaux. Mais ce déſordre fut incontinent reparé; & l'Amiral de Caſtille défilé avec un corps de cinq mille hommes pour ſoûtenir l'aîle gauche, prit ſon tems de charger Grammont dans la conjonĉture que les eſcadrons de ce Lieutenant general d'Alparant étoient en déſordre par le grand effort qu'ils venoient de faire, & ſe fit voye au travers. Alparant le voyant du corps de bataille dans une telle extremité, s'avança pour le couvrir pendant qu'il le remettroit en ordre; & refiſta avec beaucoup de fermeté non feulement à l'Amiral de Caſtille, mais encore au Duc de Najara, qu'il eut fur les bras avec le corps entier de bataille des Eſpagnols. L'aîle gauche des François qui obeïſſoit à Mauleon n'ataqua pas avec moins de courage l'aîle droite Eſpagnole que menoit le Comte de Benevent, & ne le mit pas moins en déroute. Elle ne s'amuſa point à le pourſuivre; & elle marchoit droit au corps de bataille d'Alparaut pour y achever de vaincre en dégageant ſon Generaul du danger où il étoit, lorfqu'elle en fut détournée par le Connétable de Caſtille à la tête du corps de réſerve Eſpagnol qui la chargea en flanc, & l'ouvrit. Les Cavaliers de Mauleon qui n'avoient été ni tuez, ni démontez, tournerent derriere leur Infanterie pour fe rallier, & pour fe preparer à un fecond choc, mais l'aîle droit des Eſpagnols ne leur en donna pas le loifir. Ils furent prefque auffi-tôt enfoncez, qu'attaquez; & le Connétable ne trouvant là plus rien capable de l'arrêter, s'atacha à tailler en pieces un bataillon de mille vieux ſoldats Gaſcons qui gardoient l'Artillerie Françoife. Il en vint plus aifément à bout qu'il n'avoit crû,& tournant les dix

dix canons qu'il venoit de gaigner, fur Alparaut, fit un épouvantable fracas dans le Corps de bataille des François. Il y pénétra par ce moyen, & s'asseura entiere-ment de la victoire.

Un de ses Cavaliers nommé Pertea s'attacha en com-bat singulier avec celuy qui portoit la Cornette blanche des François: je renversa: luy ôta la Cornette, & la por-ta à son General, qui luy obtint depuis de l'Empereur la permission d'en charger son écu. Apparaut après avoir perdu ce qu'il y avoit de vaillans hommes autour de luy, fut environné par l'éscadron du Comte d'Alve-de-Liste, & porté par terre après avoir reçû un coup d'épée qui l'aveugla. Il le rendit prisonnier à François de Beau-mont, qui en tira dix mille écus de rançon. Les vain-queurs après avoir étendu fur le champ de bataille cinq ou fix mille morts, pourfuivirent les fuyards jufqu'à Pampe-lune & les y prirent, les habitans de cette grande ville qui n'avoient plus de réfolution les ayans livrez pour ob-tenir la grace de leur rebellion qui fut accordée à ce prix. Le reste de la Navarre fut récouvré par les Efpa-gnols avec autant de facilité qu'ils l'avoinet perdu, & leur conquête en demeura tellement affermie, qu'on ne s'est plus depuis ingeré de les en chasser.

Il y a si peu de distance entre la guerre indirecte & la directe, que Chievres previt que les François & les Efpagnols passeroient bien-tôt de l'une à l'autre, s'ils n'en étoient empêchez par quelque chose de plus im-portant que tout ce qui s'étoit négocié jufques là pour les mettre d'accord,& comme d'un côté il voyoit le Roy Tres-Chrétien refolu de faire executer la paix de Noyon dans toute fon étendue, & d'un autre côté il efperoit de

LII

difpofer l'Empereur à cette exécution à caufe des a-
vantages que l'Empire luy avoit aportez fur fa Majefté Tres-Chrétienne ; il réduifit toute fa politique à détourner les François de déclarer directement la guerre
en les convainquant que s'ils en venoient là, ils auroient
contre eux non feulement toutes les forces de l'Efpagne
& des deux tiers de l'Italie, mais encore toutes celles des
Princes d'Alemagne. L'union de tant de Puiffances quoy
que différentes d'inclinations & d'interefts ne pouvoir être
traverfée que par les changemens que Martin Luther
Religieux de l'Ordre de faint Auguftin introduifoit depuis quatre ans dans la Religion ; & ces changemens
étoient déja fi grands, qu'on n'y pouvoir remédier que
par une Diete generale. L'Empereur étoit obligé par les
loix d'Alemagne d'en convoquer une immediatement
après fon couronnement ; & la ville de Ratisbonne é-
toit depuis plufieurs fiecles en poffeffion , que ce fût
chez elle pour la premiere fois : Cependant les affaires
ne le permettoient pas dans la conjonchure d'alors ,
puifque la pefte étoit dans cette ville Imperiale. Il
en falut donc choifir une autre affez fpacieufe pour loger
commodement les Princes & les Deputés de l'Empire, & les mêmes loix qui parloient de Ratisbonne n en
déterminant pas d'autre qui fuppléat à fon défaut, Chievres avertit l'Empereur qu'elles luy en avoient laiffé le
choix, & que par confequent c'étoit à luy de nommer
un lieu d'affemblée. Il reprefenta de plus à fa Majefté
qu'elle devoit jetter les yeux fur une ville proche des
Pais-bas ; car pour peu qu'elle s'en efloignat , fi les
François recommençoient la guerre durant fon abfence , ils y feroient de grandes conquêtes avant qu'elle

y fût de retour pour leur réfifter. Chievres ajoûta fur ce
principe qu'il n'y avoit point de ville plus commode
que celle de Vvormes, qui étoit purement Imperiale,
c'eſt-à-dire, qui ne relevoit d'aucun Prince féculier ni
Eccleſiaſtique: qui étoit fituée dans un terroir abon-
dant, & qui d'ailleurs étoit ſi proche des Pais-bas, que
rien n'y ſurviendroit ſans que l'Empereur en fût averty
auffi-tôt pour y remedier.

L'Empereur défera ſelon ſa coûtume à cet avis, &
la Diete de l'Empire fut convoquée à Vvormes pour
le commencement de May mil cinq cens vingt-un.
Chievres y accompagna l'Empereur, & y perdit la vie
après avoir perdu ce qu'il avoit de plus cher au monde.
On a vû cy-deſſus que celuy de ſes Neveux qu'il aimoit
le plus, étoit le fecondfils de ſon Frere aîné à qui il avoit
donné ſon nom, & qui avoit été fait à ſa confideration
Evêque de Cambray, Cardinal & Archevêque de Tolede. Il avoit été élevé auprès de l'Empereur; & la ſim-
patie de ſon humeur avec celle de ſa Majeſté avoir
preſque autant contribué à ſon agrandiſſement, que
le merite de ſon Oncle. Il n'avoit pas encore vingt-
trois ans accomplis, & neanmoins il étoit déja de tous
les Conſeils de ſon Maître. On ne doutoit pas qu'il ne
dût tenir un jour la place de Chievres; & ce fut là ſelon les Memoires de la Maiſon de Croy, ce qui fut la
cauſe ou l'occaſion de ſa mort.

Les Alemans & les Eſpagnols ne pouvoient ſouffrir
que ces deux Flamands euſſent plus de part dans l'amitié
de l'Empereur, que tous les autres Courtiſans enſemble;
& la premiere de ces deux Nations qui ne s'étoit point
formaliſée que Maximilien Premier ſe fût gouverné

Lliij

toute sa vie par caprice & qu'il eût changé d'inclination
à tous momens, trouvoit à redire que Charles son Petit-fils suivît les conseils du plus sage des hommes qui
luy avoient toujours été si utiles; & qu'il eût aymé dés son
enfance celuy des jeunes Seigneurs de son âge entre les
Sujets, qu'il en avoit jugé le plus digne. La seconde Nation imputoit à Chievres & à son Neveu les guerres civiles d'Espagne dont on vient de parler. Elle étoit persuadée
qu'ils avoient partagé entr'eux, ou donné à leurs créatu-
res les thresors du Cardinal Ximenez, & les revenus des
Monarchies de Castille & d'Arragon durant quatre années: Elle supposoit encore qu'ils eussent vendu toutes les
Charges & tous les Benefices de ces Monarchies,& la pre-
vention en ce point étoit d'autant plus ridicule, qu'elle
ne marquoit ni les flottes qui avoient transporté hors de
l'Espagne des sommes si prodigieuses, ni les lieux forts
où elles étoient gardées, ni les acquisitions qui en avoient
été faites: Cependant une calomnie si peu vray-semblable & si aisée à réfuter, avoir été receuë sans examen &
sans contredit. Elle s'étoit répanduë univers'élement; &
elle demeura si bien imprimée dans les esprits, qu'ils
ne se désabusérent qu'après la mort des deux personnes
qu'ils accusoient de cet imaginaire peculat, lorsqu'il se
trouva qu'elles n'étoient pas plus riches en expirant,
qu'elles l'avoient été lorsque Charles étoit devenu Roy
d'Espagne. Mais les fausses opinions que l'on a des Favoris ne leur sont pas moins préjudiciables que les vrayes,
quand elles s'insinuent par une excez de credulité,& que
ceux qui seroient capables de défabuser le peuple,croyent
avoir interest qu'il persiste dans son erreur. Les ennemis
de Chievres & du Cardinal de Croy qui se promet-

toient de profiter de leurs dépouilles, non feulement ne fe mirent point en peine de détromper les Efpagnols à leur égard, mais encore augmenterent indirectement l'averfion qu'ils avoient pour eux; jufques à ce que l'un & l'autre étant fortis d'Efpagne, & n'y ayant par confé-quent plus lieu de foupçonner que le poifon qui leur étoit préparé vint des Efpagnols, on commença par le Cardinal, & on luy en donna une doze qui l'emporta peu de jours après l'entrée de l'Empereur dans Vormes. Chievres obligé par la contre l'ordre de la nature de fermer les yeux a celuy dont il attendoit ce dernier of-fice, en fut d'autant plus touché qu'il luy vint un pref-fentiment fecret qu'on le traiteroit de mêmes qu'on ve-noit de traiter le Cardinal qu'il regardoit comme fon Fils. Il fe prepara pour le fuivre, & mit ordre à fes affaires fpirituelles & temporelles. Il commit aux foins de fa fem-me l'execution de fon Teftament, & elle s'en acquitta de-puis avec toute l'exactitude imaginable. Il crût enfuite devoir employer dans l'action ce qui luy reftoit de vie; & n'en connoiffant point de plus avantageufe à la Reli-gion Catholique que celle de ramener Luther des éga-remens où l'avoir engagé le dépit de voir les Augustins fruftrez du gain qu'il y avoit à faire dans la prédication des indulgences, il fe propofa de finir par là fa courfe. Il encouragea le Nonce du Pape de remontrer à l'Empe-reur en pleine Diete que le plus grand des maux dont l'Alemagne étoit alors travaillée, étoit celuy de l'heré-fie, & que par conféquent il y faloit remedier avant toute autre chofe: Que l'Empire avoit à combatre les plus for-midables ennemis qu'il y eût au monde, qui étoient les Turcs; & que pour leur refifter elle avoit tellement be-

loin de toutes ses forces, que pour peu qu'elle fût divisée, elle succomberoit infailliblement : que cependant Luther l'alloit diviser par sa nouvelle doctrine; &
jetter entre les diverses parties du Corps Germanique
les semences d'une guerre civile, dont les Infidèles ne
manqueroient pas de profiter : Que le saint Siége se dé-
claroit partie contre cet heresiarque, & offroit de prouver
qu'il étoit scandaleux, perturbateur du repos public, déso-
beissant à Dieu & à ses Superieurs, blasphemateur, im-
pie, & calomniateur : Que la charité pastorale du Pape
Leon Dix l'obligeoit à donner la chasse au loup caché
sous la peau d'une brebis dans la bergerie de Jésus-Christ,
& que si l'Empereur & les autres Princes Alemans ne
secondoient sa Sainteté dans un dessein si louable, elle
protestoit par avance contr'eux devant le Tribunal de
Dieu de tous les malheurs qui en arriveroient.

a Mais il n'est point d'inconveniens où l'on doive plûtot
remedier qu'à ceux qui menacent un grand Etat d'u-
ne revolution prochaine, parce que leur operation est
plus prompte, & leurs effets ont plus d'étendue. Il y a-
voit déja quatre ans que Luther avoit commencé à
prêcher contre l'Eglise Catholique, & ses déclamations
qui n'avoient fervi en mil cinq cens dix-sept qu'à
divertir les curieux lorsqu'elles exageroient la venalité
des indulgences, avoient persuadé les trois années suivantes un très grand nombre de gens, quand elles étoient
passées de l'abus des mêmes indulgences à la puissance
qu'il y avoit dans l'Eglise de les accorder, & qu'elles a-
voient tâché de ruiner tous les fondemens de cette puis-
fance. Les Grands avoient écouté cette nouvelle doctrine avec autant d'avidité que les petits; & Dieu qui la

regardoit comme un fleau dont il vouloit punir l'Ale-magne, avoir permis que deux Princes dont l'un étoit le plus puiffant de l'Empire & l'autre le plus vaillant, en fuffent convaincus. Le plus puiffant étoit Frederic Electeur de Saxe, & le plus vaillant Philippe Landgrave de Hef-fe. Le credit de l'un & de l'autre fut fi grand à la Diete de Vvormes, qu'ils empêcherent qu'on n'y déliberât fur la réponfe qui feroit faite au Nonce, & ils briguerent fi fortement les jours fuivans, qu'on ne luy en fit point de cathegorique. Ils repréfenterent aux Deputés pour les en détourner, que la Cour de Rome s'étoit formée un monftre pour le combattre ; & que le Nonce n'avoit harangué que pour exercer fon éloquence dans le plus augufte Auditoire de l'Europe, & pour meriter un chapeau de Cardinal : Que Luther attaquoit à la verité les abus qui s'étoient gliffez dans l'Eglife, mais qu'il ne touchoit ni à la foy, ni à l'ancienne difcipline : Qu'il n'é-toit pas étonnant que le Pape luy en voulût, puifqu'il conteftoit fa puiffance ; & que les Miniftres de la Cour de Rome s'élevaffent contre luy, puifqu'il les avoit fruf-trez des deux tiers du gain qu'ils prétendoient faire fur la publication des indulgences : Que l'Alemagne avoit intereft de le laiffer prêcher à fa mode, tant qu'il ne par-leroit que de l'exempter du pillage des Italiens, & qu'el-le feroit toûjours en état de luy impofer filence, s'il luy prenoit envie de s'émanciper, & de toucher aux articles de Foy.

Le Nonce rebuté du mauvais fuccez de fa premiere Tentative, & ne fçachant plus quel perfonnage reprefen-ter dans la Diete où il venoit d'éprouver que le plus grand nombre des Députés n'étoit pas pour luy, s'adressa à Chievres, & luy demanda conseil. Chievres luy répondit, qu'apparemment ce qui avoit empêché l'effet de la harangue, étoit qu'il s'étoit contenté de discourir, & qu'il faloit autre chose que des paroles pour émouvoir les Alemans : Que cette Nation étoit trop défiante pour le croire sur sa bonne foy, & trop préoccupée en faveur de Luther pour le condamner sur la simple déposition d'un Etranger: Qu'il faloit en luy parlant avoir en main des preuves convaincantes, & qu'alors elle écouteroit avec plus d'attention & jugeroit avec plus d'équité. Le Nonce à qui Chievres suggeroit une pensée qui ne luy é-toit point encore venue, repartit qu'il ne feroit pas diffi-cile d'executer ce qu'il proposoit, & que Luther venoit de donner au public un Livre intitulé *de la captivité de Babilone*, où il avoit achevé de lever le masque contre l'Eglise Catholique, recapitulé toutes ses anciennes er-reurs & ajouté une infinité de nouvelles : Que les Théo-logiens que le Pape luy avoit donné pour l'accompagner, dans sa Nonciature, avoient examiné le Livre; & qu'ils en avoient extrait quarante propositions si terribles, qu'-il suffisoit de les entendre pour en concevoir de l'hor-reur : Qu'il les feroit transcrire dans les propres termes qu'elles étoient exprimées, & citer precisement les pages où elles étoient: Qu'il en feroit la lecture à la Diete, & la préféroit d'employer son authorité pour arrêter l'im-pudence d'un Religieux, qu'elle n'avoit déja soufferte que trop long-tems.

Chievres approuva l'expedient, & le Legat le mit en pratique dés la premiere assemblée suivante. Il exposa qu'il luy sembloit que la Diete n'avoit pas fait assez de réflexion sur ce qu'il luy avoit représenté à l'occasion de Luther,

Luther, & tirant de fa poche les quarante propofitions dont on vient de parler, les lût de fuite à haute voix, & fans exageration ni commentaire. L'effet en fut tel que Chievres l'avoit préveu, & parut incontinent par le mur-mure qui s'excita entre les Electeurs, les Princes, & les Dé-putés de l'Empire. Il y avoit déja beaucoup de Lutheriens entre eux, mais il y en avoit peu qui le fuffent avec con-noiffance de caufe. Ils croyoient prefque tous que Lu-ther n'avoit ni prêché ni écrit que contre les abus que le tems & l'inconftance humaine avoient introduits dans l'Eglife Catholique; & ceux qui raffinoient davantage fur fa doctrine, penfoient qu'il eût feulement entrepris de rétablir l'ancienne difcipline dans les points importans où il y avoit eu du relâchement: Mais lorfqu'ils appri-rent qu'il avoit paffé de l'ufage des indulgences juf-qu'à leur fource, & qu'il avoit attaqué le pouvoir du faint Siege de les accorder, & l'article du Purgatoire qui leur fervoit de fondement: Qu'il avoit nié la liberté, le me-rite des bonnes œuvres, la perfection des états de la vir-ginité & du Celibat, cinq des fept Sacremens, & la tranffubftantiation dans celuy de l'Euchariftie; le dépit d'avoir été trompez fucceda bien-tôt à leur étonnement, & la prife de corps qu'ils alloient ordonner contre Lu-ther en eût été la marque, fi l'Electeur de Saxe qui prévit le coup ne l'eût prévenu en felevant, & demandant au-diance.

Où ne la pouvoir refufer à un homme de fon rang, & il parla en addreffant fon difcours au Legat. Il luy foûtint en termes formels que les propofitions que la Diete venoit d'entendre n'étoient point de Luther, & que ce Docteur n'avoit jamais penfé à les enfeigner, ni à

M m m

les écrire: Que c'étoit le Legat luy même, ou d'autres personnes dévouées comme luy à la Cour de Rome, qui les avoient inventées & les attribuoient faussement à Lu-ther: Qu'il n'y avoit point d'autre motif de la haine im-placable & de la vengeance qu'ils prétendoient tirer de ses éloquentes predications que le commerce honteux & public des indulgences contre lequel il s'étoit emporté: Que le Livre de la captivité de Babilone dont on difoit que tant de blafphemes avoient été tirez, n'étoit point de Luther ; ou s'il en étoit, il mettoit en fait qu'aucune des propofitions qui venoient de bleffer les oreilles de l'Af-femblée, ne s'y trouveroit.

Le Legat, qui avoir leu de fes propres yeux les propo-fitions dans le Livre de la captivité de Babilone & qui fçavoit que Luther l'avoir non feulement compofé, mais encore pris le foin d'en corriger les épreuves , pro-tefta qu'il n'y avoit rien de plus vray que ce qu'il avoit avancé , & demanda d'être reçu à le prouver par les voyes juridiques. L'Électeur repliqua qu'il ne le pourroit, & la conteftation s'échauffa de forte que l'Empereur fut contraint d'interpofer fon authorité pour la faire ceffer, & d'impofer également filence au Nonce & à l'Électeur, en témoignant qu'il vouloit parler.

Il dit en peu de mots que la decifion de l'affaire dont il s'agiffoit, exigeoit que Luther comparût en perfonne à la Diete pour rendre de fa propre bouche raifon de fon fait, parce que s'il confeffoit d'avoir compofé le Livre de la captivité de Babilone , le debat entre l'Électeur & le Nonce feroit finy, & s'il le défavouoit, il y auroit lieu de permettre au Nonce de le juftifier. L'avis de fa Ma-

jetté Imperiale fut fuivy fi univerfelement, que l'Electeur de Saxe avec tout fon credit ne put empêcher que
Luther ne fût mandé : Mais il fit bien-tôt naître d'é-
tranges difficultés fur la fureté qui luy feroit donnée.
L'Empereur offroit un fauf-conduit, mais les Lutheriens ne s'en contentoient pas. Les exemples de Jean
Hus & de Hierofme de Prague bruflez fur la foy d'un
femblable acte augmentoient leur défiance, forfqu'ils
fe fouvenoient que l'un & l'autre eftoient allez au Concile de Confiance fur un fauf-conduit en bonne forme
de l'Empereur Sigifmond ; & que nonobftant on n'a-
voit pas laiffé de les y punir, par le plus horrible des fup-
plices. Ils fçavoient de plus que le Concile n'avoit pas
manqué de Theologiens qui pour excufer ce qu'il avoit
fait avoient foûtenu alors & depuis, qu'il ne faloit pas garder la foy aux Heretiques;& qu'il y avoit encore actuellement des Ecoles Catholiques où l'on enfeignoit que les
attentats de Luther contre la Religion & contre le S.Siege
étant de notorieté publique,il n'étoit pas raifonnable de les
fouffrir , & l'on pouvoir en feureté de confcience fe difpenfer de garder la parole qui luy feroit donnée,puifqu'il
ne l'avoit luy même gardée ni à Dieu ni aux hommes.
Ils concluoient de là que ce feroit vouloir perdre Luther
que de confentir qu'il vint en un lieu ou fes ennemis
feroient les plus forts , & que l'Empereur fût fupplié de
fe contenter que Luther répondît par écrit aux accufa-
tions du Nonce : Mais les Députés Catholiques ne purent fouffrir que l'on exigeât quelque chofe de plus
qu'un fauf-conduit pour un fimple Religieux comme Luther. Ils foûtinrent que c'étoit faire tort à l'Empereur,
que de le foupçonner d'infidelité dans cette rencontre ,

& que ceux qui cherchoient des precautions extraordinaires pour Luther luy faifoient fans comparaifon plus de mal que de bien, parce qu'ils tournoient contre luy le préjugé de toutes les perfonnes défintereffées en leur donnant occafion de croire qu'il faloit bien qu'ils ne fe l'eftimaffent pas entierement innocent, puifqu'ils avoient fi peur que le droit des gens ne fût violé à fon égard dans le lieu le plus feur de l'Empire.

Les raifons des Deputés Catholiques l'euffent infailliblement emporté fur celles des amis de Luther, fi les fuffrages de ceux-cy n'euffent été fortifiez lorfqu'on y penfa, le moins par les Deputés des villes Imperiales. Une partie d'entre elles s'étoit declarée hautement pour Luther, & l'autre partie avoit ordonné en fecret à fes Deputés de le favorifer fous main autant qu'ils pourroient. Ils n'y manquerent pas dans l'occafion du fauf-conduit; & re-préfererent fi fortement qu'il ne fuffifoit plus d'en faire expedier un dans l'ancienne forme, depuis que les Peres du Concile de Conftance avoient découvert l'endroit par où elle pouvoit être impunement violée, que l'Empereur fut contraint de confentir que l'on en cherchât une nouvelle qui faifift les amis de Luther & les Deputés des villes Imperiales, fans mecontenter abfolument le refte de la Diete. Chievres en eut la Commiffion, & s'en acquitta avec l'approbation univerfelle après des efforts d'efprit qui ne fçauroient être mieux exprimez que par le redoublement de la lumiere, lorfqu'elle eft fur le point de s'éteindre.

Il avoit obfervé dans les dernieres affemblées de la Diete où l'on parloit de Luther, ceux qui luy étoient le plus

favorables ; & comme il ne doutoit pas qu'ils ne le déf-
fendissent dans la Diete au peril de leurs vies en cas
que l'on entreprît de l'y arrêter, il eftima que l'on ne hazarderoit rien en leur permettant d'être fa caution ; puifqu'auffi bien de la maniere dont ils étoient difpofez ils
ne laifferoient pas d'en faire la fonction, quand mêmes
on ne le voudroit pas. Il fonda là deffus l'Electeur de Saxe & le Landgrave de Heffe, pendant que les plus adroits
Emiffaires de l'Empereur fondoient quelques Princes de
Brunfvik & de Brandebourg, s'ils feroient d'humeur à joindre leurs garanties à celle de fa Majefté
pour affurer Luther qu'il pourroit venir à la Diete,
& s'en retourner en toute fureté. Ces Princes qui
ne s'attandoient pas qu'on leur dêmandât une fêm-
blable chofe, l'accorderent avec d'autant plus de joye
qu'elle les tiroit d'une étrange inquietude : Car auffi-tôt
qu'ils avoient ouy parler d'obliger Luther à comparoître,
ils s'étoient bien doutés que la Diete le refoudroit ; &
comme ils prévoyoient que l'Empereur pour engager la
Cour de Rome dans fes interêts contre les François,
luy facrifioit Luther, ils fuppofoient que fa Majefté fe
faifiroit de la perfonne de ce Religieux, foit qu'il fe re-
tractât ou qu'il perfiftât dans ces nouveaux dogmes, &
l'envoyeroit fous feure garde en Italie, où le procès luy
feroit fait en qualité d'herefiarque. Ils étoient refolus de
s'oppofer en toute maniere à cette prétendüe violence
avec le fecours de Sequinguen Gentil-homme Lutherien
qui commandoit un affez bon nombre de gens de guerre aux environs de Vvormes & avoit promis de ne
leur pas manquer au befoin. Le feul inconvenient qui
leur fembloit inévitable confiftoit dans les Procedures

M m m iij

de la justice dont l'Empereur & la Cour de Rome use-
roient contre eux à toute rigueur immediatement, après
qu'ils auroient sauvé Luther. La Cour de Rome mettroit
leurs Etats en interdit, & l'Empereur les puniroit par le
ban de l'Empire. Ils n'apprehendoient pas beaucoup les
foudres du saint Siege, parce qu'ils ne voyoient pas d'armée prête pour les seconder; mais ils craignoient d'autant plus d'être proscrits par leur Souverain Magistrat
seculier qui étoit l'Empereur, qu'ils sçavoient que les loix
d'Alemagne authorisoient la punition de l'attentat qu'ils
avoient dessein de commettre. Ils ne pouvoient être à
couvert de ces loix que par la garantie qu'on leur demandoit; parce que s'ils l'accordoient & qu'ils conservassent
à Luther la liberté, quand ce seroit à main armée, ils seroient toujours excusez de garder, mêmes contre le
gré de l'Empereur, une parole qu'ils auroient donnée
non seulement de son contentement, mais encore à la
sollicitation; & si ces deux défaites leur manquoient, ils
n'éviteroient pas la confiscation de leurs Terres, quelque
autre pretexte qu'ils prissent d'avoir enlevé Luther à sa
Majesté Imperiale.

Ils repartirent donc à Chievres que l'Empereur leur
faisoit trop d'honneur de les recevoir en société de parole,& qu'ils y consentoient de tout leur cœur. Mais Chievres n'en demeura pas là', & leur repliqua s'ils croyoient
que Luther ne fit plus après cela aucune difficulté de venir. Ils repartirent qu'ils ne le croyoient pas, & l'Electeur
de Saxe plus hardy que les autres parce qu'il l'avoit dans
ses Etats, ajouta que s'il ne venoit il l'iroit luy même
chercher, plûtot que de souffrir que sa Majesté Imperiale
fût privée de la satisfaction de le voir & de l'entendre,

puifqu'elle témoignoit de le defirer. Chievres après avoir negocié de cette forte avec les Lutheriens, confera avec les Députés Catholiques ; & leur reprefenta que le Non-ce & l'Electeur de Saxe avoient mis l'affaire de Luther dans un état, qu'il étoit abfolument neceffaire pour la tranquilité de l'Empire que ce Religieux vint luy même à la Diete rendre raifon de fa doctrine: Qu'il n'importoit pas de quelle maniere on dreffât le fauf-conduit qui luy feroit envoyé, puifque l'Empereur avoit intention de luy tenir exactement parole, & ne la pouvoir violer fans allumer la guerre civile dans l'Alemagne ; mais qu'il ju-geoit à propos que l'on inférât dans le fauf-conduit une condition fuffifante pour empêcher que la Religion Ca-tholique n'en reçut aucun préjudice: Que cette condition étoit de ftipuler que ni Luther en allant de Vittemberg à Vvormes ni durant fon féjour dans la derniere de ces deux villes, ni en retournant de Vvormes a Vvittemberg, ne pré-cheroit, n'écriroit, & ne parleroit en aucune maniere des fentimens qu'il avoit contraires à ceux del'ancienne Egli-fe. Les Députés Catholiques approuverent le fauf-conduit avec la modification qu'on leur propofoit, & Chievres le fit incontinent expedier : Mais la foibleffe humaine n'excite jamais plus fortement à compaffion ceux qui l'examinent de prés, que lorfqu'ils confiderent que les plus grands perfonnages font fi fujets à manquer, que quand ils font affez heureux pour éviter de commettre des fautes dans le projet des affaires difficiles , ils ne le font pas affez pour éviter d'en commettre dans l'execu-tion. La prudence ne fçauroit aller plus loin fur la ma-niere dont on vient de voir que Chievres avoit con-certé le fauf conduit , & l'on demeure d'accord qu'il n'en feroit point arrivé d'inconvenient, s'il eût été confié à des mains fidéles: mais par malheur pour Chievres, il fit un mauvais choix de celuy qui fut chargé de le porter à Luther. L'Empereur avoit élevé un jeune Gentil-homme Aleman nommé Jean Sturme, qui promettoit beaucoup. Aucun de la Cour de Bruxelles ne s'étoit tant occupé que luy à l'étude, & pourtant aucun n'avoit moins contracté que luy les imperfections des étudians : Il n'en étoit ni plus morne, ni moins enjoüé, ni plus vain, ni moins charmant dans la conversation : Il reüssissoit le mieux à toutes fortes d'exercices, & la politesse de ses mœurs éga-loit celle de son esprit. Chievres qui l'estimoit à proportion du merite qu'il remarquoit en luy, se proposoit tres-sou-vent à l'Empereur pour les petites négociations, en atten-dant qu'un âge plus meur l'eût rendu capable des gran-des. Il luy procura celle d'aller prendre Luther dans la ville de Vuittemberg, de le conduire à Vuormes, de le dé-frayer par le chemin; & de l'obferver de fi prés qu'il ne pût contrevenir à la condition du fauf-conduit, quand il en au-roit la volonté : Mais Chievres ne fçavoit pas que Sturme étoit le plus malpropre desCourtifans de l'Empereur pour l'employ qu'il luy déftinoit,& qu'il avoit l'efprit & le cœur Lutherien, quoy qu'il eût jufques là diffimulé fon chan-gement de Religion. Les dépêches de l'Empereur & de l'Electeur de Saxe pour Luther ne furent pas plûtôt prêtes, que Sturme partit de Vuormes avec un train d'au-tant plus magnifique, qu'il ajoûta beaucoup de fon ar-gent à celuy qu'on luy donnoit pour s'acquiter de fa Commiffion. Luther qui ne feroit pas party fi on luy eût envoyé une perfonne moins affectionnée pour le con-duire, ou qui du moins n'eût fait le voyage qu'en trem-blan blant & comme un criminel que l'on mene au supplice; l'entreprit avec joye fur la parole de Sturme,& le fit com-me en triomphe;après que fon conducteur luy eut repre-fenté en fecret qu'il ne pouvoit s'offrir à luy d'occafion plus favorable pour répandre en un moment fa doctrine par toute l'Alemagne , qu'en l'expofant luy même avec la haute éloquence qui luy étoit naturelle fur le plus au-gufte theatre de l'Europe : Que bien loin qu'il eût à craindre d'y comparoître,fes ennemis n'apprehendoient rien tant que de l'y voir: Qu'ils avoient ufé de toutes for-tes d'artifices pour détourner l'Empereur de le mander ; mais qu'enfin les follicitations de l'Electeur de Saxe,& l'obligation qu'avoir l'Empereur à ce Prince, l'avoient emporté fur les offices de la Cour de Rome : Que le fauf-conduit étoit tel qu'il faloit , & que Luther ne devoit point s'arrefter à la condition qui y avoit été inférée : Qu'on l'avoit à la verité donnée aux impor-tunitez des Papiftes , mais qu'elle ne le lioit qu'autant qu'il jugeroit à propos ; & qu'on l'affuroit par avance qu'il ne feroit pas recherché pour ne l'avoir point ob-fervée.

Luther fur cette confiance partit de Vittemberg a-vec Sturme, & fe fit accompagner par trois des plus ce-lebres Theologiens de cette ville qu'il avoit engagés dans fon party. Il traverfa la tête levée la plus grande partie de l'Alemagne ; & trouva par tout les chemins bordez de perfonnes curieufes de voir un Religieux,dont on parloit dans le monde fi diverfement,& avec tant de chaleur. La foule étoit compofée de perfonnes de qua-lité auffi-bien que de petites gens ,& les uns & les autres

N n

prirent garde qu'il aymoit la musique & la bonne chair.
Il ne mangeoit point en public sans être regalé de l'u-
ne ou de l'autre, & le plus souvent de toutes les deux ensemble. Il prenoit quelquefois aprés le repas un luth, qu'il
touchoit en Maître : Il ne manquoit point de prêcher
dans les villes où il faisoit quelque séjour ; & par un seul
sermon il en rendit une entierement Lutherienne, qui fut
celle d'Ansdors. Sa predication dans Erford fut une satyre
perpetuelle contre la Cour de Rome à l'occasion du merite & de la satisfaction des bonnes œuvres ; & afin que
l'effet en fût plus grand, elle n'eut pas plûtôt été pro-
noncée qu'on l'imprima du consentement de Sturme,
par une contravention manifeste à l'ordre qui luy avoit
été donné.

Le lendemain que Luther fut arrivé à Vvormes il eut
audiance de l'Empereur qui le reçut bien : mais sa Majesté luy fit dire ensuite de répondre precisément aux
interrogations qui luy seroient faites en pleine Diete, &
de ne pas s'étendre à son ordinaire en discours superflus.
Luther n'eut pas plus de déference pour cet ordre, qu'il
avoit eu d'égard à la condition de son sauf-conduit. Il
entra dans la Diete le seize d'Avril mil cinq cens vingt-
un, & l'adversaire qu'on luy mit en tête fut Ekius Pro-
viseur de l'Archevêché de Treves. Ekius luy declara
qu'on l'avoit mandé pour deux choses, l'une pour sçavoir de sa propre bouche s'il avoit composé & s'il avoüoit
pour siens les Livres imprimez sous son nom ; l'autre s'il
étoit prest de soûtenir toutes les propositions qui y é-
toient contenuës, & s'il n'en pretendoit retracter aucune. La demande parut trop vague à l'un des trois Theologiens que Luther avoit menez à Vvormes, & il dit

qu'il façon marquer, ses ouvrages d'où les propositions étoient tirées afin que Luther répondît plus catégorique-ment. Ekius trouva l'infame raisonnable, & commc il avoit prevu qu'elle luy seroit faite, il tira de sa poche un Catalogue des ouvrages de Luther avec la datte des an-nées, & le nom des villes & des Imprimeurs. Il le lut distinctement & à haute voix, & se tournant ensuite vers Luther, le pressa de s'expliquer sans equivoque.

Luther reparut alors qu'il ne pouvoir s'empêcher de reconnoitre pour siens tous les Livres dont il venoit d'où il se denombrement. Que la verité étoit qu'il les a voit composez: Qu'il n'en disconviendroit jamais, & que c'étoit là tout ce qu'il avoit à dire sur la premiere inter-rogation d'Ekius. Mais que pour la seconde qui regar-doit la revocation de ce qu'il y avoit écrit, il conjuroit tous les Auditeurs de considerer que sa temerité ne fe-roit pas supportable s'il y satisfaisoit sur le champ, & sans avoir auparavant fait toutes les reflexions convenables aux matieres, dont il avoit traitté, puisqu'il s'agissoit du salut des ames & de la force de la parole de Dieu. Il conjura de la qu'on luy donnât du tems pour revoir ce qu'il étoit forty de sa plume depuis quatre ans, & qu'il promettoit de repondre ensuite avec la sincerité necef-faire pour la decharge de sa conscience, & pour rendre à Dieu la gloire qui luy appartenoit.

La repartie de Luther embarassa la Diete, & le murmure presque universel qui la suivit, en fut la preuve. L'Empe-reur ne s'en apperçut que trop en allant aux opinions, & les trouva si partagées, qu'il eut beaucoup de peine pour les ramener à la sienne, qui fut neanmoins enfin la décisive. Les Catholiques zelez, vouloient que Luther

s'expliquât à l'heure même, parce qu'ils entendoient qu'il
fût condamné & puny immediatement aprés qu'il auroit parlé. Les Lutheriens au contraire persuadez que ce
que Luther avoit de meilleur étoit l'éloquence, pretendoient qu'il l'étallât à la Diete dans toute son étendue, &
vouloient par consequent qu'il differât sa réponse jusqu'à
la conclusion de la Diete, afin qu'il eût le tems de preparer
sa harangue & de la rendre plus efficace. L'avis de l'Empereur tenoit le milieu entre les deux que l'on vient de raporter, & contenoit ce que l'un & l'autre avoient de bon,
sans donner dans les extremitez que l'on y trouvoit dangereuses. Il sembloit à sa Majesté que Luther auroit occasion de se plaindre qu'on le traitoit avec trop de rigueur,
si on le contraignoit de s'expliquer à l'heure même sur
tant de nouveautez dont il étoit accusé; mais elle croyoit
aussi qu'un jour luy suffiroit pour une derniere résolution
sur des choses où il n'avoit pû s'empêcher de penser une
infinité de fois, & que si on luy accordoit un plus long
terme il en abuseroit.

L'Empereur fut assez heureux pour le persuader aux deux
partis; & fit ensuite dire à Luther par Ekius que la Diete
sçavoit assez qu'il n'étoit pas venu sans être informé du
sujet pour lequel il y avoit été mandé, ni sans avoir pris
ses mesures sur ce qu'il avoit à répondre, & qu'ainsi
sa Majesté ne luy feroit aucune injustice quand elle
ne luy accorderoit pas le tems qu'il demandoit. Que
neanmoins, pour luy ôter jusqu'aux pretextes de se
plaindre, & pour user de clemence à son égard, l'Empereur luy accordoit vingt-quatre heures pour tout delay.
Qu'il revint donc le lendemain à la même heure, & qu'on
luy donneroit audiance pourveu qu'il n'apportât rien par

écrit, & qu'il se contentât de parler. Luther obéit, & retourna le lendemain à la Diete au moment qui luy avoit été marqué. Il parla deux heures entieres, & prononça une harangue qui étoit l'abbregé de son Livre de la captivité de Babilone. Ekius lassé de l'entendre, & voyant qu'il ne parloit point de se retracter l'interrompit, & luy demanda s'il persistoit à soûtenir les propositions qu'il avoit avouées pour siennes. Luther repartit qu'il ne pouvoit & ne vouloit rien revoquer de ce qu'il avoit écrit, jusqu'à ce qu'on l'eût convaincu d'erreur par des passages évidens de l'Ecriture sainte & par d'invincibles raisons. Que c'étoit là les seules armes dont il pretendoit qu'on se servît contre luy, puisqu'il n'en avoit point d'autres pour attaquer ses adversaires: Qu'il ne deferoit pas à l'authorité des Conciles & des Papes, parce qu'il avoit remarqué une infinité de rencontres dans lesquelles les uns & les autres s'étoient trompez; & qu'il ne luy étoit pas plus libre de retracter ce qu'il avoit écrit, que de ne le pas croire.

Il y a de l'apparence que le contre-tems d'Ekius déconcerta l'affaire que Chievres avoit jusques là assez heureusement conduitte; & que si ce Theologien eût interrompu Luther au commencement de sa harangue, & avant que l'Orateur eût remarqué sur les visages de ses Auditeurs l'effet qu'elle produisoit en eux; Luther incertain du succez; & dans la froideur où l'on est d'ordinaire en de semblables conjonctures, ne se fût point expliqué du tout, ou du moins ne se fût pas expliqué si nettement dans l'aveu de tous ses écrits. Mais aprés qu'une prononciation de deux heures l'eut extraordinairement

échauffé, & qu'il eut obfervé que ce qu'il difoit agréoit
à la moitié de l'affemblée ; fa hardieffe redoubla & luy
tira de la bouche, ce qui n'en fût jamais forty dans toute autre occafion. Le comble de défpit pour les Catholiques fut que Luther ajoûta aux paroles que l'on vient
de rapporter de luy, celles-cy par où finiffent les fermens
que l'on prefte, *ainfi Dieu m'ayde, amen*, & que les Députés de la Diette fe feparerent immediatement aprés fans
aller aux opinions.

Luther en fortant reçût de ceux qui le favorifoient des
applaudiffemens qu'il n'avoit point attendus : Plufieurs
l'accompagnerent par honneur jufqu'à fon logis; & Chievres qui l'y vifita dés le lendeman, travailla inutilement à
tirer de luy une retraction. Il s'en excufa fous pretexte du
ferment qu'il avoit prêté ; mais la veritable caufe de fon
obftination fut qu'il eftima fon honneur engagé à foûtenir toute fa vie, ce qu'il avoit une fois avancé en pleine Diete. Ce que l'on vient de raconter fe paffa à la fin
d'Avril mil cinq cens vingt-un, & quelques jours a-
prés Chievres fut empoifonné ; ou le poifon qui luy
avoit été long-tems auparavant donné commença d'o-
pérer en luy, fuppofé que les relations de fa mort
foient plus certaines dans la derniere partie de cette
alternative que dans la premiere. Il fupporta fon mal
avec une extrême patience, & mourut le dix-huit
de May mil cinq cens vingt-un dans Vvormes à l'âge
de foixante trois ans. Le Duc d'Afcot fon Neveu & fon
principal heritier luy fucceda dans fes Charges & dans
la faveur de l'Empereur, qui témoigna par là plus effica-
ment que par les larmes qu'il répandit, le regret qu'il

avoit de sa perte. Le jugement que l'on fit de Chievres est qu'il avoit infiniment surpassé tous les Gouverneurs des Grands Princes qui l'avoient precedé; & que s'il eût vécu plus long-tems, la guerre qui ne se faisoit point encore directement entre la France & l'Espagne eut été prevenuë par ses soins, & n'eut abouty ni à la conquête du Duché de Milan ni à la bataille de Pavie.

F I N.